移民荒原的上海女人

YIMIN HUANGYUAN DE
SHANGHAI NÜREN

何奇/著

重庆出版集团 重庆出版社

图书在版编目（CIP）数据

移民荒原的上海女人 / 何奇著. —重庆：重庆出版社，2011.8
ISBN 978-7-229-04121-2

Ⅰ.①移… Ⅱ.①何… Ⅲ.①长篇小说 – 中国 – 当代 Ⅳ.①I247.5

中国版本图书馆 CIP 数据核字（2011）第 098829 号

移民荒原的上海女人
YIMIN HUANGYUAN DE SHANGHAI NÜREN
何　奇著

出 版 人：罗小卫
策　　划：李连利　黄　敏
责任编辑：陶志宏　曾　玉
责任校对：郑小石
装帧设计：艺和天下

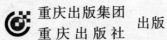
重庆出版集团
重庆出版社　出版

重庆长江二路 205 号　邮政编码：400016　http://www.cqph.com
北京宏泰恒信文化传播有限公司制版
北京雁林吉兆印刷有限公司印刷
重庆出版集团图书发行有限公司发行
E-MAIL：fxchu@cqph.com　邮购电话：023-68809452
全国新华书店经销

开本：710mm×1020mm　1／16　印张：26　字数：450 千字
2011 年 8 月第 1 版　2011 年 8 月第 1 次印刷
ISBN 978-7-229-04121-2
定价：39.80 元

如有印装质量问题,请向本集团图书发行有限公司调换：023-68706683

这不仅仅是一个女人和七个男人的恩爱情仇。

这是发生在那个特殊年代的真实故事。女主人公随着一群被
打上时代烙印、涂上政治色彩的上海移民,来到青藏高原北部的
蛮荒之地,垦荒种田,演绎出——

一部发人深省的历史记录;

一部血与火的爱情大写意;

一部震撼人心、催人泪下的人间悲喜剧……

1

叶梅的孤傲清高是从骨子里带来的，凡想接近她的男人都因她的冷傲而怯步，但想不到她刚到青藏高原那个蛮荒之地，便被邱生辉和另外两个男人打开了身体，由此种下深深的情仇孽怨。她的传奇故事也自此开始……

1959 年 11 月的青藏高原似乎比哪年都寒冷空旷，整个高原冰封雪裹，一座座雪山起伏在灰蓝色的地平线上，以肆意狂放的性格向远处延伸滚动，直到天地接吻的地方，无尽无头的戈壁闪射着清冷，只有偶尔出现的草滩上洒着点点阳光碎片，给人吝啬的温暖。这时候，他们这个上海移民的车队进入青藏高原，要去那个名叫马蹄湾的农场了。

车队进入高原后，叶梅大脑里一直环绕着这样一个预感：这个冬天和春天肯定会在她记忆深处留下永远难忘的刻痕，后来这个预感不幸成为现实。当时，她面对严寒的荒原好像跌入万丈深渊透不过气来，但却毫无办法，心里说随它去吧，便把十九岁的身子扔在车厢里的移民和行李堆中。她旁边是妈妈和困顿寒冷的移民，再旁边还是困顿寒冷的移民，他们都歪歪斜斜蜷缩着。无边无际的寒冷和恐怖一直侵袭着她的身子，她不由得猛烈战栗。她是学美术的，平日如果遇到什么烦恼或者心情不畅，往往用想象欣赏梵高的名画复制品《向日葵》来慰藉自己，哪怕是瞬间的回味，也能起到心理愉悦和艺术享受，但现在面对这种恐怖和寒冷《向日葵》失去了作用。她又回味德国风景画大师弗里德里西的《海上月升》来调整心境，也还是失败了。

一切生命在这里都显得非常渺小。

一只苍鹰在天空滑动，翅羽好像钝刀切割着冰块，发出嚓嚓嚓嚓的脆响。她的脑海也在嚓嚓乱响，好像苍鹰的翅膀。她感觉无边的恐惧和压抑包围着她。她妈妈说难受就闭上眼睛吧。她就紧紧闭上眼睛。然而，她感觉周围还是有什么东西狠狠刺激着她的神经，便又拿厚厚的围巾把脸庞和眼睛全包裹起来，让视觉彻底拒绝外界。但她感到那种恐怖和寒冷来自内心深处，并非外界的大自然。她妈妈知道她怎么了，无声地把她揽在自己胸前，用手轻轻拍着她的背。她感到妈妈拍着一首温馨的童谣，一股母爱从妈妈掌心走进她冰冷的心

田,心情好像震荡后的河面渐渐趋于平静!

车队在高原的胸膛上晃晃荡荡向西行进,好像渺小的蚂蚁在青灰色的墙壁上蠕动。她虽然闭着眼睛,但单调旷远的天空仍然闪现在她脑海中,漠风好像成群结队的顽猴呜呜呀呀啸叫着袭击着耳膜和身体,她盼着汽车快快往农场赶,她相信农场的环境会好点。这天太阳西斜时,车队终于爬进一条深深的山谷停住,有人叫喊:"马蹄湾到了!农场到了,下车啦,下车啦!"尽管有人叫喊农场到了该下车了,但移民们好像都冻僵了,抑或被震愣了,半天不见应,只是呆呆地望着眼前,陷入沉重的惊傻和无声的海洋。

面前是一个马蹄形的山坳,方圆大概两平方多公里。三面都是皑皑雪山,只有北面是两山对峙的豁口,面对着黑茫茫的戈壁,样子好像马蹄,地名可能由此而来。西面的山脚下随着地势洒着几座泥屋和地窝子,此时网在天空飘散着的雪粉里,隐隐约约,好像苍白模糊的记忆。除此而外是高低不平的荒滩,没有一块地,没有一棵树,乱草荆棘在寒风中凄凄抖索。世居大上海的人,哪见过这样恐怖可怕荒凉的地方,在瞬间的愣怔后,车队里即刻发出惊叫和呜呜的泣哭:"我们上当了,上当受骗了!"

"哇哇哇哇,呜呜呜呜……"

哭叫声震荡飘散,马蹄湾难耐的冷寂被撕碎了。一直昏昏沉沉蜷缩在人堆里的叶梅被叫嚷声震醒后,掀开裹在脸上厚厚的围巾,被眼前原始、恐怖、凄凉的不毛之地震愣了,抓住妈妈的手:"这就是农场?!这就是农场……"田园在哪里?树木果园在哪里?农庄在哪里?先前脑海里残存的那点诗意的想象和希望旋即被撕得粉身碎骨,思维好像狂风卷起的塑料纸,怎么也落不到现实的地面上,只有一个可怕的信息反复刺激着她的神经:三百上海移民陷入生命禁区,甚至死亡的泥淖。她浑身猛烈战栗哆嗦,胃里像有无数野兽在东冲西撞往外突击,刚揭起捂在脸上的大口罩,一股胃液就喷了出去,接着身子软软瘫在妈妈怀里。妈妈那童谣般的神奇之手,最终还是没能唤回女儿的平静,惨叫一声:"女儿呀——阿梅——"

"叶梅,叶梅!怎么啦?叶梅你怎么啦?"

全车的移民都凑过来围观呼叫,乱成了一团。坐在旁边的青年移民孟尚海更显焦急,凑上去叫喊着,摇着她的胳膊。他二十来岁,大高个儿,剪绒皮帽下,浓浓的眉毛,大大的眼睛,很壮实,不像上海人,倒像性格直率,热情奔放的西北汉子。他和他五十多岁的父亲跟叶梅和她妈妈同乘一辆车。一路上见叶梅和她妈妈凄悲的样子,就想帮帮忙,但插不上手,想说两句安慰话,又不知说什么好。

因为他们的命运和遭遇都相同,都没料到命运会开这样的玩笑,把他们抛到这样的地方。大前天移民们在火车站转乘卡车时发生了逃跑事件。本来他已爬上了东去的火车,但被他爸爸硬拽了下来,教导他说:"我们是工人阶级——不能当逃兵!"现在他跟所有移民如坠深渊,茫然不知所措,此时此刻又见叶梅叫不醒,知道问题严重了,慌忙跳下车想办法。

那片隐约的泥院和地窝里涌出一群老人娃娃:"上海移民来啦!快去看上海人,看上海人哇!啊啊啊,嗷嗷嗷——"娃娃们老鹰般扇动着两只胳膊,破旧的衣襟旗帜般哗哗飘扬,老人们甩着罗圈腿跑啊跑啊,坎坷的地面使罗圈腿更见突出,几团黄尘腾空而起,冲向雪雾飘洒的天空,几条瘦狗撒着欢儿紧紧尾随着人群,卷起的尾巴像狂风兜起的花环,荒滩上的草鼠野兔们也纷纷出洞,左右观望,乱跳乱窜,吱吱叫嚷着,好像发现天外来客!孟尚海见拥上来许多当地人,迎上去询问:"哪里有医院?医院在哪里?"人群中有位老妈妈两手筒在破棉袄袖里呆呆观望着移民车队,听到问话说:"这里没有医院,没有。"孟尚海又问:"有医生吗?就是治病的大夫?治病的,那辆车里有位姑娘晕过去了。"老妈妈沉吟着:"大夫倒有两个,可前天骑马下牧区了,怕是三五天都回不来。"她花白的鬓发在寒风中飘着,满脸是茫然无奈。

孟尚海就傻在那里了。这地方怎么这样?怎么这样?他急得直跺脚,团团转。老妈妈见孟尚海焦急的样子知道事情紧急,说:"小伙子,快带我过去看看。"孟尚海就带着老妈妈朝那辆车跑去。

叶梅已被移民们抬下车厢,歪躺在妈妈的臂弯里。她妈妈左臂搂着她的肩,右手在她胸口揉着揉着哭叫着,身旁围着的妇女们跟着抹眼泪,有的焦急地寻找着药品和救护的东西,有人建议掐掐人中,她妈妈就掐她的人中,可不管用。其他车上的移民不知道这里发生了什么事,跳下车蜂拥上来。人愈围愈多,好像看大戏。

孟尚海带着那位老妈妈拨开人群走进去。老妈妈伸手试试叶梅的额头,吃惊地叫着:"啊呀!这女子烧得厉害,还不快吃药治疗。"她直起腰向四处张望寻求救援的办法,但周围除了满脸忧色的移民和当地围观移民的老人娃娃再什么都没有,就说:"这样吧,先把人送到我家去。"蹲下身子准备背叶梅走。孟尚海说:"我来吧!"拉起叶梅的胳膊背在自己背上。老妈妈说快跟我走。孟尚海就跟着老妈妈往西山坡下那片泥院和地窝子跑去……

前面那辆车的驾驶室里坐着个当地人模样的男人。三十岁左右的样子,个子不高,身穿狐皮领大衣,脖子里围着围巾,像个地方官儿。他脸庞圆圆的,好

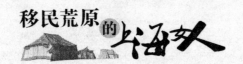

像发面团,粗短的眉毛下,镶嵌着两只圆圆的眼睛,很灵活的,时常滴溜溜转。这些天他那眼珠子一直暗暗跟着叶梅转,好像拴上牵引绳。此时看到叶梅晕过去了,穿好狐皮领大衣,从驾驶室里跳下来跑过去,看见孟尚海背起叶梅向那片土院落奔跑,也跟上去,但刚往前走了几步,一个四十多岁的男人从后面追上来,一把拉住他低声而又吃惊道:"邱场长,你咋还敢在这里看热闹呀?"

"咋啦?"他回头问。

那人说:"不得了了,移民们要闹事儿!"

"闹事?闹啥事?"邱场长停下脚步:"谁带头?"

"闹啥事,你还不明白?你仔细听听,再看看移民车队的移民就清楚了。"那人焦急地说。邱场长扫视移民车队,果真发现不少移民在叫嚷起哄,甚至骂人:"我们上当受骗了!邱生辉你出来,说说清楚,农场在哪里?馒头在哪里?骗子——出来——"

邱生辉是马蹄湾公社副社长,现在又兼任农场场长。因为他刚才陶醉在男女间的情感中,所以没有注意移民要闹事的情况。此时才发现一种骚动不安的情绪在移民中酝酿发酵,进而渐渐膨胀,像平静的河塘以巨石坠落的形式向外扩张冲击。他突然感到自己处在危险的前沿阵地,有点紧张了。说实话,十个八个移民起哄闹事,他根本不怕,以他灵活的脑子,巧舌如簧的嘴巴怎么都可以应付,但这是近三百移民啊!如果他们失去理智全围上来,还不把他撕得粉碎?情况确实有点不妙,一时不知怎么办?那人见他为难的样子,出主意说:"赶快先去社员家躲一躲,等移民平息下来再出来,快快!"他便竖起狐皮大衣领子,遮住脸面,趁移民混乱离开车队,悄悄钻进公社院子,又从后门溜了出去……

邱生辉场长溜走后,那人转回移民车队,吼喊移民下车卸行李。他叫马生荣,是农场秘书并兼邱场长的私人幕僚。个儿不高,细长脖子,窄条脸儿,高颧骨,腰身常向前猫着,好像随时准备给人点头哈腰,样子好像鸵鸟。这样的体形,穿在身上的衣服必然前襟长后襟短,看上去叫人心里不舒服。因他惯于溜须拍马,马蹄湾人都叫他"马屁精",叫习惯了,真名反倒被人忘了,有时人们唤他"马屁精",他也不忌讳,随口就答应。他是个喜欢跟领导转的人,在马蹄湾他喜欢跟邱生辉转,这次去接上海移民,他也去了。他帮邱生辉出了许多主意,诸如宣传马蹄湾"楼上楼下,电灯电话";诸如马蹄湾的馒头碗口大等等。能把这近三百移民糊弄到这里,他功不可没!刚才,他在车队里吆喝移民们下车,当看到斯文的上海移民变得不怎么斯文了,哭泣的、叫喊的、骂人的、摔打东西的,还准备闹事,就慌慌张张跑来跟邱场长商量办法,见要跟移民去基建队社员家,追上去拉住了他……

孟尚海和几个移民把叶梅送到老妈妈家后，回到了车队。他们要叫邱场长回答、解释眼前的现实，发现邱生辉突然不见了，知道他逃了，心都坠到了三九天的冰窟窿里。除了个别移民往车下搬笼箱和行李卷儿，其余的守在车上，岿然不动了。见此情景，马屁精挺了挺经常猫着的腰身，警告吓唬说："告诉你们，马蹄湾住宿很困难，一间小房子要挤十几个人，谁下车迟，谁就没房子住，连地窝子也挨不上，也没有饭吃，到时候可不要怨我没有把话说清楚……"但上过一回当的上海移民，现在都显得非常理智、小心谨慎了。马屁精一筹莫展了。忽然想起孟尚海的爸爸是老工人，一路上表现积极，帮了他不少忙，便前去请他出来说服动员。

　　孟尚海的爸爸正在卸车，听到马屁精请他前去说服移民，脸上出现了难色。说实话，他虽然在来这里之前，就做好了吃苦的精神准备，却也没想到农场会是这个样子，这样艰苦荒凉的地方，移民能吃得消吗？能坚持住吗？但他毕竟是老工人，是共产党员，不能在这时候说半句不利于支援西北边疆建设的话，就说："行。"几把从车上搬下自己的行李和家当，跟马屁精到每辆车前，给移民们做说服动员工作……果然，有好多移民认他的，开始卸行李了，但不愿下车的那些移民，仍无动于衷。孟尚海的爸爸再做工作，他们便议论挖苦起来：你愿意当积极分子，你就当吧，愿意在这里献青春，你就去献吧，我们可不愿为争个什么积极分子，把骨头扔在这个鬼地方！他被弄得下不了台，只好转了回来。

　　马屁精见这些移民抗着不下车，感到问题严重，便偷偷去请示邱生辉，建议他动硬办法。

　　基建队那片泥院和地窝子群中，有座石块垒起的房屋，好像古代的小城堡。因坐落在高台地上，鹤立鸡群，俯视着周围的建筑群落和整个马蹄湾。邱生辉从移民车队溜出来，就躲在这座房屋里。

　　这家姓王，是前些年从山外洪水县迁来的。当时全家老两口小两口，共四口人，在这山坡上垒起四间小土房，又垒起院墙，看起来很像个家的样子，谁知好景不长，王家父子前年进山炸石，修筑羊圈，不小心遭遇"哑炮"，父子俩全都炸飞了，丢下五十多岁的老寡妇和二十多岁的小寡妇。邱生辉也是洪水县人，时常过来看看，帮帮忙，有时候就住在王家。俗话说：寡妇门前是非多。然而，他经常朝王家跑，却没人说他的长长短短，因为他说他跟王家是亲戚，那老寡妇是他的表姨，小寡妇是他表弟媳，这样的关系，谁还能说什么呢？

　　他今年二十八岁，原是乡村教师，因男女作风问题，险些被开除工职，为了

消除这些劣迹,几年前来到马蹄湾当上了干部。他毕业于内地一个速成中专学校,脑子灵活,好使,在公社主管草原基建时,带着社员开山引水,修建羔羊暖棚,赢得县里主管农牧业的沙副县长赏识,提拔他为马蹄湾公社副社长。他在这个位置已经一年多了,觉得原地踏步不行,就想上。公社书记兼社长是个老头,年纪大了,经常有病,听说要调走,他便瞄上了这个位置。但听说还有几个人瞄着,黑脸社长就是其中之一,心里就紧张了。因为这个黑脸社长虽然也是公社副社长,但资历比他老,口碑也不错,而他则是刚来这里的无名小辈,跟他争,觉得气短。于是他就想搞点政绩出来,引起上面的重视。搞什么呢? 他想来想去,决定在马蹄湾建农场种粮食。这个县以牧为主,粮食全由国家供应,马蹄湾公社也同样吃供应粮。如果建起农场,种出粮食,解决了牧民吃粮问题,不就"一鸣惊人"了? 于是,一个大胆辉煌的设想和创举诞生了。他连夜给县里呈写报告,用诗情画意般的语言,把未来的农场描述得像金桥,像天堂。报告呈送到县里没几天就批准了,并让他兼任了农场场长。

这一时期,孤岛上的蒋介石见大陆上饥馑蔓延,蠢蠢欲动,叫嚣反攻大陆。上海等沿海城市,为巩固海防前线,"迁移、清理、疏散"所谓政治上不可靠的居民,这时的热血青年们也积极响应党的号召,踊跃报名奔赴大西北,支援大西北,建设大西北,邱生辉便利用这个机会带着他的幕僚马屁精,前去上海动员移民。说实话,在动员移民时,他确实吹了牛,说"马蹄湾是现代化农场"等等,但话说回来,不采取这种办法,身居上海的人,除了有问题被遣送的外,谁吃大了头,愿意迁到这个鬼地方来? 他还根据马屁精出的点子,说"马蹄湾不缺粮,白馒头碗口大,随便吃!"那时全国到处缺粮,人们都在挨饿,上海自然不例外,因此碗口大的白馒头,太有诱惑力了! 几天时间就有几百人报名,五百多人登上了火车。他想,只要把他们糊弄到马蹄湾,就算大功告成了。不料,在河西火车站转车时,突然发生逃跑事件,转眼二百多移民逃跑了,一路上又有人跳车逃跑,现在只剩不到三百人……

此时,他站在这间房屋的窗户前,观察着移民车队的动静,看到大部分移民都下车了,还有不少死守在车上,心里很焦急。这是他好不容易动员来的啊,如果他们逃跑了,让谁垦荒建农场? 让谁帮他实现宏伟蓝图? 一定要截下他们!

他从炕头拿起大衣往外冲,但刚打开房门,马屁精慌慌张张跑进来:"移民赖在车里不下来,咋办?"一句话,又像火上浇油,把他的屁股烧着了,着急得直跳。马屁精见他束手无策,建议说:"场长,不行就来硬的,不信不下车。"

"啥硬的?"邱生辉问。

"把草原基建队的小伙子集中起来,硬拉……"马屁精刚说到这里,邱生辉便举手阻止。这个办法他刚才就想到了,可这种做法好像抢劫,如果激化了矛盾,会出大麻烦的,让黑脸社长抓了把柄,岂不坏了前程大计? 他犹豫不决。马屁精见他优柔寡断,说:"场长,你不要有那么多顾虑,前怕狼后怕虎能干成啥大事? 这些移民可是咱俩费了九牛二虎之力才弄来的,如果让他们随车逃了,那可就功亏一篑,太可惜太可惜了! ——下决心吧! "

这句话提醒了他。是啊,怕这怕那就什么事也别想干了,干大事就要冒大风险,不冒风险,哪来的回报? 既然马屁精想出这样的硬办法,索性就把这个烫栗子扔给他,让他亲自上,办好了,是他邱生辉的政绩,出了麻烦,由他马屁精兜着,他既不出面惹祸,还要坐等渔利,岂不是很好? 想到这里,他果决说:"好,这事就由你全权处理,你看该咋办就咋办,你办事我放心! 有困难吗? "

"没,没有! "尽管马屁精看出邱生辉耍滑头,把烫栗子往他怀里推,他还是干脆地应承了——因为他马屁精是邱生辉的人,不为邱生辉当好马前卒、分忧解愁咋行? 他转身去了草原基建队。

那些日子马蹄湾基建队社员没去草原上修棚搭圈,按照公社黑脸社长的安排,在东山坡下的荒滩上挖地窝子。那是一片布满芨芨、柴棵、茨蓬的乱草滩。现在已掘开冻土挖出不少地窝子,但还在挖,还在搭建,准备安置没住房的移民。马屁精来到工地上时, 正听到基建队的小伙子们边干活边谈论找媳妇、想女人的事。这些小伙子都是前些年从山外贫困农村迁来的,刚来时都二十出头,转眼间都二十六七,有的快三十岁了,但马蹄湾没有姑娘,找对象困难,去外面找,外面的姑娘不愿嫁到这里来,因此到现在都光棍一条。小伙子们都耽搁大了,心也耽搁急了,听说上海移民里有很多漂亮姑娘,心里都盼望移民快快到来。这些天他们边挖地窝子,边翘首观望通向山外的豁口,各自心里打着小算盘。今天当那些载着移民的汽车从那两座大山中间的豁口爬进马蹄湾时,高兴地欢跳起来,好像娃娃过年,又像已经抱上漂漂亮亮的媳妇!

他们里面有个名叫张三娃的,年龄二十八九岁,到现在还没有媳妇,其原因不言而喻,而人长得特别困难,是重要原因。他大脑袋,黑脸膛,大额头,虎背熊腰,说话高声大嗓,比黑旋风李逵还粗糙。不要说女人跟他过日子,一见面都直撮牙花子。他自称光棍委员会主席,满嘴粗话,又荤段子不离口,这时他望着移民车队又开说了:"今天的太阳不落西,因为来了几车×……"

"哇哈——"小伙子们突然喷天大笑,"好好好,三娃的这个段子有味道,有

档次！再来一个，再来一个……"可张三娃溜出这句荤段子后，垂着大脑袋不说话了，哥们儿再催，他就摇着大手，可怜兮兮地说："不说了，不说了，嘴给心改凄惶哩，越说心里越凄惶！——干球蛋！"他要去干活，小伙子们却拉住他不放，说："现在不干球蛋了，你看车里那么多大丫头，以后保证你能弄个好女人，你就再来段好听的吧！"张三娃想想说："这也倒是，一家伙迁来那么多人，还有那么多大丫头，找对象还发什么愁？"见身旁一个小伙子呆望着不远处的上海移民，便调侃说："呔，盯上哪个了？快瞅准盯稳弄一个给你当婆姨吧，不要光傻兮兮望了。哎，听到没有？哑巴啦？"那个被调侃的小伙子叫福娃子，也是个老光棍，听到张三娃玩笑他，回头说："人家都是上海人，大地方来的，能看上咱这黑不溜秋的马蹄湾人？别再白日做梦娶媳妇——死了那份心吧！"张三娃又调侃说："不管她们是哪里人，迁到马蹄湾，就是马蹄湾人，看不上马蹄湾人，去哪里找对象，去天上找呀？"福娃子说："她们不会去外地找？偏偏在这里找？不要驴球打胸膛——给自己宽心了，乖乖干活吧。"便低了头，蔫奄奄地干活。

张三娃又要调侃争辩，忽然有人高声大嗓叫骂起来："驴日的，不好好干活，胡谝什么？要胡谝回家谝去，不要在这里胡咧咧！"骂人的是基建队队长，叫牛大壮。骨架高大，壮壮实实，难怪姓牛。从面貌上乍看，近四十岁，其实跟张三娃同岁，只是早出生四个月。他也是几年前从山外迁移到马蹄湾的，到现在也没找上媳妇。这些天他不论在外面干活还是在家休息，也经常朝马蹄湾北面的豁口上望一眼，盼着移民来。他何不想在移民中瞅个媳妇？何不想早点解决自己的婚姻大事，了却自己和母亲的心愿？母亲为他的婚事都急白了头发，可刚才听到小伙子们的纷纷议论，不知怎么的，心里突然烦乱起来，骂了句粗话，接着也像福娃子那样，蔫头奄脑去干活儿了。

张三娃和伙伴们见他们的队长突然发了脾气，都吓得不敢吱声。他们的这个队长，对人诚实热心，对他们也很随和，亲哥们儿一样，今天怎么就突然莫名其妙发起火来？他们不明白，正想着，马屁精出现在工地上，吆喝着："咳！小伙子们，有好事儿干了。帮移民卸车去，看大丫头小媳妇去。那些大丫头小媳妇都他妈的水灵灵的，那个漂亮啊，没说的！"

马屁精是公社干部，现在又是农场秘书，他布置的工作，基建队没有理由拒绝，于是牛大壮和小伙子们放下手里的劳动工具，呼啦啦地跟着马屁精前去了。

天空仍灰蒙蒙的，乌云在四面的山头上形成凝重的定格。

清冽冽的山风搅着那种雪不像雪，霜不像霜的粉末满世界飘洒，落在人们身上脸上化了，无声往下流，像丝丝泪水。混装着行李杂物和移民的汽车在寒流中飘摇。那些不愿下车的移民死守在车上，雷打不动的样子。他们身上包裹着被褥毯子以及能御寒的东西，满身满脸都是沙尘雪水，好像从泥土里钻出来的，只有偶尔转动的眼睛，表明他们的存在。几个小孩在大人怀里直着声哭叫。

这时，马屁精带着基建队的小伙子卷土而来，车上的移民见此情景突然紧张了。他们是上海人，都是斯斯文文、细瘦单薄的人，哪见过像牛大壮张三娃那样牛高马大，脸色黝黑，粗犷剽悍，而又风风火火的高原汉子？乍一见，好像一群粗悍的野人，因此有的牢牢抓住连着车的绳索，有的抱住车厢栏杆，有的一家人互相挽着胳膊，捏紧拳头，一副严阵以待的样子。基建队那些粗心的小伙子，以为移民们误会他们要抢夺东西，便解释说："我们是帮你们卸行李的，不是来抢东西的，不要害怕，不要害怕……"那些移民哪里听他们的解释，再说西北的地方土话，大部分都听不懂，因此不让他们动行李包裹。然而小伙子们并没搞清楚这些，仍争着抢着上车卸东西，表现出对上海移民的热情和积极。特别是张三娃，见一个妇女怀抱孩子蜷缩在那里挺可怜，便要抱那孩子，拿她的东西。那妇女惊咋咋地叫喊起来："抢人啦！抢人啦！凭啥抢人？"三娃突然愣了，他没有抢人呀？他想可能因为他的态度不够热情，把她们吓着了，便脸上挤出笑容来，殊不知这种弄出来的笑，反倒把那妇女吓得瑟瑟抖索，怀里的孩子吓得呜哇直哭叫。整个车队跟当年土匪抢劫老百姓似的！

"都给我停下！"这时有人怒吼了一声。虽然声音不高，基建队的小伙子都知道谁来了，马上停住了手。——黑脸社长来了，他分开人群走进来，扫大家一眼，把目光盯在牛大壮身上："大胆！大白天放抢吗？谁让你们这么干的？"

牛大壮说："马秘书让我们来，来帮移民卸东西……"

黑脸汉子听此话，把目光转向身旁的马屁精："毬子的，咋回事？你给老子说！"他眼睛瞪得跟狼似的。马屁精赶紧把上海移民的情况报告他。他气愤地说："移民们不下车，不会慢慢说服动员？就这么硬干？你是国民党，还是土匪？毬子的，老子抽你几马鞭！"他举起手里的马鞭，马屁精骇得慌忙后退几步。

黑脸社长姓贺，名远程，因脸色黝黑，像一块生铁，又是铁骨铮铮的汉子，马蹄湾人都称他黑脸社长。他快四十岁了，原是解放军某骑兵团钢铁连连长，解放军进军草原剿匪时，随军来到这一带，剿匪胜利后，留在马蹄湾公社任副社长。他虽然不是军人了，可始终保持着军人作风，果敢干练，实事求是，最见不得那些说假话，虚虚假假，作风漂浮的人。对邱生辉在这里建农场，他一直持反对意见，这样的高寒山区，无霜期那么短，怎么可能种出粮食？但他的意见最终

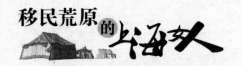

没有扭过邱生辉,没有扭过县里的沙县长……他虽然对建农场有意见,但上级决定的事情,还是坚决执行,便组织基建队社员挖地窝子,修棚搭院,准备安置的事情。几天前他去牧场看了看,今天刚刚赶回来,就碰到这样的事。

车上的移民们见这个黑脸汉子是个拿事儿的,纷纷向他诉说邱生辉欺骗了他们,有的说着就呜呜哭起来。黑脸社长听着,脸色越来越黑,回头问马屁精:"一共来了多少移民?"

马屁精说:"二百多人。"

"具体数字!"黑脸社长提高了声音。

马屁精慌忙说:"二百八十人,还有小娃娃……"

黑脸社长的额头紧拧了,突然吼了一声:"简直瞎胡闹!"因为他已感到现在的问题已经相当严重了,暂且不说邱生辉欺骗移民的事,近三百移民,今晚吃饭和住宿,就已经火烧眉毛了。当初县里决定只迁一百移民,并按一百口人供粮,公社也是按这个数字准备住房和地窝子的,现在迁来近三百移民,等于准备了一桌饭,来了三桌客人,你让他们吃什么?住哪里?更严重的是,还有小娃娃。他心里陡然发急,问马屁精:"邱场长呢?他去哪里了?"

马屁精支吾着,如实说邱场长躲在王寡妇家,等于出卖了邱场长,说不知道,显然躲不过黑脸社长的眼睛,他左右为难。黑脸社长见他支支吾吾,知道邱生辉躲藏起来了,一股火冲上头顶,什么时候了,竟然还躲藏起来,他吼吼地说:"去把他请来……"但话刚出口,又摇手说算了。因为现在移民们正骚动不安,让邱生辉出来面对移民,肯定会出乱子,再则他与邱生辉本来就在建农场的问题上有分歧,在这种非常情况下让他走出来,有"幸灾乐祸、落井下石"之嫌。便对牛大壮和马屁精说:"马上组织全队社员接待安置下车的移民……"

2

移民们全都住进马蹄湾东山坡下的移民区了。那里全是新挖的地窝子,随着地势摆在山脚下,远远望去像平地上皱起的波浪,只有露出地面的烟囱,几丝飘摇的炊烟,表明这里有人居住。烟囱是石头垒的,高出地面两尺左右,乍看像中世纪西方国家建造在荒郊野外的坟墓。

马蹄湾在青藏高原北部,北出两山对峙的沟口,便是戈壁沙漠。周围起伏连绵的大山,矗立在沉重的阴霾里,像铁灰色的屏障。这时太阳跳出东面的山头,周围高山上的积雪闪耀着刺目的白光,把寒意折射到山下,山凹里的地窝子和泥院笼罩着一层寒意和凄凉。

一直昏昏迷迷的叶梅醒了,睁开眼睛向左右看看,发现自己躺在一间泥屋的土炕上,大为惊异。这是一座窝棚式的房屋,面积不到十平方米,墙壁是石头垒砌的,外表抹着草泥,看上去疙里疙瘩,凹凸不平;顶搭着胡杨和红柳枝,低矮简陋,举手可够。大概长期烟熏火燎,房屋顶棚和墙壁黑糊糊的,墙角还垂挂着串串黑灰网,好像黑色的蝴蝶。一盘泥炕占据了大半面积,也是石头砌的,紧挨着炕头是泥炉子,上面坐着个铁皮茶壶,旁边的地上放着铁锨、镢头等劳动工具,除此而外,什么都没有。这是什么地方?我怎么在这里?谁把我弄到了这里?她妈妈不在身旁,她摸着身旁的土墙,望着盖在身上的羊毛被子,确定着自己存在的真实性。这时妈妈从外面拿着柴火进来,见她醒了,把柴火扔在泥炉旁,扑到了炕头:"阿梅,你可醒了……"

叶梅叫着"妈妈——"抓住妈妈的手,又为自己逃脱死神的魔掌而庆幸。她见四处脏兮兮的,特别是汗臭味和炕烟味儿直刺鼻子,想起来出去透透气。妈妈忙按住她:"躺着躺着,不要起来,你还很虚弱的。"她便找出口罩戴上,躺下了,问妈妈:"这是什么地方?我怎么到了这里?"这一问,妈妈眼眶里就汪出眼泪,说昨天她是怎样晕过去的、孟尚海怎样把她背到老妈妈家、老妈妈是怎样关照她的……她听着,泪水打湿了枕头……

叶梅是那种清纯典雅的南国美丽女子。鸭蛋脸庞,月牙细眉,眼睛乌黑,仿佛墨葡萄,水灵灵,清纯纯;肤色如葱白,光滑娇嫩,凝霜似的;身材高挑,细腰大臀,身上那件小花棉袄,勾勒出她凹凸不平、优美曼妙的曲线,特别是乳房高高挺着,一动就颤忽忽的,好像玉兔在衣服里作祟。男人都说用语言根本无法形容她的美,有几个女人不但对她的美丽漂亮羡慕得要死,还嫉妒得要命,曾狠狠说:"叶梅,我们真想咬你一口,或者把你活活吞下去,要不,不解馋呀!"还有女友无不遗憾地说:"我要是个男孩,非把你抢到我的身边,丢了命也值……"

哲人说过这样的话:女人漂亮是福,也是祸。她恰恰属于后者,她的美丽漂亮,不但没有给她带来半点福,反而招来太多太多的祸,要命的是,她性格直爽,嘴角常上翘一股孤傲清高。这种性格,注定了她的命运悲惨而且艰难!

她出身在上海一个资本家家庭。她时常埋怨自己的出身——倒霉的家庭。特别是在电影和小说里,看到资本家可憎的面目,就恨死了自己的出身,可这能

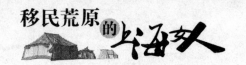

怪自己吗？出身是不能选择的。应该说，她的童年是幸福的，居住在一座豪华别墅里，满眼是洋槐绿树，围墙上爬满葡萄藤般墨绿的常青藤，那紫丁香，毛茸茸的，枝叶繁茂，青翠欲滴，那牡丹，那玫瑰，那月季，那玉兰，那马蹄莲等，红的、黄的、紫的、蓝的，姹紫嫣红，满园开放，简直就跟花园一样，她连做的梦，也是花团簇拥，五彩缤纷的！

爸爸喜欢书画，因此她从小在爸爸的影响下也喜欢画画。爸爸崇拜外国绘画大师梵高、达芬奇，还有中国的何香凝、齐白石、张大千、刘海粟等。她也跟着崇拜，立志要做何香凝那样的伟大女性，伟大画家。爸爸曾说素描是绘画的先导，是通往油画、水粉画、雕塑、大众传媒、插图以及建筑艺术等领域的成功通道。达芬奇初学画，一个鸡蛋描了数十年，后来成为世界级绘画大师。于是，叶梅便从素描开始，但她不描鸡蛋，一闲下来就搬只小凳子，坐在阳台上画蓝天、描白鸽。因为在她幼小的心灵里，只有鲜花盛开的花园，蓝蓝的天空，美丽的白鸽，所以她画的都是蓝天白云，美丽的小白鸽……有时自己也变成了美丽的小白鸽，在蓝蓝的天空自由飞翔，放飞着美好理想！——长大要成为大画家，把世界上最美好的东西全都描画在自己的画板上，留在自己心灵里。

她心地善良，热情活泼，不但喜欢画画，而且乐于助人，一团火似的。对身旁的佣人、保姆、工人，大是大，小是小，从不轻蔑，跟家人同样看待，有的工人家里有困难，她还想办法帮帮，接济接济，她说人都是平等的，可她很傲气，好像高傲的小公主，时常高昂着脑袋，目不斜视，一副目中无人的样子，如果碰到看不惯的人，特别是那些看见漂亮女人，眼睛就发绿的臭男人，别说跟他说句话，连正眼也不看。当然了，她是名门闺秀，大户人家的小公主，这种气质是骨子里带来的，也没有办法。

爸爸和妈妈把她这个小公主当宝贝般捧在手心里，过着衣来伸手，饭来张口，穿金戴银，无忧无虑的生活……突然有这么一天，她这个千金小姐，被那些胳膊上戴着红袖套的人，从那座别墅里轰出来，赶进居民区一间破烂的小阁楼里。高傲的白雪公主，自由飞翔的小白鸽，变成了人们蔑视的丑小鸭。爸爸也突然不见了，没有了。多年后妈妈才告诉她，爸爸逃往香港了。叶梅那会儿还小，不知那些戴红袖套的人，为什么要把她和妈妈赶出自己家的别墅？为什么要游斗妈妈？别墅是我们家的呀？妈妈是很善良的女人呀？看见杀鸡都流眼泪，后来才渐渐明白为什么了。从此，再听不到她银铃般的笑声，看不到她花蝴蝶般翩翩起舞的英姿，变得沉默寡语，冷眉冷眼，渐渐成为另外一个人了。

那时候的叶梅正在上小学。爸爸逃往香港，亲戚们又都失去了联系，她和妈妈便举目无亲,无依无靠了,全靠妈妈扫大街,糊火柴盒,捡垃圾过日子。1958年秋天,对于叶梅来说是个值得庆贺的日子,她以很高的考分录入江南大学美术系。这所江南著名的高等学府美术系,曾培养出很多全国乃至世界级的书画大师。叶梅从小梦寐以求,去这个高等学府深造,她的美梦终于实现了!一片阳光驱散密布在她幼小心灵里的乌云,走进她的心田,那银铃般的笑声和歌声又出现了,可爱的小白鸽又张开美丽的翅膀,向理想的蓝天飞翔。她踏进这座神圣的艺术宫殿,满怀信心,努力学习,梦想将来成为全国甚至世界级的书画大师。然而,命运偏偏跟她过不去,刚念完一学期,就被打成右派开除学籍,遣送回家了。

叶梅年龄小,天真幼稚,不知右派是什么,直到学校遣送她回家,还要监督劳动教养,才清楚右派是什么了。她清楚,这是她扇了美术系党支部书记一巴掌付出的代价。那位书记姓穆,不懂艺术却是美术系的党支部书记,学生们都觉得怪怪的。叶梅却不管这些,她说穆书记懂不懂艺术,于我何干?我只管看自己的书,只管画自己的画,可后来偏偏就有了关系,还是致命的关系。

那位穆书记不懂艺术,却喜欢往女生堆里钻,特别喜欢漂亮女生。叶梅入校时间不长,就被他盯上了。他给朋友说,他从来没有见过这么漂亮娇美的女娃儿。他还仔细研究过叶梅,说叶梅的身材苗条,胸脯高挺,腰肢细柔,臀部肥大,是从古到今,标标准准,分毫不差的美人体形。那时候自然没有"三围"的说法,如果有,肯定还会大发出什么高谈阔论。他开始向叶梅进攻了。他自然不敢明目张胆剥叶梅的衣服,便施展他老调重弹的"艺术净身"手段。"艺术净身"是什么? 叶梅不懂。据穆书记说,这是西方国家美术学院为刚入校的新生上的第一堂课,即让新生脱光衣服,先为学生们做模特,献身艺术,以洗除学子面对异性模特心存的邪念和俗气,是不是这样,叶梅当时说不清。

这天晚上,穆书记把叶梅传去了。书记在他的办公室兼宿舍里由表及里,由浅入深,滔滔不绝讲述"艺术净身"的伟大意义。叶梅发现这个穆书记虽然对书画艺术一窍不通,却对"净身"兴趣浓厚,颇有研究。她大感惊讶。罢了,书记两手捧掬在眼前,圣徒朗诵赞美诗般赞颂:"啊! 漂亮娇美的女神,你不知道你的身材有多美妙生动,你不知道你的肤色有多白净纯洁,你的脸庞简直就是十五的月亮,不不不! 比十五的月亮还要美丽,还要漂亮! 啊,我心中的女神! 我要为你做一幅空前绝后的美人画卷,啊……"他微闭着眼睛,陶醉在某种境界中。

"咯咯咯咯。"一贯矜持冷傲的叶梅,被书记滑稽拙劣的表演逗笑了。这个书记在大庭广众面前正襟危坐,人五人六的样子,没想到还这么滑稽逗人。

他表演过后,要求叶梅躺在床上,来一次为艺术而"净身"。这时叶梅愣了。

她隐隐觉察到他那滑稽拙劣的表演——醉翁之意不在酒。尽管叶梅有着为艺术而献身的崇高境界，然而，让她脱了衣服躺在他床上，为他做模特，她没有那样的勇气。她准备离开。书记发现这只梅花小鹿的意图后，伸手抓住她的胳膊："想走？"叶梅点点头。书记又问："不愿为艺术净身？"叶梅回答："愿意。"书记说："好，那就脱……"叶梅没有动，脸庞羞涩得好像贴上一块红布。书记见叶梅这样，又问："怎么？怕羞？看来你心灵深处还不干净，残留着封建主义的东西。没有心灵的净化，不剔除心灵深处的邪念和尘俗，就不可能产生高超的艺术，这个你懂吗？"他严肃地问叶梅。叶梅点点头说："懂。"书记脸上出现笑容，又说："那好，快脱吧！"他明显表现出急不可耐的神情。叶梅还是不动，双手掩紧衣服。因为她发现面前这个男人眼睛里闪着贪婪和邪念。书记有点无招了，又准备阐述高深的"净身"理论，叶梅说："如果学校真有这样的净身课，我会为了艺术毫不保留把身体展露在课堂里，在这里不可以。"她说得很干脆，没有半点余地。他懊恼地问："为什么？"叶梅说："你心里清楚！晚安。"说着就走。书记挡住她，狠狠说："你是怕羞不好意思吧？我来帮你净化……"说着便撕扯她的衣服，还在她的乳房上揉搓……叶梅毒蛇咬了般惊跳起来，愕然大叫："啊！你要干什么？怎么是这样的人，流氓，流氓……"叶梅没想到书记会这样，书记是多么光辉的形象啊，平时中山装熨熨帖帖，头发一丝不苟。他的形象突然间在叶梅的眼里变得丑陋恶劣。她喊叫着："来人啊！抓流氓……"

穆书记怔住了，没想到这个女学生会这么不懂事理，怕她大喊大叫被别人听到，怔了片刻，便赶紧伸手捂住叶梅的嘴，往床上按。她拼命挣扎，抽出手朝他脸上扇去，书记被扇过去了，她翻身夺门而逃……

当晚，她去学生会控诉穆书记，说他耍流氓，骂他不要脸，土匪……学生会领导是个激进女生。她嫉妒叶梅的漂亮，又见她平时一副孤傲清高、出污泥而不染的样子，满眼的看不惯，现在听她骂穆书记是流氓，土匪什么的，惊得瞪大眼睛问："叶梅，你骂穆书记是土匪流氓？！你骂穆书记是……他可是我们党的书记呀，你怎么能，你这可是反党呀……"叶梅哭着说："他就是流氓，就是土匪，他扯我的衣服裤子，还还……"她省略了书记抓她乳房的事，毕竟是小姑娘。

穆书记是系里的党支部书记，是美术系党的形象，依此类推，骂党的支部书记，不就是骂党？不就是攻击党吗？这个资本家的大小姐太猖狂！政治敏感性极强的学生会女领导，立刻意识到这是严重的政治事件，当即报告系党支部。系党支部自然非常重视这个政治事件，因为穆书记就是支部书记。这件事，假若是工人家庭出生的学生，假若叶梅扇的不是书记，骂的也不是书记，那么或许就悄悄过去了，可偏偏是叶梅，又出身资本家，资本家偏偏跟共产党又是两条道上跑的车，这一下问题就严重了。支部会上紧跟穆书记的委员们，一下把问题提到很高很高的高度——这是资本家向党进攻！猖狂进攻，太猖狂了！第二天，系里立即召开批判会。批判叶梅攻击党的罪行，却没人说穆书记的不是。当时叶梅除了气愤外，觉得极不公正，姓穆的耍流氓得不到应有的惩罚，而受害者却受到批判指责。她大惑不解，哭笑不得，却又不想辩解。辩解什么？我行得端，走得正，别人爱说什么，说去吧！但没过几天，系党支部呈报上级批准，把叶梅定为右派，开除学籍，送回原籍……转眼间，一个刚刚走进大学、天真纯洁的姑娘，被一棍打入人间地狱。叶梅这才感到问题严重了，她赶忙跑去问自己的老师："这是为什么？为什么？我做错什么了？做错什么了？"

老师痛惜地说："你没做错什么……"

"没做错什么，为什么这样？为什么？"

老师无言以对，只苦笑着摇头。她又去问校长，那老校长看见她，竟像躲瘟疫般转身就溜……老校长两鬓斑白，著作等身，德高望重，是她崇敬的尊师，怎么也成了这样？她感到这个世界变得陌生了。天啊！我去问谁？她想辩解，没处去辩解，想挽回，又无力挽回。她死也不愿离开这所艺术殿堂，这是她从小就梦寐追求的神圣殿堂啊！但不走，由不得她自己。她提着行李卷，满含着清泪，离开了学校。走出学校大门后，她忽然不知去哪里？回家，怕妈妈看到女儿的遭遇和不幸会受不了。妈妈为她走进这座艺术殿堂，忍辱负重，含辛茹苦，不知付出过多少血汗和泪水？当初她考进这所大学，竟高兴得哭了，大声地哭了，还从老远把她送到学校……现在她成了这样，妈妈知道了不知会悲伤成什么样子？

她不敢回家，也不能回家。她在校门前的马路上徘徊、蹒跚。一整天都在徘徊、蹒跚。天黑了，还在那里，最后坐在行李卷上抱头痛哭。这时有人轻轻拍她的肩，她抬起头，见是老校长，一股厌恶之情忽然涌向心头，准备嘲讽挖苦他两句。老校长说话了："孩子，不是我不想见你，而是害怕他们看见了对你不利啊！你知道吗？他们也在审查我，还因为那天我在会上替你说了两句话，他们抓住不放……孩子，请理解！"老校长眼睛湿了。她听是这样，知道自己误会了老校长，扑到他怀里呜呜哭起来："老校长——我没有攻击党，没有做错什么，真没有哇！怎么就……我不明白，这是为什么？不明白哇！"

老校长抚着她的肩说："孩子，不要哭了，不要问那些了，过去的就让它过去吧。说实话，现在有些事你不明白，我也不明白，你问我为什么，我也时常问自己为什么，可我也不知为什么啊……回去吧，回家去吧，你还年轻，人生之路还

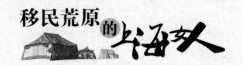

很长很长,以后好好学习,我相信前途是光明的,光明的……"老校长把她送上回家的火车。

她从学校回家时间不长,街道委员会便把她的名字写到了遣往马蹄湾农场的名单上……

孟尚海和他父亲昨晚住在移民区的地窝里。新挖的地窝子潮湿,寒风又飕飕直灌,他当了一晚上的"团长",天刚亮就从寒冷的被窝里爬起来,悄悄溜出地窝子。他要去看望叶梅,她昨天成了那样,不知今天怎么样。他朝牛大壮家走去,半路上看到一个女青年在荒滩野地里捡柴火,娇小的身影在寒风里飘摇,他叫了声:"阿玲,干什么呢?"

那姑娘直起腰,见是孟尚海应道:"拾柴火呢,尚海你过来,我正要去找你。"

她叫乔育玲,是同来的上海移民,年龄二十一岁。在上海时她跟孟尚海同在一家工厂上班。她喜欢跟孟尚海在一起,还经常去他家玩儿,早就有人悄悄提醒孟尚海说:"这个姑娘喜欢上你了,你要做好迎接爱情的准备。"但孟尚海却对她没什么感觉。此时他听她有事,便走过去:"找我啥事?"乔育玲边撩着凌乱的头发边说:"我们同地窝住的几个姑娘都不会生羊粪火炉子,地窝里冷得像冰窖,想请你帮帮忙,教我们怎么生羊粪火炉子。"孟尚海见她头发凌乱,眼窝青黑,还带点浮肿,心生怜悯,便说:"走,看看去。"

那几个姑娘住的地窝子跟他家住的一模一样:一座房子般的土坑,上面搭着梁檩和树枝柴草,压着砂土石子,没有门扇,没有窗,跟菜窖差不多;地窝墙壁,还是原始的土壁,没有抹泥皮,一撞就刷刷刷掉砂土;里面没有炕、床、桌之类,只有一座泥炉,是石头垒起的,卧在门旁边;靠墙一溜四张地铺。

孟尚海在大学读了几年建筑学,虽然对地窝子这种建筑物还是第一次见识,但对它的理解却有了深刻的质的飞跃。他觉得中国人不论在哪个领域,其独创精神都是出类拔萃的。过去他对人们一提"建筑",首先总是把建筑跟修建房屋、能遮风避雨、解决实际问题联系起来很有意见。为什么不把"建筑"当做一种艺术来看待?这是一门艺术啊!十八世纪的德国哲学家谢林曾说过"建筑是凝固的音乐",以后音乐家豪普德曼又补充说"音乐是流动的建筑"。这些都说明一个道理:建筑是艺术。然而,当他昨晚在地窝里挨冷受冻当了一晚上"团长"后,他的这种观念彻底转变过来了。事实上,"建筑"首先必须考虑遮风避雨、解决客观实际问题,而后再谈艺术问题。客观实际是第一性的,而艺术是第二性的,只有在充分考虑客观实际的基础上,再考虑艺术表现,这才是正确的。

已经快晌午了,太阳高高的,姑娘们的地窝子却很冰冷。那几个姑娘披头散发,灰头土脑,愁眉苦脸,或披着被子偎在地铺上瑟瑟缩缩,或围在那个早已熄灭的土炉旁唏哩哈啦颤抖,还有一个嘤嘤地哭着。见孟尚海来了,一片叫苦声:"什么鬼地方,冻死人啦! 这地窝子简直就是冰窖,快帮我们弄弄炉子……"

　　孟尚海赶紧帮她们收拾炉子。本来生土炉子不是什么难事儿,但对于刚来马蹄湾的上海姑娘就难了。她们都没有干过,怎么折腾,那炉子就是燃烧不起来。孟尚海从小就没了母亲,在家里生炉子、做饭、干家务,什么都能行。他揭开泥炉盖,见炉膛里满满当当、实实在在填着羊板粪,一点气不透,便玩笑着说:"人心要实,火心要空。把炉子填得实实的,不透一点气,能燃烧起来吗? 捂住你们的鼻子和嘴巴,你们是什么感觉?"他边说玩笑话,边把里面的羊板粪掏出来,又清除炉膛的死灰。罢了,把柴火填进炉膛,加上羊板粪,点燃,转眼炉膛里吐出蓝色的火焰。

　　地窝面积小,火炉一燃烧,就有了温暖的感觉,姑娘们便哇哇地叫起来:"还是孟大哥行呀! 真行呀!"小李姑娘,挤着调皮的眼睛对乔育玲说:"真有你的,寻了个好大哥……"话里蕴含的意思,乔育玲心里自然清楚,便剜她一眼:"别胡说哦……"

　　炉子燃起来了,孟尚海该走了,姑娘们就一片感谢声。乔育玲把孟尚海送出地窝子,恋恋的,像有话要对他说,却没有说出来。孟尚海好像没有觉察,对她说:"一起去看看叶梅吧,昨天她晕过去了。"乔育玲听他要去看望叶梅,脸色冷淡了下去,说:"有这个必要吗?"孟尚海说:"怎么没有,她昨天成了那样,不知现在怎么样了。"又说:"你俩相互认识,应该去看看。"

　　乔育玲不吭声了。其实她何止认识叶梅,她家原来跟叶梅家同住一条街弄,又同在一个学校上学,来来去去,关系也算不错,但后来叶梅考进了江南大学,她进了工厂,两人接触的机会就少了。再后来,不知怎么的,两人忽然就不来往了。她好长时间都没见过叶梅,没想到几天前,在火车站的移民队伍里相逢了,但却没了过去的热烈拥抱和亲密叙谈,好像很陌生。她很有分寸地问了声好,就匆匆离开。这些天她们虽然同乘火车,又同乘汽车,却没说过话。

　　孟尚海见乔育玲表情淡淡的,便问:"不想去?"乔育玲说:"你看我刚起来就拾柴火,到现在连脸都没有洗,披头散发的,怎么去呀?"孟尚海看出她在搪塞,便说:"那就算了。"转身准备离开,乔育玲叫住他,迟疑半天说:"我想,你也别去了吧。"

　　"为什么?"孟尚海认真问。

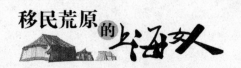

乔育玲说:"不为什么,就为你好。"她一脸的真诚,一脸的认真,一脸的为他好的意思。孟尚海读懂了她心思,说声"谢谢"扭身就走,把乔育玲晾在了那儿。她望着他远去的身影,忽然眼睛里旋出泪水。她就搞不明白,他这是怎么回事?她喜欢他可不是一天两天了。在上海时,她有空就去看他,就跟他聊天,工作、前途、未来,还有敏感的话题——青春和爱情。孟尚海的妈妈去世早,家里就他和他爸爸两个大男人,她常去他家洗洗涮涮的。她表现得已经够热烈,够明白了,就差说出"我爱你,我想嫁给你"的话,可他总是不冷不热,没有感觉的样子,难道非逼她说出那句话啊!她是个大姑娘!虽然是新时代了,可大姑娘总是大姑娘,让大姑娘主动说出那话,多么难张口,多难为情啊!

她眼望着孟尚海的身影渐渐消失在牛家小院,心里很悲伤,忽然身上发冷,转身蹒跚着向回走去。

小李姑娘见乔育玲回来了,就搂着她的肩,唧唧喳喳,叫个不停:"乔姐,你的那个阿哥真棒,真棒!啥时候吃喜糖呀?啥时候吃喜糖……"她在同地窝住的四个姑娘中年龄最小,嘻嘻哈哈,一副无心无肺的样子。乔育玲本来很伤感,见小李姑娘这么叫嚷着,心里就更加难受了,忍不住眼泪打转。地窝里黑暗,小李姑娘看不清她脸上的表情,还缠着闹着,乔育玲就把小李姑娘推了过去,坐在地铺上歔歔起来。小李姑娘不知她怎么了,愣在那里,另外两个姑娘也愣了。

孟尚海去牛大壮家看了看叶梅,又跟叶梅妈妈和老妈妈说了几句话,便回自己家的地窝子。地窝子很冷清,寒风到处乱窜,脸上铁刷子刷一般。他爸爸正在摆置笼箱物件,见他从外面回来,口吻沉沉地问:"去哪里了?"

孟尚海编谎说:"去外面转了转,看了看马蹄湾。"

"撒谎!"他爸爸直起腰,拍了拍手上的灰尘,盯着他说:"爸爸知道你去了哪里。"孟尚海愣了。他爸爸说:"你尽往那里跑,知道那两个女人是啥人吗?她们一个是右派,一个是资本家的阔太太,都是监督劳动的对象,他们跟咱们工人阶级是两条道上跑的车。以后离她们远点,听清楚没有?这是原则问题,糊里糊涂要犯错误的。"孟尚海见爸爸知道他去了叶梅那儿,便不再掩饰,站着,愣愣听爸爸训话。他爸爸见他不吭声,又说:"要接受经验教训啊,那年你要是不犯错误,现在肯定在建筑公司做工程师,哪会到这里来?唉……"

一提那年的事,他爸爸又叹起声来……

他们家本来是不会迁来马蹄湾的。他们家祖孙三代都是工人,旧社会他们在上海码头做搬运工,受了大半辈子苦,直到解放才翻身当家做主。他们是国家的主人，是那个城市的主人，怎么可能列入"清理"对象呢？然而，这件不合情理的事实，归根结底还是跟他孟尚海有关。他生在旧社会，长在红旗下，是解放后第一批走进大学的工人家庭的孩子。然而，眼看就要毕业了，偏偏在这时候闯出个大麻烦——1958年秋天，学校召开批斗右倾分子大会，有个戴帽右派恰好是他们系的教授。他看到自己崇拜的教授遭到声讨批斗，想不通，当即跳上台发表自己的意见，回击那些大放不实之词的人，同时组织十几个学生在校园里游行，展开辩论活动。他的举动在部分人眼里，是年轻人头脑发热的幼稚冲动，另一部分人则认为他蓄谋已久，猖狂向党进攻！总之，他把天捅了一个大窟窿，其结果可想而知——开除学籍，取消分配，打发回家当市民……一次头脑发热，便断送了自己的辉煌前程。他回家后，他爸爸气得昏了头，一铁棍打过去，险些敲碎他的脑袋，但爸爸再气愤，再恨铁不成钢，也没办法挽回这样的结局，便在工厂里为他找了份工作，让他干……这次邱生辉前去上海迁移民，他爸爸替他报了名。他爸想，儿子应该去西北好好锻炼改造，不经经风雨，见见世面，很难成为工人阶级可靠的接班人。同时他自己也报名来了，因为他对他这个儿子很不放心，有他在身旁经常敲打监督，总会好点。但这个儿子的阶级觉悟总是不高，糊里糊涂的，看看这两天，不但同情那两个女人，而且还跟她们来来往往，这不是往泥坑里栽吗？

他严肃警告："你要注意，要警惕！千万不能跟她们沾啊！不能……"

对于爸爸的教诲，孟尚海已经听得很多很多了。他知道父亲的脾气，耿直豪爽，对党忠心耿耿，但也武断偏激。因此在爸爸教诲他的过程中，他从不插嘴，更不敢顶撞，每次都默默不语，耐着性子听，直到父亲把话说完为止，否则他爸爸会暴跳如雷，甚至上耳光。此时见爸爸要结束训导，感觉身上轻松了，准备出去，他爸爸叫住他："站住。"他站住了。

爸爸顿了顿，缓和语气说："阿海啊，你也老大不小了，个人的婚姻大事也该考虑考虑了，你看阿玲在那儿都等了几年，你该给人家一个明确的答复。爸爸看这个姑娘不错，出身工人家庭，根红苗正，跟咱们也门当户对，听说她这次来马蹄湾农场，都是为了你……"

他见爸爸又提这事，有点烦了，插话说："爸，这事您就不要管了，我知道怎么处理。"一直以来在父亲教诲他时，他是从来不敢回嘴插言的，只有在爸爸谈论他的婚事时，他才敢这么大胆插话顶嘴，而爸爸也唯有在这件事上不武断，顺从他的意见。他爸爸没有听出儿子话里的意味，说："那，爸爸就放心了。去吧。"他听爸爸放心了，野兔子般跑出地窝子。

3

外面有"日——日——"的怪叫声。半躺在火炕上的叶梅从来没听到过这样怪声怪气的声音,问妈妈:"什么东西在叫? 怪怪的,可怕死了。"妈妈说:"不是什么东西,是风声,外面在刮风。"她有点不相信,刮风怎么是这种声音,好像怪物从天空掠过。妈妈说:"妈妈也觉得怪怪的,早晨出门细细听听,又细细看看,它就是刮风的声音。"她听着便惊愣了,自言自语道:"高原上的风声都跟别处不一样,怪兮兮的,叫人听着身上直发毛!"妈妈掩掩她的被子说:"别管那些了,安心躺着吧。"

风叫得很怪异,叶梅哪能睡得着? 这时听到有人在捣弄火炕,身子下面咕隆咕隆直响。她忙双手撑炕坐起来,移到窗户旁朝外看,见有位老妈妈跪在墙角下拿根杆子捣弄什么。妈妈也凑在窗户上观看,见是老妈妈就说:"阿梅,她就是救助了我们的老妈妈,现在用羊粪、柴草给你烧炕。老妈妈说这地方冬天全靠火炕熬严寒,度日月!"叶梅望着白发飘飘的老妈妈,哦了一声。

老妈妈煨好炕,拍打着膝盖和身上的尘土回到屋里,见叶梅醒了,脸上泛出憨厚的笑容:"女子,你可醒了! 这一天一夜可把你妈妈急疯了,醒来就好,醒来就好,好好……"叶梅妈给叶梅介绍说:"阿梅,这就是那位好心的老妈妈,要不是老妈妈不知你会怎么样……"老妈妈说:"不要说了,女子醒了就好,好好好!"深山僻地的人大概不会用什么漂亮话来表达自己的感情,只是反复说着"醒来就好,醒来就好",再就可着劲儿为她母女俩做这做那,想把这两个从大城市来的客人照顾好。叶梅和妈妈望着,一股股暖流在胸中如浪涌动,感到了人间的真情,人间的温暖! 叶梅为自己刚才嫌弃人家被子脏,气味难闻,脸上有点发烧,摘下大口罩,叫声:"老妈妈……"有好多感激的话要说,但嗓眼哽咽着,涌泉般的热泪代替了语言!

中午时分了,老妈妈的儿子回家了。原来老妈妈的儿子就是牛大壮。老妈妈家是几年前从青海东部农村迁来的,来时一家三口人,老两口和二十四岁的大壮。刚到马蹄湾,大壮的爸爸因不适应高原气候,在野牛沟垴修羊圈搬石头时脑溢血发作死了,扔下他娘俩东走不行,西去不能,便在马蹄湾相依为命,度过了几个春秋……

其实,老妈妈年龄并不大,迁来马蹄湾时四十二三岁,现在还不到五十岁。这样的年龄如果在内地城市,还是正当年哩,但这是高原深山,长年累月受风沙洗礼,受艰辛生活的熬煎,头发熬白了,脸色焦黑了,皱纹深长了,因此显得苍老。她是个善良慈祥的热心肠人,儿子牛大壮也传承了父母憨厚质朴、吃苦耐劳、善良热情,勤劳能干的特有本质。几年前,他们刚迁移来马蹄湾,除了山脚下那几座破烂倒塌的地窝子,再什么都没有,大伙儿都闹着要回去,有的偷偷逃跑,公社劝阻也没用。这时牛大壮挨家挨户劝说了一圈,移民们奇迹般留了下来。公社不知他用了什么高招妙法,其实呢,他就给大家说了这样几句话:牧民祖祖辈辈都能在这里生活,我们咋就不行? 我们比谁少了胳膊腿儿? 人活着要给自己挣点脸面,见苦就逃跑,太丢人! 公社见这个小伙子能干,厚道,还有组织能力,便选他当了基建队队长。四十多口人的基建队,上有比他年龄大的,下有比他年龄小的,像一个大家庭。他对老的,尊做自己的父母,对下当做弟妹,除了带着大家劳动生产奔日子,生活上也很关心大家,社员们都把他当亲人看。那些小伙子都跟他哥们儿似的亲近。

他对人很热心,但昨天却在马屁精的操纵下,糊里糊涂把可怜的移民拉下了车,当他知道真相后,心里很不好受。为了慰藉自己愧疚的心,便带领基建队的小伙子,帮上海移民搬运行李,拉运取暖的羊粪,生火炉,找吃的。他从东家到西家,从这个地窝子到那个地窝子,一直忙到现在,累得坚持不住了,才在黑脸社长劝说下,回家准备躺一躺。一进门,当他看到自己的小屋炕上躺着个漂亮姑娘,以为是梦幻,惊得几乎叫出声来。他妈妈忙给他述说了昨天发生的事,他听后心里深深同情,对他妈妈说:"咱们是这里的老户,各方面条件比他们好多了,以后尽量多帮帮她们。"

老妈妈啧了他一眼:"看这娃娃说的,这事还用你交代?"

守在女儿身旁的叶梅妈见牛大壮回来了,知道他是老妈妈的儿子,昨晚又忙得没回家,一宿没合眼,便对叶梅低声说:"阿梅,老妈妈的儿子大壮回来了,咱们走,让人家休息休息……"叶梅点点头起身,准备下炕。

老妈妈见状问:"去哪里?"

叶梅妈妈说:"我们去农场,大壮他回来了,让他休息休息……"叶梅妈的话还没说完,老妈妈便嚷起来:"女子刚醒,现在还虚弱,咋能到处跑? 你这当娘的简直糊涂了,糊涂了! "把叶梅按在炕上,不让起来。叶梅妈妈说:"大壮回来了,他一宿没有睡觉,现在要休息的,要休息的。"老妈妈说:"他要睡觉就到那面的

厨房睡,跟你们没有关系,你娘俩就乖乖住着,女子就好好躺着,等女子身子好点了再说。"

"这,这怎么行呀?"叶梅妈忙说。她清楚,老妈妈家只有两间房子,说是房子,其实就是用石头垒起来的窝棚,面积都不到十平方米,并不宽敞。如果她母女俩住下来,牛大壮就没了落脚的地方。因此她坚持要离开:"我们母女现在是农场的人,让农场安排住的地方。"牛大壮见叶梅妈执意要走,便也劝道:"姊子,外面天寒地冻的,你们哪里都不要去了,再说,现在农场也没有住的地方,就住在这里吧。"叶梅妈以为牛大壮拿这话阻拦她母女,就说:"不会吧?他们宣传说移民来马蹄湾农场有宽敞的房子住,有白馒头吃的。"

牛大壮苦笑了一下,不知怎么给她解释。从昨天到现在,好多移民都这样问他,有的直到现在还不相信这就是马蹄湾,说马蹄湾是现代化农场。他只有苦笑和可怜他们的份儿了。现在见叶梅妈又这样说,便实话告诉她:"这是邱生辉和马屁精说的胡话。马蹄湾是啥样子,你们已经看见了,不要说宽敞的房子,现在连地窝子都没有多的。昨晚把公社的办公室都腾出来了,有的在基建队社员家里凑合……"老妈妈接着茬儿说:"反正现在农场住处不够,就按儿子说的,你娘儿俩就住在我家。先凑合凑合,到夏日天气热些了,让大壮他们给没有住房的移民们盖新房子!"叶梅妈见老妈妈和大壮态度坚决,真诚热心,便不再说什么。牛大壮转身出去,把叶梅和妈妈的铺盖行李卷搬了过来。

然而,这天晚上叶梅和妈妈却做出平生最为冒天下之大不韪的决定:逃跑。

牛大壮把她母女俩的行李搬来后,叶梅和妈妈并没有打开,因为她们总感觉这地方不是自己的家。下午牛大壮去了工地上,母女俩便出了门,想再进一步了解马蹄湾,因为直到现在她们对马蹄湾仍然处在梦幻般的感觉里。母女俩去移民居住区和周围转了半圈,就迈不开脚步了——再次被眼前恶劣艰苦的环境吓呆了。这地方根本没法生存下去,最后决定逃跑。

当叶梅说出"逃跑"这两个字时,自己把自己吓了一大跳!可能吗?那天移民的车队从火车站出发到这里,整整爬行了三天。这么远的路,她们凭两条腿,不知会跑到何年何月?再说,她们这样身份的人逃跑,如果被抓回来,那是何等的罪行?但除了逃跑,再没有别的出路。叶梅妈同样吃惊不小,女儿的想法太幼稚了,且不说能否逃出去,就是逃出去了,去哪里?哪里是她们的立足之地?这才是问题的致命所在。但往下想想,不逃跑,以后怎么活下去?与其等死,不如逃跑,说不定逃跑,还能捡回一条命。于是母女俩当即关上门,头对头,开始秘密商量怎么逃,朝哪个方向逃,啥时行动。这是命悬一线的大事,不比投敌叛国轻松,稍不慎就会出纰漏,出了纰漏便彻底完蛋!母女密商了半天,决定当晚后半夜,顺来路逃。商定好后,母女身上已热汗淋淋似下雨。

吃过晚饭,叶梅和妈妈回到屋闩上门,上炕躺下了,母女想以睡觉镇定情绪,却辗转反侧,不能镇静。好不容易挨到后半夜,听听外面死了般寂静,便背起简单的行李卷,带着几个干粮和半碗大米,轻轻打开了房门……就在这时,两个黑影出现在面前。母女俩大惊失色:"啊——"

"不要怕,快进屋。"对方低声说。

原来是老妈妈和牛大壮。老妈妈把她母女俩拥进屋里,反身关上门,低声问:"你娘俩哪里去?"叶梅和妈妈已惊出一头冷汗,嘴唇颤着说不出话来,半天叶梅妈妈说:"我们,我们想去外面透,透透气……"老妈妈听她母女俩这样说,生气了:"你娘俩想干啥,我心里清楚。"叶梅和妈妈听老妈妈这样说,心头一沉,完了!她儿子是队长,是管事儿的,他能轻饶她们的逃跑行径吗?天呀,怎么还没出门就碰到枪眼上了?叶梅妈妈准备给牛大壮解释认错,还没张口,只听老妈妈责怪她说:"傻啊!几百里路,戈壁滩上又荒无人烟,你们凭着两条腿能逃得出去吗?还有狼熊,你们,你们这不是去送命吗?"

叶梅和妈妈听老妈妈这样说,心里稍稍松了一下。

这时牛大壮点亮了煤油灯。他说:"妈妈说得对,你们这样逃,绝对逃不出去,不要说你们,就是我这样的棒小伙子,要想走出去都很难,假如走迷了路,误入大沙漠咋办?或者碰到狼群,那后果更不敢想……大婶你们如果真不想在这里落脚,等有机会,偷偷爬上出山的汽车走。这样逃,是绝对走不出去的……"

叶梅和妈妈没等大壮把话说完,便瘫软在炕头上……

一晃,八天时间过去了。这些天上海移民是在寒冷、饥饿和悲愤中熬过的。自从那天移民车队爬进马蹄湾北面两山对峙的豁口后,马蹄湾千百年的原始冷寂就被打破了,但那不是欢声笑语,而是怨愤的哭泣和声声叹息,有三四个移民因寒冷饥饿当即倒下,还有几个不适应高原气候,心脏永远停止了跳动……邱生辉想,停止就停止吧,死人的事是经常发生的,要奋斗就会有牺牲,建农场又不是小孩过家家,哪有不死人的?于是马蹄湾东面的山坡下,在出现一片新地窝子的同时,也出现了一片新坟冢。

然而,时间是斡旋磨合矛盾的最好润滑剂,随着时间的推移,上海移民的情绪渐渐稳定了,跟邱生辉的对立情绪也随之减弱。马蹄湾自然条件和生存环境固然原始艰苦,但不论怎样批判这里的落后艰苦和愚昧,怎样怨恨邱生辉的欺

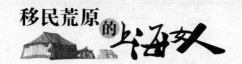

骗行为,现在生米已经做成了熟饭,一切都将无法挽回,既然已成定局,又无法挽回,再闹腾还有什么实际意义?聪明的上海移民认为现在再闹腾,便是不聪明,只有面对现实,顺应潮流,才有出路。那些所谓有问题的移民,还想通过好好表现,盼望组织把他们重新纳入"好人"的队伍,送回上海哩!

移民终于安稳下来,开始垦荒劳动了。马蹄湾河东岸的荒滩上出现黑压压的垦荒移民。用锄头刨地的,用铁锨铲土的,用撬杠撬石头的,放火烧荒草的;劳动的吆喝声,工具磕碰声,呼呼的风声,哗哗的彩旗声,在那片荒滩上汇成杂乱无章的交响乐!邱生辉站在那座土堡般的房屋窗前,望着开荒的浩大场面心驰神往,大发感叹!——这个兔子不拉屎的马蹄湾,就要在他邱生辉的领导下建起农场,出现碧绿的庄稼,金黄色的麦浪。只要这颗"卫星"放出去,他将会从这里飞黄腾达。他心情激动,思绪飞扬!

这些日子,他一直躲藏在这座房屋里,自我感觉好像公安局通缉的案犯,又像关在高墙铁窗里的罪人,实在憋闷,现在看到移民情绪基本稳定,垦荒运动开始了,知道大可不必再躲藏下去。这天他大着胆儿出门露面了。刚出门,他就看到前面的草滩上有两个女人散步。他认出那是叶梅和她妈,心里忽然涌动起激情。他在上海动员移民时,就发现叶梅身段秀溜,曲线标致,是个大美人。但遗憾的是她目光沉郁冷漠,神态孤傲清高,一副拒人于千里之外的样子,使他无法接近。此时见她在散步,忍不住向她们走去。

叶梅和妈妈也刚出门。自从那晚老妈妈和牛大壮把她母女拦住后,她母女便打算先在马蹄湾待着,等待机会再逃。叶梅的身体仍很虚弱,风摆柳儿似的,虽然经过几天休息和老妈妈的精心照料,渐渐有所好转,然而高原反应严重,头痛恶心,呕吐频繁。这一阵她又有点恶心发潮,便出来透透气,没料刚出门就看到了邱生辉。他们之间的距离,大概百米远。如果邱生辉不向她和妈妈走来,也就各走各的路,双方相安无事,但邱生辉偏偏向她母女俩走过来,灾难也就跟着来了……

叶梅孤傲清高,时常冷眉冷眼,特别是面对邱生辉这样的男人,如同针尖对麦芒。妈妈多次告诫她说不可这样,雪太白易污,水至清无鱼;木秀于林,风必摧之。她也清楚这种个性是人生悲剧,也想改,但这是骨子里生就的,改不了。此时她看见邱生辉走过来,却像没有看见,昂扬着头,目不斜视往前走。妈妈着急了,低声提醒说:"阿梅,不能这样呀!"又近乎哀求说,"那就戴上围巾,戴上口罩吧?"叶梅见妈妈哀求,把脖子里的围巾戴在头上,又戴上挂在胸前的大口罩。这只口罩是妈妈专门为她做的,原因很简单:她长得过于漂亮,又冷眉冷眼,倔犟孤傲,不遮盖掩饰会招致麻烦。

邱生辉到跟前了,圆脸眯眯笑着,准备跟她搭讪两句,但刚开口说:"你们也来……"叶梅却拉起妈妈的手,径直向老妈妈家走去。邱生辉晾在那儿了。他原想他是场长,她母女俩肯定会笑脸迎奉,没想到遭遇如此惨痛礼遇,脸上荡漾的美意,顿然凝固,继而僵硬清冷,望着消失在牛家小院的母女,心里狠狠地喊道:"了得!敢把我堂堂场长不放在眼里!以后我要让你们认得我是谁——叫你们乖乖跪在我邱生辉面前求饶,让老子当马骑!"

叶梅是躲过了邱生辉放肆的目光,但妈妈却意识到把祸惹大了。你想想,她母女是他的场民,是受管制的人,这样面对顶头上司,岂不是自寻灾祸?果然,两个小时后,马屁精来了,通知叶梅去邱场长那儿,他要给她谈话。

叶梅和妈妈本能地战抖一下。妈妈的预感不幸言中。

叶梅围上围巾,戴上口罩去了。走进邱生辉住的那座屋,她立在门旁,不卑不亢,冷眼看着邱生辉能怎样她?她想他肯定会对她大发雷霆,却没想到他满脸却洋溢着热情的笑,对她说:"来了?过来坐,站着干啥?"

她有点傻了,但却没有动。他见她没动,似乎有点不高兴,脸上的热情凝固了,他问:"你叫叶梅?"叶梅清楚他明知故问,没有回答。他又问:"为啥戴着口罩?"叶梅想着这是妈妈对她采取的特殊保护措施,没必要告诉他。他见她仍不回答,口气重了:"我是场长,明白吗?你戴着口罩见场长,很不合适,很不礼貌,是不是看不起我这场长?"

她听他这样说,开口了:"是这样吗?我怎么没有感觉到?"说完话,把脸扭向旁边,不卑不亢、心气高傲的样子。她盼望早点结束这种谈话,因为她跟这种人连半分钟也待不下去,然而真正的谈话还没有开始。

接下去,邱生辉开始质问她了:"你母女俩为啥不搬到农场去,知道不知道你们违反了农场规定?"叶梅说:"听说农场现在住房紧张,我和妈妈想把房子让出来给其他移民住——发扬点助人为乐精神,难道不好吗?"这是她在路上想好的话。

"噢?是这样?"这个回答邱生辉显然没有想到,一时无话说了。他望着她不卑不亢、心气高傲、目中无人的样子,感到这个女人的头还不好剃,但不好剃也得剃,要不,他就不是邱生辉!一种征服欲陡然涌上心头,心里狠狠地说:老子今天非要打垮你的傲气,灭了你的气焰,揉碎你!赢回我的尊严和面子!他突然亮出杀手锏,冷厉地质问:"那你们这八九天不出工,不参加开荒,不参加劳动又

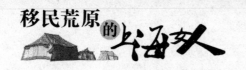

怎么说?——这也是助人为乐?我看你根本就没把我这场长放在眼里!根本没把场里的规定当回事,躲在牛家抗拒改造!"他三句话,便把"纲"上得很高很高了,特别是抗拒改造。

叶梅心里开始打闪了:"我和妈妈并没有那个意思,不要把你的意思强加到我和妈妈头上……"

"这是狡辩!"邱生辉提高了声音,"这些天我看你有病,看你娘俩可怜,就没让你们上工开荒,也没交群众监督改造,没想到你们不识抬举,刚松了松,你们就嚣张起来了!从今天起,先把你妈这个资本家的太太交给群众监督劳动,管制斗争——"

"什么?管制斗争?!我妈妈怎么啦?她犯哪条罪了?你们怎能这样,怎能……"叶梅听他这样说,突然慌乱了。邱生辉说:"这是对敌人的专政!最近有些反革命分子、右派分子,还有坏分子太嚣张了,有的讲怪话,有的公然违抗农场的决定,抗拒改造,有的竟然扬言要我出来解释问题,算我的账,——解释什么?算什么账?这不是阶级敌人公然向党进攻,向社会主义进攻吗?简直无法无天啦!你说说,不实施专政的铁拳行吗?同情他们行吗?"叶梅慌忙辩解道:"不,我不是同情他们,我是说我妈妈没有犯什么错,再说我妈妈身体不好,还有心脏病,你们不能这么干,要是专政,就专政我好了……"她清楚妈妈来马蹄湾不适应高原气候,心脏经常痛,哪能经得起这种折腾呀?

邱生辉见自己几句话就把叶梅唬住了,心里暗自窃笑:"不给你点厉害,你不知道马王爷长着几只眼睛!"又狠狠道:"不,你还年轻,只要服从组织,好好改造,好好表现,是可以教育好的,重点是那些老顽固,我们要从他们身上开刀,让他们尝尝专政的铁拳!"他发现叶梅是个孝女,因此她哪里最痛,他就往哪里敲击。

叶梅心头开始战栗了:"不不,你们不能这么干,不能这样干哇……"

"必须这么干,这是场里的决定。"邱生辉说。

"就,就不能改变吗?请改变改变,求你饶了我妈妈——"她突然失声哭叫,骨子里的那种倔犟、孤傲和清高,仿佛堤坝在狂浪下突然垮下,她极度痛苦,极度悲伤,甚至想把自己撕得粉碎。因为她发现自己看起来冷傲倔强,实际上竟是那么懦弱,竟是那么不堪一击,跟邱生辉没有两个回合,便被打得落花流水,低下了清高的头颅。一瞬间,她便领教了眼前这个人的厉害,领教了权力的威力。

邱生辉所希望的结果终于出现了,心里嬉笑着:"看你低头不低头?看你还傲气不傲气?"接着凑到叶梅跟前问:"让我饶过你妈?咋饶?咋饶?"她抬起头央告道:"妈妈有病,宽限几天,等妈妈身体好点,等妈妈……"

"宽限几天可以,但,有个条件……"邱生辉直起腰,脸上掠过一丝邪笑。

"条件?"她清楚这个条件是什么,怔在那儿了。

邱生辉见她彻底服了,伸手抓住她的胳膊,要把她往炕上拉。这时有人"啪啪啪"敲打窗户。他忙松开手,叶梅乘机逃了出来……

妈的,谁敲窗户?他慌忙凑到窗户旁向外看,外面没有人。他拉开门出去,向四周扫视一圈,也不见人。他感到奇怪,转身回屋里。这时有人敲门,他说进来。外面的人进来了,是马屁精,神出鬼没的样子。

"是你?"邱生辉一惊。

马屁精好像没事一样,问:"……谈完了?"

邱生辉说:"完,完了。"

马屁精在那儿顿了顿,意味深长地说:"不能因小失大呀,你的目标应该更远更大,否则你走不了多远,就会崴了脚……"一副高深莫测模样。邱生辉怔了怔,慢慢咀嚼他的话,忽而醒悟了,就觉得刚才他的举动太莽撞,欠思考,有点操之过急,问他:"你,听到啥了?"马屁精说:"我啥也没听到,啥也没看见——尽管放心。"说完转身默默走了。

邱生辉就呆立在那儿了。

4

中午收工后,孟尚海匆匆吃点东西,就去牛大壮家看望叶梅。他对叶梅有了那意思,每天都要抽出时间去看看她。他到牛家小院,发现四处静悄悄的,没有说笑声。他推开老妈妈的住房,没人,推开叶梅和她妈妈住的那间泥屋,也没人,也不见叶梅和她妈妈的行李。搬走了?去了哪里?他返身跑出门,看到东山坡下有人影晃动,他估计叶梅和她妈妈搬往农场移民区了,准备去看看。

上工的哨声嘟嘟嘟叫起来,他只好朝垦荒工地走去。

是的,叶梅和她妈妈刚刚离开牛家。母女俩在马屁精的监督"关照"下,往移民区搬家。叶梅扛着行李卷,妈妈手里提着笼箱包袱等。从西山坡到东山坡,距离不过两公里,可叶梅和她妈妈蹒跚着脚步,磕磕碰碰走了大半天。阳光还算不错,金黄色的,静静地铺在山丘、沟坡、荒滩上,但气温却很低,看不见的风

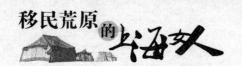

呜呜叫着。这些天叶梅在温暖的小屋里没多出门,现在就觉得风很扎人,好像针尖刺着。她赶紧把围巾包裹得严严的,又捂好大口罩。

母女俩频频回首,遥望着西山坡下那两间泥屋,眼含热泪。说实话,她母女都不愿离开老妈妈家那间小泥屋。她们虽然只在那间小泥屋里住了八九天,却对它产生了很深的感情,那里有浓浓的家的温馨,家的欢乐,家的安宁!老妈妈和牛大壮对她母女俩太好了,比一家人还要好,可场里已下了死令,她母女不得不离开那个家。

冬天的白天很短暂,太阳像个没有烙熟的面饼,在天空移动着,一晃就斜到西面的山头上去了。移民区的那片地窝子笼罩在大山的阴影里。母女俩终于穿过那片开阔的乱草滩,越过沟底的河床,来到移民居住区。马屁精带着叶梅和她妈妈来到一座地窝前说:"就住这间吧,是新挖的,一切都是新的,算是新房子。其他移民都挤在大地窝子里,这是单间,刚好住两个人。邱场长特意让我关照好你们,你们一定要记住人家的一片好意啊!"他边说边朝叶梅挤眼睛,说完怪笑笑,转身走了。

这座地窝子在移民区最北面,孤零零的,好像被遗弃的孤儿。叶梅放下肩上的行李,从那倾斜的巷道走下去,向里只看一眼就愣了。这是个地窖般的窝棚,同样没有门扇,没有窗,没有床和火炕之类,一股阴森森的寒气在里面回旋飘荡。她妈妈跟着进去,也愣在那儿。母女俩根本没想到,马屁精让她们住这样的房子。野地里刮过来的寒风,掠过身旁的芨芨草,疯狂地扑打在她们身上,几只乌鸦呱呱叫着,在她们头顶上飞旋,翅羽与空气的摩擦声尖利地刺着耳鼓。叶梅突然浑身哆嗦,发出嘿嘿的狂笑:"嘿嘿,嘿嘿……这就是房子,房子啊!"同时手脚乱舞,疯傻了似的。妈妈大惊失色:"女儿啊!怎么啦?不要难过,不要,我们会好起来的……"她搂住女儿,又用童谣般的手抚着她的头发。

太阳"咣当"便坠到西面的山头后了。

灰沉沉的暮色给马蹄湾涂上原始的阴冷,马蹄湾渐渐朦胧起来。工地上没有完成垦荒任务的移民,继续与乱石滩斗争,完成垦荒任务的收工了,争先恐后朝场部集体食堂跑去,争抢那一碗糠菜汤。因为移民们在上海时,听说马蹄湾农场不缺粮食,因此大部分人都把供应粮兑换成粮票,有的兑换成熟食票拿在手上,原本想到马蹄湾买粮或者买熟食,没想到马蹄湾没有卖粮的地方,更谈不上熟食。还有部分移民听说马蹄湾的馒头随便吃,便放开吃喝,没到马蹄湾就把供应粮吃得差不多了。他们想来马蹄湾吃白馒头,哪想马蹄湾比上海更缺粮！移民们拿着粮票，买不到粮食，拿着熟食票，买不到熟食，只好胡凑合，更要命的是，本月口粮移民自带，农场不供粮，移民即刻陷入一场灾难性的大饥饿中！

黑脸社长感到问题严重，给河西县副书记、他当年的老政委写了一封信，搞来了一些白萝卜、干菜叶，还有几袋子麸皮、谷糠。这样，农场食堂便给开荒的移民每顿供一碗糠菜汤。虽然每顿只有一碗，但在那个困难时期，也能解决点问题。上海人吃惯了大米，根本就没见过这种菜汤，好多人都咽不下去，可咽不下去也得咽，不吃不喝就得饿肚子，就会饿死人。因此移民们每天眼巴巴盼着太阳落山，盼着早点完成开荒任务，喝那碗糠菜汤。

孟尚海和他父亲都是强壮劳力，因此早早完成了垦荒任务。父子俩提着搪瓷缸，打了糠菜汤，也不回地窝子，就往食堂门前一蹲，唏哩呼噜喝起来，转眼把糠菜汤灌进肚子。孟尚海抓紧时间洗了他爸爸和他的搪瓷缸往回走。天已经黑尽了，这会儿大部分移民都完成了垦荒任务，黑色潮水般向食堂汹涌而来。乔育玲和那三个姑娘也向食堂走来。乔育玲看见孟尚海往回走，就上去拉住他悄声说："等等我，我有事给你说。"带点命令的口气，又有点神秘。孟尚海已经感觉到她要说什么，因此搪塞说："明天吧，今天挺乏困的。"其实他想着赶紧回家，找机会去看看叶梅，看她母女搬到了哪里。他爸爸见乔育玲有事，对他用命令的口吻说："阿玲有事，你就等等。"又对乔育玲说："阿玲呀，最近可好？"乔育玲说："还可以，就是冷。"他爸爸就叹声说："是呀，这地方可真冷，晚上把炉子生旺点，把被子盖好，小心感冒。这地方海拔高，感冒了不容易治好。"乔育玲点点头："知道了，大伯。"他爸爸又说："去吃饭吧，一天了，饿坏了！阿海在这里等着你，去吧！"完全是老人关怀孩子的口吻。乔育玲说："大伯，您先回去休息，我这就去食堂。"走了。

"好好好。"父亲显得很高兴，一直目送乔育玲去了食堂，眼睛里闪烁着浓烈的慈爱和祈盼。孟尚海清楚父亲目光里蕴含着的内容，他是盼望乔育玲快快走进他们家，做他的儿媳妇。但孟尚海总是没有感觉。在上海时，乔育玲经常去他们家，帮他们家干点家务，陪他父亲说说话，那情景好像一家人，每每父亲显得高兴欢欣。他也曾试图接纳她的感情，可总是下不了决心。他就想，感情这东西很古怪，像水，又像胶，有了感觉，便像胶把两个东西黏合在一起，你怎么掰，也掰不开拆不散，没有那种感觉，就像两个物体中间涂上水，你想把它们撮合起来很难，就是撮合在一起，中间总也缝不牢靠。他和她是否就是这种情形呢？他觉得可能是。因此他就把她当做朋友，当做亲兄妹，他觉得这种关系要比爱情更合适，更接近完美。来到马蹄湾后，他发现乔育玲表现得越来越明显了。这些

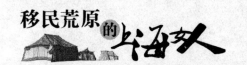

天他发现她几次想给他说什么。说什么？他自然明白，因此他尽量回避，不让她说出那个话。想到这里，转身离开了。

再说乔育玲打了菜汤，边喝边赶过来，见孟尚海走了，心里猛地像被什么戳了，非常难受，鼻子不禁发酸。这叫什么？这叫什么吗？这些日子，她反反复复想好了，决定撕下大姑娘羞涩的脸面，把一年多的爱慕之情，明确表达出来，就要他孟尚海一句话：喜不喜欢她。但这些天大家都刚刚落脚，在无序的忙乱中，所以没找到机会，今晚好不容易把他堵在这里，可他又跑了……她端着没喝完的半搪瓷缸菜汤，木头般愣在那里，转瞬眼泪无声地流了下来。

夜色潮水般涌来，把她湮没了。

天黑后气温骤然下降。叶梅妈怕冻坏女儿，便拉她走进地窝子。不论怎么说，地窝子有四堵墙，可以避避风，再说这里不管有多简陋多破烂多寒酸，今后就是她们落脚的地方，就是她们的家了。

地窝里没有灯，漆黑冰冷。叶梅触景生悲，又哭泣起来。叶梅妈心里撕裂般难受，但没有流泪，坐在叶梅身旁，搂着她的肩，说着好话，安慰着。女儿年龄小，母亲毕竟是母亲，是女儿的主心骨，此时此刻不论多悲苦，她都要压抑着，不能表露出来，更不能倒下去，要给女儿宽心撑劲。这时，外面传来叫喊声："他婶子，他婶子，小叶，小叶——"叶梅妈听出是老妈妈的声音，心里骤然涌出一股热浪，像风雪里迷路的孩子听到家人的呼唤，应道："大姐，我们在这里，在这里……"赶忙擦掉脸上的泪水走出地窝。

老妈妈看见叶梅妈，劈头就嗔怪起来："我出去拾柴回来，你娘俩就不见了——搬家也不等着我和大壮回来商量商量，你呀你呀！叫我说啥？"牛大壮手里提着篮子，上面盖着毛巾，也嗔怪说："大婶，急着搬啥？就住在我们家，看他们能怎么样？"

叶梅妈知道他母子不知内情，便想把场里下死令监督她们搬家的情况告诉老妈妈，但嘴张了张没说出来。她不愿提及那些伤心事，也不能再给老妈妈和大壮增添麻烦。老妈妈走下巷道，见地窝里黑黑的，就问："没有灯？"叶梅妈说："没有灯，没有……"她准备说没有床没有炕，什么都没有，可嗓眼直发堵。老妈妈望着黑洞洞的地窝子，眼睛里闪出泪光。叶梅妈心里一酸说："我们，先凑合着，可以凑合的，可以凑合……"老妈妈回头对大壮说："去，把咱们家的灯拿过来——黑灯瞎火的咋行呀！"

大壮把手里的提篮递给妈妈，准备回家。这时孟尚海来了，他是刚打听到叶梅家搬到这里了,便跑了过来。听说叶梅家没有灯,便说:"我家正好有多余的一盏。"就跑回家拿来。是用旧墨水瓶做的,安装着铁嘴,穿着棉线捻子,很简单。这是他跟基建队社员学的。马蹄湾没有罩子灯、汽灯之类,电灯更是天方夜谭,因此都用这种自制的煤油灯照明。老妈妈见有了灯,对大壮说:"那就再看看,缺啥东西,回家去拿。"

孟尚海点亮煤油灯。牛大壮在地窝墙上挖个洞龛,把灯放上去,晕黄的光便映亮了地窝。这个地窝子很小,除了四堵坑墙外,什么都没有,名副其实的家徒四壁,只有新砌的泥炉,湿漉漉孤零零,蹲在墙角。老妈妈看了一圈,又忍不住鼻子发酸,给儿子发起火来:"你这个队长就干的这种活儿? 为啥不安门板? 没有门板拿啥挡风? 能住人吗?"牛大壮嘟囔着说:"农场没有一块木板,我拿啥做?"老妈妈知道这不是儿子的过错,可此时肚子里的火气没处发,就向儿子身上泼。叶梅妈忙劝阻说:"大姐,不要埋怨大壮了,大壮如果有办法,不可能这样。"孟尚海也说:"就是,这跟大壮一点关系没有,他只是干活的,别的他又管不了。我们住的地窝子,也没有门板什么的,我去问马秘书,他说农场没有木材,没有砖头,没有这个,没有那个,总之,什么都没有,只好自己想办法了。"老妈妈不再发火了,对低垂着头的大壮说:"快回家把那床羊毛被子带上,还有驼毛褥子,再带些干草来铺在地上。地上潮湿,铺些干草隔潮,也暖和些,还有该带的,顺便都带上。"

牛大壮说:"好的。"就往外走。

孟尚海说:"我跟大壮一起去。"

叶梅妈忙说:"不要去了,我们凑合着吧。"老妈妈说:"傻话,大冷的天,能凑合吗? 现在是冬天,是马蹄湾最冷的时候,晚上又经常刮风,特别冷,说不准这两三天还会下雪,把房子弄不热火,会把人冻坏的。"叶梅妈眼睛里便泪光闪闪了:"又给你们添麻烦了,真不知怎么感谢你们!"老妈妈听叶梅妈这样说,不高兴了:"你呀,咋又说这话? ——啥都不要说了,不要说了。"把手里的提篮放在泥炉上,揭开盖在上面的毛巾:"你娘俩还没有吃饭吧,我顺便带了几个糠菜馍馍,现在还有点热气,快趁热吃吧!"哪里是几个,是大半提篮,有八九个,够她们娘俩吃两三天的。

叶梅妈愣住了——老妈妈家的粮食也很紧张啊! 她死活不接:"不行,这不行,我们再不能吃你们的东西了,再不能了!"老妈妈问:"为啥?"叶梅妈说:"这还用问吗? 你们的口粮,我们已经吃了不少,现在还要吃,以后你们怎么办? 你和大壮早就在吃干菜叶,早就在挨饿!"叶梅妈按住老妈妈的手。老妈妈想发

火,但清楚此时此刻发火没用,就说:"大妹子,你再不要说你们我们的,我老婆子听了这样的话心里可是不高兴哩!从你娘俩那天进了我家的门,我和大壮就把你娘俩当自家人了。既然是自家人,就这么几个糠菜馍馍,还推来推去干啥?一家人说两家话呀?这叫我老婆子听着很生分——上气!"叶梅妈听老妈妈这样说着急了:"别别,别上气!大姐,千万别上气,千万别上气,我们……你和大壮对我们母女俩太好了,可,可你知道我们是,是什么人吗?你们要是知道了会吓坏的……"

老妈妈说:"不要说了,我和大壮早就知道——你娘俩不是他们说的坏人,我们心里有一杆秤!——拿着,吃吧!"把馍馍硬塞到叶梅妈和叶梅手里。叶梅妈和叶梅的泪水突然喷泉般涌出眼眶。她母女俩原先以为老妈妈和牛大壮不知道她母女是什么人,因此才无所顾忌地跟她母女来往,热心帮助照顾她母女,要是知道她母女的情况,肯定会像社会上有些人那样退避三舍,远远躲开,没想到……她母女俩捧着馍馍,热泪涌流着,不知说什么!

牛大壮和孟尚海抱着被褥铺盖,扛着干草梭梭柴来了。大壮把梭梭柴填到泥炉里,生着了火,又添足羊板粪,然后与孟尚海给叶梅妈和叶梅打地铺。他们铲平靠墙的地面,垫上厚厚的干羊粪,在羊粪上铺了干茅草,又在茅草上铺了毛毡。这块毛毡是大壮从自己的床铺下抽出来的,他知道寒冷潮湿的地窝里没有厚厚的毛毡会弄出腰腿病的。老妈妈见儿子带来块毡子,很满意——儿子想得还算周到。孟尚海见门上没门帘,回家拿来条旧棉毯,挂在门上作门帘。老妈妈说:"小孟有眼色,别小看这门帘,它可以挡挡风寒……"

大壮和孟尚海忙前忙后,叶梅妈和叶梅想插手,没法插,只好像个局外人,站在旁边泪眼汪汪地望着。地铺打好了,老妈妈摸摸毛毡褥子,对叶梅妈说:"你娘俩就先凑合凑合吧。——真苦了你们娘俩哪!"

老妈妈、大壮和孟尚海走了。

叶梅和妈妈困顿疲乏,拉开被子和衣躺了下去。母女俩同睡在一张地铺上,身上盖着从上海带来的薄棉被,又加盖着老妈妈家的羊毛被子。虽然感到有点沉,但暖和。母女俩躺下后都辗转反侧,不能入睡。叶梅在黑暗中大睁着两眼望着冰冷的地窝顶棚,好像重新认识这个新家。地窝顶棚上有几个小小的洞眼,一丝星光透进来,映在洞壁上,幽幽的,涂抹着一层原始的冷凄。她从来都没见过这样的房子,现在睡在这样的房子里,像梦游在旷古幽深、原始恐怖的地狱。她望着,竟然失声苦笑起来。转脸看看妈妈,发现妈妈也没睡着,大睁着两眼,望着房顶,不知在想什么,是远在香港的爸爸?上海的小阁楼?还是以后的生活道路？她说不上。

是的，叶梅妈正在想念逃往香港的叶梅爸。叶梅妈名叫梅婕，年龄还不到四十岁。她出生在上海一个小商贩家里。解放前全家几口人，全靠她父亲在大街上摆杂货摊子生活。十四岁那年，父亲突然暴病死了。失去父亲后，她们家即刻贫困交加，举步艰难。时间不长，母亲也相继去了，她举目无亲，流浪街头，通过别人介绍，去叶家作了佣人。她年轻时长得特漂亮，大概就跟后来的叶梅一样。在叶家当佣人时，无意中被叶家公子看上，一乘轿子抬去当了少奶奶，后来有了叶梅，再后来解放军打进了上海……那晚，她坐在客厅里等丈夫回来，可直到天亮，直到她和女儿走出那座别墅，也没有等回来。过了几年，才听说他那晚逃往香港了，这一去便再无归日，杳无音信，她带着小叶梅，住在小楼阁里，捡垃圾，扫大街，走过了十个冬春……

这次迁移民，本来只要她坚持不来，也就不来了。她在上海靠扫大街、糊火柴盒、捡拉垃，可以维持女儿和自己的生活，谁知街道委员会把女儿列入"清理"对象。她怕女儿想不开，做出什么蠢事来，便报名陪女儿来了……她原本想象的马蹄湾，虽然没有女儿想象的那么浪漫，但她想马蹄湾起码有房屋住，有商店、医院什么的，没想到马蹄湾竟是这样。她后悔极了，后悔当初不该让女儿来这里，她自己也不该离开上海。然而现在无论她多后悔都迟了，想逃，逃不了，再要回去，只能是梦想！——为了女儿，她只能老老实实待下去，人还得活着，日子还得往前过，说不定过了这阵，就会雨过天晴，她母女又会回到上海，过平静幸福安宁的日子。人这东西其实就活在希望中，没有了希望，就没有了一切，有了希望就会挣扎着往前走。

这一夜，叶梅和妈妈就这样过去了。

5

这天早晨叶梅和她妈妈扛着铁锹上工地了。

叶梅和她妈妈的出现，即刻招引来很多人的目光。孟尚海跑来悄声问叶梅："你们怎么来了？身体好了？"叶梅摇摇头。孟尚海说："那你还跑来干什么呀，快回去吧，开荒的活儿很重，你和阿姨都有病，这可不是闹着玩的！"东山坡下搭地

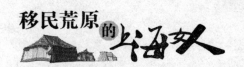

窝的牛大壮，也跑过来劝说："大婶你们都有病，再休息几天，等身体好转再上工。"几个移民见叶梅和她妈弱不禁风的样子，也同情地劝说。面对大家的热情关怀，叶梅和妈妈不知说什么好，只是鼻腔发酸，眼睛发涩，但母女俩却不能回去，因为邱生辉让马屁精通知她母女今天必须上工开荒。马屁精已来到工地上，给她母女划定了开荒区域和开垦数量，并命令说："今天的任务必须今天完成，完不成任务就不能回家吃饭。"又指派孟尚海的爸爸监督她母女。

孟尚海的爸爸对这样的工作，熟悉且很乐意。因为他从临解放那天起，就是工人纠察队队员，夜晚和工人们值夜巡逻，保卫工厂，维护社会秩序，还监视着几个死不悔改的资本家。后来厂里的工人纠察队改为治安保卫处等等，不论怎么变换名称，他一如既往肩负着厂里交给他的光荣而艰巨的保卫治安工作。现在来了马蹄湾，农场让他监视叶梅和她妈妈，他自然愉快接受。这样的监督，叶梅妈早已习以为常，并不往心里去，但孟尚海却对父亲接受这样的"重任"特别反感，他劝他爸爸不要揽那些破事，他爸爸却严肃地说："这是农场分派给我的艰巨任务，是组织对我的信任，别人想承担，还没有资格哩！"孟尚海听着哭笑不得，又没办法。

此时，孟尚海的爸爸见儿子和牛大壮劝叶梅和她妈妈回去，马上意识到这是政治原则问题，来不得半点马虎，便上前严厉批评儿子孟尚海："你为谁说话？一个被管制劳动的人，怎么可以想来就来，想回就回去？胡闹！——这里没有你的事，你给我马上回工地干活儿！"孟尚海见父亲脸色冷硬，口气坚决，不敢再说什么，望着可怜的叶梅和她妈妈无奈离开了。孟尚海的爸爸又对其他几个移民说："你们也去干活吧！不要再劝说了，让她母女俩上工开荒是场里的决定，不是可以随便改变的。"那几个移民也爱莫能助，默默离开叶梅和她妈妈。因为大家都有垦荒任务，再说如果跟叶梅和她妈过于亲密，会给自己招来不必要的麻烦。牛大壮见孟尚海的爸爸口气严厉，也叹了一声，无奈离开了。

马屁精给叶梅和她妈妈划定的荒地高低不平，乱草丛生，还有三四块大石头，好像牦牛卧在那里。要把这片乱石滩开垦平整，是需要花费很大气力的。叶梅和她妈妈都没有开过荒地，望着这片乱石滩，老虎吃天不知从哪里下口。牛大壮看到了，又转回头来教她母女怎么干。她母女俩便根据牛大壮传授的经验，先清除地上的石头，再平整土地。

那些石头大半都埋在沙土里，有的只露出半截，还有的牢牢冻结在土地里。母女俩用铁锨挖，用撬杠撬，才把挖出来的石头搬出去。叶梅从小到大，除了在学校参加过植树活动外，没有摸过锄头和铁锨把子，一会儿便累得腰酸腿痛。

加上天气寒冷，转眼间手冻肿了，指头僵直如棍，棉绒手套也被石头磨烂，掌心里打起几个血泡，一碰就钻心般痛！这时高原反应愈加严重，她喘气困难，头痛眼花，坚持不住了，扔下手里的铁锹，坐在地上哭泣起来。叶梅妈因过去常参加劳动，相比女儿要柔韧得多。她咬着牙坚持干着，见女儿坐在那儿哭泣，过去捧住她的脸取暖，又揭开自己的棉衣襟，把女儿的手包裹在自己胸前，用自己的体温给女儿取暖。叶梅原先低声哭泣，见妈妈这样，哭得更厉害了。妈妈把她紧紧搂在怀里，忍不住流出了眼泪。此时此刻她也没有办法慰藉女儿，只有用自己的身子，用温暖的怀抱。但叶梅仍浑身哆嗦，低声叫着："妈妈，我头痛胸闷，浑身都疼疼，冷冷冷冷冷……"直往妈妈怀里钻。妈妈没有了主意，抬头看看，见荒野里有人燃起柴草取暖，便捡来开荒时挖出的柴草点燃，让女儿取暖。

孟尚海的爸爸看到叶梅和她妈妈半天不干活，在那儿烤火，便要过去监督。孟尚海追上去拉住他："爸，不要去，你没看她母女多可怜，就让她们烤烤火，歇一歇，你管那么多闲事干什么？"他爸爸严厉说："你小子胡说什么？这不是闲事，这是农场交给我的政治任务，是对管制对象的监督改造。"孟尚海挖苦说："什么政治任务，这是他们欺负人。你不要拾根鸡毛当令箭！"他爸爸忽然火了："什么？你胡说什么？像个工人阶级后代吗？像个好青年的样子吗？"孟尚海又要争辩，他爸指着他的鼻子吼道："你再要这样，看我怎么收拾你！"推开孟尚海，径直走到叶梅妈面前，公事公办地呵斥道："起来干活，干活，别人都热火朝天开荒，你们躲在这里烤火，耍滑……"叶梅妈慌忙起身应道："是是……"他又警告："不能拖拖拉拉，不能耍滑，要老老实实，好好改造！马秘书说了，完不成任务不能回家，还要受罚！"

"是是是……"叶梅妈又机械地低头应是。

孟尚海的爸爸板着面孔不停训斥，但不论他怎么训斥，叶梅妈只是低头应是，没有半点抗拒的意思。孟尚海的爸爸大概觉得没意思了，转身准备走，但见叶梅还坐在火堆旁烤火，忽然提高声音呵斥道："怎么还不动？抗拒改造啊？"

叶梅仿佛遭受雷击，双肩震颤，拿起地上的铁锹，摇摇晃晃向工地走去。妈妈望着摇摇晃晃的女儿，心里乱箭穿射，悲伤至极"——我可怜的女儿啊"！

旁边开荒的孟尚海见爸爸呵斥叶梅和她妈妈，一股愤怒油然而生：爸啊！你怎么忍心呵斥她们？怎么忍心监督她们？怎么这样对待一个弱女子啊？你没看见她们母女多可怜吗？难道你连一点同情心、一点怜悯感也没有吗？他真想上去把爸爸拉回来，或者扇爸爸一个耳光！他眼眶里涌出泪水。

乔育玲正在挖地，见此情景，忽然发现她所追求的孟尚海跟叶梅关系不一

般,"难怪这些日子他不理我,难怪……"她忽然心生悲酸,一股泪水涌出眼眶。她为了爱情,已经付出不小的代价:在上海时拒绝了几个小伙子的猛烈追求,见孟尚海来马蹄湾农场,又忍痛放弃了工厂的工作报名前来……没有想到他现在跟叶梅热火起来……

一瞬间,她做出一个决定:要让孟尚海说一句话,到底喜欢不喜欢她?爱不爱她?如果他不爱她,她马上就离开马蹄湾!她做出这样的决定后,当即准备过去跟他摊牌,但看到他身旁有人,便等待中午收工。

中午收工了,她准备过去,又见孟尚海去了叶梅和她妈那儿。她当场就跌坐在地上,哭泣起来。孟尚海的爸爸见她哭泣,蹲下去问:"阿玲,怎么啦?受什么委屈啦?"她不抬头,只是哭哭哭。孟尚海的爸爸看她伤心的样子,又问:"孩子,哪个惹你了,给大伯说,让大伯替你去收拾他!"听到这句话,她抬起头说:"是是……"但只说出几个"是"字,下面的话就咽了回去,变为大哭了。这种事她怎么好意思向他说?她虽然是新社会的青年人,也有文化,但她还没有大方到在男方的父亲面前诉说这种痛苦和悲伤的程度。孟尚海的爸见问不出原由,就直起腰,摇摇头走了。他哪里知道,伤害她的正是他的儿子。

工地上的人差不多都回家了。乔育玲看到孟尚海仍跟叶梅和她妈妈说话,狠了狠心离开了工地,准备在晚上找他摊牌……

太阳掉到西山后了,叶梅和她妈妈还在工地上干活,地里的杂草荆棘全砍了,满地的小石头也挖了,只剩三块大石头,好像钉子钉在地上。叶梅和她妈母女俩想搬,搬不动,用铁杠撬,撬不起来,反而把她俩折腾得直打喘。叶梅感到胸口憋闷,天旋地转,对妈妈说:"咱们不干了,回家!"

妈妈说:"傻孩子,完不成任务怎么行?"

叶梅说:"妈妈!再要这样硬撑下去,咱们就别想活了!"她确实感到不行了。她清楚这是极度劳累,极度缺氧,极度饥饿,身体极度虚弱的症状,再要硬撑下去,真会倒下去。妈妈说:"女儿,你去歇着,妈妈再坚持坚持……"她清楚邱生辉正在寻找她母女的把柄,如果完不成垦荒任务,正好撞在他的枪口上,但叶梅却豁出去了:"不管他,我就是不干了,就是要回家,看他们怎么样?"说着就要走,妈妈劝说:"傻女儿,他们巴不得你这样!"拦住女儿。

叶梅泄气了,坐在地上流起眼泪来。这都是为什么呀?她做错了什么?犯了什么罪?怎么就贬罚到这里受这样的酷刑?她越哭越伤心。

很晚了,黑沉沉的野地里有人朝她们走来。叶梅见是牛大壮,站起来问:

"你怎么来了？"牛大壮不说话，抓起撬杠便撬那几块大石头，过了几分钟，孟尚海也来了。她问："你怎么也来了？"

孟尚海也不说话，过去跟牛大壮一起干活。

叶梅心里一热，眼睛里旋即闪出泪光。那几个大石头在她母女俩面前硬得像钉在铁板上的钢钉，在牛大壮和孟尚海面前却变得绵软了，三下两下就被撬了起来，推到旁边的沟壑里。叶梅和妈妈望着两个小伙子，泪流满面，说："谢谢，太感谢你俩啦，太感谢你俩啦！"牛大壮不知怎么了，一直不说话，只闷着头干活，听到她母女连声感谢，闷声说："我来帮你们干活，不是为了让你们感谢的。"叶梅和妈妈见他这样说，张了张嘴，说不出话来。叶梅想，他俩如果是她的亲哥哥，或者是她的什么亲人就好了。然而，都不是。

那片荒地很快开出来了，四周筑起地埂，地面整得平展展的。劳动结束了，荒野里已经漆黑寂静。叶梅妈说："咱们回家。"

牛大壮和孟尚海说："回家。"

他们摸黑朝回走。叶梅和妈妈浑身酸软，拖着疲惫的身子，步履艰难，摇摇摆摆。叶梅身子飘飘忽忽，脚下踉踉跄跄，直打摆子。孟尚海怕她摔倒了，上前扶着她。牛大壮也过去搀着叶梅妈。他们几个就这么相互搀扶着，在黑地里摇摇晃晃，向移民区的地窝子群移动。

两个小时前，乔育玲来到孟尚海家，要找孟尚海摊牌，但那会儿孟尚海正帮助叶梅和她妈妈开荒地。她没有见着人，知道他去了叶梅那儿，心里又是撕扯的疼痛。想直接去找，但朝前走了几步，停住了。一个大姑娘黑天半夜找小伙子，算什么？便抹着眼泪往回走。半路上，忽然想自己不好找，可以找个合适的人前去。想着，转身去了牛大壮家，要请老妈妈帮她。

老妈妈是个热心人，当即去了孟尚海家。一阵，老妈妈回来了，她赶紧问情况，老妈妈却迟迟疑疑不开口，临了，说："好事多磨，慢慢磨吧。"她当即就傻在那儿了。一切都明白了，她忍着泪水，离开了老妈妈家。

这天晚上，她果断地做出最后的决定：逃跑！她受不了这里的艰辛劳动，受不了这里的寒冷，受不了这里的饥饿，受不了这里的残酷环境，更不能为了一个没有结果的追求，把人生扔在这样的野山僻地，而且越快越好，因为在短时间内回上海，还可以续上原来厂里的那份工作。

她开始寻找逃跑机会了。

从马蹄湾到县城三百多公里，没有汽车是逃不出去的，但马蹄湾很少来车，

就是有了车,逃跑本来就是偷偷摸摸的事,哪能明目张胆?她思谋了几天,决定靠两条腿往外跑。她听人说,山里有条近道三天两夜就可以到达县城,只要到了县城,还不轻松逃走了?但这条近道横穿大山深谷,百里外荒无人烟不说,不熟悉路径,根本走不出去。因此她一直秘密打听熟悉这条近道的人,让他指点迷津,但马蹄湾很少有人走这条道,也很少有人熟悉这条道。她愁苦无奈了。

然而,正在她愁苦无望的时候老天爷睁眼了,给她提供了从这条道上逃跑的机遇。事情的发生有点鬼使神差。这天她在工地上开荒,有点感冒发烧,回来准备吃药喝水,刚走到地窝门口,听到里面有两个姑娘在咕咕哝哝说悄悄话。她听出是小李姑娘和旁边地窝里的一个姑娘,便没有在意,正准备进去,忽然听到两个心惊肉跳的字——"逃跑"!难道她们发现她要逃跑的计划了?但仔细听听,原来她们说的逃跑,跟她没有一点关系,而是她们自己秘密商议怎么逃跑。她一下惊愕了,难怪小李姑娘这两天神神秘秘的,有时候半夜不回来,问她干什么,她不说,今天又说肚子痛,请了半天假,原来正在暗中谋划逃跑的事呀!她听出她俩也准备从那条近道上逃跑,而且已叫基建队一个熟悉路径的社员画出一张《路线图》。有了这张图,照着图逃,哪有逃不出去的?她心里暗自惊叹道:"看不出啊!这个小李姑娘表面上无心无肺的,原来心里还隐藏着这么大的秘密,不简单啊!"

其实,小李姑娘逃跑的想法是从那天移民车队爬进马蹄湾豁口就产生了。这个姑娘虽然年龄小,看起来嘻嘻哈哈、大大咧咧、无心无肺的,其实是个很有心计的姑娘。她虽然早就下决心要逃跑,但嘴上却没有流露出半个字来,更没有表现在行动上,看起来一副死心塌地在马蹄湾待下去的样子,谁知她心底里秘密进行着逃跑计划。那个《路线图》,是她动了很多脑子,又给那个知道近道的社员付出一个很不情愿的亲吻后才得到手的。她得到了《路线图》,一个人却不敢上路,于是暗中察言观色寻找伙伴。本来她是想拉上乔育玲一起逃的,但发现乔育玲暗恋着孟尚海,而且恋恋不舍、藕断丝连的样子,因此放弃了。因为她清楚这种优柔寡断的人,会坏事的。最后选准旁边地窝里的那个死也要离开马蹄湾的姑娘。

乔育玲这样惊叹着就走进地窝子。小李姑娘和那个姑娘见她突然进来,慌乱不安,问她啥时候回来的?像个小偷,吓死人了!又问她听到什么?乔育玲当时多了个心眼,装聋作哑说她刚进门,什么也没听到,你们说什么悄悄话?问她俩有什么秘密不敢公开?小李姑娘慌忙说没有没有。乔育玲见此情景,心里笑了一下,说肚子里没冷病,就不要怕吃西瓜。——没事的。转身离开了地窝子。

乔育玲正在寻找熟悉这条近道的人，没想到"踏破铁鞋无觅处，得来全不费功夫"，她当时就思谋好了——她俩在前面逃，她悄悄跟在她们后面，她俩逃出去了，她不就跟着逃出去了吗？这样的好事她能张扬出去吗？她为小李姑娘给她提供了这样一个绝好的逃跑机遇非常庆幸。

听到这个秘密后，她便暗暗盯着小李姑娘，一旦小李姑娘行动，她也就跟着她们行动。

这天的凌晨五点左右，乔育玲发现小李姑娘悄悄从地铺上爬起来，摸索着从箱子里取出早就准备好的两个冻馒头，塞到怀里，接着背起行装偷偷出了地窝子。她也悄悄爬起来，在黑暗中向其他几个熟睡的姑娘心里道声再见，背起早就准备好的简单行装跟了出去……

天还很黑，马蹄湾沉浸在酣畅的睡梦中，几颗寒星在天空眨动着眼睛，好像监视她的行动，她才不管呢。她走出地窝子，看见小李姑娘和那个姑娘已经上路了，便从荒草丛中拿出早就准备好的红柳棍，还有藏在那里的几块干粮，远远跟了上去。

她跟着小李姑娘很快就逃出了马蹄湾。太阳刚冒出来，又翻过了马蹄湾西南部最高的那座雪山，彻底"突出重围"了。小李姑娘和那个姑娘，大概害怕农场的人追赶，只顾匆匆往前赶路，始终没有发现后面还有个"尾巴"。

乔育玲呢，起先远远跟着，后头怕她们把她给甩了，便紧紧"咬"住她们两个的身影。小李姑娘围着一条红毛线围巾，好像雪中的红梅，茫茫大海上的灯标。乔育玲一直"咬"着那个红点儿不放。就这样，她们一前一后，把那颗太阳从东山送到中天，又从中天送下西山，又迎出东山……

第二天中午，她们进入一条深深的、弯弯曲曲的沟谷。一进沟，耳旁便扑来野兽的吼啸，山风也呜呜的，好像冤鬼哭泣。乔育玲很害怕，头发刷地直竖起来，不敢前行了。那点红颜色在沟谷前面绕来绕去，在草丛乱谷中跳跃，忽隐忽现。因此她刚停下，那红点就消失了。她害怕失去那个红点儿，一旦失去那红点儿，就等于失去航标，不但逃不出去，还会迷失在茫茫大山中，其结果除了死，再没有什么出路。于是，她硬着头皮往前赶，紧紧"咬"着那个红点儿。

这时，野兽的嚎叫越来越紧，越来越清晰，恐怖而阴森森的声音，像潮水从四面八方涌上来，把她紧紧围困起来。她很害怕，想追上去跟小李姑娘走在一起，人多就不怕了。然而，那红点儿却忽然消失了，不见了。前面是乱石滚动、灌木连片的峡谷。她以为小李姑娘和那个姑娘拐到别处去了，但看看沟谷两旁，都是陡立的石壁，根本没法上去，周围也没有岔沟，突然紧张了，心慌了，准备喊

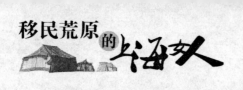

叫一声,这时忽然旁边的灌木林里有窸窸窣窣的声音,伴着呼呼风响,同时看到小李姑娘的红围巾挂在旁边的一棵灌木枝上,随着微风,飘摇晃悠着。围巾挂在那儿,人呢?怎么不见人?是不是去了灌木林中,她便跑上去,钻进灌木林。

那灌林密密匝匝,乱草杂木遮住了天空的阳光,一进去便像陷入恐怖的迷宫,森森气息扑面而来。她不由停步,向后退缩。

就在这时,忽然灌林深处传出女人的惨叫,低沉绝望而凄惨。听得出是那种临死前的惨叫和挣扎,同时夹杂着野兽的扑击和啸声。她脑子里"轰"地脆响一声,转身便往回跑。然而,就在她转身的空子,左前方的灌林里一幅可怕的画面撞进她的眼睛:两只高大健壮的雪狼扑击着小李和那个姑娘。两个姑娘已经被扑翻在地,最初还拼命挣扎,满是冻疮的手脚乱抓乱蹬,想挣脱雪狼,但那两头畜生叼住了她们的脖子,扬起脑袋在空中像荡秋千般蛮悍地甩了几下,只几下,她们便被雪狼狂蛮的血口降伏了,停止挣扎了,手脚像面条般软绵绵垂了下去。

那两头雪狼见猎物不再挣扎,一扬头把猎物扔在草地上,嘴里发出欢快、酣畅、淋漓的呼呼声,接着伸出血淋淋的舌头舔舔嘴唇,张开血口开始撕咬起来。两个姑娘斜躺在草地上,任凭恶魔吞噬、吮吸,挂在灌木枝上的那条红围巾,看样子是小李姑娘与雪狼搏斗时掉落的,在微风中凄凉地飘荡飘荡……

乔育玲吓傻了,一时不知眼前的画面是真是幻,大张着嘴半天才"啊——"地惨叫一声,随之脑子涨大了!两三分钟前那片红点儿还在她的视野里晃动,好像灯标和一朵梅花。然而,就这么两三分钟,两三分钟时间,两个大活人就失去了生命,变成雪狼嘴里的美味,简直像变戏法,又好像是一场梦幻!

那两头恶魔正埋头吞吸着,听到叫喊声,抬起血红的眼睛望她一眼,血淋淋的大嘴咧了咧,发出一阵欢快的呼啸,好像说"又来美食了"。她的身子陡然软得像面条,要瘫软下去,但瞬间意识深处突然爆发出一连串警告:"不能软!快逃快逃!快逃跑!"死亡的警告和手里的红柳棍支撑着她没有瘫下去,接着转身连喊带叫连爬带滚往回跑,没命地跑跑跑跑……

乔育玲和小李姑娘的逃跑,农场当天早晨就知道了,但没有引起什么大的波澜,因为农场经常有移民逃跑,人们似乎已经习以为常。但乔育玲的逃跑,孟尚海的爸爸却很着急,到处是大山戈壁,又有狼害,一个女娃家碰到恶狼可怎么办?太可怕了!同时,他觉得这个姑娘的逃跑,他是有责任的。因为乔育玲在上海时经常去他家,对他大伯长大伯短的,还帮他家干活儿,跟自己家的闺女似的,到了马蹄湾,因为刚落脚,又因他整天忙忙碌碌的,对她关照少了,也没有过去问问她的生活,发生了这样的事,就觉得自己有责任,特别是那天,她为什么哭,到底怎么了,应该问个清楚才是,可他粗心了。她的逃跑,是不是跟那天的哭泣有关系? 他隐隐觉得似乎有关系。

唉,这姑娘,有什么事想不开,怎么就不说呢? 如果说了,或许他这个当大伯的还可以帮帮她,怎么就逃跑呢? 他感到问题严重,向马屁精请了假,扔下手里的话儿,在马蹄湾周围的沟沟岔岔寻找,还沿着马蹄湾那条车道追了很远,最后失望地回来了。他自然不知道,她是从那条近道走的。

孟尚海也顺着那条车道追了一程,也没有追到。对于乔育玲的逃跑,他是知道一些原因的:爱情是一个方面,吃不了这里的苦,是更重要的方面。从这两方面权衡,他倒觉得她选择逃跑是正确的。因为他也发现邱生辉他们在这样的高寒山区建农场、种庄稼很盲目,最终可能会劳民伤财一场空。他读过大学,多少懂得一点气候与农作物的关系。既然会是劳民伤财的结果,一个年轻轻的姑娘,把鲜活的青春耗费在这种无谓的磨难中岂不太可悲? 因此,选择走无疑是正确的。问题是,她们三个姑娘这样走,太危险,如果遇到狼群,或者迷失方向,后果都是不堪设想的。这段时间已经有人把生命丢在了奔逃途中,她们怎么这样傻呢? 所以,他很担忧,很着急。

他追了一程,没有看到她们的影子,便回来了。他一回到马蹄湾就直奔老妈妈家。因为那些日子乔育玲跟老妈妈来往多,他想去老妈妈跟前打听打听,看乔育玲在离开马蹄湾时,给老妈妈留没留下什么话,他好从蛛丝马迹中,推测乔育玲逃跑的路线,但打听的结果令他失望,而且老妈妈嗔怪他:“小孟哪,你那天不应该回绝小乔,你知道吗,她很喜欢你呀,看看现在弄的……”他听后,准备再次给老妈妈解释:他跟乔育玲做朋友做兄妹,比做夫妻更合适,但现在不是解释这个问题的时候,他担忧的是她的安全,如果现在打听到线索,他准备连夜去追赶她,便又问老妈妈:“去县城还有别的路吗?”

老妈妈说:“大妈自从来到马蹄湾,就没有走出过那个山豁口,除了知道那条车道,哪还知道别的啥路呀。”

孟尚海便没办法了。

当时,马屁精和邱生辉也在谈论乔育玲和那两个姑娘逃跑的事。他俩知道乔育玲从那条近道逃走了。因为去县城除了那条简易车道,就是那条近道,孟尚海和他爸都说车道上不见人,不就说明乔育玲和那两个姑娘从近道上逃走了? 马屁精给邱生辉出点子说:“我派人把她们抓回来,杀一儆百。”邱生辉摇摇

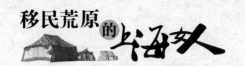

头说："算了，没有那个必要，她们自己会回来的。"马屁精想了想，倒也是这样。去县城三百多公里山路，荒无人烟，野兽出没，几个女娃能走出去吗？走不出去，不就自然而然回来了？前些时候就有好多移民跑了出去，最后摸不着路，又都转了回来，她们几个丫头片子有多大能耐？

乔育玲不幸被邱生辉言中，第二天下午太阳刚落山时，只见她披头散发、惊恐万状地跑回来了，但小李姑娘和那个姑娘没有回来，永远没有……她是一口气跑回来的，后来她怎么也弄不明白，一天多的路程，怎么半天就跑回来了？——奇迹，简直是奇迹。这就是人们常说的：人在生死关头，可以爆发出无法想象的神奇力量？她一回来便瘫倒在地窝里，脸色苍白，两眼发直，口吐白沫，乱喊乱叫："狼狼狼！快快快！血血血！啊！血血血……"特别是人们问起小李姑娘和那姑娘的下落时，更是浑身猛烈哆嗦、呜呜哭叫、哇哇呕吐。人们见她成了那样，不再询问小李姑娘和另外一个姑娘的下落了，他们猜到她俩被雪狼活活吞了。

乔育玲一直闹腾了两天两夜，才渐渐安稳下来。这天，她睁开了眼睛，望着地窝顶棚，望着地窝墙壁，望着地窝门和地窝里的一切，望着望着，猛然抓住同室姑娘的手："我没有死？我还活着？我回来了，真活着？真回来了……"同室的姑娘们回答说："你没有死，你活着，你回来了，现在好好的……"她不相信，缠着姑娘们反复问，反反复复问，同室的姑娘没有办法，甚至有点害怕，便去请来孟尚海的爸爸。

她见到孟尚海的爸爸，一下抓住他的手便不放了："大伯，我没有死？我还活着？我回来了？真没有被狼咬着脖子？真没有？"孟尚海的爸爸抚摩着她的头说："孩子，你活着，狼没有咬你，你回来了，大伯就在你的身旁，你不是抓着大伯的手吗？"她不信，还问，反反复复问。

孟尚海的爸爸知道这姑娘吓坏了，因此她问，他就不厌其烦地回答。

第六天，她起来了，梳洗过后，默默整理着身上的衣服，像要走亲访友。姑娘们不知她要干什么，眼睛里充满问号。她收拾打扮好后，在那儿怔了半天，站起来走出地窝子，抬头望望远处的铁青阴冷的雪山，向邱生辉住的那座土城堡般的泥屋走去，姑娘们迷惑不解！

那几天，孟尚海每天都利用中午休息和晚饭后去看望乔育玲。一是他前段时间对她关心不够，有点冷落了她；二是她这次逃跑，吃了那么多苦，现在又成了这样，与他拒绝她的感情有关，因此他想多过去看看她，聊以慰藉自己内心的歉疚。这天中午他又去她们的地窝子了,刚到门口,看见她和同室的两个姑娘出来了,他迎上去问她:"今天好点了吧?"

乔育玲淡淡地说:"谢谢你的关照。"她手里提着网兜,那两个姑娘提着铺盖卷儿,好像要搬到哪里去。孟尚海问:"你们这是去哪里?"她没有回答,径直地往前走着。孟尚海提高声音问:"育玲,到底去哪里?"她站住了,回头冷冷地说:"我去哪里,需要你管吗?"转身又往前走。

孟尚海被顶得愣了两愣。这段时间尽管他常去看她,还去食堂替她打饭,打回来后送到她的枕边,很是无微不至的,但她对他的态度却始终是淡淡的,甚至冷冰冰的。她对他这样,孟尚海很理解,就不去计较,仍旧看望关照着她。此时孟尚海见她不理睬,心里充满了问号,越发想知道她要去哪里,便追上去挡在她面前:"你不告诉我,我就不放你走。"

乔育玲站住了,把网兜放在地上,双手插在棉衣兜里,把脸扭向旁边,一副我就不告诉你的样子。孟尚海有点忍不住了,想发火,那两个姑娘赶紧说:"乔姐调到农场食堂去帮灶,场里让她搬到公社住,那儿距离食堂近,方便——这是好事呀,我们去送送她。"

"噢!是这样。"孟尚海感觉意外,心里说,帮灶确实是个好差事,首先不会饿肚子。农场再怎么缺粮食,哪能饿着做饭的?而且不用再去垦荒劳动、干体力活,也不会再受苦受累,挨冷受冻。刚开灶时,有好多人都争着去食堂帮灶。他为乔育玲去食堂帮灶而高兴,同时对农场这样照顾她很感激,便说:"那好,我跟你们一块儿过去。"说着抢过两个姑娘提的铺盖卷儿,甩到自己脊背上。

孟尚海想去帮乔育玲收拾房子,但到公社一看,忽然感到自己来多余了。那间房屋原是邱生辉的办公室,有桌子凳子和床铺,炉子连着火墙,只要生着火,整个房子马上就会暖和起来。床是单人的,紧靠着火墙壁,上面铺着毛毡,只要乔育玲打开铺盖卷儿,便可以睡觉,条件优裕多了。马屁精已经派人把房屋里打扫得干干净净,炉子也生了起来,暖烘烘的,比起那些寒冷潮湿的地窝子,简直就是天上地下。那两个姑娘看了一圈,又看一圈,羡慕得直叫好。孟尚海却站在那里直发愣。他感觉这事怪怪的,又像哪里不对劲儿。乔育玲逃跑的事农场没有追究,已经很不错了,现在又享受这样优厚的待遇,这不是太阳从西面出来了?心里就渐渐复杂起来……

6

叶梅和妈妈每天从开荒工地回来浑身疼痛,好像散了骨架。晚上,一进地窝门连饭也不想吃,便倒头躺下,沉沉入睡。这天早晨,出工的哨声响了三遍,母女俩还像僵死般沉睡着。孟尚海路过叫醒了她俩。因为迟到了会受处罚,轻者,加罚垦荒任务,重者,不给打那碗糠菜汤。那碗糠菜汤几乎跟移民的生命连在一起。

叶梅和妈妈虽然疲惫不堪,浑身疼痛,但为了不被处罚,为了喝到那碗糠菜汤,忍着疼痛,爬起来了。但在分配垦荒任务时,马屁精明显给她们增加了数量。一连数天都是这样。母女俩明明知道马屁精有意刁难,却敢怒不敢言,只有拼死拼活干,有时干到晚上十点多才能完成任务。

那些日子孟尚海的爸爸每天都守在工地上,直到她母女俩完成任务才离开。孟尚海清楚,他爸爸这样做,一是监督叶梅和她妈妈劳动;二是防止他过去帮她们完成任务。因为他跟牛大壮曾在晚上偷偷过去帮助过她们。孟尚海见爸爸守在那里,不敢过去帮助叶梅了,怕挨训斥。但牛大壮不怕孟尚海的爸爸,每天吃过晚餐,照旧去帮叶梅。他见马屁精分配任务越来越不公,心里忿忿不平!这天,马屁精给叶梅和她妈妈增加的垦荒任务更重,牛大壮估计额外增加的任务,叶梅和她妈妈豁出命,两天也干不完——这不是有意整人吗?恰好马屁精还没有离开,他喊了声:"马屁精你过来!"

马屁精见牛大壮唤他,慢吞吞地走过来。牛大壮指着他给叶梅和她妈妈分配的开荒地块问:"这是两个人一天的活儿吗?"

马屁精没抬头,随口说:"是啊,咋了?"

牛大壮说:"这么多的活儿,两个小伙子也干不完,两个女人能完成吗?"

马屁精毫不含糊说:"干不完也得干,完不成也得完成,现在是大跃进年代,一天就是要干两天的活。咋的,你有意见?"抬头看着牛大壮。

牛大壮说:"大跃进我不反对,可要讲公平,大家每天的开荒任务都应该一样,人人平等,不能看菜下筷子,你每天给她娘俩增加那么多任务,这不是有意整人家吗?"马屁精风凉地说:"多点任务怕啥?反正有人帮她们干,帮着完成嘛！——你着啥急？"他嘴上说着怪话，脸上闪着讥笑。

牛大壮听出马屁精在敲打他和孟尚海，便说："话可不能这样说，人帮人是人之常情，你是干部，应该懂得这个道理。"又认真说："还是把多增加的任务减下来，该给她们多少就给多少，随便多加任务，她娘俩真干不了。"他是基建队长，他想马屁精多少会给他点面子，但马屁精却不认他的账，一口回绝："绝对不行！"牛大壮被碰愣在那儿。马屁精见他愣在那儿，用讥笑的眼睛看看他，转身要走。牛大壮喊住他："还是考虑考虑吧，考虑……"马屁精又一口回绝："没啥考虑的，就这样！"他又要走，牛大壮吼了一声："你站住！"马屁精抖了抖，站住了。牛大壮说："这些日子你每天都给人家多加任务，啥意思？你到底想干啥？太不像话了，你没看见她娘俩多可怜？人嘛，都得有点同情心，有点良心，这样对待人家女人，算啥男人？"马屁精见他火了，马上转为笑脸："牛队长，我没啥意思，就是让大家鼓足干劲，多干点活，多开点荒地。"牛大壮说："说得好听——你是有意刁难人家两个女人！心太黑，太没有人性！"马屁精见牛大壮嚷起来，也强硬起来："这是农场的事，挨不上你狗拿耗子，多管闲事！"拨开牛大壮要走，牛大壮彻底火了："这事我今天偏要管，管定了！"他拉住了马屁精。马屁精见牛大壮一意孤行，尖刻地挖苦道："小伙子，我知道你年龄大了，没找上媳妇心里发急，可心里急也不能糊里糊涂，也该分个是非界限，那个右派你能要吗？再说，你年龄大了，又黑不溜秋，人家不论咋说是上海人，能看上你吗？不要说那个小女人看不上你，就是那个老女人，你也粘不上边边，你操那份闲心干啥？还是死了这份心吧……"

"你胡咧咧啥——"马屁精的话还没落地，牛大壮一把揪住了马屁精的衣领："你再说一遍！再说一遍，看老子不捣烂你的狗嘴！"他举起马蹄般大小的拳头，对准他的鼻梁。

马屁精现在是场长秘书，是爷，他怕谁？见牛大壮动真，扔下胳肢窝里夹着的记事本准备还手，却不料被旁边干活的张三娃看见，扔下活儿跑过来，朝马屁精屁股就是两脚，揪住他的衣领说："想干啥？想在哥们儿面前耍威风是不是？皮痒了啊，想让我张三娃挠挠啊？老子这些天看你狗日的变着法子整人家，心里就很不平顺，就想收拾你。你狗日的不是人养的，是从石头里迸出来的？怎么连一点同情心也没有？连一个女人也不放过，还想动手是不是？来！老子陪你玩玩！"

马屁精见张三娃要拼命，有点害怕了。他清楚张三娃和牛大壮都是直杠杠、烈性子人，如果惹恼了，会拼命，一旦动手，绝对没他的好果子吃，特别是这个张

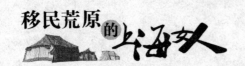

三娃,压根就是个玩命的货,好汉不吃眼前亏,他忽然软了下来,放缓口气说:"我把多加给她娘俩的活儿取了,取了总该行了吧?"

"不行!老子今天非要松松你老小子的皮!"张三娃知道马屁精是那种势利小人,得势时给谁都敢当爷,见势不妙,给谁都当孙子,因此张三娃偏不认他那一套,仍揪住他不放,非要狠狠教训教训他不可!

叶梅妈见要出事,赶紧跑过来拦住张三娃和牛大壮:"算了算了,放了他,放了……"她不是怕三娃和大壮揍了马屁精,而是怕他俩为了她和女儿,给自己惹出什么麻烦。但张三娃却揪住马屁精的衣领不放,怒目圆睁,要给马屁精上拳头。马屁精见要挨揍,鸵鸟般的身躯开始弯曲发抖了,告饶说:"兄弟,兄弟,算了,算我缺德,算我这嘴不管用,胡说八道,胡说八道行了吧,再说,咱们都是马蹄湾人,低头不见抬头见的。"

牛大壮见马屁精彻底变成孙子了,又加上叶梅妈劝说,便对张三娃说:"三娃,饶他狗日的一次吧。"张三娃见牛大壮劝说,便松开了手,但警告马屁精:"你狗日的听好了,以后再要干这种缺德事儿,老子拧断你驴日的狗腿!"

马屁精彻底稀松了,连连点头说:"不敢了不敢了!"并当场取消了多加给叶梅和她妈妈的开荒任务。牛大壮和张三娃的黑脸上出现胜利的微笑!

那些日子马蹄湾很不平静,乔育玲逃跑事件刚平息,接着又是一起所谓反革命集团暴乱事件,弄得马蹄湾草木皆兵,不得安宁。然而,有件事却出乎意料地好转了:那就是自从牛大壮和张三娃教训了马屁精,马屁精对移民的恶劣态度有所收敛,特别是邱生辉见人总是笑嘻嘻的,好像变得老实了。这使得牛大壮和张三娃他们感到奇怪和迷惑。

孟尚海却觉得那笑脸虚假,背后似乎藏着什么,但不论怎么说,马屁精没有再刁难过移民,也没再给叶梅和她妈妈多加开荒任务。从这一点上说,是值得庆幸的。为此叶梅和她妈妈很感激牛大壮和张三娃,回想她们来马蹄湾的这段日子,要不是牛大壮和老妈妈无微不至关照,要不是马蹄湾的乡亲们伸出火热的手帮助扶持,她母女俩不知会成什么样子。

叶梅原常听说,西北人怎么愚昧落后,怎么粗鲁野蛮,每每毛骨悚然。然而,通过这些日子亲身经历,深感西北人外表虽然粗犷悍野,但感情细腻,心地善良,心胸宽如大山,一句话:厚道。渐渐地,她的思想被感染了,密布在心头的阴云也散去了,阳光不知不觉走进她的心田,脸上有了笑容。叶梅妈脸上也渐渐舒展了,也有了笑容。

这天晚上,牛大壮帮叶梅和她妈妈完成开荒任务后,来到叶梅家的地窝子,不一会儿,孟尚海也来了。叶梅知道他是偷偷来的,因为这段时间他爸爸盯他盯得很紧,他想出来跟她说句话,或者帮她家做点什么,根本没有机会。今晚他爸爸去马屁精那儿汇报工作了,他才瞅空子偷偷跑出来。他一则来看看叶梅和她妈妈,二则是看看叶梅家有什么需要他帮助做的事。一个没有男人的家,日子会过得很艰难,比如去戈壁滩上驮柴火,去山里搬运取暖的羊板粪,到山沟里提水等等。他的心意叶梅自然很清楚,便热情让他坐,聊了几句闲话后,她劝说:"尚海,最近看你挺忙的,你就忙你的吧,我和妈妈这面都挺好的,要做的活儿,里里外外大壮都帮着做了,你就放心吧。"

孟尚海说:"你想想看,还有什么要做的,今晚我爸出去了,是个好机会……"

叶梅见孟尚海这样说,便想着有什么要做的。这时妈妈插过来说:"阿海,感谢你了,真没啥事做的,要做的,大壮都替我们做了,就不麻烦你了。这段时间你帮我们做得很多了,为了我和阿梅,你爸爸对你那样,你受了那么多的委屈,已经够难为你的,我们心里很过意不去……"

一提起"爸爸"这两个字,孟尚海突然不好意思起来。他爸爸在工地上监督叶梅母女,动不动还吼吼喝喝的,像对待敌人一样。因此他对爸爸的做法很反感,也很愤恨,然而他是爸爸,自己是儿子,他虽然很气愤,却也没办法。他每每看到爸爸那样,就觉得自己很对不起叶梅和她妈妈。所以,碰到叶梅和她妈妈便不好意思起来,想找机会帮叶梅和她妈妈做点什么,来慰藉内心的愧疚,同时想找机会给叶梅和她妈妈解释解释,让她们能够谅解他,但都没有合适的机会。此时见叶梅妈提起这个话头,觉得是个机会,便吭哧着说:"阿姨,我爸那样对待您和叶梅,我真恨他,我对不起您和叶梅,真对不起,可我也实在没有办法……"

"不不不。"叶梅妈见孟尚海说起这事,抓住孟尚海的手,"阿海,千万不能这样说,不能这样说的,你的难处我跟阿梅都理解,理解,这没什么的,真没什么的,你是个好孩子……"其实,她早就知道他的难处,因此平时尽量不跟孟尚海接触,路头路尾碰到了,只要他爸爸在场,都会像陌路人一样老远躲开,怕给孟尚海找什么麻烦,平时也尽量不提这些不愉快的话题,刚才她是无意识提起的,她有点后悔。孟尚海见叶梅妈不见怪,就说:"阿姨,您真没什么?真能理解?真不恨我?"叶梅妈说:"真没什么,真不恨你的,我跟阿梅都喜欢你。其实,你爸爸监督我们,是农场交给他的工作,他也推脱不了的,要不,你爸爸也不会那样的。"叶梅说:"谁是怎么样的人,我跟妈妈心里都清楚,尚海你就不要想那么多。"

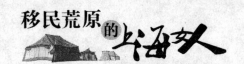

　　孟尚海见叶梅妈妈和叶梅都这样说,心里便稍稍宽慰了一些,他说:"爸爸就那个脾气,认死理,叫别人当枪使,还自以为人家信任他。再说,我爸是我爸,我是我。我绝不会做对不起阿姨和叶梅的事的,以后还会常来看阿姨,有什么事阿姨你就说一声……"叶梅妈略微顿了顿,说:"阿海,现在开荒任务很重,你们也同样,以后就忙你的,我和阿梅这里都好,就不要分心,把你的事儿耽误了……"她的话说得很婉转,但孟尚海还是明白了她的意思:她为他好。牛大壮也说:"大婶说得对,以后还是忙你的去,这里有我哩,你就放心,少来些也好,不然,让你爸知道了生气,又收拾你。"

　　孟尚海说:"我倒不怕这个,怕的是我爸爸伤害了阿姨和叶梅,我爸爸他……"一提他爸爸,他心里又涌出一股酸甜苦辣。叶梅和妈妈又准备安慰劝解孟尚海,这时有人在地窝门口探头探脑。牛大壮喊了声:"谁?"

　　那人应道:"我,三娃。"

　　牛大壮笑着说:"你这个三娃呀,来了就进来,探头探脑的,大丫头吗?"

　　叶梅看见张三娃扭扭捏捏、羞羞答答的样子扑哧地笑了:"三娃,咱们都是熟人,好伙伴,还有啥不好意思的?进来进来。"张三娃就扭扭捏捏、大姑娘似的进来了。张三娃跟牛大壮是好朋友,过去经常在牛大壮家玩,叶梅在牛家的那些日子里,他去得更勤,几乎每天晚上都去,又很迟才磨磨蹭蹭回家。他的意思,牛大壮最清楚不过——就是想看看叶梅这样的漂亮姑娘,过过眼瘾!用三娃的话说:"我光棍一条,没媳妇搂,看一眼漂亮女人,晚上做个好梦,也能美上几天。"后来他慢慢来得少了,牛大壮不知他为什么,探问了几次,才知道他狗日的单相思恋上乔育玲了。这两天,他又开始往牛大壮家跑了,不知什么原因,后来才知道他发现乔育玲跟邱生辉黏黏糊糊,所以不感冒乔育玲了,还看不起她。今晚他去了牛大壮家,见大壮不在家,知道他在这里,就来了。

　　牛大壮以为就张三娃一个人,没想到后面还跟着个福娃子。牛大壮知道福娃子也跟三娃同样,是来"过眼瘾"的。张三娃进了门,福娃子也跟着进来,小小地窝子便挤得满满的,气氛也热烈起来。叶梅妈见三娃来了,笑着让座,又对叶梅说:"阿梅,你们一块儿玩吧,我烧点开水。"就去忙她的。

　　叶梅便招呼大家坐下。张三娃、大壮和孟尚海,还有福娃子便坐在地铺上。他俩一坐下,就想瞅叶梅,又不好意思正眼瞅,偷偷摸摸的,好像小偷似的。牛大壮看见了,就觉得怪丢人的,很尴尬,在叶梅脸上望。叶梅无所谓地笑着说:"今晚三娃和福娃子来了,我们很高兴,就好好玩吧!"牛大壮借机说:"打几把扑克吧。"马蹄湾没有什么娱乐活动,平时大家除了讲笑话,说荤段子,唯一的娱乐活动就是凑在一起打扑克。

孟尚海说："好，打扑克。"这段时间他也过得压抑、烦闷，难得有这样开心的时候。张三娃和福娃子好高兴，齐声喊着："好好，打打打……"他们就在地铺上围成一圈。牛大壮从衣服口袋里掏出扑克，孟尚海拿过去准备码牌，见扑克油垢斑斑，破纸片似的，说："这扑克还能玩吗？"

牛大壮问："咋了？"孟尚海直言说："污垢斑斑，快成破擦布了，快扔了。"说着就要扔，牛大壮忙说："别别，就这副扑克，还是马蹄湾基建队唯一玩乐的东西，大家让我保管着，扔了，可就没有玩的了！"孟尚海说："我那里有新的。"说着出门去取，不一会儿拿来了。牛大壮和小伙子们高兴得跳起来，就差喊万岁了。孟尚海把新扑克给牛大壮说："就归你们了。"顺手把那旧的扔到炉子里，因为牌页上沾满油垢，"哗"地就燃起蓝色火焰，还冒出一股油腥味儿。

伙伴们开始玩了，笑笑嚷嚷，气氛很是热烈。

叶梅妈看到这几个年轻人无忧无虑、高高兴兴玩着，心里暖烘烘的，就想，如果经常这样该多好？但她母女俩的处境却不能这样下去。倏然间，什么事又撞击她一下，脸上闪过一丝惊惧，脸也渐渐黯淡下去。人们说：乐极生悲。她冥冥中感觉今晚好像要发生什么祸事。她并非迷信宿命，而是她们这种人家，时刻都会有意想不到的灾祸降临……

叶梅妈的感觉又应验了，一场灭顶之灾正在马蹄湾酝酿，马上就要降临她家的地窝子。此时邱生辉正在那座土城堡的泥屋里紧张地部署抓捕"反革命暴乱集团"的行动计划。这是一次非常行动，邱生辉和马屁精都显得严峻紧张，又神秘兴奋。

炮制这个"暴乱集团"的整个过程很简单：这些日子马屁精看起来表面上老实了，其实他是在邱生辉的授意下，在暗处监视牛大壮、张三娃、孟尚海和叶梅等人，目的很明确：抓这伙人的把柄，彻底收拾他们。

今晚马屁精刚隐藏到叶梅家附近，就发现牛大壮去了叶梅家，接着是孟尚海，再接着是张三娃和福娃子。他们去叶梅家干啥？这几个人都是马蹄湾的好斗分子，动不动就上拳头，就聚众闹事，他们纠合在叶梅家肯定没有好事。于是他悄悄靠过去，躲在叶梅家地窝门旁偷听里面的动静。这时恰好从地窝里传出"打打打"几个字。其实这是张三娃他们叫喊打扑克，马屁精却认为这些人暗地里密商着准备打击什么人。这可是重大敌情反应啊，他马上警觉起来。

那天牛大壮和张三娃当着那么多移民厮打他，又让他在大庭广众丢尽了面

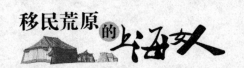

子,他气得牙酸,这些天他一直在暗中寻找机会,要报那一箭之仇。现在机会终于来了,于是他报喜般朝邱生辉住的王家跑去……

这里要说说王家小寡妇。王家小寡妇名字叫王桃花,在马蹄湾的几个女人里,算是最漂亮的女人。邱生辉的老婆在山外老家,他本人独身在马蹄湾。与世隔绝般的地方,没有女人的日子,是很苦焦的,特别是性的煎熬和折磨,已使他看到一头母猪都要想入非非了。于是便想把王桃花弄到手。果然那小媳妇的男人死后,他就把她弄到手了。婆婆跟媳妇都是寡妇,同病相怜,难耐寂寞,因此婆婆也就睁只眼闭只眼,随他们去了。这些天,因为邱生辉忙于应付移民的事,没有顾上跟王桃花那个了,今晚他觉得有点轻松,就想玩玩,但他刚搂着她躺下,就听到一阵急促的敲门声。邱生辉心里骂了句:"哪个丧门星?"慌忙起身穿衣服。

王桃花慌得厉害,把个红裤衩愣往头上套,好不容易把衣服穿上,四处看看,就这么大个房子,不知藏在哪里?便抱着邱生辉的胳膊直哆嗦。他们毕竟不是夫妻,他们的勾当如果让别人逮着,就会掉进马蹄湾的唾液里,淹不死也会弄趴下,邱生辉的政治生涯自然也就完结了。但邱生辉毕竟见过大世面,狠剜她一眼,低声说:"你慌啥?等我问问是谁。"他知道马蹄湾的人不会深更半夜来敲他的门,而移民又不清楚他晚上就住在这里,就是知道,也不会现在来找他,如果是捉他的奸,早就破门而入了,还能等到现在?于是他镇静一会儿,低声问:"谁?"外面的马屁精向左右看了看,低声回答说:"是我——马秘书。"

邱生辉听是马屁精,心咂地落到地上。随之,升起一股恼火:"你他妈死了人啦?半夜三更敲门?"马屁精听邱生辉骂骂咧咧,紧张地说:"邱场长,这事比死了人更了不得!"他知道今晚碰上邱生辉偷鸡摸狗的事了,自觉晦气,又补了一句:"那我先到杨狗子家去,马上就转回来,你快穿衣服!快!"杨狗子是民兵,他去杨狗子家是让杨狗子做好执行任务的准备,二则他要回避一下,给王家小寡妇留个溜出去的空隙。

邱生辉听马屁精说有比死了人更重要的事,又听他走了,赶紧打开门,王桃花趁机溜了出去。王桃花刚出门,马屁精就转回来了。邱生辉脸上黑沉沉地问:"啥事?大惊小怪的?"马屁精关好门压低声音说:"场长,了不得!马蹄湾要出大事!"便把牛大壮、孟尚海、张三娃和福娃子秘密聚集在叶梅家的情况汇报给他,当然还添加了"鬼鬼祟祟,偷偷摸摸,准备闹事"之类的词语。

"真的?"邱生辉惊问。

马屁精说:"那还会假,是我亲眼看到的,我躲到叶家地窝门旁听到他们说打打打……他们要打啥,打谁?这不是明摆着?——他们是冲咱俩来的啊!"说到这里停下,两眼望着邱生辉。

邱生辉有点紧张了,因为他突然联想到这些年西北地区频繁出现的叛乱事件。这几个害群之马在预谋什么?他的脑子快速分析着,只几秒钟,便断定说:"看来这是一起有组织、有计划、有蓄谋的反革命集团暴乱呀!"马屁精猛然一愣,好像突然悟到什么,惊叫道:"对!是反革命集团暴乱,是集团暴乱……"先前他仅仅是想牛大壮和张三娃他们聚在一起可能要闹什么事,有可能是冲着他来的,经邱生辉这么一提醒,顿然大悟:我的妈呀,没想到这是有组织,有预谋的反革命暴乱啊!我怎么就没想到这里?这件事应该是他这个幕僚首先想到的,可他就没想到……这时,他忽然发现了自己与邱生辉的差距:邱生辉比他站得高,看得远,政治敏感性比他强,越来越老到了。大事让主子谋了,剩下的,他应该争取主动,否则就是失职,于是赶紧出点子说:"咋办?我看马上报告上级,采取紧急措施。"

"不!马上集合民兵,包围叶家的地窝子,把暴乱阴谋消灭在摇篮里!"邱生辉果断命令。马屁精又高看他一眼了,应声说:"是!"转身冲出了门。

这时候的邱生辉显得很激动,穿上皮大衣,取出枕头下的手枪,"哗啦"子弹上膛,跟着出了门。这个反革命暴乱集团,他一定要拿下,这是更大的政治资本啊!至于这个暴乱集团是否真实存在,是否像马屁精汇报的那样,都并不重要,重要的是把孟尚海和牛大壮几个人抓在叶家。因为叶梅是右派,她妈是资本家的太太,他孟尚海、牛大壮和张三娃黑天半夜纠集在这种政治背景的人家,蓄谋什么?要干什么?这不是昭然若揭?即便是没有暴乱图谋,也已经是很大的现行反革命问题了。再说,他牛大壮这段时间不但跟叶家来往密切,而且庇护同情她们,除了帮她们开荒完成任务,那天还和张三娃公然动手打骂农场干部,这桩桩件件,都可以构成现行反革命罪行。那个孟尚海更为嚣张,几次领着移民闹事,还找自己的麻烦,这次该好好教训教训他了,更重要的是抓住这个事实,好好收拾黑脸汉这个死对头,把他彻底扳翻。此举,既可以打击牛大壮和孟尚海他们的嚣张气焰,又能给黑脸汉点颜色瞧瞧,一石两鸟,甚至三鸟啊!他心里很激动。

马蹄湾黑沉沉的,野地里偶尔飘来饿狗哭泣般的怪声嚎叫,仿佛预示着要发生什么灾祸。马屁精和杨狗子带着四个民兵悄悄向叶梅家扑去。枪管在夜空里闪着冰冷的寒光。邱生辉一手拿着手电筒,一手提着手枪跟在后面,脚步轻

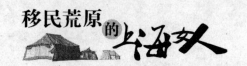

快而紧促。来到叶梅家地窝旁,他们停下了。马屁精接过邱生辉手里的手电筒,低声命令杨狗子和另外三个民兵:"你们四个跟我进地窝,要快!"对另一个说:"你留在外面保护邱场长。"说完向杨狗子摆一下头,端着枪猫着腰,悄悄摸进地窝巷道。

杨狗子用枪挑起门帘冲进去。马屁精打开手电筒照了一圈——愣了!因为地窝里除了叶梅和她妈妈,再没第三个人。她母女俩沉沉睡着,突然出现的手电光和脚步声把她们闹醒了,惊叫着:"啊呀——你们什么人?要干什么?"

紧捂着被子,在手电光圈里缩作一团。马屁精不做声,手电光又在地窝里环扫了几圈,仍没有发现那几个人。其实根本用不着扫,就这么大个地窝子,连只兔子也藏不住的,何况几个精精壮壮的小伙子。人呢?飞了?上天入地了?马屁精傻眼了,正要开口审问,邱生辉出现在门口,对叶梅和她妈妈说:"没事,县里通知说有两个罪犯从监狱里逃跑了,我们出来巡夜、抓捕……没事,跟你们没事,你们睡吧,睡吧。"回头瞪马屁精一眼,转身便走。

马屁精愣了愣,跟着邱生辉走出地窝子。他们扑空了,几分钟前那种隐秘、紧张和兴奋情绪一扫而光。马屁精不相信眼前的事实,还愣在那儿,邱生辉说:"愣着干啥?走,回去!"马屁精问:"回哪里?抓他狗日的牛大壮,还是找孟尚海和张三娃?"邱生辉狠了一句:"抓个狗屁!——成事不足,败事有余!"转身气咻咻地往回走。马屁精和杨狗子像挨了棍棒的狗,垂头丧气跟上去。这几个害群之马怎么就溜了?怎么就溜了?马屁精心里嘀咕着,嘴里嘀咕着。夜空好像压低了,憋闷,他憋得要死,气恼得要命。

回到土城堡,邱生辉把杨狗子和那几个民兵统统打发回家,自己把手枪往炕头一扔,一声不吭上炕躺下——这么大的暴乱案子,这么好的捞功机会,就这么抓空了,他心里比谁都沮丧,比谁都难受,比谁都遗憾,比谁都懊恼!他想哭想发火想骂人,可骂谁?向谁哭?向谁发火?马屁精见邱生辉气呼呼的,赶紧解释说:"他们真是聚集在叶家,是我亲眼看见的,绝对没错。如果有半点虚假,你挖了我的眼睛,割下我的头当尿壶!"

邱生辉气呼呼地说:"我说你看错了吗?"

马屁精说:"那,你咋让我们撤回来?"

邱生辉坐起来反问:"那你说咋办?"

马屁精说:"把他们抓起来审问。一审问不就啥都清楚了,可你让我们撤回来,不知你是咋想的……"他嘴里嘟嘟囔囔,倒好像他有理了。邱生辉终于憋不住了,没好气地说:"好个我的马大秘书,你以为把他们抓起来就能审问出什么结果？——你是猪脑子还是脑子里进了水？怎么就一点不开窍？我问你，你把牛大壮抓起来，如果他们一口咬定今晚根本就没去叶家，就是去了，说是随便进去看看就走了，咋办？你又不是不了解那几个刺儿头，他们的嘴不是软豆腐，是骆驼蹄板牛领头，是钢是铁，不是随随便便就能揉弄的，随随便便就能撬开的！再说，牛大壮和张三娃那天敢跟你动手，说明人家根本就不怕你我，根本就没有把你我放在眼里，你不当场拿住人家，人家认你的账？如果逼急了，他们反咬你一口，向上反映说我们随便抓人，那不是没抓到鸡，反倒丢了米吗？如果我们今晚当场把他们抓在叶家，那就是另一回事了——我们要问那么多人聚集在右派家干什么？他们说得清吗？那时候黄泥巴掉进裤裆里，不是屎也是屎！可，现在弄成了这样，唉！"他扼腕痛惜。

马屁精说："我知道牛大壮和张三娃嘴硬，可，我们可以审问那两个女人呀。"邱生辉打断说："我的马大秘书，你怎么还糊涂啊？你以为那两个女人就好对付？——大错特错！最近我发现这娘俩有文化，见识多，经历不平常，不是简简单单的人哪！这种人比起牛大壮、张三娃这些莽撞汉子，要难对付一百倍。她们给你说实话？做你的美梦去吧！"

马屁精说："那，那你说咋办？就这么放了他们？"

邱生辉说："不，现在已经这样了，这个集团案必须得抓下去，而且要抓出结果。但我们先不要打草惊蛇，采取内紧外松态度，装作啥也没有发生，啥也不知道。我想他们还会聚在一起的，等他们再次聚集，我们来他个一锅端！"他做了个"抓"的手势，又指示说，"从今晚开始，你就多操点心，紧紧盯住他们，一有情况，马上给我报告。"

马屁精深深地点点头。他又一次领教了眼前这个人物的分量，过去他把这个嘴上没毛的娃蛋子根本没放在眼里，现在才渐渐发现：这小子不能小瞧，他的翅膀已经长硬了，以后可能会更厉害。已经迟了，马屁精准备回去，走到门口，又停下，迟迟疑疑想说什么。邱生辉已经脱了大衣，抖开被子准备睡觉，见马屁精欲言又止，好像有事，就问："咋了？还有啥事？——有就说。"马屁精就说："这件事前后顶多半个多小时，牛大壮孟尚海他们咋就突然不见了？那么快，齐刷刷的，是不是有人走漏了消息……"邱生辉听着，就重视起来，沉思着说："刚才在回来的路上，我也想是不是有人走漏了消息……"

"是啊！可他是谁呢？"马屁精琢磨着。邱生辉把脱了的鞋重新穿上，又下了炕，在地上踱着，开始琢磨猜测这个走漏消息的人。他一连猜了几个人，都摇头否认，便问："你前面去杨狗子家没透露啥吧？"马屁精说："本来我要去他家的，

可怕他走漏消息就没去,在前面的院墙下撒了泡尿就转回来了。"邱生辉的脸烧了一下,没再问下去。他想杨狗子如果不知道这些情况,有可能就是王桃花了,因为王桃花就住在隔壁,他想去问,但现在已经迟了,也不好去问,便说:"你先回去吧,这事慢慢琢磨,以后收拾他狗日的。"又认真叮嘱,"以后办事要多加个心眼哪!今晚这么大的事,就这么放空了,说明问题并非那么简单,要吸取经验教训啊!"

马屁精走了。邱生辉立在地上,立了一阵,感到外面静得可怕,好像不在人世间的感觉,于是上炕默默躺下,望着房顶直发愣。一串串黑黑的灰网在房顶棚上倒坠着,气流的运动使它荡着秋千。他的心也像那串倒悬的灰网悬着,荡着。他睡不着,两眼望着房顶,琢磨着那个走漏消息的人,又猜了几个,又都摇头否认,最后还是把目标锁定在王桃花身上,心想这个小婊子,这些年我对她不薄,白米细面给她吃,养得白白胖胖,她却吃里扒外!想着,气就呼呼往外喷,翻起来要去隔壁找王桃花,好好教训教训她。

已经半夜了,王桃花睡得迷迷糊糊,问他:"你干啥呀?不让人睡觉吗?"躺着不起来,不开门。邱生辉说:"有事。"她说:"天快亮了,明天吧!"就又不声不响了。邱生辉再敲门,里面便没有了应声。他气得牙痛,她经常在他身旁,就像一颗定时炸弹,不给她上点颜色,以后会坏事,但此时他却不敢发作,也不敢大喊大叫,这里毕竟不是他家,她毕竟不是他老婆,就转回来躺下,两眼睁着,等天亮。

第二天王桃花刚起来,邱生辉便把她截到屋里,劈头就问:"昨晚去哪里了?"王桃花被他问了个糊里糊涂,眼睛吧唧吧唧直眨,看怪物似的望着邱生辉:"你说啥?啥去了哪里?不就在你这儿吗?"他说:"我问你从这里出去以后……"王桃花想也没想说:"出去以后就睡觉了呀,怎么啦?"她瞅着邱生辉,不知邱生辉啥意思。邱生辉铁着脸说:"你要说实话!"王桃花有点云里雾里的,转动着脑袋左想右想,最后说:"真没去别处哇!咋啦?出啥事了?昨晚大半夜你闯我的门,现在又审贼似的……你折腾啥嘛?"她又吧唧吧唧直眨眼睛,茫然不知所以的样子。邱生辉见她傻不愣愣的,心里说:"看样子不像是她……"就说:"算了,算了,没啥,没有啥,去吧去吧。"王桃花嘀咕一句:"犯傻病!"转身去忙她的了。他便陷入一团迷雾!

054

7

已经进入三月了。天气仍很寒冷,开荒任务仍很紧张,移民们仍在农场食堂吃饭,仍在荒滩上艰辛垦荒,晚上仍拖着精疲力竭的身子回来,第二天随着尖利的哨声,又迎着寒风上工,周而复始,日出日落,好像讲述着一个艰辛、苦涩、乏味,永远看不到尽头的故事。

这时候,马蹄湾的人口多了,牧区的适龄儿童需要上学读书,公社建起了简易学校。孟尚海上过大学,又是工人家庭出身,黑脸社长建议把他调到学校教书。邱生辉不乐意,想阻止,但知道孟尚海出身好,又上过大学,也不好阻止,再说新开办的学校,要啥没啥,一穷二白,当老师并不轻松,便同意了。孟尚海去了学校。这个工作白天上课,晚上备课,责任心强,因此去叶梅家的机会少了。叶梅和她妈妈每天的开荒任务,只有靠牛大壮晚上帮忙完成了。母女俩心里都很过意不去,总想怎么感谢牛大壮。这天傍晚收工后,叶梅对牛大壮说:"到我家去吧,妈妈有事跟你商量。"

牛大壮听说有事,跟叶梅去了。他不清楚叶梅妈有什么事,去她家地窝子后,只见她脸上笑吟吟的,神神秘秘的,打开墙角的破皮箱,翻腾出一只小小的黑平绒盒子,抚了抚,送到了他面前说:"大壮,这段时间你和你妈妈帮了我们不少忙,是我们母女俩的救命恩人哪!我和阿梅也没什么好报答你和你妈妈的,就把这块手表送给你——"牛大壮以为叶梅妈有什么事情需要他帮忙,原来是这样,感到突然:"这,大婶你这是干啥?"用陌生的目光望着她。叶梅妈说:"大壮,你不要介意,这是我们母女俩的一点心意,你就收下吧,这是块金表,价值好几千块钱哩……"她话没说完,牛大壮就从地铺上站起来:"大婶,你把我牛大壮看成啥人了?我跟妈妈帮你们,不是为了得到你们的报答,不是为了你们的感谢——我们是看你们孤儿寡母,从上海来这地方太可怜,太可怜!说实话,像小叶这个年龄的女子,还应该自由自在玩耍哩,可她现在吃这样的苦,受这样的累,我跟我妈妈实在看不过去……"说着,眼圈发红了。叶梅妈着急了,赶紧解释说:"大壮,你不要见怪,我和阿梅是真心的,是真心感谢你们的!这块手表原来是一对,是她爸爸准备给阿梅做嫁妆的,可,可现在我们到了这种境地,留它

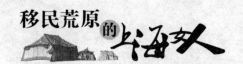

还有什么用……"说着眼睛红了。牛大壮见叶梅妈泪光闪闪,不知怎么安慰,就说:"大婶,你不要难过,你跟叶梅的心意我和我妈妈全领了,可这手表我不能收,这手表很贵重,大婶你就留着,以后叶梅会有用的,我相信她以后会有大出息,我一个农民,要了它也没啥用处……"叶梅见他不肯收,便把手表盒从妈妈手里接过来,朝牛大壮手里塞:"大壮,你就收下吧,不要推辞了,这段时间你和老妈妈对我们太好了,要不是你们,我跟妈妈不知会成什么样子,我们实在过意不去!你收下手表,我和妈妈心里都会好受些。"

牛大壮还是坚持不收。叶梅几乎掉泪了,但推来推去,最后牛大壮还是没有收。牛大壮走了,叶梅手捧着表盒,望着牛大壮远去的背影,怔在那里。她妈妈也怔在那里,转瞬眼眶里涌出清清的泪水,喃喃着:"多好的小伙子啊!"

这天傍晚,牛大壮帮叶梅和她妈妈完成开荒任务后,又来到叶梅家。一进地窝门,便像往常一样,先抱来柴火和羊板粪生着炉子,而后烧水弄吃的,什么事都不需要叶梅和她妈妈插手,叶梅觉得她和妈妈成了外人,他倒好像成了主人。那些日子,叶梅手上又打起好多的血泡。回来后,坐在灯下用针轻轻地挑,每挑破一个,就痛得大叫一声,特别是冻肿的手背,裂开几道血口,翻裂着,像小孩大张着的嘴,流着血和脓水,痛得她直叫。牛大壮的手背也曾冻裂过,知道那种疼痛是撕心裂肺的,最好的治疗办法就是每天用温水烫洗消肿,而后包扎好,这样才能慢慢愈合。于是他从工地上回来,替她烧好水,端过去放在地铺旁的泥台上,站在旁边望着她浴洗。时间长了,叶梅就感觉牛大壮是自己的亲哥哥,自己成了他的小妹妹。

这天,她的大壮哥又给她烧好了水,端过来放在那泥台上,又站在旁边,默默看着她烫洗,完了之后,又不声不响地把用过的水泼出去。她望着,心里热浪滚动,热泪涌流,心里亲昵叫着:"好哥哥,真是我的好哥哥!"平时叶梅烫洗过手,搽上护肤油,都是妈妈帮着她用手绢包扎,但那天妈妈出去了一会儿,她只好自己给自己包扎。要是包扎别处还好办,但偏偏是手背,因此折腾了半天,怎么也包扎不好。牛大壮看到了,便说:"来,我帮帮你。"那时候的大姑娘,哪能随便把手伸给小伙子抓着,而那天叶梅却乖乖把手伸到了他面前。牛大壮便拿起叶梅的手,小心翼翼包扎起来。

叶梅望着他宽宽的肩膀,敦厚黑红的脸庞,善良的眼睛,不知怎么的,心里突然好像被什么触动一下,掠过一道电流般异样的感觉,又仿佛平静的湖面,投进石子荡起粼粼波纹。她长这么大,还是第一次出现这样的感觉。她说不上这种感觉是什么,只感到这种感觉是她从来都没有过的,脸庞就有点发烧,同时心里漫过从没有过的暖流！她毕竟涉世不深，再加上现在的处境，根本没心思去思考这种感觉，更没有闲暇时间去梳理。过后，她问自己：莫非这就是小说和电影里讲的男女之间的爱情？莫非她对牛大壮产生了爱慕之情？如果这就是爱情，那她也喜欢孟尚海，跟孟尚海在一起时，心里也会产生这种感觉，这又是什么呢？

当时，她说不清。

不过，从此以后她每每看见牛大壮那宽阔的肩膀，那憨厚敦实的脸庞，心跳就加快了，脸上也发烧发红了。那些日子，她的脸上开始有了笑容，也显得活泼多了，自己感觉走路也轻快了，干什么事情也有了信心，在繁重的劳动过程中，有时还偷偷哼哼两句歌曲，譬如苏联的《红莓花儿开》、《五月的鲜花》什么的，还拿出压在箱子底下的笔墨纸张，在工地上开荒休息时，偷偷写写画画。晚上大壮如果没来她家的地窝子，便跑到老妈妈家，跟老妈妈说说话，帮老人干点活儿什么的，跟牛大壮说说笑笑。总之，她渐渐觉得前方有个美好的东西，她在追求着，努力追求着。

这些表现，最终没有躲过妈妈的眼睛。妈妈毕竟是过来的人，有天晚上牛大壮来她们家，妈妈发现叶梅面对牛大壮欢欣而又羞涩的样儿，便问她："阿梅，你是不是喜欢上大壮了？"叶梅听到妈妈的问话，猛地怔一下，脸颊刷地红了。她清楚妈妈所说的喜欢是什么意思，便拉住妈妈的手撒娇说："妈，看你说什么呢？说什么呢？……"叶梅妈显得很严肃："妈妈问你是不是？"叶梅见妈妈认真了，斟酌半晌说："妈，说实话，牛大壮是个很憨厚，很热心的小伙子，我从心底里喜欢他，我已把他当做自己的亲阿哥了，但是不是妈妈问的那种喜欢，我却说不清楚，真的说不清楚……"是的，她对牛大壮的喜欢，到底是不是爱情？她确实说不清楚。

叶梅妈见女儿说不出来，便长长叹口气，语气悠远地自语道："人的美好愿望，如果跟现实一样美好多好，可惜现实往往是残酷的。"叶梅对妈妈这些没头没尾的话似懂非懂，以后才渐渐明白了里面的含义。

这天晚上，孟尚海处理完学校的事情，去了叶梅家的地窝子。因为这些日子听别人说，叶梅经常跟牛大壮在一起，关系好得不一般，还有怎么怎么的。他起初没往心里去，今天又有人在他耳旁吹风，说叶梅正跟牛大壮谈对象哩！他听后虽然不怎么相信，但心里有点不踏实了。因为他也爱着叶梅，所以他准备去叶梅家探探虚实。

学校虽然距离叶梅家不过两公里，但好些天也没有顾上去，心里就有点歉

057

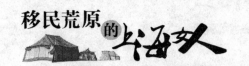

疚。已经十点多了，叶梅和她妈妈刚吃过从食堂里打来的晚饭。孟尚海进门后见叶梅妈正在洗涮饭碗，而牛大壮还跟过去一样，给叶梅烧热水，准备烫洗手脚。看样子炉火是刚刚点起来的，烟雾在地窝里旋转着，懒懒地往门外飘，呛得人直流泪。牛大壮边捣腾着，边哐哐地咳嗽。

孟尚海到来时，叶梅正坐在地铺上，膝头上平放着画板，聚精会神描画什么。见孟尚海来了，赶紧收拾起画板，让他坐，让他喝水，说着问候的话，热情得让他都有点不好意思了。牛大壮更热情，又是添茶，又是让座，还埋怨他说："这么长时间，也不过来看看，婶子和叶梅经常念叨你，还准备去你那里看看哩！"这时孟尚海突然感觉牛大壮好像是这家的成员了，而他好像成了远方来的客人，还发现叶梅看牛大壮的目光也跟过去大不一样，里面好像蕴涵着某种特别的东西。

孟尚海早就知道叶梅和牛大壮经常在一起，他清楚，她对牛大壮的亲密，仅仅是人落寞后受人帮助后的感恩，如果他不来学校，也会经常去叶梅家，也会经常在一起，也会很亲密的，这是一种很正常的关系，但此时此刻他的感觉告诉他：他俩好像不仅仅是那种感恩关系和感恩行动，似乎，似乎什么？他一时说不清楚，因为这仅仅是他的感觉而已，感觉有时候是靠不住的。他心里说，但愿靠不住。

他们三个海阔天空说笑着。十一点过了，他们都有意识打住话头，准备回去。他们清楚，有人暗地里盯着他们，待的时间过久，会有麻烦。人往往在欢乐高兴的时候，可能就是灾难降临的时候。离开叶梅家地窝子，孟尚海和牛大壮同行一段路才分道。那时夜色沉沉、四野寂静，他们在寂静的野地里往前走着，不知什么原因，孟尚海低着头，一直默不吱声，好像有意识创造冷寂气氛。牛大壮想问他怎么了，又不好问，也只好默不吱声往前走，但却感觉今晚要发生什么事，果然往前走了一段，孟尚海突然抓着他的胳膊问："大壮，我要问你一件事。"牛大壮见他严肃的样子，问："啥事？弄得这么惊惊咋咋的。"

孟尚海说："你爱上叶梅了？"

牛大壮听是这事，扑哧笑了起来："啥啊？你说啥啊？哈哈哈，啥爱？我不懂，那是你们读书人的事，我们农民不懂。"

孟尚海不依不饶："我让你说实话——是不是爱上她了？要跟她谈对象？"

这下牛大壮沉默了。他不是不愿回答孟尚海的问题，而是不知怎么回答。说实话，他是喜欢叶梅，也是很爱叶梅的。她是一个活脱脱、鲜亮亮的姑娘，而他是一个小伙子，精壮壮的小伙子，两人又时常在一起，怎能不喜欢？怎能不爱呢？一个小伙子如果面对美丽的姑娘不动心，那是不正常的，但在他的心目中，喜欢跟找对象、结婚，完全是两码事。马蹄湾虽然缺乏爱情文化的熏陶，不知爱情为何物，但爱情意味着啥？结婚又意味着啥？牛大壮多多少少还是清楚的。所以他除了喜欢她、爱护她，再往下，就没有想过了。他倒觉得孟尚海跟叶梅很合适。他俩从文化到所处的环境都差不多，而且他早就发现孟尚海喜欢叶梅，叶梅也喜欢孟尚海。如果他俩走到一起，该多好？但孟尚海现在却突然这样问他，就把他弄得不知咋回答，回答啥了。

孟尚海见牛大壮不回答，紧逼不舍："怎么不说话？如果你爱她，就应该大胆去追她，把话挑明了，不要这样憋着……"

"噗——"牛大壮忍不住笑出声来，"让我去追她，那你咋办？"紧接着又像孟尚海问他那样反问他："——你咋办？说啊，你咋办？"

"我，我……"孟尚海显然没想到牛大壮会这样问他，猝不及防，愣在了那里。是啊，我该怎么办，我该怎么面对？说实话，他是很喜欢叶梅的，这种喜欢已很长时间了。他过去就认识叶梅，起初只是对叶梅的遭遇和不公正待遇深表同情和怜悯，继而渐渐喜欢，直到产生爱情。他受过高等教育，年龄也不算小了，相比牛大壮，自然受过更多的爱情文化熏陶，懂得什么是恋爱，什么是爱情。几个月来，他也发现叶梅喜欢他，可喜欢仅仅是爱的前奏，并不等于爱情。叶梅对他喜欢，是不是上升到爱情的程度，他还不知道。因此他在等待，等待这颗"苹果"渐渐成熟了，他再去摘取，这样获得的爱情果实会更饱满，更丰硕，更富有诗情画意！然而，今晚他却感觉牛大壮和叶梅有了"情况"，虽然只是感觉，可他心里多少有点失落，有点痛苦，有点妒忌。爱情是自私的，不论什么情况，不论什么人。但如果让他去破坏牛大壮和叶梅，或者像西方国家的青年，为争夺女人去决斗，他无论如何是做不出来的。因为他俩已经在艰难环境中建起了朋友关系。在这种情况下，他只能选择退避，帮助支持朋友，大胆追求爱情。

此时此刻，他见牛大壮逼问，有点扛不住了，说："我和叶梅仅仅是上海移民，是同志关系，你就放心吧！她是个好姑娘，作为朋友，我支持你，帮助你，祝你成功！"尽管他心里发痛发酸，还是抑制着感情说出了这些话。说完后，在牛大壮肩上拍了拍，默默离开了。

自从乔育玲调到农场食堂后，孟尚海就很少看到她的身影了，有时候去食堂打饭，也仅仅是看一眼。他感到她对他积怨很深，几次晚饭后去她的宿舍，想跟她谈谈，解除误会，但去了几次，她都不在宿舍。这天晚饭后，他又去了她的宿舍。她在，房屋里亮着灯，还有嘻嘻哈哈的笑闹声。他准备敲门，忽然听到里

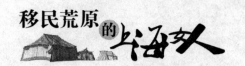

面有个男人说话,好像是邱生辉。他在这里干什么?

他二话没说推开了门。眼前的情景使他猛然怔住了:邱生辉和乔育玲正相互搂着肩膀,歪在床头上嬉闹哩!他俩看见他进来,慌忙坐起身子,邱生辉讪笑说:"听说小乔有病,我来看看……"孟尚海一直愣在那里,不敢相信眼前的事实,听到邱生辉这样说,一股火涌上心头,抬手指着门,说:"你,你给我出去!"邱生辉却没有动。孟尚海呵斥道:"你给我出去,我有话对她说——"邱生辉还是没有动,反而表现得四平八稳,眯眯笑着说:"小孟哪,你知道不知道我是场长?小乔有病,我来看看,这是我做场长的责任,你让我出去,你有这个权力吗?合适吗?"孟尚海见他一副流氓无赖的样子,更加气愤了,狠了狠说:"我清楚你是场长,在这里你可以为所欲为,但是你别忘了,在这片土地上也有我们说话的地方——我要去告你!"

这句话敲到邱生辉的痛处了,他有点害怕了。他现在最怕出现影响政治前途的是非。虽说今晚他没有跟乔育玲发生什么事,可深更半夜,一男一女钻在一起,如果张扬出去,没事也是事。想到这里,他软了下来,说:"好好,既然你跟小乔有事,我就走了。"他起身出了门,出门后,回头冷冷盯了孟尚海一眼,心里狠狠说:"小子,等着,老子以后会慢慢收拾你的!"

孟尚海用愤怒的目光送走邱生辉后,回头盯住了乔育玲。乔育玲一直背对他在那儿收拾凌乱的床铺,见邱生辉走了,停住手,转身冷冷问孟尚海:"有什么事?说吧,是不是叶梅跟牛大壮好上了,把你甩了,你感到悲伤,感到孤单,来找我这个被你抛弃的女人消磨时间,排遣痛苦和悲伤?"本来孟尚海准备好好教训教训这个不要脸的乔育玲,没想到乔育玲锥子般刻毒的质问,反而把他问得张口结舌,摇摇欲倒:"你你……我我,我不是来排遣什么痛苦的……"

乔育玲说:"那你来干什么?是来看我的笑话?还是想在我伤口上撒盐?反正现在我已经成这样了,你幸灾乐祸也好,在伤口上撒盐也好,用刀搅也好,我都无所谓了,来吧,说吧,骂吧,诅咒吧,用最难听的话,我不在意……"

"乔育玲!"孟尚海彻底愤怒了,终于忍不住吼着问:"我是来问你,这一切都是为什么?他为什么在你这里?你们刚才……"

"哼哼哼……"乔育玲鼻子里冷笑几声,反问道:"难道他不能在我这里?你现在不是也在我这里吗?这又怎么解释?"孟尚海被乔育玲噎住了。乔育玲又说:"再说,他在不在我这里,与你有什么关系?你这样恼羞成怒的?"孟尚海憋得脸色青紫,半天喊道:"乔育玲,我看不起你!"乔育玲却笑起来:"哈哈哈……你是我的什么人?什么人?我为什么要让你看得起,啊?我为什么要让你看得起？你不是要攀美人吗？你不是嫌我土气吗？你不是一直都在躲避我吗？现在还来干什么？来训斥我，你有这个资格吗？——有吗？我就跟邱生辉在一起了，看你怎么样？"

"你你你！——这是堕落啊！"孟尚海简直发疯了，"这是为什么啊？你回答我！回答我！"他暴跳着，啸叫着。她也发疯了，开始叫喊起来："为什么？你怎么不问问你自己——为了你，我从上海来到这里；为了你，我厚着脸皮求人去找你；为了你，我吃了那么多苦头！可你……你知道吗？小李她们被雪狼活活吃了，我差点也被狼吃了！我现在什么都没有，什么都没有了，我的心死了，你还来逼我，你，你你……你给我出去——"她歇斯底里咆哮着，手指着门外。孟尚海雷击般地怔住了，心好像刀剜着，开始流血了，最后痛苦地闭上眼睛，转身慢慢走出她的宿舍。他流泪了。

乔育玲见他流泪了，见他走了，不知哪种思想支配，忽然追上去，但到门口又停住了，身子猛烈摇晃颤抖，像受伤的山鸡歪歪斜斜，她赶忙伸手扶住门框。

公社院子寂静无声，夜空里传来远山的声音，那声音狠狠震荡着她的心灵。她慢慢抬起头，望着黑色的野地，望着深沉的夜空，半天自问道："我堕落了吗？这是堕落吗？"她也是个充满美好理想的姑娘呀，怎么就成了这样？怨谁呢？——她是在彻底绝望的情况下，选择了逃跑的。但她不但没有逃出去，还险些被雪狼吞噬。前有狼后有虎，在走投无路的情况下，她不投靠邱生辉，投靠谁？不投靠他，怎么活下去？这就是堕落？——她堕落了？

她仰望着夜空，拷问着自己。忽然几颗泪珠默默从她的眼眶里滚出来，她转身扑到床上号啕大哭起来。

8

邱生辉恨死了孟尚海，却抓不住整治的把柄。特别是看到叶梅跟牛大壮经常来往，亲密的样子，眼睛发红，妒火燃烧，恼怒不已。他就弄不明白，一个花朵般好看的姑娘，怎么就喜欢上大字不识的农民，怎么就喜欢丑八怪牛大壮？什么吸引了她？他感到人这东西太复杂，太不可思议了。

这天晚上，他去牛大壮家了，准备以社长和场长的身份给牛大壮谈话，吓唬

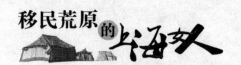

吓唬他,让他远离叶梅。但没想到,一进门看到叶梅正在牛大壮家,正跟老妈妈和大壮说说笑笑,"其乐陶陶"。他的到来好像刮来一股寒风,小泥屋倏然冷落沉寂,森森寒气蔓延提升。

叶梅见邱生辉来了,用揶揄的口吻说:"场长大驾光临,有失远迎——你们有事就谈吧,我走了。"说着跳下火炕走了。老妈妈则冷眼对着这个不速之客,沉默不语。牛大壮黑着脸色,梗着粗壮的脖子,一拧身子,面向墙壁,等着受罚的样子。邱生辉见他们娘儿俩冷面对他,脸上强挤出笑容说:"我来看看你们,没有别的意思。"说着就要坐下,但屁股还没落地,牛大壮吼吼地说:"不要来这一套,让我跟你走,就说话!"他口气很冲。邱生辉怔了怔,又笑笑说:"哪里的话?我是来跟你聊聊的。时间很长了,没有跟你聊过,今夜里我想跟你谈谈,沟通沟通,再没有别的意思,真没有别的意思……"牛大壮听着,转过身子,说:"好,那就聊吧谈吧,聊啥哩?谈啥哩?你说。"见邱生辉没有开口,又说,"我知道你来这儿不是聊聊的,是另有目的。我虽然是个大老粗,可有那么些人,他尾巴一抬,我就知道他要拉啥屎!——你今晚悄悄来,不就是要找我们的茬儿?不就是来整我们吗?"

邱生辉急忙说:"不是不是,你想错了,误会了,完完全全误会了……"

牛大壮两眼盯住邱生辉说:"不是,又是啥?你不是就看我们跟叶梅家来往了吗?不就是看我帮她们干了点活儿吗?人帮助人就不可以吗?叶梅和她妈妈咋啦?不就是给资本家当了几年家属嘛,听说叶梅妈也是苦出身,十来岁就做苦工当佣人,跟贫下中农一样。资本家剥削工人,打骂工人,与她有多少关系?再说叶梅,不就是学校的书记要糟害她,她扇了他一巴掌吗?不就是骂他是流氓、土匪吗?这种流氓无赖不该骂,不该扇吗?要我非废了他!再说,她当时才十八九岁,按咱们农村人说的还傻傻的,知道啥?她就翻天了?——她有啥罪过?你们就放不过她?她们从上海大城市来这样的鬼地方,住地窝子,吃糠咽菜,干那么重的活儿,不容易啊!看她娘俩多可怜呀!人都是爹妈生的,心都是肉长的,难道就没一点同情心?我和我妈望着她们太可怜,帮帮她们,犯了啥王法?暗中监视,千方百计找岔子,你们的心肝难道让狗吃了?你对叶梅和她妈安的啥心,我牛大壮清清楚楚,还装啥洋蒜?老实告诉你,你要敢给叶梅使坏,我牛大壮剁了你他妈的那个鸡巴!不相信,试试看!今晚我牛大壮要说的全说了,要批要斗要抓,随你的便!"他痛痛快快说完,坐到炕头上,又把身子拧向墙壁,梗直了脖子。

牛大壮句句话都充满火药味儿,戗得邱生辉脸色发青,喉咙发哽,嘴巴一张一张，却说不出半句话来，心里骂着："一根筋，愣头儿青！蛮驴！真是一头蛮叫驴！"他后悔今晚不该来这里，牛大壮是什么人，又不是不清楚，来这里不是找骂，找烦恼，找不开心吗？他的心肺都快气炸了，真想大哭！

他跌跌跄跄走出牛家，摇摇摆摆回到家，打开门便一头栽到火炕上。他被牛大壮气疯了，气坏了，在炕头上疯狂地叫喊着："敢跟老子较劲？等着瞧，等着瞧！看老子怎么收拾你这头蛮叫驴！——叶梅你等着，你迟早是我的，我会骑到你身上……"这时候，马屁精不识时务地来了。

马屁精自从那晚抓"暴乱集团"抓空了，没有报上那一箭之仇，心里总是不平顺，这些日子又没抓到牛大壮他们的什么把柄，眼望着那一箭之仇相报无期，心里耿耿于怀，更不平顺，更不舒坦。今天他听到县里传来消息，最近山里强降温，有特大暴风雪袭击野牛沟草原，县里要求做好防雪防灾工作。野牛沟海拔高，气候恶劣，一般人根本受不了，稍不注意就有送命的危险。沟垴的几座羊圈需要修补，这不正好是整他牛大壮和张三娃的好机会吗？所以他想把邱生辉挑唆起来，派牛大壮和张三娃、孟尚海去野牛沟吃吃苦头，让他们不死也脱身皮，解解他的心头之恨。刚才，他打听说今晚邱生辉去牛大壮家吃了一鼻子灰，现在正气得直跳蹦子，知道这是个点火的好机会，便兴冲冲跑来了。进门便给邱生辉点了一炮："场长，快想办法，牛大壮跟叶梅已经搞得很热火啦！"又凑到跟前神秘地说，"他俩还在地窝里搂搂抱抱亲嘴哩，是我亲眼看见的……"马屁精清楚这些话最能刺痛邱生辉的心，因此邱生辉哪里痛，他就往哪里戳，就往哪里撒盐巴，又说："要再不想办法，叶梅可就抱上牛大壮的娃子啦……"

"够啦！"果然邱生辉听到后炉火冲顶，一拍火炕蹦了起来。但他却没有诅咒牛大壮和叶梅，而是对马屁精咬牙切齿吼叫："他牛大壮跟叶梅搞在一起干我何干？叶梅是我的老婆还是姨子，你在这里说这些啥意思？啥意思？想挑唆我动刀子？戳了他们？替你报仇雪恨？趁早收起你的小把戏，——我邱生辉不是瓜娃子！"

马屁精听他这样说，暗自吃惊：这小羔子现在真长大了，一眼就看穿了他的计谋。他有点无计可施，顿了顿，摇着手故作冤屈说："好好好，不说了不说了，都是我不好，我不好，以后我再不管你的这些破事情了，免得牛大壮拿拳头打我，也惹得你不高兴……本来我有收拾他牛家娃的好办法，现在你不高兴，咱就不说了，算白来了……"说着转身就要走的样子。

邱生辉听他有收拾牛大壮的办法，忽然心动了。他正为没办法收拾那头蛮驴而犯愁，现在听到马屁精有好办法，怎能放他走？他缓了缓情绪，喊道："站住，

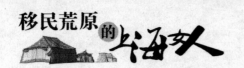

站住！"马屁精本来就没想着走，他只是欲擒故纵，因此邱生辉喊他站住，便站住了，但没有转身，等着邱生辉来求他。邱生辉这些年常跟马屁精混在一起，他知道马屁精在耍"小性子"，便上前哄小孩似的把他拉回来，按坐在凳子上，又友好地拍了拍他的肩膀，说："怎么，还在我面前耍小孩脾气呀！说吧，咋整治这头蛮驴？"

马屁精见邱生辉求他，开始摆谱儿了，撕一张纸条儿，从衣服口袋里掏出烟末，卷根喇叭头烟，划根火柴燃着，慢条斯理地吸起来。邱生辉见状，一把夺过他嘴角上的烟卷说："少来这一套。在我跟前装啥大神，摆啥谱？我还不清楚你肚子里的弯弯肠子？——快说话！"马屁精见邱生辉着急了，慢腾腾地说："怎么？着急啦？刚才你不是说与我没关系吗，现在咋又来兴趣了？"

邱生辉在马屁精肩上擂了一拳："少啰唆——快说，怎么惩治？"马屁精从邱生辉手里要过烟卷，深深吸一口，噗地喷出几个烟圈后说："怎么惩治，我自然有好办法。"他凑到邱生辉跟前悄悄说："今天县里来通知说最近野牛沟草原天气要变，有特大暴风雪，要求我们做好防灾保畜工作，野牛沟垴的羊圈不是要修补吗？还有好几个地方的棚圈也需要修理……"

"我明白了——"马屁精的话还没说完，邱生辉便点着马屁精的鼻子说，"你的鬼点子就是多，就是多，是该让这几个刺儿头去那里吃吃苦，受受罪了，只要把他们打发走，这马蹄湾就消停了……这事就交给你去办。"

马屁精又摆谱了："怎么？又让我赴汤蹈火啊？有了好处你得，出了麻烦我顶，你把我当大头耍啊？这段时间你该耍够了吧？——另请高明吧。"邱生辉心里不痛快了："怎么说这话呢？难道咱们的目标不一致吗？"马屁精见邱生辉变脸了，忙笑着说："跟你开个玩笑，就当真了。"起身走了。

邱生辉把马屁精送出门，望着他消失在夜幕里的身影，心里感叹道："马屁精，人精，人精啊！"他要把马屁精紧紧抓在手里，坚决不能放，让马屁精好好当他的马前卒，扫雷人。他的事业需要这样的人帮助啊！

公社决定派牛大壮和张三娃带十几个社员去野牛沟垴修棚搭圈。

修棚搭圈是草原基建队的主要工作，牛大壮经常带领社员在牧场上奔忙，说走就走，毫不含糊，但这次要离开马蹄湾，他却有点难分难别了。说实话，他不是怕苦怕累，而是现在对马蹄湾有种说不清道不明的眷恋，说具体点，就是他走了，孟尚海又在学校，谁来帮助照顾叶梅和她妈妈？如果马屁精再刁难她娘俩怎么办？还因为，他父亲就死在野牛沟垴上。虽然事过几年了，那种恐怖的阴影总是笼罩着他,怎么也驱赶不走。然而他却必须走,他是基建队队长,他不去让谁去?

这天傍晚,牛大壮去了公社学校,约孟尚海一起去了叶梅家。野牛沟垴很远,这一去两三个月才能回来,别的事都好说,他是放心不下叶梅和她妈妈。因此他找孟尚海吩咐他平日挤时间去叶梅家看看,能帮忙干的事情帮着干干,再则,向叶梅和她妈妈道个别。去叶梅家办完这两件事,就很迟了。他离开叶梅家的地窝子,沿着小路心事重重往回走。走不远,忽然发现路旁的荒草丛中有两只野狗正在野恋。那身躯粗壮点的,大概是公狗,伸出舌头舔着"恋人"的脸颊、眼睛,还有那地方,渐渐地,它们就旁若无人,哼哼唧唧刮起狂风来……星光洒在它们的背毛上,闪着美的和谐和力的夸张。他怕打破它们自然和谐的媾欢,便悄悄走开。他正往前走着,忽然听到身后有人唤他:"大壮!"他回头看,是叶梅。他忙问:"这么迟了,你跑出来干啥?"

叶梅说:"我,我来送送你。"

牛大壮说:"看你,我都快到家了,还送啥?又不是三岁小孩。"

叶梅说:"我是,是想跟你说说话。"

牛大壮扑哧笑了:"刚才在你家说了那么多,还没有说完呀?有事吗?有事你就说,我帮你。"

叶梅摇摇头说:"没事。"

牛大壮说:"没事就回去吧,已经迟了。"

叶梅不动,站在夜色里,但心事重重的样子。牛大壮见她好像有什么事,就又问:"你,你咋了?好像有心事?"叶梅嘟哝着说:"你,你明天就要走了,我就是想,想跟你多待会儿,多说说话……"牛大壮忽然笑起来:"我去野牛沟又不是不回来了,不就两三个月嘛!快回去快回去吧。"他催她回去,她还是站着不动。他就觉得她今晚怪怪的,好像有啥事,但问她,她又说没事,他就不知所以,满头雾水了。

事实上,叶梅真没有其他事,就是牛大壮刚才离开她家的瞬间,心里突然有点空落落的,有种说不清道不明的感觉萦绕心头挥之不去。是什么,又说不清,因此她就追了出来,想跟牛大壮多待一阵,多说说话。牛大壮见叶梅不说话,站在黑地里挨冷受冻的,就说:"如果你真没事,我就送你回家吧。"

叶梅忙说:"不用送,我自己回去,自己回去……"便转身慢慢向回走,但走了几步停住,从兜里掏出个纸卷,转回来,送到牛大壮面前:"这个你带着。"

牛大壮问:"啥东西?"

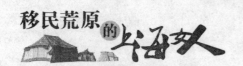

叶梅说:"不要问了,到野牛沟打开就知道了……"牛大壮不知是什么,便接住,装到贴胸的衬衣口袋里。他感到那地方发热发烫,一股暖流向全身扩散。

寒风飕飕的,叶梅单瘦的身子在风中抖着,他真想把她搂在怀中,用自己宽厚的身体给她挡挡风寒,但这是天大的事,他不能,他说:"天冷,快回去吧,听话,啊!"叶梅两眼一直期待地望着他,想努力得到什么,见牛大壮不动,便慢慢转身朝回走,走了好远,又回头望着。牛大壮向她摇摇手,她才恋恋不舍向前走去。

他望着她单瘦的身影,久久地望着,直到消失在夜幕中……

第二天早晨,基建队的小伙子们要出发了,马蹄湾忽然刮起凛冽的风,呜呜的,鬼叫似的。叶梅妈抬头看看天,心里嘀咕说:"这不是好兆头!"心里就沉沉的。她虽然识字不多,也算半个文化人,但总是相信宿命。她说,有些征兆你不能不相信,比如那晚她做梦误入地狱,小鬼们抢夺女儿,没过两小时就遭遇邱生辉的"谈话"了,还有那晚她梦见自己被无数条小青蛇围攻追逐着,她跑啊跑啊,拿红柳棍打呀打呀,但总是打不着,赶不走它们,她惊醒后,预感要出什么事,第三天晚上果然遭遇邱生辉他们的搜查,险些出大事。因此,她很相信梦和自己的感觉,心里便惴惴不安!

叶梅和孟尚海他们自然没有那么多想法,都前去基建队送行,说两句告别的话,或者帮着捆扎行李什么的,有的互相开两句玩笑。事实上,叶梅和她妈妈对于牛大壮要去野牛沟垴心里都很不愿意,特别是叶梅,恋恋不舍的。她跟牛大壮张三娃他们已经混得很熟悉了,跟这些伙伴们在一起,她心里很晴朗,很爽快,每每在一起便把过去的厄运忘了,同时她还发现自己喜欢上牛大壮这个憨厚善良的小伙子了,有了他,她好像就有了靠山,心里觉得踏实,没有了他的日子,她心里会空落落的,无依无靠的,但修棚搭圈是草原基建队的分内事,她没办法挽留他们。

骆驼队启程了,驮着行李锅碗瓢勺和劳动工具的骆驼,迎着呼呼寒风,晃晃荡荡向大山行进。那情景悲壮中蕴含着淡淡的忧伤和别绪。叶梅望着牛大壮,直到他骑骆驼的身影消失在很远的地方。她虽然没有过多的离情别语,但那深含着眷恋的目光,却把什么都表达得一清二楚了。张三娃他们望着,心里就嫉妒得直骂娘:"这狗日的牛大壮行啊!跟这么漂亮的丫头挂上钩了!"

三天后,基建队的小伙子们来到了野牛沟垴。沟垴,顾名思义就是沟谷的脑袋,最高的地方海拔近四千米。大朵的云彩缠绕在半山腰,天空距离他们很近,好像伸手就能摸到。那些远远看起来很高的山峦,现在变成了小土丘,统统踩在他们的脚下。一丛丛枯黄的马莲草、拐枣刺，在微风中摇荡。几只草鼠在洞口探着脑袋左右观看，它们自然没有见过这么多叫人的东西，带着好奇和惊惧。

这里只有两顶毡房，是两对年轻的夫妻。毡房坐落在沟垴旁的洼地上，好像谁遗弃的两只灰蘑菇，破烂的毡片，随着山风单调地响着。他们用发现天外来客的目光迎接基建队的到来，但他们的毡房小，容纳不了十几个小伙子。牛大壮他们便依傍着沟垴的山崖，用帐篷布搭起简易窝棚，把行李搬了进去。他们已经习惯了这种风餐露宿的生活。

这里海拔很高，空气稀薄，高寒缺氧，气候恶劣。小伙子们都感到头痛胸闷，呼吸困难，憋得喘不过气来。有的脸色发紫，嘴唇发青，有的发白。马蹄湾有好几个社员，当年就把命丢在了这个沟垴上，包括牛大壮的父亲。牛大壮曾亲眼目睹了父亲惨死的全过程，那是很悲惨的。那也是春天，也在沟垴上垒羊圈。父亲当时身体好好的，就在把一块大石头往羊圈墙上垒的时候，大概用力太猛，突然感觉心脏针刺般疼痛，继而难受，恶心发潮，呕吐起来。他跑过去问："爹爹，怎么了？要紧吗？"父亲起初还摇摇头说不要紧，不过两分钟，再问，父亲便说不出话了，接着就倒下去了。好端端一个人，几乎在眨眼间，连一句话都没来得及说就死了，直到父亲埋葬了，牛大壮还不相信这个残酷的现实。父亲的死，给牛大壮心灵上留下深深的后遗症——害怕进山，害怕到野牛沟垴这样的高山地带干活，更害怕得病，因为有病是没办法治疗的。因此，他来到这里，除了头痛憋闷，还有一股恐怖气息萦绕笼罩着他的心灵。这些年里，他每次进山修棚搭圈，都带着阿司匹林等药片，以防万一。

这里的羊圈很简单，石块垒墙，树枝柴草搭顶棚，所用原料就地取材。石块就在旁边的山沟里，虽然距离羊圈不过百米远，但搬一个篮球般大小的石头，一路就得停歇八九次，否则就喘不上气，再硬撑着，就会出麻烦。小伙子们背石头、垒圈墙、锯木头、砍树枝，都干得很卖力。牛大壮清楚，在这样的地方干活很危险，便时常提醒自己的伙伴注意，"感觉憋，感觉累，就停下来歇一歇，千万不能硬挣，硬撑，否则，栽倒就爬不起来了"！作为基建队的队长和老大哥，他既要圆满完成劳动任务，还要把带进山的伙伴们安全带回家。

然而，张三娃这个莽汉，自从这次离开马蹄湾，几天时间里沉默寡言、闷闷不乐，梗着粗壮的脖子，绷着脸，好像谁欠了他的白面还了糠，专拣大石头背，一百多斤重的石头放在背上，从沟底腾腾腾就往上爬，就往上挣。牛大壮看见了就喊："三娃，慢点，慢点！"但这个犟牛，你叫他歇歇，他偏不歇，你叫他慢点，他偏偏快，而且还越来越猛，牛大壮问他怎么了？跟谁斗气？他没嘴的葫芦般不说

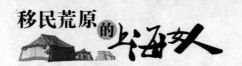

话。牛大壮生气了，吼着说："叫你慢点，慢点，你听见没有？不知道在这地方干活太猛会出问题？不想要小命啦？"他脊背一斜，将背上的石头"咚"地砸在地上，嚷道："就是不想要了！不想要了——才往死里挣！"转身又腾腾下了沟。牛大壮被他冲得愣了几愣，望着他呼哧呼哧往沟底走去的背影，心里说："这个愣头儿青到底怎么了？"

晚饭后，小伙子们走进窝棚东倒西歪在铺上边说笑边休息。张三娃躺在那里闷沉沉的，好像死了老子娘。他不高兴，不来段荤的，大家就感觉没劲头，闷得慌，牛大壮也感觉闷，就连声喊他："三娃，给大家来几句，解解闷儿。"张三娃躺着没动，好像没听见。牛大壮推推他，他突然火了："推啥？老子心里烦着哩，烦着哩！"用老羊皮大衣裹上脑袋，转过身给牛大壮一个脊背。牛大壮又被碰得愣了几愣，心里笑着说，这狗日的吃了枪药？多年来还是第一次跟他这样说话。他要好好修理修理这个愣头儿青。他向躺在旁边的二愣子招了招手，二愣子就悄悄凑到他跟前，牛大壮坏笑了笑，说："去，把狗日的裤子扒了，看他的嘴还硬不硬了！"

二愣子蛮劲大，在基建队的小伙子里没人能戗得住他。自从那天吃了牛大壮的拳头，在牛大壮面前乖得跟小猫似的，牛大壮让他上，他便向窝棚里斜躺横卧的伙伴喊了声："都起来，大壮让我们玩玩三娃……"说着转身按住张三娃。小伙子们翻起来嗷嗷叫喊着拥上去，七手八脚扯张三娃的衣服裤子。那兴致勃勃的样子，比瞧大戏还来劲。这是基建队小伙子们经常上演的经典剧目，没有恶意，就是闹着玩，逗趣儿，寻开心，找乐子。谁遭此运，谁就得乖乖的，不能犯恼，否则大伙儿会全部上，不把你弄得没脾气了，玩高兴了，是不肯罢手的。

然而，张三娃今天不乖了，大伙儿刚按住他，准备扯他的裤子，他突然叫骂起来："你们还嫌老子烦得不够？你们还嫌老子……"接着呜呜呜牛吼天地哭起来，好像受到什么莫大委屈和悲伤。见此情景，大伙儿一惊，住手了。牛大壮也觉得奇怪。这个张三娃平时可不这样，为了让大家取乐子，让他做什么事都行，哪怕学驴叫，可今天……他感到三娃有啥心事，便给大伙摆摆手，小伙子们就撒开了手。

张三娃坐在那儿，把头耷拉在两腿中间，还在呜呜呜着。牛大壮起来走过去，坐在他的身旁，把胳膊搭在他肩上，说："兄弟，刚才大哥不知你烦，让二愣子他们闹你……"三娃不说话，只是呜呜呜地哭。牛大壮本来最见不得流眼泪的男人，那是软弱，那是没出息的表现。基建队哪个小伙子如果掉眼泪，他非在他屁股上狠狠踹几脚，而此时面对张三娃却没有动怒，他知道张三娃是硬汉子，是轻易不会淌眼泪的,这些天他闷闷不乐,现在又掉眼泪,说明他心里肯定有什么事憋着,想不开,就低声问:"三娃,咋了?有啥想不开的,给大哥说说,大哥给你做主!"

伙伴们也都凑上来,关切询问他怎么了。但这个三娃,伙伴们不问则已,这一问哭得更伤心了,弄得大家心里也酸酸的,眼睛红红的。牛大壮越发清楚张三娃心里有事,想了想,对其他人说:"你们都赶快睡觉,我跟三娃说说话去。"便拉三娃到外面支锅灶的山崖下。灶坑里的火还没有灭,牛大壮拣来柴火添进去,吹了几口,火苗就燃起来了。牛大壮搬块石头让三娃坐,三娃就坐下。牛大壮边烤火边问:"三娃,到底发生了啥事?现在可以说了吧,看你哭的,老哥心里也难受哇!"张三娃这才抹了一把眼泪说:"大哥,你说说,我张三娃这种人活着还有啥意思?我都想跳崖,想死,不活了……"牛大壮听三娃说这样的丧气话,心里来气了:"你看你说啥话?啥出息嘛!还他妈像个男人说的话吗?——说!到底咋了?"他的心渐渐硬起来,他看不起说这种屁话的人。

张三娃说:"咋了?难道你不知道?你牛大壮平日有女人知冷知暖,有女人陪着说说话,那天出来的时候还送了那么远,舍不得,离不开的样子。你有那么好看的女人心里挂记着,我张三娃呢?我跟你是同岁,谁能记挂我呀?我心里难受哇!前些时候我心里想着那个姓乔的,闲下来就想偷看一眼,可她却和邱生辉搞到一起去了,你说说,我心里能不难受吗?她是我心里的媳妇,梦里的女人呀,几个月来我每晚都搂着她的影子睡觉,可现在,老天爷不睁眼啊,连个影子都不给我了,没有了那个影子,你说我活着还有啥意思?有啥意思?我憋哇!我心里难受哇!呜呜呜……"

牛大壮听是这样,鼻腔忽然发酸了,心里一阵一阵撕得慌!他本想收拾张三娃几句,为这种事还哭,掉眼泪,太没出息,但现在他没脾气了,三娃可怜,三娃可怜呀!他想怎么安慰这个可怜的兄弟,一时找不出安慰的话,他真不知怎么办。其实,张三娃不清楚,他牛大壮目前的婚姻大事也悬在半空中,也在愁苦,也在扯心,心情也跟他一样啊!但他能给张三娃说什么呢?他是跟叶梅家来往密切些,他也听到别人说他跟叶梅怎么怎么的,也朦朦胧胧看出叶梅好像有那么点意思,其实呢,他们之间谁都没有说破那些事,还是正常的同志关系。他还是那个想法:不能跟叶梅谈对象结婚,因为那是害人家。马蹄湾是什么地方?能让她在这样的地方过一辈子?再则,他是大字不识几个的农民,她是有文化有知识的姑娘,他们之间天地悬殊,怎么可以走到一起?就是叶梅想嫁给他,他也不能干啊!他在那儿扯心了半天,拍着张三娃的肩,苦笑着说:"三娃,你不知

道，大哥心里也苦啊！可这苦楚谁知道呢？"张三娃听他这样说，抬头不解地望着牛大壮："你有什么苦楚，你不是跟叶梅好上了吗？难道她变心了？如果她成了那样的人，就太没良心，良心叫狗吃了！你对她多好，对她们家多好，她要是变心，我们都看不起她！"牛大壮打断说："三娃，不要说了。叶梅她没有变心，她是个很好的姑娘。"

张三娃说："我就说嘛！叶梅是个好丫头，不光长得好看，心也热火，以后把她娶进门，对咱们弟兄也不会差，赶快娶了她吧……"牛大壮叹声说："兄弟，那是大事，不是你想的那么简单，我先问问你，让她在这样的地方吃一辈子苦，受一辈子罪，你心里能过意得去吗？"

"这这……"张三娃愣住了。牛大壮说："所以，以后你们就不要再说这事了，你们一提说，我心里也扯得慌！说实话，我现在跟她根本没有你们说的那种关系，没有。你我现在都一样，都是光棍一条啊！不过，咱们都不能这样折磨自己，一切都要想开些。我知道乔育玲是你梦中的女人，现在叫别人占了，你心里空落，晚上睡不着，难受，但影子总归是影子，又不是真的，又解决不了什么实际问题，你干吗那么认真？你就忘了她吧！"张三娃说："可我，我咋会一下就忘了？"牛大壮说："再不想她，就会慢慢忘记的。你不是喜欢看叶梅吗，以后我去她那儿，就带着你一块儿去，去了你就多看她几眼，我叫叶梅也多跟你说说话……"

"真的？"张三娃抬起头问。

"真的。"牛大壮忽然鼻腔酸楚，心里涌出难忍的悲哀，真想叫喊两声，真想大声哭喊，但忍住了，声音颤颤说："大哥啥时候说话不算数了？"张三娃扑哧破涕为笑了。牛大壮在他脑袋上拍了一下："你呀！——好了，回去睡觉吧！"便站起来。张三娃听话地点点头，乖乖回到窝棚，乖乖地躺下了。

那晚张三娃睡得很安稳很香甜。半夜，他突然醒了，爬起来在黑地里东抓西摸寻找什么。睡在旁边的牛大壮被他弄醒了，问他找什么？他迷迷糊糊"唔唔"了两声说："我，我刚才做了个梦，梦见……"他显得很兴奋。牛大壮问："梦见啥了？"张三娃说："梦见，梦见……"说出这两个字，下面的话大概不好意思说，就说没什么，用什么东西擦地铺。牛大壮问："捣腾啥呢？快睡觉。"张三娃嘴里含含混混说："又，又跑马了……"

牛大壮一愣，便彻底醒了，两眼望着窝棚缝隙里的天空，没有了一点睡意。他辗转一阵，悄悄爬起来，走出窝棚门，坐在了灶旁的石头上，望着空旷的山野发呆。忽然，一种悲酸和思乡之情交织在他胸中汹涌，继而，眼睛里汪出清清的泪水，心里叹着：三娃可怜，太可怜啊！马蹄湾的小伙子们都可怜啊，他们都快三十岁了,到现在都没有找到媳妇,只有干瞪着眼睛,望着心爱的姑娘过日子,晚上搂着心爱的女人的影子苦熬!没有女人的家,是什么样的家?没有女人的日子,是个什么样的日子?可想而知啊!

山里的月亮好像银盘,在蓝色的天空静静移动,把冰山雕琢得玲珑剔透,千山万壑,整个世界弥漫着清白的静谧,皎洁的诗意……忽然,他想起了叶梅送他的那个纸卷。这些天他一直把它藏在贴身的衬衫衣兜里,因为活忙,怎么就忘了。他解开棉衣扣,把手伸进贴身的衣兜,颤颤地掏出来,又颤颤地展开。哦,原来是一张画像,那上面的人,看着像他,但又比他英俊好看。他哪有那么英俊呢?不是他吧,又是谁呢?那天晚上,她不就坐在地铺上画他吗?下面还写着"大壮"二字。他心里忽然翻起热浪,汹涌着冲击着他的胸膛!

倏然,月儿更亮了,把多情的银网笼罩在千山万壑。他站起来走到山垴的高处,向马蹄湾方向眺望,眺望。啊!马蹄湾,你今夜也这样宁静、安详、温馨吗?叶梅你现在睡得香吗?思念如浪似潮滚向远方,两行清泪默默从脸颊流下,月光把他刻成一尊望乡的雕像!

老天对牛大壮太不公,太残酷,他害怕什么,什么偏偏就朝他头上降落。

那天,他在山沟里背石头,由于干得猛了点,身上冒出大汗,就在这时天气突然变了,又是风又是雪。他汗淋淋的身子,突然遭遇狂风大雪,一热一冷便感冒了。他赶紧吃上感冒药,但没起作用,没过多久,就浑身发烧,心跳加快,不住呕吐,头痛得好像要炸裂,又吃了几片阿司匹林之类的药,还是不见好转减缓。他感到有问题了,大家也感到有问题!

张三娃、福娃子和二愣子几个背起他就往山下跑。只要下了山,海拔低点,情况就会好转,但他们还没有跑下山,牛大壮突然感觉大脑里猛烈疼痛,好像什么断裂了,接着一片冰凉,再接着便什么感觉也没有了。张三娃放下他,趴在他身旁哭喊着:"大壮哥,你要撑住!撑住啊!我们会把你背到山下的,会把你背到山下的……你要撑住,你可是个硬汉子啊!你要撑不住,你要当了软蛋,我就骂你他妈的祖宗八代,听到没有?坚决撑住啊……"张三娃叫喊着,福娃子和二愣子也叫喊着,但牛大壮没有反应,只见他脸色惨白,嘴唇青紫,大张着的嘴,猛烈颤抖,随着急促的粗喘,胸脯大幅度起伏,好像拉风箱,看起来极度疼痛,极度难受。张三娃见情况不妙,哭喊着:"你撑住啊!——听到没有?"又背起他拼命往山下跑,实在跑不动了,福娃子接着背,福娃子跑不动,二愣子接着背,接力赛跑似的。伙伴们都拼着命奔跑,千方百计要挽回牛大壮的性命。

然而,这时张三娃看到牛大壮全身突然猛烈抽搐,接着脑袋慢慢歪向旁边。他着急了,一把抓住牛大壮的肩膀猛烈晃摇,狂狮般吼叫:"大壮哥,你这么了?你醒醒,你醒醒——大壮哥——你就忍心丢下我们走吗?就忍心丢下我们?你——"福娃子和二愣子也呼喊着。然而,他们的叫喊声在大山深谷回荡呼应,只回荡呼应,他们的大壮哥却没有回应,没有,没有……一个鲜活的生命,就这样完结了,跟他父亲一样,在眨眼间,从人世上消失了。张三娃跪在牛大壮身旁望着,呆了,傻了!突然烈豹般跳起来,举起拳头砸着自己的胸膛,向天空含泪带血呼喊:"老天爷——"

扑腾一堵墙般跌倒在地上……

9

第三天后的下午,老妈妈和马蹄湾的人们才听到牛大壮的死讯。那时叶梅和她妈妈正在工地上开荒。叶梅笑了笑说,怎么可能。她妈妈也不相信,说走的时候还好好的,但她们又不得不相信,因为谁会拿这种事开玩笑?叶梅说:"那我们去看看吧!"

叶梅妈说:"走!"

叶梅和她妈妈扔下手里的劳动工具,向牛大壮家跑去。事实终究还是残酷无情地摆在母女俩眼前。张三娃、福娃子和小伙子们刚用骆驼把牛大壮的尸体驮回来,停放在那间小泥屋的地上。老妈妈抱着牛大壮的头,呼天抢地哭叫着,张三娃和小伙子们也围在他身旁大声哭叫。叶梅愣在那里了,两眼直瞪瞪地望着牛大壮的遗容,脑子半天转不过弯来。这是怎么回事?是做梦吧?太突然了,好像平空里闪过一声霹雳!突然她拨开人群哭叫着扑向大壮的遗体……

那种冥冥的感觉怎么就出现了?怎么就……她在扑向牛大壮的瞬间,脑子里突然出现牛大壮离开马蹄湾头天晚上的情景。那晚她的心情很焦躁,很烦闷,好像有什么事搅得她心神不宁,但又说不清,只是觉得要发生什么事。她听说牛大壮的爹爹就猝死在野牛沟垴的,便深深为牛大壮担忧。因此,当牛大壮告别她们家后,她便追了出来,想跟牛大壮多说说话,多待一会儿。她怎么也没有想到,那晚竟成了诀别。老天爷,那只是感觉啊,怎么就变成了现实,怎么就变成现实了啊?! 她脑子里一片空白,晕晕糊糊,摇摇欲倒,几个小伙子急忙把她搀扶出小泥屋,让她躺下……

后来,叶梅每每看到野牛沟方向的黑色山岭,便愤怒诅咒:可恶的风雪! 可恶的高原! ——她太悲伤了,太痛苦了! 为牛大壮,也为自己。因为在短短的人生道路上,牛大壮是她喜欢的第一个小伙子,也是她第一次对异性萌动情感。但这种感情,连她自己都说不清是不是爱情,便被老天惨无人道地摧残了。

牛大壮的死,对于叶梅不仅仅失去的是一份感情,还失去了生活的帮手和支柱,以后谁帮她母女完成劳动任务? 谁帮她母女去戈壁滩上打柴? 谁帮她母女进深山驮运取暖的羊板粪? 她母女以后将怎么生活?

命运似乎有意跟叶梅和她妈妈拗着劲,第七天晚上,一场灭顶之灾突然降临,几乎把她母女推向死亡的深渊。

那些天因为牛大壮去了,叶梅和她妈妈受到很大刺激,连续几天都没有完成开荒任务。这天又没有完成,晚上很迟很迟才从工地上回来。叶梅和她妈妈几乎垮了,回来后便倒在地铺上没有起来,连饭也没有吃。第二天还是没有起来,马屁精命令叶梅和她妈妈上工,叶梅说:"生病了。"就蒙头继续躺着,她绝望了,豁出去了,看他们怎么办吧。那天,炉子里的羊粪火早就灭了,地窝子冷冰冰的,好像冰窖,叶梅和妈妈谁也没有起来添续燃料。到了晚上,地窝里冷得更厉害,妈妈害怕冻坏女儿,爬起来生着炉子,添上几块羊板粪,就又躺下。

谁知这天晚上,马蹄湾刮起了白毛风,还夹着鹅毛般的雪片子。野地里的碎石子、柴草和羊粪被风刮得满世界飞,劈里啪啦乱响,叫人心里直发怵。这种白毛风很可怕,它会把人卷走,甚至把人活活冻死。马蹄湾人已司空见惯,但上海移民却从没见过,更没经历过。场部通知移民晚上不要出门,防止被风卷走。叶梅和妈妈因几天没起来,也没出门,所以没听到场部的通知。

已经半夜了,白毛风仍在凄啸怪叫,刺耳、恐怖、阴森。地窝没有门板,一股股狂风挟着柴草和粪沫子直往里灌。叶梅骇得瑟瑟发抖,缩作一团,紧紧抱住妈妈,把头缩进被子里。妈妈拍着她的脊背安慰着:"不要怕,不要怕,有妈妈,有妈妈……"她虽然安慰鼓励着女儿,但听到外面阴森森的风声,心里也发紧,浑身也颤抖。地窝子没有门板,就挂着一条破棉毯,假若恶狼随风钻进来,或者其他野兽闯进来……她简直不敢往下想,便闭上眼睛,把脑袋缩进被子。后半夜风雪更加肆虐,扑进地窝子乱碰乱撞。叶梅妈起身往炉里添了几块羊板粪,没过多久,就燃烧完了,又续了几块,过一阵又燃烧完了,地窝里顿时寒气逼人,想再续添,没有了羊板粪。

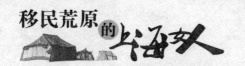

　　大壮在的时候,她们家的燃料快烧完时,他就拉着骆驼去山里驮,他走后,尽管孟尚海过来帮帮忙,但像去山里驮羊粪之类的事,他也没办法做。因此叶梅和她妈妈只好胡乱凑合,现在突然暴风雪袭来,没有了燃料,这会冻死人的,太可怕了!叶梅妈很焦急。离天亮还早,她想去别人家借点燃料,可其他移民的地窝子距离她家很远。忽然她想起开荒工地上有挖出的芨芨草墩和柴草根,那些东西可以当燃料的,她赶紧穿好衣服,包好头巾往外走,但刚到门口,便被迎面直扑的风雪顶了回来。

　　她是连爬带跪才走出地窝子的。野地里风雪更猛烈,好像千万头野兽凄啸吼叫。听人们说马蹄湾经常发生狼害,恶狼们时常趁风雪突然袭击拖走羊只,咬伤人,还有黑熊……现在野地里听不到人声,看不见亮光,就她孤独一人。她怕碰到野兽,不敢向前迈步,但想到女儿冻得瑟瑟发抖,便硬着头皮,迎着风雪向前走去……后来人们吃惊地说:这样的白毛风夜晚,马蹄湾的男人都不敢出门,一是害怕碰到野兽,二是害怕被风卷走,或者掉到沟崖里,而她一个弱女人却满世界跑,真是拿性命开玩笑!

　　恐怖的风雪在天地间搅动翻腾,野地里黑得好像无底深渊,看不见路,辨不清方向。她高一脚低一脚往前走,被柴草绊倒爬起来,再跌倒,再爬起来。终于摸到开荒工地了,却看不见芨芨墩和柴草根之类。她便爬在地上摸索,可摸索了半天,什么也没有摸到。这些日子她是明明看到这里有很多芨芨墩和柴草根的,怎么就摸不到?她难道走错地方了?但凭感觉,这里就是开荒的地方。但她有所不知,那些芨芨墩和柴草根,早已被狂风卷走了,哪还能找到呀?她不知道这些情况,仍旧趴在地上摸索寻找,最后在沟洼里摸到几个芨芨草墩,抱在怀里便往回跑,一直往前跑,跑,跑……这时候,她忽然发现出问题了,她家的地窝子就在附近,而她跑了大半天,却看不见地窝的影子,她以为还不到,就又往前跑,但还是不见影子。她的头脑嗡地胀大了,她迷失方向了。其实,她偏离自己家的地窝子还不到一百米,她却以自己家的地窝子为圆心,一圈一圈地打转转,愣是摸不回来。

　　马蹄湾就这么大个地方,应该说是不会迷失方向的,但那晚天太黑,白毛风又太猛烈,野地里除了荒滩乱石,没有明显标记,所以迷路了。叶梅妈发现自己迷失了方向,就边跑边叫喊:"阿梅——女儿——"但那狂风"日日日"地满世界乱叫,像滚雷在天地间轰鸣,她就是扯破嗓子,喊出血,又有什么作用?当时她紧张了,发疯了,没有主意了,便乱跑乱撞,有几次险些坠入深深的洪沟悬崖。这些险情,叶梅妈自然不觉。人们都知道,这种乱跑乱撞是迷路后最坏的、也是最可怕的举动,这样只会越来越糟。此时如果冷静下来仔细观察周围的环境,想想来去的路线,说不定就辨清方向走出迷境了,但她当时很焦急,失去理智了,乱喊乱叫乱跑着,最后消失在风雪大作的野地里……

妈妈失踪的情况,叶梅后半夜冻醒时才发现。当时,她正沉浸在一场噩梦中:自己在高高的冰峰雪谷中攀爬,艰难地攀爬,要爬到什么地方去?她自己也不知道。过后,又在寒冷的泥沼里挣扎爬动。风雪疯狂扑打着她,泥汅冲击着她,突然,一失足从高高的悬崖坠向深深的幽谷,她"啊"地惊叫一声,惊醒了,伸手摸摸身旁,妈妈不在。她喊了声:"妈妈!"没人应声,再叫喊,还是没人应。她叫喊着妈妈,一骨碌爬起来,摸索着点亮了灯。——妈妈不见了,一股不祥之感铺头盖脑袭来!

叶梅连围巾和口罩也没顾戴上,便冲出地窝子。白毛风仍很猛烈,雪片好像破碎的纸屑漫天飞旋,她好像风中的蝴蝶,又好像飘摇在浪波上的树叶,在风雪中飘摇飞舞,随时都会被白毛风卷走。她不顾这些,只是拼命地叫喊着:"妈妈——妈妈——"没头苍蝇般乱跑乱撞,几次差点坠入洪沟。当时她如果继续这样乱跑下去,不是被白毛风卷走,便像她妈妈那样坠入沟崖。所幸这时有人听到了她的呼喊声。

这人是孟尚海。这些天,孟尚海也沉浸在牛大壮死亡的悲恸情绪之中。牛大壮那黑红憨厚的脸庞和宽宽的肩膀,总是像过电影一样,不时浮现在他的眼前,悲伤痛苦使他辗转反侧,不能入睡。那夜天快亮了,他还醒着,两眼大睁着,对着黑沉沉的地窝顶棚发呆。这时候他听到野地里有隐隐约约的呼喊声,侧耳细听,好像是叶梅,便一骨碌翻起来穿上衣服,跑出地窝子冲向风雪里……

孟尚海循声找到了叶梅。叶梅看见他便扑到怀里吼嚷起来。而孟尚海一见叶梅二话不说,拉起她就往她家的地窝子跑,等他把她拉进地窝子,才高声大嗓吼道:"你不要命啦?不要命啦?这白毛风会把你卷走的,卷走的,跑外面干什么?没听到场部的通知?"他连声吼着。叶梅说:"我妈妈不见了,不见了……"孟尚海这才向地铺上看了一眼,果真发现她妈妈不在了,大惊失色:"啊!她,怎么回事?"叶梅给他说了前后经过。

"天啊!——要出事!"孟尚海惊叫一声,感到问题严重,对叶梅说:"快穿上大衣,包上围巾,去找!"叶梅穿上大衣,又戴上围巾和口罩。孟尚海拉起她的手,冲进风雪茫茫的野地……

他俩手拉手,高一脚低一脚奔跑寻找,最后从地窝旁的沟崖里找到叶梅妈。孟尚海背起来一口气跑回地窝子。叶梅妈满脸血污,昏迷不醒。场里没有医院,

公社有卫生所，但春天里牧民病患多，医生大都去牧场上巡回医疗。叶梅急得直哭，孟尚海也直挠头，忽然想起移民中有个医学院的教授，便对叶梅说："你在这里守着阿姨，我去请医生。"一咬牙，冲出地窝子。

那人五十多岁，名字叫陈世良，是外科专家，原是上海某医学院教授。看看他戴在鼻梁上那碗底般厚的眼镜，就知道他的学识有多深。这个老头儿出身中医世家，看似一个很普通很普通的人，却从小志存高远，抱负远大，几十年钻在医学书堆里，埋头在实践中，畅游在知识的海洋里，学习、探讨、实践。后来被英国设在上海的某私立医院聘为医师，又开始学习西医。他立志研究世界外科医疗尖端技术，在医疗领域开闯出新天地。他出版的医疗专著，摞起来几乎等同于他的身高，可以说著作等身。

解放初期，国家缺少医疗人才，他毅然放弃那家私立医院的优厚待遇，来到刚筹建时间不久的医学院。这个平时不声不响，默默埋头技术、埋头研究、埋头业务的人，却在1957年的大鸣大放中，马失前蹄，被打成了右派。据说主要罪行：一是他不问政治，走白专道路；二是对不懂医学的人，做医院领导有异议，发表了不同看法，得罪了一大批领导。你想想，那时的大学领导，哪个没有一段光荣的革命历史？你在那儿指责人家，人家对你没有看法？你的出发点虽然是好的，但在别人听来，就变味了——对党有意见，反对党的领导，不论你有多么渊博的知识，多高的文化，反右运动，就放不过你！他被打成右派，下放到工厂劳动改造，去年底被列入清理对象，全家随移民队伍来到马蹄湾劳动改造……

虽然叶梅和孟尚海跟那老头儿不在一个班组垦荒劳动，但互相见过面。他家住在移民区，也是地窝子。天还没有亮，那老头儿就摸摸索索爬起来，披上衣服，点亮泥炉上的煤油灯，从地铺下翻出厚厚的专业书，戴上厚厚的眼镜，坐在炉旁默默读起来……这些天他每天早晨都早早起来看看书，一方面早晨看书效果好，更重要的是没人会发现。他现在的处境可不是以前了，他是右派，是白专道路的典型，哪还敢明目张胆看书，明目张胆搞他的专业？

他翻书的声音很小很小，一怕外面有人听到，二怕吵醒睡在身旁的老伴儿，同时用身子挡住映在地铺上的灯光。然而，尽管他小心翼翼，还是惊醒了地铺上的老伴儿。他歉疚地说："看把你吵醒了……"老伴儿嘟哝着："不睡觉，早早爬起来干啥？快睡吧……"翻个身又闭上眼睛。

她的名字叫惠芬，原是上海一家服装厂的设计师，陈教授被遣送到这里，她为了照顾丈夫，辞职跟着来了。她原本心目中的农场，跟叶梅想象的差不多，没想到是这样的地方。这几个月的艰辛日子,已把她折磨得不成样了,陈教授劝她逃跑,寻条活路,她几次跟着别人跑出马蹄湾,又在半路上转回来,一是不忍心离开丈夫,二是路途太远,又都是荒滩野岭,弄不好就会像小李姑娘那样被野兽侵吞,只好就这么忍受着。此时,她见丈夫半天没动,又睁开迷迷糊糊的眼睛,抬头问:"喂,怎么还坐着?睡呀。"

陈教授顿了顿,长叹一声:"睡不着啊!"

老伴儿听此话,忙摸出近视眼镜戴上,爬起来问:"怎么啦?出啥事啦?"

陈教授说:"没什么。"老伴儿舒一口气,说:"我以为又出什么事了,这个多事的年月,叫人经常草木皆兵,提心吊胆的。唉!没什么事就睡吧,坐那儿干什么?休息不好,白天怎么干活儿,天还没有亮,上工地还早哩,快躺下,快躺下,啊!身体要紧呀。"

他说:"你睡吧,我想看会儿书……这段时间都没有翻过书本了,都快把专业丢了……"

"啥?"他的话音还没有落,老伴儿惠芬突然嚷起来:"专业专业,什么专业?到现在你还想专业呀?你呀,你还想它干什么?——为了专业,为了什么技术,害得你成了右派,赶出医学院不说,还下放到工厂劳动,现在又被贬罚到这个鬼地方,全家人跟着受苦受罪,你还嫌挨整挨得不够?还嫌倒霉倒得不大?现在都成这样了,你还想专业,还要专业,你是不是非把全家人都送进火坑才肯罢休……"她嚷着,一抬头发现自己的话好像炸雷,把丈夫炸愣在那儿,赶紧闭上了嘴巴。

丈夫本来就是个寡言少语的人,除了医学专业,除了技术研究,从来不多说半句话,特别是打成右派后,更加沉默寡语,三四天听不到他说一句话,好像哑巴,有时整天整天独自待在书房里暗暗流泪,有段时间准备烧毁那些给他招来太多灾祸的专业书籍和多年来积累的业务笔记,从此不再沾书本,不再想专业了。作为他的老伴儿,她深知丈夫的痛苦和悲伤。他是想不通啊,他承认他对外行做医学院领导有意见,有看法,发表了错误意见,但他学知识、学专业、钻研医疗技术、强盛中国医疗事业错在哪里?何罪之有?更使他痛苦的是,剥夺了他做医务工作者的权力。一个世代为医,把事业当做生命的人,剥夺了他的工作权力,那是多么痛苦,多沉重的打击啊?

她为了抚平丈夫的伤痛,那些日子里除了好言劝说,千般安慰外,从不提及那些伤心的往事,从不触动他的伤痛,可今天她……难道昏了头?怎么一睁眼就揭老头子的伤疤?戳老头子的伤口?她见丈夫脸色痛苦扭曲,眼睛里汪着清泪,知道她把丈夫的疮疤撞痛了,后悔得要死,赶紧穿上衣服坐过去,抓住老头

子的手说:"世良,刚才,刚才我是胡说八道,胡说八道,你不要往心里去,不要往心里去……世良,你原谅我,原谅我……"她语无伦次,用拳头敲打着脑门哭起来。陈教授轻轻拍着老伴儿的手背,说:"这,没什么,我知道你为我好,为全家人好!我能理解……"他理解老伴儿,理解老伴儿对他的埋怨。这些年因为他,老伴儿和孩子们确实吃了不少苦头,受了不少罪,而且时时担惊受怕,现在又落到这种地步,如果他现在还看那些书,还想捣鼓他的专业,一旦让农场发现,还不招致更大的灾祸?他不能再想什么专业了,再不能看什么书了,再不能给老伴儿和孩子们招惹灾祸了啊!他这样想着,老泪就涌出眼眶,狠了狠心,合上手里的书,扔在地铺上:"以后,我不会再看这些破书了,不会再想什么专业了……"

老伴儿见他痛苦的样子,简直无地自容,从地上捡起书,送到他手里,说:"不不,世良,刚才是我糊涂,说昏话!你看吧看吧!我知道你离不开专业,离不开你的书,一旦离开就……以后我不拦你,不埋怨你……"

陈教授说:"不要说,我的性格你知道,说不就不。这些年你跟着我吃了那么多苦,受了那么多罪,孩子们也……现在全家又被罚到这样的地方,我对不起你和孩子们……"

"世良——不要说了!"老伴儿哭着扑到丈夫胸前,"我愿意,我愿意跟你到这里,愿意吃这种苦!你是个好人,你是个善良的好人!这一辈子我认定了你跟定了你,你走到哪里,我就跟你到哪里!哪怕上刀山下火海!"

"我的好老伴——"他伸出臂膀把老伴儿紧紧搂在怀里,老泪顺着多皱的脸颊无声流下来,掉在老伴儿的手背上……

孟尚海迎着风雪跑到陈教授家的地窝子,从巷道的积雪上连爬带跪进去。

陈教授见孟尚海突然闯进来,忙手忙脚乱把身旁的书藏在地铺下。当孟尚海说明来意,陈教授才松了一口气,但他拒绝孟尚海说:"你们不知道,我早已没了开处方的权力,你去公社卫生所吧。"

孟尚海焦急地说:"病人从沟崖上摔下去,现在昏迷不醒很危险,等找来卫生所的医生,黄花菜都凉了!——求求你了!"陈教授听了也显得很着急,但就是不动。他的老伴儿拿件棉衣轻轻披在他身上,边往炉膛里添羊板粪,边对孟尚海说:"小孟,不要说了,老陈真没有开处方的权力了,快去公社卫生所吧。"

孟尚海看到陈教授眼睛潮湿,呆坐在火炉旁,沉默不语,一动不动,急得直跺脚,说:"卫生所的医生可能都下牧区了——时间就是生命,救人要紧啊!"

陈教授的老伴儿又说:"移民里还有其他医生,你去请他们吧,老陈的情况你是知道的,他是,他是……"右派两字没说出口,她的声音先嘶哑了。

孟尚海明白她的意思，便说："我就是专门来请陈教授的，就是专门来请他这个……"他也没说出"右派"两个字，那字眼太刺人，他不愿在这关键时刻提说那两个字眼，刺激这个老头儿。说实话，孟尚海就是专门请他这个右派医生来的。原因很简单，他在大学时，发现他的几个老师都是著作等身、知识渊博的著名教授，有的甚至在国际上都有很高的名望，但他们偏偏都是右派和反动学术权威。由此，他形成这样的思维定式——凡是被打成右派或者反动学术权威的，都是些知识渊博，技术精湛，不同凡响的人物！叶梅妈的伤势不轻，没有高超医术的大夫不行，所以他就看准了这个被打成右派的陈教授——他的技术肯定很高明。他是相信自己的思维定式和判断能力的。但现在情况紧急，救人要紧，他来不及向他解释说明这些，就又恳求道："求求你，快跟我去吧，快啊！救人要紧哪！"

　　陈教授说："可，我现在手里一无药品，二无手术器械，你让我拿什么救人？"

　　他不理睬孟尚海了。孟尚海干着急没办法。他已看出陈教授不是因为没药品，没器械拒绝他，而是因为害怕。他害怕场部知道他行医，会招致批斗，给他扣帽子，倒大霉！

　　是的，陈教授就是害怕招惹祸端，罪上加罪。试想，谁不害怕斗争？谁不害怕脖子上挂大牌？谁不害怕家人受牵连呢？刚才他已给老伴儿立下誓言：以后不再看书，不再干专业，再不沾染医疗了。因此，现在就是手里有药品和医疗器械，他也不去。再说了，他也多少知道叶梅妈的情况，她是资本家的阔太太，而他自己是右派，他去给她看病治疗——敌人同情敌人，这不是明摆着没事找事吗？他不能去，也不敢去。

　　这时候叶梅突然闯了进来。她妈妈一直昏迷不醒，又见孟尚海请医生迟迟不来，她焦急万分，就亲自跑来了。她同样猜想陈教授可能因为害怕，不敢去她们家，于是一进门二话不说，扑通跪倒在陈教授面前哀求道："陈教授，我求求你，求求你啦！你是医生，你不能见死不救啊！"

　　陈教授见叶梅跪在地上，一下着慌了，忙说："你，你这姑娘怎么这样，怎么这样？这要是让他们看见了，又要挨批斗，倒大霉，快起来，快起来！"他要拉叶梅起来，叶梅硬是不起来，哭着说："陈教授不去给妈妈治伤，我就不起来！"她泪水涟涟。陈教授没办法了，在地上转来转去，左右为难。这时候孟尚海也学着叶梅的样子，跪倒在陈教授面前。陈教授更加慌乱了，让工人阶级给右派下跪，这可是天大的政治问题啊，他可担待不起！他赶紧拉孟尚海起来。他妻子惠芬

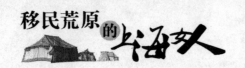

也着慌了，嚷着："怎么这样？你怎么这样呢？这不是把我们往火炕里推吗？快起来快起来……"抓着孟尚海的胳膊就往起拉。

孟尚海也学着叶梅，跪着不起来："陈教授不去，我就不起来！"还讽刺说："什么教授？什么医生？你是个胆小鬼，为了保全自己，连一点人情味、同情感都没有，还不如我这个二十几岁的年轻人！"

这句话对陈教授刺激很大。是呀，你是个教授，是个医生，医生以治病救人为天职，可现在面对命在旦夕的病人，你怎么就无动于衷？再看看直竖竖跪在他面前的两个年青人，他的心陡然软了，对叶梅和孟尚海说："起来吧，我跟你们去就是了……"他妻子惠芬见丈夫答应了，犹豫了一下，帮他从地铺下翻出个小药盒，送到他手里，泪眼汪汪地叮嘱说："小心哪！包扎好伤口就快回来，我在家里等着你！"又握了握陈教授的手，陈教授点点头，轻轻拍了拍妻子的手背，把小药盒揣到怀里转身出门了。整个过程有点易水壮士的感觉。

陈教授没有听诊器，也没有其他医疗器具，他翻开叶梅妈的眼皮观察一下，耳朵贴在胸脯上听听，摸摸脉搏，拨开头发看看，又查看胳膊腿脚……还算幸运，因为那沟崖不太高，叶梅妈坠下沟崖，只摔伤了额头，左臂多处骨折，内脏没有大的损伤，但可怕的是摔昏后几乎冻僵了，再要延误几分钟，也就没有抢救过来的可能了。他赶快打开他的小药盒……

他的药盒仅仅有几包治疗伤风感冒之类的家常用药品，幸好还有两支消炎镇痛针剂，便给叶梅妈妈注射了，然后擦洗掉满脸的血污，用刮脸刀剃掉额上的头发，包扎伤口……

叶梅妈的胳膊是骨折，需要打石膏包扎固定，可这地方哪来石膏啊？没办法，只好用木棍或者木板代替。陈教授和孟尚海里里外外找了半天，也没找到一根木棍和半块木板。孟尚海想起他家有个盛杂物的木箱，便跑回去拆了拿来。

叶梅妈的胳膊包扎固定好了，但仍昏迷不醒。叶梅很焦急很担心，问陈教授："我妈妈她，她没有什么危险吧？"

陈教授说："伤已经包扎处理了，至于有没有危险，很难说啊……"又字斟句酌说，"因为每个人的身体状况不一样，所以他们的抗伤能力和恢复能力也不一样……"他的话还没有说完，叶梅抱住陈教授的胳膊，哀求说："陈教授，陈教授求你想想办法，想想办法，一定让妈妈早点醒来，早点恢复！我不能没有妈妈，不能没有妈妈啊！"她紧紧抱着陈教授的胳膊，好像怕他跑了似的。

陈教授说："你的心情我理解，我会尽力救助你妈妈的，可，我手里既没有药品,又没有粮食,我,我拿什么……"他摇摇头,为难地说:"我现在只有这么大能耐了。就这小药盒,还是我偷偷藏起来给自己急用的,都是常用药,你也看见了,今天差不多全用了。我身体也不好,满身是毛病,说不定哪天也倒下……"他眼圈红了,大张着嘴发不出声音来。

见此情景,叶梅慢慢放开抱着他胳膊的手,怔在那儿了。

这时候天渐渐亮了。叶梅这才发现老人竟是那么清瘦,那么虚弱,额上的沟痕竟是那么深,那么长,好像纵横交错的沟壑。也许刚才进行手术,他精神高度集中,现在他身躯疲倦,脸色极度苍白,好像狂风下的残烛。他默默收起那个小药盒要走,叶梅跪倒在地上连连道谢:"陈教授,感谢您老救命之恩,我和妈妈永远记着您的大恩大德!"

老人对叶梅喃喃地说:"不用谢了,起来吧,起来吧……"转身默默向外走去。在他转身的瞬间,叶梅发现老人深深的眼窝里涌出清清的泪水。她心里揪了一下,追出地窝门,站在门口望着老人,直到那瘦弱佝偻的背影消失在风雪里……

10

还不到上工时间,孟尚海的爸爸就起来了,他想多睡会儿,但腰痛病又犯了,痛得他头上直冒汗,根本躺不住。今天犯病的原因是因为儿子。那阵,他也听到叶梅的呼叫声了,听那焦急可怕的呼叫,好像出了什么人命关天的大事,就准备起来看看。他想,叶梅家虽然跟他们工人阶级是死对头,但叶梅是个学生,通过劳动改造,是可以教育好的,因此见死不救不合适。他正要起来,就见儿子已经冲了出去。儿子去了,他自然就不去了。她们是什么人?他父子俩都去算怎么回事?就又躺下。

这一折腾,他就躺不住,睡不着了,就又想儿子跟叶梅的那些事。这一想,那腰就渐渐痛起来。天快亮了,见儿子还不回来,知道他肯定在叶梅家,又跟叶梅搅缠在一起,心里那火就呼呼直往外蹿,腰即刻猛烈疼痛起来。本来,这段时间他见儿子跟叶梅来往少了,公社又选拔他去学校教书,心情渐渐好了,脾气也不那么火爆了,腰痛病也没再犯过,但现在他老毛病又犯了。他后悔那阵应该拦住儿子。

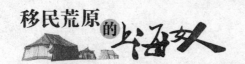

人啊,心不能太软,特别在原则问题上,一软就必定出大问题。他后悔地用拳头狠狠敲打自己的额头和腰伤。快到上工时间了,还不见儿子回来。他终于忍不住了,忽地站起来,叫嚷着:"好小子! 看我今天不砸断你的腿!"披上衣服,连帽子也没戴,拎起地窝门口的铁锹,向叶梅家地窝子走去。

白毛风在天亮后渐渐停息了。马蹄湾空旷的荒野里,白一片,黑一片。白的是风刮到沟洼里的积雪,黑的是狂风刮去积雪,揭开地皮后裸露出来的黑色砾石。他迎着凛冽的寒风来到叶梅家地窝前,看到地窝子巷道里几乎被残雪填平了,人进出踩踏的窄道里,全是黑色的泥斑,看来里面有人,便站在巷道口火爆爆地吼叫:"孟尚海你给我滚出来! 滚出来!"半天见不出来,又喊了几声,还是不见人影,就准备进去把儿子揪出来。这时见叶梅揉着发红的眼睛出来了。他直冲冲地问:"孟尚海呢?"

叶梅说:"一个小时前就去了学校。"她为了给孟尚海打掩护,随口说了句谎话。其实孟尚海刚刚离开,要是他早来五分钟,就在这里"遭遇"了。孟尚海的爸爸不相信,走下地窝子巷道,伸长脖子朝里望了望,见真没人就转了出来,恼怒的眼睛盯着叶梅狠狠地说:"他再要往这儿跑,我砸断他的腿!谁要跟他来往,我也不客气!"边说着边把铁锹在雪地上嚓嚓狠戳两下。

他表面在警告孟尚海,实际上在警告叶梅。叶梅感觉他那把铁锹就戳在她心肝上,心里猛地酸痛。

移民们开始上工了。他们从农场那片地窝子里走出来,三三两两往垦荒工地上走,雪地上留下歪歪扭扭的脚印。天气很冷,满世界弥漫着白蒙蒙的雪粉,人们呼哧呼哧喷着白色的雾气,男人的棉帽檐前和女人围巾两侧,全是厚厚的冰霜,还有眼睛睫毛上。孟师傅对叶梅说:"上工时间到了,快叫你妈起来上工,不要再磨蹭了。"叶梅听此话就忍不住哭了:"孟大叔,我妈她摔伤了,我要请假……"

"请假?——摔伤了,重吗?"孟尚海的爸爸问。

叶梅说:"很重,到现在还昏迷不醒……"他想了想说:"那你去马秘书那儿请假吧,我管不了。"扛起铁锹转身走了。

叶梅就嚎啕大哭起来。

已经三天了,叶梅妈还没有清醒,一直在昏迷中。

叶梅请假守在妈妈身边,给妈妈擦洗伤口,喂水服药,一勺勺灌着从食堂打来的菜汤,寸步不离陪着。自从那天孟尚海的爸爸"打黑牛惊黄牛"警告她后,她便劝孟尚海不要再来她家的地窝子了。他不听,利用晚上偷偷过来照看她妈妈,让她休息休息,合合眼。孟尚海白天没有空闲时间,就是有空闲,也不便过来。因为那天他爸爸又狠狠教训了他,叫他远离叶梅,否则他爸爸要砸断他的腿。父亲的脾气,孟尚海清楚,他说得出,就做得到。他虽然不害怕父亲砸他的腿,但他觉得得注意注意,躲开父亲监督的眼睛,不要引起什么麻烦,于他自己,于叶梅都好。这中间,陈教授也在晚上偷偷过来,给她妈妈换药,观察治疗。他跟孟尚海的想法一样,尽量躲避邱生辉和马屁精,不被他们发现,不引起什么麻烦。

一连几天,叶梅都没有好好睡过觉,又因她和妈妈没去上工开荒,马屁精通知农场食堂,每天只给叶梅和她妈妈打一个人的饭。叶梅只好饿着肚子。本来她的身子就消瘦羸弱,几天下来便消瘦了一圈,脸色青白发绿,颧骨高耸,眼睛深深陷了下去。但她为了妈妈,忍饥挨饿,坚持着,苦熬着。

已经是第四天了,妈妈还在昏迷中。叶梅见此情景,一筹莫展,心急如焚。天啊!这可怎么办啊?她的命怎么就这么苦,人生的道路怎么就这么坎坷不平啊?她刚戴上右派帽子,就遭送到这里,来这里又接二连三遭遇这样那样的灾祸。这几个月在牛大壮和老妈妈他们的热心帮助下,原本死却的心刚刚萌动起一点生活的希望,刚刚尝到人生的甜头,牛大壮突然去了,她失去了生活靠山,还没有从悲恸中挣脱出来,现在妈妈又摔伤了。如果说牛大壮的死,破灭了她的生存目标,那么妈妈的遭遇和饥饿威胁,就使她失去了生活的全部希望,精神彻底崩溃了。她觉得一切都完了,活着已经没有什么意义。这天,叶梅跪倒在妈妈面前,神情木然地说:"妈妈,女儿走了,女儿对不起妈妈,以后妈妈就自己照顾好自己吧……"说完,深深磕了三个头,站起来走出地窝子。

地窝旁有条深深的洪沟,只要跳下去,一切都解脱了。她在上海时,就几次想投身黄浦江,了却自己这悲苦的生命,但妈妈把她看得很紧,她的"愿望"始终没能实现,现在妈妈昏迷着,什么也不知道,她可以实现自己的愿望了。天已经黑了,野地里没有人影,没有声响,寂静得有点可怕。叶梅心里说,这无情的苍天,那晚把妈妈卷下沟崖,第二天风却停了,雪住了,转晴了,接连几天,一丝风也没有了,朗朗的。她恨死了这鬼天气。

那洪沟距离叶梅家的地窝子大概二百多米远,叶梅却步履跟跄着,半天走不到跟前。终于到沟崖边了,她站在崖上朝沟底望着,沟很深,黑洞洞的,好像无底深渊,又好像虎豹大张着血口要吃人。但此时此刻,她却没有半点害怕的感觉,在那儿孤独独地立了一阵,将了将额前的乱发,向深渊迈出去……但,就在她抬脚要迈出去的瞬间,妈妈那慈祥可怜的脸庞突然出现在她面前。自从爸

爸逃往香港后,妈妈没有别的亲人了,只有她这样一个女儿。她是妈妈的心头肉,是妈妈唯一的精神支柱。妈妈疼爱她,喜欢她,离不开她。她如果迈出这一步,一切痛苦悲伤将全部消失了,解脱了,而留给妈妈的是什么? ——是深重的痛苦,是深重的悲伤。这样做是不是太自私,太无情无义了?叶梅在即将迈向死亡深渊的关键时刻,内心深处突然发出这样的自我拷问。最后慢慢收回脚,定立在那儿了。良久,突然哭喊一声:"妈妈呀——"转身跑回地窝子,扑腾跪倒在妈妈身旁号啕大哭……

晚上孟尚海来了,问她怎么了,发生了什么事?叶梅摇摇头,没有告诉他。她觉得自己面对苦难,面对悲伤,采取轻生逃避态度很羞愧,对不起妈妈,也对不起帮助爱护她们的老妈妈、牛大壮和孟尚海。但后来孟尚海还是知道了,他在那儿愣怔了半天,突然炸雷般扔出两句话:"没出息!我孟尚海看不起你!"这两句话,如铁石掷地,沉重有力,强烈地震撼着她的心灵。

这天中午吃饭时,老妈妈又来叶梅家了。老妈妈仍提着那只篮子,里面仍装着糠菜馍馍。她知道食堂只给叶梅和她妈妈一个人的饭,叶梅没吃的,正在挨饿。那阵,叶梅正背靠着地窝墙壁,耷拉着脑袋坐在火炉旁打盹。老妈妈见叶梅困顿的样子,便没有惊动她,把馍馍篮子放在泥炉上,拿件衣服轻轻披在她肩上,又给叶梅妈盖好被子,轻轻坐在了旁边,等待叶梅醒来。

牛大壮去了才十几天,老妈妈的头发却全白了,脸上的皱纹更深更长,好像干枯的核桃皮,又像纵横交错的沟壑。叶梅醒来后,看见老妈妈来了,叫声"老妈妈",扶着泥炉要站起来。老妈妈忙说:"不起来,不起来。我来照看你娘,你歇着歇着。"叶梅不听劝,还是费力地站了起来,看到老妈妈又送来吃的,就急了:"老妈妈怎么又拿吃的来了?怎么又……这不能,这不能啊!"老妈妈说:"女子,看你都成啥样了,还说这种话呀!"拿出糠菜馍说:"吃吧,吃吧,老妈妈知道你饿了。"

叶梅推搡着,坚决不接。这次说什么她也不能收老妈妈送的馍馍了,她老人家也在吃糠咽菜,也在挨饿呀!再说大壮不在了,以后老妈妈的生活会更加艰难,让老妈妈经常接济她们,怎么行?

一想起牛大壮,叶梅心里又涌出一股悲痛,扑到老妈妈怀里哭起来。老妈妈抚着叶梅的肩说:"孩子,不要哭,不要哭,多保重身子!"她知道叶梅几天几夜没有好好休息了,就说:"我来照看你妈妈,你去躺躺吧。"

叶梅确实乏困了,就躺倒在地铺上。这一躺就到了下午。叶梅起来后要给老妈妈弄点什么吃的,老妈妈说她不饿,就回家去了。老妈妈送来的馍馍放在炉台上,叶梅看见了,叫着"老妈妈,提上篮子——"提着篮子追了出去,但老妈妈已走远了。叶梅站住了,她清楚就是追上去,老妈妈也不会带走馍馍,便转回地窝子,准备安顿好妈妈,亲自把馍馍给老妈妈送回去。

下午,她挎上那装馍馍的篮子,向西山坡下的基建队驻地走去。人们都上工地了,那片泥院和地窝子很寂静,只有几只饿狗拖着尾巴,耷拉着脑袋,在周围转悠着寻找吃的。她走过去,它们抬头望望她,就又往前转悠寻找。老妈妈家的小院紧靠西山坡,两间泥屋相对着,北面有堵石头垒起的矮墙,算是围墙,把两间泥屋连接成一个"凹"字形的小院。叶梅推开她曾住过的屋门,没人,又推开老妈妈住的那间,也没人。她想,她正好可以把馍馍篮放下就走,便把篮子放在案板上准备回去,忽而想起老妈妈总说她家"有吃的有吃的",现在何不趁老妈妈不在,看看老妈妈家到底有没有吃的。

叶梅揭起墙角旁的面柜盖,里面空空的;看看食品箱子,也是空的,又看看碗柜,翻翻炕头,什么也没有。就这么大个屋子,就那么几件东西,能存放吃食的地方,她都看过了,却没有发现一点吃的东西。她又过去揭开锅盖,陡然傻眼了,锅里煮了半碗干灰灰菜叶。这种植物,绿枝干,椭圆叶,样子像苦蒿,是牲畜最好的饲草,没想到老妈妈就煮着吃这个,把糠菜馍馍送给她们……

"咚——"她手里的锅盖落在地上,心脏也慢慢沉向一个无底深渊。随之,泪水砸落在地上,叫喊一声"老妈妈——"转身往外跑,要去野地里找老妈妈,因为老妈妈常在野地里找吃的。刚出门,看见老妈妈从山野里回来了,棉衣襟里鼓鼓囊囊兜着什么,叶梅要看看,老妈妈不让看,她硬掰开老妈妈的手,原来是刚从野地里割回来的干灰灰菜叶子。

"老妈妈——"叶梅声泪俱下,扑通跪倒在地上……

这天早晨,叶梅妈清醒了,她慢慢睁开了眼皮。

那阵天刚亮,叶梅正在泥炉上温着从食堂打来的菜汤,见妈妈睁开了眼睛,惊喜地叫喊起来:"妈妈醒了! 妈妈——"她扑到妈妈身旁,抓着妈妈的手,接着跑出地窝子,扑向清晨的蓝天,准备把这天大的喜讯告诉老妈妈,告诉孟尚海,告诉所有的人,可老妈妈和孟尚海都不在身旁。

叶梅妈清醒后,嘴唇嚅动着想说什么,却发不出音来,连喘气也显得费力困难。叶梅清楚,这是妈妈身体太虚弱,又连着几天没吃饭的缘故,因此赶紧把那半碗菜汤端过去,给妈妈一勺一勺地喂,妈妈困难地吞咽。喝了那菜汤,妈妈呆滞的眼睛有了点光泽,但仍说不出话发不出声音来。叶梅见妈妈说不出话,无

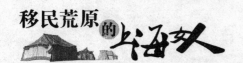

法交流,很着急,忽然想出个办法,抓住妈妈的手喊着说:"妈妈,如果你觉得好点了,就捏捏我的手,捏捏就行了。"妈妈明白了女儿的意思,胳膊动了动,捏了捏叶梅的手,传递了自己的信息。

"妈妈——"叶梅激动得流出了眼泪,但她似乎高兴得太早了,刚刚喊了声妈妈,伸出嘴唇在妈妈脸庞上亲吻一下,便见妈妈又慢慢合上了眼皮。她摇着妈妈的手,紧张地呼叫起来,妈妈没有反应。妈妈的这种情形会不会是人们常说的:人死前的回光返照?这样一想,她的头突然"嗡"地大了,疯了似的跑出地窝子,去请陈教授急救。

陈教授来了,翻开叶梅妈的眼皮看看,又抓起手腕诊脉,观察诊断完毕后,对她说:"不要着急,你妈妈暂时没有什么危险,这是一种昏睡,会慢慢清醒过来的,只是你妈妈摔伤后,冻伤太严重,再加上饥饿,身体太虚弱,恢复起来需要很长一段时间,需要精心护理,特别要加强营养,最少让她吃饱肚子,可,现在大家连糠菜都没有多的……"他说到这里,无奈地苦笑一下,收起小药盒走了。

陈教授叮嘱她加强妈妈的营养,但现在她连肚子都填不饱,还谈什么营养。那天老妈妈给她家送来的馍馍,叶梅送回去后,扭不过老妈妈,最终还是提回来了。这两天她和妈妈全靠老妈妈送来的那篮馍馍度日子,但馍馍很快吃完了,她和妈妈又靠每天从场部食堂打来的两碗菜汤填肚子。一天两碗糠菜汤,要两个人吃,那是什么情景,不言而喻。因此这些天妈妈因饥饿,一会儿清醒,一会儿昏迷;一阵睁开眼睛,一阵又合上。叶梅为了让妈妈尽快恢复健康,每顿的糠菜汤,多半都要喂给妈妈,自己吃得很少,有时候甚至一口也不吃。这样,她的身体明显不行了,时常感到浑身发软,眼前发黑,飘飘忽忽,直往下垮。

叶梅想弄点吃的,但马蹄湾现在哪有粮食?她自然不能再去麻烦老妈妈,饿死也不能再要老妈妈送吃的。她想去找孟尚海想想办法,但在粮食问题上,她知道他也没什么办法,他已偷偷给她家帮了不少,再要麻烦人家就太过分了。他和他爸爸也同样吃集体食堂,每人每天也是几两粮,哪还有多余的吃的?再说,如果让他父亲知道了,岂不是自找麻烦?她想去找张三娃,但他们还在野牛沟垴修补羊圈羔棚……

她实在坚持不住了。这时候她想起了乔育玲,想去找她想想办法,不论怎么说,她们是同学,曾经还是朋友。乔育玲还在食堂帮灶,听说吃得好,住得暖和,别的移民都瘦得皮包骨,她却有点发胖了。对于乔育玲,她听到过不少议论。然而,不管别人怎么议论她,用什么眼光看她,总之,她通过邱生辉改变了自己的生活环境和生存条件——不挨冻不挨饿不劳累了。有些移民很羡慕她,叶梅却从心底里看不起她。然而滑稽的是叶梅看不起她,现在却要去求助于她!

叶梅先去了食堂,食堂没有人,便去了她住的宿舍,正要敲门,邱生辉忽然从里面出来了,看见叶梅怔了一下:"哦,是叶梅啊!有事?"

叶梅冷冷说:"找乔育玲。"

邱生辉"唔"了一声,大概已看出叶梅找乔育玲的意图,脸上闪出一丝讥笑:"怎么样?我们的大画家,最近磨炼得还可以吧?如果觉得苦,有啥困难,就来找我,硬装清高会亏了自己的肚子,亏了自己的身体呀!"叶梅见他说这些连讽带刺的话,忽然扭头便往回走。她犯不着跟这种人斗嘴乞讨。

"哎哎,你,你别走,别走,怎么这样?不就是几句笑话嘛!"邱生辉忙喊着,往前追了几步,见她头也不回,站住了,圆脸上泛起嘲讽的笑,为她饥饿到如此程度,还孤傲清高而感到不可理喻和可笑。

屋里的乔育玲听到叶梅的声音,跑出来,见叶梅气呼呼地朝外走,追上去拉住她的手:"你这人怎么这样,来了怎么不进屋?怕我把你吃了?走走,到屋里暖和暖和,吃点东西,我那里有好吃的,有好吃的……"拉叶梅去她的宿舍,一副慈善家的样子。

本来,叶梅来公社求助乔育玲是做了反复的思想斗争,才狠下决心、抹开脸面走进这座院子的。现在见邱生辉在这里,便死活也不想进屋子了,甩脱乔育玲的手,连颠带跑走了。乔育玲被弄得很尴尬,望着跑出院子的叶梅,嘟囔着:"真不识抬举,到这种地步,还打肿脸充胖子,一副傲气样子……"

邱生辉接过来说:"总有一天她就傲不起来了,会像你一样变成乖乖女的。"

乔育玲起先没听懂他话里的意思,转身往前走了几步,忽然明白了,用仇恨恼火的目光盯住他说:"你,你不要太过分,不要欺人太甚,叶梅可不是我这样好欺负的女人……"

邱生辉觍着脸笑笑说:"你吃醋了?"

"滚吧!"乔育玲恨了他一眼,快步走进屋,"哐"地拍上了门。

就在叶梅坚持不住,快要倒下去的时候,有个人突然出现在她家的地窝里。这人是马屁精。叶梅没想到他这时候会来她家,后头想想,他就应该在她母女俩走投无路的时候出现,要不,她怎么会向他们低头呢?

那阵,叶梅正悲悲戚戚哭泣,他像个幽灵般出现在地窝门口,手里提着个布包,里面鼓鼓囊囊的,不知装着什么东西。叶梅见他,感到突然,又感到吃惊,

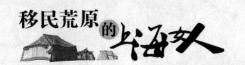

抹掉腮旁的泪水,问他:"你来干什么?"马屁精笑笑说:"看看你。"叶梅听他这样说,厌恶至极,准备叫他滚出去,但嘴巴张了张没有说出口。他是邱生辉的秘书,是场里的干部,这里的一草一木都是农场的,一切都要听从他们的调配安排,她敢喝他滚出去吗?她只好把脸扭向旁边不理。马屁精见叶梅不理,脸上觍笑着说:"听说你妈妈摔伤了,邱场长派我来看看你们,看看,还带来白馒头……"他边说边从布包里掏出两个馒头,朝叶梅手里塞。

叶梅愣了一下,没有接:"你不知道我们是什么人?——不敢当啊。"

马屁精说:"哎,话可不能这样说。邱场长说了,不管什么人,出了事,有了病,受了伤,都应该来看看。再说,你们总是农场的人,出了这么大的事,作为领导,关心关心,也是应该的……拿着吧。"

叶梅知道他们是黄鼠狼给鸡拜年——没安好心,准备推过去,但看到妈妈昏迷不醒,自己饿得头晕眼花,举起的手停在半空中。马屁精见叶梅犹豫不决,把馒头放在门旁的泥炉盖上,又看看地铺上的妈妈,讪讪离开了。临走,留下两句话:"邱场长说了,有啥困难,尽管找他,他会帮你们的。"

马屁精一出门,叶梅便扑向那两个白馒头,不管三七二十一,抓起来先狠咬了一口,连嚼都没嚼便咽下肚子。在那困难饥馑的年代,如果对粮食和馒头不动心,不是疯子,就是傻子,不是傻子,便是神经有问题。但当她吃第二口时,突然停住了。她想起了妈妈,便把馒头放下,端起温在泥炉上的半碗菜汤稀里哗啦喝下去,把馒头掰成小碎块,用开水冲成稀糊糊端过去,跪在妈妈身旁,一勺一勺给妈妈喂……

教室里寒气逼人,学生坐在那里冻得直抖。孟尚海便让大家站起来跳跳,跺跺脚。同学们就稀里哗啦站起来,在地上跳着跺着脚搓着手,见学生们还是冻得哆嗦,他无奈了:"那,收好书本,我们去山沟拾柴火吧。"学生们便稀里哗啦起身,跟着他出了门。

学校里没有煤没有柴,教室里取暖的燃料全靠孟尚海和学生利用课余时间去山野里捡。昨天捡的柴火今早因为天气太冷,三下两下烧完了,他们只好再去捡。马蹄湾四周的山野里到处都是柴棵,只要动动手,绝对冻不着。有史以来,马蹄湾人冬天生火取暖,平日里烧锅做饭的柴火,都是从野外捡来的。烧煤在他们眼里是一种可笑的奢望。

这年因为马蹄湾来了移民,柴火需用量大,又加上天气很冷,因此附近山野里的柴火都拾完了,有柴火的地方渐渐远了,甚至到了大山深处。孟尚海带着学生在附近转了一圈,见没有什么柴火,便顺山沟往远处走。走了很远,见山坡上有干枯的刺棵、荆棘什么的,就叫学生们停下:"就这里捡吧。"他上去用脚踩踏柴棵杆儿,一踩,那杆儿咔嚓就断了,倒了,就捡起来,用绳子捆着。学生们就跟着他用脚踩,断了,捡起来,捆上……

太阳渐渐滑向西面的山巅,同学们的柴捆越来越大,越来越多。这时大山阴冷的影子覆盖了山谷,风也渐渐猛烈起来,在山沟里回旋啸叫,好像一群龇牙咧嘴的猴子要赶他们走。孟尚海感到身上发冷,肚子也阵阵叫嚷,学生们也同样,便喊了一声:"同学们,该回去了,背上柴火回去喽!"他把自己的柴捆甩到背上。孩子们见老师背起柴捆,也跟着背起柴捆。孟尚海顺着山上的小道下了河滩,学生们也跟着他下了河滩,沿着河滩往回走,一个跟着一个,晃晃荡荡,一长串,像条长龙似的。

快到马蹄湾了。孟尚海看见河滩的水泉旁有三个女人在洗菜,是乔育玲和另外两个姑娘。水泉旁的地上放着两筐白萝卜,还有干菜叶什么的。孟尚海看见那两筐白萝卜,不由自主就停住脚步。他肚子咕咕叫着,好饿好困啊,真想冲上去,抢只萝卜吃,但却不能,这是犯法的,也不好意思。他只好望着,口水流着,喉咙上下蠕动。孩子们的脚步也慢了下来,眼睛直直瞅着萝卜,嘴里馋得唏哩唏哩直吸口水。

乔育玲看见孟尚海盯着萝卜,又一副馋样子,直起腰到萝卜筐旁,准备拿一只给他,但看看身旁还有另外两个姑娘,不好动手,便迟疑犹豫着,最后同情而又无奈地转了回去,脸上还带着对孟尚海的气恨。孟尚海还盯着筐里的萝卜,嘴里流着口水,当他左右看看,见孩子们也跟他一样,一个个馋馋的样子,脸上忽然噗地发烧了。因为他的失态影响了孩子,很不好意思,便狠狠从萝卜筐上收回目光,喊了声:"同学们,走吧。"扭头往前走,并叫孩子们绕开洗萝卜的地方,孩子们就恋恋地绕开了。

转眼,夜幕降临了,家住在马蹄湾附近的学生们放下柴捆都回家了,只有八个,住在学校旁边的土房里。土火炕,大通铺。孟尚海把柴火捆背到学生住的房里,生着泥炉子,续上羊板粪,就去食堂打饭吃。罢了,安顿孩子们睡觉。孩子们都八九岁,大的也不过十二三岁,还需要他照看。孩子们都睡了,马蹄湾寂静下来。他抱来作业本,坐在火炉旁批改,快十点了,他往炉子里续上羊板粪,安顿大孩子值夜,便去叶梅家看看。

刚出门,看见黑地里有个人向他走来,他问:"谁?"

对方说:"我,乔育玲。"说着就走过来。

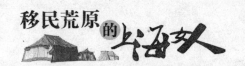

　　孟尚海听出是她，便问："有事吗？"乔育玲没有吭声，到他跟前，从怀里掏出一个白萝卜，往他手里塞："是我刚才从食堂偷偷拿的，快吃了吧！其他吃的东西都由马屁精亲自掌管，我们挨不到跟前，就这萝卜，也看管得紧……"孟尚海说："这，这偷偷拿，怎么行？"她说："怎么不行？他姓邱的，还有马屁精经常从食堂拿馒头吃，有时候还叫食堂用清油给他们炒菜。我们怎么就不能拿个萝卜吃？今天下午我在泉边洗菜，看你那馋样子，就给你拿了只萝卜。"

　　听她这样说，他心里竟有点发热了。这段时间，他再没见过她，也不愿看到她，因为她为了图个轻闲差事，为了吃饱肚子，为了逃避劳动，就忘了廉耻，太轻贱！他还听说有几个大姑娘小媳妇，也为了馒头，为了逃避劳动，让邱生辉那个了，他就觉得这些女人活得真不值。但有时想想，觉得她们从上海来到这样的地方，吃那样的苦，受那样的罪，逃又逃不出去，躲又躲不脱，活得也挺不容易。人哪，在走投无路的时候，难免走这样那样的路。但对乔育玲变成那样的人，他从内心深处还是不能原谅的。

　　乔育玲见孟尚海不接，就说："不要记恨那些了，我是实在没有办法——无路可走啊！"她说着就呜咽起来。他一下慌了，不知怎么办。他这个人经不得女人流眼泪，一见女人的眼泪，心就软了。他准备走，她又把萝卜往他手里塞："快拿上吧，不要管那么多，要不，让马屁精看见，会招惹麻烦的。"孟尚海心里说："是啊，管那么多干什么，先拿着再说。叶梅和她妈妈还在挨饿哩！姓邱的和马屁精经常在食堂拿白馒头吃，我们拿只萝卜算什么？"就接住了。她见他接了，心里就爽了些，还想说点什么，孟尚海把话岔开说："我还忙，改天再说吧！"把萝卜揣在怀里转身离开了。

　　乔育玲站在那儿，直到他的身影消失在夜幕里。刚才她是想给孟尚海说点什么的，但却没有说出口。她现在处在这样的境况中，她给他说什么？又能说什么呢？她眼睛里噙着泪水，马桩般地立在黑地里，半天才转身慢慢向回走去了。

　　已经很迟了，马蹄湾沉浸在泥浆般的夜色里，风总是很刺人，晚上更厉害。

　　孟尚海揣着那只白萝卜，来到叶梅家的地窝子。那时叶梅刚刚给妈妈喂下馒头泡的半碗稀糊糊，见孟尚海来了，便说："妈妈总算吃了点东西。"长舒着气，脸上汗淋淋的，却显得很高兴。

　　孟尚海说："吃了就好，吃了就好！"便从怀里掏出萝卜，"这个你吃了吧。"

　　叶梅见是萝卜，惊奇地问："哪来的？哪里来的？"接过去贴在脸上。

　　孟尚海说："别管，先吃了。"叶梅见他不说，便拿来水果刀，要切成两截。孟尚海接过刀说："我来。"就拿水果刀从萝卜尾巴那儿切开，把多的那截给了叶梅，把尾巴留给自己。

叶梅说："这叫干什么？学孔融分梨呀？——把多的这截吃了！"就把多的那截塞到孟尚海手里，把少的夺过去。

孟尚海心里倏然涌出热浪，嗔怪说："看你——斤斤计较！"

叶梅笑着说："你是毫毫计较。"两人说笑几句，就围着火炉坐下。孟尚海拿起萝卜准备啃，叶梅说："别急呀！你没听老乡说，家有千担粮，不能白萝卜夹干粮吗？"孟尚海说："对对，中医说白萝卜生克熟补，生吃把肚子掏空了，就更饿了，咱们煮。"就拿起白瓷茶缸，要煮。叶梅说："还是烧，一煮就全变成了水。"孟尚海说行，便把萝卜埋在炉子下面的火炭里，坐在那儿望着，说着话儿，等萝卜烧熟。不一会儿，火炉里便散发出浓浓的熟萝卜味儿。

叶梅扒拉出萝卜，跟孟尚海边噗噗吹着，边啃着吃，两人的嘴唇都变成了黑的，但两人都欢欣激动。

这时候，孟尚海忽然看到火炉旁烤着的那个馒头。"哪来的馒头？"他突然瞪大了眼睛。叶梅把马屁精来过的情况告诉孟尚海。孟尚海听着慢慢停住咀嚼，脸色也渐渐变得严肃起来。他已猜想到这伙人要干什么，在那儿顿了半天，说："你知道吗？这是黄鼠狼给鸡拜年——不安好心！"

叶梅嘟囔着说："我知道他们没有安好心，但是，但是现在妈妈饿着肚子，我也饿着肚子，妈妈成了这样，我也饿得快站不起来了……"话还没有说完，孟尚海就嚷起来："就是饿死，也不能吃嗟来之食！古人还不为斗米折腰哩！人家都说你很清高，怎么就这个样子……当时应该把馒头扔出去，扔给他，为什么不扔出去？为什么不扔给他？你，你就这样没有志气？骨头就这么软？"他嚷着，像连珠炮似的。

叶梅被他劈头盖脸一顿指责，冤屈地哭起来，忍不住反问："你尽说气话，你叫我拒绝人家，把馒头扔出去，难道馒头有错、有罪过吗？再说现在家里没有吃的东西，一点都没有，你能解决馒头的问题吗？能解决吃的东西吗？你都看到了，妈妈因为饥饿已经瘦弱得不成样子了，因为身体虚弱，一直昏迷不醒，你说说，没有吃的，妈妈的身体能恢复吗？妈妈能很快清醒吗？就是清醒了，没有吃的，妈妈能站起来吗？你能解决这些问题吗？"她也连珠炮般地发问。

孟尚海被问得张口结舌，怔在那里了。尽管他平时对她家很关心，也给她母女俩帮添过不少吃的东西，但此时此刻，面对叶梅的发问，他却无言以对了。说实话，在他面前多大的困难，再难办的事，他都能想办法克服，只有粮食和吃

的东西,他没有一点办法。因为他家也非常困难,他和他爸爸也在挨饿。他愣在那儿,样子很痛苦。

叶梅发现自己刚才的语言有点冲,怕伤害了孟尚海,冷静一阵,歉意道:"尚海,刚才我,我心里有点发急,对你发火了……"孟尚海和牛大壮都是她家的恩人,没有他俩的帮助,便没有她们这个家,也清楚,孟尚海的提醒都是为了她好。叶梅觉得对不起他,就又说:"尚海,是我不好,请你原谅……"

孟尚海红着眼睛说:"没什么。"顿了顿,叹一声,"你啊,以后会为这两个馒头付出沉重代价的啊!"

叶梅张了张嘴,想说什么,没说出口来。

地窝子里忽然冷寂了。孟尚海默默起身,去外面搬晚上烧炉火的羊板粪和柴火。罢了,对叶梅说,你去躺一躺,休息休息吧。但叶梅没有去躺,也没有休息。孟尚海几次劝她,她还是没有动,就那么默默坐着,一直坐着。她是没有一点睡意,坐在那里反复问着自己:妈妈正在饥饿中,接受马屁精的两个馒头错了吗?但想来问去,最后的答案是没有错。

孟尚海坐在那儿,也沉默不语。

那晚,他俩就这样沉默而坐,直到天亮。为了两个馒头,那晚孟尚海和叶梅第一次发生了激烈的争执,可争执的结果,谁也没有说服谁。但有一点是最实际、最实在的,那就是不论怎么说,叶梅妈来马蹄湾第一次吃到了白馒头,解决了当时的饥饿,多少给恢复身体带来一些益处,又因为那两个馒头和每天从食堂打来的菜汤,叶梅又坚持了两天时间。

11

馒头吃完了,叶梅和妈妈又开始每天两碗菜汤的艰苦生活。

为了妈妈,叶梅每天还是自己少吃几口,或者不吃,把那碗菜汤留给妈妈,但这次她仅仅扛过去一天,就感到坚持不住了,要垮下去。叶梅心里很清楚,这次如果垮下去,就再也爬不起来了。这天中午,她饿得实在不行了,给妈妈留的半碗菜汤就温在炉子上,几次端起来要喝,可几次张开嘴,都没有喝下去。这半碗糠菜汤,是留给妈妈下午喝的,她喝了妈妈怎么办?她清楚,妈妈的身子很虚弱,现在还在昏迷中,在这种情况下,无论如何,每天必须保证妈妈喝下这碗糠菜汤,千万不能让妈妈饿肚子。

叶梅把糠菜汤重新温在火炉上,自己倒了半茶缸开水,咕嘟咕嘟喝下去。喝下开水后,叶梅稍稍感觉有点精神了,便起身向外面走去。她想出去弄点能填肚子的东西,不能就这么倒在地窝子里饿死。

天气很冷,太阳光冷冷的,带着寒风直刺目,刺得眼睛直流泪。叶梅走出地窝子,站在门口茫然望着前面,不知去哪里,不知哪里能弄到吃的,站了半天,向场部食堂走去。她清楚,现在如果能弄点吃的,唯一的地方就是场部食堂,别处绝对没有。

场部的食堂距离公社不远,原来是公社收购畜产品的仓库,上海移民们来后,简单收拾收拾,砌了几座锅灶,支起案板,在露天地上搭起棚子,就变成了食堂。叶梅到食堂跟前,看到食堂大门锁着,因为做晚饭还早。她在食堂前后转悠着,想找点吃的,可什么也没有,甚至连她想象的萝卜尾巴,烂菜皮也没有,她还发现有好几个人,也在食堂周围转悠,还远远看见有人在公社牲畜饲料仓库前后搜寻着……

为了保护牧区的畜群安全过冬度春,每年冬春两季,县里都要给公社调拨一些牲畜饲料,如豌豆、青稞、大麦、豆饼之类。这些救灾饲料,是牲畜的救命粮,比人的口粮还重要,公社每次都严格按牲畜头数和乏弱情况发放,一斤半两都不能差,也不得用于其他方面,若发现挪用,按破坏畜牧业生产论处,有几个生产队长,就曾因饥饿食用了牲畜饲料被撤职。当然,在装卸驮运饲料过程中,总或多或少有撒在地上的,有人就经常在库房周围寻找,捡那些撒在地上的豆粒、青稞、大麦,就是很少几粒,也会捡回去,或煮或炒着吃。

最近又从县里运来两车饲料,因此饲料库房附近总有人在寻找,在捡……她发现这几个人里有陈教授,还有一个老婆婆,叶梅仔细看看,是老妈妈,她心里猛地一震,准备过去,但老妈妈老远看到她,慌忙转身走了。

叶梅知道,老妈妈害怕自己看到她。自那天后,叶梅已清楚老妈妈家一点粮食都没有,也在挨饿。现在看到老妈妈捡撒在地上的豆粒、青稞,泪如泉涌,想喊一声妈妈,老妈妈早溜远了。她望着老妈妈的背影,呆立在那儿。过一阵,她转身向西山坡下邱生辉的住地走去。她要去邱生辉那里乞求点吃的,她不能让老妈妈挨饿,也不能让妈妈倒下去。

到了那座土城堡般的房屋跟前,忽然看见乔育玲从那里走出来。她头发凌乱,又疲困的样子,知道她怎么了,便停住脚步。乔育玲看到她也站住了。两个

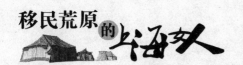

过去的同学朋友,现在共患难的移民抑或情敌,默默对立在小路上。叶梅用复杂的目光望着乔育玲,乔育玲也用复杂的目光望着她,似乎都想说什么,但都没有说出来。乔育玲到底年龄大点,社会阅历深些,在那儿望了一阵,嘴唇动了动说:"叶梅,你,你……"但只说出这几个字,便没了下文,想努力说下去,最终还是没有说下去,叹口气,摇摇头,慢慢离开了。

叶梅看出乔育玲想说什么,因此站着没动。果然,乔育玲向前走了几步,慢慢停住,扭回头说:"叶梅,咱们,咱们这些人在人家的屋檐下,有些事,还是想开点吧,在这里举目无亲,还得靠他们,不然,无路可走啊!"说完叹了一声,向农场食堂走去。

叶梅凝视着乔育玲有点发胖的身子在小路上晃动,一直到看不见人影。她站在那儿,脸上木木的,没有一点表情。其实,她脑子并没闲着,想的问题很多,也很凌乱。好像面对生死三岔路口,让她选择该走哪条路才可以留生。犹豫了半天,最后,毅然向那座土城堡般的房屋走去,脚步显得果决,不再迟疑,眉宇间还凝结着壮士一去不复返的神情……

这些天因为天气冷,邱生辉一直缩在那座泥屋里没有出门。

自从他把办公室腾出来让给乔育玲后,就把自己的办公室彻底搬到王寡妇家了。这里有小寡妇王桃花给他做饭、烧炕、生炉子、烧开水什么的,有时还提供点"特殊"服务,比住在公社那面方便多了,而且还落了个让出办公室让移民住的美名。他虽然这些日子没有多出门,外面发生的事却清清楚楚。比如牛大壮死在野牛沟的消息。这消息是马屁精首先传给他的,起先觉得这消息不坏,牛大壮死了,正好拔掉了扎在他心头的一根葛刺,除去了心病,但过后渐渐感到可怕,还感到惋惜。他毕竟是个很强壮的小伙子,再说还是基建队的队长,就这么几天时间,忽然从人世上消失了。他觉得牛大壮的死,于他多少是有责任的,但反过来一想,去野牛沟修补棚圈,是基建队必须干的事情,他不提议公社派牛大壮去,必定会派别人去,同去的小伙子们都好着,就牛大壮生病了——他活该倒霉啊!这是老天爷的过错,跟他没有关系。再说,在那样的高山缺氧地带干活,死人的事是经常发生的,这能怨他吗?这样一想,他心里觉得坦然了。

第二件,就是叶梅妈摔下沟崖受伤的事。这消息也是马屁精传来的。他不明白这个女人晚上不好好睡觉,三更半夜跑出来干什么?没听到农场的通知?后来才听说她半夜出来找烤火的柴火,还听说她家断顿了,叶梅几次饿昏了。那天他在乔育玲那儿碰到她,就发现她确实到了山穷水尽的地步。因此,他才派马屁精去"看望"她，并带去两个馒头……

当时他叮咛马屁精悄悄去，叶梅和她妈妈是什么人，他心里比谁都清楚，不能大摇大摆。馒头本来可以多带几个的，但他只让马屁精带去两个，这是策略，就像鱼饵，多了自然就收不到好的效果，先让她尝尝甜头，让她清楚：只有顺着他，馒头大大的有，什么事都好办！民以食为天，他很清楚这个道理，不管是男人女人，领导还是百姓，哪个都不敢跟饥饿较劲。在饥馑困难的年代，一个馒头就是一条命，馒头会打倒一切，也会战胜一切。她吃完那两个馒头，没有吃的东西，自然就会来找他。

此时，他这样想着，便走到窗前向野外瞭望，忽然发现了新情况——叶梅顺着小路端直地向这里走来了。啊！怎么说曹操，曹操就到了？这不是梦吧？他又趴到窗户上仔细看看，她不是叶梅是谁？看来她终于抗不住饥饿了，脑子转过弯来了。刚刚走了乔育玲，又来了叶梅。他突然激动起来，抬手抿抿头发，抹抹嘴巴，摩拳擦掌，准备投入新的战斗。

"笃笃笃"门板被敲响了。

他应道："进来。"

叶梅推开门进来了。她今天没有戴口罩，因为邱生辉已经看到她口罩后面的"内容"了，再捂着口罩还有什么实际意义？邱生辉满脸堆笑，故作惊异问："小叶，你咋来了？"

叶梅说："你不是说有事来找你吗？——我来了。"一句话，愤怒、乞求和无奈全都表现出来了。

邱生辉说："是是，有事尽管找我，找我。"指着炕头说，"过来坐，坐，站着咋好说话……"

叶梅走过去，坐在炕头上，神情不卑不亢，还有点豁出去的样子。邱生辉见叶梅坐下，也坐下，不过坐在他的板凳上。他想，这次他要与她保持一定距离，不能靠得太近，不能操之过急，不能像上次那样急猴猴的，把她吓跑了，反正现在"馒头"就在他的篮儿里，迟早是他的，随手抓来就可以吃。坐下后，他端详叶梅一眼，忽然发现这个冷傲的美人儿变了，头发凌乱，脸蛋黢黑，还有几坨青紫的冻疮，额上也出现几道皱褶。这么漂亮傲气的姑娘，几天时间没见，怎么突然就变得这么消瘦，这么憔悴，好像风雪摧残蹂躏的花朵？心里不由叹道：可惜，可惜呀！可怜，可怜呀！这么俊美的女娃儿，本该在大城市无忧无虑生活，在富裕高贵的家庭养尊处优，可却被贬罚到这个鬼地方……忽然，他对她生出一股怜惜之情，又在心里叹惋着："真傻啊，你只要低低头，服个软，随着他，不就什么

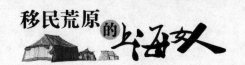

问题都解决了,何苦那样冷傲不屈,自讨苦吃呢?乔育玲就比你聪明啊!"

他无声地为眼前这个因孤傲、执拗而饥饿、憔悴成这样的姑娘叹惋着。不过,只要有粮食,有馒头喂她,她会很快恢复起来的,会马上变成一朵含苞欲放的花朵的。此时此刻他虽然对叶梅有点可怜,但并不想放过她,强烈的征服欲,使他把什么都忘到了脑后,对叶梅说:"说吧,有啥事情。"

叶梅说:"断顿了,肚子饿,需要粮食、馒头。"

邱生辉说:"这事好办,我这里有半篮子馍馍,走时全带去,够你娘俩吃三五天。"说着站起来,取下挂在房梁上盛馒头的篮子,放在叶梅身边的炕头上。这是食堂给他蒸的,由他和乔育玲随便吃。叶梅看了看说:"日月还长,半篮馒头怎么够?"邱生辉沉吟一下,说:"那,我让马秘书再给你家送去五斤混合面。"

叶梅知道面粉有"80"、"70"、"60"等标准的,邱生辉说的混合面,是麸皮和面粉参半的面粉,是最后一箩面,连"50"标准也达不到,但在那吃糠咽菜的年代,算是最好的面粉。她心里动了动,竟然还有了点暖意。邱生辉答应了这些后,向叶梅跟前凑了凑,圆溜溜的眼睛盯着她:"……满意了吧?"

叶梅摇摇头:"不。"

邱生辉一怔:"怎么?还不够你娘俩呀?"

叶梅说:"够。可你忘了另外一家,我今天主要是为他家来求你的。"

邱生辉问:"谁家?"

叶梅说:"牛大壮家。"

"牛大壮家?"

"对!"叶梅滔滔地说,"牛大壮是公社根据你的意思派到野牛沟垴去的,你当时为什么要派他去野牛沟,心里自然很明白,他的死于你有没有责任,你心里也清楚。他现在死了,我们暂且不说别的,——他妈妈没有粮吃,每天在库房周围捡那些撒在地上的牲畜饲料,在食堂的垃圾堆里捡烂菜皮,萝卜尾巴,在野地上将干枯的灰灰菜吃……她正在挨饿,挨饿,你们应该管管!"她的眼睛发红了,盯着他。

邱生辉没想到叶梅会提起牛大壮的妈,觉得有点扫兴,还有点醋意了,但为了得到她,他还是答应说:"管管,她儿子是为修补棚圈死的,组织当然要管的。你说咋管?"叶梅见邱生辉答应了,追上去一句:"说话可要算数?你是场长。"邱生辉点头道:"算数,咋不算数,我叫马秘书也给她家送去五斤混合面,怎么样?不够,以后还可以补助。"为了达到目的,他现在什么都答应。

"我要见结果。"叶梅钢棒铁硬地说。她清楚邱生辉这种人善于耍流氓,于是不见兔子不撒鹰。邱生辉见叶梅态度冷硬,不容侵犯的样子,便向外面喊了一声:"马秘书。"马屁精可能就在隔壁屋里,听到喊声跑了进来。邱生辉板着领导面孔说:"取五斤混合面给牛大壮家送去。牛大壮是为修棚圈死的,也算是因公,再取五斤,送到小叶家,她妈妈受伤昏迷了,也该照顾一下……"马屁精应着声去了。

叶梅见马屁精去了,心里喟叹道:这就是权力啊!原来有了这东西便什么都有了,想干什么,就干什么,而且干什么都有上百条理由,让你心服口服,难怪有人绞尽脑汁弄权,难怪乔育玲投靠了他。她感到悲哀,想哭,但又哭不出来。而邱生辉却笑眯眯地凑到她面前,望着她漂亮的眼睛说:"小叶,你提出的条件,我可是全部都答应了,这回你该满意了吧?你也该咋表示表示了?"

"表示表示"的内涵,叶梅很清楚,但她却呆望着对面的墙壁,好像没有听到,又好像麻木了,沉默不语。沉默就是一种默许。邱生辉轻轻移坐到她身旁,抓住了她的手。叶梅好像被毒蛇咬了,双肩陡然惊跳一下,挣脱他的手,把身子歪向旁边,躲避瘟疫似的。邱生辉恼怒了,站起来说:"你耍我?我老实告诉你,刚才我打发马秘书送给你家和牛家的面粉,我高兴,你们就吃,吃完了再来取,我不高兴,随时都可以追回来!追不回来,我可以在你们下月的口粮中扣回,况且这半篮馍馍还在这里,你半个也别想拿走,看谁能耍过谁!"

"不不不……"叶梅听此话突然急了,慌忙站起来,连连央告说,"我,我哪敢耍场长,哪敢,哪敢啊!场长是我们的救命恩人,我们连感谢都来不及啊!千万不要把面粉收回来,千万不要……"昏迷不醒的妈妈和老妈妈拣垃圾的画面在她眼前连连出现,猛烈地撞击着她的心灵,她被撞击得歪歪斜斜。什么冷傲,什么自尊,什么洁身自好,统统没有一点用——让两个老人吃饭要紧,活下来要紧!她的态度马上柔和了。

邱生辉见叶梅态度变了,心里笑了一下:不给你点颜色,你不知道我姓邱的厉害,便问:"想明白了?"叶梅心里悲苦得想大声哭,但忍住了,凄然地说:"想明白了——你不就是要我的身子吗?来吧——"身子歪向土炕,随之,一股清泪夺眶而出……

邱生辉见她躺在炕上,好像敏捷的猎狗爬上炕,嘴里呼哧呼哧急喘着,开始剥叶梅那单薄的蓝棉衣、棉裤……

这时,窗户又像上次那样"啪啪啪"响起来,邱生辉认为又是马屁精或者是风在作怪,没有理睬。然而,那啪啪啪的敲打声很顽固,而且越来越响,越来越猛烈,带着明显的提醒和警告。他意识到这不是风在作祟,是有人在捣乱。他突

然害怕了,恼怒地骂一句:"哪个王八蛋!"慌忙从叶梅身旁爬起来,冲出门去。这次他一定要抓住这个丧门星,好好教训教训他。然而,他冲出门看看窗下,没人,看看周围,房屋附近静静的,好像没人来过。他又登上旁边的土坡,向四周观看一阵,也没有看到人影。就这么两三分钟,人就无影无踪了,难道飞走了,钻到土地里去了?

妈的,简直撞见鬼了。上次敲窗户的人,他估计是马屁精,这次呢?这次是谁?他要干什么?是不是黑脸汉派人暗中盯他的梢的?如果是黑脸汉盯着他,那可就有危险了。他忽然预感到一种潜在的危险向他暗暗涌动。他紧张了,好像发情的公狗挨了棍棒,满脸羞怒,垂头丧气,回到屋里……

叶梅跌跌撞撞回到家里的地窝子。

她又躲过了色狼的糟害和蹂躏。不知哪位好人,在关键时刻采取这样的办法救助她。好人哪,天下的好人就是多!但精神的惊吓,心灵的受辱,肉体的饥饿,使叶梅神情木然,脸色惨白如纸,回来后便跌坐在地铺上,僵死了似的。

马屁精送来的混合面,放在地铺旁边的破皮箱上,是五斤,用一个小布袋装着。叶梅望着那袋混合面,呆呆地望着,脸色僵硬,没有一点表情……虽然色狼没来得及扒下她的裤子,没有触及她的下身,可,她的棉衣被那色狼剥开了,还有衬衫、胸罩……她洁白的胸脯、牙雕般的乳房,都袒露在色狼的面前,被色狼肆意亵渎、凌辱,还有她纯洁的心灵……就这么五斤混合面,就这么五斤,她竟付出这样大的代价,要不是有人关键时刻救助,她险些失去一个姑娘最宝贵的东西。叶梅望着那面袋,眼里默默地流出清泪。

这时老妈妈来了,手里拎着那袋混合面,见叶梅像个泪人,悲咽着:"闺女——"扔下手里的混合面,把她搂在怀里,"闺女,闺女!我的好闺女呀!你,你受苦了,受苦了,那个该死的,该死的……"叶梅身子僵直,两眼木呆,脸上僵死了般没有一点反应。然而,悲哀、痛苦、耻辱、冤屈和愤怒,却在她的心头猛烈涌动撞击。她转身抱住老妈妈,"哇"地大哭起来。她是怎么也忍不住了。老妈妈泪水涟涟,用树根般的手指抚着她的头发,说:"女子,好女子,你不能那样做,不能那样啊!不能为了老妈妈,为了……把自己往虎口里送,不能啊!"老妈妈哽咽着。

叶梅慢慢抬起眼睛:"老妈妈……您,您都知,知道了?"

老妈妈点了点头:"大妈早就知道他不是好东西,因此老妈妈一直盯着他,提防着他,看他想干啥坏事……"

叶梅盯着老妈妈:"那,敲窗子的好人,难道是妈妈您,是您……"

老妈妈又点点头。原来今天敲窗户的好人,是老妈妈。自从她发现邱生辉盯上了叶梅和她妈妈,还发现他暗暗监视她母女俩后,她就注意着邱生辉,上次邱生辉去叶梅家抓孟尚海和牛大壮他们,就是老妈妈发现后报的信儿。今天,当马屁精给她送去那袋混合面时,感到太阳从西面出来了,太奇怪了。当觉察到"今天太阳从西面出来"的原因可能与叶梅有关系时,赶紧跑到那座房屋窗下探听情况——果然发现邱生辉要对叶梅实施强暴,便拿起一块石头,准备冲进屋揍他,但害怕明着干不但打不着狼,反而会暴露目标,被狼咬伤,便没有进去,用石头狠狠地敲打窗户,见邱生辉放开了叶梅,转身跑回自己家……

老妈妈家距离邱生辉住的那座房屋不远,两分钟就跑回家了。因此邱生辉没有发现。叶梅知道情况后叫声:"妈妈——"扑到她怀里……

12

时间,在饥饿寒冷和繁重的劳动中移到了三月中旬。

虽然已经到了三月中旬,叶梅感到马蹄湾的气候仍跟二月没有什么两样,天照常寒冷,四周的山顶仍旧堆积着厚厚的冰雪,寒流仍像往常一样,从南面的山谷里涌出来,袭击着这个马蹄形的山坳。难怪马蹄湾人说:马蹄湾只有冬夏,没有春秋。特别是饥饿仍然持续着,长久地持续着,严重地威胁着移民们的生命。

县里虽然在元月份就开始给上海移民供粮食了,然而按规定每人每天只有七两粮,而且是粗杂粮食,最要命的是所供粮食,是按原定一百移民供的,一百人的口粮,要一百多人吃,自然远远不够,特别是移民们每天承担繁重的垦荒劳动,七两粗粮根本不够吃,移民每天饿着肚皮干活。

邱生辉有点着急了。移民们一旦倒下去,就没人开荒建设农场,他要干出政绩便成了一句空话,而且饿死的人多了,他也不好交代,只好采取"寅吃卯粮"的办法,把后半月的粮食拿出来,添加到前半月吃。这样一折腾,进入三月中旬粮食便更加困难。起先,移民们每天还能从食堂打两碗麸皮汤之类,到后头连糠菜汤也不能保证,有不少移民因饥饿,繁重的劳动,高原缺氧倒了下去。这天,工地上又接连倒下去几个人,开始大家都过去看看,到后头就没人过去了。在那个饥饿的年代,饿死人的事很多,大家见惯不惯,麻木了。

　　第二天中午，又有几个人倒下去了。那是中午收工后，移民们摇摇晃晃到食堂打那碗麸皮糠菜汤。拿着碗筷等着打饭的移民很多，在食堂门前排着几路长长的队伍，长蛇般慢慢往前蠕动。中午的太阳虽然高高挂在当空，却并不暖和，还是很冷，加上劳累饥饿，人们都东倒西歪，稀里哗啦的。因为缺粮，这天食堂又减少了供饭量，由原来的一勺，减成了多半勺，汤里不见麸皮之类的粮食，比平常更稀更清。人们望着能照见人影的汤水，憋着一肚子火。这时移民大概嫌掌勺舀饭的人速度太慢，忍耐不住饥饿，开始骂骂咧咧着，后头争着抢着吼着嚷着叫着往前拥，往前挤，往前冲了。这样一来，有的把饭碗碰翻，有的被碰倒，那情景好像惊炸的羊群！有几个羸弱的移民当即倒在纷乱的脚下……叶梅身旁有个移民身子直打晃，好像风中的纸片儿，她准备扶他，还没来得及伸手，便被混乱的人群冲倒，压了下去……

　　叶梅看着，身上阵阵发寒。人的生命怎么就这么简单，说倒，就这么随便倒了——可怕的饥饿，可怕的劳累，可怕的高寒！哄抢躁乱还在继续。年老体弱的，还有妇女儿童，只好躲在旁边。叶梅站在那儿，见打不到饭，又发生混乱，转身向回走。因为妈妈一个人在家，她的身体刚刚有点好转，不能再让她出什么事，但走了几步，停下了，打不到饭，妈妈吃什么？她吃什么？下午她还要上工地劳动，肚子里不装点东西，是万万坚持不住的。她想转回去继续等，倏忽间感到自己的脚跟也站不稳了，一阵阵像要离开地面飘起来，脑子里也嗡嗡直响，眼前闪着金星。这不是好兆头，她也要倒下去。她赶紧蹲下去，坐在地上，等待哄抢的场面平静下来。

　　那纷乱的抢饭场面终于结束了，平静了。她努力站起来，拿着搪瓷茶缸向食堂的凉棚下走去，但到跟前一看，食堂盛饭的大锅空空如也。抢到饭的移民已经离开了，没有抢到饭的，继续守在食堂里，眼巴巴地望着空荡荡的锅，梦想着锅里生出吃的来。有的在食堂周围搜索着，寻找什么吃的，还有几个用指头轻轻蘸着洒在地上的菜汤吃……

　　她明白，移民们之所以停止哄抢，是因为锅里没有了饭菜。她站在锅台旁，望着空空的锅，不知怎么办，见吃过饭的移民三三两两朝工地上移动，便向工地上走去……

　　这天，黑脸社长从山里回到马蹄湾。

　　他在牧区组织畜牧业生产，听到移民们在挨饿，还饿死了人，回来就去找邱生辉召集会议，商量救人办法，但大家商量来商量去，也没什么结果。黑脸社长想动用牲畜饲料,邱生辉坚决反对,这是掉乌纱帽坐监牢的事情,谁敢干?他不能冒着如此大的政治风险去干那种傻事。黑脸社长见他坚持不让,也不好再强扭。他不是农场的领导人,如果强扭,一是有点"自作多情",二是会招惹横祸,只好建议移民半天劳动,半天休息,这样人的体力消耗小,相应减少能量消耗,以抵抗饥饿,同时提出组织狩猎队进山狩猎,解决缺粮问题。

但这个措施提出后,他们两个领导的分歧就出来了。邱生辉同意组织狩猎队进山狩猎,对移民半天劳动半天休息,却坚决反对。他说:"现在正是开荒的重要季节,不抓紧开荒,怎么完成开荒任务?没有土地,春天播种,种子往哪里洒?农场农场,没有大面积的田地怎么叫农场?没有大面积的种植,哪来的粮食?现在是大跃进年代,全国人民都在力争上游,一日千里前进,我们怎么可以放假?让移民们睡大觉?"

黑脸社长见他把意思理解到一边去了,解释说:"我不是让移民们都去睡大觉,而是想通过减少劳动时间,战胜饥饿,渡过眼前的困难日子,这是没有办法的办法。现在粮食很紧缺,每人每天只有几两粮,而且都是粗杂粮,目前连粗粮也不多了,大家都饿着肚子干活,如果再这样下去,会有大批移民倒下去,这是严重的问题啊!"

又是"问题严重",邱生辉心里马上不舒服了,针锋相对说:"死人的事是经常发生的。马蹄湾前些年也死过人,总不能说他们是开荒种地饿死的吧?"说到这里,他口气严肃了:"我们有些人总是把问题说得那么严重,把形势估计得那么灰暗可怕,看不到光明,看不到前途,这种右倾思想太危险,要犯大错误的啊!"黑脸社长见邱生辉又把话题扯到以前争论的问题上,便不再坚持了。他也有他的难处啊!邱生辉几次告他的黑状,沙县长亲自下战书,警告他,甚至威胁,县里还差点免了他的职,罢了他的官,到现在他还在写检讨,他已经被搞得很被动了,如果他再坚持下去,邱生辉再告他的黑状,他这个副社长也就算当到头了。再则,邱生辉有沙县长这个后台,根本不把他这个副社长放在眼里,他说也是白说,坚持也白坚持,因此沉默了。

会议不欢而散。

接下来的日子,农场的移民们还是照常上工,照常开荒,每天的开荒任务还是那么多,一点也没有减少,只有一样东西减少了,那就是从食堂打的糠菜汤越来越少了。没过几天,移民都坚持不住了,上工后或坐或躺在地上,劳动效率越来越低,有好多移民见这里难以生存下去,又开始逃跑了。有的回了上海,有的听说新疆不缺粮,要去新疆,寻找有饭吃的地方。

　　这次的移民逃跑,邱生辉没有阻拦。他心里清楚,马蹄湾距离县城三百多公里,周围不是戈壁沙漠,就是连绵的野山,没有车辆,靠两条腿走,就是放开跑,也很难跑出去。

　　乔育玲她们不就没逃出去吗?事实上,那些日子有好多移民跑出马蹄湾,见戈壁路途遥远,又荒无人烟,很难跑出去,半道上都转了回来,有十几个坚持往前跑,最后冻死饿死在半道上,还有的失踪了,有的迷了路,误入大沙漠死了,或者是被野兽吃了。总之,直到今天也音信全无……

　　三月下旬,农场食堂每天只开一顿饭。公社的狩猎队虽然进山了,但因缺乏枪支弹药,又因附近县市的狩猎队太多,他来你往走马灯似的,猎物几乎打没了,收获甚微。一时间移民成批倒下,兵败如山倒啊!黑脸社长又给邱生辉建议减少移民劳动时间,缓解饥饿。邱生辉知道不这样做确实不行了,只好通知移民半天劳动,半天休息。

　　距离正常供粮的日子还有整整半个月。这半个月吃什么?怎么过?如果农场只有十个八个人倒还好凑合,但这是一百多口人,一百多张嘴,都需要吃饭啊!邱生辉见情况越来越严重,便派马屁精专程去县里催粮,要求县里提前给马蹄湾供粮食。他明知道哪里都缺粮,哪个公社哪个部门都是按人头、按定量供粮食的,但他还是把希望寄托在马屁精身上。

　　马屁精走后,邱生辉焦急地等待,等待他带来好消息,带来粮食。那些日子他真正尝到了"热锅上的蚂蚁"这句话的滋味。三天后,马屁精回来了。邱生辉好像盼到了救星,马上迎到沟口。但马屁精是空着两手回来的,不但没带来半斤粮食,而且还在县里挨了批评,说马蹄湾农场吃粮无计划,寅吃卯粮,无组织无纪律,要追究责任。邱生辉听后冒出了冷汗。一百多口移民等着吃饭啊!

　　移民们已濒临彻底垮下的边缘,如果再没有饭吃,就彻底完了。这时他才真正感到问题很严重很严重了。他束手无策,一筹莫展,在那座泥屋里抱着脑袋直发呆,最后叫马屁精通知移民们全天休息,各奔东西找吃的。

　　马蹄湾就那么大,就那么二三十户人家,去哪里找吃的?山野里有干灰灰菜,移民们便成群结队涌进山野,捋来干灰灰菜叶吃。附近野地里的灰灰菜捋完了,去牧区捡死羊、烂骨头之类的东西吃,有的拿衣服、手表、皮鞋去牧民家换吃的东西,还有的去挖草根……

　　山口外的戈壁滩上有种植物,当地人叫碱柴,上面结着籽,大米粒般大小,青黄色。人们说那东西能吃,于是成群结队的移民又涌到戈壁滩上捋碱柴籽,拿回家在锅里炒一炒,磨成粉末吃,有的不炒也不磨,抓起来就往嘴里填。这种东西是能填饱肚子,但吃下去难消化,解大便难,吃多了,会胀死人。有好多移民解不下大便,用手指抠,用木棍子掏,有的解不下大便活活胀死。就这样移民们还是继续捋,继续吃,不吃就会饿死,吃那东西说不定还会留下小命。

叶梅每天跟着移民去捋碱柴籽吃。这天移民们又去了戈壁滩上。叶梅看见陈教授也在人群中。他耷拉着脑袋,蹒跚着双腿,在碱柴丛里晃动,时不时从枝头捋一把,顺手填到嘴里……他已经很消瘦了,那样子就像干枯的碱柴树。她见他一把一把往嘴里填新捋的碱柴籽,深为他担心。因为那东西不好消化,特别是生吃更危险,想过去提醒提醒,但看到他饥饿的样子,有点不忍心,再则他是医术高明的大夫,他是清楚这些东西生吃会死人的,也就没有过去。但她的犹豫,后来酿成千古遗憾。

这是第四天发生的事。

那天叶梅去找吃的,刚踏上马蹄湾那条小路,看到前面有个男孩蹲在路上挖弄什么。走过去,见那小孩正捡几颗豌豆,只有八九粒,边捡边往嘴里吃,有三四粒冻结在泥土里弄不来,就用木棍往外撬,用指头抠,用石头敲。他大概五六岁,穿着件薄棉衣,戴着顶小绒帽,冻得浑身哆嗦着,脸庞和鼻子青黑,鼻涕拉在嘴唇上,但为了那几颗豌豆粒儿,好像把寒冷全忘了。

这不是陈教授的孙子吗?她蹲下去抱起小孩,忍不住泪花涌流。

这时黑脸社长骑马过来了。他是刚从牧场回来的,看到小男孩捡豌豆粒,也眼睛红了,跳下马,从皮大衣口袋里掏出半个谷糠面刀巴子(扁圆形馍头,当地人称刀巴子)塞到小孩怀里。这是他带的午饭,因为在牧场上忙救灾,还没顾上吃。那小孩毫不犹豫,拿起馍馍狼吞虎咽吃起来,噎得伸长脖子直打嗝,黑脸社长怕他噎着,边在脊背上用手掌轻轻拍着边劝说:"慢点,慢点吃,别噎着。"那刀巴子被他三口两口吃得只剩火柴盒那么大的一点了,忽然想起什么,停住了。黑脸社长问他怎么不吃了?那小孩说:"给爷爷留着,爷爷饿睡着了。"说着就从叶梅怀里跳下去,拿着剩下的那点馍馍,拐着小腿向家里跑去。

叶梅和黑脸社长准备起身走。突然那面的地窝子里传来撕心裂肺般呜哇呜哇的哭叫声,还有小孩的叫喊:"爷爷,看我带着吃的来了,爷爷——爷爷——"

叶梅陡然一惊,看来陈教授出什么事了,便朝地窝子那面跑去。黑脸社长在那儿愣了愣,也向陈教授家的地窝子走去。叶梅跑过去,看到陈教授躺在他家地窝门前的地上,捂着肚子滚来滚去惨叫着。他的老伴儿惠芬和儿子、儿媳妇围在他身旁哭着。叶梅问怎么回事,他的老伴惠芬说:"他几天解不下大便。"

原来陈教授那些天吃多了生碱柴籽,好几天解不下大便,肚子胀得跟鼓似的,刚刚又去了茅坑,用手指抠,用木棍掏,什么办法都用了,还是解不下来,就觉得自己快不行了,准备回地窝子,让妻儿们准备他的后事,但刚刚走到这里就倒下了。

陈教授在地上直打滚,一声声惨叫,撕人心肺,手指狠狠抓着肚皮,见不起作用,顺手抓起地上的一块石头,狠狠砸着肚皮,砸!砸!他大概是想把胀痛的肚皮砸破,让那害人的东西流出来。老伴儿见他拿着石头伤残自己,不忍目睹,夺过石头。他叫喊着:"给我!给我……"又夺过去,在肚皮上狠狠砸,狠狠地砸。

老伴儿惠芬没办法,只是抱着他的脖子,呼天抢地地哭叫。儿子揉着他的肚皮也哭叫着。叶梅看到陈教授瘦骨如柴,肚皮胀得高高的,嘴角流着绿水,脸形痛苦扭曲,心里难受得好像撕裂了,跪倒在他身旁,搓揉他的腹部,问着陈教授好点没有?好点没有?陈教授不应答,只是惨烈地叫喊……她见大家都束手无策,赶紧请来公社卫生所医生。她想医生在这里工作时间长,肯定有经验,有办法。然而医生说这种东西牛马吃多了,都会胀死,何况人?他给陈教授的儿子悄悄说:"准备后事吧。"

医生无奈地走了,陈教授的挣扎停了,惨叫声也渐渐弱下去,接着手脚抽搐几下,嘴里流出一股黄水,不动了。一位技术高明的外科教授,自己却救不了自己,被活活胀死,活活疼死了。他的孙子,那个小男孩大概还不知爷爷死了,拿着那点馍馍,边叫喊爷爷,边往老人嘴里喂……

陈教授死了,他的老伴惠芬因为饥饿悲痛,忽然昏倒,叶梅和陈教授的儿子赶紧把她送到医疗室抢救。连着两天两夜输液抢救,她的命是保住了,但身体异常虚弱,如同风中残灯,气息奄奄,命悬一线。

移民中有好多跟她一样瘦骨嶙峋的姐妹来看望她,见她生命垂危,同病相怜,呜呜哭叫。她们清楚再不解决粮食问题,大家也会是她的下场,于是决定豁出命,向县里反映移民的饥饿问题。恰好这天县里的沙县长带着几个干部和"笔杆子"来马蹄湾,要总结马蹄湾农场开荒种田经验,向上级汇报。那几个姐妹听到消息,便搀扶着陈教授的老伴惠芬,前去向他反映情况。

沙县长正在公社办公室听邱生辉汇报农场的大好形势,不相信这几个女人反映的问题,于是端着县长的架子说:"不要污蔑大好形势嘛,不要听信个别右派分子的反党言论,要看到大好形势。"

陈教授的老伴惠芬见县长不相信,三下两下脱了身上的衣服,拍着瘦骨嶙嶙的身子说:"县长如果不相信,就亲眼看看吧!"那几个姐们也忿忿脱了衣服。

她们一个个确实骨瘦如柴,肋骨清晰可见,肚皮坍陷干瘪,胳膊和手指如风干的梭梭根……

沙县长见她们脱了衣服,着急了,别过脸,命令她们穿上衣服。那几个妇女不干,一定要让县长亲眼看看,认真对待她们反映的问题——解决粮食。随来的干部也着急了,一边劝说她们穿上衣服,一边批评她们胡闹,要懂羞耻,懂礼仪。那几个姐妹有气无力地说:"我们都快饿死了,还讲啥羞耻? 讲啥礼仪?"还有两个女人脱下裤子,让县长看她们细瘦如柴的大腿和浮肿的脚……

沙县长见此情景,恼羞成怒,叫喊着:"把她们统统拉出去! 拉出去!"随来的几个干部和"笔杆子",便将她们连劝带拉带推唬弄了出去。

沙县长是第一次遭遇这样的上访,不但感到扫兴,而且深感羞辱,气恼地在办公室走来走去,最后朝邱生辉吼了一声:"邱生辉你怎么搞的? 这就是你的先进经验?"从桌上拿起自己的帽子戴到头上,对随行人员说:"回去,回县里!"气咻咻地走了。

邱生辉气得脸色惨白,半天才朝门外吼叫一声:"来人——"随着喊声,马屁精和杨狗子跑进办公室。他命令道:"把那几个女人给我看管起来,晚上开斗争会! ——无法无天了!"马屁精和杨狗子应着声,颠颠颠去了。

陈教授是医生,来马蹄湾后偷偷给很多人治过病,听说他死了,有好多移民都去给他送葬,又见陈教授的老伴和那几个女人因反映问题被农场看管起来准备批斗,移民们忿忿不平。叶梅与几个移民前去跟邱生辉讲理,被邱生辉和马屁精、杨狗子连推带搡轰了出来。

孟尚海听后气愤不平,赶过来咒骂着粮食,咒骂着碱柴籽,咒骂着气候恶劣的马蹄湾,带着移民们去找邱生辉:"走,找邱生辉算账去!"

他奋臂一挥,便如火上浇油,愤怒的人群顿然齐声呼应,特别是那些年轻气盛的小伙子,好像燃烧弹"轰"地爆炸燃烧起来,举着拳头,有的拿起铁锨镐头,怒吼着,跟他向邱生辉的住房涌去! ——这不是煽动移民闹事吗? 这可是要命的政治事件呀! 这样的事件,人家随便怎么整你都行,给你扣什么帽子,你都得戴着,再说邱生辉还掌管着杨狗子等几个民兵。他们手里都有枪,恐怕你到不了他跟前,就让人家收拾了!

叶梅见形势不妙,赶紧上前阻拦孟尚海。但此时此刻的孟尚海已经失去了理智,根本不听她的劝,反而说:"你怕死就在这里乖乖待着,我是工人出身,是工人阶级,我不怕他——我们就是要讨个说法——他当时说的现代化农场在

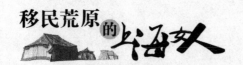

哪里？碗口大的馒头在哪里？牛奶在哪里？我们不能眼看着移民们饿死！"

一伙冲动的年轻人，一伙失去理智的小伙子，就这样吼喊着，怒骂着，晃着拳头和劳动工具，穿过马蹄湾河的乱石滩、杂草丛，向那"土城堡"涌动。那势头太可怕了，叶梅吓得不敢往下想，从后面追上去叫喊着："孟尚海停下，停下——"但她的叫喊声，在狂潮般的巨流面前，微弱无力，如同蚊子叫，根本没人听得见！

此时，邱生辉把叶梅等人轰出去后，正在王家那座土城堡般的泥屋里跟马屁精商议怎么收拾叶梅和带头"裸访"的女人，他从窗户里看到孟尚海带着移民们来闹事，马上命令马屁精让杨狗子等几个民兵做好战斗准备。杨狗子带着民兵听命赶了过来。邱生辉从泥屋里走出来，果断命令杨狗子："你们就守在院门两旁，要是他们敢冲进院子，敢动手打人，你们就行动。"

"是——"

马屁精和杨狗子高声叫着，便守在院门两旁的石墙后，把枪管从墙上的石头缝隙伸出去，子弹"哗啦哗啦"上了膛。邱生辉见民兵们严阵以待，两手朝腰间一卡，面向前方挺立在那儿，一副威风凛凛的样子。他这次豁出去了，多少次了，马蹄湾的这股骚乱情绪总是抓不住，压不下去，三天两头闹事，搞得他头痛，这次他要彻底解决这个问题，哪怕犯点错误！他心里清楚，孟尚海他们如果敢冲击他的办公场所，敢对他动手，他邱生辉就命令民兵们开枪，这是正当防卫，根本不会犯什么错误。因此他气壮如牛，胆大包天。

孟尚海他们快到土城堡跟前了，可怕的事就要发生了。叶梅清楚，孟尚海这一去肯定会闯出大祸，栽进灾难的泥坑，断送自己。她又想前去阻拦，但他们已经走出很远，她就是追上去，也没办法阻拦。大势已去，她束手无策，停在那里唉叹着，怕得闭上了眼睛……

就在这关键时刻，有人冲到那伙人前面，拽住了孟尚海。那人是孟尚海的爸爸。孟尚海要跟父亲争辩，父亲二话不说，扬手给他一个耳光，接着拉起他就往回走。孟尚海横着屁股不走，他爸爸朝他屁股上又狠狠踢了两脚："你是想蹲监狱？还是想吃枪子儿？你个糊涂的混账东西啊！"

孟尚海没有防备，被他爸爸踢趴在地上，过一阵才慢慢爬起来，但他却没有往回走，揉揉屁股，哀求说："爸，你不能这样，已经饿死了好多人，陈教授也饿死了，惠芬阿姨被邱生辉看管了起来……我们是去讨个说法，是去……"他的话没有说完，他爸爸又朝他屁股上狠狠踢了一脚，"嘭——"沉重坚实的声响，打断他下面的话。看来这次他爸爸真动怒了。

孟尚海大概被踢疼了，手捂着屁股，身子晃了晃，像要栽倒的样子，但他还是挺直腰稳住了,回头痛苦悲哀地盯着他爸爸。他爸爸炸雷般吼道:"——看什么?给老子滚回去!"抓住他连拉带拽往回走。

孟尚海被拖得歪歪斜斜。那些年轻人见孟尚海被拖走,停住了,在那儿愣怔半天,也转回头,零零散散走了。

一场风波就这样制止了。叶梅虽然觉得孟尚海的爸爸对孟尚海有点粗暴、简单、蛮横,但对他爸爸果断制止将会彻底葬送他前途命运的风波,从内心深感庆幸!

孟尚海的爸爸把孟尚海强行拉回地窝子,便歪倒在地铺上。因为气愤,因为恼火,因为天气寒冷,他的腰痛病又犯了,痛得他头上直冒汗。他是个硬汉子,什么艰难困苦都能扛过去,从不皱眉。然而这腰痛病却把他折磨得没有一点办法。本来他今天要狠狠教训教训这个不长进的儿子,但现在腰痛得连动弹一下都很困难了。

孟尚海对爸爸的蛮横行为气愤而恼火。本来他是不想理他爸,想跑出去,到一个没有人的地方吼叫几声,发泄淤塞在心胸中的苦恼,但见爸爸痛得浑身战栗,心软了,想怎么安慰爸爸,让爸爸缓解疼痛,但却不知怎么安慰。

炉子里的火快灭了,他爸爸手撑地铺要起来添柴火。孟尚海忙劝说:"爸爸你不要动,我来添柴火,我来添……"他爸爸扬手把他推过去,手扶墙壁颤巍巍地站起来,拾起地上的牛粪往炉子里添。

孟尚海见爸爸弯腰拿牛粪时,额头上虚汗淋漓,牙关咬得嘎嘎响,鼻子一酸,叫了声:"爸爸,儿子不好,惹你老人家生气了,爸,爸……"

他爸爸没有理睬他,转过腰身,掀起衣服,边让火烤着腰,边用拳头狠狠敲打,老眼里闪动着愤怒和忧伤。孟尚海望着,终于忍不住眼睛红了:"爸爸——不要糟践自己了!爸爸——"呜呜地哭起来。

他爸爸见他哭了,在那儿狠了一阵,慢慢离开火焰,穿好衣服说:"知道你今天的行为是什么性质的问题吗?——这是反革命行为!你知道你在为谁说话吗?为谁喊冤叫屈吗?——为右派分子!你为这些人喊冤叫屈,还要去闹事,你太糊涂了啊!现在不是旧社会了,在旧社会,我们工人一声吼,罢工、闹工潮,跟资本家斗争,反剥削,反压迫,增加工资,吃饱肚子!可现在是新社会,新中国!是我们工人阶级自己当家做主,你领头这样闹,你闹谁?跟谁算账?你这是……咳咳咳,今天要不是你这老工人爸爸拦住你,你把祸闯大啦!让人家抓起来,按反革命罪行论处,判你十年二十年刑,看你怎么办?"

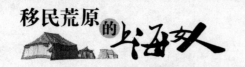

他爸爸吼着,情绪很激动。

孟尚海慢慢低下了头。现在他渐渐冷静下来了,想想刚才的冲动,忽然感到有点后怕了。邱生辉正盯着他们几个,正在找他们的岔儿,他们这样莽撞冲上去,岂不是往人家的枪口上撞?邱生辉他们啥事都干得出来,如果他们把这件事说成暴乱,或者是什么集团事件,他孟尚海不就彻底完了?他那儿还有民兵……他脑子忽然一阵轰鸣,不敢往下想了,庆幸爸爸在关键时刻挽救了他和那些小伙子们。

他爸爸见他低着头,一声不吭了,耐心开导说:"阿海呀,你要听话呀,要下狠心改一改这些老毛病,经验教训已经很深了,应该牢牢记住啊!你想想,原先如果你不胡闹,不为学校那个教授鸣不平,大学毕业早就分配工作了,早去上班了,哪能到这里来?可,可……唉!你真不争气呀!咱家祖宗三代是工人,没有一点文化,就你赶上了好社会,考上了大学,还是复旦大学,那是全国名牌大学,爸爸好高兴啊!本指望你出息,为咱家,为咱们工人,为咱们的党和国家争光,可你尽往那些坏人堆里钻,到处闯祸,一点也不争气,你辜负了咱们工人阶级的希望啊!"

孟尚海的爸爸说着说着,眼睛竟湿了。孟尚海看到爸爸苦口婆心,眼睛湿了,心酸酸的。他已经是二十四岁的人了,还让父亲这样为他操心,他觉得很过意不去,很愧疚,于是对爸爸说:"爸,以后我学好,为咱们工人争气……"

他爸爸听他这样说,脸上的皱纹渐渐舒展了:"好,爸爸就等你这句话。"

孟尚海见爸爸那样子,心里更加难过:爸爸可怜呀,可怜。他想哭。

13

叶梅妈第九天早晨彻底清醒了,自此再没有出现过昏迷状况,又因叶梅那些日子精心管护,身体有所好转。她终于能起床,能自己走动了,这使得叶梅一直提悬的心,渐渐落了下来。

那五斤混合面早吃完了。她母女俩跟其他移民们同样受到饥饿的威胁,而且比别的移民更严重。因为那天老妈妈敲打窗户,所以邱生辉的欲望没有得逞,他气急败坏,叫叶梅改日到他那里去,否则要从下月的口粮中扣除那五斤混合面。叶梅没有去,邱生辉果然动真了,从三月份的口粮中扣去了五斤粮食,因此她母女俩的三月,是非常艰难的三月。

距离下月供粮还有十天,尽管她母女俩省吃俭用,食堂根据口粮发的饭票,还是所剩无几了。叶梅算了算,最多可以坚持三天,还有七八天,将怎么过去?叶梅几次去牧区弄吃的都没弄到,想捕捉草鼠之类,又不会,眼见妈妈刚刚有点好转的身体又开始变坏,心里实在焦急,便把那块金表拿出来,要去牧民家交换馒头(因牧民有奶豆腐、奶疙瘩等乳产品添补,粮食相比移民稍宽松一点),妈妈却坚决不同意:"知道吗? 这是你爸爸专门给你准备的陪嫁品,是一对,那年咱们往小阁楼搬的时候,被一个工人代表发现,没收去了一块,就剩下这块了,要不是妈妈偷偷藏起来,也会被没收……妈妈为了给你留下这块金表,差点搭上了命,你怎么可以拿去换馒头,怎么可以拿出去换吃的……"

妈妈的态度很坚决。叶梅只好把表放回箱子,收藏起来。过了两天,她母女俩彻底没吃的了,面对饥饿,面对死亡,叶梅没有一点办法。于是这天她趁妈妈不注意,偷偷把那块金表拿出去,跟着几个移民去了牧场上,向牧民家换了五个馒头。那牧民听叶梅和她妈妈怪可怜的,又另外送给叶梅两斤混合面……叶梅非常感激,怀揣馒头和混合面回了马蹄湾。先到牛大壮家,给老妈妈留下两个馒头,又留了点混合面,便匆匆赶回家。她妈妈见她带回了馒头,还有混合面,知道是拿金表换的,恼怒不已,骂她:"你个败家子,败家子啊!"把脸转向地窝墙壁,一整天不说话,也不吃不喝。

叶梅清楚这块金表在妈妈心中的重量和位置,但她不这样做,没有吃的,妈妈的身体就会垮下去。她劝说妈妈,妈妈根本不听,仍面向地窝墙壁,仍一句话不说,仍默默流泪,绝食示威。叶梅没有办法,便请来老妈妈帮她当说客,妈妈总算给了老妈妈面子……有了这几个馒头,有了混合面,她和妈妈又有了生存的指望,母女俩又坚持了几天。

距离供粮的时间还有四天,这四天时间又怎么过去?母女俩又开始发愁了,想再去牧民家换点吃的,家里再没什么值钱的东西了。这天叶梅去学校,找孟尚海想办法,看到孟尚海在公社饲料仓库附近的草滩上挖什么。原来孟尚海在挖掘老鼠洞。叶梅以为他掘鼠洞捕捉草鼠吃,建议说:"捉草鼠应该到山沟里去,那里草鼠多,我们一起去吧!"孟尚海向左右看看,神秘地对她说:"我不是捕捉草鼠,我发现了粮食。"一听粮食,叶梅赶紧凑上去问:"哪里有粮食? 粮食在哪里? 有人在这里埋藏了粮食?"

孟尚海神秘地点点头:"是埋藏了粮食,但不是人埋藏的。"

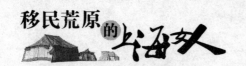

　　叶梅听此话迷惑不解："不是人？是什么？"

　　孟尚海兴奋地说："掘开鼠洞你就清楚了。"便沿着鼠洞的走向，用铁锹撬挖着。她也兴趣大增，帮着挖起来。不一会儿，掘到了草鼠的老巢，像篮球那么大，周围垫着干草，中间竟然有拳头大的一堆豌豆青稞之类。

　　"啊！粮食！怎么会有粮食？"叶梅突然兴奋地跳起来，"你是怎么发现这洞里就有粮食？怎么发现的，怎么就发现了……"她语无伦次，好像哥伦布发现了新大陆。

　　孟尚海说："其实我也是无意中发现的。今天我路过这里，忽然发现一只草鼠从库房墙下的洞里钻出来，跑到这里不见了，当时我没在意，过一阵，发现那只草鼠从这里跑出来，又钻进库房墙下的洞里，我突然明白了，这家伙正把库房里的饲料往自己的窝里搬运，所以我就开始掘它们的老巢……"

　　"呀！你太聪明了，太聪明了……"叶梅激动地叫喊起来，恨不得冲上去亲他两口。想想吧，那时候粮食就是命根子，几粒豌豆，加几片干菜叶，煮一煮，就是一碗汤，何况是拳头大的一堆。

　　那天，孟尚海和叶梅连着掘开了七八个草鼠洞，收获豌豆青稞两碗多点，大概有四斤。再想挖掘，没有鼠洞了。他俩满怀收获的兴奋和激动，说说笑笑往回走。分手时，孟尚海让叶梅多带点回去。叶梅不肯，她说："鼠洞是你发现的，是你挖掘开的，你应该多带点。"

　　孟尚海说："不要再说你的我的了，阿姨现在身体还虚弱，不能让她再挨饿了，快拿着。"

　　叶梅说："你们也缺粮食，比我们家更困难，你就多拿些回去吧……"

　　孟尚海见叶梅不听他的，忽然生气了，嚷着说："你要不多带点回去，我就把它撒在地上！"他说着就准备扬出去，其实他是在吓唬叶梅。叶梅见孟尚海真发脾气了，乖乖把他给的豌豆青稞带上……

　　距离下月供粮的日子还有三天时间了。

　　移民们苦熬着，忍耐着，坚持着，等待供粮的日子，好不容易坚持到月底该供粮了，谁知青藏高原西北部的天气突然大变，接连袭来两场暴风雪，整个西部地区遭遇风雪。山岭、草原、沟壑，覆盖着厚厚的冰雪。马蹄湾也遭风雪袭击，西山坡下的房屋、农场的地窝子，全都被捂在雪里，整个马蹄湾成了冰雪世界。气温骤然下降，天气非常寒冷，移民们饥饿难挨，又遭暴风雪，真可谓饥寒交迫！

　　这两场暴风雪给马蹄湾倒没有造成多大损失，但给牧区带来的灾害却是毁灭性的：进出山的路被厚厚的冰雪封了，草场被冰雪覆盖了，畜群出不了圈，就是出了圈，也没办法吃草。牲畜大批乏弱，有的死亡，如果再持续几天，牲畜就会全部饿死。一旦没有了牲畜，这个牧业县还有存在的意义吗？于是县里全民动员，奔赴深山救灾抢险。仅有的几辆汽车，日夜不停地向灾区运送救灾饲料和抢灾人员，哪还顾得上给马蹄湾运送粮食。在全县这盘棋里，马蹄湾只是个小棋子儿。——供粮时间推后了，移民们全都傻了。

邱生辉当头滚过霹雳雷电，比热锅上的蚂蚁还焦急。他感觉完了，彻底完了！不仅仅是他的农场，他的政绩，而且是后半辈子的政治生涯！怎么办？他急得嘴上烧出串串燎泡，最后决定去求黑脸社长，让黑脸社长去趟河西县，请求黑脸社长的老首长和战友们弄点粮食，帮帮他的忙，哪怕树皮谷糠烂菜，这是没有办法的办法啊！但一想到要去求黑脸社长，心里便更加发毛。他俩是死对头，是政敌啊！这段时间，他们之间的争执和矛盾已经很深了，甚至到了你死我活、白热化的程度。他经常在背后告他的黑状，整得他够呛，还差点被县里免了职，丢了官，现在自己面临绝境，又去求人家，人家能不记恨？会帮他吗？换了哪个人，都不会帮忙，只会幸灾乐祸，除非头脑有问题的人。但他不去求黑脸社长，还有什么办法？他已经焦头烂额了。

唉！世上的事情怎么这样捉摸不定，怎么这样捉弄人？他拖着沉重的腿脚，非常艰难地走进公社院子，来到黑脸社长办公室门前，却停住了，在那儿犹豫着，徘徊着，矛盾着。地上的积雪被他的脚步踏平了，然而犹豫徘徊了半天，最后还是慢慢转身往外走去。他想，黑脸社长肯定不会理他，更不会去河西县，而且还会自讨没趣。但他刚往前走了几步，忽然听到后面有人唤他："邱场长，邱场长……"他转身看，是马屁精。

马屁精刚从黑脸社长办公室出来，看到邱生辉，兴冲冲地说："邱场长来得正好，贺社长让我去请你哩……"

"请我？请我啥事？"邱生辉惊愕道。

马屁精说："贺社长说他准备亲自去趟河西县，看能不能搞到啥吃的东西，他请你商量商量这件事……"

"真的？"邱生辉一把捏住马屁精的肩膀。马屁精痛得倒吸一口冷气，说："真的，真的，是他刚才亲口对我说的，这不是让我去请你吗？农场的移民们挨饿，现在又面临绝境，看他那样子，比我们还着急哩！"

邱生辉听着，震愣在那儿。——奇怪了！黑脸社长怎么会帮他？黑脸社长怎么会……而且还想到了他的前头。这个世界怎么了？这人怎么了？

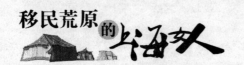

他突然感觉这个世界变得不可捉摸，不可理解了。

黑脸社长和邱生辉简单商量一下，当即和两个年轻小伙子骑着快马连夜赶到县城，又赶到青藏公路拦了辆汽车，去了河西县筹粮。

正当黑脸社长在河西县筹集粮食的时候，远在几百公里外的马蹄湾出现了从没有过的寂静，那是一种长睡不醒的寂静，死了般的寂静。积雪，厚厚的积雪和惨重的饥饿，沉沉地压着这个大山深谷中的弹丸之地，移民们躺在地窝里——等待着生命完结的最后时刻。

那年的春天，是不同寻常的春天，全国人民忘不了，马蹄湾的上海移民更忘不了。就在这时叶梅妈出事了，是致命的事，迫使叶梅走进邱生辉的"罗网"，那情景好像雪地里的麻雀，为了啄到谷粒而落入美丽的罗网一样。当时，叶梅和妈妈听到推迟供粮的消息，跟所有移民一样傻了——希望破灭了，精神靠山倒了，母女俩躺倒在地铺上……

叶梅和妈妈在地窝里整整躺了一天。一天时间里，叶梅和妈妈谁都没有说话，好像失去语言功能，只有一个问题反复出现："日子怎么过？怎么活下去……"这个问题像马鞭，轮番抽打着她们的心尖。

第二天，叶梅仍躺着，没有起来。起来干什么？这些天她几乎把马蹄湾翻遍了，要找点吃的，没有！只有这么躺着，人体消耗量小，说不定还会等来县里送粮的车。但她妈妈起来了，她原想也这么躺着，直到生命消失，可她不屈服，不忍心扔下女儿，日子还要坚持过，人还要坚持活下去。

昨天她走出地窝转了转，看到公社正给牧民们发放饲料，当时库房前乱哄哄闹嚷嚷的，她就想这样混乱的场面，地上肯定有撒落的豌豆和青稞粒儿，因此想去库房前后碰碰运气，如果能捡到豌豆青稞，放在水里泡泡，豆粒涨大了，一粒抵两粒，一碗就变成了两碗，又可以坚持上几天。

暴风雪后的早晨，天空雾蒙蒙的，细细的雪粉随着寒风四处飘洒，冰冷的空气直刺人的鼻子。冰天雪地的马蹄湾，看不到一个人影，也没有什么声音，寂静得像天外雪国。几丝青烟在西山坡下的泥屋和地窝群里飘摇，但那不是早炊的烟火，而是人们在生火取暖，或者是烧炕的烟火。

她走出地窝子，看到那烟火，心里多多少少有了点温暖的感觉。前面是进出深山的小路。她踏着旷野里的积雪没走多远，就上路了。那条小路因人畜来往踩踏，积雪变成了黑色的泥浆，过后又冻结得坚硬，好像黑色的铁链扔在雪野里，弯来扭去，一直向大山深处延伸，最后消失在茫茫雪雾中。一切都被积雪覆盖了,乌鸦和麻雀也没处去觅食。一路上她看到几只乌鸦在小路上刨着雪粉,寻找吃的,还有几只麻雀,也知道小路上没有积雪,也能觅到吃的东西,因此来这里寻找吃的。人禽一理,吃为先,否则,就生存不下去。

叶梅妈往前走着,那些鸦雀们个个惊飞了,趸落在路旁的岩石草棵上。她走过去后,它们又都扑棱棱地飞回来,又在小路上觅食……她沿着小路边往前走,边低头寻找,还真捡到十几粒豌豆,有的冻结在泥泞里,就用石头敲打,用指甲抠……她边捡着来到公社饲料仓库门前。

仓库没有院子,也没有围墙之类,孤独独地坐落在荒滩上。房顶上覆盖着厚厚的雪。库房是空的,没有粮食,饲料早已分发到牧场上,因此看管不看管没有什么意义……又是乌鸦和麻雀,不过不是几只,而是成群成堆的,在库房前的平地上拼命刨着,专注地寻觅着,互相争抢着,唧唧喳喳叫着,显得焦急、暴躁、无奈……它们好半天都没有发现叶梅妈的来到,等她走到它们跟前,都快踩着它们了,才呼啦啦地飞起来,又非常不情愿地在天空趸两圈,落到库房顶上没有雪的地方,等待她离开。见此情景,她突然觉得不该惊扰它们,有点对不起它们,它们在这里拼命刨食,也跟她一样为了生存啊!

她在库房周围转了几圈,没有捡到一粒豌豆青稞之类的东西。她有所不知,这地方每天都有人来寻找,希望捡到豌豆之类的吃食,再加上乌鸦麻雀们轮番翻腾,还会有什么?她直起腰,站在那儿两眼茫然地望着前方。雪野里很平静,只有枯黄的芨芨、茨蓬、柴棵,从雪面上探出梢尖,在清风中吱吱地叫着,好像光着身子躺在雪地里的婴儿。没有人,看不见什么活物。附近有几行野兔和老鼠游走的足迹,好像花瓣,清晰地印在雪地上,很好看。她望了一阵,不知处于什么动机,向公社院子走去……当时她真不知怎么就想起去公社院子,也许是想碰碰运气吧?这一去,不但没有碰到运气,却碰到致命的倒霉事情。

她走进院子,发现院子里好像没有人,静悄悄的,只有两峰骆驼卧在那里,一峰骆驼驮着干草,另一峰驮着两个毛线口袋,看起来很沉重的样子。看到那沉重的口袋,她忽然就想到了饲料——豌豆、青稞。因为这些天来公社领饲草的驼队很多。一想到青稞豌豆,她不知怎么的,就鬼使神差走过去了。当时她真不明白走过去要干什么?是粮食吸引她?还是想过去看一看,说不清。总之,她是走过去了。她平时对骆驼这种庞然大物很害怕,但那天她没有一点害怕的感觉。到那骆驼旁还禁不住伸出手,在那口袋上摸了摸——是豌豆!同时从口袋破损的地方看到那豌豆黄黄的,圆圆的,比油汪汪的大饼还诱人。

——粮食!她的心陡地狂跳起来,同时向那几间房屋扫了一眼,又侧耳听

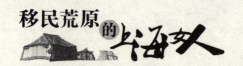

听。没有声音，没有人。——骆驼的主人呢？他大概把骆驼停在这儿，到什么地方去办事儿了。她想。

整个世界悄无声息，好像死了。这机会太好了，由不得把手伸向那扎着袋口的绳子，先是颤颤的，后来果断地开始解……动作很快，很利索，她简直不敢相信是自己了。那扎袋口的绳子解开了，那金黄的豆粒儿出现在她面前，她先抓起一把填到嘴里，尽管知道豆粒很坚硬，不用煮是嚼不烂的，但她还是把豆粒填进嘴里，而后抓出豆粒往衣服口袋里装，装……装了几把，突然想起什么，停住了——这叫干什么？这是偷呀，但这种思想一闪即过，继而出现的是先拿它填肚子，活命！其余的一切都统统忘到了脑后，甩得远远的了。

她衣服上只有两个兜，几把就装满了，再没有地方装了，就随便扎上口袋绳，转身慌慌张张离开公社院子，往自己家的地窝子跑。她当时身体很羸弱，可那时她不知哪来那么大的精神，快得跟野兔子似的。公社距离她家的地窝子不远，她想，只要跑回去就没事了，但恰恰就在这时出问题了，她听到公社院子里有人吼喊着："有人偷饲料啦！有人偷饲料啦！抓贼！抓贼……"她听到"偷"和"贼"两个字，突然好像触了雷电，身子陡然一震，接着怔在那儿了，似乎傻了，跑不动了。"贼"和"偷"是什么？意味着什么？——是跟耻辱连在一起的，是会判刑坐牢的，这个她比谁都清楚，怎么不害怕？她浑身开始颤抖，好像筛糠一样。

后面有人追了上来，是骆驼的主人。她就像泥塑漫进了水，直往下垮，最后倒在地上，衣服兜里的豌豆撒在雪地上，好像金豆儿，在惨白的积雪映衬下更加黄亮诱人。就这样，她被驼主抓着了。那个牧民见是个女人，一个很可怜的女人，而且已经瘫软在雪地上，准备把那两兜豌豆要回去放她走人。他清楚她肯定是饿得实在没办法了，才这样做了。否则，一个看起来文文弱弱的女人，会干这种事情？在这饥饿的年代，偷吃抢喝的情况经常发生，两把豌豆没有什么大不了的。如果按照这个牧民的想法处理她，这件事也就过去了，但这件事偏偏让马屁精看见了，麻烦就来了。他怎么能放过她？——坚决不行。

马屁精迅速吼喊杨狗子带着两个民兵来了，毫不客气地把她从雪地里提起来，捆绑着押送到公社院子，又关进一间堆放杂物的破房屋里等候处理。那房屋是盛杂物的，没有炉子，房顶破烂，透着亮光，风雪直往里灌，冻得人站不住。她关进去不到两分钟，就冻得脸色发青，浑身直抖。这是滴水成冰的天气啊！要不了多长时间，她就会冻死。

那牧民见马屁精这样对待一个弱女人，心里有点后悔了，当初不应该追她，偷了就偷了，不就是几把豌豆嘛？他不喊叫，不追赶，不声张，不就谁也不知道，不就没事了吗？可现在把事情闹大了，弄复杂了，弄不好还会出人命！同时，他后悔领到饲料不该到马屁精的办公室去烤火，如果他领到饲料就走，不去烤火，不就没这事了吗？他这样想着，就去马屁精跟前求情说："放了她吧，不就是几把豌豆吗？就算在我的头上，从我家的口粮里往外扣，你看那女人瘦巴巴的，风都能吹倒，关在那破房子里，一会儿就会冻死的。"

马屁精啪地把那库房的门拉上，"咔嚓"上了铁锁，回头严肃地说："这事现在由不得你了，放不放她，得由农场领导说话。因为这是严重的偷盗事件，是破坏畜牧业生产，是要判刑的。如果是别的人还好说，可你知道她是什么人吗？——她是上海一个大资本家的阔太太，女儿又是右派，这问题的性质就不一样了。你说这些话，太没有阶级立场了，不过你是贫牧出身，就不追究了，如果换了别人，我们要把你跟这个女人一起抓起来！"那牧民听此话害怕了，闭上嘴不敢吭声了，忧心忡忡地走了。

马屁精令杨狗子和那两个民兵看好叶梅妈，自己悄悄去把这个消息报告给了邱生辉。邱生辉听后心里直叫："好好，干得好！干得好！"他这段时间正愁抓不到收拾叶梅的茬儿，没想到这么好的茬儿就送到手了。他一扬手对马屁精说："走走，看看去，看看去。"他裹上皮大衣，跟着马屁精出了门。

叶梅妈缩在杂物房的墙角里，快冻僵了。邱生辉推开门进去，对她说："看看看，没有吃的你来找我嘛，我不会不管的，场里也不会不管的，你怎么就，怎么就偷……这是牲畜饲料啊，是羊群的命，知道不知道偷饲料是犯罪？知道不知道这是要坐牢的？你看你干的这事，这可把事情弄大了，麻烦了，麻烦了啊！"他拍着膝盖，表现出遗憾的样子。

叶梅妈心里清楚他在表演，是幸灾乐祸，因此低垂着头，瑟缩在那里，一句话也不说。她能说什么呢？她早已清楚这件事的利害关系，还有什么可说的？这件事她怎么想也好像做了一场梦。她就想不明白，她当时怎么就到了公社院子？怎么就干下了这种事？糊涂了？昏头了？昏脑了？一时的冲动？还是因为太饥饿？抑或是老天爷在作怪？她实在说不清楚，最后她把这个问题归结为宿命。老天不睁眼啊！——让人家这么轻而易举抓到了手。

邱生辉站在那里，居高临下，表演着他的节目，罢了，换个腔调说："不过这事要不要把你送到县里，要不要坐牢，要不要判刑，就全看你的表现了，表现好，有个好态度，事情也就好办了……"他边说边用圆溜溜的眼睛盯着她。

叶梅妈听此话，慢慢抬起头，用乞求宽恕的眼睛望着他，但当她看到那馋猫觊觎小鱼般的圆眼睛时，马上收回乞求的目光。她清楚，乞求这样的人宽恕，无

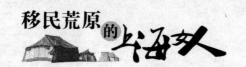

异于乞求豺狼不要吃羊羔——白日做梦！现在她已经成为砧板上的小鱼,还乞求什么?她清楚,这次她无论使用"善下"理论,还是"微笑"实践,全都无济于事。她本来就是管制的对象,现在落到了人家的手里,只有随人家怎么惩治,怎么宰割了！她低下了头,闭上了眼睛。

邱生辉见她无动于衷,脸上那揶揄的神情凝固了,转而说:"那好,就这样了。"转身出来,命令马屁精:"准备晚上开批斗会,批斗过后,明天挂牌到农场和基建队住地游行！罢了,送县公安机关处理。"

马屁精点头应是,"咔嚓"锁上铁锁。邱生辉又令道:"把她给我关押好,没有我的同意,谁也不能放走她！"他安排好后,回土城堡了……

叶梅发现妈妈没有回家是后来的事。

叶梅妈早晨出门时,叶梅是知道的,起初以为妈妈出去解手,一会儿就会回来,便没有吭声。过了一阵,见妈妈还没有回来,又以为妈妈在地窝子周围转悠转悠,呼吸早晨的新鲜空气。这些天她看到妈妈每天早晨都出去转一转,也知道妈妈身体不怎么好,不会到远处去的。于是就没朝别处想,也没起床,直到吃早饭的时候,见妈妈还没有回来,她一下着急了,同时预感发生了什么事。她赶紧爬起来,随便擦了把脸,就出了门。先在周围看了看,没有人,又去远点的地方看了看,还是没有人。妈妈能到哪里去呢? 她想了想,便去了老妈妈家,因为妈妈如果要串门,在马蹄湾只有去老妈妈家。

但老妈妈出去拾柴了,两个屋里都悄无声息。叶梅便去别处寻找,她找遍了基建队,就是没想到公社库房和公社院子,因为她知道妈妈不会去那些招惹是非的地方,但事情偏偏就出在她没想到的地方——叶梅正急得焦头烂额,有人告诉她"你妈妈去了公社院子。"她便向公社院子跑去,果然看到了妈妈……

妈妈缩在那间库房的墙角里,已经冻得不像样子了。妈妈怎么啦? 犯了什么王法,竟被关押起来? 叶梅质问看押的民兵,民兵说她偷了牲畜饲料——豌豆! 她吼叫道:"胡说！我妈妈不是那种人！妈妈连别人家的一根针线都不会动！快放了我妈妈,快快快！"她发疯了,抢着扑着要开门。

那两个民兵挡住不让,劝她说:"你不要这样,我们这样做也是执行命令,如果放了你妈妈,我们怎么交待? 你去找农场领导,如果他们让放人,我们马上就放。"叶梅不听,还要抢扑,两个民兵就给她求情下话了:"求求你,求求你不要这样闹了,你去找农场领导,去找马秘书……"

马屁精的办公室就在隔壁,听到叶梅的吵闹声出来了。叶梅上去质问:"为什么关押我妈妈？为什么？为什么？"马屁精满脸严肃说："因为她偷了牲畜饲料，犯了法，不但要关押，而且要交送县公安机关判刑！"叶梅叫喊着："我不相信妈妈会偷饲料，不相信——"马屁精对那两个民兵说："打开门让她亲眼看看是真是假。"那两个民兵打开了门。叶梅冲进门，扑到妈妈怀里，摇着快冻僵的妈妈："妈妈，你真，你真偷了……"妈妈低着头，一句话也不说。

叶梅还要问，低头看见妈妈兜里的豌豆，还有填在嘴里的豌豆……

"妈——"叶梅哭叫起来，"这是咋回事呀——"马屁精在旁边说："看清楚了吧？我们没有诬赖她，没有冤枉她吧？"叶梅叫喊着："这是有人陷害，是陷害——放了我妈妈，放了我妈妈——"叶梅拉起妈妈就要走，马屁精警告说："叶梅，你不要胡闹，你要胡闹，连你也抓起来关在这里！"

那两民兵上前把叶梅拖出门，又把门锁上。叶梅没有一点办法了，眼泪汪汪告求马屁精道："求求马秘书，把我妈妈放了，把我妈妈放了，关在这里会冻死的，我会记住你的恩德的，把我妈妈放了吧……"马屁精摇了摇头说："这事我做不了主。她现在犯了罪，我们谁也不敢放她，也没有那么大的胆子！"见叶梅泪眼汪汪，也许心生恻隐，又说，"不过只要邱场长说一句话，这件事可能就好办了。"

去求他？叶梅心头震颤了，转瞬，眼眶里涌出痛苦的泪水……

邱生辉正在那房屋里等着叶梅呢。

叶梅正如他想象的那样来了。她推开门进来，二话没说，走过去上了炕，默默解开衣扣躺在铺上……邱生辉没想到这个冷傲的女人这么快就来了，而且连句话都没说就上了炕，脱了衣服。他有点傻眼了，觉得这种事应该有个"序曲"，这样好像突然了点，缺少点浪漫。真的，他的思想上还没来得及做准备。但他仅仅是想想，便粗喘一口气，脱下衣服，像敏捷的猎狗跳上炕，扑到她身上……这次他什么也不管不顾了，哪怕外面有人把窗户砸烂，也不怕，因为这次是她自己来的，是自觉自愿的，他没逼她，没有拉她，他还怕什么？

天气突然地变了，风雪在天宇间肆虐狂舞，从西面的山坡上涌下来，好像无数头疯狂的野牦牛，压向那片地窝子和移民的居住区，整个马蹄湾在飘摇，飘摇。下午时分，风渐渐停歇了，昏暗的天空渐渐出现亮色，但细细的雪粉仍在天空纷扬着，灰蒙蒙的。

人们都蜷缩在屋里，偎在火炕上，或者守在火炉旁，外面的野地里没有一个人影，整个马蹄湾静悄悄的，好像死了般沉寂。这时，一个人影出现在空旷的雪野

117

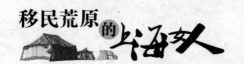

里,她是叶梅。她满脸泪痕,两眼发直,神情木然,似呆如傻,两条腿像木头跟跟跄跄着,向公社院子移动。她要去看妈妈。那头畜生想在她身上得到的,全都得到了,该心满意足了,该放妈妈了,她要去接妈妈回家。她越过沟坎,越过土埂,在雪地上蹒跚,脚下的积雪咔嚓咔嚓响着,身后留下一串歪歪扭扭的脚印……

"叶梅,叶梅——快过来,快来帮帮我!"这时有人叫喊她,她转身向喊声看去,只见远处的雪雾里有两个人跟跄着。细看,是孟尚海挽扶着一个人,再仔细看,孟尚海挽扶的不是别人,正是她妈妈。邱生辉把她妈妈放了。

"妈妈——妈妈——"叶梅叫着跑过去。

孟尚海很费劲地挽扶着叶梅妈慢慢向前挪动。她妈妈的身体垮了,整个身子倾靠在孟尚海身上,两条腿软软的,好像没有了筋骨,几乎拖在地上。叶梅上去抱住妈妈叫喊着:"妈妈,怎么样?怎么样?还好吗?"妈妈两眼紧闭着,一句话也不说,只是苦苦地摇头。妈妈已经冻得说不出话了。

叶梅见妈妈成了这样,不再说什么,弯下腰准备把妈妈放在自己的背上,孟尚海说还是我来,就把她妈妈背在背上……孟尚海是刚从学校出来后碰到叶梅妈的,当时她刚被马屁精放出来,跌跌撞撞朝回走。孟尚海见她步履跟跄,脸色难看,以为她饿了,或者突然生了病,所以赶紧上去扶着她,根本不知道叶梅妈因那几把豌豆被马屁精关了起来,更不知道她被放出来是因叶梅付出身体的代价,因此责备叶梅说:"天这么冷,雪这么大,阿姨的身体这么虚弱,你怎么可以让她出来呢?"叶梅咬着牙不吭声。孟尚海又转过脸,问背上的叶梅妈:"阿姨,您出来干什么?大冷的天。"

叶梅妈紧闭着眼,紧咬着牙,也不吭声。

孟尚海见叶梅和她妈妈都不说话,感觉出啥大事了,把叶梅妈背回地窝子,安顿好,便去公社打问情况。那两个民兵便把叶梅妈偷豌豆,被关起来的事告诉他。他很震惊,难怪叶梅妈成了那个样子,不就拿了几把豌豆,算什么,就把人关起来,受这等残酷的折磨?这是哪家的王法?简直是土匪。孟尚海二话不说,当即就去找马屁精说理,马屁精听到了,赶紧翻墙逃跑,躲在一个社员家里不敢露头。他已领教过这个工人子弟的厉害,不逃跑会吃拳头。

叶梅妈在那冰冷的库房里关押了整整五个小时,回来就躺倒了。这次是彻底倒了,昏昏沉沉躺在那里,浑身烧得跟火炭一样,不时猛烈地颤抖抽搐,好像触电了。叶梅要给她喂开水,她紧咬牙关,不张口,一点也灌不进去,让她吃点东西,她仍咬着牙关,劝也没有用。看来她已经很危险了。

孟尚海没有找到马屁精,气哼哼地回到叶梅家,见叶梅两眼发直,情绪反常,问:"叶梅,你怎么啦怎么啦?"叶梅木头般不回应。孟尚海急了,摇摇叶梅的肩,叶梅还是不应声,只是手里端的开水碗"咣啷"掉在地上。她整个人傻了似的。孟尚海狠狠摇着叶梅叫喊着:"受了什么冤屈,给我说,我去替你出气!你信不过别人,还不相信我吗?说话呀!"这一吼,叶梅突然"哇"地哭出声来:"我,我……你,你不要再问了……"

见此情景,孟尚海一切都明白了:"妈的,这畜生——"他怒吼一声,跳起来冲出地窝子……

14

正是下午吃饭的时候。

邱生辉坐在王家小炕桌前,吃着小寡妇王桃花做的"山药米拌面"。这是他们那地方的人最喜爱吃的饭。那地方的人有句俗话:"三天不吃米拌面,心里稿(干)焦稿(干)焦的。"今天他捕猎了叶梅的美色,心里那个爽,那个美,那个喜,那个乐,那个高兴,那个刺激啊,实在是没法说了!于是就叫王家小寡妇给他做了一碗山药米拌面。这种饭就是用小米、土豆、面粉,三样东西煮出来的粥状吃食,他们那里的女人都会做,但他感觉今天这碗山药米拌面特别的香,特别的爽口,特别的好吃,比山珍海味还美气啊!他呼噜呼噜地吃着,想着今天中午猎获叶梅的情景……

那女子太美,太漂亮,太刺激!那身子虽然清瘦,但肌肤白如凝霜,胸脯柔软滑腻,好像滑润的绸缎,乳房坚挺饱满,好像两个雪白的馒头,握在手里那感觉舒服得令人发抖,他没办法用语言来形容,只有一句话:美气!

说实话,自从第一眼看到这个冷傲的女人,他的征服欲就恶性膨胀了,而且她越是冷傲,他的欲望越强烈,以至于后来有点疯狂了。今天他终于骑到她身上了。当时邱生辉简直发疯了,骑在她身上荡秋千般疯狂地荡着,揉着搓着摸着掐着发泄着……这种征服太令人刺激,太令人激动,他激动得浑身战栗!他不知自己在那几个小时里干了多少次,也不知道自己怎么突然就有那么大的精神?最后他实在动不了了,才心满意足地从她身上滚下来,一堆烂泥般瘫在炕上。

他回味着那销魂荡魄的情景，狼吞虎咽着碗里的山药米拌面，脸上闪耀着兴奋、激动、美悦的神采。忽然，房门被人嘭地踢开了。

"孟尚海！"邱生辉心里一惊，这小子来干什么？莫非叶梅把事情告诉了他，他来找自己的麻烦？但想想，觉得不可能，一个姑娘家哪能把这些事随便告诉别人？就不怕别人羞辱？嫁不出去？不过，她叶梅告诉了孟尚海，他邱生辉也不怕，因为这是她自己找上门来的，自己上炕躺在那儿的，自觉自愿的，于自己没有关系，再说他孟尚海是自己手下的移民，他就是知道了，能把自己怎么样？然而，当他看见孟尚海紧握拳头，满目怒色的架势，心里忽然紧张起来。他知道这个老工人的儿子，虽然是个读书人，身上却有那么一股好打抱不平的豪侠之气，真要对他动手，他绝对不是孟尚海的对手。英雄不吃眼前亏，于是笑脸对孟尚海说："小孟，有什么事？来，先过来吃饭。"他想，在这困难的年代，无论什么人，无论有多大的火气，在饭食面前都会软三分，但他没想到孟尚海根本不吃他这一套，上前气冲冲地问："今天你干了什么坏事？——说！"口气低沉，威力逼人。

"我……"邱生辉见孟尚海这样问话，知道叶梅并没有把那事告诉孟尚海，心里渐渐镇定下来，佯装不知情的样子，歪着脑袋反问，"我干了什么事？我没有干什么事呀。"孟尚海见他那副流氓样子，越发认定他欺负了叶梅，说："我看你这畜生欠揍！"一把抓住他的衣领，把他提起来："说——你今天到底把叶梅怎么了？怎么了——"

邱生辉见他要动手，忙向外面喊："马秘书，快过……"他的"来"字还没有出口，孟尚海照他的面门，狠狠冲出拳头。那一拳太猛烈了，邱生辉"哎呀"一声惨叫，向后跟跄几步，一个四脚朝天倒在地上，好像糠袋子跌倒了。

马屁精、杨狗子和那两个民兵正在隔壁屋里吃饭，听到邱生辉的叫喊，都从饭碗里抬起脸："哎，我怎么听场长叫我们……"又听到邱生辉房里噼里啪啦响，知道发生了事。马屁精赶忙放下碗筷跑过来，一进门见邱生辉倒在地上，满脸是血，扬着胳膊大喊大叫起来："杀人啦！杀人啦！孟尚海要杀邱场长！孟尚海要杀社长，快来人哪，快来人哪……"

杨狗子和那两个民兵听到喊声，提着枪跑来捉拿杀人凶犯。

孟尚海正在火头上，准备给马屁精也上一拳，听到马屁精叫喊着："杀人啦，杀人啦，孟尚海要杀邱场长，孟尚海要杀社长……"好像被铁杵猛烈撞击一下，愣住了！——他的行为难道就是杀人？这可不是开玩笑的事情。那个"杀"字，好像凉水喷浇在他身上，他头脑忽然清醒了，一时愣在那里不知所措。就在这个当儿，马屁精令杨狗子和那两个民兵："上！给我绑起来，快快！"

不知孟尚海是害怕,还是因为力不抵敌,杨狗子和那两民兵冲上去,轻而易举便把他捆绑了起来。马屁精见民兵把孟尚海捆绑起来,赶紧上前扶起邱生辉,帮他擦掉脸上的血迹,让那两个民兵抬上炕,又命王家小寡妇去卫生所喊医生。做完了这些,才转回头搓着手上的血迹,对孟尚海冷笑着说:"你还敢谋杀邱场长!谋杀社长!谋杀共产党的干部!你想想,你脖子上长着几个脑袋?长着几个脑袋?"

　　"谋杀场长?谋杀共产党的干部?"孟尚海陡然惊悸,忙辩解说:"我没有谋杀场长,也没有谋杀共产党的干部,我只是要教训教训这个畜生,他利用职权把农场的好多女人搞了,还在叶梅身上使坏,我没有谋杀……"他虽然这么说,心里却很虚。马屁精问:"没有?没有这是干啥?"他指着躺在炕上满脸是血,不住哼哼的邱生辉说:"人证物证都在这里,你还敢抵赖?能抵赖得了吗?这次看你还说啥?小子,我老实告诉你,这次你彻底完了,等着坐牢吧!"

　　孟尚海无言以对了。这时候他似乎才意识到他把祸闯大了,这不是一般的祸,这是要判刑坐牢的。因为他清楚,这些人惯于满嘴跑舌头,他们会把他的行为任意说成杀人,说成谋杀场长,说成谋杀共产党的干部——他浑身是嘴也说不清啊!特别是"杀共产党"几个字,简直就是几颗呼啸的枪弹,"嗖嗖嗖"地穿过他的心脏和大脑!

　　邱生辉在炕上哼哼了半天,大概缓过劲儿了,挣扎着坐起来命令道:"把这小子给我关押起来,明天送县公安局,送公安局!"马屁精应着:"是,没问题。"就指挥杨狗子和那两个民兵把孟尚海连推带搡弄出门,关押到公社那间盛杂物的房间里。

　　马屁精怕孟尚海闹事,又命杨狗子和那两个民兵持枪守在门口。他见一切都办停当了,才拍打拍打身上的尘土,转身背起双手,哼哼唧唧往家里走了。世界上的事就这么难以预料,叶梅妈刚从这间库房里出来,转眼孟尚海又被关押了进去。

　　孟尚海的爸爸听说儿子打伤了邱场长,又要送县公安局,当即像挨了闷棍,眼冒金星,天旋地转。这次儿子把麻烦闯大了,坐牢判刑是肯定了。他紧张地赶到公社,二话没说先给孟尚海狠狠上了两个耳光,然后呵斥怒骂一顿,问明情况后去了王家小院。现在解决问题的唯一途径,就是央求邱生辉手下留情了。

　　邱生辉昏昏沉沉躺在那火炕上,脸庞和嘴唇血迹斑斑,青紫红肿,脸上裹着白纱布,只露出两只被肿块挤成一条缝儿的眼睛。孟尚海的爸爸见此情景,上

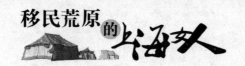

前抓住邱生辉的手,连连道歉:"……邱场长,邱场长啊,我对不起你,真对不起你呀!这个不争气的东西,竟敢打你,对不起你啊!对不起!我向你道歉道歉……"也许因疼痛,也或许有点迷糊,邱生辉闭着眼睛,躺在那里一声不吭,一动不动。半天才睁开眼皮对他说:"孟师傅哪,你儿子这次干的这事,可不是说一两句道歉话就能算完的……"

"那你说怎么办?怎么办?"孟尚海的爸爸急了,"刚才我已经狠狠训斥了他,扇了他几个耳光,还准备砸他的腿,但事情已经这样了,就是打死他,又能,能怎么样……唉!这个没有教养的东西,真给工人阶级丢脸,我现在这张老脸都不知道该往哪里放了,以后我会好好管教他的,他再调皮捣蛋,我真砸断他的腿,真砸断他的腿……"他又道歉,又求情,急得眼泪都快下来了。

邱生辉却沉沉地说:"这件事的发生,不是偶然现象,而是蓄谋已久的,怕是要判刑坐牢。因为这不仅仅是打人问题,这是谋害农场领导,谋害公社社长,谋害党的干部,是严重的政治事件!问题的严重性,你心里也清楚!"说完闭上眼睛,又昏昏糊糊的样子。

孟尚海的爸爸听他把这事提到"谋害党的干部"高度,就更着急了。这可是原则问题,是反革命罪行,是刑事案件啊!他不能等闲视之。于是又连连向邱生辉求情道歉。他的目的是请邱生辉高抬贵手,不要把这件事往那些原则问题上拉扯。儿子性格耿直,容易冲动,他动手本来就没有什么"谋害"之类的目的,硬扣上"蓄谋已久"和"谋害"之类的不实之词,会把儿子送到死路上!他的老伴儿死得早,儿子是他唯一的亲人,他不能眼看着儿子受冤枉,去坐牢。但他已经说了不少求情话,就差跪地求饶了,可邱生辉还是闭着眼睛,一声不吭,不理不睬。他在那儿站也不是,走也不是,非常尴尬,又非常难受。解放前,他受苦受难,解放后当家做主,原来在工厂也算是说话顶用的人,工厂领导在决定厂里的大事时,都要征求他的意见,他的一句话有时就能决定厂里的大事,可此刻他说了那么多,却没有起到一点作用。他心里实在难受,非常气愤!多少年来,他从来没有为自己的事给别人说过这么多的好话,求过这么多的情,也没有这样难堪过,但这又怨谁呢?还不都怨那不争气的儿子,要是儿子他不闯出这样的大乱子,他干吗低三下四来这里向邱生辉道歉求情?

他想来想去,最后还是把满腔恼怒和怨气转到了儿子身上。他准备回家,不再管这些事,不再看别人的白眼,不再受这样的窝囊气了。这个不争气的东西,自己闯的祸,由自己去处理,坐牢杀头由他。

邱生辉大概见他要走,睁开眼皮说:"孟师傅哪,你不要怨恨我不给你面子,你儿子动手打伤我,我本人倒不计较,咱们都是老关系了,但这次发生的事件,不单纯关系到我个人,而是关系到马蹄湾的政治大局问题,他的行为不单纯是打人,这里面还有很深的政治背景,不是一件简单事呀。当然,年轻人嘛,教养差,脾气暴躁,难免感情用事,干出糊涂事情来,这些我本人都可以谅解,至于组织上怎么处理他,让我考虑考虑,行吗?"

孟尚海的爸爸见邱生辉有点松动了,忽而改变了一走了之的想法,赶紧凑上去说:"好好好,请邱场长考虑考虑,请你高抬贵手!"他说完长舒一口气,直起腰,退出了门。

第二天,孟尚海的爸爸早早到邱生辉那里去了。邱生辉从炕上坐起来,招呼他坐下,说:"孟师傅哪,你儿子的问题我昨晚反复考虑了。说实话,这事还真难办,但他是你的儿子,是工人的后代,不论怎么说,咱们都是阶级兄弟,所以,看在你孟师傅的脸面上,再难办的事,我邱生辉也要想办法给你办,给你处理好……"孟尚海的爸爸见邱生辉的态度转变了,大为感动,连连说:"是是是……"邱生辉接着说:"这次,我就放过他,不押送县公安局了。你想想,如果把他送到县公安局,那是要判十年八年刑的啊!这样,娃娃一辈子的前途就完了,前途是大事啊!好在他打伤的是我,还好说话,好处理,这要是他打伤别的干部,那这件事就非得公事公办了……"

"场长!"邱生辉话还没有说完,孟尚海爸爸的眼泪就刷地下来了,"我太感谢你了,太感谢你了,我替儿子感谢你啊!"但邱生辉话头一转,又说:"不过,要关他几天禁闭,让他一个人好好反省反省,这样,我也好向马蹄湾公社全体干部和农场做一个交代。"孟尚海爸爸觉得这样处理也合适,是该叫这小子反省反省了,否则以后还会闯大祸的,就说:"邱场长,你就看着办吧。"他想,只要不把儿子送公安局判刑,只要不影响儿子以后的前途命运,关关禁闭没什么,谁知邱生辉接着又说:"另外,他的学校老师也不能再干了,你是老工人,阶级觉悟高,你说说,像他这样的人还能继续当老师吗?他当老师,能教出好学生吗?学生家长能放心吗?如果再让他干下去,别人会怎么看我,他们会说我邱生辉同情包庇打人凶手,让我给马蹄湾人怎么交代?"

这样的处理,孟尚海的爸爸却没想到,他愣在那里了:"让他……去哪里?"

邱生辉说:"这个还没有考虑过,等他反省几天再说吧。"其实,对于孟尚海的处理,邱生辉昨晚就思谋好了:他原本打算把孟尚海押送到县公安局的,这小子打人犯法,打伤的又是他邱生辉这样的领导,说到哪里,司法部门都会判他的刑,让他娃娃在监牢里蹲几年。但一想,把他送到县里,如果这小子胡说八道,

123

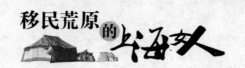

把自己的事抖露出去,自己不就因小失大,毁了自己的前途大计,这不是闹着玩儿的!于是他便放弃了把孟尚海送县里的想法,但是这小子几次带头胡闹,碍着他的事,前两天又领头来闹,这个眼中钉肉中刺如果不拔掉,如果不好好教训教训,孟尚海还会出来捣蛋。因此,邱生辉就想出了这么一个"一箭双雕"的好办法。他想,这样既狠狠教训了孟尚海,让他从今往后不敢再捣蛋,又让孟师傅这样的老工人心服口服,落个人情,永远感激他!至于把孟尚海贬罚到哪里去,他已经替孟尚海想好了:让他去牧民家放牧。野牛沟有家牧民缺少劳力,公社正准备调人去帮助,让这小子去吃吃苦头,脱几层皮,清醒清醒——这是正常的劳力调配,他有什么话可说?只是邱生辉暂时不能告诉孟师傅,告诉他早了,几件事凑到一起处理,孟师傅有想法。

孟尚海的爸爸自然不清楚邱生辉肚子里的弯弯道道,只觉得邱生辉这样处理儿子,已经给了他很大的面子,他很感激邱生辉!

叶梅妈躺倒后,一连两天不睁眼睛不说话,也不吃不喝,好像一个植物人。这样下去,能坚持几天啊。叶梅清楚,这次妈妈是没有爬起来的希望了。她不知怎么办?老妈妈每天过来守在叶梅妈身旁,呼叫着"他婶子你醒醒,睁开眼睛,吃点东西,喝口水,你看把女儿急成啥样了,都快急疯了,我求你了,求你了!"但她仍不睁眼睛不开口,昏昏迷迷的样子。

老妈妈见她那样子,心里清楚她是不行了,就是这三五天的事,提醒叶梅做点准备,但马蹄湾就这么大,想做副棺材,一没有木料,二没有木匠,让一个无亲无故的女娃娃怎么准备?于是她替叶梅打听谁去县城,代为叶梅妈定做一副棺木,但她还没有找到要去县城的人,叶梅妈就死了,这是第三天的事,比老妈妈预感的提前了几天,因此给叶梅和老妈妈一个措手不及。

对于妈妈的死,叶梅感到很突然。因为妈妈头天晚上突然清醒了,睁开眼睛坐了起来,先从嘴里吐出那泡得惨白发胀的豌豆,喂到叶梅的嘴里,一直看着让她咽下去,才搂着女儿说:"阿梅,我的女儿,妈妈做了个好梦,梦见你爸爸回来了,坐着小汽车,带着很多糖果和巧克力,还有很多面包,黄亮亮的,妈妈拿起面包就吃,你猜那面包什么味儿,很甜,很香,好像加了很多很多的奶油,妈妈觉得那是天底下最好吃最好吃的东西……爸爸看你长这么大了,搂着你,捧着你的脸庞看呀看不够,亲呀亲呀亲不够,还说接你和妈妈回上海,回上海……妈妈好高兴呀!好幸福啊!"

叶梅当时也激动了:"真的吗,爸爸真回来了吗?"妈妈说:"真的真的,你爸爸他真回来了,带着那么多好吃的,奶油面包,面包,面包,爸爸亲着你,亲着……"妈妈的精神奇迹般的好,说着话儿,微笑着,脸色好像粲然开放的花朵。她就这样说着笑着,反复说笑着,后头又念叨起泡澡的事,妈妈说:"很想很想泡个澡,身上好脏,很想很想泡个澡……"

叶梅听着心里突然悲伤难过,安慰妈妈说:"妈妈放心,女儿给您想想办法,想想办法,让妈妈泡个澡,泡个够!"

其实,这是叶梅安慰妈妈的话。马蹄湾就这么大个地方,就这样的条件,她去哪里想办法呀?但妈妈听到这句话竟满足、幸福地闭上了眼睛,安详地睡了。叶梅并不知道妈妈的这种反常现象,便是人们常说的人死前的回光返照。当真以为妈妈的精神转好了,因此那晚高高兴兴、安安稳稳睡了一觉,但第二天早晨发现妈妈叫不应了,身子已经冰凉了……

妈妈就这么去了,起初她怎么也不相信,怎么可能呢?但残酷的事实就摆在眼前,由不得她相信不相信。她年轻,没有经历过这样的事,除了抱着妈妈的死尸呼天抢地地哭叫,再什么都不顾了,最后哭晕了过去……是老妈妈请来人,吆喝着办了丧事。没有棺材,老妈妈把儿子大壮给她准备的让了出来。按习惯选墓地是子女们的事,但那天叶梅晕晕乎乎躺在那儿,老妈妈几次让她起来,都没有叫醒,老妈妈只好自作主张,把墓地选在叶梅家地窝子前的山坡下……

时间,在叶梅悲痛欲绝中默默走过了三天。这天叶梅挣扎着爬起来了,她脸色苍白,神情木然,眼睛呆滞发直,身体虚弱清瘦如柴,与几天前判若两人。老妈妈见叶梅起来了,赶紧把热在火炉上的面糊糊端过去让她吃,她无声地摇了摇头,黯淡的目光在地窝里慢慢扫视一圈后,站起身蹒跚着走出地窝子。

不到半年时间,移民居住的地窝子前出现好多新坟冢,像连缀在一起的小山包。叶梅家地窝前的平地上,也出现一座新坟冢,插在坟头的纸幡,冷凄飘摇着。叶梅知道,妈妈就睡在那里,永远不会醒来了。她跟跄着走过去,慢慢跪了下去。望着妈妈的坟墓,目光悲哀,深陷在无尽头的梦境中,从早晨到中午,又到下午……

下午,老妈妈要拉她起来,她不起。老妈妈知道她太悲伤了,一次次残酷的打击和折磨,她几乎倒下去,现在相依为命的妈妈又去了,等于彻底撕碎了她的心。她没办法倾诉排遣内心的悲恸,只有这么跪着,可能心里才会好受些,因此老妈妈没再拉她起来,就让她跪着,自己立在旁边,陪着流眼泪。太阳落山了,叶梅还不起来。老妈妈劝道:"孩子,天黑了,起来吧,回家吃点东西。你妈妈已经走了,自己要多保重,把身子拖垮了,妈妈在九泉之下也心痛啊!孩子,你还

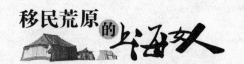

年轻,以后的路还长哪!你妈妈走了,以后我就是你的妈妈,我会把你当做亲女儿一样看待……"老妈妈一遍又一遍劝说着,叶梅却纹丝不动。最后老妈妈把她硬拉回地窝子。

第二天,叶梅不吃不喝,又到妈妈的坟前,又神情木然,泥塑木雕般跪着。老妈妈站在地窝门前望着,悲哀地长叹着,流下悲伤的眼泪……太阳又落了,她还跪着,老妈妈又去把她拉回地窝子。第三天,叶梅又早早跪倒在妈妈坟前……老妈妈想,她可能会在她妈妈坟前长跪三天,大尽女儿孝道之心,因此没有去打搅,准备天黑后再拉她回家。谁料,老妈妈这一疏忽,叶梅险些走上人生的绝路……

这天的太阳又斜到西面去了。叶梅仍旧长跪在妈妈坟前,面前的地已经被她的膝盖碾平了,板结的土块变成细细的沙土,好像平展展的白纸。她望着那片"白纸",忽然僵硬的嘴唇动了动,不知说着什么,而后慢慢抬起手,用指头在那片平地上画起来,不知画什么。太阳渐渐落到西面的山后了,她停住了手。那张"白纸"上出现三幅图画:一幅是面包和一碗米饭,很夸张的米饭,冒着热气,另一幅好像是个澡盆,还有一幅模模糊糊,看着像棉衣棉裤……

夜色把马蹄湾模糊了,叶梅从眼前的画面上收起僵死一般的目光,对着坟头说:"妈妈,女儿给你送来吃的和澡盆,还有……"嗓眼哽咽了,接着向妈妈深深磕了三个头,慢慢站起来,向旁边那条深深的沟崖走去。

她脸上没有一点表情,只有散乱的鬓发在风中飘动,雪粉在她赢弱细小的身旁飞舞。这次她不再犹豫了,一次次残酷的厄运,一个个无情的灾难,她已对这个世界彻底绝望了!以前因为妈妈活着,每每出现轻生的念头,总是下不了决心,现在妈妈死了,她在这个世上还有什么活头?还有什么牵挂?她痛苦地慢慢闭上眼睛,向深渊跨了出去……

就在这关键时刻,突然有人从后面冲上来抱住她:"你要干什么?干什么?"叶梅转脸一看,是孟尚海。六天的关押过去了,他被放了出来。他已听到叶梅妈去世的消息,因此出来后,先来这里看叶梅,没想到他刚到这里,就看到这可怕的一幕,便冲上去。

叶梅见是孟尚海,像受到天大的委屈,突然哭叫起来,并向前挣扎着:"放开我,放开我,让我去吧,我活着有什么意思……"直往沟崖扑。孟尚海愤怒了,一把将叶梅从沟崖边拖开,吼道:"没出息——你就这样死啊?一点困难就吓倒啦?就趴下?什么人,——软蛋!没出息,我看不起你!"他咚咚咚放炮般吼斥起来,把叶梅镇在那儿了。

孟尚海见她停住了,火气慢慢消下来,耐心劝说道:"叶梅,咱们都要好好活下去,决不能向命运低头啊!你这样自暴自弃,不值,很不值!你妈妈在九泉之下,也不愿看到你走这一步路啊!"

"尚海——"叶梅大哭起来,"妈妈她,妈妈她……"

孟尚海红着眼睛说:"我都知道了……"一股泪水在眼眶里冲动,他竭力抑制着,不使软弱的眼泪掉下来。他是男人,不能那么软弱,眼泪会消磨人的意志。这时老妈妈走出地窝子,看到沟崖旁的叶梅,脑子里忽然闪过可怕的画面,惊叫一声:"我的妈呀!"赶紧跑过来抱住叶梅:"你,你咋敢这样啊,咋敢这样……孩子,你要是走了这步路,老妈妈也活不成了啊……"

几天时间过了,天色仍灰蒙蒙的。

已经四月了,马蹄湾四面的高山仍然积雪盈野,雪线以下的山坡,应该草木葱茏,然而还是光秃秃的,呈现着冰冷的铁黑色,天气还是冷森森的,时不时飘着雪花不像雪花,冰雹不像冰雹的东西。

那天晚上,孟尚海来叶梅家了,叶梅让他坐,他坐下,却坐立不安,想说什么,又欲说还止,心事重重的样子。叶梅问他怎么了?他说没怎么,叶梅不信,又问:"到底怎么了?发生了什么事?"孟尚海见叶梅非要知道,便说:"真没什么事,就是,就是邱生辉不让我当教师了,让我到野牛沟帮牧民放羊……"

"什么?"叶梅听此话跳了起来,"让你到野牛沟去放羊?——你呀,都发生这么大事了,还说没有什么!"孟尚海故作无所谓地说:"就是没有什么嘛!放羊就放羊,羊也是人放的,怕什么?俗话说:放羊三年,给官不做。"叶梅嚷起来:"什么给官不做——自欺欺人!这是邱生辉对你的报复,这是有意整人!邱生辉这个畜生太可恶了,我真想宰了这畜生!"叶梅跃跃欲试,要找邱生辉算账。自从那天经受了死的考验后,她现在天不怕地不怕了,大不了一死。

孟尚海说:"你不要激动,更不要学我,以后遇事要冷静,不能莽撞冒失,否则打不着狼反而会被狼咬伤,这次我吃的就是这亏。我们经历了这段时间的磨难,应该汲取经验教训,应该成熟起来,聪明起来了,以后要学会用脑子,用智慧跟邱生辉周旋,硬碰只有我们自己吃亏!"

叶梅说:"那,他不让你当老师,你就不当了,他让你去深山放羊,你就去放羊?这亏你就认了吃了?"孟尚海说:"我已经想好了,去就去,也许避开他,可能会好些。首先眼不见,心不烦。今晚我是专门过来给你告别的,以后你就多保重,跟老妈妈一起好好过着,我想,总有一天会熬出头的……"

127

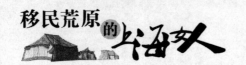

"尚海——我对不起你,对不起,这都是因为我,你才落到这一步的……"

叶梅知道孟尚海喜欢她,真心爱她,但这个爱付出的代价也太大了呀!好好干着的教师工作没有了,将要去的是可怕的野牛沟。牛大壮就死在那个沟堵上,现在孟尚海又要去那地方……一想野牛沟,一种恐怖之感像黑色的潮水向她涌来,她简直不敢想象。她哭了,紧紧抱住孟尚海生怕他离开……

孟尚海很迟才离开叶梅家的地窝子,摇摇晃晃往回走。

马蹄湾在漆黑寒冷中躺着,战栗着。他知道,人们都已经睡了,肚子里装着麸皮、碱柴籽、糠菜汤之类的移民们,在劳累了一整天后,都在饥饿寒冷、疲惫不堪中早早躺倒了。四月份的粮食终于运来了,食堂又正常开灶了,每天仍然是两顿麸皮、碱柴籽、糠菜等炮制成的糊糊汤。有了饭吃,移民们自然又去上工,又开始了繁重的垦荒劳动。

孟尚海刚进门,他爸爸便沉闷威严地问他:"去哪里了?"

孟尚海愣了一下,支吾着:"爸爸,我,我去,去……"他本来要直说去叶梅家了,但刚说出这几个字,便不敢往下说了。因为爸爸曾无数次教育他,要跟叶梅彻底断绝关系,不允许他再跟叶梅家来往,特别是那天他被放出来后,爸爸又一次次一遍遍教育他说"我们是工人阶级,与资本家是两条道上跑的车,是死对头,一定要跟叶梅那样的人划清界限,彻底断绝关系,要接受这次血的经验教训"等等,可谓不厌其烦,苦口婆心,而后声泪俱下,苦苦哀求。他见爸爸那样,只好又保证说:一定跟资本家划清界限,一定跟叶梅断绝关系,他爸这才放过他,现在,他怎敢再说去了叶家?

爸爸见他不说话,知道他又去了叶家,气得直发抖:"说啊!怎么不说话了?这些天我给你千叮咛万嘱咐,叫你不要跟那个丧门星黏了,要跟她们划清界限,断绝关系,刚过去几天,你就忘了,你,你是人还是什么东西?我好话说了几箩筐,你怎么就听不进去一句?让我这做父亲的怎么说?让我这老工人的脸往哪搁啊?咳咳咳咳……"他气得说不出话,直咳嗽,顺手操起门旁的铁锹说:"我今天非打死你,打死你这不争气的东西……"

孟尚海看爸爸今晚要动真了,害怕了,准备逃跑。但爸爸虽然吼着骂着,手里的铁锹却没有落下来的意思。突然间,他懂得了爸爸——他是舍不得打儿子啊!儿子,总是儿子,父亲再怎么狠心,总是父亲。爸爸爱憎分明,性情耿直,脾气暴烈,一旦凶起来如同老虎,对他凶巴巴的,教育方法简单粗暴,可爸爸的心是热的,完全是为他好啊!他妈妈死得早,他没有别的亲人,只有爸爸。他们父子相依为命,苦苦熬着,好不容易熬到现在!他不能没了爸爸,爸爸也离不开他啊!爸爸现在老了,作为儿子,不该惹爸爸生气,不该叫老人伤心!他的心好像被什么东西猛烈地撞击着,鼻子突然发酸了,扶住爸爸:"爸爸,都是儿子不好,儿子不好,惹您生气了,您就打儿子,打吧……"说着声泪俱下了,跪倒在地上。

爸爸见他哭了,又跪到地上,手里的铁锨哐啷掉了下去……

第二天,孟尚海骑着骆驼驮着行李,跟着一个要回牧场的老牧民,踏上了去野牛沟的山路。

沟谷好像大地的裂缝,弯弯曲曲,一直通向大山深处。他驱驼向前走着,不时转身观望着马蹄湾,流连不舍。是啊,尽管他来马蹄湾还不到半年时间,尽管在马蹄湾遭受了无数风雨磨难,留下了很多血与泪,但马蹄湾毕竟是他人生的第一个重大转折点,他将永远也不会忘记!更主要的是那里有他苦命的父亲,热心的老妈妈,还有他的恋人叶梅……他清楚,这次离开马蹄湾,可能是彻底离开了,他除了可以抽空回来看看父亲,再不会回来了。因为邱生辉不会让他回来,不会让他来干扰邱生辉,邱生辉会让他永远留在大山里面放羊。他向后观望着,眼睛渐渐潮湿模糊了……

骆驼拐过一个沟湾,忽然停住了。他抬头向前面望去,看到小路前面立着个女人,头上包着紫红色的毛围巾,穿着单薄的蓝色棉衣,好像山风里孤独的红柳树。"叶梅!"他惊喜地叫了一声,赶忙抖了抖驼缰,让骆驼卧倒,从驼背上跳下来:"你怎么来了?你怎么来了……"

叶梅摘下口罩,对孟尚海说:"我来送送你。"

"太感谢你了!"孟尚海很激动,握住叶梅的手说:"天这么冷,你还来送我,看把手都冻红了。"他怜惜地把叶梅的手焐在自己的衣襟下。那个老牧民见他要跟叶梅说话,喊着说:"我到前面等你。"知趣地继续往前走了。

空旷的山谷里只有他俩了。叶梅漂亮的眼睛里涌出泪花,把脸贴在孟尚海的胸前说:"尚海,你这一去不知什么时候才能回来,让我可怎么办……"

孟尚海搂着叶梅瘦削柔美的肩,说:"叶梅,你放心吧!我过几天就回来看你……"叶梅伤感地说:"都是为了我,让你受这么大的磨难,现在又让你去那样的地方……那地方太可怕了,太可怕了,我对不起你呀!"她又提起那伤感的往事。

孟尚海忙劝阻叶梅:"不要再说了,这么好的天气,这么好的机会,我们说点别的,比如美好的前途,美好的未来什么的……"

　　叶梅苦笑着摇摇头："那些距离我太遥远,太遥远了,我不敢奢想,也从来没有奢想过。"

　　孟尚海说:"要想,要想,有位诗人曾说过:寒冬过去就是春天!春天总会来的,我们总会有出头的日子……我们要好好活着,盼着这一天……"

　　叶梅点点头,深情地望着孟尚海,孟尚海也深情地望着叶梅。叶梅说:"尚海,你要多保重,平平安安回来——我等着你!"

　　孟尚海搂了搂她:"放心,我一定会平平安安回来的,会回来的。海涅曾说过,认识了生活全部意义的人,不会去随便死的,只要有一点机会,就不能放弃生活……"这句话他是说给自己的,也是说给叶梅的。

　　叶梅领悟了这句话,脸上烧了一下,而后坚定地点点头。他心里马上宽慰了,将嘴唇轻轻伸到叶梅的额上,接着移到嘴唇上。

　　叶梅用灼烈的嘴唇迎接着,亲吻着……

　　两个年轻人,两个叛逆者,在这荒僻寂静的山谷里,紧紧搂抱着,热烈狂吻着……分别时,他俩约定找机会再相会,没想到这次的分别,差点成了永别。

15

　　孟尚海跟那老牧人在深山旷谷晃悠了两天多才到野牛沟。

　　野牛沟,顾名思义,就是野牛出没的沟谷,现在已经不见野牛的踪迹了,只有铁黑色的摩天高山静静矗立,陡峭的雪峰直插云遮雾罩的天空,俯视着蚂蚁般晃动的骆驼和他。沟谷里布满乱石和荆棘杂草,没有他想象中满山遍野白云般飘动的羊群和星罗棋布的毡房,冷寂得可怕,甚至到了恐怖地步。

　　一座孤独的小毡房,灰豆般扔在沟底的台地上,几丝青烟冷冷飘摇。那老牧人指了指说:"那就是你要去的房子。"牧人们都把毡房叫房子。他说完道声再见,拐回头走了。孟尚海独自驱驼向那灰豆儿走去。

　　这家原有三口人,小两口和一个小女孩。据说男主人1958年因参与了反革命叛乱集团被捕判刑,在青海劳改农场服刑期间病亡,只剩女人和孩子。一个女人独居深山旷谷,经常在野外放牧生产,风风雨雨,坎坎坷坷,那种艰辛和困苦是不可想象的。公社研究派劳力帮助她家放牧,但劳力非常紧缺,实在派不出人,再加上她家是那样的政治背景,也没人愿意去沾染,一年多没有找到合适的人选,这时候孟尚海应运而来了。

正是接羔繁忙季节。这个女人早晨给孩子随便做点什么吃的,便赶着羊群出门,中间把母羊产的羊羔,用接羔袋背回来,又赶紧回到羊群上。一天要来回跑四五趟,母羊产羔多的时候,要跑六七趟,晚上羊群回圈后,她给孩子做晚饭,吃完饭又守在羊圈里接羔,有时候整晚上忙得一眼不眨……

孟尚海到她的房子时,太阳就快落山了。那女人收赶着羊群,踏着暮色向家走,肩上背着接羔袋,前后袋里全装着羊羔,怀里也抱着羊羔,看来都是刚刚产的,这个咩咩叫着,那个咩咩叫着,前拥后挤在她的身旁,对于孟尚海的到来,她脸上没有什么特别的表情,淡淡的。他走上去自报姓名说:"我叫孟尚海,是公社派来帮你家放羊的……"他想,他来帮她家放牧,她最少应该表现出一点热情,或者对他说点感激和欢迎之类的话,但没有,甚至连正眼也没有看他一下。

她身穿黑条绒面的羊皮大衣,因为长时间风吹雨淋,已经辨不出本来的颜色,头上包着淡红色的毛围巾,上面沾着草末尘土,也难辨颜色,几缕头发从头巾里露出来,在额上散乱着,脸上满是污渍汗渍,好像几天都没有洗过,一脸的困顿,一脸的疲乏,只有两只眼睛深沉坚毅地闪动着。孟尚海以为她没有听懂他的话,或者没有听清楚,又一字一句重复道:"我叫孟尚海,公社派我来帮你家放羊……"

这次她好像听清了,抬起茫然的脸"哦"了一声,又去羔棚里给羊羔贴奶,把他晾在那里。他在那儿愣了一阵,又跟过去说:"以后干什么活儿,你就吩咐我。"她又"哦"了一声,接下去继续贴她的羊羔,看不出欢迎,也看不出反对。孟尚海心里忽然冰冷了:"怎么这样——冰块似的!"

随着日落,温度下降,寒气更加逼人。他身上比先前冷了,站在那儿直打哆嗦。一路上随着地势增高,空气越来越稀薄,高山反应逐渐严重,他胸口好像压着沉重的石板,憋得辣痛辣痛的!牛大壮就死在这条沟垴上,他一想,不寒而栗。他捂着胸口慢慢坐在地上,想歇一歇,喘喘气,但刚坐下去不到两分钟,就冻得坐不住了,就又站起来,边搓手边跺脚,边揉着发痛的胸口。

天色渐渐暗了,羊群有的进了圈,有的仍散乱在周围的草滩上,他就去收拦它们回圈,忽然那女人的脑袋从羔棚里探出来喊道:"喂,赶什么呀,不要赶啦,让它们再吃吃草,吃饱了它们会自己回圈的。"那女人说完话,又把脑袋缩进羔棚里。

她一口上海味儿较浓的普通话。他愣了,怎么回事?倏然间他感到这女人

131

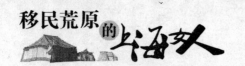

有点神秘,好像身上有很多很长很深沉的故事……他看她那穿着以及外表,原以为是当地哈萨克族人,后来才清楚,她是汉族,是1956年从上海来的支边青年干部,姓罗,名字叫罗曼兰。他感觉这个名字有点熟悉,好像法国作家罗曼·罗兰的变种。后来熟悉了,问问果真是这样。他父亲是上海较有名气的作家,他很喜欢罗曼·罗兰的作品,甚至到了顶礼膜拜,因此给女儿起了这个名字。

孟尚海立在那儿好像局外人。这时他身上更寒冷了,实际上是感到这个女人态度很冷,冷得像块冰,难接近。他想,以后不知怎么跟她共事,但后来发现,她是个很有文化素养,又非常热心的女人,而且好像一团熊熊燃烧的烈火,点燃起他的激情!

她不让他赶羊群,他便从草滩上默默回来。没事可干,便卸骆驼上驮着的行李。这一动,呼吸突然又困难了,胸口憋闷,头痛发晕,站立不稳,好像身患严重感冒。周围的羊膻味儿,也直刺他的鼻腔,弄得他恶心发潮。他坚持卸下行李,还有乱七八糟的东西,却又不知搬到哪里去?这时候天已经黑尽了,他望着黑色潮水般涌来的夜色,一股孤独无依的感觉突然袭上心来,感觉自己像一只离群的孤雁,不知今夜在哪里落脚?他心里发酸,眼睛发潮了。

忽然,那女人的脑袋从羔棚的矮墙上伸出来喊道:"喂,小伙子,站在那里干吗呀?快到毡房里去,外面冷,等我贴完羊羔,给你做饭。"说完脑袋缩回矮墙后。他心里陡然涌出一丝热浪,赶紧应了一声,向毡房走去。毡房里面乱七八糟,冷冰冰的,不像个家的样子。他刚掀起门帘迈进去,一股羊膻味迎面扑来,他的胃液直往外涌,他赶紧退出来,跑到野地里大口喘气。这种腥膻味儿,他很少闻到,他有点受不了。

那女人贴完羊羔向毡房走来,见他还站在外面,说:"怎么还在外面?快回房子。"他仍没动,他怕到毡房里受不住腥膻,呕吐出丑,让人耻笑。他毕竟是大男人。那女人进毡房生火烧茶做饭,不一会儿,掀起门帘伸出头催促道:"喂,吃饭啦,怎么回事?半天不回来?快点哪!"他胃里发潮难受,不知怎么办,见她又催,忙应道:"就去就去。"随手捂住鼻子向毡房走去。他清楚只要闻不到那味儿,就不会发潮,但到了门口,觉得这样做不合适,捂着鼻子对主人不礼貌,甚至是侮辱,再说还要吃饭说话,总不能老捂着鼻子。他为难了,不知如何是好,最后想想,觉得这道坎儿无论如何都要迈过去,要不以后怎么待在这里?不就是腥膻味儿,能要了我的命?这样想着,就咬着牙,憋着气走进毡房。

毡房不大,上首是一张床,左面的地上铺着毡子,右面看样子就是"炊事"领地了。她把他让坐到左面的地毡上说:"我家没有什么好吃的,只有茶和粗面饼,你就将就着吃啦。"说着就给他端来滚烫的茶,是奶茶。按照当地哈萨克族牧民的习惯,奶茶是款待尊贵客人的,但孟尚海却难以享受,刚接过奶茶碗,还没往嘴唇上挨,胃液就浪潮般往上翻,往上顶,往外喷,他想压,压不住,想憋,憋不了,已经涌到嗓眼上了,他慌忙放下手里的碗,起身就往门外冲,刚掀起门帘,脚还没有迈出门槛,一股胃液就利箭般从嘴里喷出去,接着连连咳嗽、呕吐……好像要死的感觉,半天换不过气来。

她倒碗热开水递到他面前说:"漱漱口。"孟尚海接住碗感激地说:"谢谢!真不好意思,你看这吐得满地都是……"他一脸的尴尬,一脸的狼狈,一脸的不好意思。她说:"没事的,刚来这里的人都这样,我刚来也这样,慢慢就会习惯的。"孟尚海听着,心里稍稍舒服了些。他喝了一口水,漱了漱口,长喘一口气。她劝他躺着休息休息,他说不。他天生的犟脾气,越是这样,越是要坚持,他心里一发狠,又回到毡房里,端起奶茶就喝,硬往下喝,硬往下逼,心里说,看你把我怎么样,把我怎么样……又发潮了,又要呕吐,他就跑出去吐,吐了回来再喝,反复几次,便好像抽了筋骨,晕晕乎乎躺倒了……

再强壮的人,在大自然面前总显得软弱无力。她见他昏昏沉沉歪在毡房墙壁上,"哎呀"惊叫着过去把他平放在地毡上,拿来枕头,盖上皮大衣,又去找药……他心脏剧烈狂跳,浑身发烧滚烫,头脑晕眩疼痛,胃液翻腾搅动,死亡正一步步向他逼近!这时,他又想起了牛大壮。他当时总觉得牛大壮死得太突然,此时此刻才体会到大壮的死并不突然,在这里倒下一个人根本算不了什么。他想着,眼睛里流下几颗悲泪,接着什么也不知道了……

是什么时候?他说不清,觉得好像很久很久了。他感觉自己的身子强烈颠簸摇晃,好像躺在风浪中的船上,又好像骑在骆驼背上。他费力地睁开眼睛,眼前是黑幽幽的夜空,黑幽幽的山谷。他左右看看,发现自己确实躺在骆驼背上,那女人拉着骆驼紧张地往前跑,气喘吁吁的。

"怎么回事?你要干什么?"他挣扎着爬起来叫喊道。她听到喊声突然停了,惊喜地叫嚷着:"你醒了?!啊!你可醒啦!"他还蒙在鼓里:"你要把我弄到哪里去?弄到哪里……"她说:"你一直昏迷不醒,我看着危险,就把你驮上骆驼,准备送下山去的,没想到你醒了,醒了,可醒了!"她很庆幸的样子,像小孩跳起来。他明白了,心里又气又感激,说:"无非就是高山反应嘛,晕乎一阵慢慢就过去了,干吗大惊小怪,兴师动众,要送我下山,送我回去?"她说:"你已经昏迷好几个小时了,昨晚十二点,还昏迷不醒,我怕你出什么问题,就驮你上路了……"天

133

快亮了,沟谷上空出现清白的亮色。她看看天空说:"天亮前就可以赶出这条沟了,只要下了山,就安全了,再走半天路程就到了马蹄湾。"她拉起骆驼又要走。

他喊了一声:"停下!"

她抖了抖缰绳停住,转身望着他:"怎么啦?"

"向后转,回野牛沟!"

她犹豫着:"你身体不好,顶不住呀!"他几乎愤怒了:"我又不是泥捏的!"眼睛瞪得怕人。他一个男人,叫女人用骆驼驮回去,脸上还有什么光?别人会用什么眼光看他,爸爸将会怎样对待他?这个世界只认英雄,不认失败者。她看他凶巴巴的样子,瘦削的肩抖了抖,大概害怕了,无声地转回头。

一个白天在骆驼匆忙的蹄下滑过去了。当太阳坠向西面的山脊后,他们回到了野牛沟。羊群因无人照管,在圈里大呼小叫疯了似的。一个白天生产的二十来只羊羔,在地上东倒西歪,有的连冻带饿,奄奄一息。看到这些,孟尚海心里很难受。为了他,她把羊群扔在这里,要是损失几只,她这个"反属"还不得以破坏生产论处,轻者受罚,重者坐牢!更让他心酸的是,他走进毡房门,看见她的女儿盼盼腰后拴着一根绳子,绑在床栏上。她脑袋耷拉在肩上,身子歪在床下的地上睡着,不知是盼望妈妈,还是因为害怕,抑或饥饿,看样子已经哭了很久,脸上泪痕斑斑。此刻在睡梦中,还凄凄惶惶抽搐着。算算时间,快一天一夜了,一个三岁出头的孩子,在空荡荡的毡房里,被拴在床头上,孤身一人,一天一夜,那是什么情景啊?

他鼻子一酸,泪水涌了出来,过去解开拴着孩子的绳索,把孩子紧紧抱在怀里,狠狠责骂她:"你怎么能这样对待孩子?怎能这样……算什么母亲,像个母亲吗?像个妈妈吗?"他还想骂更刻毒的话,看到她早已泪流满面,张开的嘴慢慢闭上了。"这一切不都是因为我吗?"他抬手揪住自己的头发,用拳头敲打着额头,嘶叫着:"混账,混账!都是我都是我,我混账啊……呜呜呜……"他悲伤地撕打着自己,哭了。

她过去抓住了他的手,劝他说:"不要这样,不要这样了,都怨我,都怨我……可,你不知道,她爸爸离去的这一年多时间里,刚开始出门放牧我随身背着孩子,后来她大了些,我背不动她了,每天出门放牧就用这根绳子把她拴在床头上,再放一点吃的东西……我也觉得孩子可怜,太可怜,可又有什么办法?做妈妈的哪有不心疼孩子的啊……"

这时她女儿醒了,看到妈妈回来了,就扑到妈妈怀里哇哇哭起来:"妈妈,以后出去不要丢下我,不要丢下我,房子里黑黑的,盼盼害怕,害怕,还有几个老鼠,它们吃了我的馍馍,还咬我的手……"女儿紧紧抱着妈妈的脖子,生怕妈妈再走了。她拿起女儿的手看了看,果然发现手背上有老鼠咬的伤痕,忍不住大哭起来:"女儿,我的好女儿,都是妈妈不好,都是妈妈不好,妈妈以后再不丢下你了!再不了……"她搂着女儿流了一阵泪,便起身去经管羊群。

一天时间了,羊群就在圈里饿着。

孟尚海跟着要去,她说:"你先歇着,你还不适应。"就把一件皮大衣披在他身上。孟尚海翻起来硬要去,但刚出门走了两步,就觉得头重脚轻,身体飘飘忽忽,要倒下去。她扶住他严肃地说:"孟同志,你可不能胡来呀,这地方是高山地带,你这样胡来会出问题的。我是这里的主人,我首先得为你的生命安全负责,过几天等你身体慢慢适应了,我会让你去放牧干活,不会让你闲着。听话,回房子吧。"她公事公办的样子。

他还要说什么,但胸口憋闷得厉害,头也痛得好像要爆炸,只好在她的搀扶下回到毡房里。他很气恼,愤愤骂着,什么鬼地方,简直活要人的命!同时为自己病恹恹的,不能适应这里的环境而痛苦自责:"怎么这样狗熊呀!"

天彻底黑了,罗曼兰给羊群撒了干青草,把白天产的羊羔安顿到羔棚里,回毡房了。罗曼兰家的毡房很小,好像个小"伙斯"(哈萨克族语,意指几根杆子搭起的窝棚)。她睡的床占去了毡房的三分之一,属于客人住宿的地方,堆放着桌箱等杂物,只剩很小的地方。孟尚海见毡房小,没有他打铺的地方,再加上她家没男人,一个大小伙子,与一个年龄跟自己相仿的寡妇同住一顶毡房,不方便,就想别的办法。他出去在周围转了一圈,发现羊羔棚有四堵墙,跟地窝子差不多,准备去羔棚打铺住宿。她不乐意了,板着脸说:"那不行!我就是睡在毡房外面,也不能让你去羔棚里挨冷受冻——"他准备说住羔棚没什么的,男人嘛!她冷着面孔说:"放下行李——听到没有?"她的话完全是命令式的,而且还带着主人役使仆人的味道。

他看她那样的态度,乖乖把行李放在地上。这女人挺厉害,他心里说。她开始收拾毡房了,把那些乱七八糟的东西搬出去,为他腾出一块地方,铺上地毡,铺上羊毛褥子,接着打开他的行李……他插不上手,站在旁边望着,感觉从今晚开始,这里就是他的家了。

孟尚海骑着骆驼整整跋涉了三天,又是高山反应,又是头痛呕吐,又是寒冷,折腾得他几乎趴下,所以一躺倒就昏昏沉沉入睡了。后半夜,他感觉什么东西在他被子上乱踩乱踏,借着天窗里的一丝亮光,发现是几只小羊羔,在毡房地上磕磕碰碰走动,有一只上了他的被子,还有一只舔他的额头。这几只羊羔是

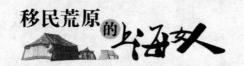
昨天生产的,因为没人经管,没贴着奶,就显得很乏弱。罗曼兰怕它们在羔棚里受冻夭折,就抱进毡房开起了"小灶"。他还发现有两只趴在毡房门前冻得直哆嗦,便起身点亮灯,把它们抱到火塘旁。

这时候他发现罗曼兰不在毡房里,床上只有女儿盼盼。她去了哪里?他三下两下穿好衣服跑出门,发现羔棚里有亮光,便向羔棚跑去。他推门进去,看到罗曼兰正忙忙碌碌接羊羔,脸上的汗珠子,在马灯下闪着亮光。她又一夜没睡觉,眼睛发红,神情疲倦。见此情景,他跑进羔棚,默不吭声帮她干起来。

从这天晚上起,他便走上了牧羊人的道路。

孟尚海一离开马蹄湾,邱生辉即刻觉得脸上的伤口好多了,不疼痛了。他走出那座土城堡,要去乔育玲那儿。自从有了乔育玲,他跟王家小寡妇来往少了,跟乔育玲来往渐渐多了。这些日子因为吃了孟尚海的拳头,一直躺在那座房屋里养伤休息,跟乔育玲断了联系,现在他的伤痛渐渐轻了,就急着去跟乔育玲连接"关系"。

下午,太阳高高的,移民们在工地上干活儿,公社大院附近寂静得简直就像荒无人烟的戈壁滩,很好的机会。这阵食堂已经洗刷锅灶下了班,这会儿乔育玲肯定在宿舍。他去了公社院子,敲敲门,乔育玲果然在。她问:"谁?"他说是他,乔育玲便打开门,见是他,脸上的热情旋即冷淡。邱生辉没有发现她的表情变化,反身关上门,急猴猴地扑上去抱住她,连声说:"好些日子没见你了,也不过来看看我,想死我了,想死我了,乖妹妹乖妹妹……"就把嘴唇伸向她的嘴唇脸蛋,两只不安分的手从乳房上渐渐下移,接着粗野地抱起她,向床铺走去……她叫着挣扎着:"你不要这样,不要这样,走远点……"把他推了过去。这时,邱生辉才发现她不高兴,歪着头问:"咋了?我的小乖乖?"

她冷冷说:"没怎么。"

邱生辉说:"没怎么,脸拉得长长的,好像球鞋底,拒人千里之外。"

她鼻子里哼了一声,把脸扭向旁边。他愣了愣,问:"我到底哪儿错了,哪点对不住你了?才十来天没见面,就变成这个样了?"乔育玲转过脸,冷冷地说:"哪儿错了,难道你还不知道?装什么糊涂?你说,你为什么把孟尚海关押起来?为什么撤了他的教师工作?为什么把他罚到野牛沟去放牧?那地方是人活的地方吗?牛大壮多棒的小伙子都死在那里了,孟尚海能受得了吗?你整人也不能这么心狠手辣,你干得太过分了吧!"

邱生辉听是这事,心里呼地蹿出一股妒火。这小婊子我邱生辉给了她那么多好处，她还不领情，还把心拢不回来，现在还为那坏东西求情说话，还恋着那坏小子！他真想上去狠狠给她一个耳光，但他没有动手，恼怒也没表现在脸上。他早已摸透了这个女人的心态，不能动硬，要哄，经常给她点小甜心，小便宜，她就会乐得屁颠屁颠跟你跑……于是他笑眯眯地问："他孟尚海打伤我这个场长，迫害公社干部，不该关押？不该让他反省反省？不该受罚？我姓邱的没把他送到县公安局判刑坐牢，就给了他很大的面子。"

"这么说，他还应该感谢你是不是？"乔育玲冷眼盯住他。

"当然。"邱生辉说，"要不是我宽宏大量，手下留情，现在他早已经坐在县城的监狱里了……"

"哼！"乔育玲说，"你不觉得这样做太缺德？太卑鄙吗？"

邱生辉顿了顿说："看来你很同情他？今天专门为他喊冤叫屈？"

"是又咋样？你吃醋了？"乔育玲冷冷地问。邱生辉听她这样说，哈哈笑起来："一个思想反动、差点打成右派的坏分子，我有啥醋可吃？值吗？"

"什么坏分子？"乔育玲鄙视地说："他比你们这种人好一百倍，强一百倍——知道吗？知道吗——"她气愤了，忽然嚷起来。

邱生辉口是心非，妒火正在心里燃烧，但却宽容地笑笑，拍着她的肩说："好乖乖，再不要斗嘴了，这么长时间没见面，见面就斗嘴，多没意思，把这些与己无关的事忘到脑后吧，说点亲热话好不好？"见她仍不理他，他怔了怔，又说："再说，我教训他孟尚海，还不都是为了你，还不都是为你出口气！他狠心蹬了你，又一次次伤害你，搞得你到了这种地步，你还挂心他做啥？"

"我就是挂心他，怎么的？"乔育玲火爆爆地嚷起来。说实话，她是很同情孟尚海的。她承认，她过去跟他有过一段要死要活的恋情，现在虽然各奔东西，但藕断了，丝儿连着，哪能彻底断了？她心里仍留恋着他。尽管她知道这是一个没有结局的眷恋，但她相信无论什么人，只要心灵深处烙上情感的印迹，都不会一两句话、一两次思想冲撞，就可以扯断，就可以磨灭的，即便就是抛开他俩之间的恋情，单单说人与人的正常关系，她也觉得孟尚海的遭遇太冤屈，邱生辉这样对待孟尚海太残忍，太过分，太缺德了。想想吧，即便孟尚海打伤了你邱生辉，也不过是年轻人头脑简单，火气太盛使然，作为农场场长，怎么可以这样对待自己的场民呢？领导嘛，应该显得大度点，应该有点政治家的风度，使点小手段，打个小报告，搞点小报复，那是小人做派，不是大家风范。今天早晨当她听说孟尚海被罚到野牛沟的消息后，更加气愤难平，简直是流氓无赖嘛！下午她收拾了锅灶，本来准备去找邱生辉理论理论的，现在他正好来了，她就跟他嚷起来。

137

邱生辉见她嚷起来,就让着说:"好好,你挂心吧,挂心吧……"他不愿把话往吵架处说,这种女人要哄弄,要骗。乔育玲见他软了,便问:"你刚才说,你教训他是为了我?"

"当然。"

乔育玲说:"那好,你既然为了我,那就再为我一次——放了他,让他回来,仍让他做教师工作……"邱生辉问:"为啥?"乔育玲:"你不是口口声声为了我吗?还问什么为什么?现在就要你一句话——放不放?"邱生辉看她又开始任性了,想了想,说:"放他可以,可,现在不行。"

"啥时候行?"乔育玲问。

邱生辉说:"等牧区忙完接羔后……"

"多长时间?"

"大概两个月……"

乔育玲转身盯着他:"你可说话算数?"邱生辉心里笑了一下,这个女人笨到家了,我邱生辉可能放他回来吗?他是我的眼中钉,肉中刺,我好不容易才把他拔掉,还能让他重新再钉到我的心头上?但嘴里却说:"算数,我啥时候说话不算数了?我答应给你调整轻闲事儿,就把你放到了食堂,答应给你热乎房子,就把我的办公室腾了出来,够可以了吧?你说我哪点说话不算数?哪点说话不算数了?"说到这里,就凑到她耳朵旁酸溜溜地说:"不过,今天我可真吃醋了,好乖乖……"他的甜言蜜语又一次打动了乔育玲。他要搂她,她便半推半就:"去你的,假惺惺的——"

16

张三娃、福娃子和基建队的小伙子们从野牛沟垴回到马蹄湾了。

骆驼们呱呱叫着,传递着回家的兴奋和激动。几条牧狗迎上去,汪汪叫着,使劲摇着尾巴,欢迎他们凯旋而归。

几个月在深山旷野风餐露宿,大家一个个衣服破烂不堪,黑不溜秋,说他们是一群叫花子,一群野人,根本没有贬低的意思。特别是张三娃,外面穿着的羊皮大衣污垢斑斑,几乎辨不出黑白,几处地方破烂了,羊毛从里面露出来,一丝一缕,随风飘荡;大腰棉裤破烂处,露出发黑的棉花,沾着沙尘草末;脸面乌黑,满是尘垢汗渍,几丝焦黄干枯的头发,从破棉帽里跑出来,像脏兮兮的乱草,两只帽耳扇,还是晃悠晃悠着,老鹰般地飞……好了,不再描述他不堪入目的外表,因为他几个月里只洗过三四次脸,不是缺水,也不是懒惰,是寒冷。

张三娃回到家,把行李卷往炕头一扔,便往牛大壮家跑。他要去看望老妈妈和叶梅。他跟牛大壮是最好的朋友,最铁的哥们儿,牛大壮不在了,他应该照顾好老妈妈,还有大壮的女朋友。当他听说老妈妈和叶梅这段时间受了那么多苦,心里很难受,特别是叶梅妈的死、叶梅受欺和老妈妈挨饿的事,把他的心都撕裂了。他是个强悍的男人,没有照顾好两个女人,觉得于心不安,无地自容!他清楚,这些恶果都是邱生辉一手制造的,当即拿起镢头,风风火火要去找邱生辉算账。

他是社员,又是贫农出身,他怕谁? 他谁都不怕。老妈妈见他冒冒失失的,忙劝阻道:"三娃,不能胡来,胡来会吃大亏的! "

叶梅也这样劝阻他。

张三娃哪里听她的,夺门就直往外冲。老妈妈追上去拉住他:"三娃,你咋不听话? 咱们不能把不痛的手往驴蹄子下伸,要收拾他,悄悄去收拾,哪有这样大喊大叫的,这不是自找麻烦吗? "张三娃虽然粗鲁莽撞,却很听老妈妈和叶梅的话。在叶梅和老妈妈的劝说下,他慢慢冷静下来了。他虽然被老妈妈和叶梅拦住了,心里却是疙里疙瘩不平顺,总想怎么出这口气。于是他开始暗暗寻找机会,准备瞅空子偷偷收拾他邱生辉。

这天晚上,他发现邱生辉去了公社乔育玲那儿,便悄悄摸到公社,躲在院子的豁口旁,准备等邱生辉一露头,就给他一甩抛子(绳子做的,中间是皮兜,可装石子),接着马上溜走,邱生辉知道是谁干的? 去哪里找? 张三娃的计划是缜密的,粗人有时也会粗中有细。

大概凌晨两点钟左右,张三娃听到公社院子里传来"哐"的关门声,看来邱生辉完事儿要回去了,他赶紧把一枚鸡蛋大的石子装进甩抛子,躲在黑暗处,等待邱生辉走出来。不到半分钟,果然有人从那豁口里出来了。张三娃抡圆甩抛子,向那人打过去。那石子箭镞般掠着疾风飞了出去,那人"哎哟"惨叫一声,抱着脑袋蹲在地上……

"打中啦! "张三娃高兴得撒腿就往回跑。他断定那石子肯定打在邱生辉的脑袋或者脸上了,否则他抱着头干什么? 他那甩抛子很重很有力,如果打在邱生辉头上,不让他的狗头上起个拳头大的疙瘩,痛上他十天半月才怪哩! 张三

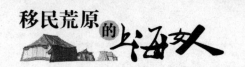

娃太高兴了,太激动了,一口气跑回自己的小泥屋,把甩抛子朝门后一扔,哈哈哈大笑着,一头扎在火炕上翻了几个滚儿!

第二天去工地上,他把这个大快人心的事告诉老妈妈和叶梅。老妈妈高兴地笑了:"好好,该收拾收拾他,不过,千万不能让他们知道……"叶梅心里也痛快极了,三娃终于给她出了一口恶气,但冷静想想,觉得这事有危险,如果让邱生辉知道,三娃身上还不脱几层皮,就提醒三娃:"记着,这事千万千万不能告诉第二个人,如果让邱生辉知道,你可就完了,完了!知道吗?"她严肃认真地说。

"知道了。"张三娃说。

张三娃嘴上虽然这么应着,脸上却掩饰不住流露出幸灾乐祸的高兴劲儿,心里还痒痒着非要去看看邱生辉现在变成了什么孬样,享受享受仇人遭到打击后的那种快感。这天他悄悄去了王家小院,他想邱生辉肯定躺在炕上痛得嗷嗷嚎叫。然而,他错了,邱生辉好好的,根本没有伤着,他看见邱生辉端坐在泥屋里的小桌前写什么,看见他转身问:"张三娃,有事吗?"

他猛地愣了,好像看见了鬼魂。邱生辉见他不应,提高声音问:"张三娃,发啥呆?我问你有啥事。"张三娃惊跳一下,嘴里支吾着:"哦,哦,我没有,没有啥事……"转身撒腿就往回跑,到了工地上,慌慌张张给叶梅说:"有鬼了,有鬼了!我明明看见邱生辉被我打得抱头蹲在地上,可他却好好的,有鬼了,有鬼了……"叶梅慌了,忙上去捂住他的嘴:"你胡说什么,想坐牢啊?"

张三娃缩了一下脖子,闭上嘴巴。

叶梅向左右看看,见附近没有人,悄声问:"你看见邱生辉了?"张三娃说:"我去他那儿了。"叶梅一跺脚:"让你不要去,你怎么不听话?你你,你要出事的!你知道吗,昨天我看见杨狗子带着几个民兵,在公社和你们家周围寻找什么,可能在寻找脚印……"她显得很紧张。

张三娃说:"脚印早让风刮走了,他们找个屁……"

叶梅说:"你没事去邱生辉面前晃悠,不就是告诉人家那事是你干的吗?不就是自投罗网吗?你呀你呀!我不知道怎么说你!"她急得什么似的。

这时老妈妈来了,听说张三娃去邱生辉那儿瞧人家的好笑,气恨地说:"瓜娃子,你咋瓜成这个样子了?你这不是自找麻烦,把不痛的手往驴蹄子底下塞吗!"老妈妈真想扇他两个耳光。张三娃见老妈妈和叶梅着急的样子,感到有问题了,就问:"那,我已经去了,你们说咋办?"叶梅说:"从现在起不要乱跑,乖乖把你的活干了,原来是咋样,现在还咋样!"老妈妈说:"还要管好你的嘴!——

嘴！如果管不住嘴，你就等着去挨整！"张三娃就说管好嘴管好嘴！老妈妈又认真叮嘱说："听着，他们如果要问起你，你就一口咬定不知道，啥都不知道，听到没有？如果你想坐牢，身上脱层皮，你就把我和叶梅的话当耳旁风吧！"张三娃说："这次记得牢牢的了。"

他回去了，去干他的活儿，但他却怎么也想不通邱生辉咋就好好的，他相信他那晚肯定打中邱生辉了，再说他明明看见邱生辉抱着脑袋蹲在地上，还痛得哇哇直叫喊，怎么就好好的……怪了，怪了！是不是邱生辉当时受到惊吓，抱头蹲在地上，做了个害怕的样子迷惑他，如果是这样，叶梅和老妈妈就空欢喜了一场！"妈的，老奸巨滑的东西！"他突然有点失落，继而沮丧得要死！——张三娃，你笨蛋，没用的东西！

这天收工后，他扛着铁锹边往回走边哭丧着脸，想着那个怎么也想不通的问题——邱生辉怎么就好好的，怎么就没打中。忽然有人挡住了他的去路，抬头看，是马屁精，只见他额头上裹着厚厚的白纱布，污血洇红的地方凸起鸡蛋大的包……啊？他？张三娃一愣，忽然心里明白了，忍俊不禁，差点笑出来。原来那晚没打中邱生辉，打中的是邱生辉的狗腿子马屁精呀！妈的，老天爷怎么开这样的玩笑？要打的没打着，没打的却打中了。也好，没打着邱生辉，让他的狗腿子头上起了个大包，他心里同样高兴，同样解恨，同样痛快！这个马屁精也该狠狠教训教训！

马屁精两眼冷冷地盯着张三娃，盯着。张三娃被盯得不自在起来，骂骂咧咧问："马屁精你有病呀？这么盯着我干啥？不认识啊？"马屁精不说话，仍盯着，半天恶狠狠地说："张三娃，这下你高兴了吧？"张三娃牢牢记着老妈妈和叶梅的话，装作啥都不知道，歪着脑袋说："啥高兴不高兴？老百姓一天就这尿样子，早上起来干活，把太阳从东面送到西面，晚上抱着干尿睡觉，起来再干活……"他装得很像，由你马屁精相信不相信。

"张三娃，你不要装聋作哑，老子知道是你干的，咱们骑驴看唱本——走着瞧！"马屁精突然提高声音狠狠叫喊道。张三娃装作迷惑不解的样子："啥骑驴看唱本，老子不明白，也不知道，少胡咧咧……哎，我说马屁精你有事没有，没事让开，老子要回家吃饭了，好狗还不挡路，瘸骡子还不占圈哩——知道吗？"抛开马屁精就走。

马屁精想拦，却不敢。他清楚，来硬的他根本不是张三娃的对手，气得干瞪眼，望着张三娃远去的背影，咬牙切齿叫嚣着："张三娃，你你，你等着，老子会找机会收拾你的……"他怒气冲冲，这一激动，额上的伤口忽然钻心般疼痛起来，

他就嗷嗷叫着，抱头蹲在地上。

活该他马屁精倒霉。本来张三娃那晚要收拾邱生辉，但马屁精偏偏那晚半夜肚子饿了，要去食堂偷偷弄点吃的。因此，这一石头就让他给摊上了……马屁精猜想是张三娃他们干的，第二天去请示邱生辉，该怎么办？邱生辉脑子转了几转说："这种事情，没有抓住证据不好下手。"马屁精便派杨狗子去公社周围和张三娃家附近寻找踪迹，拿证据，但寻找了两天，什么证据也没找到。他想抓张三娃审问，又怕这事不是张三娃干的，惹恼了这个莽汉，把事情闹大，反而不好收场。他只好哑巴吃黄连——有苦难言了，但他暗暗等待机会，收拾张三娃。后来，马屁精终于抓到了机会，那是后话……

张三娃尽管收拾了马屁精，也算替叶梅和老妈妈出了口恶气，但心里还是觉得不过瘾，因为他要收拾的是邱生辉。于是，他又开始寻找收拾邱生辉的机会。然而这个邱生辉好像狡猾的老狐狸，他已从马屁精挨打的事上闻到了火药味，因此晚上缩在那间泥屋里不出门，还有民兵守着，白天也不单独露面。

三娃收拾不上邱生辉，出不了那口恶气，便想着为老妈妈和叶梅帮点什么忙，表表自己的心意，看到老妈妈和叶梅每天都在挨饿，想给她们弄点吃的，但马蹄湾除了供应的那点口粮，哪还有什么吃的呀？他觉得弄点吃的，比做什么事情都难。这时候他就想去牧场偷只羊，但牧场上的羊群距离马蹄湾都很远，晚上还有牧犬巡夜，外人根本无法接近。再说那是犯法的事，要判刑坐牢的。马蹄湾就有社员偷过羊，被判刑坐牢了，所以这种事他不干，也不敢干，老祖宗就没给他留下那个胆儿。

这天，他走过农场食堂，发现菜窖里窖着很多白萝卜，忽然茅塞顿开，怎么不弄几个萝卜给老妈妈和叶梅吃。他这样想着，就谋划着趁夜深人静去"拿"。其实是偷，他却自我宽解说是"拿"。他想应该是拿，因为萝卜不是羊，不是其他大物件，所以应该叫"拿"，但不论偷，不论拿，这种事儿，他都从来没有干过，甚至针头线脑都没拿过，现在为了老妈妈和叶梅，他去做这种事了。

这天深夜，他偷偷去了菜窖上。天很黑，黑得看不清自己的手指。那菜窖虽然在食堂外面，门却开在食堂里面。食堂里晚上有守夜的人，菜窖门上还锁着铁锁。他在菜窖前后转了三圈，又转了三圈，根本找不到进去的地方，就躲在食堂旁的大石头后，骂那些设计菜窖门的人，说这些驴日的，咋就把菜窖门开在食堂里面，想进菜窖，必须先进食堂，进了食堂，还得拿到钥匙，驴日的们就是高明！后来他发现菜窖顶上有个透气窗，就悄悄爬过去，但那透气窗只有一尺见方,人根本就下不去,就是下去了,也爬不上来。他估计堆放萝卜的地方,距离透气窗顶多两米,可近在咫尺,就是拿不到手,他真想变成乌鸦或者麻雀飞进去,又想胳膊如果再变长点,就可以轻而易举拿到萝卜了,可这些都是梦想,因为他的胳膊既变不长,他也不可能变成乌鸦麻雀!然而,就在他遗憾胳膊不能变长的过程中,却忽然得到一个启示:用木棍叉!想到这个办法后,他马上转回家找了根长长的木棍,拿刀削尖棍头,返回来,把木棍伸进菜窖叉……他接连叉了五六次,就叉上来三个萝卜。

他第一次做这样的事,心跳得好像要从嘴里蹦出来。寒冷的天气,他头上那虚汗雨水般往下流。见有三个萝卜的收获,揣在怀里就往家里跑,回到家半天了,心还野兔般地蹦跳不停。他按着胸口坚持到天亮,揣着萝卜到了叶梅家的地窝子。叶梅妈死后,叶梅就跟老妈妈住在一起。叶梅看到张三娃揣着三个萝卜来了,就问:"哪里来的?"老妈妈也问。张三娃自然不说。他不说,叶梅和老妈妈都不敢收。张三娃就说了实话。

叶梅吃惊地说:"可不敢这么干,这是偷啊!"

张三娃说:"你们都在挨饿……"

叶梅说:"三娃,你的心意我领了,我很感谢你!但是以后千万不能这样做了,这样做对你不好,如果让他们发现,他们不知会怎么整你,再说我们这种人……"刚说到这里,老妈妈就不高兴了:"女子你又说这话,你咋了?我看你们都是好人!"又对张三娃说:"这事没啥大不了的,不就是两个萝卜,人家白面馒头尽饱里吃,我们整天饿肚子,拿两个萝卜有啥了不起?拿来,我烧。"就从张三娃手里接过萝卜,埋在火炉下的火炭里。

张三娃脸上就出现憨憨的笑,他总算帮了老妈妈和叶梅一次!

第三天晚上他又准备去菜窖上"拿"。前几天晚上他用棍子叉,一次只能叉一个,有时候还放空,延误时间不说,收效还不大。这晚他准备了一把红柳条扫帚,那上面的几根红柳枝条,已经削得尖利如锥,一次最少也能叉三四个。这个鲁莽的汉子,在做这件不怎么光明的事时,想象力和创造力的翅膀忽然鼓胀起来。但他没有想到,那天菜窖里丢了萝卜的事,已经被食堂守夜人员发现。食堂管理员准备挨家挨户搜查,因为三个萝卜被盗,不是一件小事情。但马屁精不让,因为他从那几只大脚印上,已经辨出是张三娃干的,所以叮嘱大家不要打草惊蛇,叫杨狗子带着几个民兵,埋伏在菜窖周围,"守株待兔"逮他张三娃。他知道张三娃这个莽汉还会来。

半夜时分,张三娃果然拎着那把红柳条扫帚出门了。马屁精见张三娃出来

了，心里窃喜，咬着牙根说："收拾你娃娃的机会终于等到了，看看老子咋收拾你！"低声命令杨狗子和民兵："做好准备，只要张三娃把扫帚伸进菜窖就冲上去按住他，一定要抓住，不能让他跑了！"杨狗子说："没问题，他跑不了。"就和几个民兵埋伏在菜窖旁的沟洼里。天气很冷，石头都冻得嚓嚓响。马屁精和杨狗子他们趴在冰冷的地上，目光跟着张三娃走出他家低矮破烂的小院门，穿过那片乱石滩……忽然张三娃从他们目光里消失了，不知去了哪里？马屁精伸长脖子朝那儿张望，不见人，再望，还是不见人。妈妈的，是不是发现有埋伏溜了？他想了想，觉得不可能。因为他们的行动别人不知道，杨狗子和那几个民兵，也是他临时调来的。于是命令大家继续守着。到后半夜马屁精和杨狗子他们冻得实在招架不住了，就想撤，可又怕他们撤了，张三娃又来了，就坚持着。天快亮，还是不见张三娃露面，马屁精只好把民兵撤了。

杨狗子他们在野地里美美冻了一晚上，腿脚都冻僵了，就狠狠骂张三娃："狗日的，等抓住你小子再好好收拾！"马屁精就想不通，明明看见张三娃出来了，半道上怎么突然就不见了？原来张三娃临出门时喝了一碗灰灰菜汤，大概汤不干净，又是凉的，肚子里就咕噜咕噜上下翻，刚走下马蹄湾河滩，屁股眼里就冒水，忍不住扔下扫帚，钻到河滩旁的草丛里……俗话说，好汉子撑不住三泡稀屎。这一冒，裤子就提不起来了，最后拖着两条软绵绵的腿，狼狈回了家。一泡稀屎，躲过了一场灾难。

第五天晚上，张三娃感觉好了，又拎起那把红柳条扫帚出了门。一到菜窖上，就爬到透气窗上无所顾忌地开始工作，完全是等不及的样子，根本没有发现周围埋伏着捉拿他的人。跟他想象的一样，那把特制的"扫把"太神奇了，从透气窗里探进去，一次就叉上来四个萝卜。他激动得几乎跳起来，心想再叉两次，就够老妈妈和叶梅吃几天，他也可以好好吃上几顿，可就在他把叉上的萝卜往怀里揣的时候，杨狗子和民兵们突然扑将上去，把他抓了，绑了！

他们已经在这里埋伏了几晚上，冻了几晚上，今晚才把猎物等到。马屁精从旁边的矮墙后走出来，二话没说，上去就"啪啪啪"给张三娃几个大嘴巴子，很响亮！"狗日的张三娃，终于把你逮住了，这次新账老账一齐算，老子不会轻饶你！"马屁精扇过张三娃后，拿起那把红柳条扫帚仔细端详着，似乎欣赏什么新鲜物什，罢了，盯着张三娃笑眯眯地说："好小子，看不出你还很聪明呀，这个创造发明不错，你家八辈子先人怕也想不出来，让你给想出来了。这一扫帚就是四个萝卜，要是继续叉下去，还不把整个食堂叉没有了？嘿嘿嘿……"他嘿嘿冷笑。

张三娃身上掠过森森寒气。他嘴里鼻子里流着鲜血，心里说："终于撞到他的枪口上了，落到这个驴日的手里，不死身上也会脱三层皮！"不过他豁出去了，挺胸昂头，目不斜视，一副好汉做事好汉当的样子。

马屁精嬉弄说："咳，还挺英雄嘛！有点临危不惧，好像刘胡兰，可我要提醒你，你现在不是英雄，也当不了英雄，你他妈是狗熊，是贼，贼！懂吗？你被抓了，人赃俱全，你还是老老实实当狗熊，否则会吃大苦头！但我老马不吊你，不打你，也不骂你，也不会动你一指头，打人是犯法的，我要学学你，创造一种新办法，让你受受教育！"

张三娃说："——少说屁话，要吊要打，随你便！老子不怕！"

马屁精笑笑说："妈妈的，煮熟的鸭子——嘴还硬！"便命令杨狗子道："把狗日的衣服扒了，关在仓库里等天亮再做处理，看你嘴还硬不硬？"这话是从牙缝里挤出来的，不知张三娃感觉如何，杨狗子和那几个民兵首先身上直打抖。这么寒冷的天气，他们穿着皮大衣都冻得直打哆嗦，扒了他的衣服，关在冷库房里，还不很快冻成冰棍？这马屁精心狠毒哩，他们没有动。马屁精见杨狗子不动，恶狼般盯着他们："咋不动手？你们是一伙的？那我先把你们绑了！"

杨狗子和那几个民兵一下紧张了，就开始扒张三娃身上的棉衣。张三娃说不害怕，那是假的。这么寒冷的天气，就是穿着棉衣，关在那冰冷的库房里也会冻死，何况扒了衣服？他本能地反抗起来。他虽然双手反绑着，但身体粗壮，有的是蛮劲，腿蹬脚踢膀子抗，弄得几个民兵根本站不到他跟前。马屁精见此情景，趁混乱，悄悄从后面靠上去，狠狠朝张三娃头上打了一棒。张三娃顿时眼前发黑，晕头转向，粗壮的身子轰然倒在地上……

接下来的几天，马蹄湾的劳动工地上不见了张三娃的身影，也听不到那笑笑闹闹不离口的荤段子，后来人们才知道他躺在公社卫生所里，说他偷农场食堂的萝卜被民兵抓住后，在逃跑时碰伤了头，正在卫生所治伤……人们自然不知道张三娃的伤是马屁精打的。这个真正的内情，杨狗子和那几个民兵替马屁精捂着，不敢说出去。马屁精叮嘱，谁说出去，就把这事栽到谁头上，哪个敢？

老妈妈和叶梅听到消息焦急地前去公社卫生所看望。只见三娃躺在土炕上，蓬头垢面，两眼发直，老妈妈和叶梅呼喊半天，也没有反应，木头似的。叶梅见他的胳膊露在被子外面，就把它轻轻放进被子，呼唤："三娃，三娃，好点了吗？"

老妈妈也唤着："三娃，好点了吗？"

张三娃眼睛睁开了，嘴唇动了动，好像要说什么。叶梅和老妈妈忙凑上去，

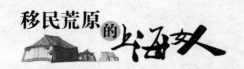

但只见他嘴唇动着，却发不出声音。叶梅的泪就下来了，老妈妈的泪也下来了。

又过了几天，张三娃出现了，但他走路摇摇晃晃，疯疯傻傻，看见人也不说话，嘴里只是反反复复、咕咕哝哝骂着："马屁精我日你妈，马屁精我日你妈……"他整个变成了另外一个人——傻了。叶梅和老妈妈清楚，张三娃是为她们才落到这步田地的，心里难受而愧疚。那天要是坚决制止他，也就不会发生这样的事了，可那天她们谁的态度都不坚决。叶梅在陈教授死的问题上，心里就留下非常痛悔的遗憾，时常有一种犯罪感，现在张三娃又……她的痛悔和犯罪感加重了！她不知自己怎么面对，怎样来弥补她的遗憾，见三娃大冷的天敞着棉衣，散乱着头发，在野地里疯疯傻傻乱跑，冻得哆哆嗦嗦，就去把他领到地窝里，帮他扣好棉衣扣子，又帮他洗了脸、梳了头，劝他："三娃，外面冷，就在家里待着，再不要出来乱跑了，啊，听话……"想给他点吃的，可家里哪有？就流泪……

这时候的张三娃已经彻底傻了。叶梅给他说话，他没有一点反应，只是两眼傻傻地望着叶梅。他望着叶梅，叶梅就让他望着。她知道三娃平时喜欢看她，现在就让他看个够。叶梅还想，如果张三娃现在提出什么要求，再过分，她都不会拒绝，都会满足他的，但这时的三娃什么要求都不会提了。她心里的酸楚就直往鼻腔里涌，把三娃的头搂到自己的胸前，心里说："三娃，你是好人，好人怎么就成这样了，成这样了？老天不公不公……"

17

春天的气息，终于随着五月的脚步，姗姗来到了马蹄湾。马蹄湾四周的山坡上冰雪渐渐消融，沟底的河床上开始出现水流，虽然很少很细，但潺潺的，清清的，显示着春天的气息。太阳光也强了，山坡上湿漉漉的，沟谷里飘动着淡淡的、白蒙蒙的雾气。过了几天，向阳的坡地上出现嫩绿的草苗，又过了几天，旷野里出现绿色。

移民们终于熬过了严寒的冬天。虽然饥饿仍在持续，但随着气候渐渐变暖，移民们不再受寒冷威胁了，这样日子就比寒冷的冬天好过多了。这时候农场在马蹄湾上游的沟谷里筑起一道拦水坝，把河水引到新开垦的荒地里，近二百亩荒地全都灌上了水。转眼，地皮渐渐干了，透着浓浓的墒气。开始播种了，牛马耧犁在荒地上走动,拉运肥料的,犁地下种的,牛车来往,人喊马叫,倒也像个春播的样子。马蹄湾第一次有了耧铃声。

麦种是县里从外地调运来的,农场怕人们偷吃,里面拌上了"666"粉农药,吃了会中毒死人。二百亩荒地大部分播种了春小麦、豌豆、青稞之类,还种了白菜、萝卜之类的蔬菜。因为抢季节,抢时间,春播工作几天时间就完成了,移民们稍稍喘了口气。

那些日子马蹄湾的天气很暖和,向阳的沟洼山坡上野菜也冒出了头,绿绿的,充满着生机;戈壁滩上还冒出大片的沙葱,移民们利用休息时间,进山采挖野菜,去戈壁旷野里拔沙葱,拿回来在开水锅里煮煮充饥。土地是宽厚博大的,她的恩惠和给予,使移民不再那么饥饿了。

大概是高原独特的气候现象吧,几天时间,种下去的种子发芽了,出土了。因为地是荒地,相比熟地有劲,没过几天麦苗就长了起来,绿油油,齐刷刷,覆盖着地面。移民们付出的血汗和辛劳,甚至几十个人的生命,终于换来一点绿色希望,真不容易啊!移民们望着亲手种出的庄稼,流出了激动的泪水。在激动的人群里,场长邱生辉尤其激动。他的梦想,初见成效。沙县长几次召开现场大会,组织县社干部前来观摩视察,肯定邱生辉的成绩,宣扬邱生辉的开创精神,批判黑脸社长的右倾思想,邱生辉的名字扬出去了!他很得意,走路高扬着头,说话嗓音很大,吼吼的,还发动场民吟歌做诗,宣扬建农场的丰功伟绩。他也用诗歌般的语言描述自己对现代化农场的构想……

天上有天堂,

地上有农场,

早晨播种晚收割,

车拉驼运田间忙,

饱满的粮食堆满仓,

谁说这里种不出粮?

——那是保守主义

那是右倾思想……

后几句打油诗,明显是针对黑脸社长的。黑脸社长听了极其愤懑,有苦难言,但心里却很清楚,马蹄湾人的苦日子马上又要开始了:想想吧,五月初播种,现在麦苗才出土,麦子能成熟吗?此时他又想提醒邱生辉,但看到他被眼前的功绩冲昏了头脑,忘乎所以了,所以不敢再说什么。因为他清楚,他越是提醒,邱生辉越会变本加厉。再说,他怕惹出是非,他也是凡胎之躯,他也有人性的弱

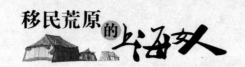

点,别的尚且不说,家里有七十多岁的老母和病妻,而且老母现在正住在医院,命在旦夕,他要是出个什么事,还不把老母的命彻底要了? 于是他默默忍受着来自县里和邱生辉的批判指责和嘲讽挖苦。这个硬汉子现在已被磨得没有多少棱角了,只是默默忍受,忍受。

人在得意时就想张扬宣泄,邱生辉便是这样的。这时候他就想去叶梅那儿,再享受一回那妙不可言的身体,把心里的得意和体内的荷尔蒙全部宣泄出去,达到极致。他的目标很明确——辉煌前程和漂亮女人,他全都要得到。

自从那次以后,他已近两个月没去叶梅那儿了,并不是忘了她,其中的原因很多:一是那天他干了她,怕她想不开,去县里或者黑脸社长那儿告发他,所以他没敢再动她。二是她妈妈刚死了,正在气头上,又在白事期间,如果他逼她逼得太紧了,她破罐子破摔,跟他撕破脸皮干,把事抖搂出去,岂不是坏了大事? 俗话说:兔子逼急了,也会咬人。她不是兔子,她是性格冷傲,又倔犟的女人。三是刚刚吃了孟尚海的拳头,脸上的伤口还没有彻底好,有时还隐隐作痛,不得不稍稍收敛一下,再则,最近忙春耕,忙农活,麦苗出来后,忙着开会张扬。

他没有动作,并不等于不想动作。这段时间,他打发马屁精给叶梅送去面粉、馒头,还调了轻闲活儿,安慰她,稳住她,同时静观默察,看叶梅有什么反应。看到叶梅没有什么动静,心里渐渐安稳了。一切风平浪静,他可以出手了。这天晚上,他悄悄去了叶梅家的地窝子,但看到老妈妈晚上陪着叶梅住,又发现这个老婆子时常出现在叶梅的左右,好像个看门狗,于是退了回来。不过,这点小事好办,他可以把她们分开,把叶梅调整到食堂,像乔育玲那样,或者把那老婆子打发到别的地方去……总之,他是场长,一个把人的事儿,不就像棋盘上的棋子,由他随便扒拉着转。

中午时分,他去田野上了,要跟叶梅说说这事。叶梅在上游的田野里浇水,脚上穿着胶鞋,裤腿挽得高高的,在水渠和地头跑来跑去,身上穿的白衬衫,在绿油油的麦田映衬下显得格外鲜亮,又窈窈窕窕。她发现邱生辉向她走来,心里不由一紧。这个畜生趁人之危糟踏了她,逼死了她妈妈,她想起来就恨得咬牙切齿。当初她想跟这畜生拼命,砍了他,但她一个弱女子,怎能拼得过人家? 后来她想去县里告他,揭露他,但路远,不方便,她又是右派,哪能随便东跑西走? 想去黑脸社长那儿,几次到他办公室门前又退了回来。

她不是害怕见黑脸社长,而是听到他也在挨整,她去找他,岂不是给他出难题添麻烦? 更重要的是邱生辉掌握着她的命运,他高兴了,会给她很多好处,不高兴,可以把她打入人间地狱,让她永远翻不起身来——在马蹄湾这个天高皇帝远的地方,至少是这样。还有一个重要顾虑:她是个大姑娘,一个大姑娘有了这样的事,让众人们知道了,以后还怎么活人?因此她沉默了。

当然,沉默不等于顺从忍让,它是爆发前的准备和酝酿。

邱生辉来到她面前了,用那双圆溜溜的眼睛搂抱猥亵着她。要是过去的性格,她会冲上去,至少扇他两个耳光,但在半年的磨难中,现在她渐渐学会了忍耐。妈妈曾教诲她:无论有多大的仇恨,都要埋在心里,不能表现在脸上,心里流血,脸上也要微笑。最近她静下心来想想,觉得妈妈是正确的,她过去错了。因此,她强憋着气,没有发作。他看出她憋着气,明知故问:"生我气了?很恨我?"她心里答道:"当然,恨得心里流血,想撕碎你!"但嘴上没说,只说:"你说呢?"

他深吸一口气:"我知道你恨我,恨就恨吧,不过,我是真心喜欢你的,谁让你长得这么漂亮呢?美丽的东西谁不喜欢呢?好看的花儿谁都想采,谁都想闻闻,你看蜜蜂就喜欢漂亮的花朵……其实,你不了解我这个人,我这人心肠不坏,只要是跟我好的女人,我什么都能舍得,什么好处都会给她,面粉、馒头、好房子,轻松的活儿,还有,比如说让她的政治处境好点等等……"他开始滔滔不绝,好像打开臭水沟的闸门。

叶梅厌恶极了,打断他说:"不要说了,我清楚……场长。"她清楚,邱生辉的这些话都是针对她的,他有这个能耐,在马蹄湾农场他就是权力的象征,可以说一不二,更清楚他这是黄鼠狼给鸡拜年——没安好心!这段时间他对她特别"照顾",送来几斤混合面,十几个馒头,还调了轻松活儿。这浇水的活儿,就是他吩咐马屁精调的,这要比开荒地、搬石头、拉架子车轻松得多,而且孟尚海的爸爸眼睛够不到,不好监督她的行动,她相对自由了。

自由,对于任何人来说都是重要的,要不,从古到今的法典为啥都要规定限制罪犯的自由呢?因为他的特殊"照顾",她这段时间没再挨饿,没再受冻,也没有再受累,老妈妈也同样。起先她是不愿意接受这种"恩惠"的,后头她想开了,干吗不接受?馒头和面粉有错吗?先拿着跟老妈妈一起吃饱肚子,不再挨饿受冻,好好活着再说!她接受了人家的"好处",人家肯定会来索取,肯定要你付出代价,现在他不就来索取了吗?世间没有免费的午餐,没有无缘无故的爱憎。她太清楚了。

邱生辉说完那些话,圆眼睛在叶梅脸上盯着,观察叶梅的表情,等待她有所表示,但叶梅脸上僵僵的,板板的,没有什么表情。他心里有点灰了,顿了顿,凑到她跟前很体己地说:"其实,我对你最挂心,最心痛,我跟你已经有过一次了,

也算是我的人,我不能不管你,不能不关心你,不能不心痛你,不能没有良心呀,不能让你吃亏呀……"叶梅感到身上有无数虱子在爬动,浑身上下很不舒服,打断说:"邱场长,你有什么事吗? 如果没有的话,我去浇水干活儿了……"邱生辉说:"有事,我准备安排你到食堂帮灶,像乔育玲一样……这就是事呀,难道你心里不明白?"说着就往她跟前凑。

叶梅见邱生辉来真的,心里就惶怵了。妈妈的"善下"理论和"应付"说,在这里忽然失去了作用。她抬头看看田野,晌午了,移民们都收工回了家,四处静悄悄的,心里猛地一沉,意识到在劫难逃。邱生辉看到田野里没人,嘻嘻笑着说:"天真热,我们到那边的芨芨草里去,那里凉快,歇歇凉……"他抓住叶梅的手,要拉她到旁边的芨芨草里去,那片芨芨草齐人高,去那里歇凉意味着什么? 她再清楚不过。

忍耐是有限度的。那种冷傲,那种激愤,那种神圣不可侵犯的本真,渐渐又回到她的血管里。她终于忍耐不住了,一股怒火从心底里蹿出来,准备把他推过去,恰好这时旁边的地埂跑水了,她甩开他的手,去加固地埂,加固好了,索性跳下水,涉水到渠的对面。那渠沟近两米宽,他要过去,就得脱了鞋袜,他上火了,心里说:"这小婊子,原本想给你调整个好事儿干,让你轻轻松松,没想到不识抬举,竟跟老子耍滑头。既然你敬酒不吃,要吃罚酒,就不要怪我不讲情面!"咬了咬牙根冷冷地说:"叶梅,我没工夫跟你玩这种老鹰叼小鸡的游戏——今晚你到我那儿来,我有事给你谈!"说完转身就走。

叶梅说:"晚上我有事……"

他回头狠狠地说:"去不去由你! 不过,今天我把话说明白——你最好不要跟我扭着劲,跟我扭劲,没有你一点好处! 我可以让那些跟我作对的人,这阵是人,过一阵就是鬼!"

叶梅骤然浑身颤抖,但最终却没有去。她清楚,她把邱生辉的脸彻底撕破了,彻底得罪了,他会疯狂报复她!

果然,第二天下午马屁精来到地头,通知叶梅晚上去南山口看守水坝。

叶梅清楚邱生辉的报复行动开始了。看守水坝并不是什么苦累活儿,关键是水坝在上游的南山沟口,距离马蹄湾三公里远,那里荒无人烟,野兽出没。春天筑坝时,几个移民因劳累、饥饿、寒冷死在工地上。他们都没有亲友,随便掩埋在水坝附近的乱石滩上,后来被恶狼挖出来,撕扯了衣服,啃噬得只剩白森森的骨头。据说晚上周围磷火闪耀,鬼魂游动,乱吼怪叫,夜深人静时,还能听到那些冤死的阴魂,叫喊着"饿呀! 饿呀! 冷呀! 冷呀……"很恐怖。几天前的晚上,有两个小伙子结伴守坝,半夜吓得跑回来,以后说啥也不敢再去了。她一个姑娘,孤身一人去守坝,这不是活活要人的命吗?

她不想则罢,一想就头皮发麻,浑身战栗。然而,她却无法回绝,因为她是受管制的人。她是个有文化的人,自然不相信神鬼之类的传说,但害怕狼虫虎豹,特别是草蛇,一想就心惊肉跳。那种麻溜溜、软乎乎的东西,在水坝周围泛滥,她曾亲眼见过,吓得碰见绳索都会惊跳起来!晚饭后,她去找老妈妈,准备让老妈妈陪她去,老妈妈却不在家,问了问邻居,才知道老妈妈被农场安排到沟口北的麦田上轰赶草鼠野兔。那里草鼠野兔很多,夜晚成群结队涌到地头糟害麦苗,农场没有多余的人值夜轰赶,便安排了五六个老年人,老妈妈便是其中之一。看来这是邱生辉绞尽脑汁的安排!

她的头"嗡"地涨大了,在田野里颤抖了半天,最后扛起行李卷,硬着头皮向拦水坝走去。她豁出去了,她已经死过几回了,还怕什么?

那条山沟六七十米宽,两面是高高的山峦,水坝横跨沟谷。不高不宽,也不怎么坚固,如遇山洪,会坝倒堤毁。因此白天晚上坝上都有人看守,发现洪水,挖开旁边的导洪渠,减轻水坝负担,保护水坝安全。

她来到坝上,太阳就落了。白天值守的小伙子埋怨说:"怎么现在才来?"还准备责怪她两句,见她孤身一人,惊得张大了嘴:"你,你是一个人?这怎么行呀!快回去,快回去,我也走了,走了……"那小伙子倒吸着冷气,边说着把铁锨头放在地上,拖着就走。铁锨在乱石地面上发出刺耳的响声。马蹄湾人说:不论鬼怪,还是野兽都害怕铁器声。因此人们在害怕时,便敲打铁器,或者脸盆什么的。

铁锨和石头的碰撞声渐渐远去,那小伙子走了。夜幕好像裹尸布铺盖下来,沟壑被罩严了。随之,沟谷里传来呜呜哇哇的怪叫,森森阴气从四面八方涌来,紧紧缠绕住她,她的头皮阵阵发麻。看守水坝的石头窝棚就在水坝东头,她紧张地跑过去,准备躲在里面,一脚刚跨进开着的窝棚门,里面突然冲出个黑色的怪物,"呱呱呱"叫着掠过她的头顶,一路怪叫着飞向对面的山崖。"妈呀——"她失声惊叫,扑通跌坐在地上,背靠着窝棚墙壁瘫软下去。

不知她被吓晕了,还是刚才摔昏了,此时眼前金星飞闪,磷光飘忽,天旋地转。坝东岸荒滩上那堆白森森的死人骨头,也在磷光映照下,闪着森森幽光,山崖上的石头,怎么看也像死人头颅,咧着白牙,向她盈盈怪笑。这时山崖上又发出"哇呱呱"的怪叫,好像厉鬼阴笑,"妈呀——"她又惊叫一声,脊背上刷地冒出冰冷的虚汗,随之小便失禁……她想逃跑,两腿却软得好像面条,站不起来。她用拳头砸着自己的大腿,叫着"天啊,你怎么这样残酷?连逃跑的机会都不给我,

天啊——"大哭起来。这时候她非常想念妈妈,也非常想念老妈妈,只要两位妈妈在身旁,她什么都不怕,但妈妈在哪里?在哪里啊?她在那儿哭叫着。这时,一个狗熊般的黑影子出现在对面的堤坝上,晃悠着慢慢往前移动。熊?狼?鬼怪?"妈呀!什么东西?打狼!——打狼啊!"她又厉声尖叫,向窝棚瑟缩。那黑影听到叫喊声停住了,半天传来粗闷的声音:"不,不是狼,是我,我……"

"啊,三,三娃?!"叶梅不相信自己的耳朵,连连问:"你是三娃?真是三娃?真是吗……"

"是,是三娃,娃……"

"三娃——"叶梅听出真是张三娃,不知怎么的,忽然站起来了,叫喊着"三娃过来,快过来,快啊!"跌跌撞撞扑上去。

三娃晃荡晃荡走过来了,她扑上去抱住了张三娃的胳膊,紧紧抱住不再放了。张三娃只会说简单的几句话。他说:"不要怕,有,有我哩!"见叶梅浑身瘫软,便扶她坐下。叶梅拉着哭腔叫着:"三娃来得太及时了,要不我就完了,完了,谁让你来这里的?谁让你来的……"张三娃摇了摇头,叶梅见他是自己来的,心里陡然涌出一股热浪:"三娃好人,好人哪!"便软软靠在三娃的身上,好像一摊烂泥。

高度紧张后的忽然松懈,使她浑身没了一点精神。大概过了两个小时,才觉得有一丝精神回到她的躯体,她动了动,坐了起来。张三娃见她起来了,抬手指了指窝棚,说:"你,你去睡,睡吧……"见叶梅仍惊魂未定,软绵绵的动不了,扶起她往窝棚里走。叶梅说:"我睡窝棚,你去哪里?"她怕他离开她。

张三娃看看左右:"我,我就在这儿,这儿守着,守着……"说着,坐在窝棚门前的平地上。叶梅看懂了三娃的意思:他既守着窝棚门,不让野兽伤害她,又替她看守水坝,一股热浪又在她心里汹涌,胸腔滚烫发胀。她抬头望望夜空,天空好像深蓝色的锦缎扩张着,无数星星在闪烁。人间自有真情在。她提悬的心落在了实处,随之热泪涌出眼眶……

第二天晚上,张三娃又来了,又坐在窝棚门前的平地上守着。第三天仍然在那儿,简直就是她忠实的守护神。叶梅白天在田野里浇水,晚上看守水坝,有张三娃守护,一连几天平安无事。

这天,叶梅正在田野里浇水,见张三娃在野地里疯疯傻傻乱跑,弄得满脸满身泥垢斑斑,便喊他一声:"三娃,过来。"张三娃听到喊声,走过来。他傻了,别人叫他,他不应,说什么话,也懵懵懂懂的,在叶梅和老妈妈面前却像正常人,叫他,他应,不应声,也会两眼望着你,等你说什么,像个三岁小孩。

三娃慢慢走到叶梅面前,两只呆滞的眼睛望着她。叶梅说:"看你弄得多脏,过来,我给你洗洗。"就领他到水渠边,搬块石头说:"坐下。"三娃就乖乖坐在石头上。叶梅蹲在水渠旁边,用手捧着渠水,给他洗脸,擦脊背,边说:"三娃,不要再乱跑了,洗完脸回家去,啊!渠沟里到处是水,小心掉进水里……"

三娃默默听着,点着头。

洗罢了脸,没毛巾擦,叶梅就提起自己的衣襟给他擦。那样子好像妈妈呵护孩子。三娃也像个听话的孩子,乖乖让叶梅擦洗。三娃洗了洗,一下就显得干净清爽了。叶梅甩甩手上的水珠子,说:"回去吧,听话……"三娃却不动,叶梅说怎么不走?正说着,突然发现什么,"啊"地叫了一声。她发现三娃那双呆傻的眼睛,正直直地盯望着她的胸脯,大概刚才她用衣襟给他擦脸时,他看到了她的乳房,因此就呆呆望着……叶梅的脸颊刷地红了:"三娃,你怎么,你……"本能的羞涩使她慌忙站起来,整理好自己的衣服,系好扣子。

然而,三娃却仍盯着她的胸脯,呆呆的,痴痴的。叶梅从那目光里看到了人性的本真——那是孩子对母亲的亲情渴望,没有一点邪念。她的脸色渐渐变得慈祥柔和了,眼睛里盈出泪水,很果决地走到他面前,低声说:"三娃,想看,就看吧……"慢慢蹲下去,将三娃的脸揽在自己怀里,接着拿过他的手,放到自己的胸脯上……

母爱的情怀,在这里升华闪耀了。

这一情景,被刚来这里的邱生辉看到了。他本来转悠到这里,看看叶梅经过这些天的"磨炼",对他的态度怎么样,当看到眼前的情景,突然愣在那里——天下怪事!一个美丽漂亮、清高孤傲的姑娘,怎么就跟傻子呆子搞到一起了?他感觉好像在梦境中,然而事实却真真实实摆在眼前。以前他对叶梅喜欢牛大壮就想不通,现在面对叶梅喜欢张三娃那样的傻子,更加想不通。他就不明白叶梅为什么会对傻子感兴趣?而对他这个手握马蹄湾大权,掌握着她前途命运的人却冷若冰霜?她疯了?傻了?还是脑子有问题?——他想不通,实在想不通!妒火汹涌如浪,顶撞着他的胸膛。他沮丧地在那儿立了半天,摇了摇头,转身往回走,嘴里恼羞迷惘地自语着:"怪事,简直是天下怪事,想不通,想不通……"

叶梅没有发现邱生辉的到来,仍搂着三娃的头,拍抚着三娃的脊背,好像抚爱自己的孩子,渠水倒映着他们的身影,静静流淌。飞鸟在他们身旁的草丛灌林中婉鸣,在蓝天白云间拍着翅羽歌唱,寥寥人影在远处的田野里晃动,有的浇水,有的除草,还有的修补渠沟。空旷的田野,空旷的天空,薄薄的云层,时间在这种天籁般真情的感化下凝固了,不动了。

153

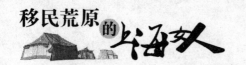

不知不觉，两个小时过去了，这时叶梅好像听到了什么，突然"哎呀"惊叫一声，放开三娃蹦起来，向渠旁的那片麦田扫了一眼，脸色顿然变得惨白：麦田被淹了！那是农场最后播种的麦田，因为播种迟，麦苗还没有出土，负责灌溉的组长再三叮嘱：千万小心，不能淹了这几块地，否则土地板结，就出不了苗。但该死的水渠偏偏在什么时候决了口，水哗哗往那几块麦地里流。

叶梅冲上去，铲土堵塞倒垮的渠沿，但渠沿倒塌一米多宽，靠她哪能堵得住？她填到决口的沙石泥土好像纸片儿，翻着浪波卷走了。她一筹莫展，急得团团转。张三娃跑过来，扑通跳进水里，横躺在决口上喊道："快壅土，快！"叶梅来不及说什么，铲土往决口里壅。水流急，壅进的土还是停不住。三娃又叫喊着："扔石头，快扔石头！"叶梅扔下铁锨，搬几块大石头推进决口，又壅土……

决口终于堵住了，但那几块麦地已经白光闪闪，成了一片海洋！

叶梅浑身泥水斑斑，站在决口的渠旁，变成了泥桩。十几亩麦田毁了，说轻点是失职，玩忽职守，说重点是破坏生产，破坏农场。邱生辉能说轻吗？能放过她吗？——天哪！这次她可把天戳了个大窟窿，比孟尚海闯的祸更大！叶梅脑海里首先闪出的信息是判刑坐牢。她在那儿傻子般呆立着。少顷，转身发疯般向沟北的麦田上跑去，要找老妈妈想办法，补救这要命的过失。

老妈妈正在田野上轰赶野兔。叶梅跑上去抓住老妈妈的手，声泪俱下："老妈妈，完了，我完了！"当她把麦田淹了的事告诉老妈妈后，老妈妈先是吃惊地"啊"一声，接着撒腿就往那片麦田上跑去。——是全淹了，不是梦幻，是一片水海……老妈妈震愣在那儿，也变成木桩了。作为农民，谁都清楚淹了还没出苗的麦田是什么后果，更严重的问题是，邱生辉正在寻找叶梅的岔儿，他能放过她吗？这件事，邱生辉足以让叶梅变成他手中的一坨泥巴，任他怎么揉弄。她望着眼前水海般的麦地，脸色苍白。叶梅见老妈妈骇得变了脸色，叫喊着天啊！怎么办？怎么办啊？老妈妈愣怔了半天，抓着叶梅的胳膊，咬咬牙低声说："女子，现在三十六计……"

"——逃跑？"叶梅惊跳。

"对，逃跑！"老妈妈说："妈妈找人带你从那条小路逃跑，逃出马蹄湾，到别处去，现在只有这条路了……"

叶梅想了想，也只有这条路，否则后果不堪设想，她豁出去了！

然而，她们多少次叫不应，喊不灵的老天爷，这次大概被感化了，在关键时刻大发慈悲，帮助了她们……这天晚上，马蹄湾突然袭来一场风雪，那雪花纷纷扬扬，好像唱歌跳舞般飘落了整整一夜，第二天早晨才落下帷幕。那雪足有半尺厚,马蹄湾铺上厚厚的雪花,那绿油油的麦苗和刚刚出土的蔬菜,全部覆盖在厚厚的冰雪下。

这场雪好像小偷悄悄来了,又悄悄走了。人们早晨一出门,全都愣住了!

邱生辉面对覆盖在冰雪里的庄稼,彻底傻了——这些日子他正得意忘形,做着美梦,想象着这颗"卫星"发射成功,他的前程不知有多么辉煌,可现在……他在门前愣了片刻,沮丧地大叫"完了!"接着马上召集动员移民们铲雪,抢救压在冰雪下的庄稼。

马蹄湾的男女老少全都从那片泥院和地窝群里出来了,扛着扫帚的,扛着铁锹的,推着木轮车的,一起走向麦田。扫的扫,铲的铲,拉的拉,推的推。田野里人喊马叫,一片繁忙。劳动工具磕碰的声浪,撞击着雪后初霁的天空。马蹄湾从没出现过如此紧急慌乱的场面,然而人们没有铲出几块地的积雪,就发现庄稼早已冻结在冰雪里,有的成了冰棍,就是铲了雪,也救不活了。移民们失望地停住了手,望着自己用血汗浇灌出来的庄稼被风雪冻死了,摧毁了,心痛得流下了眼泪。这毕竟是他们半年多时间的血汗啊!

马屁精前来请示邱生辉怎么办?

邱生辉正在麦地里拼死命往外铲雪,恨不得一两锹就把所有的雪清除尽了。听到马屁精说"铲了雪麦苗也活不过来了",上去照马屁精屁股就狠狠踢了两脚:"谁说铲了雪麦苗也活不过来了,谁说的? 你给老子赶快去铲! 铲! "

马屁精本来就满肚子恼火,现在又被邱生辉踢了两脚,那火更甚了,准备发作,回击他两脚,一想邱生辉正在火头上,遇到这样的打击,任谁也受不了,于是气恼地转身走了。邱生辉见马屁精走了,忽然意识到自己刚才过分了,忙追上去说:"马秘书,刚才我,我怎么昏头了……"

马屁精回头冷冷地说:"没,没啥……"

邱生辉哭丧着:"我,我,咋就这么倒霉啊……"扔下手里的铁锹,蹲在地上双手捂脸哭泣起来。马屁精见此情景心软了,慢慢蹲在他面前劝道:"场长,不要难过,这是天灾人祸,无法躲过……这天气,成心跟人捣蛋! "

但现在诅咒什么也无济于事了。邱生辉好像抽了筋骨,望着厚厚的冰雪流出了眼泪,马屁精蹲在他面前陪着流泪……

现在是六月了,怎么还下雪? 上海移民们不可理解。其实,高原山区的气候就是这样,说变就变,忽风忽雪,变化无常,六七月下雪是常事,深山里更是风雪频繁。

马蹄湾的这场风雪来得快,消融得也快。早晨满世界还是一片冰雪,到中

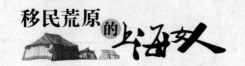

午冰雪消融了,大地变得湿漉漉的,大沟小溪都是水,淅淅沥沥的。太阳一照,满山遍野水雾升腾,飘逸弥漫,充满生机,唯有冻死的庄稼,平展展地贴在地面上,好像刚从开水锅里捞出的韭菜。

邱生辉见雪消了,脑子里又升起一丝希望:马上组织移民抢时补种粮食。这是现在挽回损失,补救破灭美梦的唯一办法。但他的计划,黑脸社长不同意。他说:"不能再种粮食了,现在已经到了六月,早已过了种粮食的季节,补种粮食根本成熟不了,如果补种的话,还是补种冬白菜、萝卜等蔬菜……"

"扯淡!我邱生辉要的是粮食!"邱生辉心里说。他不听,派人骑马连夜赶到县里弄来麦种,抢种下去。因为麦种不够,不少荒地闲着,在黑脸社长的坚持下,补种了几十亩冬白菜和萝卜等蔬菜……

补种的小麦不几天就出土了,长势也还不错,邱生辉心里又升起希望的彩球,但正当小麦拔节灌浆时,第一场霜冻降临了。因为是第一次,持续时间不长,小麦没有受到多大损害。过了几天,又一次霜冻袭来,粮食和蔬菜叶子上落满白白的霜花,气温随之降低,小麦渐渐开始由绿变黑,又连续几天降温,小麦发蔫冻死了。然而,那些补种的冬白菜和萝卜却没有受冻,还在正常生长,而且油黑墨绿。

邱生辉长时间站在地头,呆望着霜杀的麦田,脸上灰白灰白。也许那段日子他顾头顾不了尾,也或许农场的麦田被冰雪杀死了,因此他没有追究叶梅水淹麦田的责任。她躲过了一场灭绝性的灾难……

18

那场风雪同样袭击了远在天边的野牛沟,使孟尚海在风雪中病倒下去。

几个月来,孟尚海经历了从没有过的繁忙和劳累,接羔季节他白天忙晚上忙,几乎没有合过眼,接羔劳动结束后,一群羊变成了两群,草场需求量大,他每天赶着羊群不停游走放牧。那些调皮捣蛋的羊羔们,还不懂草原上的规矩,一会儿跑到这个山头上,一会儿蹿到那条沟里,好像跟他捉迷藏。他整天跟着它们的屁股转,两条腿都快跑断了,每天傍晚回来,顾不上吃饭便把疲惫不堪的身子先扔在地铺上。罗曼兰玩笑说:"当初我说会有你放牧干活的机会,会有你累得抬不起头的时候,看看怎么样?"

"真没想到放牧这样辛苦啊!"他疲惫不堪地说。

这天,或许老天成心找他的麻烦,他刚赶着羊群进了山,羊群就被山沟里突然蹿出的两匹狼惊散了,那些羊们顺着七沟八岔没命奔跑,没命逃窜,特别是羊羔子,没头苍蝇般咩咩叫着,四处乱跑乱窜,转眼间便没有了踪影。他从早晨到太阳落山,在山里的沟沟岔岔奔跑,累得几乎趴在地上,到天黑才把羊群收拢回来,刚准备喝口水喘口气,又发现少了两只羊羔。他怕被狼吃了,抓起水勺,舀了勺凉水咕嘟咕嘟喝下去就跑出门……找到那两个小东西,已经很迟了。他抱起来就往回跑,半道上,天气突变,先是大风,后是雪片,那雪片鹅毛般往下铺,时间不长便把山里的沟沟洼洼抹平了。后头积雪没过膝盖,迈步艰难,他便在雪地上慢慢往前爬,再后来眼前一黑,就什么也不知道了……

再说那晚罗曼兰吃过晚饭就守在火塘旁边熬奶茶边等他,天渐渐黑尽了还不见回来,心里非常焦急。她想出去寻找,却不知他去了哪条山沟,再说那些潜藏在大山深处的恶狼和金钱豹,总是在风雪天突然袭击羊群。圈里的羊群没人照看是万万不行的。她只好耐着性子等。已经半夜了,孟尚海还是不见踪影。此时整个山野风雪弥漫,啸声回荡。她望着漫天狂舞的雪浪,感觉孟尚海出事了,赶紧安顿好女儿盼盼睡觉,自己穿上皮大衣,戴好围巾,带着干粮冲出毡房,扑进风雪茫茫的山谷……

第二天,孟尚海醒来后发现自己躺在罗曼兰的床上。他以为是做梦,掐了掐自己的手背,痛!知道不是梦。这是怎么回事?他努力想了想,才回忆起昨晚他去寻找羊羔、抱着羊羔迎着风雪往回赶的情景,后来的事就不知道了……可他怎么躺在这里?想问罗曼兰,见她斜倚在床架上沉沉睡着,脸上是沉重的疲劳,不忍心叫醒她。

他有所不知,他是被罗曼兰背回来的。昨晚罗曼兰找到他时,他已在雪地里昏迷了近两个小时。附近没有人烟,又没有骆驼马匹,她背起他就往回走,后头背不动了,就在雪地上拖,一步步往前移。她是连背带拖,才把他弄回家的。回来后又守在床旁照料他,因为太劳累,不知不觉歪在床栏上睡着了……

孟尚海知道了这些,眼睛就湿了。他是个硬汉子,轻易不流泪,那天他是抑制不住了。孟尚海在床上躺了三天,感觉身体渐渐恢复,要求下床去放牧,罗曼兰不让,他问羊群怎么办?她说:"山沟里的雪已融化了,这两天太阳好,青草噌噌往上长,羊羔不会再去别处撵青草,大羊也不会乱跑了,我一个人能顾得过来,你就安心歇着,等身体彻底恢复再说……"

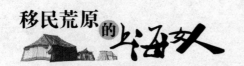

他笑笑说："我哪有那么娇气？"又要起来，她按住他用命令的口气说："听话！我是这里的主人。"

孟尚海见她严肃的样子，就躺下了。他清楚罗曼兰往往在这种事上寸步不让。但他想罗曼兰总有出去的时候，她出去了，我不就起来干活儿了？他现在已经是个闲不住的人了，一闲就感到寂寞，心里发慌，再则离开马蹄湾三个多月了，他很想念父亲，也很想念叶梅，特别一个人在外放牧的时候，思念的情愫好像山野里密集柔软而又牢不可断的草藤缠绕着他，只有干着活儿忙着，才能淡化这种浓浓的思念之情。

其实，罗曼兰也知道他是个躺不住的人，因此在她外出放牧时，从箱子底下拿出一本书给他，说："这是我爸和我都很崇拜的作家写的，很感人，你留着看看……"孟尚海接过书，是法国作家罗曼·罗兰的长篇小说《约翰·克利斯朵夫》，顿然兴趣大增。他虽然在大学读建筑专业，但对文学情有独钟，读过不少好小说，特别喜欢法国批判现实主义作家巴尔扎克、斯汤达的小说。罗曼·罗兰的这部长篇小说，在抗日战争前的《小说月报》连载过片段译文，1946年才由上海出版了全译本。以前他虽然只读过部分章节，但小说里所表现的社会正义感，以及主人公向往光明、向往正义的理想主义激情和斗争精神，对他却震撼很大，影响很深，他想着有机会一定通读全书，可后来他遭了噩运，一直没能拜读，现在在这样的环境中，能看到这样的好书，他惊喜万分，迫不及待地从她手里接过书！

书是用一块绸布包裹着的，里面除了有铅笔圈点的标记，无破损无折痕，崭新如初，保护得很好……他翻开了书，也好像慢慢翻开书主人的内心世界，不由抬头望一眼坐在床头的罗曼兰。这时罗曼兰也正怔怔地望着他，见他望她，两片红潮倏然跳上她的脸庞，她慌忙低下头去。

他也猛然觉察到什么，心里一动，慌忙低下头去。几个月来，他不知因为整天忙碌，还是因为别的什么原因，从没有站在审美的角度认真观察过眼前这个女人，现在才发现罗曼兰其实长得很秀美，鸭蛋样椭圆的脸庞，清泉般黑亮的眼睛，青草叶般淡淡的细眉，红润而厚实的嘴唇，也许因为出身书香家庭，身上还透着一股高雅的书卷气质。

她生在上海，长在上海，又在上海上学，算是地地道道的上海人。1956年高中毕业后随着"支边"干部团来到这个县，分配到县文教局工作。她丈夫也是上海支边干部，在县里的畜牧局工作。她丈夫组织能力强，工作积极踏实，又有文化，不到一年时间，就被县里提拔为畜牧局副局长。刚二十出头就被提拔重用，是很招人眼红和嫉妒的。1958年夏天，不知什么原因，就牵扯到一起莫须有的民族叛乱集团案里。几天时间被开除公职发配到野牛沟放牧。组织上把他发配到这里，自然是经过周密考虑的。这里全是大山，远离人群，除此而外就是大漠戈壁，作为叛乱成员，他想逃跑，跑不出去，再想干别的什么，没有条件。丈夫倒霉了，妻子自然也受到牵连，开除公职后跟随丈夫来到野牛沟。

那时候经常听到西北民族地区发生什么叛乱集团，叛乱事件，真真假假，很难说清。如果这时候她丈夫自认倒霉，安安稳稳在野牛沟放牧，命运也不会糟到哪里去，顶多跟妻子现在一样，可他对这些突然而至、莫名其妙的噩运总是想不通，想不通，他就要说，就要上诉，这是很多年轻人的特点。俗话说：言多必失。他话说多了，写多了，见问题迟迟得不到解决，就难免发牢骚，就难免有过头话，有次他在火头上说："办的什么案，无根无据，总有一天会彻底推翻！"

——推翻？推翻什么？推翻县政府？推翻共产党的县委？他的言论一下被抓住了。他说他没有参与叛乱集团，他说他的问题无根无据，现在铁证不就摆在眼前？哗——问题马上升级了，当天就被逮捕关进监狱，很快又被判刑，送到青海劳改农场。他又气又急又恼，后来就病了，听说两个多月便死了，把罗曼兰和不到两岁的孩子，扔在这个荒无人烟的野牛沟……

自丈夫死后，"反属"的政治压力，繁重的劳作，艰辛的生活，使她变得不喜欢穿戴，不喜欢收拾打扮自己，甚至连脸也懒得洗了。这样，没过多长时间，漂亮秀美的脸庞就失去了光泽，额上出现了深深的皱褶，变得消瘦苍老了。要说苍老，心灵的苍老要比外表的苍老更严重。一度时间她曾失去生活的信心，甚至想轻生。她的心几乎死了，孟尚海到来后帮她放牧，劳累生病时，他跑前跑后照顾她；还替她照看家，照看孩子，驮柴背水，烧茶做饭，晚上在外面守圈看羊……她的劳动强度减轻了，家庭拖累解除了，晚上可以安安稳稳睡觉了，心里渐渐温暖了，绝望死却的情感世界激活了，脸上有了笑容，有了光泽。一个人的心灵如果变年轻了，一切都会变得年轻，面貌自然也会光彩照人。

因此，孟尚海面对她的漂亮光彩，大为惊讶！

孟尚海在罗曼兰的强迫下，又在床上躺了两天。在这两天里，他几乎一口气读完了《约翰·克利斯朵夫》，克利斯朵夫"创造才是欢乐，创造是消灭死亡"的精神蕴涵，极大地鼓舞了他，也替他渐渐诠释了这座毡房的女主人为什么能在如此沉重的压力下，在如此恶劣的环境中生存下去的真谛！

这天中午，他下床走出了毡房。七月初明媚的阳光铺天盖地向他涌来，他伸开臂膀孩子般跑进温暖香甜，而又荡漾着青草气息的山谷。天空深邃旷远，

大朵的白云在慢慢滑动,飘过沟谷,飘过积雪的山峰,好像擦洗着湛蓝的天幕;沟谷全都绿了,两旁的山坡上也出现嫩黄的颜色,而且逐渐向上攀升,要不了多久就会登上山顶,铺绿山野沟壑。他深深呼吸一口清新的空气,感到心胸鼓满了激情。大自然是壮美的,好像母亲温暖的怀抱!

他在草滩上奔跑着,叫喊着,又躺倒在草丛里翻滚着。他忽然发现自己喜欢上野牛沟了,确切地说开始喜欢草原了,思想意识渐渐正向草原的精神领域融入。一个上海来的青年人,一个单纯的放牧者,真正进入草原的精神家园,是需要经过痛苦艰难的嬗变和巨大的思想飞跃的。他自我感觉已经开始嬗变,开始飞跃了。大地鼓舞着他,群山呼唤着他。他的理想和向往,好像被那远去的白云载着,渐渐飘向美好的未来。

罗曼兰从草场上回来了,一手牵着女儿盼盼,一手拿着几大束蓝莹莹的马莲花。现在野牛沟的其他花朵还没有开放,只有马莲花在山野里绽开,一片片,一簇簇,张开怀抱迎接着迟来的夏天。盼盼看到孟尚海,就叫着孟叔叔,孟叔叔,张开臂膀跑来,好像花蝴蝶。孟尚海从地上翻起来,叫着盼盼迎上去,把盼盼抱起来举在头顶上,在草地上转了几圈,逗得盼盼咯咯咯地笑。罗曼兰叫着孟尚海:"快放下她,快放下,你的身体还没有彻底恢复……"孟尚海说:"没事的。"把盼盼放下来。

本来盼盼是留在家里的毡房里的,罗曼兰怕孩子吵吵闹闹,影响孟尚海的休息,所以每天出去放牧都把她带在自己身旁。罗曼兰把盼盼拉到自己身边问孟尚海:"怎么起来了?"

孟尚海诙谐地说:"克利斯朵夫陪我养好了身体,我得起来重新投入战斗。"

罗曼兰说:"现在有个艰巨任务需要你去完成。把这束花拿回去,插在那个罐头瓶里,再添上水……"

孟尚海说:"还要勤换水,延长花期,保持清香长留!是这样吧?"

罗曼兰说:"对!生活中不能没有花朵,不能没有阳光,不能没有灿烂蓬勃的春天!"

"保证完成任务!"孟尚海牵起盼盼就往毡房跑。

罗曼兰说:"慢着,还有重要任务——"

孟尚海站住了:"什么任务?"

她说:"我派你回马蹄湾,看看你爸爸他老人家——这个任务能完成吗?"

孟尚海没想到还有这个任务,不知怎么回答。他确实想回马蹄湾看望爸爸,看望叶梅,但他走了这里怎么办? 他现在已经跟羊群有了感情,跟这座毡房有了感情,跟草原有了感情。罗曼兰见他迟疑不决,说:"你就放心去吧,这里有我。"边说着就回毡房去给他收拾东西,还特意给他爸爸准备了两块干肉,还有几个羊油炸的饼子……

孟尚海不好再说什么,就回马蹄湾探亲了。

孟尚海骑着骆驼,沿着七月的山谷回到了马蹄湾。一进马蹄湾,一片庄稼地扑进眼帘。孟尚海并不知道,就在那场风雪袭击野牛沟之前,马蹄湾也同样遭到风雪袭击,庄稼全部压在冰雪里。他在那场风雪中倒下去,经过罗曼兰精心照料,七八天就恢复了,而马蹄湾的庄稼却永远倒了下去。他面前出现的庄稼是农场的移民们二次补种的。

他看到那块块地里的麦苗刚刚出土,拼命往上挣着,努力挺着腰杆,尽管带着某种先天不足,但仍像是庄稼。

移民们三三两两在田野里劳动。工地上不见了飘扬的红旗,听不到那种做作的劳动号子声,与春天垦荒那会儿相比,好像理性了些,实际了些,没有了那种狂热,叫人心里感到踏实。他一眼看到爸爸在麦田里除草,他跳下骆驼跑过去,爸爸看到他惊愕了一下,直起腰,放下手里的锄头,迎着他走了两步,停住,笑着:"回来了?"没有电影里那种亲热的拥抱,只问了他这三个字。孟尚海回答说:"回来了。爸爸身体好吗?"

爸爸点点头说:"还好。"

爸爸虽然只有简单的几个字,但孟尚海感到他话里蕴涵的内容太深沉太深沉了。大海就是这样,越是深沉,表面越是平静。他的眼睛顿然潮湿,心里涌动着汹涌的热流,嘴巴张了张,吐出几个字:"爸,我太想您了……"

爸爸"哦哦"了两声,眼睛里便出现两汪泪花。

太阳落了,该收工了,呼啸的哨声带着饥饿,掠过暮色的田野。孟尚海帮父亲扛着锄头,背着锄地时收集的杂草,牵着骆驼往回走。半道上,他看到了叶梅。叶梅仍干着邱生辉"照顾"给她的浇水工作,脚上还是那双胶鞋,裤脚高挽着,泥水斑斑,已成为比较标准的农工了。他看到叶梅,脚步突然停住了,就想冲上去,拥抱、亲吻,诉说离别情思念苦。但他没冲上去,因为爸爸就在身旁,他今天刚回来,父子刚刚相见,算是团圆,是个高兴日子,不能惹爸爸生气。他相信,他跟叶梅会有相见的机会的。

叶梅也看到他了,准备过来,同样看到他爸爸在身旁,也迟疑一下,停住了,

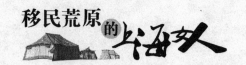

只望了两眼,转过身去浇灌她的麦田。看样子叶梅想尽量回避,给孟尚海少找点麻烦。孟尚海的爸爸也看到了叶梅,见儿子用目光抚着她,就催促着:"走啊,望什么呢?快回家吃饭……"

孟尚海停顿片刻,给叶梅一个歉意的目光,开始向前走。

晚饭很快吃过了。是他爸爸从食堂打来的。他爸爸显得很高兴,很喜悦。毕竟三个多月没见儿子了,他哪能不想呢?哪能不高兴呢?他询问着孟尚海的羊群,询问着野牛沟的气候,询问着孟尚海的身体。孟尚海就给爸爸一一回答着,同时心里惦着叶梅,想找机会出去看看,但他父亲就这么询问着,没完没了说着话,没有一点脱身的机会,直到深夜了。

孟尚海便带着无限憾意睡了。

那晚,叶梅知道孟尚海会找机会出来跟她相会,因此一直在家里的地窝子等待,后来见他迟迟没来,就出去在孟尚海家地窝子附近等着,直到天亮。后来,孟尚海听到这个情景,感激得哭了,紧紧搂着叶梅说:"我孟尚海就是上刀山下火海,也永远爱你!——爱到永远!"

第二天,孟尚海又准备去看望叶梅,但孟尚海的爸爸让孟尚海帮他去麦田里除草,帮他完成任务。孟尚海没有推脱的理由,就去除草了。当然他清楚爸爸的这些行为,都在于不让他与叶梅相见。

几天时间里,他爸爸都把他盯得很紧,没有一点空隙。这天晚上,老妈妈来他家了,看来她是给叶梅当说客的,进门就对他爸爸说:"老家伙,把娃子看那么紧干啥?该让年轻人出去玩玩,关在家里不怕把儿子憋出病来?"老妈妈说的话,他爸是肯听的,但那天却没有听进去。他说:"都大人了,还玩耍?歇两天,回去好好放牧。"老妈妈又求情,他还是那句话:这是政治问题,不能马虎。老妈妈知道这老头子脾气倔,说一不二,就没办法了。

几天时间就这么过去了。孟尚海最终没有脱身,最终没找到与叶梅相见的机会,带着撕裂般的心情,遗憾地离开了马蹄湾。他路过上次与叶梅相会相拥的山沟,不由勒驼停住,祈望叶梅像上次那样突然出现在小路上,但却没有。因为他离开时,看见她正在田野里浇水,离不开,就是她来了,他也不敢停下,不敢跟她相拥相抱,相亲相吻,因为他爸爸不知瞄到了什么,一直跟在后面送他,直到很远很远的地方。

他就这样回了野牛沟,回到了那座毡房。

162

19

天气渐渐冷了,一股股冷风裹着雪粉从山谷里吹来,转眼就把马蹄湾逼向冬天。山野里的杂草枯黄了,马蹄湾的杂草也枯黄了,田野渐渐灰白萧索。马蹄湾人在田野里收拾着霜冻劫掠过的庄稼,把那些蔫头耷脑的、挂着残枝败叶的、躺倒在地的麦秆和向日葵秆等,都用芟镰砍倒,收拢起来,打成捆背回家,垛在小院里,准备冬天作燃料。

移民们也学着当地社员,把田野里割的秸秆、禾秫、柴草堆放在地窝子旁,准备应付寒冷的冬天和春天。没过几天,肥硕繁杂的田野就悄然消瘦下去,继而那些庄户小院和地窝子群落里,雨后春笋般出现一座座柴草垛子,撑起一道独特的风景线。

转眼,到了年底。

1960 年的马蹄湾,在轰轰烈烈建农场、人喊马叫垦荒种地的狂潮中,随着第一场霜冻降临,便冷冷清清灰头灰脑结束了。那年那月是邱生辉记忆中最为灰暗的日子,前半年轰轰烈烈,热火朝天,自从霜冻降临后,他的心情就渐渐变得低落了,时常高昂的头颅,好像霜杀的秕谷子耷拉了下去。这天,他又到荒地上去了。这时候的田野光秃秃的,什么也没有,甚至荒草荆棘也被社员们刈割了。他站在田野里呆呆地望着灰白的荒地,长叹道:"马蹄湾啊,你咋会是这样,咋会是这样呢?"

黑脸社长也去荒地上了,他转到邱生辉身旁,见邱生辉直发愣,清楚邱生辉此时的心情不太好,抬手轻轻拍了拍他的肩。邱生辉转回头,见是黑脸社长,脸上旋即闪出尴尬和复杂的表情。黑脸社长安慰说:"想开点吧,已经这样了,就不要把它积压在心里,这样对身体不好。不过,这是深刻的经验教训呀!"

邱生辉苦笑一下:"唉,马蹄湾……怎么会是这样的结果,怎么会是这样的呢?怎么……"他无话可说,重复着刚才的话,以掩饰自己的沮丧和尴尬。

黑脸社长说:"自然规律是不能违背的。有些人说人有多大胆,地有多高产,那是头脑发烧的胡咧咧,会害死人的——记住这些,从头开始吧!"他是诚恳的,在人生的道路上,谁会一帆风顺呢?只要接受经验教训,转回头来,同志还是同

志，朋友还是朋友，就好像走岔了路的骏马，拐回来还是骏马一样。他没有半点幸灾乐祸的意思，但邱生辉却感到他每句话都带着这种意味，心里说："唉！这该死的老天，就不给我邱生辉一点面子，弄得我这样狼狈，让人家看了我的笑话！"他满脸的灰暗，好像蒙上了一层尘土。这也难怪，因为他现在的心灵是灰暗的，自然折射着黯淡的光。

然而，他的第一炮没有打响，哑了，这是不可争辩的事实。因此他不像先前那样得意洋洋，颐指气使，张张狂狂了，对黑脸社长的态度也有所改变，第一次没有向黑脸社长展开唇枪舌剑。当然，这些改变并不全是因为他的第一炮哑了，而是发现人们对他在马蹄湾建农场、种粮食的主张产生了怀疑，包括县里的一些领导。这才是问题的关键。

本来，这年冬天他要动员马蹄湾人全部出动，大垦荒，大跃进，把整个马蹄湾都开垦成田地，但老天敲响的警钟，在他发烧的脑袋上猛撞一下，使他稍稍冷静了。又加上黑脸社长劝他说："取消这个计划吧，不能这样折腾下去了，再要这么折腾，损失可就更大了……"

邱生辉考虑了半天，困难地点了点头。

自从邱生辉提出在马蹄湾建农场后，马蹄湾的两个社官，从来没有尿到一个壶里过，这次不论怎么说，邱生辉开始朝一个壶里尿了。于是这年的马蹄湾度过了一个相对安稳的冬天。

邱生辉取消了马蹄湾全民动员的"跃进"计划，并不等于放弃自己对政绩和辉煌前程的追求。第二年开春，他又要播种粮食。他是不见死人不流泪，他是不能失败，就是打肿脸充胖子，也要充到底啊！

黑脸社长听他还要坚持耕种，便从牧场赶回来劝阻他。邱生辉知道黑脸社长要说什么，几天时间避而不见。这天黑脸社长终于把他堵到了王家院子。他对邱生辉这种避而不见的态度很气愤，但没有发火，还是耐心劝道："再好好考虑考虑吧，这不是简单事。"邱生辉说："没有啥考虑的，我已经下决心了！"黑脸社长又要劝说，邱生辉狠狠回他一句："你啥都不要说了，这是农场的事……"下面的话他虽然没说出口，意思却表达得清清楚楚。黑脸社长忽然发狠了："这不行！——这是拿人民的生命财产当儿戏，不能这样折腾下去了！"他的态度很坚决，他讲不出更多的道理，但清楚这样坚持下去不会有什么好结果，最终苦的是老百姓。

邱生辉见黑脸社长口气强硬，盯望他半天，质问道："你认为不干，撤了农场就是正确的？"

黑脸社长说："我不是这个意思，我是说这样折腾下去是劳民伤财，是……"

邱生辉打断说："不要说了，我清楚你的真实想法，你是怕我干出成绩，跑在你前面，超过了你，得到你要抢的位置！"黑脸社长听他这样说，很吃惊，又很无奈："你，你怎么这样说话？我这是真心为移民好，为社员们好，为你好啊！"

"那，我得谢谢你！"邱生辉讥笑说，转身就走。黑脸社长愣在那儿了。本来他是不再阻止邱生辉了，因为在他这个问题上，已有过很严重的"错误"，几次都没有检讨下去，要不是去年农场的庄稼被霜打了，可能也就遭遇撤职，但他是共产党员，又是公社副社长，他不能眼看邱生辉再折腾下去！那种事不关己，高高挂起，是对人民不负责任，是犯罪，也不是他黑脸社长做人做事的风格。但他怎么也没想到邱生辉会把他的劝说拉扯到抢官位上，他真不知给邱生辉怎么解释，怎么说。

他见他没办法阻止邱生辉，便骑马连夜赶到县里。

县政府也正好召开会议研究马蹄湾农场耕种问题，几位领导在会上发生了激烈争论：一部分领导支持邱生辉，一部分持反对态度。由此"继续派"和"反对派"发生争执，到了白热化程度。当初马蹄湾建农场时，反对派就认为马蹄湾海拔高，无霜期短，气候寒冷，不易建农场种粮食，现在他们仍坚持这个观点，而"继续派"的代表沙县长说："当初你们说马蹄湾不能建农场，不能种庄稼，可事实怎么样？——农场建起来了，庄稼也种出来了，这是有目共睹的，只是遇到了霜冻……但我们总不能因为一次霜冻，一次失败，一次摔跤，就永远趴在地上，永远不再起来，不往前走吧？干成一件事，哪有一帆风顺的？哪有不失败的？哪有不摔跤的？哪有不担风险的？那个名字叫六六粉的农药，听说失败了六十六次才成功，六十六次啊！伟大领袖毛主席教导我们说，一切结论要产生在调查研究后，要知道梨子的味道先尝尝梨子，而我们呢？刚刚耕种了一年，就早早下了死结论，这是什么观点？我不说大家也清楚——我主张继续耕种，试种几年再做结论！"十年耕种，只要一年收成，他在政治上就赢了。这是大账，他就是这样算的。

但反对派却针锋相对："实际情况就摆在眼前，根本用不着试种，再要盲目蛮干，好大喜功，继续下去，最后的结果是劳民伤财！"

"啪——"沙县长听不下去了，一拍桌子站了起来："这个结论是不是下得太早了？去年六月下了雪，谁敢肯定今年六月也会下雪，明年也会下雪，年年都会下雪？同志们哪！——这是一种可怕的右倾思想啊！"

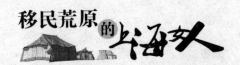

会议气氛即刻变得紧张严肃了。最后"反对派"投降了,谁不害怕戴顶右倾帽子呢?

黑脸社长听到这个情况,无奈而悲愤地叫着:"胡闹啊!胡闹!马蹄湾人又要吃苦头了!"他想冲进会议室,发表自己的意见,跟那些"继续派"们理论理论,但走到门口站住了,他此时此刻心里非常清楚:如果他闯进会议室,一场激烈论战将不可避免,其后果是撤职或开除工职……他在会议室门前迟疑犹豫了半天,转身离开了。

他七十多岁的老母亲,去年病重住院后,虽然躲过了死神的魔爪,却彻底瘫在了床上,妻子因劳累,身体越来越羸弱,眼看就要垮了,他们全家四口人,现在就指望他一个人,如果他出个差错,这个家就算彻底垮了!——他还敢硬顶下去吗?

他像患重感冒似的歪歪斜斜回家了。推开门,妻子正守在床边给老母喂药,见他回来了,放下开水碗,怨恨地叫着:"你回来了,你还知道回来?妈白天念叨你,晚上半夜醒来也念叨你!"她上前抓住他的手,好像稍一松,他又会突然飞了,消失了。躺在床上的老母亲见儿子回来了,呼唤着:"黑儿回来了,我的黑儿回来了!"挣着要起来,他赶紧过去扶着母亲:"妈,不要起来不要起来,躺下躺下……"

老母亲在他额上狠狠戳了一指头,嗔怪道:"你这个崽娃子,又快一年没回家了,让妈扯心死了,扯心死了,你是成心让妈扯心哇!"抱住他的头哇哇哭起来。他眼睛发红了:"妈,儿子不孝,儿子对不起妈妈……"

其实,老母并不是真心责怪儿子,她是用这种方式表达母亲对儿子的牵挂和思念啊!接着母亲又捧起他的脸细望着,泪水汪汪着说:"瘦了瘦了,我的黑儿瘦了,一定受了啥委屈,一定受了啥委屈……"他笑着说:"妈,我好好的,哪里瘦了,哪里受了委屈?我是公社副社长还能受啥委屈?好好的……"母亲说:"你嘴不要犟,妈啥都知道,从你脸上就能看出来,你脸色不好,难看,就是受了委屈的样子,给妈说说,受啥委屈了?"

"妈,真没有,真的。"他说。

老母亲见他不说,就说:"好,不说算了,妈也不问了,反正你不说妈心里也清楚,你那耿直的犟牛性子,多少年来总让妈担心,妈今天再提醒你一次,千万不能再犟了,有啥事就随着大家伙儿,不要硬拗着,随大流,没大错,这是老人的经验。你要知道你是全家人的顶梁柱啊,千万千万不能出啥事,你要出个啥事,妈可怎么办?妈的命可就捏在你手里啊!还有你媳妇和娃娃……"她说着又流起泪来。

他望着老母满头苍苍的白发，脸上深深的皱纹，鼻腔发酸，眼睛发潮，心里后怕地说："多亏我今天没有闯进去，如果我闯进去跟那些人论战，我现在还能守在老母的病床旁吗？后果不堪设想啊！"他闭上了眼睛，深深向老母点着头说："妈，您放心，儿子不会有事的，不会的，妈，您就放心吧……"他声音嘶哑，哽咽着说不出话来。老母又把他的头揽在自己胸前，轻轻抚着他的背，脸上出现慈祥满意的笑容。

马蹄湾二百多亩地又种上了小麦……

或许老天有意捣蛋，这年六月又是风雪，九月又是霜冻，庄稼没有成熟就被霜冻全部杀了，又颗粒无收，比上年更惨……邱生辉的政绩工程，好像肥皂泡统统破灭了。这年，正值国家调整国民经济计划，贯彻落实"调整、巩固、充实、提高"的八字方针，提出"救人要紧"的口号。九月底，沙县长提议县里召开了紧急会议，提出撤销马蹄湾农场，把土地转给公社草原基建队，为牧区种植饲草饲料。邱生辉接到撤销农场的《通知》后如晴空滚过炸雷，一时震晕了。过后便瘫软在炕头上。这一躺就整整两天没有起来，特别听说撤销农场的决定是沙县长提出的，陷入迷惘！沙县长是马蹄湾建农场的坚强后盾，是最有力的领导者和支持者，怎么会提出撤销农场？他不明白，想不通，不相信，便骑马连夜赶到县里，找到沙县长劈头就问："为啥撤销农场？为啥撤销农场？"

沙县长正在办公室看文件，见邱生辉冲着他开炮，挪了挪屁股底下的座椅，直起腰身说："马蹄湾每年六月前后都有风雪，这样的气候情况，再不能继续耕种下去了，所以撤销了……"他的语气很平静，好像马蹄湾农场的事与他无关，又好像什么事也没发生过。

邱生辉见他那无动于衷的样子，情绪突然激动，提高声音吼着问："我是问你为啥首先提出撤销农场？为啥首先提出？当初是你大力支持我们建农场的，是你大力支持我们继续耕种的，现在又是你首先提出撤销农场，这是为啥呀？"他啪啪地拍着沙县长面前的桌子。

"大胆！"沙县长被激怒了，忽地拍案而起："邱生辉你要干什么？"一个公社副社长，竟敢在县长面前拍桌子，如此胆大！他准备呵斥邱生辉滚出去，但站起来后不知出于哪种考虑，压住了自己的感情，痛苦地摇了摇头，慢慢坐了下去，而后将身子向后倾过去，靠在座椅背上，闭上了眼睛……

本来他是想把撤销农场的意图告诉邱生辉的，还准备说说"关门"的私交

话,但现在面对怒气冲冲的邱生辉,他什么都不想说了。因为他发现面前这个马前小卒,鼠目寸光,在政治上还很幼稚。你看看,现在中央已经轰轰烈烈贯彻落实"调整、巩固、充实、提高"调整国民经济八字方针,提出紧急动员抢救人命,大跃进的调子也唱得不那么高了,在这样的政治气候和政治环境下,还能一意孤行吗? 说实话,几天前他在会议上提出撤销农场时,也是经过了一番痛苦的思想斗争的。为建这个马蹄湾农场,他同样花费了不少心思,倾注了不少心血,甚至把自己的政治前途和人生最后的筹码都押了上去,他就能轻而易举提出撤销? 这是因为现在的政治形势所迫啊! ——不赶快撤销农场,不赶快悬崖勒马转弯子,睁着眼睛往泥坑里栽啊? 你邱生辉连这点政治风向都看不清,连这点政治头脑都没有,还搞什么政治? 做什么场长? ——愚蠢透顶! 说实话,在政治这盘棋上,有时为了取胜,为了大局,车马炮都可以丢,农民伤点财算什么? 饿死几个人算什么? 小小马蹄湾农场丢了,又算得了什么? 所以他面对这种幼稚可笑的小人物确实无话可说,说了,他也不懂,也不理解,岂不是对牛弹琴?

他在那儿闭目斟酌半天,最后冷冷地说:"小邱,现在你什么都不要问了,冷静冷静,马上回去贯彻落实县里的决定,我的要求是不能出什么乱子,否则,你以后的路会更难走,听懂了吗? "他加重了语气。

邱生辉一直僵在沙县长面前,听到沙县长最后一句话,忙应道:"我,听,听懂了……"因为这句话关系到他的乌纱帽,并非对牛弹琴,他听得很明白。

沙县长见他听懂了,向外挥了挥手说:"那就回去吧。"

邱生辉顿了顿,挪动僵直的腿,走出沙县长的办公室……

马屁精在马蹄湾等邱生辉已经等得心里发焦了,因为农场的前途命运紧紧连着他的前途命运。见邱生辉回来了,马上跑去询问情况:"怎么样? 怎么样? "

邱生辉沮丧地说:"还能怎么样……"

马屁精怔住了,脑子转了半天,忽然嚷叫起来:"难道就这么撤了?不,不行! 我们为建这个农场吃了那么多苦,受了那么多罪,还挨打受骂——不行,坚决不行! 我们得写报告,写报告,强烈要求县里收回决定! "他要寻找笔墨纸张。邱生辉说:"写报告顶屁用,顶屁用! ——这是县里的决定,执行就是了。"他把《决定》拍到马屁精面前的桌子上。

马屁精只看了一眼,便傻在那儿了,接着哭丧着脸说:"辛辛苦苦建起来的农场,一句话说撤就撤了,这不是把咱们当猴耍,当猴耍! 妈的,农场下马了,我这个秘书,我这个,我这个……我怎么办啊? "他抱头蹲在地上。

邱生辉说:"你怎么办?我现在都自身难保了,还有你叫喊的啥?你算啥呀? "

他这样说,马屁精更悲伤了:"邱场长,我鞍前马后跟你干,想着混个副场长什么的干干,没想到,没想到现在连这烂秘书也保不住了,现在你还说这种屁话,早知今日,我干吗替你卖命……"他呜呜哭起来。

邱生辉突然恼怒了:"哭啥?死了爹娘老子了?快去召集全场大会,向移民们宣布县里的《决定》……"

"老子不去——不去!"马屁精忽然拉着哭腔喊道。他罢工了,第一次拍着胸膛违抗邱生辉的命令。邱生辉气极了,拍案而起:"你想造反?他妈妈的,胆子不小呀!你老小子搞清楚了,老子现在还是公社副社长,你不听我的,老子收拾你只要一句话!"

马屁精被这句话提醒了,泪眼巴巴站起来,拿起那纸《决定》灰溜溜走了。

移民大会如期召开。

当移民们听了《决定》精神,先是愣怔,以为听错了,当证实情况后,有的移民当即欣喜若狂跳起来:"我们终于熬出头了,终于挣出苦海了,可以回家喽,可以回家喽!"有的则呆呆的,望着马屁精的嘴,不知想什么,更多的移民忽然哭了,悲悲凄凄的,说不清是高兴,是激动,还是伤心?还有的趴在地上手捧黄土,大张着嘴叫喊着……是啊,为了建农场,他们在这片土地上洒下了太多太多的血汗,洒下了太多太多的眼泪,甚至付出了生命代价,现在农场说撤销解散,一纸《决定》就这么撤销解散了,这个弯子转得太急,心理上怎么也承受不了。

"嘿嘿嘿,哈哈哈……"

"呜呜呜,哇哇哇……"

笑声和哭泣声,在马蹄湾上空飘荡,飘荡。

孟尚海的爸爸离开会场后,蹒跚着两条老腿去了田野上。他来到他和儿子亲手开垦的荒地上,呆呆望着,一动不动,不吃不喝,直到天黑……这个红色老工人蹲下去,抓起一把黄土,捏在手心里,紧紧捏着,手背上凸起蚯蚓般的青筋,接着流泪了,清清的老泪从多皱的脸颊流下来,噗噗地滴落到脚下的土地上……老人很伤感,他是怀着一颗红心,报名来支援大西北,建设大西北的;他是忍着病痛,真真切切,踏踏实实把自己奉献给了马蹄湾,但他的一腔热血,还有儿子的命运前途,却换来这样的结果……

结束了,一场轰轰烈烈、悲壮残酷而又愚昧的创业历史从此结束了。这是历史在开玩笑?还是人跟历史开玩笑,闹着玩,悲剧?喜剧?还是闹剧?他弄不

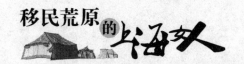

明白。半夜了,他蹒跚着老腿向家里的地窝子走去,魁梧硬朗的身板,就这么半天时间,似乎忽然变得矮瘦萎缩,佝偻着腰身,颤颤巍巍,好像老态龙钟的老头儿。

就在孟尚海的爸爸独自在田野里悲伤流泪时,乔育玲踏着夜色朝邱生辉的泥屋走去。她虽然在食堂里忙着,没有参加移民大会,但撤销农场的消息却听到了。突然间,她感觉自己好像蒲公英花絮,被狂风吹离枝头飘向野地,无依无靠,无着无落了。她在那儿愣了足有半个小时,然后扔下手里的活儿赶快去找邱生辉,现在她的唯一稻草,或者说依靠就是邱生辉了。

这时的邱生辉完全是一副乌鸦折断翅膀的形象,皱着眉头低垂着脑袋,软塌塌坐在炕上。乔育玲进门就拉着哭腔问他:"我怎么办?我该怎么办啊?"

邱生辉无语。

乔育玲又喊着:"我该怎么?怎么办?你说话,说话哇!"

邱生辉还是无语。乔育玲冲上去揪住他的衣领:"你说话,说话说话说话……"她吼叫着,死命地摇晃着他。邱生辉突然跳起来了:"你要干啥?干啥?难道你还嫌我不够烦心?难道还嫌我心头的刀口不深?不疼痛?在里面撒盐,用刀搅,让我现在就跳崖吗?你让我说话,让我说啥?说啥?——你说!"乔育玲说:"说什么?难道你心里不清楚?农场就这么解散了,人家都要回上海,有的去新疆石河子、塔城,我怎么办?你让我怎么办啊!"她呜呜哭起来。他嚷着:"怎么办?跟他们回去不就行了,还来问我干啥,你不是早就想回去吗,而且还逃跑过……"

"屁话!"乔育玲终于忍不住叫骂起来,"你说得轻巧,我现在姑娘不像姑娘,媳妇不像媳妇,我算什么?你让我怎么回去?就是回去了,工作在哪里?去哪里?你这个骗子,你这个流氓,你欺骗大家不说,还欺骗了我的感情,欺骗了我的青春,把我弄成了这个样子,一句话就想把我往外推……"她边哭边骂边拽摇着他。

邱生辉说:"那你想让我怎么样?难道这一切,不都是你自觉自愿的吗?住房、馒头、衣服、用品,难道我给你的还少吗?还给调整了轻闲活儿,让你去食堂帮灶,你想干就干,不干就休息着,不挨冷受累,吃得饱,穿得暖,住得安稳,你还想咋样?"

"可,你,你让我有什么脸面回去见人哪?你这个骗子,流氓!呜呜呜呜……"她放开了他,捶打着自己,号啕大哭。说实话,她今晚来找邱生辉并非叫他给她说什么,也并非来闹事,她是听说农场要解散,移民们都要回去,自己心里难受悲苦啊！因为她在这里失去的太多太多了，不仅仅是血汗和青春，更重要的是女儿身，这是拿什么也难以补偿的啊！

那次她没有逃出去，原本觉得命中注定这一辈子就要在马蹄湾熬岁月了，所以思前想后才找了邱生辉这个靠山，投进了他的怀抱……她付出了那么大的代价，以为找到了保护伞，以后可以轻轻松松度日月，没想到农场说散就散了，她的惨重付出失去了一切意义。她是打碎牙往肚子里咽，有眼泪往肚子里流！她怎能不难受？怎能不失落？怎能不遗憾？怎能不悲苦？她欲哭无泪，只有来找邱生辉发泄！

邱生辉也清楚她是来发泄苦楚的，因此等她情绪渐渐稳定后，劝说安慰道："我心里也很苦啊，可，这是老天不睁眼，让我们遭受这样的打击，我有啥办法呢？现在我自己都顾头顾不了尾，还能顾上别的事吗？你回去吧，回去以后好好生活，我会记着你，会给你写信，有机会还会去看你的……"他好言劝说着，又掏出一百块钱给她。她起先不要，一百块钱就能补偿她失去的东西？但她天生耳朵软，心也软，经不住邱生辉几句好话就软了下去，收了那一百块钱，走出邱生辉住的泥屋……

那晚，叶梅也没有回家，场部的大会结束以后，她便像傻了似的慢慢移到田野里，望着妈妈孤单而茅草摇曳的坟墓，望着夜幕下大片黑绿的长满茅草的田野，回味着这段坎坷不平而苦难艰辛的日子。说实话，她听到农场解散的决定后，并没有像其他移民那样高兴得跳起来，甚至连半点惊喜也没有，更多的是悲伤和失落，跟好多移民一样想哭，想大声地哭，但却哭不出来。她和妈妈在这片土地上洒下了太多的泪水，太多的血汗，甚至妈妈的生命，她的女儿身……她痛恨这片土地，然而又热爱这片土地。因为她和妈妈毕竟在这片土地上煎熬过，奋斗过，有过理想也有过追求。

农场解散了，她是回上海，还是留在这里？她脑子里乱极了，又空洞极了，只是望着眼前的田野，望着妈妈的坟冢发呆。

老妈妈见她没有回家到处寻找，看到她立在地头，好像身披寒霜的木头桩子，心里一揪一揪地酸痛，上前把带着的一件衣服披到她身上。她转身扑到老妈妈怀里哭泣起来。那是一种说不上由头的哭，却又比有由头更悲伤。老妈妈无声地抚摩着她的肩膀，抚摩着她的头发，老眼里泪珠涟涟，良久良久，说："女子，不哭了，都大半夜了，回家，回家吧。"

叶梅没有动。老妈妈知道她有心事，不再劝说了，让她放声地哭。其实，老

171

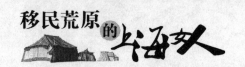

妈妈在听到农场解散的消息后,心里也像刀割似的痛苦悲伤,因为农场解散了,移民要离开,她的叶梅女儿自然也会走。近两年时间里,她们这对不是母女的母女相依为命,度过了艰难困苦的岁月,建立了比母女更深厚的感情。她是舍不得叶梅离开啊!但是她又必须劝叶梅走,因为这个地方太艰苦太可怕了,她不能让女儿在这样的地方苦下去,让叶梅回上海,过她应该过的安宁日子。这是她今天在痛苦悲伤折磨中作出的选择。此时她见叶梅哭得悲悲戚戚,说:"女儿呀,不要哭了,咱们回家,今夜跟老妈妈睡一晚,明天准备准备回上海去……"

"哇——"老妈妈的话刚出口,叶梅突然"哇"地大声哭起来:"回家,我哪里有家,我家在哪里啊?"

老妈妈见自己这句话戳伤了女儿的伤痛,赶忙打住说:"好好,不说了,回去,回去睡觉,已经迟了。"便拉着叶梅往回走。

她母女俩回到了地窝子。老妈妈替叶梅铺好毛毡褥子,又拉开被子,让叶梅躺下。叶梅却坐在泥炉旁的石头上手托脸腮,一动不动,红红的眼睛在煤油灯下更显忧伤。老妈妈见她那样忧伤,不再催促,轻轻过去,坐在她的身旁,陪着她默默无语,等待天亮。老妈妈不敢再提说让她回上海的事了。直到第五天,见叶梅的情绪好了点,才试探着劝说道:"女儿呀,这地方不是你待的地方啊!你还是准备准备走吧!有十几家人已经走了,今天又走了几家,过不了两天移民们就全走完了,这可是好机会,如果不趁现在农场解散政策宽松走掉,改天组织上又有新政策,你想走可能就走不了了。"

叶梅沉默不语。

上海移民差不多都走了。这天老妈妈又来劝说,叶梅终于开口:"老妈妈,您的好意我懂。我并不是不想回上海,当初我很想回去,有段时间天天想着回上海,而且还想逃跑,但现在仔细想想,回上海一无工作,二无房屋,又没有一个亲人,回上海干什么?妈妈就葬在马蹄湾,我能把妈妈扔在这里一个人回去么?再说我是什么人?就是组织同意我回上海,我一没关系,二没什么门路,怎么进得了上海?就是进了上海,哪个单位愿意接受我?再说,我没有别的亲人,老妈妈您就是我的亲人,我离不开老妈妈啊!"一头扎在老妈妈的怀里。

几天时间,移民们都离开了马蹄湾。有的找门路回了上海,有的去了新疆石河子,有的去了青海,有的去了兰州,还有的就近投奔亲戚,只剩几家没有走,孟尚海父子和叶梅就是其中的两家……

20

叶梅的生活道路本来就坎坷不平,农场解散时间不长,又一件事搅得她心绪不宁,祸福难卜。

这天,沙县长乘坐着那辆嘎斯车来到了马蹄湾。他来检查马蹄湾公社的畜牧业生产情况,听了黑脸社长的汇报后,提出去草原基建队的饲草基地上看看。这是他积极支持邱生辉创造的功绩,虽然撤了散了,对它的特殊感情却依然深厚,他仍很牵挂。黑脸社长便与邱生辉陪他前往。

东山坡下的田野里社员们正在割草,渐渐枯黄的草田里人影晃动。黑脸社长和邱生辉陪着沙县长向那里走去。已经十月初了,那二百多亩荒地,产不出粮食,却长出很高很茂密的野草,特别是芨芨草、冰草、芦草、针茅没过马背,还有庄稼秸秆等,杂乱而厚实。这些杂草割下来贮藏到冬天,是牲畜最好的饲草。基建队的社员们有的用芟镰砍,有的用镰刀割,妇女们在后面捆扎,忙忙火火的。上海移民几乎都走了,所剩几户,跟基建队社员们一起割草。叶梅没有走,自然就成了基建队社员。她在草丛里弯着腰割草,柔和的脊背在草丛里一起一伏,阳光在背上一闪一闪的。

沙县长在荒地上边走边看,边谈论饲草和牲畜过冬度春之类的问题,不知是有意还是无意,便转悠到叶梅跟前了。他看到她先是一愣,罢了回头问身旁的邱生辉:"她是上海移民吧?"

邱生辉回答说:"是的。"

"怎么没回上海去?"

邱生辉不知怎么回答。黑脸社长接过话茬说:"听说没有找到合适的地方。"又半玩笑半是真地说:"县长给想办法安排安排吧!"这个县地处边远落后山区,自然条件和生存环境都很差,因此很缺干部。特别是有点文化,能识几个字的,在这里就成了宝贝疙瘩。他想试探着推荐这个有文化而又可怜的姑娘。沙县长听黑脸社长这样说,认真了:"她,什么文化程度?"黑脸社长说:"高中毕业,听说是学美术的……"他没说叶梅读过半年大学,也没说叶梅是右派。他含糊这些自然出于对叶梅的同情。当然,还有一个想法,就是有些事情最好还是不要

让这位领导知道的好。邱生辉听黑脸社长这样说，也附和着说："她是学画画的，不错不错，很不错……"

沙县长听了介绍，点着头说："好好！高中文化程度好，县里刚成立文化工作站，正需要识字的人，像她这样有文化的年轻人，又会画画，我们很需要嘛！"

黑脸社长赶紧推荐说："那县长就把她安排到县文化工作站吧，这个姑娘很能干，保证能干好，保证能干好……"他竭力推荐。此时的邱生辉不知从哪个角度考虑问题，也极力推荐："沙县长你就带她走吧，她是个人才哩，我们推荐给县里，县里可不要忘了我们培养人才的功绩呀！"

沙县长点着邱生辉的鼻子，玩笑说："你这个邱生辉啊，怎么时时处处尽想着功绩功绩，我们我们的，怎么不考虑全县的，为建设牧区贡献力量？好，既然她不愿回上海，留在这里支援西北建设，又有你们两个社长大力推荐，那我可就要把她带走了。"

"带走吧，带走吧！"

沙县长和两个社长就这么三言两语，决定了叶梅的前途大事。邱生辉当即过去通知叶梅，让她马上做准备，随沙县长的车去县里上班。叶梅感觉突然，又清楚他狗嘴里吐不出象牙，便没有理睬。黑脸社长见邱生辉没有说动叶梅，便亲自过去说："这是真的。这事关系到一个人的前途命运，是个好机会，千万不要犹豫，千万不能放过，快去收拾东西！"

叶梅见黑脸社长这样说，相信了。他的话是真的，她能感觉出来。她跑回地窝子，把消息告诉老妈妈，老妈妈听后小孩般高兴得跳起来："这么好的机会几百年也轮不上一回，你还等啥？快收拾东西，快去快去啊！"她催促叶梅赶快收拾东西。她没有把叶梅劝回上海，现在一定要把她劝到县城。不论怎么说，县城总是县城，比马蹄湾条件好，一个女娃家生活也方便。

在老妈妈催促下，叶梅好像做梦似的打好了行李，又去妈妈坟上，哭别了妈妈。她要走了，真要走了。这个马蹄湾曾宰割了她的女儿身、葬送了她的青春，心灵深处留下太多的创伤和眼泪，现在真要离开了，却有点依依不舍！她望着妈妈的坟冢，望着她家的地窝子，望着老妈妈家的土院，望着她和妈妈亲手开垦的荒地，望着她曾经常走的小路，还有她和妈妈刚来马蹄湾住过的那间土房，一步一回头，难分难离，难割难舍！

田野里刮过一股轻风，带着枯草特有的清香撩动着她的头发，牵动着她的衣服，拨动着她的心弦。她望着，好看的眼睛湿了，心里默默呼唤着："妈妈，再见，大壮，再见，马蹄湾的父老乡亲再见……"

她要上车了。老妈妈和马蹄湾的人们都赶来送行。他们没有太多的客套和别语，但张张纯朴憨厚的脸庞，那双双真诚的眼睛，却把心底里的情感表达得淋漓尽致，她读懂了马蹄湾的父老乡亲。她扑向老妈妈的怀抱，扑向父老乡亲们……老妈妈忍住旋转在眼眶里的离别之泪，强笑着，送她上了县长的嘎斯车。车开动了，老妈妈眼眶里的泪水终于抑制不住哗啦啦流下来，跟着车边挥手边叫喊："女子多保重身子，到了县城别忘了捎个信儿，别忘了……"乡亲们也向她挥着手。

　　叶梅突然热泪涌流，从车窗里伸出头，呼喊着："老妈妈回去吧，老妈妈多保重，我会捎信儿回来的，会的，老妈妈，乡亲们！"

　　嘎斯车沿着马蹄湾河的便道绕来绕去渐渐远了，车轮扬起的黄尘湮没了老妈妈和乡亲们的身影，隔断了送别的呼喊。叶梅仍向后望着，呼唤着。沙县长笑了笑，说："已经看不见了。"但她的目光却怎么也收不回来，因为还有一个人她一直没有见到，他是三娃。她正望着，忽然东山坡下的草滩上出现一个人，他手里举着几束马莲花和野菊花，发疯追赶着汽车。他没戴帽子，身上破旧的棉衣没有扣子，敞着黑红的胸脯，索索吊吊的布块布条被风扬起，好像污黑的旗幡呼呼作响。那不是三娃吗？他是给她送行来的，她激动地叫喊：

　　"三娃——三娃——"

　　三娃看见了车里的她，叫喊着："叶，叶梅——"

　　就在即将离开的这两个小时里，叶梅一直在田野里和人群中寻找这个蓬头垢面的被人们称作傻子的人，但不见他的影子。她想他可能去水坝上了。因为他常去那里，去了就定定地立在水坝上，呆呆望着水库和那座窝棚，天黑了就随身躺在窝棚里。有人说他彻底傻了，连家都不知道回了，叶梅却清楚他不傻，他为啥喜欢去水坝上，为啥要守在那里——他是守着人性的一点本真——善良。她临上车前准备去看他一眼的，但没来得及。现在才明白，他是去草滩上给她采马莲花和野菊花去了。

　　她顿然热泪盈眶，从车窗里探出头叫喊着："三娃，三娃，不要追了，快回去，快回去——"三娃好像没听到，摇着手里的马莲花和野菊花，拼命追赶汽车。见此情景，她对司机说："停车停车！"但车已经穿过马蹄湾两山对峙的豁口，滑向平缓的戈壁大道，眨眼间把三娃甩远了，无影无踪了。叶梅的心碎裂了，盼望三娃的身影再次出现，却失望了。人的两条腿哪能追上飞转的汽车轱辘呢？嘎斯拖着浓浓的沙尘，在戈壁旷野滑得很远很远了。遗憾和失望死死攫着她的心。忽然，她发现马蹄湾豁口旁那最高的山梁上出现一个黑色的东西，好像一截树

桩，一尊铁青色的雕塑。啊，是三娃！他站立在山梁上，眺望着他们的车，背景是高深空旷的蓝天，几朵洁白的云彩以雪莲绽放的姿势映衬着他的身影，使他显得那样高大亮洁！

"三娃……"她的神情和目光凝固在那个黑点儿上。

坐在副驾驶座上的沙县长望着三娃的身影，眼睛里充满惊讶、困惑和不解："怪事，天下怪事啊！一个傻子，竟然还懂得这些人情……"

"不——他不是傻子，不是！"叶梅听此话，转过脸用冷厉的目光盯住沙县长："他心里什么都明白，什么都明白！"县长望望她，嘴巴张了张闭上了。

到达东台县城半天了，叶梅还向四处观望，又问司机："县城在哪里？"

"这就是县城啊！"当司机说这就是县城时，她竟愣了几愣，心里嘀咕着中国还有这么小的县城。沙县长让司机把车开到文化工作站，亲自把叶梅交给了站长。他说："马蹄湾公社给你们推荐来一位有文化的人，她是学画画的，以后你们出墙报黑板报，写标语什么的，就不愁没人了。"又指示站长说："给她安排好吃住，安排好工作，充分发挥人才的作用，把县里的文化娱乐活动尽快开展起来。"站长满口应着："一定一定，我们一定安排好，一定把文化娱乐活动开展起来。"

站长姓张，名字叫张小贵，三十来岁。他是放电影的，听说叶梅会画画，又见是个很漂亮的姑娘，喜欢像花朵开放在他脸上。从车里卸下行李，又搬下那只箱子和画夹什么的。叶梅发现他很热情，但有一种蜜糖般黏甜的感觉。

她的工作很快安排好了，但心里却总是不踏实，觉得这事儿来得太突然，是祸是福？前路未卜啊！工作虽然安排了，住宿却难以解决。文化工作站刚刚成立，整个工作站只有不到三十平方米的办公室，拥挤着电影放映、新华书店、广播站等几个行当的四五个工作人员，还放着放映机、广播站设备、新华书店下牧区用的驮箱等，哪还有住宿的地方？张小贵没有办法，先让她去别人家凑合，自己东跑西颠想办法，但几天时间过去了，愣是找不到房屋，便试着去找沙县长。沙县长兼管文化教育口的工作，他想让沙县长从别的单位调剂解决。

沙县长听此情况，抬头端详着自己的办公室。他的办公室是一套二式的，前面一间办公，后面是卧室支着单人床。办公室主任的意思是让县长乏困时躺一躺，休息休息。沙县长说他有家有舍，怎么可以在办公室睡觉？他就很少去躺，因此这间房基本空闲着。

张小贵不知沙县长端详自己的办公室干什么，只当考虑问题，便站着等着。

沙县长端详一阵,回头问张小贵:"你看如果把这两间办公室中间的门堵了,再从后面开个门,是不是就成两间房屋了?"

张小贵没有多想,随口说:"是这样,是两间房屋。"沙县长说:"那好,你去跟办公室主任商量商量,把套间的门堵了,从后面开个门,就给你们文化工作站,让那个小叶住,或者……你们看着办吧。"张小贵一听忽然急了:"这不行,这不行,房屋再紧张,我们也不能占用县长的办公室,不行,这不行,坚决不行……"他说着往后缩,准备逃跑。

沙县长说:"就这么办。"口气毋庸置疑。

就这样,沙县长办公室的那个套间成了叶梅的宿舍。这天,张小贵帮叶梅把简单的行李卷搬进了那间房屋。叶梅来西北快两年了,第一次住这么漂亮宽敞的房屋,尽管是土坯房,尽管是旧房,也感觉从地狱走进了天堂。她激动得流出了眼泪。她搬过来的那天,沙县长在张小贵陪同下过来了。他拿眼睛在房屋里扫视一圈,按了按床上的褥子,对叶梅说:"太薄了,太薄了,晚上可要挨冻的呀!"叶梅见县长对她问寒问暖,无微不至,心里又涌上感动,又听说这间房是县长办公室改的,就更加感动了。

几天里,沙县长几乎每天都来叶梅房间里看看,问问生活习惯不习惯,晚上冷不冷,工作怎么样……每次她都感动得眼泪直流。县长那么忙,还抽空看她,不但关心她的工作,还关心她的衣食住行,弄得她都有点不好意思了。但有时她也胡思乱想:沙县长为啥这样关心我?仅仅因为我有文化?出于对文化知识的重视和关心?她感觉好像不全是,因为文化工作站还有两个高中毕业的工作人员,还有一个中专毕业生,从学历上讲,并不比她差,沙县长并没有经常过去关心他们呀!这是为什么?后来她甚至这样想:沙县长该不会是穆书记和邱生辉那样的人吧?那个穆书记起初对她也很关心,也彬彬有礼,道貌岸然的,但后来对她使坏……她这样一想,便有点害怕了,但她又觉得沙县长不是那号人,他是县长,怎么可能是那种人呢?她觉得拿县长跟穆书记相比,亵渎了沙县长的形象。但她又对沙县长的过分关心和照顾,找不出充分理由来解释,她心里就泛起谜团。

叶梅猜不透沙县长的心思,后头干脆不去管他。她想,任其自然吧,现在刚来文化工作站,先好好工作,至于那些说不清道不明的事情,她自己留点意就是了。谁知接下来又遭遇张小贵那燃烧着强烈欲望的目光,那种目光灼得她简直受不了——他要娶她做老婆!他是外县人,他说他老婆在农村,是父母包办的,又黑又丑,而且腿有点瘸。他还说,他对那个农村老婆没有感情,一直闹离婚,

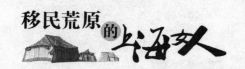
因女方不同意,没有离成,几年前他从家里跑出来,到了这个高原牧区。因为他上过几年学,算是有文化的人,因此当上了站长。他已经好几年都没回过家了,老家的那个婚姻事实上已不复存在,便想在这里重新考虑婚姻问题。他选择媳妇的标准和要求,首先是人要长得漂亮,能在亲戚朋友面前拿得出手,其他方面都次要,但这个县人口少,没有他想找的那种漂亮姑娘,也有漂亮的,但他看上人家姑娘,人家姑娘却瞧不上他。且不说他是个二婚头,关键是他这个人见漂亮女人就想黏糊,惹女人们讨厌。于是,几年了他的如意算盘还在空当里。那天当他看到叶梅时,眼睛为之一亮。他认定这是老天给他送来的"林妹妹",便向她发起猛烈进攻。

那天,其他人都出去办事了,他们的集体办公室只剩他和叶梅。因为叶梅早就发现他的那种企图,所以看到大家都外出了,也想借故离开,但就在准备起身时,张小贵说话了:"小叶你坐下,我有件事想跟你说说。"他是她的直接领导,他说有事要谈谈,她只好坐下,心里却慌慌乱乱,因为她已猜到他要谈什么。果不其然,他在那儿吭哧了半天,问她:"小叶,还没有找对象吧?"她摇了摇头。其实,她早跟孟尚海私订终身了,只是为了不让孟尚海的爸爸知道,为了避免这样那样的麻烦,不告诉任何人罢了。张小贵听她没有对象,便说:"那就在咱们站找一个吧——你大概已经看出我很……"他的那个"爱"字还没说出口,叶梅便抢先说:"站长,我有事要出去一下……"逃跑似的溜出办公室。

叶梅虽然那天巧妙回避了他,但不知以后怎么面对?因为张小贵是她的直接领导,是上下级关系,每天在一个办公室上班,态度过于强硬冷淡不行,软弱暧昧也不行,她很为难。她没有别的办法,仍旧采取回避。她想这样回避两次,他就会死心。然而后来他却肆无忌惮侵扰她。这天下午吃过饭,她像往常一样背着画夹去县城南面的山坡上写生画画,想把过去丢生了的画技捡回来。

天气已相当凉了,冷飕飕的山风把肥硕的山野变得瘦了,把膘分贴给了牛马羊群。她坐在山坡上,膝头放着画夹,描画着高高的雪山,空旷的草地,还有牛羊。忽然身后有人喝彩:"嗨,画得太好了!"她惊吓一跳,转身一看,是张小贵。他好像喝了很多烈酒,脸色酡红,嘴里浓浓的酒气直扑她的脸面。她心底呼地涌出厌恶之情,作画的兴趣荡然无存,站起来朝山下走,但刚迈出几步,他上来挡在她面前。

"小叶,你不要害怕,我不会伤害你,我想跟你谈谈,谈谈……"张小贵说。又是谈谈,她对"谈谈"之类的词语很敏感,说:"我们有什么可谈的?天已经黑了,我要回家……"她的语气虽然平静,却把厌恶的内涵完整地传达给了他,她

178

相信他会感觉出来的,但他却毫无感觉,还是缠着她,要跟她谈谈:"我求你不要走,听我说说心里话,这话我已经在心里埋藏了很久很久,你没看出我多喜欢你吗?——我爱你呀!"这句话喊出来后,他似乎打开了感情闸门,表白的语言劈头盖脑向她涌来,见她视而不见,突然抱住她,把嘴唇伸过来。

叶梅没想到他会这样。问题的性质变味儿了。一瞬间,她突然怔住了,接着眼前出现穆书记和邱生辉的嘴脸,她骂了声:"流氓!"扬起巴掌向他扇过去,但就在巴掌快落到他脸上时,脑子里突然闪出一个警告:"不能扇呀!"当初她扇了书记,后来付出了多大的代价,现在她人生之路刚刚出现新转机,如果再头脑发热,一巴掌扇过去,岂不是把整个前程扇没有了?她这样权衡着,把举起的手慢慢放了下来,委婉劝道:"你不能这样,你是站长,可不能犯这样的错误,我是什么人,你还不清楚?"

张小贵叫喊着:"你是啥人,我不管。我要跟你搞对象,犯什么错误?就是犯错误,我也不怕,不怕,我要娶你,要得到你……"他越来越紧地抱住她,嘴唇直往她脸上伸,浓烈的酒臭直扑人。

她歪过脑袋躲避着,极力推搡他,并掰他的手,但怎么也掰不开,想叫喊,但荒郊野外不见人影,她意识到今晚要遭劫!在绝望之际,她忽然想出个缓兵之计,盯着他问:"你真喜欢我?真想娶我?"张小贵见叶梅停止挣扎,又听她问这样的话,以为她顺从了,说:"不相信就钻到我的心里去看看,我是真心喜欢你的,真心……你不知道,自从那天看到你,我就忘不掉你了,一天不见你的身影,我的魂儿就像丢了,整晚睡不着觉!答应我,跟我结婚!梅——我们结婚吧!"他渐渐松开了手。

叶梅见他放开了手,便说:"这可是人生大事,你也得容我考虑考虑再说,就这样强迫别人,不但有失你站长的脸面,而且强扭的瓜也不甜……"他听叶梅这样说,觉得此事有点门道,心里顿生欣喜:"好好好,就听你的,就容你考虑考虑,改日我们再谈……"叶梅赶紧说:"那我回去了……"不等他同意首肯,撒腿就朝山下跑去,好像羊羔脱离了虎口。

张小贵自然不清楚这是叶梅的缓兵之计,站在山坡上望着她的背影,嘴角漾出美滋滋的笑纹,直到叶梅那婀娜的身姿消失在夜幕里,才两手插在裤兜里,吹着欢快的口哨,摇摇摆摆往回走……

21

　　光阴似箭,嗖嗖地往前走。

　　孟尚海自从那次带着深深的遗憾回到野牛沟后,便投入繁忙的放牧生产。九月份羊群转入配种草场,十月底全部进入冬窝子……寒冷的冬天刚过去,紧接着就是第二年的接羔,转眼春天过去,又到了夏天。时间飘逝得真快,好像一眨眼的工夫。

　　今年六月,野牛沟又飘飘扬扬下了一场厚雪,但那晚孟尚海在毡房内,羊群在圈里,没有出什么事,而牵动他的是马蹄湾的庄稼。他想,马蹄湾可能也降雪了,农场的庄稼又会被打坏,移民们的血汗又会白洒了,他想着心里就沉甸甸的。

　　这年的天象很奇怪,虽然六月份下了一场厚雪,野牛沟却出现前所未有的干旱。牧草迟迟长不起来,羊群严重缺草。罗曼兰着急,孟尚海也着急。因此公社决定羊群进深山游动放牧,以缓解草场载畜量。游动放牧就是把"家"驮在驼背上,满世界游走,逐水草而居住。这种牧事活动是男人的事,自然落在了孟尚海肩上。

　　那个夏天对于他来说太不平常了,他第一次被称作牧人,独自赶着羊群进山游动放牧,又作为一个成熟男人,经历了男女感情的猛烈碰撞。故事是从那天晚上开始的……

　　那晚,他坐在毡房旁的凉棚下收拾骆驼鞍具、笼头,还有毡房,做着出发前的准备。月亮很亮,像银盘挂在野牛沟上游的雪峰上空,把冰山雪岭映照得玲珑剔透,银光闪耀。他觉得那美妙的景色,好像是小说里描写的,可却是真实的,很迟了,他才回毡房吃饭休息。

　　毡房里仍亮着灯光,罗曼兰正在等他吃晚饭。一进门,他突然被眼前的情景震惊了,因为他看到毡房里坐着个秀美陌生的女人,她是谁? 他仔细看看,惊愕失声:"罗曼兰,曼兰!"

　　罗曼兰见他惊奇的样子柔声问:"怎么,不认识了?"

　　孟尚海说:"我,我怎么好像在梦中,你怎么突然变得这么漂亮了……"他发现罗曼兰今晚打扮得特别漂亮秀美,身穿细碎花衬衫,上面套着背心,把胸脯衬得高高的。头发看样子刚刚洗过,盘扎在脑后,洗练潇洒,朴质高雅而又生动鲜活!哪像个深山野谷里的牧羊女人呀,倒像是大城市的知识女性。

说实话,罗曼兰今晚是刻意收拾了一下自己的。这些日子她不知怎么的,对这个来帮她家放牧的小伙子,产生了深深的眷恋和激越的情感——对他的依赖!她想,他要是她的男人多好,可惜他不是,是帮助她家放牧的,说不定哪天就离开。她一想他要离开,心里就感到难受,就感到空落落的,好像随身的什么宝物就要失去。她心里常常想,如果他永远不离开她,就永远留在她家多好?又常常自问,难道爱上他了?是爱情?——是的,她是过来的人,又是书香人家的女子,心里自然清楚这种感情是什么。

孟尚海要进深山游动放牧了,虽然只离开两个多月时间,可对于她来说是太长太长了,心里泛起浓浓的离别之苦。这两天,她像丢失了魂似的,心里没着没落,烧茶时忘了添水,去放羊出圈,又莫名其妙转回来,今天她说是给孟尚海准备外出的东西,不知怎么的,却跑到沟底的清泉边,对着泉水梳洗打扮起来,回来后又翻出当姑娘时的衣服穿在身上,拿着镜子这样照那样看,搞得女儿盼盼眨着眼睛迷惑不解地直叫喊:"妈妈你怎么啦?怎么啦?"直到天黑,才突然想起,还没有给孟尚海准备外出游牧的东西……

孟尚海面对高雅鲜活的罗曼兰,大张着嘴,愣愣地站着,不敢相信眼前的女人是她,直到罗曼兰说:"愣着干啥?快过来坐啊!"才走过去坐在地上的花毡上。罗曼兰把熬好的奶茶递到他手里,又抓起包尔萨克放进碗里说:"吃吧,都什么时候了,才回家……"她嗔他一眼,目光里蕴涵着似水深情。

孟尚海一触及那目光,突然惶惑不安起来,心里涌起一股热浪,嘿嘿一笑:"又赶着缀了缀驼鞍,要走长路,驼鞍不好不行呀!"

罗曼兰说:"再怎么也不能忘了吃饭,忘了回家!"她把"家"字说得很重,又很柔,充满着缠绵,孟尚海听着心里有种异样的感觉,抬头看她,只见她两只清泉般明亮的眼睛脉脉地盯着他。爱情是无需多说的,只需一个眼神。他不由一怔,慌忙低下头去。

毡房里突然宁静了,静得可以听到对方的心跳声。两人好像陌路似的,喝茶的低着头默默喝着,烧火的低着头默默添柴。天色已经迟了,女儿盼盼吃过饭沉沉入睡,呼吸声恬静安详,毡房里更显得宁静。

孟尚海表面上看似平静,其实心里好像狂潮巨浪在翻腾滚动!因为他刚才从罗曼兰的目光里发现了一种烈火般炽热的东西,同时意识到这个小毡房里,今晚要发生一件惊天动地的大事情!是什么事?他是个读书人,自然已觉察出

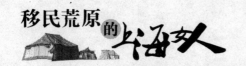

几分。于是匆匆吃喝完毕，准备起身去外面的凉棚里睡觉。这年狼害很凶，他每晚都睡在羊圈旁的凉棚里，守护羊群。罗曼兰看到孟尚海要离开，眼睛里忽然涌出泪花："明天你就要走了，这一去就是两三个月，难道你就不能坐下来跟我说说话……"她这样说话，他还能离开吗？他站住了，却说："天，天已经很迟了，早点睡吧，明天还要赶路……"他的话还没有说完，罗曼兰忽然抽泣起来。他慌忙坐下了。

罗曼兰见他坐下，拿起手帕擦擦泪水，转身从床上拿过一件白衬衫，送到他面前说："这是我昨天专门为你做的，换上吧！"孟尚海说："哪能让你破费！你留着吧，留着吧……"罗曼兰用命令的口气说："换上！我看见你的衬衫破了，袖子都掉了，这次出去要两三个月，一个人在野外，衣服破了没人缝补，没人管你，你光着膀子出门啊？"说着伸手解孟尚海的外套衣扣，孟尚海忙按着衣扣："我的衬衣还能穿，还能穿。"事实上，他的衬衫除了领子还像个衬衫，其他地方已经破得不成样子，脊背上破了好几个大洞，两肋间的衣线全开了，露出了肉体，还有肩上……他在罗曼兰面前不好意思缝补，就经常在放牧时脱下来光着膀子悄悄缝补，上面已经补丁叠补丁了。昨天背柴时，一使劲袖管又破裂了，他准备放牧时把衣袖缝补起来，再凑合着穿，没想到让罗曼兰看见了。

他有点难为情了，推辞着。罗曼兰便把那衬衫扔在地上，负气地哭起来："不穿拉倒，拉倒呗！"他见此情景慌了，忙说："别，别哭，我换，我换，我换还不行吗？"慌忙从地上捡起衬衫。然而罗曼兰却越哭越伤心："去吧，去睡你的觉，睡你的觉去吧！……"孟尚海见她这样，不知怎么办，只好赶快解开衣扣，脱了外套，把身上那破衬衫脱了，把她给的新衬衫换上。

那衬衫很合适，孟尚海穿好后，站在罗曼兰面前说："我已经把衬衫穿上了，挺合适，你看嘛……"他见她不抬头，就蹲下去，拿起手帕给她擦泪。罗曼兰见孟尚海穿上了衬衫，又给她擦泪，哭泣声就渐渐停住了，转身扑到孟尚海胸前，小姑娘般用拳头捶打着他说："真狠心，真狠心，把人家的一片热心当凉水……"接着把脸庞贴在他的胸前。

孟尚海愣住了，面对罗曼兰汹涌如潮的感情波浪，不知怎么办？他想推开她，可这样做会伤害她的感情。她是个年轻寡妇，今年刚二十五岁，比他大一岁，她孤苦一人，苦苦熬了几年，现在有权利追求爱，有权利选择自己所爱的人，这个家庭也需要一个男人。但他却不能接受她的爱，因为他已经有了心上人——叶梅，况且她的倩影无时无刻不在他的眼前晃动，所以他突然间陷入一种进退维谷的境地。

罗曼兰紧紧偎依在他的胸前,脸上旋动着幸福、甜美的笑容,嘴里喃喃地说:"尚海,抱住我,抱住我……"可他好像木头,任她捶打,任她爱抚,就是不敢动,最后在罗曼兰的要求下,才抬起僵硬的臂膀搂住她的肩。他感到她浑身陡然战栗,接着柔软的身子倾瘫在他怀里,嘴里呢喃着:"……尚海,今晚,你就不要睡在外面了,就在毡房里,要了我吧……"

拒绝还是接受?孟尚海脑子里轰隆隆乱响,难以控制,难以定夺。正在手足无措,睡在地铺上的盼盼惊醒了,睁开眼睛叫声:"妈妈,你和叔叔怎么啦?打架啦……"三岁的孩子自然不懂男女之情,趴在铺上眨巴着不解的眼睛。

罗曼兰见女儿醒来了,慌忙从孟尚海的怀里坐起来,"哦哦"应着,走过去服侍女儿重新躺倒……一场火焰般的感情冲撞结束了,盼盼把孟尚海从矛盾的困境中解脱出来,走出毡房,躺在羊圈旁的凉棚下……

这一夜,孟尚海虽然闭着眼睛,却没睡着。头脑渐渐冷静下来之后,想想刚才发生的事,觉得对不起叶梅,也对不起罗曼兰。明天他一定要把自己跟叶梅的情况告诉罗曼兰,否则他对不起她的一片真情啊!罗曼兰也没有睡着,毡房里的灯光一直亮着,他清楚她在等他……

第二天,孟尚海起来就寻找着机会,要把那件事告诉罗曼兰,但罗曼兰忙忙碌碌为他收拾行装,又烧茶做饭,没有找到机会,他感到遗憾,想着游动放牧回来再找机会告诉她。谁料这一拖延便接二连三出现误会……

游动放牧的羊群出发了。罗曼兰把装满酸奶的皮囊挂在孟尚海的驼鞍上,又从怀里掏出一本《中国古代诗词选》送到他面前:"这本古诗词选,我保存了很久,你带上它,闲暇时读读……"孟尚海吃惊道:"你有这么多好书呀!平时怎么不拿出来让我读读?"罗曼兰笑着说:"不怕被别人发现,问你的罪?"孟尚海说:"这条沟里就你我两人,怕什么?"罗曼兰说:"不怕就好。好书我多得很,那个箱子里全是,等你回来读个够。"她深情地望着他,扑到他胸前,离别的泪花无声地涌出眼眶。孟尚海又着急了,边替她擦着眼泪边安慰劝说:"回去吧,回去吧,就是出去游动放牧,两个月很快就过去了……"他推开她,跳上骆驼……

羊群顺着沟谷向大山深处移动,一团团沙尘腾空而起弥漫沟谷,草丛中的沙鸡和小鸟惊得四处乱飞,很是壮观。孟尚海望着浩浩荡荡的羊群,觉得自己像率领千军万马出征的将军,心里涌起一股豪情和激动!

那些日子,他赶着羊群一直在深山旷谷里游走,哪里有草有水,就在哪里放牧。一个多月里记不清搬了几次房子,转了多少草场,也不知到了什么地方,好

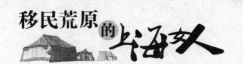

像浪迹天涯的旅人。这天,他正赶着羊群在沟谷里游动,突然天气骤变,乌云滚动着,像奔腾怒吼的野牦牛,翻过沟谷旁的山脊,向沟底铺压下来。他知道要下冰雹,赶紧把羊群赶到沟谷旁的山崖下。他刚把羊群收拦过去,鸡蛋大的冰雹就噼里啪啦倾泻下来,震得沟谷如雷轰鸣,转瞬沟谷里的灌丛牧草被打趴在地上。幸亏他把羊群赶到了安全地带,否则羊只不知会被打趴多少。

山里的气候变化快,说阴就阴,说晴就晴,刚才还乌云翻卷,冰雹倾泻,没有过半个小时,乌云顺沟谷过去了,冰雹停了,天气渐渐放晴。他赶着羊群继续向前游走。

太阳快落了,来到一条深谷,见牧草很好,便吆喝骆驼停下,卸骆驼驮子,搭毡房。游动放牧没有固定地方,因此携带的毡房都是便于拆卸搭建的简易房子。他选中泉水旁的平地,很快把毡房搭了起来,接着在门前支起锅架,捡来柴火,燃起篝火,搭上茶壶开始烧茶野炊……他和羊群的到来,打破了这里的原始气氛。那些长期在这里自由自在生存繁衍的猛兽枭鸟,见有人侵入它们的领地,吼嚎啸叫,向他大施淫威。特别是雪狼,从四面八方围上来,在毡房前的草丛里龇牙咧嘴,虎视眈眈,要把他赶走!这些年他虽然在放牧中见过狼,但仅仅是两匹三匹的,像这样成群结队的狼群,他还是第一次碰见,他有点紧张了,于是把羊群收拦到毡房旁的山崖下,在周围燃起几大堆篝火,自己手持砍斧,背靠着石头,守在羊群前面。那群雪狼见羊群周围有火堆,又见他严阵以待,摩拳擦掌,不敢近前,天亮后溜走了……

这里草场好,可以放牧两个月,他决定驻扎下来,不再到别的地方去游牧。他已出来两个多月,头发长了,好像蓬乱的茅草披在肩上,胡须也长出来了,好像杂草。这段时间,他没看见过一顶毡房一个人影,孤独而寂寞,特别是日落月明时,难耐的寂寞和无边的孤独折磨得他无法忍受,有时面对明月无声流泪,有时面对空山寂谷放声吼叫,有时候攀上高高的山梁,张望着远处,希望能看到一个人影,或者一缕炊烟!

他也是血肉做成的人,也有正常人的情感,他没有办法排遣孤独、寂寞和苦闷,便给羊只们起了漂亮的名字,比如大黄、黑眼睛、白雪公主、冷美人等,孤独寂寞时,叫喊着它们的名字,跟它们"说话",跟它们交流,或者跟它们逗着玩,有时候搂着"白雪公主"、"冷美人"的脖子,亲吻着,说着它们听不懂的亲昵话,晚上搂着它们,做着它们不能领悟的亲昵动作入睡,那是多么残酷的日子啊!

这天傍晚,孟尚海像往常一样吃过晚饭在羊群周围燃起火堆,坐在毡房门前的石头上边休息边想着明天该干的事情。月亮随着无边的寂寞,从冰峰雪岭上升了起来,把细碎的银辉洒在大山沟谷中,整个世界仿佛罩在一张巨大冷寂的银网里。那一阵空山更显寂静,沟谷更显空旷,四处静悄悄的,好像死了,只有卧在他身旁的羊只们,发出轻柔的鼻息和咯呀咯呀的反刍声,为清冷的山野增添了一份寂静气氛。大自然的寂静和明亮的月光,倏然使他想起李白"床前明月光,疑是地上霜,举头望明月,低头思故乡"的诗句。这缠绵、凄婉、惆怅而又使人断肠的喟叹,又勾起对故乡亲人的思恋。可他的故乡在哪里? 在哪里?

——他的故乡在上海。他在那座古老而文明的城市里,度过了贫穷的童年,幸福的少年,又从它的怀抱走进神圣的高等学府复旦大学。那座城市曾给他留下太多的美好记忆和金色憧憬! 他发奋努力学习,憧憬着毕业后用自己所学的知识和本领,在祖国的大地上建起更多更美的高楼大厦,描绘出最新最美的图画。然而,现在他却在这与世隔绝般的深山僻地放羊……那晚,他特别寂寞,特别孤独,站立在空寂的山谷里,面对天空的明月,不尽的思念连翻缠绵,如浪似潮,柔肠百转。这时白雪公主走到他身旁,抬起头望着他,见他悲伤的样子,咩咩叫了两声,嘴唇伸到他的手背上,轻轻蹭着舔着,像母亲抚慰亲吻着自己的孩子。

这是一只山羊羔子,浑身洁白如雪,眼睛黑亮如漆,乖巧伶俐,很有灵性,很招人喜欢,他就叫它白雪公主。他寂寞时就逗着它玩耍,跟它说笑。它似乎也很通人性,时常伴随在他的左右,咩咩叫着,跳跃着,看见他孤独忧愁,总是紧紧贴在他身上,用嘴唇蹭着他。此时他见白雪公主眼睛里盈含着亮晶晶的液体,善解人意地舔着他的手背,叫了一声:"我的白雪公主啊!"把它搂在了怀里喃喃说:"你知道吗,我很寂寞! 很清冷呀!"泪水顺着脸颊涌流下来。

这时,他听到远处有骆驼叫声,抬头循声望去,看到一个骑骆驼的女人,披着霜花般的朦胧月色,顺着山谷梦幻般走来。起先他以为自己的眼睛出现了幻觉,并没有在意,因为这种幻觉经常在人的思念中忽隐忽现。然而那女人却逼真地渐渐走近了:"尚海——"他突然怔住了,这里怎么可能出现人呢? 难道……他目瞪口呆了,仿佛置身梦中,直到那女人又喊一声:"尚海,你认不出我了? ——我是罗曼兰呀!"他的大脑才回过神来,放开白雪公主,跳起来,迎上去:"曼兰?! 你是罗曼兰!? 你是……"

罗曼兰跳下骆驼,扔下骆驼缰绳,冲上来扑到孟尚海怀里,连连叫喊着:"尚海——我可找到你了,可找到你啦!"把脸庞贴在他宽阔的胸膛上,眼睛里涌出欣喜幸福的泪花。孟尚海连连问:"真是你吗? 真是吗?"罗曼兰说:"真是我,真是我,你摸摸,掐掐就知道了……"她抓住了他的手。他的手在她脸庞和肩膀上探询地摸索着:"是你是你,真是,你怎么到了这里?怎么到了,你来这里干什么?

185

干什么?"他语无伦次,仍不相信眼前的现实,他刚才还念叨她和盼盼,她就突然出现了,这太突然了,简直是鬼使神差,奇迹!

罗曼兰从他胸前仰起脸,深情地嗔他一眼:"来干什么?就不兴我来看看你!已经两个多月了,我想死你了,几次出来找你都没找到,你好像失踪了……"

孟尚海问:"那你这次是怎么找到的?"罗曼兰说:"我循着你驻扎过的地方找到这里来的。我已经出来好几天了,白天跟踪寻找,晚上随便在地上躺一躺,闭闭眼睛,第二天再继续跟踪寻找,找啊!好不容易才找到你……你知道你游走到哪里了吗?你都走到新疆青海和西藏交界的地面上了。这地方叫黑熊沟,黑熊时常出没,很可怕,很少有人来这里放牧。这地方距离咱们野牛沟已经很远很远了,骑骆驼要走四五天!"

孟尚海吃惊道:"这么远的路,又有野兽出没,一个女人家,独身一人,风餐露宿来这里疯啦?"他不禁心痛,又很后怕。罗曼兰没有事般说:"我才不怕呢,只要能找到你。再说我不是经常一个人外出放牧吗?又不是第一次,少见多怪!"她用撒娇的口气说。

孟尚海不禁眼睛发潮了,责怪她说:"你不该来,不该呀!万一要是发生什么事,那可怎么办啊?孩子呢?你来找我,盼盼怎么办?"他紧张地问。罗曼兰说:"我把盼盼安顿给附近一家牧民了——没事的。过去我出远门就那样。"孟尚海听此话,责备道:"你呀!怎么成个孩子了?我这不是好好的吗?过些日子就回去了,怎能丢下孩子冒着这么大危险来看我?你怕我偷着跑了,不回野牛沟了?你呀你呀……"

"我想你……"罗曼兰紧紧依偎在他怀里。白雪公主举着脑袋望着主人,见主人沉浸在激情中,咩咩叫两声,知趣地离开了。

皓月当空,银辉温情脉脉铺洒在千山万壑。

孟尚海以主人的身份,把一块毡子铺在毡房前的草地上,让罗曼兰坐下,又铺上餐布,端出自己烤的馕饼和刚熬好的奶茶。他在这段时间里,已经学会了烧奶茶、烤馕、做饭。今晚他要用自己亲手烧的奶茶,亲手烤的馕饼,还有从山坡上拔来的沙葱,招待远道而来的罗曼兰。罗曼兰见他忙活,说:"我给你带来了很多好吃的。"从她带来的马褡子里取出馓子、奶豆腐、奶疙瘩等。尽管不多,孟尚海清楚在那个困难的年月里,她已经倾尽所有了。最后拿出五六个水果糖,是用一块红绸手绢包着的,还包裹着几层红纸,她一层一层剥开那红纸,好像剥笋皮,直到最后一层……孟尚海自离开上海,不要说吃水果糖,甚至好长时间见也不曾见过。面对那五六个水果糖，不禁热泪盈眶，抓住罗曼兰的手哽咽起来："你，你不该把这么好吃的东西带给我，应该留给孩子……"

罗曼兰含情脉脉的眼睛望着他，说："你怎么就不理解我，傻瓜……"说着慢慢倾倒在他的怀里……

月光静静地铺洒着，露珠儿在草叶上轻轻滑动着。火堆上的茶壶噬噬噬滚沸着，羊儿们静静地反刍着，明亮的眼睛望着它们的主人。天空皎洁的月儿，也深情地望着大山深谷中两个被情火燃烧的年轻人。大自然的一切都是那么和谐，那么坦荡，那么纯净，那么美丽！罗曼兰高耸的胸脯随着呼吸急促起伏，厚实的嘴唇颤动着，仿佛含苞的花朵，渴望阳光和甘露的滋润恩惠……孟尚海望着她，一股原始的冲动，在他体内燃烧鼓荡，他猛然搂住她，浑身的热血渐渐沸腾了起来……数月来，他孤独寂寞，不要说看见像罗曼兰这样美丽的女人，就是连个人影也没有看见过，他也是有血有肉的人，他也有七情六欲啊！面对美神般漂亮的女人，他怎能不动心呢？

——除非生理不正常的白痴傻瓜！

他把她轻轻平放在花毡上，急促地解她的衣服纽扣，急促地剥她身上的衣服……她修长的腿，柔美的腰肢，雪白的肌肤，洁白的胸脯袒露在月光下，坚挺结实的乳房闪着牙雕般纯洁的光，简直就是一尊沐浴着月光的女神！罗曼兰轻轻闭着眼睛，脸上涌动着幸福欢欣的笑容，晶莹的泪珠在长长的睫毛上颤跳着。她在渴望，在等待，等待，长时间渴望着那神圣而幸福的时刻到来。他望着眼前的美神，望着，慢慢跪倒下去，突然扯掉自己身上的衬衫，撼山掷地吼叫一声："我的曼兰——"便一座高山般向前倾覆过去。然而就在他进入她的身体时，他却停住了，突然停住了，接着从她身上慢慢爬起来，拿过衬衫默默往身上穿。罗曼兰见他停了，又穿着衣服，不解地瞪大眼睛："你，你怎么啦？"

孟尚海直直地跪着，愣愣的，一声不吭。罗曼兰坐起来，一把抓住他的肩："尚海，怎么啦？你怎么啦？"她摇着他。孟尚海不说话，脸上凝固着一种罪恶感和难言的愧色。时间好像凝固了，天地也好像凝固了。

"你说话呀——"她突然叫了一声，"你是不是看不起我？看不起我这反属，看不起我这……"随之哭泣起来。孟尚海慌忙说："不，不不是，不是这样……"

罗曼兰喊着："不是，又是什么？是什么？不就因为我是一个孩子的妈妈？不就因为我年龄比你大一岁？不就因为我直率的表达方式显得下贱、肮脏？不就因为……"她放排箭般发出质问。孟尚海没有办法说服她，只是大声回答着："不！不！不！——不是！不是因为你是一个孩子的妈妈，不是因为你比我大！真正的

187

爱情不分年龄,更不是下贱、肮脏。在我的心目中你是纯洁坦荡的,心灵美得就像那座洁白的冰山,知道吗?"罗曼兰一把抓住他的手:"你说的可是真话?真话?"

孟尚海说:"苍天在上,明月作证。"

罗曼兰问:"那你为什么——难道嫌我长得丑?配不上你?"

"不,你美,在我心目中你是美丽的女神!"罗曼兰听他这样说,跳起来摇着他的肩问:"那你为什么拒绝我?为什么拒绝我?说呀——"孟尚海急了,叫喊道:"我说!我说,——因为,因为我……"说实话,他来罗曼兰家快两年的时间了,已发现罗曼兰是个勤苦耐劳,心地善良、敢爱敢恨、热心热肠,而又气质高雅、美丽漂亮得像朵野玫瑰般的女人。他很喜欢她,也很爱她,如果他没有心上人叶梅,如果他没有与叶梅私订终身,他会不顾一切追求这个冰山般纯洁美丽的女人,但现在他不能啊……他想把他跟叶梅的爱情告诉她,但话到嘴边,又咽了回去。因为这样做对她太残酷,太无情了,会把罗曼兰一下击倒,再则,他当初跟叶梅立下了"君子协定",在条件不成熟的情况下,谁也不准公开他俩的恋情,一是害怕他爸爸知道了生气,从中阻挠他们;二是害怕邱生辉他们制造事端。所以他不能失信,违背他俩的诺言呀!此时他只有跪在那里连连谴责自己:"曼兰,我对不起你,对不起你,我不是人,不是人……"罗曼兰见他把将要出口的话又咽回去,两眼盯着他忿恨道:"我清楚,你刚才说的全是假话!"说完,穿好衣服离开了。

孟尚海和罗曼兰闹僵了。已经十二点多了,罗曼兰跳上骆驼要离开黑熊沟。孟尚海说:"简直胡闹!"追上去阻拦。她根本不理,只管驱驼前行。孟尚海发火了,冲上去,拽住骆驼,把她从驼背上硬拉下来,扛麻袋似的扛到毡房里,按倒在地铺上,强迫她睡觉。她还要挣扎,他愤然威胁道:"你给我乖乖躺着,如果你现在要走,我就一头撞死在那山崖上!"

罗曼兰一听害怕了,泪流满面,乖乖躺在毡房的地铺上。

那小毡房只能睡一个人。孟尚海便提着块毡子,铺在毡房门前的草地上躺下了。秋末的夜晚并不怎么凉,他头枕驼鞍躺在地上,身上盖着件老羊皮大衣,两眼望着深邃的夜空,望着明亮的星星,心里麻团般纷乱,怎么也睡不着。转脸看看睡在毡房里的罗曼兰,只见她也没有睡着,大睁着两眼,直直地望着毡片缝隙里的那块夜空,眼睛里盈含着清清的泪水。月光从毡帘里透进来,把她的脸庞映得惨白如纸!他望着,鼻子不由酸楚,眼睛发潮,心里如同铁爪撕扯,几次想爬起来冲进毡房,睡在她的身旁,紧紧地搂住她,与她同枕共衾,并大声宣布他以后将跟她一起生活,海枯石烂,白头到老!有两次他都爬起来走到门口了,却停住了，没有进去。因为他是有心上人的，他不能辜负了叶梅的心，更不能欺骗罗曼兰。

小毡房距离他睡的地方，只不过三四步远，但那咫尺之地，好像河流横在中间无法迈过去，他痛苦地暗自流泪，心里叫喊着："曼兰，我对不起你，对不起……"他就这样大睁着眼睛，起来躺下，躺下又起来，辗转反侧，一直到天亮。

罗曼兰何尝不是这样呢？她同样泪流满面，同样辗转反侧到天亮。她想不通他为啥无情地拒绝她真诚火热的感情？难道他嫌她贱？嫌她是寡妇？还带着一个孩子？但这一年多，她从他平时的言行目光中，看出他是喜欢她的，而且很喜欢，特别对待盼盼好像自己的亲生骨肉一样。莎士比亚说过：爱情是不用眼睛，而是用心灵去体验的。然而，她的眼睛和心灵都已经告诉她，他是爱她的，可他为啥又这样无情无意拒绝她呢？她实在不明白！

天麻麻亮她就起来了，趁着孟尚海放羊出牧，默默生着灶膛里的火，支起三脚架，搭上茶壶，给孟尚海烧好奶茶，做好早餐，又把孟尚海脱下的两件衣服洗干净，晾在石头上，红着眼睛上了骆驼。她要回家。

孟尚海把羊群赶出去后回来了，见她已经骑上骆驼要走，追上去恳求说："难道你就不能多留一会儿，或者明天再走？"罗曼兰没有吭声，仍旧驱驼前行。孟尚海叫喊道："曼兰，你，你不能这样……"罗曼兰勒驼停住，回头狠狠对他说："我恨你！"说完朝骆驼屁股上狠抽一鞭，骆驼呱呱叫着，扬开四蹄向前奔跑……

"曼兰，曼兰，曼兰——"

他叫喊着，在后面奔跑追赶，但终究没有追上，他登上一座山梁，望着她消失在大山深壑中的身影，流下了眼泪。

一个月后，孟尚海赶着羊群回到了野牛沟。已经快到十一月中旬了，其他牧户早已转入冬窝子，孟尚海的羊群因在黑熊沟驻牧了两个多月，迟迟没有转入，无形中减轻了冬季草场的载畜量，大大缓解了草场困难。

黑脸社长在牧民大会上赞扬孟尚海说："好样的！——这就是一代有文化有知识的新牧人！"孟尚海受了表扬，罗曼兰自然很高兴。她清楚，黑脸社长对孟尚海的赞扬，不仅仅是对他个人的肯定，也是对他们全家放牧生产的肯定。她这个"反属"已经多年没有听到过这样的声音了。在孟尚海回来的那天晚上，她特意给他煮了手抓肉，还拿出了一点酥油。全家人坐在毡房里，吃着羊肉，喝着奶茶，说笑着，迎接他这个凯旋而归的牧人。

盼盼几个月没见孟尚海，高兴得竟爬到他肩上，搂着孟尚海的脖子，在脸上

鸡啄米般地亲吻,还撒着娇,好像面对她的亲爸爸。见此情景,罗曼兰眼睛潮湿了,就想盼盼如果有这样一个爸爸该有多好?这个家庭该有多幸福,多美满。但是她没有这个福气,孩子也没有这个福气。她想着,忍不住泪水就往外涌,怕被孟尚海看到心里不好受,就赶紧转过脸去。

但她脸上的表情最终没有躲过孟尚海的眼睛。他清楚她想起了什么,便想趁此机会把他跟叶梅的感情告诉她。谁料他还没有张口,罗曼兰说:"你不要说了,我全知道了。"

"知道了?"孟尚海望着她问,"你,你知道什么了?"罗曼兰说:"你和叶梅的感情——祝你们幸福!"一股热泪涌出她的眼眶。孟尚海与叶梅的恋情,是她从黑熊沟回来后听几个来修棚圈的基建队社员说的。当时她心如刀割,痛苦难忍,接连几天不吃不喝,不梳不洗,披头散发,好像疯傻似的。但她是个敢爱敢恨、心地善良的女人。她记起有位哲人说过:爱一个人意味着什么?意味着为他人的幸福而高兴,为他人的幸福而去做,为他人的幸福而去牺牲,这样才是快乐的。她觉得不能把自己的幸福建立在别人的痛苦上,更不能为了自己让别人痛苦。因此她忍痛割舍了自己对孟尚海的感情,心情渐渐平静了下来。

她明白孟尚海为什么拒绝她了,同时对自己先前误伤孟尚海心里内疚。她想等他游牧回来,一定向他解释,向他道歉。此时她见孟尚海提起话头,便说:"尚海,什么都不要说了,一切我都知道了,那天我误伤了你,对不起,请你谅解,以后我会像亲姐姐一样对待你的……"

孟尚海见她已经知道他和叶梅的事了,又见她能这样坦荡无私面对,人格的魅力在他面前陡然升华。——她真像一座冰山般纯洁美丽的女人啊!情不自禁地说:"你太好了!"紧紧握住她的手。

第二天,罗曼兰烧好热水,让孟尚海擦了个澡,理了已经很长的头发,换上了新衣服,又给他准备了一块羊肉,还有奶疙瘩、奶豆腐等,命令他:"带上这些东西,回马蹄湾去看看你爸爸。"又拿出一条非常漂亮的绸裙说:"这裙子是我结婚时的嫁妆,我一直没有舍得穿,你代我把它送给叶梅姑娘,祝她永远美丽漂亮!"

孟尚海回到马蹄湾已是第二天太阳落了。

这是他来野牛沟后第二次回家。他发现农场的那片地窝子静悄悄的,没有灯光,没有人声,有些地窝子坍塌了,有些门大敞着,阒无一人。人呢?农场的人呢?他们都到哪里去了?他叫喊了几声,没人应声。莫非农场的人全都乔迁新居了?看看周围,却没有发现一幢新建的房屋。他自然不知道,就在他去老熊沟游牧的日子里,农场解散了,大部分上海移民都走了,叶梅被沙县长带去了县城。马蹄湾只剩他和他父亲三四户移民了。

他正在茫然中,暮色里看到前面的野地里走来一个老人,背上背着一大捆柴草。他佝偻着腰,慢慢朝前移动,步履显得老迈艰难。到跟前了,孟尚海才认出那是他爸爸,他叫了声爸爸,便声泪俱下了!"您怎么背这么重的东西?"上前从父亲背上抢过柴捆甩到自己肩上。一年多不见爸爸了,孟尚海发现父亲突然老了,两鬓白发苍苍,额头上布满深深的沟痕,腰身佝偻着好像大虾米,他忍不住哽咽起来。他爸爸见是儿子,大张着嘴,呆呆地望着,望着,竟好像不认识似的,两只黯然的眼睛里,渐渐汪出一层清清的老泪,嘴唇颤动着说:"阿海,我的儿子,你回来了……"话还没有说完,那老泪就扑簌簌地涌出来,顺着干枯的脸颊滴落到长长的胡须上。他发现站在面前的儿子,不再是几年前的毛头小伙子了,他脸色黝黑,身体粗壮,下颏上有了黑黑的胡子,完完全全是个牧民了。回到家里,父子俩又抱头痛哭……

孟尚海清楚爸爸虽然脾气倔,对他严厉得有点过头,但父亲毕竟是父亲,也是有血有肉的人,他何尝不时时刻刻挂念儿子?何不想让儿子厮守在自己的身边?事实上,他每晚孤孤单单地睡在地窝子里,一想起远在大山深处放羊的儿子,也孤独寂寞,暗自流泪!那晚他无声地流着泪,哭得很悲伤。孟尚海不清楚爸爸为什么——想念儿子?可怜儿子?为儿子遭遇不公正的待遇而悲愤不平?还是为自己的激进和对儿子的狠心而悔恨内疚?他说不清,以至于在很长时间里,他都想着这个问题,但最终还是没有弄清楚。

孟尚海见马蹄湾静悄悄的,便问:"爸爸,农场里怎么不见人?人都到哪里去了?"他爸爸沉默良久说:"走了,走了……"

"走了?"孟尚海忙问,"发生了什么事?怎么走了?"

他爸爸说:"农场在两个月前解散了,解散了……"

"农场解散了?!"孟尚海怔在那里,好像不相信自己的耳朵。他爸爸表情凄凉茫然说:"是解散了,移民们回上海的回上海了,上新疆的上新疆了,有门路的人都走了,只有几家还没有走,他们正在想办法走……"孟尚海怔在那里,半天才慢慢坐了下去:"原来这样……"他爸爸问他:"你没有听到?连一点消息都没有听到?"

孟尚海默默地摇了摇头。两个月前他还在黑熊沟游动放牧,他哪能听到这些消息?——这偏僻遥远的地方,这信息闭塞的深山老林啊!

其实,农场解散后黑脸社长曾派人去给他传递过消息,可他当时在黑熊沟

191

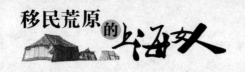

游动放牧,恰好罗曼兰又去寻找他。他们的毡房空无一人,传递消息的人无法把消息传给他,他自然也就不清楚了,而他爸爸当时还以为他不愿回马蹄湾,不愿离开这里哩!孟尚海听到这些,呆住了,望着地窝墙壁,说不出话来了。

为了这个农场,几百移民从天堂般的大上海来到这里,有些抛家离子,有些失去安逸的工作,有的放弃美好的前途,还有移民把生命丢在了这里。移民们好不容易开出荒地,建起农场,但转眼农场解散下马了,移民各自东奔西走了,就剩下他们几家,好像弃儿,被遗忘在遥远的深山老林里……面对这些,他的思想怎么也转不过弯来!

叶梅的情况怎么样了?他想询问爸爸,但又怕爸爸生气,就没有张口,想明天找机会去问问老妈妈。他爸爸似乎看出了他的心事,告诉他说:"叶梅被县里来的沙县长带走了……"

"啊?她被沙县长带走了?"又一个没想到。孟尚海喟然长叹,心里猛地往下沉落,好像坠入无底深渊,空落若失,无依无靠!阵阵寒风侵袭着地窝子,沉默冷寂的气氛令人难受。这叫怎么回事呀?这世事怎么是这样,怎么是这样啊!他想哭,他想放开喉咙大声哭叫!

他爸爸脸上堆着深深的内疚,伸出颤抖的手,抚摩着他的头,满眼盈含着老泪。他抬眼望着老人叫了声:"爸爸……"他爸爸眼睛里的老泪就涌了出来,颤抖着说:"阿海,我的儿子,爸爸当初不该让你到这里来,那次应该让你逃走,不该把你从火车上拉下来,爸爸不该阻挡你,不该啊!爸爸对不起你呀!呜呜呜……"爸爸呜呜呜哭起来。

孟尚海的泪水也哗哗流了下来:"爸爸,您不要难过,不要说了,这都是过去的事,就让它过去,忘了它,忘了,爸爸……"

然而,这些痛心悲哀的往事,他怎能忘记呢?这些日子,那些事好像过电影,一幕幕出现在他的脑海里,他想赶也赶不走,狠狠地咬噬着他的心!——是他把儿子赶到这里来的,是他把儿子的命运前途……这都是他的过错啊!此时他两手捧起儿子的脸庞,认真问:"儿子,你恨爸爸吗?说,你恨爸爸吗?"

孟尚海说:"不不,儿子不恨爸爸,爸爸都是为了儿子好,爸爸都是为了儿子好,我理解爸爸!"爸爸又泪眼汪汪地问:"那你后悔吗?"这个问题他不知怎么回答,半天,摇了摇头。他爸爸长叹一声说:"爸爸知道你心里不舒服。当初爸爸替你报名到这里,原想是让你好好劳动锻炼,支援西北边疆,建设西北边疆,成为国家的栋梁之材,为国效力,谁知现在……看来爸爸错了,你恨爸爸吧!"

"爸爸——"孟尚海扑在爸爸怀里,也呜呜呜地哭起来。

移民们都走了,他们父子俩怎么办?回上海,还是留在这里?这是人生的又一个转折点。俗话说:人生之路关键在于第一步,这一步走好了,就好了,否则将步步踏不上台阶,永远赶不上趟。

这次孟尚海的爸爸没有独断专行,自作主张,而是把抉择的权利交给了儿子。孟尚海连着两天两晚没有合眼,翻来覆去,想着自己的去留。他思来想去,不能定夺,最后决定先去县城看看叶梅,与她商量商量再说。第三天,恰好县里来了辆送粮的汽车要回去,他便搭车来到县城,可偏偏那段时间叶梅去了牧区,听说需要半个多月的时间才能回来。他没有见到叶梅,便留下罗曼兰送给叶梅的那条裙子,失意地回到了马蹄湾。

说实话,他是非常非常想回上海的,连做梦都想,那是生他养他的故乡啊!然而,他和爸爸都没有回上海的门路,即使进了上海,他和爸爸都没有了工作,没事可干,怎么生活下去,再说上海也没有什么亲人了,爸爸也老了,叶梅又去了县城,他回上海还有什么意义?于是他含泪割舍,打消了回上海的念头,决定和爸爸先留在马蹄湾。马蹄湾有老妈妈,还有罗曼兰等很多好心人,等有机会再回上海,他想机会肯定会有的,一定会有的。

孟尚海在马蹄湾陪爸爸几天,便回野牛沟了。

这时候,他因回上海无望,前途命运黯淡,又一年多时间没见叶梅,情绪低落到极点,晚上翻来覆去睡不着,白天把羊群赶出去,便爬上高高的山梁,向县城方向望着望着,似呆如傻的样子,头发长了也不梳理,凌乱如马蹄踩踏的茅草,脸也懒得洗,蓬头垢面的,有时端着饭碗吃着吃着,就在那儿发起呆来,人眼看着越来越消瘦了,再要这样下去,要倒下去。

罗曼兰急得直流眼泪,却一点办法都没有。

22

那晚在山坡上,叶梅虽然挣脱了张小贵的纠缠,但因她对他的态度不坚决,所以给他留下无尽的幻想和念头,他有机会便问她"考虑"得怎么样了?叶梅先前搪塞应付,后头便委婉拒绝,或者躲避不理。张小贵看出她的"考虑"是糊弄他,开始要赖了,每天跟在她屁股后面纠缠,夜晚袭击她。这天晚上她从牧区巡

回售书回来,擦洗一番,准备上床休息,他幽灵般推门进来了。

叶梅想阻止,已来不及,于是赶忙说:"张站长,我太累了,准备休息……"他却像没听见,一扭屁股,坐在了她的床上。她刚梳洗过,乌云般的黑发披在肩上,身上只穿件衬衫,细腻柔和,嫩如葱白的脖颈露在衬衫领口外,浑身透着鲜活亮丽的青春气息。他两眼盯着她,忽然伸出手,把她按倒在床上……

就在这时,隔壁房间里传来咳嗽声,很响亮,仿佛警告张小贵——是隔壁办公室里的沙县长!张小贵听到咳嗽声,陡然停住手,紧张地跳下床,像惊弓之鸟,夺门而逃。多亏沙县长那声咳嗽,否则张小贵的欲望就得逞了,她很庆幸。然而她怎么也没想到,前门里逃走个狼,后门里又钻进个虎——沙县长打开套间门过来了。套间门从沙县长办公室那面锁着,他想进出这道门,只需一开锁。

沙县长过来的那刻,叶梅的衬衫敞开着,露出半边雪白的乳房,那是被张小贵撕开的。她看见沙县长过来了,忙掩上衬衫。沙县长问她:"怎么了,发生了什么事?"她只是放声大哭。

其实,沙县长对这个房间里发生的事情,早就听得清清楚楚了。就这么一张薄薄的门板,能隔断那么响亮的声音吗?所以他在关键时刻咳嗽了一声,把张小贵吓跑了,自己就开门进来了。他过去坐在她的身旁,抚着她浑圆柔和的肩头,安慰着:"不要哭了,不要哭了,谁欺负了你,给我说,我去收拾他,我去收拾他……"这样说着,眼睛却盯着叶梅。

他往常没有这样近距离地审看过她,现在才发现叶梅确实漂亮,确实俊美,简直就是一枝凌霜傲雪的梅花,一朵含苞待放的牡丹,刚出浴的贵妃!只是瘦了点。同时,他还从叶梅衬衫衣领里,窥见了那两座牙雕般雪白坚挺的乳房,那两只玉兔随着她的哭泣抽搐着,微微颤动,简直把他搅得就要跳起来,扑上去逮住她,揉弄她!他感到身体陡然发热,下身某个东西也跟着膨胀起来,有一种滚烫的东西在鼓荡迸涌着,欲喷射出去。

说实话,那天他在马蹄湾一看到她,就被她的漂亮、美丽所征服了。他没想到这个偏僻的马蹄湾,这个鬼都不愿来的地方,还有这么漂亮的姑娘!他当时震愣在那里想入非非。他是县长,自然不能在光天化日之下,表露出对美色的贪婪,更不能干出那种只有愣头小伙子,才可能干出的愚蠢事来,于是借故邱生辉和黑脸社长的推荐,没及细问她的身份,当即决定把她带到县里。他想,先把她带到县里,弄到身边,下面的事,再行打算。哪个男人不想占有漂亮女人?他虽然快六十岁了,春心和占有欲依然很强烈!

在安排叶梅的宿舍时,他是大动了一番脑筋的。他想,只要把她安顿在这间套屋里,就等于是他的人了。那些日子,他每天都要过来看看她,真实的目的并不是领导对群众的关心,而是窥视寻找着"接近"她的机会。过去,他晚上是不来办公室的,这段时间他来得多了,他给老婆说加班,其实不然。这么个小县,政务工作本来就少,白天还闲着没事干,哪还用晚上加班? 他是来窃听叶梅那间房里传出的特殊声音。叶梅的叹息,洗梳的响动,总是透过那薄薄的门板,清晰地传送到他的耳朵里,特别是晚上听到叶梅脱衣上床,翻动身子,还有轻轻的、温柔的呼吸时,他眼前总是幻化出那曲线标致的身子,雪白细腻的肌肤,秀美的脸蛋,还有那高耸的乳房,还想象着搂着她在床上颠鸾倒凤的美妙情景,每每浑身燥热难忍,欲火燃烧,不能自已! 这种偷窃闻听,已经形成了习惯,晚上不来听听,就觉得缺少了什么,睡不着觉,安不了神。

他手里早就掌握着那道门的钥匙,他曾几次悄悄将钥匙插进锁孔,准备打开那扇门,但每次插进去,又都沮丧地拔出来,而后失意地离开,那情景就像一匹发情的公马,看到美丽的母马在眼前却上不去,不能痛快发泄,而沮丧失意。这种折磨,用语言是无法表述的。

按说,他在外间的房屋,叶梅在里面的房屋,两间房屋只隔着一块门板,要说方便,那是再方便不过了,但他却竭力压抑自己的欲火,迟迟没有动手。他并非对自己的行为有所收敛,而是觉得条件不成熟。他清楚,做任何事情都要具备条件,条件不成熟,要做,往往就做不成,会失败,特别像这样的上海姑娘,不到山穷水尽,无路可走,是不会敞开自己,让你上去的;二是他最近清楚了叶梅的身份,她是右派,这是致命的问题,跟这种人闹出什么事来,会栽大跟头的! 他是一个县的副县长,他能走到这个位置上,至少说明他在政治上是成熟的,不可能傻到拿着自己的官帽当儿戏,所以他刹住脚步,等待观望。

他清楚叶梅的身份后,突然不来她这儿了。同时,心里埋怨邱生辉和黑脸社长不该给他推荐这样的人,这是很不慎重的。虽然这段时间上面对右派问题讲得少了,中央还下发了"对表现好的右派分子可以摘掉帽子"的通知,而且县里也确实需要像叶梅这样有文化,有专业的人,可她毕竟是右派啊! 他当时自然也隐约觉察到邱生辉给他推荐叶梅,还有另外的意思,但他不该隐瞒她的内情,这个邱生辉呀,政治上就是很不成熟! 他当时是准备把叶梅退回马蹄湾的,可他舍不得,说实话,他已经离不开她了。这段时间他吃饭想她,上班想她,晚上睡觉想她,已经到了夜不安枕,食不甘味的程度。

他已经有很长时间没到叶梅的房间来了,今晚是他清楚叶梅身份后的第一次,也是第一次打开这扇门。他觉得今晚打开这扇门的条件已经成熟,因为她

这面出现了危险情况,他得赶过来救援,这理由是充足的,就是发生什么后果,谁又能说什么呢?他清楚,这扇门只要一打开,有了第一次,那么,就会有第二次第三次。一切都会顺其自然。

此时,叶梅还在哭,双肩抽搐,呜呜咽咽。他仍在叶梅肩上抚着,仍从那张开的衬衫缝隙里偷偷窥视她洁白的胸脯,牙雕般的丰乳。身体的那个地方鼓得硬邦邦的,但看见她哭得凄凄惶惶,怎么也不好下手。他清楚,在这样的情况下动手,会把事情闹僵,甚至闹翻。他忍受着。

一个小时过去了,叶梅哭泣声渐渐低了,情绪渐渐平静下来了。沙县长再次问:"刚才到底怎么了?就不能告诉我吗?我可以给你帮帮忙的。"她摇摇头说:"没有什么,只是心里有点难受,现在心情转好了。沙县长谢谢您来看我……"这句话既有感谢,又有委婉劝客离开的意思。

但沙县长却似没有听清。眼看美味就要到口,他能一走了之?现在已经夜深人静了,这间温暖的房屋里只有他和美人儿,多好的机会,多美的环境,多温馨的氛围?如果错过这个良辰美景,哪还有好机会?现在离开将是天大的遗憾!

他盯望着她,强烈的欲望在血管里浪涛般冲动,但无论心里的欲火怎么燃烧,他都不会感情用事,更不会莽撞冲动。他见叶梅拿着毛巾擦脸上的泪痕,整理身上的衬衫,心里一动,伸手帮她,在擦泪的空子,手指在她高耸的乳房上碰了一下。这一举动,看似无意却有意:他是在投石问路,观看叶梅的态度和反应,而后做出行动。然而他的手刚触到叶梅的乳房上,叶梅毒蛇咬了般惊叫了一声,两手捂住胸脯,弯下腰去,两眼惊恐地瞪着他,仿佛突然发现了恶狼,又好像突然不认识他,眼睛里闪射着敌意:"你,你,怎么……"

见此情景,他意识到眼前这美人不是轻易可以骑上去的骒马,现在动手还不是时候,等待机会吧。为了不打草惊蛇,他赶紧道歉说:"对不起,对不起,我不是有意碰你的,不是有意的,你休息,我走了。"起身从那扇门里退了出去。

张小贵自从那晚从叶梅的房间里逃跑后,再没有来纠缠过她。但却给叶梅制造了很多舆论,说叶梅追他,要跟他结婚,他嫌她是右派,不敢要,还说叶梅为了平反摘帽,为了招工,诱骗他上床等等。偏僻落后的地方,最容易滋生谣言是非。那些流言蜚语,劈头盖脸向叶梅泼来,小城旋即卷起流言的旋风,她湮没在谣言的漩涡中!这些事,吃亏的往往是女人。

后来张小贵处处刁难叶梅,招工的事自然跟着黄了。叶梅仍是一个临时人员,每月仍发十五元生活费。叶梅去找沙县长,请求他出面解决她的问题,或者对她的处境有点改善。沙县长答应帮她解决,却没有实际行动。后来叶梅发现,他不会帮助她,因为她是右派,还有什么原因,她就说不上了。于是,她的生存环境和工作环境越来越坏了。张小贵不让她再像初来文化站时,坐在书店里售书,而是让她下牧区游动售书,也不再让她骑骆驼,而是背着书箱,徒步行走,哪怕再远的路,再高的山。那间住房也不再是她一个人的天地,大半间变成了库房,堆满图书、电影放映机以及乱七八糟的东西。她的床铺被挤在墙角里,好像被遗弃受虐待的婴儿。

叶梅仿佛搅缠在千丝万缕的巨网里,挣不脱,砍不断,也逃不了。有时躲在屋里哭泣,有时独自在荒无人烟的大山旷谷中放声吼叫哭喊,发泄胸中无边的悲伤和痛苦!这时候,她非常想念妈妈,想念老妈妈,想念牛大壮,想念她的孟尚海,但妈妈死了,牛大壮死了,老妈妈在遥远的马蹄湾,孟尚海在更遥远的野牛沟放羊。那次孟尚海回马蹄湾,她只是远远见了他一面,又一年不曾见面了,不知他现在怎么样?又在哪条山沟里?

这年的冬天格外寒冷。一股股寒流好像河里的冰浪,从青藏高原覆盖过来扑打着这个县,那势头简直要把这个世界冻结湮灭。那些日子,叶梅一直背着书箱在牧民毡房巡回售书。这天她要进深山去大风沟牧场,那是三十多公里的山路,盘绕回旋在沟谷深壑中,如果骑马或者骆驼,也就算不了什么,可谁给她配备马匹骆驼呀?她只好背着书箱,靠两条腿走。

背上的书箱本来就有五十多斤重,越往前走越沉重,好像石头似的。她刚走出山沟,便两腿瘫软,举步艰难了。大半天还没走出多少路程,如果天黑前赶不到大风沟,晚上就得在荒无人烟、恶狼出没的深山野岭过夜。一个弱女子要在这样的荒山野岭独身过夜,那种凶险、恐惧和可怕是可想而知的。叶梅正着急,看见前面的山谷里有条简易车道,蜿蜒崎岖向大山深处延伸。她忽然想起大风沟附近有座铅锌矿,经常有车辆拉运矿石,便跟跟跄跄向沟谷走去。她想碰碰运气,拦辆汽车往前赶。

太巧了!她刚到路旁就听到山谷里传来汽车引擎声,一辆破旧的嘎斯大卡车,顺山谷颠颠跳跳爬上来。她赶紧跑到路中间拦:"司机同志,请停停,请停停……"今天她无论如何也要拦住这辆车,否则她就得在荒山野地里过夜。汽车在她面前停住了。司机是个瘦猴子,好像电影里的特务,见空山野谷突然出现个女人,惊异地问:"你,什么人?干什么的?"她回答说:"我是县文化工作站的,下牧区巡回售书,现在要去大风沟,想搭你的车……"

司机大概不相信,两只小眼睛上下打量着她。当时全国政治气候比较紧张,

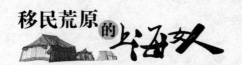

一阵说蒋介石要反攻大陆,空降过来很多特务,还有传单、毒品等,一阵又说苏联老毛子要侵犯西北边疆。这个县属西北边疆,草原上的民兵已经发了枪支,日夜操练,防特务,防空降,还有从外面流窜到这里的坏人……因此,她对司机的盘问很理解。为了证明自己的身份,她指着路旁的书箱说:"我真是巡回售书的,你看,那是我的书箱子。"司机伸长脖子扫一眼书箱,又打量她一番,才打开了车门。

叶梅赶紧把书箱放到车厢里,钻进驾驶室。上车后司机认真审看她一阵,脸上泛起震惊的表情。她清楚,他发现了她的美丽漂亮,因为她时常"遭遇"这样的目光。他问:"就你一个人?"

叶梅回答说:"是的。"

他似乎不相信,又盯住叶梅问:"真一个人?"

叶梅点点头。他皱了皱眉说:"野山野岭,荒无人烟,一个人出来就不怕出什么事?这地方出过很多事,有个牧羊姑娘,好端端就不见了,后来在一条山沟里发现了尸体,被人奸杀了……"他自言自语着。她不禁身上发紧。一年来她经常在公路上拦车下牧区,有几次就碰到耍流氓的司机,要不是她见机逃跑,就落入人家的掌心了。这时她就觉得刚才应该说还有几个伙伴,怎么就说一个人呢?她忽然有点后悔,同时发现这人目光怪怪的。

太阳已经没入西面的大山,夜幕好像黑色的裹尸布覆盖下来,大山深谷黑沉沉的。突然起风了,呜呜的啸声在沟谷里回荡。汽车好像甲虫凭着两道晕黄的光柱,在山路上颠簸。他仍断断续续说着这一带发生的事情,有的很是恐怖可怕,她听着心里阵阵发紧。前面是深深的峡谷,沟顶的山岩狼牙交错,好像堆着死人头颅。这就是野狼谷。路在峡谷里绕来绕去,汽车好像在黑暗的海底移动。她想,在这个与世隔绝的深山峡谷里,如果有歹人出现,弄死一个人,还不跟弄死只蚂蚁一样简单,谁能知晓?谁能发现?

一进入野狼谷,他沉默不语了,一副居心叵测的样子,眼睛里流露着可怕的光。她不由身子远远移离开了他。风还在刮着,尖厉的啸声四处撞击,好像什么怪物在哀鸣惨叫,满天的砂石打在车棚上,刷啦啦的直响,听不到人声,看不到灯光,只有汽车的轰响和身旁这个居心叵测的人。一股阴森恐怖之感袭上心来。她发现脚前方有把扳手,便用脚尖轻轻拨到自己跟前,又悄悄摸到手里,准备应付突发的事件。处在这样的环境中,一旦发生什么情况,没有人可以帮助她,没有人可以搭救她,只有自己救自己。谁料她刚拿起扳手,就被他发现,一把夺过去,瞪她一眼,放在身旁的工具箱里。完了!看来她今天搭错车了。下午怎么就没有认真想想,就糊里糊涂上了车?现在防身武器被夺走,她赤手空拳了,该怎么办? 她想了想,准备跳车逃跑——便叫了声:"停车!"

司机看她一眼问:"怎么了?"

叶梅说:"不要问我怎么了——快停车。"

司机说:"好端端的停车干什么?——没听见山崖上正掉砂石吗? 如果不加紧赶出野狼谷,万一狂风刮下大石头,还不把车砸坏了……"

叶梅说:"不要说了,我,我想解手……"她随口编了个谎。但司机并不理她,瘦猴脸黑煞煞的,一副凶恶样子。她越看他越像个心怀祸心的坏人,心里急了,喊道:"你停不停? 不停我就跳了!"她起身要开车门,他拉住她:"你疯啦! 乖乖坐下!"把她摔在座位上,好像要吃人。她见他那蛮横凶恶的架势,跳车逃跑的想法更加强烈了。她清楚,现在汽车在峡谷里行走缓慢,如果现在逃不脱,一出峡谷就没有逃跑的机会了。于是她趁他不注意悄悄旋开车门,但刚准备推开,又被他逮住,一把拉回来:"你这姑娘怎么这样? 找死吗? 你给我老老实实坐着,再胡闹,我对你不客气!"他啪地拉上车门。

前面的路况更复杂,汽车大幅度颠簸弹跳。他扶着方向盘,盯着前方全力驾驶,瘦猴脸绷得紧紧的。她见他只顾驾驶,又把手悄悄伸向车门,可还没挨到车门把上,便被他一巴掌打开,接着抓住她的手腕,铁钳般抓着,怎么也挣不脱。

汽车老牛般颠簸喘吁着爬出峡谷。这时,她发现汽车越过便道,驶入一条黑暗的山沟。地上根本没有路,汽车在沟坎乱石上皮球般颠簸弹跳,好像风浪中飘摇的小船。看来这家伙要把她弄到一个偏僻的地方,情况十分危急! 她焦急万分,拼命掰着他的手,见挣不脱,低头在他手上狠狠咬了一口。他痛得嗷地叫一声,放开了手,汽车也随之戛然而停。她趁机打开车门,跳下驾驶室,像只受惊的小鹿,在黑莽莽的野地里毫无目标地逃跑。

那司机见她慌不择路,只顾奔跑,就在后面拼命追赶:"站住,站住! 前面是沟崖!"她哪里听他的鬼话,只想着逃跑逃跑,没命地向前逃跑,跑得远远的,把那家伙甩掉,连车上的书箱也忘了。她跑出不远,果然发现前面有条深深的沟壑,她没有逃路了,回头见那家伙追上来,准备纵身跳下去,他猛虎般扑上来拽住她。她拳打脚踢,又抓又挠,又从地上抓起一块石头,向他砸过去。他没来得及躲避,胳膊上重重地砸了一下,他的手松开了。她从地上翻起来,又往前逃跑。他又猛追上去,一把将她推倒在地上,死死按住:"你不要跑,听我说,听我说……"她见自己这次难以逃脱,就叫喊着:"你要干什么? 你这流氓! 快放开我……"那家伙听此话,一愣,气恼地嚷着:"什么? 你说什么? 你,你不是要去大风沟吗? 我黑天黑地送你,没想到你骂我是……你让我说什么? 你朝前面看看就明白了……"

199

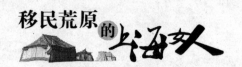

他放开她，气呼呼地立在那儿，呼哧呼哧直喘气。

她翻起来，朝汽车前方的山谷看一眼，发现山谷里真有隐隐约约的灯光，不由愣住了。那有灯光的地方果真是大风沟……司机把汽车开到一顶牧民毡房门前停下。她跑进毡房，见主人正好是她认识的牧民，喜悦地叫着："我可找到你们了！可找到你们了……"扑到女主人的怀里，流下了激动的眼泪！总算安全到来了，多亏了那位司机，但她却误会了他。她跑出去准备向他道歉，汽车已经走了，书箱被他卸下来放在毡房门旁。

她愣在那里，望着黑夜里远去的汽车灯光，两股热泪涌出眼眶……

叶梅在大风沟牧场巡回半个月，便开始往回走。马上就到年底了，她打算在元旦前赶回县城，利用假期去马蹄湾，给妈妈上坟扫扫墓，再去看望老妈妈和孟尚海，她太想念他们了。

大风沟距离县城近百公里路。牧人们把她送出毡房，千叮咛万嘱咐，让她注意安全。他们说那条路狼害泛滥，人畜经常被狼伤害。她望着那弯弯曲曲的山间小路点着头。那条山路她走过两次，周围都有畜群牧户，她并不怎么害怕，就是害怕狼，但害怕也得往前走，便背起书箱往前走，天黑了就住宿牧民家，第二天再继续前行……这天，她又早早起程了，要赶往青崖子牧场。那里有三四户牧民，她想顺便在那里售书，第二天是元旦，她可以早早赶回县城。山里的天气变化多端，早晨还好好的，刚出发时间不长，就起风了。那寒风铺天盖地，四处呼啸撞击，好像发疯的猴子乱抓乱咬乱碰，曳得她歪歪斜斜，像塑料纸要飘起来。

前面是一条冰冻的河滩，一百多米宽，白白的冰滩在灰暗的太阳下闪着青幽幽的寒光。她刚踏上冰面，便被山谷里刮来的寒风掀倒了，人和书箱摔出去四五步远。她爬起来继续向前走，刚走了两步，又被风推倒，又摔出四五米远……到了冰河中间，山风越紧越烈，她被风刮得歪歪斜斜，移动半步都非常困难，一股狂风顺沟扑来，她便像草把子被掀翻了，重重地摔在冰滩上。这次她摔得很重，半天爬不起来。书箱也摔裂了，她怕书被风刮走，忍着疼痛爬过去，拿绳子把书箱捆好。风在山沟里沉雷般吼，拇指大的砂石满天飞舞，满世界发出马鞭抽打般的声音。一只苍鹰歪歪斜斜在天空中飘摇，翅膀发出断裂般的尖厉脆响，接着�'斜着栽向地面。

她趴在冰滩上，用红肿的拳头捶打着自己，捶打着冰滩。她恨自己的软弱，恨自己的无能，连这么一片冰滩也过不去。其实，并不是她软弱无能，而是这条沟里的风太大，太猛烈，冰太滑，又加上冰面向下游倾斜，就是强壮小伙子，要过这条冰河,也会被风刮倒、摔跤、栽跟头……她哭泣了一阵,挣扎着爬起来,但因腰腿受伤,手脚怎么也使不上劲,怎么也站不起来。她只好取出绳子,一头拴在书箱上,一头抓在手里拽着,慢慢向冰河对岸爬去……一个小时后,她终于爬过了冰河。

冬天的日子短,转眼太阳就斜向西面的山头。她不能再耗费时间了,否则就赶不到有人烟的地方。她在那儿歇息片刻,歪歪斜斜站起来,背起书箱,一瘸一拐踏上蜿蜒的山道……

她终于赶到了青崖子,但可怕的事情出现了:这里的牧人搬家了,看样子是几天前搬走的,驻扎毡房的地方,还残留着柴禾灰、烂毡片、羊骨头什么的。她好像五雷轰顶,震愣在那里,又跑到另外几个原来驻扎过牧民的地方,也不见一顶毡房。她彻底傻眼了,望着帐圈坐落过的圆圆的空地,望着火塘里的残柴败灰,望着渐渐跌向西面山峦的太阳,陡然沉入一个无底深渊!

天渐渐黑了。回县城的路程还很远很远,就是骑着快马,也很难在天黑前赶到。看看周围,空山寂谷,荒无人烟,心里越发地着急害怕,最终两腿一软,扑通瘫坐在地上。这时候老天也变脸了,纷纷扬扬下起雪来。满天的雪片子,在狂风的搅动下翻腾滚动,一会儿掀起白色排浪,一会儿冲起巨大漩涡,面对这样的恐怖处境,她不知怎么办? 俗话说:恶狼随着风雪来。这时沟谷里传来恶狼的啸叫,而且嗥叫声越来越紧,越来越近,越来越凄厉。转瞬,五六匹恶狼卷着风声雪浪扑来。

叶梅长这么大,只在动物园里见过关在铁笼里的狼,在电影书本里见过艺术化的狼。在马蹄湾时,老远见过单个儿活动的狼。因为人多,并不怎么害怕,现在近距离面对真实的草原狼群,大惊失色,紧张地向后退去。身后是山崖,她退到崖下,无路可退了,荒乱中顺手从地上抓起两块石头,为自己壮胆。

这几匹草原狼脖颈、前胸和腹部,都长着灰白的毛,在雪光搅动下,闪着冷飕飕的寒光。也许它们见她两手举着石头,也或许想在吞噬美味前先跟她玩玩,享受享受猎获美食的滋味,因此来到距离她八九步远的地方,仰起脑袋向沟谷吼嗥一阵,便屁股蹲地,齐刷刷地立在她面前,十几只绿盈盈的狼眼,射着阴森森的幽光,喉咙里发出饿狼扑食前欢快而响亮的呼啸。她早就吓软了,但没有倒下去,她很清楚:这是一场生与死,血与火的精神较量,此时谁先倒下去,谁就意味着生命的完结!

领头的是匹白脸老狼,高大健壮,好像野牦牛,被众狼们簇拥着,咧着血淋淋的嘴巴,傲慢十足地蹲在地上,尖利的獠牙,在雪浪下闪着青光。那畜生见她

还立着，企图从精神上彻底击溃她，于是仰起脑袋吼嗥一声，其他几匹草原狼，好像听到号令，也应声吼嗥，凶残怪异的嗥叫，震得山谷雪野直响。接着翻起来，在她面前走来走去，展示着它们的淫威残暴。过后，形成一个扇面向她逼上来，她惊恐绝望而又凄惨地哭叫起来："妈呀，打狼——打狼，救命啊！救命哪——"

她听牧人们说过：遇难时呼唤祖宗或者父母亲，会得到老天的庇护保佑。但她呼喊了半天，奇迹并没有发生，没有！——她清楚这里没有毡房，没有人烟，即使有人，她的叫喊声刚出口，便被狂浪般的风雪卷走了，谁能听到？就是有人听到了，能当即打退这六匹草原狂狼吗？她大脑里混乱空虚，魂魄已经飘出身躯，叫喊完全是下意识的。

那几匹狂狼仿佛清楚这里荒无人烟，没人会来搭救她，因此任凭她大喊大叫，没有丝毫顾忌，大摇大摆地向她逼进，好像傲慢而又训练有素的军人围捕俘虏。那头白脸老狼已经距离叶梅仅四五步之遥了，只要一个猛虎扑食，便会咬住她的喉咙。她清楚，被狼群吞噬，在所难免，死亡，也已成定局。她眼前突然跳出雪狼吞噬小李姑娘的幻境，那是多么可怕，多么恐怖，多么残忍的啊！难道她会是第二个被雪狼吞噬的小李姑娘？此时此刻，她心里残留着一个念头：不能这么白白喂了狼，要在临死前挣扎一下，哪怕踢恶狼一脚，打它一拳，或者扬一把砂子，也不亏。

这样想着，一丝儿魂魄又回到肉体，回到她的意识，身上忽然注入了一点精神。她慢慢直起腰来，举起手里的石头，见那领头的白脸老狼已接近她，便把石头狠狠砸了过去。她指望那石头能砸中白脸老狼的脑袋，但那狡猾的东西脑袋一歪，把石头躲了过去。她赶紧又把左手里的石头打过去。那老狼躲过第一块石头后，似乎根本没把眼前的对手放在眼里，所以不再重视她，然而这块被它轻视的石头，偏偏打中了它的脊背，它痛得"呜"地叫了一声，原地弹跳一下，仅仅是跳了一下，便没事一样，仍旧向前逼近。

她绝望了。这次是彻底绝望。因为她垂死前的"三板斧"已经要完了，现在空手赤拳，只有等着白脸老狼下口。她的精神整个崩溃了，叫了声妈妈呀，就像抽了筋骨，背靠着沟壁瘫软下去，闭上眼睛……那白脸老狼见她没有了丁点反抗能力，一跃而起，扑将上去……

就在这关键时刻，奇迹突然出现了：山崖上落下一块大石头，不偏不倚砸在那白脸老狼身上，紧接着又落下几块，砸在其他狼身上，那群恶狼猝不及防，被突如其来的山石砸得人仰马翻，有几头当场毙命，其余的爬起来落荒而逃……

此时，叶梅的中枢神经仿佛已经断裂了，灵魂游离躯体，在天空和地狱间漂游旋转,只有空空的驱壳,好像木头堆放在那儿……她闭着眼睛,绝望地等待恶狼下口,但不知过了多久,身上却没有出现恶狼撕扯吞噬的疼痛,怪了! 她努力睁开眼皮,眼前的情景使她目瞪口呆,恍若梦中:只见那匹疯狂的老狼,重压在一块大石头下,腰杆断裂,肠肚堆在外面,奄奄一息,其他几匹死的死,伤的伤了,早已狼狈逃窜。面对突发的奇迹,她用手掐了掐大腿,含混自语着:"难道我在地狱里,难道我被恶狼吃了,现在已变成了鬼魂?"但事实却真切地摆在眼前——自己还活着! 她两眼发直,半天回不过神来!

这时,只见一个人从山崖上跳下来,迈开大步跑到她面前:"怎么样,没有伤着吧?"见此情景,她忽然明白是这个人搭救了她。高度紧张的神经忽然松弛,她软软地歪倒在山崖下,好像葡萄藤抽掉了支架。那人抢上前去扶起她:"你,你怎么啦? 你醒醒!"他叫喊着,突然一怔,瞪大了眼睛:"啊! 你,你是叶梅,叶梅——"

听到他叫的名字,她睁开眼睛,也惊愣了:"你——尚海!? 是尚海……"

"叶梅,叶梅,原来是你呀!?"他抱住了她。

"尚海——"她想站起来,扑到孟尚海怀里,但浑身发软,怎么也起不来,想叫一声,没有一点力气,支撑躯体的那点精神失去了,"哗啦"又一次瘫软在地上。孟尚海蹲下去,把她扶起来搂在胸前,紧紧搂住。她在迷糊中,又一次掐住自己的大腿,反复问着:"你是人,还是……你怎么在这里? 这是真的吗? 真的吗?"

孟尚海也好像在梦幻中,也掐着自己的大腿,证实着眼前情景的真实性。他感到指甲掐着的大腿痛! ——这不是梦,不是梦!"真的,真的,叶梅,这是真的……"他语无伦次了。

天下的事真是无奇不有。他俩一年多不曾见面了,做梦都想寻找机会见一面,但两厢远隔三百多公里,大山连绵,交通不便,加之两人的处境,要见一面,真比登天还难。然而,他俩怎么都没有想到,今晚会在这样的险恶情景下突然相遇,简直比传奇故事还传奇! 因此他俩都感觉身处梦境,直到两人紧紧相拥、亲吻、哭泣、欢笑近半个小时,才仿佛从迷幻般的梦境中走出来。孟尚海问叶梅:"你怎么在这里? 怎么到了这里?"

叶梅便把自己下牧区巡回售书和今天的遭遇说给他听,罢了又问孟尚海:"你怎么会到这里?"孟尚海也把自己的情况说给叶梅听。原来,他在这段时间里因想念叶梅,已痛苦悲观,不成人样了! 罗曼兰看在眼里,急在心里,却没办法安慰他,便让他到县城与叶梅见面,以缓解他的痛苦。他非常感激罗曼兰的良苦用心,便骑着骆驼,踏上了来县城的山路……

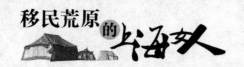

他已出门三天了，今天赶到这里天黑了，刚在这条沟里找到一个小山洞躺下，便隐隐约约听到有人呼救。他忙跑出山洞，可茫茫雪夜，风吼雪扬，什么也看不见。他以为听错了，准备回山洞，就在转身时，又隐隐听到那叫喊声，他即刻溯风而上……当看到狼群围扑人的险境，想冲上去解救，但怕单枪匹马，难以退狼，于是攀上山崖搬起石头砸下去……

叶梅听此情景，感叹不已，叫喊着："天意天意啊！"一番感慨后，紧紧偎在孟尚海怀里，欢欣的泪花直流。他俩在山崖下相拥寒暄半天，孟尚海才说："我们站在这里干什么？快回那个山洞里……"搀扶着叶梅向那小山洞走去……

那个山洞刚好能够容纳两个人。

因为孟尚海知道这次出门需要在野外风餐露宿，所以像牧民出远门那样，带上了毛毡、被子、茶壶、锅碗等。现在他已将毛毡铺在山洞的地上，洞口燃起了篝火，搭上了茶壶，开始烧水熬茶。小山洞忽然暖烘烘的，充溢飘散着一种家的浓浓温情！孟尚海把叶梅让坐在花毡上，铺好餐布，拿出馕、包尔沙克、奶疙瘩之类吃的东西让叶梅吃。茶熬好了，又盛一碗端给叶梅，让叶梅喝。但此时此刻叶梅哪有心思吃喝？她眼含着泪花，述说着离别的痛苦和思恋，邂逅相逢的喜悦和兴奋！孟尚海何不是这样呢？他俩又相拥相抱在一起，用疯狂热烈的亲吻，诉说着思恋的痛苦，诉说着相逢的喜悦，两个火热的恋人好像浸泡在狂潮里的泥人慢慢瘫倒在地铺上，仿佛两团熊熊的烈火燃烧着，熔化着，凝结在一起……

山谷里寒风呼啸，大雪飘飘，天寒地冻，小山洞里温暖如春，气氛灼烈滚烫。他们搂抱着，疯狂亲吻着，酣畅叫喊着，呻吟着，在地铺上滚来滚去，忘记了时间，忘记了世界上的一切，直到凌晨一点，才像巨涛狂澜渐渐停息下来。孟尚海朝洞外看看说："已经半夜了。"

叶梅坐起来，捋着散乱的头发，喘吁着问："知道今天是什么日子吗？"孟尚海想了想，摇了摇头。

叶梅说："元旦，一九六二年元旦。"

"元旦？"孟尚海惊问，他在深山野谷放牧，已经没有时间和节日概念了。

"对，是元旦。"叶梅说："本来今天我想早早赶到县里，想办法去马蹄湾看看，再找机会去看看你，没想到我们在这里相会，天意啊！我俩已在这个山洞里不知不觉度过了两个年头！"她玩笑说。孟尚海激动兴奋得跳起来："好好好！今天是个好日子，好日子！但愿我们的生活从今天开始——翻开新的一页！"他伸出臂膀又把叶梅搂在怀里，又倾倒在地铺上……

山洞里的篝火映照着青色的岩石，映照着他俩的脸庞，他俩脸庞上跳动着激情,飘飞着灿烂美满的笑容。沟谷里漫天的雪花为他俩飘洒,像报春的信使,篝火的热气将雪花化作细细的雨丝,在山洞前的天空斜斜飘下,渲染着春天的梦境。他俩疯狂亲吻着,热恋的心燃烧着。这时孟尚海起身了,相对叶梅跪着,向他心中的美神求爱:"叶梅,五月马莲花开放的日子,我们就结婚吧?"他脸上闪耀着岩石般的庄严,眼睛里跳动着岩石般的真诚。

叶梅脸上燃烧着篝火般的红晕,相对着他,神圣地点着头:"五月,神圣的五月,我同意马莲花开放的日子我们结婚,我盼着,等待着——"

两个恋人同时向大地叩首,以古老婚约的仪式向大山起誓。接着激动地冲出山洞,张开臂膀,面对雪片纷扬的山谷,面对黑糊糊的夜空,高声呼喊:"春天快快来吧!马莲花快快开放,快快开放!——我们就要结婚喽——啾嘀——啾嘀——"叶梅也跟着孟尚海扑出山洞,好像小鹿倚在孟尚海结实的肩上,啾嘀啾嘀地呼喊:"春天快快来吧——马莲花快快开放。快快开放吧!"他们忘记了一切,盼着春天,盼着马莲花开放,盼着绚丽烂漫的春天!

啊!夜空燃起爱情的熊熊烈火,庄严的宣告点燃黑暗的夜晚!风雪笼罩的山野为之震撼摇荡,茫茫夜晚激扬着满帘幽情!雪片在沟谷里纷扬翻飞,好像美丽的精灵拍着小手掌,送来一个个深情的祝福!他俩又拥抱在一起,燃烧的激情托着他们飞向云蒸霞蔚的紫蓝色家园,飞向理想绚烂的天国!

这一夜,他俩就这样在疯狂亲吻、酣畅叫喊、灼烈燃烧中度过了。那两天,两个恋人哪里也没有去,也不想去,把一切悲伤痛苦、艰辛烦恼,统统抛到脑后,就在这个与世隔绝般的小山洞里,无忧无虑,说说笑笑,痛痛快快,欢欢喜喜厮守着……谁能想到,这两个命运的弃儿,一九六二年的元旦是在青藏高原北部的大山深谷中,在一个人所不知的小山洞里度过的。

这是含泪的记忆,他们至今难以忘怀!

23

孟尚海见到了叶梅,再去县城已没有什么意义了,便骑着骆驼返回了野牛沟。

叶梅回县城了。因为在节日期间,又因她下牧区售书,所以没人发现她那些天的失踪,更不知道她和孟尚海在那个小山洞里相逢相守,只是几个细心的

人发现她从牧区回来,脸上开始有了笑容,注意穿戴了,有了精神,有时还像个小女孩蹦蹦跳跳的。

张小贵为此大感纳闷儿,望着叶梅那渐渐红润起来的脸庞,还有那柔美的腰肢,心里说:"这骚货,这次下牧区是不是跟哪个男人好了,看她美滋滋的样子……"一想她可能跟别的男人好了,醋意大发,心里刀绞般悲伤,着实难受得想哭,想尽快寻找机会和她……

这一时期,全国进行国民经济调整,度过了经济困难时期后,开始甄别改正1957年和以后被错划错戴帽子的右派。叶梅听了听文件精神,她全都符合平反条件——春天开始向她招手了,终于熬出头了。她给县里写了申请报告,陈述了自己被错划右派的情况,要求组织对她的问题进行甄别平反。那些日子她心里荡漾着春风,每晚搂着美好的梦想进入梦乡,但她送上去的报告却泥牛入海没有一点消息。这天她大着胆儿去找县甄别办公室,但刚到门口,忽然发现邱生辉坐在里面。

她问了问旁边的工作人员,才知道邱生辉刚从马蹄湾调来,任甄别办公室副主任,具体负责甄别工作。叶梅忽然清楚她的申请报告为啥泥牛入海没声息了,真是冤家路窄。她一直在牧区巡回售书,一点都不知道这个冤家钻到了这里,还当上了副主任。

右派甄别改正,并非易事:第一,需要本单位调查取证,签注意见,才可上报县甄别办公室;第二,甄别办公室通过反复核查,签注意见后,才可呈报上级研究批准。中间有三四道关口。一般人自然要好过些,而叶梅清楚,她要过这几道关,不比登天容易,即使闯过去,身上也得脱三层皮!因为第一道关是文化工作站,张小贵虎视眈眈着她;第二道关是甄别办公室邱生辉,也虎视眈眈着她;第三道关才是县里。关关都是她的冤家对头,关关都虎视眈眈着她的美色,哪个轻易会把她放过呀?

她不敢想了,一想便悲伤流泪。走进她心里的那点春风,即刻变成寒流。她当即转身离开,准备撤回申请报告,不再重提那段伤心的往事,可这是一个人的政治生命啊!沉默,意味着认可,认可意味着死亡,怎么行?于是她硬着头皮去找邱生辉了。

邱生辉自从坐到这个位置上,知道又有跟叶梅"相会"的机会了。看到叶梅来了,故作惊讶:"哎呀,啥风把我们的大美人吹来了?自从你升到县里,我好像几年都没见你的面了,真想你呀!忙啥呢?"叶梅揶揄说:"邱场长,现在的邱主任,这些年你两眼一直盯着我,现在我忙什么你还能不知道?我的什么事情你不清楚？你对我一直很关心，我都不知道怎么感谢你哩！"几句话嘲讽和挖苦，如刀尖麦芒。邱生辉忙说："别别别，你饶了我吧，我们这么长时间没见面了，一见面怎么就唇枪舌剑，多不友好，就不能坐下说点亲热话，叙点旧情，咱们毕竟都是马蹄湾人——请坐。"他让叶梅坐，叶梅不客气地走过去，坐在他的椅子上。

邱生辉倒杯水，放到她面前问："找我有事吗？"

叶梅知道他明知故问，便说："你是真不知道，还是假装糊涂打哈哈？不清楚我是右派？蒙受了不白之冤？不清楚我专门找你为平反改正右派的事？"他噢了一声："是这事，好说好说，咱们都是马蹄湾人，这点忙我当然会尽量帮的。"说着把手搭在叶梅肩上，轻轻拍着："不过……"叶梅把他的手从肩上拨过去，站起来问："不过什么？有什么难处？你刚说尽量帮助，怎么转脸就不认账了？你什么人啊？"

"不不不，不是这样，你的事情我一定会帮，一定会帮。"他忙说。缓了缓语气，又提醒道："不过，你那脾气要改改，张口就伤人，性子太烈，就不能温顺些？温顺些，啥事都好办！"一句看似平常的话，里面却包含着很多内容。叶梅明白"温顺"的含义，她真想咬他一口，以解心头之恨，但没有这样做。现在的叶梅已经不是先前动辄就冷眉横眼的叶梅了，对付邱生辉这样的人，能哄就哄，能骗就骗，能拖就拖，能绕就绕，躲过一次是一次，不能像木头棍儿不打弯。一个人如果改变不了现实，就得想办法适应现实。就说："我会变得温顺的，但必须等到我的问题彻底平反改正后！"这句话很坚决，她不能让他抱有半点幻想。

邱生辉脸上讪讪地说："那是，那是，就照你说的办。"罢了，又说："你先去文化工作站，让他们把你的材料报上来，我这里才能上报县里。这得一步一步来，没有基层单位的报告，没有我这里的复查核实报告，县上自然不会审批，懂吗？"叶梅听出这是实情，不是推诿扯皮，便不再说什么，转身走人。

叶梅去找张小贵了。

俗话说：大鬼好见，小鬼难缠。张小贵是个难缠的小鬼，就像一坨泥巴直往人身上黏，平时她最怕见他，躲还躲不及，现在她却非过这个小鬼关不可。她不敢在办公室没人时去找他，那样他会很放肆，因此见办公室正好有人，才走了进去。

要在平时，张小贵看见她便会像馋猫看见小鱼，用刮刀般的眼睛在她胸脯上脖颈里刮，今天明明看见她来了，站在他的办公桌前，却装作没看见。见此情景，叶梅感觉这道关实难闯过，在劫难逃的感觉铺天盖地向她压过来。她真想

转身就走,但忍住了,她清楚现在如果再高傲不屈,拂袖而去,便会失去机会,到头来受害吃亏的还是自己。因为她的生杀之权,掌握在人家手里,你不求人家,人家不可能无缘无故为你平反摘帽。她最终开口了:"张站长,我有事来找你……"他好像没听见,半天才抬起头冷冷地说:"你是大人物,眼睛里哪有我?还来找我办什么事?"说完倒了杯茶水,顺手拿起早已过期的报纸,旁若无人地看起来。

两句话好像两记闷棍,她感到头晕眼花,摇摇欲倒。她想离开,想了想,又忍住了。大概过了半小时,张小贵慢条斯理地问:"说吧,找我啥事?"手里仍拿着报纸,没有抬头,好像她根本不存在。她说:"为我右派平反改正的事。我是冤枉的,那些定论都是不实之词,申请我已经送了好几份,请张站长……"他打断说:"好了好了,报告我看到了,现在站上工作很忙,等闲下来再说吧。"变个姿势,目光转向报纸。

她被拒之千里之外。屈辱、悲伤和愤怒,如浪似潮在心里翻滚,泪水夺眶而出。她转身跑出办公室,不想让这个小人看到她的眼泪。

其实,那些日子文化工作站并不忙。叶梅清楚张小贵在踢"皮球",有意卡她的脖子,居心何在,她心里太清楚了。过了几天,她又去找他。这次她是趁办公室没有其他人的时候。张小贵喜欢跟她单独在一起,现在她要找他办事,只好顺着他的意思来。人有时候还得学蛇,否则在那弯弯曲曲的路上行不通。

张小贵见她单独来了,果然就理睬她了,眼睛在她身上刮了几遍,而后问:"还是那事?"叶梅点点头。他问过这句话后,却不再言语了,半晌用嘲弄的口气说:"你的事好说,可你也得容我考虑考虑呀,是不是?"她忽然一怔,这话不就是她那晚在山坡上糊弄他的话吗?现在他却反过来送给她了,看来他是成心好好折腾她的,她苦不堪言。张小贵扔出那句话后,不再理睬她了。她含泪退了出来,但又不甘心,过了几天,又硬着头皮去找他。

同室的那几个员工见叶梅要跟张小贵谈事情,都知趣地起身出去了。张小贵仍对她不理不睬,见她快急出泪了才冷冷地说:"我这段时间很忙,你的事我还没有顾上考虑,再等等吧!再说,你是个不着急的人嘛,现在怎么着起急来了?不要着急,慢慢来嘛!"叶梅终于忍不住了,嚷着说:"这是政治大事,我怎么不着急呀?这顶帽子压了我好几年了,压得我透不过气来,我……"张小贵冷笑一声:"你的事我没有考虑,你很着急,那么,我的事你考虑了没有?考虑得怎么样了?难道我就不着急吗?人心都一样嘛!"他回答她的话,是她过去对付他的话。叶梅无言以对了。

张小贵见她不吭声了，接着揶揄道："我的事你说考虑考虑，这一考虑就是一年多，到现在没有半点音信。我的事你不着急，你的事却让我给你赶快办，天下哪有这样的道理？我也学学你——不着急，一年后再说！你能哄弄我，我也哄弄哄弄你，这就叫以牙还牙。"叶梅忙说："张站长，你不能这样呀！因为我，我是有未婚夫的人，马上就要结婚，所以我不能考虑你的要求，不能……"张小贵拍案而起："你有对象怎么不早说？你明明是在玩弄我，你本事不小啊！还玩弄到我的头上了，以后你等着瞧吧，我会好好照顾你的！——回去吧，哪天我心情好了再说你的事情！"他说着要起身离开。

　　"张站长——"叶梅终于忍不住声泪俱下，"你不要走哇！你，你不就是要，要我的身子吗？我，我给你，给你还不行吗……"她悲凄欲绝，眼前一黑，跌坐在身旁的凳子上。——为了自己，为了孟尚海，为了子孙后代，她豁出去了。

　　张小贵听她这样说，心里冷笑道："现在才明白了，早明白不就没这些麻烦了吗？"脸上掠过淫邪的笑意，凑到她跟前说："这样做不好吧？这样做，我不就犯错误了？"叶梅明白他的意思，含着泪说："没你的事，我自愿，自愿……"

　　"那好，我晚上去你那里……"张小贵猥亵地望着她说。

　　那晚特别黑，整个世界好像陷入黑色泥浆，也特别冷寂沉重，像一座山压在人心头上，压得喘不过气。夜深人静时，张小贵悄悄出了门，像只山猫偷偷潜入黑暗的夜色，跳跳闪闪向叶梅的住房游去，到叶梅的宿舍门前，向左右看看，见没有人，轻轻推开门钻了进去。

　　屋里没有灯光，漆黑一片。他一边朝床跟前摸索，一边低声叫着："小叶，小叶……"见没人应声，心里骂着："这小婊子，到哪里去了？又要哄弄我。"

　　其实叶梅就在屋里，面无表情，如呆似傻，泥塑木雕般直竖竖跪在床上，好像僵死了，只有两行清泪默默流着，划过惨白的脸颊掉在胸前，胸前的棉衣已湿透了一大片，两只眼睛已哭得红肿，好像熟透的红桃儿。

　　张小贵以为没有人，从兜里摸出火柴，划着，举起来照亮，见叶梅直竖竖跪在床上，骇得陡然后退两步："你你，这是怎么回事？"手里的火柴杆燃完了，屋里陡然黑暗，又划着一根，点亮床头上的煤油灯，伸手抓住叶梅的肩摇了摇："你，不愿意？"半天，叶梅嘴皮动了动，凄然惨叫："来吧——"向床上倾倒过去，痛苦地闭上眼睛……

　　张小贵喉管上下蠕动两下，恶狼般扑上去……

　　他大半夜颠来倒去，将叶梅折腾得死去活来。终于折腾不动了，从她身上

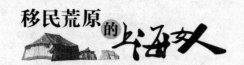

滚下来,一堆烂泥巴似的,脸上却泛着满足快活的光点。叶梅感到胃里恶心发潮,像喝下地沟里的臭水,忍不住一股青黄色的液汁从嘴里喷出去,随之哇地哭泣起来,心里悲戚地叫喊着:"尚海,我对不起你,对不起你呀!"

张小贵望着,害怕了,赶紧穿上衣服溜了出去。

他刚出门不久,那个套间的门轻轻开了,沙县长野猫子般钻进来。叶梅大惊失声:"啊!你你……"她身上只穿件背心和裤头,一边慌忙穿衣服,一边叫喊着:"你来干什么?"沙县长一改平时衣冠楚楚,道貌岸然的官僚模样:"我来看看你,看看你……"边说边向她走去。叶梅叫着:"你不要过来,不要过来……"他哪里管她,走过去坐在床上。叶梅受惊的野兔般把被子裹在身上,叫着推搡着他:"你出去,出去,再不出去,我就喊人了!"现在叶梅心里什么都明白了——这个无微不至关心她的沙副县长,原来也是那样的人,人心难测啊!

沙县长眯眯笑着说:"你叫吧,喊吧,刚才你跟张小贵干的好事,我在隔壁全都听到了,为了摘帽平反,你竟敢拉拢干部下水,你干的这些好事,正好叫人们都来听听看看!"

叶梅突然怔住了,突然软了。因为这里发生的一切,他全都知道,她再嚷叫,等于自找麻烦、自取灭亡。她不敢吱声了。沙县长见她被唬软了,嘿嘿窃笑说:"你叫啊,你喊啊,怎么不叫了,不喊了?你不叫不喊,我可要叫喊了,我要叫县公安局马上派人来这里,把你们全抓起来!——判刑坐牢。"

叶梅听沙县长要叫公安局,忙叫喊:"沙县长——你不要喊,不要……我求求你了……"接着眼前一黑,倒了过去。

沙县长鼻子里轻声哼了一下,过去闩上房门,转回到床边,不急不慌开始脱自己的衣服。这口美味就躺在那里,乖乖地躺着,马上就变成他的美食了,他有什么可着急的?而且只要抓牢她和张小贵的把柄,不但今夜是他的,而且永远会是他的,永久让他享受,让他骑,他把自己身上的衣服剥得精光,掀开叶梅身上的被子,钻了进去……

有了第一次,必然就会有第二次。

第二天晚上,张小贵又来了,他刚刚前脚离开,沙县长紧跟着从那道门里进来……一连七八天,每天晚上都是这样。叶梅痛苦不堪,悲伤不堪,悲酸的眼泪,默默往肚子里咽。后来她渐渐麻木了,变成一具僵尸般的人了,任这两头畜生蹂躏糟踏。这天下午,邱生辉来到她的房间,对她神秘而不无炫耀地说:"叶梅,告诉你个好消息,你的平反改正报告,文化工作站呈报到我手里了,我马上就向上报送,马上就上报,你高兴吗? 高兴吗? "

她没有吭声,脸上僵僵的,死了般没有表情,只是腰肢和下身痛得厉害,起不了床,也动不了。她已两天没有好好吃一顿饭了,饿得头晕眼花,就要晕过去,现在看到邱生辉来了,不管三七二十一,有气无力地说:"什么也不要说了,快去,先给老娘弄点吃的来,老娘现在肚子饿得要命! "她现在肚子又饿,浑身又痛,连命都难保了,还管什么平反不平反的屁事,吃饭要紧,活命要紧。

邱生辉本来想利用手中这点小权力讹诈叶梅,见她没有心情顾这些,赶着让他给她弄吃的,忽而有点悲怜了,这个漂亮女人,原先心高气傲,文雅纯洁,现在怎么突然变得这么粗俗不堪,好像山村悍妇? 果真饥饿面前无君子? 想着,就移到她床上,抚着她的脸蛋说:"好乖乖,几天不见怎么就瘦了,看看多憔悴,怪叫人心痛的……"叶梅拨过他的手:"别说这些屁话,快去弄吃的,快去,快去呀! 老娘快饿死了! "

邱生辉说:"我马上就去,马上就去,不过,你怎么酬谢我? "又是怎么酬谢? 她已经不知怎么气恨这些畜生,也已无法气恨了,便说:"你不就是要老娘的身子吗? 去吧,弄来吃的,老娘吃饱了肚子,随便你怎么都行,现在老娘肚子饿,肚子饿! 听到没有? "但此时的邱生辉却不见兔子不撒鹰,他要先上了,再给她去弄吃的。他清楚,眼前这个女人已经不是刚到马蹄湾时的女人了,她成熟了,学奸猾了,知道哄弄人了。

叶梅看透了他,一把掀掉盖在身上的被子,撕开衬衫乳罩,响响地拍着胸脯叫喊着:"来吧……"心里叫喊着驴日的! 你们这些畜生全都来吧,全都来! 她歇斯底里笑着,叫骂着。她现在已经豁出去了,已经破罐子破摔了,什么尊严,什么廉耻,什么羞辱,统统都滚他妈的蛋! 谁还知道羞辱? 姓穆的? 姓沙的? 邱生辉和张小贵他们讲廉耻吗? 有羞辱感吗?

邱生辉被叶梅歇斯底里的狂态惊愣了,可仅愣了片刻,便毫不犹豫爬上叶梅的床……叶梅闭上了眼睛,却没有像先前那样痛苦流泪,她已没有眼泪可流了,就是有,也不流。只在心里叫喊着:"驴日的,来糟践老娘吧——我就是你们的老娘,老娘! 你们糟践我,就等于糟践你们的老娘! "那段时间,叶梅就是用鲁迅笔下的阿 Q 精神安慰着自己,说服着自己,要不,她早就跳崖轻生了……

过了一段时间,人们发现叶梅疯了,傻了。她不梳头,不洗脸,蓬头垢面,身上的衣服长一片短一片,脏兮兮的,像个叫花子,脸上没有一点活泛的表情,木木的,像一具僵尸,每天早晨出门,爬上县城旁的山坡,呆呆地望着远处,不知她

211

望什么？盼什么？人们碰到她都远远躲开。

其实，叶梅没有疯，也没有傻，只是破罐子破摔了。这天，她发现自己身上有问题了：胃里不时发潮恶心，还连连呕吐，两个月也没来红。这是一种妊娠反应，这点生理常识，她还是有的。——可怕的事情终于发生了。一个没有结婚的姑娘怀了孩子，在那个年代是最没脸见人的，也无活路可走的，加之她是右派。她感到天旋地转，无路可走，遂义无反顾向那座山崖走去。那是几十丈高的沟崖，只要纵身跳下去，一切都解脱了，但那一刻孟尚海的告诫忽然在她耳旁响起，一下没有了轻生的勇气。再说，肚子里的孩子是无辜的，这个孽种不是她叶梅的过错，为什么要让她背负重债？为什么要她付出如此大的代价？为了肚子里的孩子，她要坚持活下去！于是她转回了头，去找那些畜生算账。

那些日子张小贵、沙县长和邱生辉轮番上她的床，她也说不清肚子里的孩子是谁的种，可她不管这些，她要挨个儿收拾他们，哪个都不放过！她先去找邱生辉，因为他第一个凌辱了她，但办公室没人。她又转回头去找张小贵，他正好在办公室。同室的几个工作人员，见叶梅披头散发，怒气冲冲走进来，知道要发生什么事，加之人们都说这个漂亮女人疯了傻了，又时常见她又哭又笑又叫的，因此躲瘟疫般悄悄起身，跑了出去。办公室只剩张小贵了。她一步步逼近张小贵，用发直的眼睛盯死他。

自从发现叶梅疯傻后，张小贵有好些日子没到她那里去，此时见她蓬头垢面，疯疯傻傻，两眼冒火，知道今天来得不善——要闹事，他害怕了，站起来想溜走。叶梅几步抢上去，按住他的肩膀，用命令的口气说："不要动。"声音虽然不高，可低沉有力，直捣心窝。张小贵心里陡然震动，慢慢坐回到椅子上，说："小叶，你，你要干什么？有什么事咱们晚上说，不要在这里闹，这是工作单位，是单位……"

"什么狗屁工作单位，老娘不管！你不是喜欢跟老娘玩吗？老娘今天要跟你在这里好好玩玩，让你玩个够，玩得让你永远也忘不了……"她说着伸出鹰爪般的手指，向张小贵脸上抓去。张小贵向后趔着身子，惊惶躲避，求饶般地说："小叶，你要干什么？你有病，快回去吧，回去吧，有什么事明天再说。"叶梅突然仰头狂笑："哈哈嘿嘿……是的，老娘有病，老娘疯了，是疯子疯子，你这畜生害怕老娘了？害怕老娘了！啊哈哈哈……"狂笑尖厉怪异，令人心里发怵。那几个人已经跑得很远很远了。

张小贵拨过叶梅抓向他的手指，又想站起来逃溜。叶梅把他堵在办公桌前："怎么，不敢挨近老娘我啦？畜生，我告诉你，老娘肚子里有了你的娃娃，有了你的种！现在你不想黏老娘，老娘也叫你黏！想躲避———没门！老娘就是死了，也要缠在你身上！你不是要娶我吗？你不是逼老娘嫁给你吗？现在老娘来了，就问你一句话，怎么办？"一把抓住他的衣领。张小贵听叶梅肚子里有了娃娃，突然怔住了，这可是要命的问题！如果是以前，他巴不得把自己的种下到她肚子里，把生米做成熟饭，让她乖乖嫁给他。问题是，现在她变成了疯子，傻子，他一个正常人怎么可以和一个疯子结婚？怎么可以跟傻子生活在一起？他在那里怔了半天，忽然想，这女人是不是为了尽快摘掉帽子，或者得到什么好处讹诈他？但看她那样子，又不像……他理不出头绪来，觉得她在吓唬他，便认真问："真怀上了？"

"屁话！老娘的肚子里没东西，来找你干什么？这是什么光彩事？快说怎么办？不然老娘要上告人民政府，公安局……"她抓着他就要往外拉，张小贵着实慌了，忙向后坐着屁股："别别别，你让我想想，让我想想……"他慢慢软了，浑身开始冒汗。这种事不害怕是假的，害怕才是真的。这可怎么办？忽然他想出个好办法———要赖！反正他张小贵跟她的事没人看见，说她肚子里的娃娃不是他的，是她诬赖他，她空口无凭，能把他怎么样？他这样想着，马上腰杆子就硬了起来，对她说："你肚子里不会有娃娃，就是有了，也不是我的。"

"什么？你说什么？不是你的？"叶梅两眼直逼着他。张小贵歪着脑袋，赖着脸回答说："对呀，我根本跟你没有什么关系，怎么说肚子里的种是我的？你肚子里真要有了种，可能是别人的……"叶梅的眼睛瞪得更大了，无声地盯着他，心里说，天下竟然有这样无耻的人？张小贵见她只瞪眼无话说，以为她被他的话唬弄住了，晃着脑袋又重复一次："我根本跟你没有什么关系……"

"无耻！"叶梅好像激怒的母豹子突然跳起来，扬手给张小贵脸上狠狠一巴掌。这个动作快捷迅速，一闪而过，只有那脆脆的声响，在办公室里啪啪回荡。他的错误判断使自己冷不防脸上留下几个青紫的指头印。他母猫般惨叫一声，双手捂住生疼的、亮闪闪的脸庞慢慢蹲在地上。叶梅似乎还不解恨，又"呸"地吐他一口。"啪叽———"那团浓痰准确无误射到他那没有捂严的右眼窝里，发出巴掌扇在猪屁股上的声响，接着转身散步般走出办公室门……

她又去找沙县长了。她现在已经无所顾忌，豁出去了，好像一头失去狼崽的母狼正在寻找发泄对象，狠毒加疯狂，谁碰上，该谁倒霉！

沙县长的办公室里坐着几个科室领导，好像在请示汇报工作，她连门也没有敲，便破门而入。人们都说这个漂亮女人疯了，沙县长见她进来，为之一惊，叫喊着："你，怎么进来了？我们正在开会，出去出去！"

213

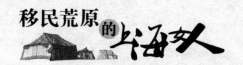

　　那几个参会的科室领导，也帮腔嚷着叫她出去，有两个还站起来推搡叶梅。叶梅却无所顾忌，好像甩鼻涕似的将他们抛开，嘻嘻哈哈，直直走过去，一屁股坐在沙县长的办公桌上，伸出那双细长的、有点发青的手，拍着沙县长那油光闪亮而略带秃顶的脑门儿把玩着，嘻嘻笑着，跟小孩玩皮球似的。

　　沙县长突然怒火奔涌，想甩她一个耳光，但在众下级面前不便发作，也不敢发作，只好忍耐着，脸色憋得通红青紫，尴尬地朝在座的下级们嘿嘿笑着，嘴里自我解嘲着："这个姑娘啊，怎么来这里闹？真疯了呀？我看没有啊！"

　　那几个科室领导见县长的口气变软了，也随之放缓口气劝说她："出去吧，出去吧，不要闹了，这里正在开会！"沙县长还拿出大人不见小人怪的姿态劝解："别闹了，听话，有话会议结束再说，啊！"但叶梅那十个细长的指头却不听他的话，好像高明的钢琴师趴在琴键上尽情弹奏着，肆意抒发自己的情感："这个东西真好玩，好玩呀，好像西瓜，又像篮球，嘻嘻嘻嘻……"沙县长的脸颊顿然变成了刚刚出膛的猪肝色，忽然叫喊一声："放肆！"拍案而起，命令旁边的人："把这个疯女人给我拉出去！"那几个科室领导齐刷刷上来拉扯叶梅。叶梅连打带踢，又喊又叫，尽情发挥着疯子的疯狂。

　　众领导们见她撒疯了，赶忙躲避。一个疯子把一群正常人逼了回去。疯子嘿嘿嘲笑着，对他们说出两句正常人的话："我警告你们不要掺和，谁掺和，没有好果子吃！"又回头对沙县长狠狠地说："今天你是不是要逼老娘撕破脸给他们看看？要是这样，老娘我就不客气了！"这句话掷地有声，办公室发出嗡嗡嗡的声响。

　　沙县长突然愣了，清楚这疯女人撕破脸是什么意思，收敛了满脸的怒火，向左右挥了挥手说："你们都去吧，去吧，让我看看这疯女人找我到底有什么事？去吧。"那几个科室领导躲瘟疫般赶紧出去了。正常人跟疯子纠缠，岂不是自找麻烦？况且是女疯子，躲得越远越好。正常人都溜走了，沙县长愤愤地问叶梅："你，你怎么回事？怎么闯到这里来了？胆太大了，我叫人把你抓起来关了！"

　　"你敢吗？"叶梅嘿嘿笑了。沙县长："怎么不敢？"叶梅绷上了脸："你要敢动老娘一指头，老娘跟你没完！知道不知道老娘今天来干什么？——老娘来给你报喜！"

　　"报喜？"沙县长一怔。叶梅指着肚皮说："老娘肚子里有了你的娃娃——这不是你的喜事吗？"

　　"什么？有娃娃了……"沙县长大脑深处突然发出一声脆响，震愣在那儿。当他清醒过来后，第一个动作是跨前几步，赶忙把办公室门关上，返回头认真问："真的？"她嘻嘻傻笑着："真的,我真幸福,怀上县长的孩子了,怀上县长的……"沙县长彻底震愣了。这些日子,他只顾快活高兴,怎么就忽视了这个问题,怎么就……他猛然感到头顶轰然一颗炸弹爆炸,又好像一只猛虎向他龇牙咧嘴扑来,他感到浑身发紧。外面有一股尖利的风穿过房墙,穿过他身上规规矩矩的中山装直刺他的脊背,他感到针砭般的疼痛。这是要命的问题啊! 这要是让她传出去,一个男女作风问题,还不把他的乌纱帽打到九霄云外? 他感到问题非常严重了!

叶梅见他吓得好像龟孙子,身上像春天温暖的太阳在照耀,心里涌起少有的痛快、欣喜和淋漓酣畅,心里狠狠骂道:"老娘今天就是要好好折腾折腾你这老畜生! 那一笔笔血泪债,要让你老畜生加倍偿还!"于是伸开老鹰铁爪般的手指,向那道貌岸然的长条脸上抓去。

沙县长见她抓他,慌忙躲避。她的手指抓空了,又抓了一次,又被沙县长躲过了。她见抓不到他的脸,采取叫嚷的办法:"我有孩子啦! 是沙县长的,有孩子啦,我好高兴呀! 好高兴啊!"沙县长紧张了,慌忙扑上去捂住她的嘴:"不要喊了,不要喊了——我的姑奶奶,我的姑奶奶!"他脸色惨白,捂住她的嘴半天不敢放。叶梅憋得喘不过气来,心里害怕了:这个禽兽,如果逼急了,会把我活活捂死的,因此不敢叫喊了。

沙县长见叶梅不叫喊了,才慢慢松开手,抹着额头上的虚汗,开始好言劝说她。他打开那扇门,把叶梅弄到她的房间里,和颜悦色说:"小叶,再不要嚷叫了,有什么事咱们坐下来慢慢商量,有什么要求就给我说,能满足你的,我尽量满足你,千万不要嚷叫了。你想想,这样的事嚷出去,弄得满城风雨,对你对我有什么好处? 这事闹大了,大不了把我这个县长拔拉了,可你还是大姑娘呀,才二十出头,刚刚开始活人,现在你的右派问题马上就要平反,马上就有好日子过了,马上就踏上人生最美好的路程了,你把这些事嚷叫出去,对你有什么好处? 不但没有一点好处,还会害了你的美好前程! 为了你的美好前程,就不要再声张了……"他摇唇鼓舌,边说边拍着叶梅的肩膀,好像哄小孩似的。他快六十岁了,生活阅历长,又老奸巨滑,哄骗个二十出头的女人,还是有把握的。

叶梅盯着他问:"这么说,让我啥话都不要说? 让我这个大姑娘以后挺着个大肚子,把一切罪过都替你们承担了? 让你们没事一样逍遥自在? 你真会来事呀! 看我叶梅真傻了是不是?"沙县长忽然发现眼前的女人并没有疯,也没有傻,就更害怕了,忙问道:"那你说什么办?"叶梅说:"老娘非要把这事全部抖搂出去,让全县的人都知道,让大家看一看,听一听,你们是一群什么东西,让你们

215

这群畜生身败名裂!"说着就抢着往外走。

沙县长慌了,挡在门前不让。他已看出这个疯女人要豁出去了,但打她打不得,骂又骂不成,推又推不出去,哄又哄不转,这不是活活要命吗?突然他心里一横——弄死她!但想了想,怕弄死她会惹出更大的麻烦,结果会更糟糕。那是一条人命呀,即使要弄死她,也应该到山穷水尽、无路可走的时候,现在还不到马踩车死的地步,再说他的良心还没有歹毒到那种程度。

这时他同样想到了耍无赖。因为搞了她的男人,不止他一个,还有张小贵,邱生辉更不必说……一旦事发,只要他死不认账,谁能把他怎么样?而且他还要反咬她讹诈他。他都是快六十岁的人了,又是县长,哪个相信她说的话? 这才是绝顶好的办法!于是他也像张小贵那样,摆出一副无赖样子说:"你想嚷就嚷,想告就告去吧,反正这事跟我没有关系……你知道吗?我快六十岁了,早就没有生育能力了……"又是一个没关系,叶梅气得发疯了,快活的时候,怎么不说这话?现在却说没关系,她抢圆巴掌向他脸上扇过去……

"啪——"她狠狠扇了他一巴掌,而后转身走出了房间。

一片阳光汹涌而来,扑向她的身子,亲吻她的脸庞。叶梅感觉阳光格外好,格外亲切,闪闪的,暖烘烘的。其实,太阳还是昨天的太阳,气温还跟昨天差不多,只因那一巴掌非常重,非常狠,保证会在那畜生脸上留下五个深深的指头印,因此她心里太痛快太解恨太过瘾了,所以觉得那阳光也亮爽了。

第二天,叶梅又去找邱生辉。因为她昨夜细细算了算日子,肚子里的这个孽种应该是邱生辉的,没错,是他的,她必须跟这个混蛋清算孽债,否则她无法排遣压抑在心里的愤恨。她去了他的办公室,他还是不在,旁边的人说他出差了,她在他办公室门前停了一会儿,转身回了宿舍,等待他回来。

然而,过几天人们发现叶梅突然不见了,失踪了!叶梅的失踪是几天后人们才发现的。因为人们发现县城后的南山坡上不见了她的身影,大街上也不见了那身穿破烂衣服,披头散发,一会儿笑,一会儿哭,一会儿喊叫的疯子。

其实,叶梅消失已经好长时间了。有人说她掉下山崖摔死了,但不见死尸,还有人说被人暗害了,因为她长得太漂亮,太美丽了,招惹得罪的男人太多了,那些男人们都想跟她干个什么,干不上,就妒火大发,就想办法害她。众说纷纭,但莫衷一是。

最后,县里的文化站向外公布说,她畏罪逃跑,被狼害了,因为有人在南山沟里捡到了她的两只鞋子。还有人说她根本没有疯,她是在这里立不住脚,逃回上海去了。总之,说法很多,但说来说去,归根结底人是不见了,不知去了哪里?

24

转眼,进入夏季了,山外大地百花齐放,嫩柳舒黄,而野牛沟的夏天却像深藏闺房的大姑娘,羞羞答答,不肯露脸,马莲花和金菊花也迟迟不开放。孟尚海在难耐的焦灼中熬煎,感觉度日如年。他每天早晨走出毡房,首先举目观望周围的山岭,而后跑到河谷对面的马莲滩,看马莲花是否开放,开放了,他与叶梅商定的喜庆日子就到了,该跟叶梅举行婚礼了!

这天,他又早早爬起来,随便擦几把脸就跑出毡房,向那片马莲滩跑去。马莲花终于在他焦灼的盼望中开放了,一朵朵,一丛丛,一簇簇竞相怒放,绚烂成紫蓝色的海洋!他仿佛发疯了,忽然在马莲花中跳跃,在马莲花中打滚儿,呼喊着:"马莲花开放喽——马莲花开放喽——"呼喊声在河谷里震荡回旋,好像疯狂演奏的婚礼交响曲,雄浑壮美,喜气洋洋!

他的呼喊声飞过马莲花丛,穿过野牛河滩,飘进坐落在河畔的毡房里。正在烧早茶的罗曼兰听到呼喊后,圆润的肩膀猛烈震颤,手里的勺子滑落在地上,脸上那安详平静的神情倏然消失了,继而出现两片浓重的忧伤!本来早晨见孟尚海急匆匆向那片马莲滩跑去时,心里就像打翻了五味瓶,泛起酸甜苦辣,现在听到他的呼喊声,简直就像有人用利爪撕裂着她的心肺!——她和他的感情就这么结束了吗?就这么无声无息消失了吗?她问着自己。

自从那次听到孟尚海和叶梅的恋情后,她便试图掐断她对他的思恋,并告诫自己不能再陷入那种感情漩涡,但爱情这种至高无上的感情,说掐断就能掐断吗?——不能!它依然根深蒂固地留在她心底里,不时折磨着她,现在又突然爆发了,残酷地折磨着她!

火膛里的火焰舐着吊在三脚架上的茶壶。茶水开了,壶里咕咕作响,她却沉浸在痛苦忧伤的情绪中,一点也没有觉察,只是用勺子在壶里机械地搅动着,打捞着茶梗,也仿佛打捞自己的感情。但此时此刻,她知道她和孟尚海的感情永远也打捞不上来了,悲酸的泪水即刻模糊了她的眼睛!

忽然,床铺上沉睡的盼盼惊醒了,爬起来揉着朦胧的眼睛,惊惊咋咋嚷着说:"妈妈,我做了个梦,是带颜色的梦,梦见晴朗的天空下雨了,雨是蓝色的,紫

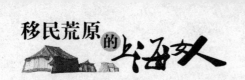

色的,好像马莲花瓣,到处飘洒,打在地上噗噗直响,河沟的泉水里,出现无数圆圆的水泡泡,一个个晶莹透亮,有的飞了起来。妈妈,那雨点怎么就像是马莲花瓣呢?"

——又是马莲花!她的心又像被铁杵狠狠撞了一下,慌忙擦掉眼角的泪水,顺口说:"是马莲花雨呗。"盼盼又问:"妈妈,盼盼的梦是好事还是坏事呢?"这孩子呀,怎么这样不懂事?偏偏往妈妈的感情伤口上碰?一股悲酸又骤然涌上心头。她没有回答女儿的问题。盼盼见妈妈不回答,执拗地问:"妈妈你说话啊,说话啊,怎么不说话?"她的心情彻底变坏了,嚷着说:"哇哇叫什么?真烦人!闭上你的小嘴,赶快起床!"盼盼撇撇嘴巴,愣在床上。

罗曼兰想,一个梦怎能以好坏区分呢?又不是真的,但仔细想想,又觉得女儿的梦似乎预示着什么,是什么?这不明摆着?马莲花开了——孟尚海要离开,要去县城跟叶梅完婚。

盼盼被妈妈训斥后,清清的泪水在眼眶里旋转,很冤屈的样子。她不清楚和蔼善良的妈妈今天为啥变得火爆爆的,准备问,见妈妈脸色不好,闭上了嘴巴。罗曼兰无意看了女儿一眼,见女儿满眼盈泪,忽地心软了,自己的痛苦和忧伤怎能向孩子撒呢?她觉得不该,便过去把女儿搂在怀里。盼盼问:"妈妈,你怎么啦?"罗曼兰的鼻子一酸,眼睛里又汪出一层泪水。

"妈妈你怎么啦?"

"妈妈没有怎么。"她摇摇头,把嘴巴捂在女儿胸前。

"没有怎么,怎么就这样?"女儿还是执拗地问。

"妈妈,真没有怎么……"她抑制着泪水,抬起头,认真地说。

女儿望着妈妈,研究着妈妈的眼睛,半晌说:"不,妈妈有心事,是不是孟叔叔要走,你就这样了?"

一个娃娃家的,怎么就知道妈妈的心事?还"怎么了怎么了"问个没完。罗曼兰猛然抱住女儿,泪水夺眶而出。是啊,自从孟尚海来到这个家,这个几乎坍塌的家才慢慢变得像个家了。尽管她知道他终归要走,而且知道他跟叶梅有了婚约,但她还是尽量维护着这种不是一家人,又亲似一家人的现状,使它尽量长久,再长久。然而,该来的,还是来了!面对这些,她能不痛苦?能不忧伤?但她不能在孩子面前流泪,更不能挡孟尚海,让他快快去县城完婚。她是个倔强而又很有自制力的女人,重感情,但不会陷入感情不能自拔。于是她抹掉眼角的泪水,对女儿说:"穿衣服,准备吃早饭。孟叔叔马上就回来,还要去放牧。"她拿起女儿的衣服。

女儿说："妈妈还没有回答我问的话呢。"

她在女儿眉心点了一指头："小丫头家家的,乱问什么?"盼盼说："妈妈不说,我也知道。"她一听就愣住了,打量着盼盼,忽然发现女儿长大了。她把衣服穿在女儿身上,又帮女儿穿裤子。女儿不让,她说自己来,就自己穿。她站在旁边望着,心里说："女儿大了,过两年该上学了。"

盼盼简单吃了点东西就跑了,去迎接她的孟叔叔回来。女儿跟孟尚海之间的关系,比亲生父女还要亲,她常伴在孟尚海的左右,几乎成了他的尾巴。他要是离开了,不知她会怎么样?罗曼兰在那儿发着呆,过后开始给孟尚海准备行装了。她默默搬过孟尚海的被褥,轻轻展开,然后默默叠好,起身找来行李绳准备捆,但临了却停住了手,又默默拉开,轻轻抚着,好像被褥的什么地方有皱折,怎么也抚不平,又似乎抚着自己不平静的心。她叠起拉开,拉开又叠起,反复着,反复着,直到孟尚海和盼盼回来,那床被褥还是摊在地毡上。

孟尚海吃惊道："曼兰,你,你怎么了?"她怔了一下,手指哆嗦着,从那重复的动作中挣脱出来,目光慌乱地移到别处："没,没有什么,没有……该喝早茶了。"她扔下手里的活计,端过吃的东西,又拿碗给他倒茶,心里一慌乱,茶水洒在孟尚海的胳膊上,她忙拿毛巾擦。孟尚海说："曼兰,不要紧的,我自己来吧。"他放下碗,拿过毛巾自己擦。他清楚她有心事,不知怎么面对,准备吃点东西,马上出门去牧场。

罗曼兰看出了他的心思,说："尚海,今天你就不用去放牧了。"

"怎么?放我假了?"孟尚海问。

罗曼兰说："马莲花开,开放了,金菊花也开了……"

孟尚海顿了顿说："开了就开了,跟我放牧有啥关系?我还是去放牧的……"

罗曼兰说："不!你应该走,走了……"话没有说完,眼泪不听话地涌了出来。

孟尚海的心猛然震动一下。对,他是要走了,刚才在马莲滩就做出了这样的庄严决定,但他准备过几天,选个适当的机会再说,因为罗曼兰对他心底里埋藏着烈火般的感情,如果突然说出离开的话,她会很难受很难受的。此时,他才感到,就是再过几天,要说出离开的话,仍不是一件轻松事。一种负疚感开始折磨他的心灵。他低头三口两口喝完茶,站起来说："羊群已经到了草场上,我去放羊了。"准备离开。

"不,你不能走,今天你得去县城。"罗曼兰拉住他说。孟尚海说："你,你为什么非赶我走?"罗曼兰说："马莲花开了,马莲花开了,你不是日夜盼着马莲花开放的这一天吗?你不是……"近乎拉着哭腔。孟尚海打断她的话说："不要说

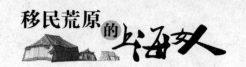

了，我要去放牧了。"他从房杆上取下羊鞭，一头冲出门。

他终于逃避了难堪。其实那仅仅是一时的逃避，该来的哪能回避呢？

晚上他放牧回来，一进毡房看到他的行李已被罗曼兰捆好了，整整齐齐放在毡房地上。他急了："曼兰，你这是干啥？"罗曼兰答非所问："骆驼我都替你准备好了，这些年辛苦你了，明早你就走吧。"她一反常态地非常平静。

"曼兰！"孟尚海说，"公社又没决定让我回去，我怎么能回去？就是我去县城，过几天也会回来，你干吗捆我的行李？"

罗曼兰说："公社虽然没有决定，可我知道你这次离开野牛沟，不可能再回来了，不可能了……"她嗓子里又哽咽起来，眼睛红了。

孟尚海心头发疼了："你不要这样，不要，我不去县城，哪里也不去……"

"胡闹。"罗曼兰说，忽然觉察到自己有点失态，于是强笑着说："你看我，这是喜事，怎么就流眼泪，流眼泪……"她擦掉眼角的泪水，转身从毡房上首的箱子里取出一只精美的纸盒，里面是一床锦缎被面，送到孟尚海面前："这是我送你俩的结婚礼品，祝贺你们！"

"曼兰！你……"

"什么都不要说了，明天上路吧！"罗曼兰说。

第三天，孟尚海骑着骆驼走进东台县城。县城还是老样子，所不同的是街上那三四棵碗口粗细的白杨树抽出了拇指般大小的叶片，在微风中迟钝地晃着，仿佛缺乏营养的老人，没有生动翠绿的气息，不过它们仍然告诉人们，夏天来到这个大山深处的小县城了。

中午，人们可能都在歇晌。街上没有几个行人，更没汽车，显得空旷冷寂。有几只野狗在街巷的垃圾堆旁寻找吃的，有两只趴在地上啃骨头，津津有味。乡里人进城，什么都感到新鲜，骆驼也感到新鲜，呱呱叫着，撒着欢儿，抒发着内心的诗情画意。下午快上班了，他想趁叶梅还没上班，直接去她的住房，给她个惊喜！

县政府大院是简单的围墙，简单的大门，车马骆驼随便出入。他拉着骆驼直接进了大院，把骆驼拴在木桩上，向叶梅的住房走去。他的心像受惊的野兔般跳动着，到了门前，举起手却怎么也敲不下去，最后鼓起勇气敲下手指关节。

"笃笃笃……"

"谁呀？"房屋里有个女声问。孟尚海回答："我。"房屋里又问："你是谁？"他想给叶梅个惊喜，因此故意卖关子不说名字，只说"我就是我"。屋里又问，他还是这样回答，又笃笃敲个不停，像个任性顽皮的小孩子。屋里的女人恼了，嚷

220

叫起来:"你到底什么人? 是谁?"接着怯怯打开个门缝,朝外窥望。孟尚海见门开了,激动地叫着:"叶……"刚喊出"叶"字,下面的话就卡在喉咙里。因为出现在门板后的不是叶梅,而是一个陌生的姑娘。他愣住了。

那姑娘见是陌生人,用审问的目光上下打量他:"你,你是……"她两手紧抓着门板,随时准备关闭,用肩膀抗住。孟尚海说:"我要找这个房屋里的人,她去了哪里?"他边说边凑上去,歪着脑袋,从拳头宽的门缝里向屋里窥视。她见他鬼鬼祟祟地窥视,警惕地大声叫喊:"你是什么人,要干什么? 从哪里来的?"他见姑娘误会了,忙说:"我是牧人,从野牛沟来,要找叶梅……"

"叶梅?"那姑娘略怔一下,"你,你是找叶梅的……"那姑娘紧绷的脸渐渐柔和了,说:"我姓林,是刚分配来的,听说这间房屋里原先住过一个叫叶梅的姑娘,但一个月前不知去了哪里……"

"啊?"他瞪大了眼睛。

"是的。听人们说她突然失踪了,有人猜测让野兽……单位派人到处找,也没有找到,具体情况我也不太清楚,你去问问单位领导吧。"林姑娘说。

"什么? 什么?"他突然跳起来,满胸的欣喜顿然消失,一股不祥之感劈头盖脑向他扑来,转身就朝县文化工作站跑去。

张小贵接待了孟尚海。他指着堆放在办公室门旁的行李卷说:"……你看,她的行李物品都在那里,我们没动一根针线。"叶梅简单的行李卷是放在那儿,还有那只破旧的皮箱和洗脸盆以及几本关于绘画方面的书。上面黏着一张旧报纸,落满尘土,飘散着被遗弃的冷落气息。

他在那儿愣了几分钟,又一次问:"她真不见了? 真失踪了? 真被野兽……你们真找了? 真找了?"张小贵说:"真失踪了,真被……都快两个月了。我们组织全工作站职工找了几天几夜都没有找到。不相信,你可以问问大家嘛!"他指了指办公室坐着的几个人。

那几个人趴在桌上,有的写字,有的看报纸,各自忙着。孟尚海用期待的目光望着他们,希望他们能够提供一点关于叶梅的信息,但最终没有结果。半天,那个林姑娘说:"是不是她去野牛沟找你了……"

孟尚海听此话,转身冲出办公室。

他连夜赶回野牛沟,但仅存的那点希望被无情的现实冲毁了——叶梅根本没有来过。他又连夜赶到马蹄湾,梦想在马蹄湾碰碰运气,但侥幸和希望又被残酷地击破了,他抑制不住感情放声哭叫起来。"天啊,天啊! 你怎么这样无情,这样残酷啊!"这是他人生中第一次放声大哭……

他没有找到叶梅,从马蹄湾回到野牛沟后便躺倒了,整个人好像失去了魂,脸色僵硬,目光呆滞,头发凌乱,如呆似傻。罗曼兰见他那个样子,非常担忧,守在他身旁,一直守着……

五月的夜风在沟谷里荡漾,山沟里发出深呼吸般的声音,草木在轻风摇荡下,窸窸窣窣,轻微细碎的婆娑声,仿佛情人在窃窃私语;偶尔传来几声羊只的咩咩,亲昵而单调,更加增添了山野沟谷的冷寂和幽静。

孟尚海昏昏沉沉地躺在铺上,身上压着厚厚的被子,好像还很寒冷,身子猛烈地抽搐抖动,喘息急促粗乱,嘴里不时叫喊着,喃喃着:"叶梅,叶梅叶梅……"还从被窝里伸出双手乱抓乱摸什么。

罗曼兰忙过去抓住他的手:"尚海,怎么了?哪里不舒服了?你要什么?"他叫喊着:"你让我找得好苦哇,好苦哇!我想你想你……"抓住罗曼兰的手,把她揽在了怀里,疯狂地亲吻起来。

罗曼兰知道他把她误作叶梅,忙说:"尚海尚海,我不是叶梅,我是罗曼兰,是罗曼兰……"但他却死死抱住她不放,更加疯狂叫喊着:"你在哪里?在哪里?你不知道我有多想你,想死你了,想死你了,我们结婚吧,赶快结婚吧!以后你就在我的身边,哪里都不去,我会好好保护你的,看谁敢动你,谁动你我跟谁拼了!"他疯狂地吻着她,罗曼兰着急了,挣着要掰开他的手,却怎么也掰不开。她没有办法了,只好不动,任他吻,任他疯狂地亲吻……

孟尚海狂闹了一阵,渐渐平静了下来。

罗曼兰喘了口气,从他怀里爬起来,轻轻把自己的手从他的手里抽出来,替他盖好被子,苦笑着摇摇头,坐在那儿了。她已看出孟尚海的精神受到很大刺激,现在已变得恍恍惚惚、飘游不定了。

半夜时分,孟尚海还是粗重喘吁着,罗曼兰伸手试了试他的额头,还是滚烫滚烫的,敷在额上的毛巾也发烫了,她拿下毛巾在水盆里浸泡浸泡,绞干重又敷在他额上。冰冷毛巾的刺激,使他眉头皱了皱,片刻渐渐地舒展了。罗曼兰心里忽然涌出一股悲酸!当年,当她听到丈夫病死的噩耗后,也经历过这样的感情折磨,那是一种什么样的折磨啊!当时她像遭遇雷击的枯木,呆呆地僵在那儿,足有两个小时,过后突然大叫一声,脑袋撞向身旁的床架,额头撞伤了,鲜血汩汩涌流,却感觉不到疼痛,又向床架撞去,撞!撞!狠狠地撞!撞得额头血流不止!她是准备把自己撞死的,但没把自己撞死,却惊醒了床上酣睡的女儿盼盼,她"哇哇"地叫喊着妈妈,妈妈!当她听到盼盼的叫喊,猛然停了下来,特别是

"妈妈"二字,惊雷般冲击着耳膜,震荡着心田! 母爱的召唤忽然使她清醒而理智,心想,你怎么能死呢? 你死了,孩子怎么办? 你死了,一死了事,女儿呢? 女儿将失去妈妈,失去母亲! 你这样做太不负责任,太自私,太自私! 母亲是多么崇高的称呼,是多么伟大的字眼啊! 你配做母亲吗,配做妈妈吗? 自此她渐渐冷静,坚定地活了下来。

此时此刻,她见孟尚海悲伤痛苦的样子,清楚他此刻是怎样的心境,同样清楚此时用什么语言也无法安慰他的,只有静静守在他的身旁,与他共同承受悲伤和痛苦。

一连几天,孟尚海都这样昏昏沉沉躺着,人已经面黄肌瘦了,头发长长的,纷纷披在脸上。罗曼兰要替他剪剪,他无声地摇头,看他要垮下去,她焦急而又悲伤。一个人全凭精神支撑着,精神一旦垮了,人也就垮了,这是很可怕的啊! 她劝他,他不听,想帮他,却不知怎么帮。她清楚,感情上的事,会越帮越忙,越理越乱的! 她不知道自己该怎么办? 只有心里暗自祈求着:"尚海,你可千万不能垮啊! 千万不能垮啊!"

罗曼兰没有别的办法,只有守在他身旁照顾、安慰、开导他,把他从痛苦颓丧的漩涡中拉出来。过了二十多天,他的情绪渐渐好转……

转眼进入八月,野牛沟接连下了两场大雨。

那雨水刷啦啦的,好像瓢泼盆洒,山野里雨水漫溢,草丛里溪流伏蹿,沟沟岔岔到处是水,满世界水灵灵的。雨过天晴,艳阳高照,山谷里水雾升腾,似云飘荡,把山峦沟壑冲洗得清新亮丽,一尘不染,蓬勃鲜活。这场大雨把久旱的草场浇透了,没过几天牧草就嗖嗖地长了起来,满山满沟牧草葱茏,各种野花竞相吐妍开放,姹紫嫣红,一片灿烂。美妙的山色水景,正孕育着美妙动人的爱情故事。

孟尚海把羊群赶到草场上,见羊们安详地吃草,不由自主又攀上高高的山梁,向远处呆呆眺望。他的四周都是山峦,脚下是山沟河流,纵横交错,好像人身上的血管,又像大海里皱起的蓝色波澜,一直绿到遥远的地方! 几个月里他经历了人生最大的痛苦和思念的磨难熬煎,这些日子随着满山遍野开放的花朵,随着渐渐绿起来的草场,创伤的心灵渐渐愈合。幽美的环境能改变人的心情,而罗曼兰和盼盼无微不至的体贴关怀,更像对症的良药祛除着他的病痛,恢复着他的健康,他从委靡不振、精神颓落的怪圈中挣脱了出来。

然而,那种失去恋人的痛苦和悲伤,有时还是不由自主地跳出来袭击他,咬

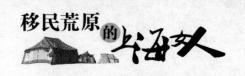

噬他的心。他每每攀上高高的山梁,向县城方向眺望眺望,梦想叶梅的身影出现在那条游丝般的山间小路上,或者像电影画面跳在他的面前,尽管他知道这是不可能的,可他还是那样幻想。感情这东西不是绳索,说断就断了,她是缠绵不断的流水,那是理还乱的麻丝,人说藕断丝连,千真万确。

他站在那里眺望着,忽然身后出现沙沙的声响,他以为是白雪公主哩,便没有管。这只善解人意的美丽山羊,这几个月里经常伴随在他的身旁,亲昵地蹭着他的腿,舔着他的手。他每每躺在草丛里痛苦思念叶梅时,它咩咩叫两声,守在他的身边,母亲抚爱孩子般伸出舌头舔着他的额头,陪他"说话",慰藉着他孤独寂寞痛苦的心。他感觉这只美丽善良的山羊,就像他的叶梅,有时他搂着它,亲着它,大声诉说着自己的痛苦和思念!

那沙沙的声音近了,停在了他的身旁,他略一怔,转身一看,原来是罗曼兰:"哦,是你,我以为是……"

"你以为是谁?"罗曼兰穿着白衬衫,头上扎着那种粉红色的头巾,在微风中飘飘的,显得飘逸而秀气,肩上背着毛毡袋子,笑眯眯地望着他。他的脸噗地红了一下,说:"我以为是……"从罗曼兰肩上接下毡袋子,"是,是'白雪公主'呢……"

罗曼兰听着,笑盈盈的脸上滑过一丝不易觉察的失意,拢了拢额前的乱发,说:"看来你对'白雪公主'很有感情呀!"孟尚海笑笑说:"是有点。"便不好意思地望着罗曼兰。她问:"刚才看什么呢?呆呆的,我到你身旁大半天都没有一点感觉。"她显然是明知故问。孟尚海的脸又噗地红了:"没,没看什么。"话头一转说:"好蓝的天,好绿的草地,叫人心旷神怡呀!"

罗曼兰盯着他玩笑说:"泪人变成诗人了?那本《钢铁是怎样炼成的》读过了?怎么样?"这段时间她见孟尚海精神颓落,委靡不振,深深担忧,所以她把保存多年的小说《钢铁是怎样炼成的》、《中国古代诗词选》等书全拿出来叫他读,千方百计开导说服他,让他振作起来。

孟尚海说:"读过了,很感人!特别是《中国古代诗词选》我精读了三遍。"

"哦!"罗曼兰惊异地看他一眼,"精读了三遍?你怎么对这本书忽然感起兴趣来了?感慨很多吧?"

孟尚海回答说:"当然,没有感慨,没有深切的体会,哪会深读三遍。"

罗曼兰又玩笑说:"是不是跟古代那些不得志的文人骚客同病相怜了?可不能仿效左思、陶渊明这些人呀!左思才情横溢,抱负宏大,愤世嫉俗,但不得志时常常发出'离离山上草,郁郁山底松'的哀叹,这不好,他应该站起来,挺起胸膛,至少可以拿起笔揭露抨击封建社会,肩担道义,除弊布新,不应该表现出绝望消极。那个陶渊明就更不用说了,躲在什么桃源里浇花灌粪,什么'开轩面场圃,把酒话桑麻',逃避现实,更消极,现实能逃避得了吗? 要坚强面对,要学保尔·柯察金!"

孟尚海说:"不对,陶渊明还是有出山建功立业思想的,他说他要远离人群,远离尘世,寻求什么'尔无车马喧'的世外桃源,而看看他的'采菊东篱下,悠然见南山'诗句,便可以窥视到他虽然身在桃源,心却在闹市,特别是'见南山'句,就是最好的佐证。'悠然'仅仅是表面现象,而'见南山'才是他的本真……"

"呀!"孟尚海的长篇大论还没有讲完,罗曼兰就惊讶地叫了一声:"看来这段时间你的书没白读啊! 钻进去了,还深味研究了一些东西,快成陶渊明专家了,原来我还怕你……"

"怕我倒下去? 颓落下去? 从此一蹶不振? 是不是?"孟尚海接过来说。罗曼兰深深点了点头,叹道:"是啊! 那段时间你委靡不振,不吃不喝,整天发呆发愣,甚至连脸都不洗,头发长得快辫辫子了,还不让理,我真怕你从此倒下去呀!"

孟尚海说:"是啊! 那段时间我真对生活失去了信心。叶梅失踪了,我感觉这个世界好像消失了,没有了,天也好像塌了,感到活着没有意思,很绝望,真想就那么颓落下去,所以就那样了,多亏了你和盼盼呀! 我得好好感谢你们母女啊!"

罗曼兰笑着说:"你应该好好感谢保尔·柯察金,还有克利斯朵夫'创造才是欢乐,创造是消灭死亡'的精神。"

孟尚海说:"其实,你的精神家园丰富多彩,蕴含着强大坚毅的精神力量和感召力,并不比书中的主人公差,甚至超过了克利斯朵夫! 你一个女人带着孩子能在这样的环境中生活下去,而且生活得这样充实乐观,了不起,很了不起啊! 我要是文学家,我会提起笔把你的人生经历真实地记录下来,我相信它比《钢铁是怎样炼成的》更感人,更震撼人心!"

罗曼兰笑着说:"开什么玩笑,我比得了保尔? 我看你已经成大诗人大作家了,满口的诗文,满口的故事,还有满口的……"

"什么?"

"胡说。"罗曼兰咯咯笑着。孟尚海追打她,罗曼兰扭头在草滩上奔跑,好像小姑娘。孟尚海在后面追赶着:"站住,站住,看我今天怎么教训教训你!"罗曼兰自然不会停下,仍旧在草滩奔跑,直到跑不动才停下,手捂怦怦乱跳的胸口坐在草地上:"哎呀,累死我了,累死我了。"孟尚海追过去跌坐在她身旁,喘着粗气,也叫着:"累死我了,累死我了。"罗曼兰瞪孟尚海一眼:"活该! 谁叫你追赶

我了?"孟尚海说:"你说我坏话了——我要教训教训你!"他举起了手。罗曼兰把脸凑过去,抵到他的胸前,望着他的眼睛说:"打吧打吧!"孟尚海看她认真而又顽皮的样子,笑了笑放下手:"我只是说说而已,哪敢!"罗曼兰嗔他一眼,嘴角一抿说:"我就知道你不敢嘛!"孟尚海认真地说:"曼兰,刚才我可不是开玩笑,我真想写写,现在正在努力。"罗曼兰听他这样说,抬起潮湿的眼睛望着他,心里说,他终于站起来了!

羊群在山野里静静吃草。太阳悬挂在当空,草叶上闪动着五彩光点,大朵的白云飘过高高的山头滑向远处。山野清新明丽,空气如清爽的泉水流淌。大自然太美了,太美了!罗曼兰和孟尚海坐在草滩上说着话,洁白的云朵在他们身旁飘动。孟尚海对罗曼兰说:"说了半天话,我还没问你来草场上干什么?"

罗曼兰说:"采蘑菇呀?雨后天晴的这些日子,草滩上蘑菇很多,你看我都采这么多了。"她提起毡口袋,让孟尚海看。孟尚海从口袋里拿出大朵的蘑菇看着:"多鲜的蘑菇啊!走,我跟你一起采蘑菇去!"

"走!"罗曼兰提起了袋子。

两个青年人在草滩上奔跑着,寻找采挖蘑菇。蘑菇很多,像雨后春笋,这里顶起几只,那里顶起一堆。他们刨开湿润肥沃的泥土,采挖着,从这片草滩,跑到那片草滩,咯咯咯的欢笑声,在草滩上飘荡!

羊们举起脑袋,望着这对小男孩小女孩般的主人,眨巴着眼睛,好像询问主人:你俩怎么啦?好高兴呀!那"白雪公主"抬头望着,眼圈湿了,同时用怨愤的目光盯着女主人,似乎对她很嫉恨。罗曼兰看到了,"呀"了一声,对孟尚海说:"尚海,尚海,你过来快过来。"

"怎么啦?什么事?"孟尚海不知发生了什么事,忙跑过去。罗曼兰指指白雪公主:"你看看它的眼睛,它怎么啦?"孟尚海看了半天没看出什么,罗曼兰见他没看出什么,默不吱声了。

情这东西就是怪,她有形又无形,深浅有无,全凭有情人去发现去确定。难怪人们常说情人眼里出西施,道是有情却无情,道是无情却有情。罗曼兰望着白雪公主眼睛潮湿了。孟尚海大惑不解,着急了:"哎,我说你怎么回事嘛?看戏流泪呀?"

罗曼兰半天幽幽地说:"物之有情人却非……"

孟尚海听她这样说,呆住了。都是大男大女,彼此的一个眼神,一个动作意味着什么,还不心领神会?他慢慢抬手抓住她的肩膀,罗曼兰圆润的肩猛烈颤抖一下,慢慢抬起头,深情地望着孟尚海,眼睛里充满无尽的深情和期待。孟尚海忽然感到血管里有股强劲的浪波在迸突,全身倏然风雨飘摇,燃烧着烈火的眼睛注视着她。罗曼兰在他炽烈的目光下,闭上了眼睛,晶莹细碎的泪珠在浓长的睫毛上颤动……

孟尚海把嘴唇慢慢伸向罗曼兰……

山风忽然停止了,周围的大山宁静伫立,草叶停止了窸窸窣窣的低语,羊群们也静了下来,抬起玲珑的脑袋,转动着铜铃般的眼睛,一切都静,都凝滞不动了,只有洁白的云朵在天空悠悠飘着……

25

青藏高原北部有个小村,名字叫巴丹图尔。这个村名是汉民族名,还是当地少数民族名,没人说得清楚,至于村名包含着什么意思,象征着什么意义,更没人说得清楚,也没人考证过,反正它就叫巴丹图尔。

这个村子从全国地图上根本看不到,只在地方地图上有比米粒还小的椭圆形点儿。土地面积不大,顶多三平方公里,地势跟马蹄湾差不多,只是海拔没有马蹄湾那么高,没那么寒冷。东西南北也是山,不过都是些小山岭,比起马蹄湾周围的高山,它们只能算是儿子或者孙子辈。这里土地肥沃,水源充足,适合种植小麦、大麦、豌豆、燕麦和白菜萝卜等,还因气候凉爽湿润,很适宜种植罂粟。解放前附近地区的烟民们常在这里种植罂粟,俗名叫大烟或者鸦片烟的东西。于是这块弹丸之地成了烟民们发财致富的风水宝地。据说当年青海马步芳的驻军,还为争夺这块宝地与随身佩带火器的烟民发生过几次流血事件,有一次双方死了七八个人。

解放后,这个种植大烟的地方,变成了牧区种植草料基地,巴丹图尔村就这样诞生了。这地方跟马蹄湾相比,更加偏远荒僻。马蹄湾是公社所在地,说是很少有人进出,但县里还偶尔有人来检查工作,办个什么事的,而这地方就不一样了,除了冬春有骆驼队来这里驮运草料外,很少有人来,村里人也很少出去。信息很闭塞,好像被人们遗忘的角落。村民们日复一日,年复一年,日出而作,日落而归,永远走着同样的路,永远干着同样的事,没有什么新鲜的话题,也没有叫人注目的事情。然而,就在两个月前,村里发生了一件惊天动地的大事——村北头余

家的大儿子余大憨,去新疆走亲戚,回来时在路上捡到个漂亮姑娘,尽管那姑娘是个哑巴,但脸蛋长得像月亮,眼睛像湖泊,好看得叫人不敢相信她是凡人!

这段传奇故事应该从余大憨讲起。

余家住村北头,老两口,两个儿子。二儿子在牧区帮牧人放牧,大儿子在家务农。两个儿子都有正儿八经的大名,却没人叫,把老大唤作余大憨,二儿子唤作余老二。这样叫,他们也没觉着有贬低的意思,所以叫就叫了。余大憨生得又高又大,是全村个头最高的,人高力气也大,农田里用的石碌,说举就举起来,说放就放得下。而且命也大,几次眼看就要没命,却又从鬼门关上绕了回来。前年春天,他肚子饿得慌,见人们爬上榆树捋树叶吃,也跟着爬上树捋树叶。那天他刚爬上一棵歪脖子榆树,就听脚下"咔嚓"一声断裂,接着从高空摔到结结实实的地面上。虽然没有什么地方流血,鼻子里却没有了呼吸。有个土医生翻开他的眼皮看看,又把手放在鼻子上试试,说准备后事吧。他的父母就"哇哇"哭叫起来,凄凄惶惶的。村里人就劝说,不要太伤心,人去了,哭也哭不回来,不要伤了活着的人。然而半夜时分有人发现已停尸的余大憨睁开了眼睛,村民们都好像活见了鬼,骇得乱喊乱叫,撒腿就往外跑,有的当即软在地上……

余大憨没有死,真活过来了。他在家休养了三天,就又奇迹般地出现在村民的视野里。人们说:这个余大憨是个奇人,大难不死,必有后福啊!后头,他果然捡回个漂亮姑娘!说实话,余大憨三十岁前的日子真苦焦。别的不说,快三十岁了,连个媳妇都没有。家里穷是一个方面,主要还是因为这地方太偏僻太遥远,没有姑娘愿意嫁到这里来。眼看三十岁了,他爹妈着急,亲戚们着急,原来的村长现在的队长也着急,四处奔走,说媒保婚,却一事无成。春天时,余大憨早年上新疆的表姨捎信说,口内上新疆的盲流特别多,里面有很多大姑娘。他们那儿好多大龄小伙子都娶那些姑娘作媳妇,让他也快去新疆领一个回来。这些姑娘既不用花彩礼,又不需要媒婆前后牵线搭桥,只要嫁过来有口饭吃就行。这不是天上掉馅饼吗?他便连夜上了新疆。

余大憨到了新疆,面对成群的盲流姑娘,表姨说,侄子,你看上哪个,我们就把哪个领回家。余大憨快三十岁的人了,哪还敢挑拣呀?只要是个女的,年龄差不多,不傻不瓜就行!表姨就给他挑了一个身体壮实、年龄二十出头的姑娘,但那姑娘听说余家在那个叫什么图尔的地方,比口内自己的老家还偏僻贫苦,就直摇头。表姨又给他领来个姑娘,那姑娘听听余大憨说的情况,也直摇头。表姨就生气了,埋怨这个不懂事的侄子:"怎么就给姑娘说实话?就说那地方好,不缺吃不缺穿,事情不就成了。"他却说:"咱应该一是一、二是二,不能哄人家,把人家哄着领回家,以后害人哩！这些姑娘也苦,不容易,她们从口内上新疆,就是为了混个肚儿圆,咱把她们哄到那样的穷地方,是害人家哩,这事干不得,干不得啊！"他表姨听他这样说,就说:"那你只好去打光棍吧！"

他便离开新疆,坐火车乘汽车往回赶。这天来到一个叫苂苂沟的地方。这是个兵车站,有专门接待军车的饭馆和旅店。从甘肃、新疆去青海、西藏的车辆都要经过这里。他乘坐的这辆车是军车,要去青海大柴滩,他家在大柴滩西北面,便搭上了这辆车。解放军和老百姓是一家人,对人和气,车也好拦。汽车到站后,三个解放军司助人员去了他们的食堂吃饭,他从布袋里掏出在新疆准备的干馒头,去小饭馆要了碗面汤吃喝起来。就在此时无意看到饭厅墙角蜷缩着一个人。因为饭厅没有窗户光线暗,半天才渐渐看清那是个姑娘,穿件蓝棉衣,脖子里围着紫红色围巾,虽然头发散乱,满脸污垢,两颊青灰,但仍可以看出她长得很好看。她怀里抱着个布包袱,脚前的地上放着个绿色帆布提包,脸上和身上散发着艰辛、疲困、饥饿和风尘仆仆。标准的盲流,他在新疆对这种形象太熟悉了。

本来她下巴支在怀里的包袱上打盹儿,大概因为他进来惊动了她,她睁开了眼睛。是一双大而好看的眼睛,好像两颗明亮的星星,只是盛满了太多的凄苦、悲伤,还有怜怜的祈求。他看懂了那双眼睛里的内涵,从布口袋里掏出一个馒头,递过去给她:"吃吧,给你吃吧！"她略迟疑一下,很快起身走过来,从他手里接过馒头,大口吃起来。他见她狼吞虎咽,心里酸了一下,又起身去买饭的窗口,用自己的搪瓷缸要了面汤,端到她的面前:"喝吧,喝……"她望了他一眼,眼睛里闪出感激的光,接着端起面汤咕嘟咕嘟喝起来,也不嫌烫。他心里又酸了一下问:"丫头,你,家住哪里？"那姑娘从面汤茶缸上抬起头,两眼望着他,想说什么,嘴唇动了动却没说出口。

他又问:"你,你一个人？去哪里？"

她还是不回答,只是摇摇头。

他见她问什么都摇头,心里有点不高兴了,怎么这样？哑巴似的。他便不再问,低下头匆匆吃自己的,把手里的最后一点馒头填到嘴里后,擦了擦嘴巴。她也把那个馒头吃了,又喝了搪瓷缸里的面汤。他问她:"吃饱了吗？"他明知一个馒头和一搪瓷缸面汤根本填不饱肚子,可他还是这样问,他是想引出姑娘的话头,了解她到底怎么了,但他又失望了,因为她仍不说话,只是用感激的眼睛望着他,点着头。

这下他来气了,把布包甩到肩上准备走人,但往前走了几步,又停住。他觉得这个姑娘有点不对劲,哪儿不对劲又说不上来,只觉得这样走了,有点不放心。这

地方附近没有人家,她孤身单影在这种地方乞讨,如果碰到坏人或者……于是他转回头提高声音喊着说:"哎,我说,我问你半天话,你怎么不回答?——你从哪里来?要到哪里去?需要不需要我帮你啥忙?"

她还是不回答。这下他真忍不住了,嚷起来:"你是聋子还是哑巴?问你个话怎么就这样难心?好了,不说了,我走了。"扭头就走,但刚往前走了几步,忽听身后有人哇哇哇叫着,回头,见那姑娘指着自己的嘴巴,连连摇手比画着。

"哦!原来你是哑……"他恍然大悟,觉得刚才对不起她,人家是哑巴,你非逼人家说话,过分了。他歉意地笑笑:"那,你去哪里?总得给我,给我说说……要不,你就比画比画,我能帮你的话,就帮帮你……"他这么说,她就哇哇叫着比画起来。

但她又是点头,又是摇头,弄得他满头雾水,半天也没弄懂她说啥,他苦笑着说:"算了,算了,不比画了,你把我也搞糊涂了。这样吧,你赶快拦个车回家吧,你家的大人可能正着急,正到处找你,一个女娃娃家的,这样不行呀,会出事儿的。"从布包里掏出两个馒头,塞到她手里:"拿着,路上吃。再多,我也拿不出来。"她坚辞不接。他说:"拿着,拿着,你这个样子,在路上要点吃的都不容易……"她就接住了,眼睛里流出两行热泪。他说:"别哭了,回家吧,快回家去吧。"就出了饭厅门,到他乘坐的汽车跟前。

司机和两个助手还没来,他趁此机会去旁边的山沟里方便了一下,回来后,看见司机和助手已在驾驶室里等他,便爬上车厢。驾驶室定员三个人,因此他只能坐在车厢里,好在有车篷,又是春天了,也不怎么冷。

车笛响了两声就开动了。他坐在前面紧靠驾驶室的车厢里,把布包放到身旁,脊背靠在车厢板上。身旁是绿色篷布,下面苫着几只竹筐,里面装着白萝卜、包心菜什么的,看起来鼓鼓囊囊的。他把腿伸出去,拉扯那篷布盖腿脚。刚掀起篷布,突然"啊呀!"惊叫一声,因为篷布底下藏着个人,那不是别人,是刚才的哑巴姑娘。他好像撞见了活鬼,两眼直直地望着她,她也望着他,嘴角向上翘了翘,脸上还涌着笑。本来那篷布是苫东西的,猛乍乍出现个人,谁还不惊吓一跳呢?他问:"你,你怎么上车了?去哪里?啥时候上车的?"她坐起身子比画两下。他望着,多少明白了一点意思:她跟他是同路。他点了点头,她向他笑了笑。他重新坐下了,悄悄把无拘无束伸出去的腿脚收回来,坐直了身子。因为身旁有个姑娘。

这是一段山路,简易公路在山谷里绕来绕去,好像马缰绳胡乱捆着柴捆子,汽车颠簸晃悠着,又进入单调的色彩,单调的声音,单调的气氛。他真想跟身旁的姑娘说点什么,打破这种寂寞,但她是个哑巴不好交流,其实他是不好意思说。她就跟他并排坐着,中间只有拳头宽的距离,或者说空隙,汽车拐弯时两人就摇到了一起,可他就是不敢说句话。人这东西就是怪,在饭馆时他还吆五喝六问这说那,现在却连说句话的勇气也没有了,甚至向她那面转转脸也不敢,好像她那面有针尖对着,眼睛只有望着车厢后那坨天地。

汽车颠簸着,车厢里的那几只竹筐跳着,有两个包心菜跳出筐,在他俩面前的车厢地上弹弹跳跳的,一会儿滚到左面,一会儿滚到右边,一阵前一阵后,好像给他俩表演节目,他望着,不知联想到什么,扑哧笑出声来。哑巴姑娘也联想到什么,扑哧笑了,几乎异口同声。他不由得转脸看她一眼,她也转脸看他一眼,四目邂逅相撞,又突然分开。他的脸刷地烧红了,她的脸也红了一下。瞬间车厢里的空气凝固了,寂静了。

一个大男人,一个大姑娘,患难中登上同一辆汽车,同在一片篷布下颠簸摇晃了十几个小时,如果按照如今的世风,肯定会发生点什么故事。然而,他俩却什么故事也没有发生,只是快到那个叫大柴滩站的前半小时,那哑巴姑娘疲乏困顿了,身子软软地歪过去,靠在他肩上睡着了。起先他全身像触了电,震颤得浑身发抖,血管里的血液猛烈翻腾起来,随着时间的流动,他渐渐恢复了知觉。他快三十岁了,在近三十年里,除了跟自己的妈妈有过这样近的异性接触,再没有跟任何一个女性有过这样近距离的接触和碰撞,今天是第一次。他喘息困难,语言困难,连移动一下也备觉困难。就这样,他木呆呆地直挺着肩膀,让她柔软的身子靠着他……

大柴滩镇到了,汽车嘎吱停了,该死的怎么就到了?

余大憨突然掉进遗憾的深渊,他想这个大柴滩应该再远点,路途再长点,应该长得没有尽头没有边际,永远也走不到头,让这个姑娘永远靠在他的肩头睡着,但遗憾的是到了,该下车了。他歪过脸看到她还香甜地睡着,不忍心叫醒,不愿意让她那柔软而又带着磁性的身子离开他,可司机在下面喊着:"喂,老乡下车了,下车了。"他没办法,轻轻推推她:"喂,到站了,下车了……"

她醒了,睁开朦胧的眼睛。那种朦胧又增添了一份情致,他浑身的血液又沸腾起来,呼呼地难以抑制了。她似乎没有感觉到什么,只是见自己靠在他肩上睡觉,脸庞红了一下,眼睛里旋出羞赧的神情和不好意思。他忙说:"没啥,没啥,看你那瞌睡的样子,我就看出你很长时间没有好好睡过觉了,可现在不能睡了,该下车了。"背上自己的布包,又帮她提起那绿色帆布提包:"我先下,下去后再扶你下。"他跳下车,把两个包放在地上,回头接她下来。

车厢上没有梯子之类的东西,好上不好下。她站在车厢里左看右看,不知

怎么下。他个子高,劲儿大,随便就可以把她抱下来,他想抱她下来,却不好意思。但见她这样那样试着,半天还是不敢下,最后硬着头皮说:"你不要害怕,我抱你下来。"说着伸出两只大手,卡在她的腰里,像捆草捆子那样把她从车厢里掬了下来。他感觉这个姑娘身子太轻了,比一捆干青草还轻。那三个解放军见车上下来个大姑娘,惊讶地望着余大憨:"喂,怎么回事?"他忙解释说:"在苶苶沟上车的,半道上才发现,所以就没有给你们吭声……她挺好的,也是来这里的……"三个解放军用审视的目光上下打量打量她,见她没有什么可疑之处,又看看余大憨转身走了。

大柴滩是解放后才形成的戈壁小镇。有畜产品转运站、商店、邮局、饭店、民房等,十几座房屋建筑,摆在平缓的戈壁滩上。解放军的兵供站靠近公路,没有围墙的停车场上已停着很多汽车,一片淡绿给周围黑黄的戈壁荒漠增添了绿意和柔和的气息。太阳已经斜向西面的地平线,小镇的烟囱里吐着炊烟,袅袅的轻轻的升向戈壁旷野的上空,饭菜的清香弥漫着整个小镇,使人忽然感到回家的亲切和温馨。但余大憨的家还没有到,还有近三十公里路,今天肯定是赶不到了。他拍拍身上的尘土,活动活动腿脚,提起自己的布包,准备去附近的牧场上。他的倒插门弟弟二憨就在牧场上放牧,他想今晚借宿弟弟家,明天早早起程回家。他回头对哑巴姑娘说:"好了,你到家了,该回家了,去吧,去吧!我还得继续往前赶,到我弟弟那里,明天才能回到家。"他把包甩到背上准备走,但看到她手提着包,站在那里没有动的意思,便问:"咋不走?到家了呀。"她没有回应,也没有动,像没有听到似的。他觉得奇怪:"你,你咋了?"她仍没有回应,仍愣愣站着。他着急了:"是不是还没到家?"

她听后默默点了点头,又摇了摇头。

"啥?"他一怔,"你是说,你家还没到?家没在这里?"他今天一直认为她就是大柴滩附近的人。因为她不像乡村人,更不像牧民,没想到……他又问:"那,你家在哪里?你家在哪里?"她抬起头,望着渐渐沉向西边地平线的太阳默默摇了摇头。"啥啥?"这回轮到他吃惊了,"你是说你家没在这里,没有在这里?"他不敢往下问了,也不敢往下想了,也像她定在那里半天透不过气,忙问:"你家没在这里,那,那你到这里干啥?干啥?现在天黑了,到哪里去?"

她又默默地摇了摇头,一脸的茫然。一片夕阳映在她脸上,大大加重了她脸上的凄凉和愁苦。他焦急得直跺脚,看看这事,看看这事!太阳很快就沉落了,戈壁旷野渐渐变得黑茫茫的。几只野羊尥着蹶逃逸到遥远的地方,沙雀们早已回到骆驼刺蓬下的草巢里。他本想在天黑前赶到弟弟二憨家的,现在碰到

232

这样的事,心里不由沉重起来。这可怎么办?他总不能把这个孤苦伶仃的哑巴姑娘扔在这里吧?他想了想说:"那,那我把你安顿到旅馆里,赶明儿你拦个汽车回家去,行吗?"他像征询离家的小孩般问她。

她坚决果断而又紧张地摇头。他以为她没有听清,又说了一遍,她还是坚决果断摇头,这下把他难住了。眼看天就黑尽了,去他弟弟那里是弯弯曲曲的山路,天黑路不好走不说,还有狼熊之类的野兽,他很焦急,又说:"你不去旅店,那,那就先跟我去我弟弟那里,赶明天再想办法,行不?"

她向他点了点头,脸上出现了微笑……

26

第二天下午,当余大憨骑着骆驼,驮着那个哑巴姑娘从那条山路上晃悠晃悠出现在巴丹图尔村口时,正在田野上吆喝耕地的人停住了,抡着铁锨平田整地的人停住了,舞着榔头打土块的人停住了,抡着锄头刨地的人停住了,村民们的目光都射向余大憨和骆驼上的女人,先是愣怔,后是惊讶,再后来突然暴发喧天的叫喊:"大憨回来啦,大憨领着媳妇回来啦!领着媳妇回来啦!"

余大憨听他们这样叫喊,着实慌乱了。这是哪里跟哪里的话呀?忙回应:"她不是我的媳妇,你们弄错了,她不是我的媳妇,不是不是,是我,是,是……"他也不好说了,头摇得好像拨浪鼓,手摆得好像狂风刮着的杨树叶子。但村民们哪管他说的话。姑娘是余大憨从外面驮回来的,没有绑没有拉没有拽,就在他身后款款驮着,不是他媳妇是什么?骗谁呀?大家扔下手里的劳动工具,从田野里连喊带叫迎上来,把他的骆驼围了个水泄不通,好像迎接凯旋而归的将军。

余大憨只好跳下骆驼,边跟大家打着招呼,边应付大家热情的叫喊和好奇的询问,又向大家解释骆驼上的姑娘不是他的媳妇。正在田野里耕地的余大憨他爹余老大,见儿子驮着个大姑娘回来了,扔下耧跑过来挤进人群,抓住儿子的手激动地嚷着:"大憨,她就是你领来的媳妇?呀!多好的孩子!多好的孩子啊!"这个老实巴交的老人有点语无伦次了。余大憨又解释:"爹,她不是,不是,是是是……"到底是还是不是,他笨嘴结舌,根本没办法解释,急得满头大汗,又很尴尬。他爹再问,他就说:"爹,不要问了,回去再说。"便拉着骆驼拨开人群逃跑似

233

的往回走,他爹跟在后面高兴得屁颠屁颠的。

　　余大憨不敢在村民面前多逗留半分钟。村里这些人他最清楚,说话没高没低,有时开起玩笑来能把人脸上的皮刮下来,他是害怕他们再说啥过分的话,惹得哑巴姑娘见怪生气。因为哑巴姑娘虽然哑巴,耳朵却不聋,大家说什么,她都听得见,还特别灵慧。他逃跑般边往回走,边对骆驼上的哑巴姑娘说:"你看,这,这远村里的人,没见过啥,看见个姑娘就是谁的媳妇,就要玩笑两句……你不要见怪,不要见怪。"他想哑巴姑娘肯定会为大家的胡说八道不高兴,然而,他错了,他发现哑巴姑娘并没有不高兴,反而脸上笑眯眯的,眼睛忽闪忽闪地望着他,见他歉疚的样子,摇着头,比画着,示意他不要往心里去。余大憨看懂了,心里稍稍轻松了些。

　　余老大随着儿子往回走,厚实的嘴唇咧着,呵呵笑着,一会儿抬头望望未来的漂亮儿媳妇,一会儿对着儿子憨憨地笑着,皱皱巴巴的脸上满是喜色,满是兴奋。还没有到家,老远就大喊大叫:"他妈,大憨回来了,大憨回来了!领着媳妇回来了!快烧茶,快把那新房子收拾收拾!"

　　大憨妈是个老实巴交的农村妇女,正在院里收拾柴火棚,听到喊声颠着个小脚跑出院门,老远见儿子大憨真回来了,骆驼背上驮着个姑娘,惊喜地叫了一声:"呀!真回来了!真把媳妇引回来了……"两手在大腿上一拍,转身跑回院门,哗啦推开那间新房子,拿起笤把三下两下扫净炕席,从墙角翻出毛毡铺上,从箱子里取出新被褥,又拿抹布擦桌子,擦凳子,进进出出,把家里的两只老母鸡惊得咯咯咯满地乱飞乱跑!

　　她虽然五十出头了,看得出仍很麻利很能干,就这么两分钟时间,房子就收拾好了,接着准备去厨房烧茶做饭,但见大憨提着几只大包,领着哑巴姑娘进了院门,便慌忙迎上去。她想拉拉姑娘的手,见姑娘漂亮得跟画儿似的,突然钉在那儿不敢动了,好像着了魔法,只是大张着嘴,大瞪着眼睛望着姑娘。她是根本没有想到儿子大憨会领回来这么好看的姑娘,简直就是天仙下凡!余老大见大憨妈那傻呆的样子,赶紧提醒说:"快让娃到新房里去,快,你瞪着眼睛干啥?瓜了?"经大憨爹这么一提醒,她才像从梦中醒来:"哦,哦,好好好!"拉着哑巴姑娘的手,笑呵呵地说:"女子,到新房子里,快到新房子里,一路上累了吧,我去做饭烧茶……"哑巴姑娘也不推辞,跟着她进了新房。

　　这间房子算不上新,也算不上宽敞,但相比老两口的那间住宿兼厨房的房屋就新多了,也宽敞多了。这是余老大给儿子准备的,原来两个儿子住着,二憨倒插门后,就由大憨一人住。一盘大炕只占着半拉,另半拉平时就闲着,没铺炕

234

席,也没有铺毡片褥子之类,光着泥炕,等着大憨领来个媳妇。今天老两口终于盼来了儿媳妇!

大憨妈刚把哑巴姑娘让进新房子,全村的男女老少就全部拥进了院子。他们提前收工了,来给余老大家贺喜,闹新房。按照这个村不成文的规矩,谁家从外面领来媳妇,都必须在当天晚上结婚入洞房,不论有证无证。这个不成文的规矩都因谁家的房子都不宽余。比如哑巴姑娘今天来余老大家,余家只有两间房,让她跟老两口挤在一起不合适,让她住那间新房,余大憨又去哪里?因此当天结婚入洞房,可以减少很多麻烦,解决很多问题。更重要的原因,是害怕新媳妇看到这里贫穷连夜逃跑,当晚入了洞房,就"拴"定了媳妇的心,免得夜长梦多。结婚典礼仪式也很简单。村里的领导做证婚人,讲几句祝贺新婚的热闹话,宣布结婚完毕,大家拥着新人入洞房,年轻人们大闹一通新房,就算结婚了。

余家小院本来就不大,现在全村的人差不多都来了,便挤得水泄不通。男的女的,老的少的,有的趴在窗户上,有的挤在门口,看着哑巴姑娘指指点点,说说笑笑,等待村领导来举行结婚典礼。这下可把余大憨给难住了,他给大家这样解释,那样说明哑巴姑娘不是他的媳妇,是他在路上捡的,但村里没人相信他的话。余大憨又给父母解释说明,父母也不相信:"不管拾的捡的,总归她跟你来了,既然跟你来了,说明人家看上了你,愿意跟着你过,要不,一个大姑娘家家的,跟你到这么个荒山野岭干啥?——她不是你的媳妇是啥?"父母的道理比他还多,而且听起来蛮有理,弄得他哭笑不得,有口难辩。他想发脾气,但这种时候,他怎么可以发脾气呢?再说,大家都是好心好意,他左右为难,没一点办法。最后他干脆把新房门从外面一锁,挡在门口,不让人进。

太阳快落了,春日里洒在田野和房顶上的最后几丝阳光红红的,金灿灿的,像锦缎不停抖动,闪耀着喜庆气氛。余家小院笑笑嚷嚷的声音和洋洋喜气弥漫了整个村庄,大家都前拥后挤看热闹,小伙子们更是猴跳圈似的要瞅新娘子,要闹新房,还要趁闹新房之机摸摸新娘,沾沾女人味儿,见余大憨挡在门口,像个恶煞凶神,便吼喊着让他走开,还嚷着余大憨不是东西,不让大家看他的新媳妇,不让年轻人闹他的新房,不让大家欢乐欢乐,热闹热闹。嚷着不解气,便冲上前拉他拽他推他,让他走开。但余大憨力气大,上来一个,他推过去一个,再上一个,再推过去一个。小伙子们见此情景真上火了,呼啦啦地全围上去,十来个小伙子就跟他扭缠在了一起……

他们正闹得不可开交,村里的领导来了。原先叫村长,今年初改村叫队,村长就改叫队长了。他四十多岁,姓罗,是个热心肠人,多年来不但管着生产队的事,

235

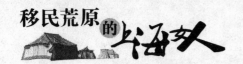

还关心着各家各户的事。谁家有困难了,他去帮着解决,谁家老人娃娃生病了,他抽时间去寻医找药;谁家办婚丧嫁娶,他跑前跑后,张罗操办,跟自家人似的。村里人习惯了,家里有个大小事,都要找他商议,让他拿主意,他也不推辞,就帮着拿主意想办法。他跟大憨爹早年间给地主家扛过长工,白天在外面同下苦力,晚上同住长工屋,钻一个被窝,滚一盘土炕。他称大憨爹大哥,大憨爹唤他兄弟,好得跟亲弟兄一样。大憨的喜事,他哪有不到之理?他是个爽快人,又是个急性子,一进院子门,便大喊大叫:"余老哥老嫂子我来迟了,迟了,开了个会,就耽误到现在……"大憨爹和大憨妈听到罗队长来了,赶紧迎上说:"兄弟,不迟不迟。"罗队长说不迟就好,准备准备,马上典礼。大憨爹妈就颠颠地开始忙乎了。

小伙子们仍纠缠着余大憨不放。罗队长问:"闹哄哄的,咋啦?"小伙子们诉苦说:"大憨把新娘锁起来,不让我们看看,不让我们闹新房。"罗队长听着哈哈笑起来:"还没开始典礼,你们看啥新娘?闹啥新房?猴急啥?典礼结束了,有你们看的机会,想咋看,就咋看,想咋闹,就咋闹!"

这时大憨妈端着满满两碗饭来到新房门前,对罗队长说:"娃还没有吃饭哩!"罗队长说:"好,先让娃吃饭,吃饱了再典礼!"大憨妈就端着饭碗进去,过一阵拿着空碗出来。

罗队长问:"吃完了?"

大憨妈满脸笑着:"吃完了。"

罗队长遂走到新房门口,转身,咳了咳嗓子,郑重其事,向满院村民高声宣布:"结婚典礼现在开始——"余大憨见罗队长要宣布婚礼,慌忙拨开人群冲上去叫喊着:"村长,罗大叔,不是不是,她不是我的媳妇,不是是……"但已经迟了,因为罗队长的话刚出口,"哗——"满院便响起热烈的鼓掌声和嬉笑声,全村群情沸腾了,大家把他和哑巴姑娘连推带搡,又连拉带拽弄到小院中央。阵阵掌声,阵阵哄闹,阵阵喝彩,阵阵笑声,简直闹翻天了。

这时候的他想向大家解释,解释不成,想发脾气,发不了,而且连告饶的份儿都没有,插嘴的机会也捞不着。他见自己无力挽回众势,只好任全村老小们折腾、摆弄、笑闹、逗乐子。他抽空看看哑巴姑娘一眼,发现她也像个木偶,任大家摆布着。他无可奈何,闭上眼睛,心里说你们就折腾吧,折腾吧!这戏总有唱完的时候。那阵,他脑子里一片空白,主持婚礼的罗队长说什么,他不知道,婚礼进行到啥程度,他不清楚,直到他实在招架不住,才听到罗队长喊了声:"新郎新娘入洞房!"

典礼结束了,接下来该是闹新房了。本来闹新房是种喜庆热闹而又文明的风俗,但巴丹图尔村长此以往却形成一种低级、粗俗,甚至野蛮的风俗。闹房的人们可以随便摸捏新娘,可以随便说下流话逗笑,可以逼迫新郎新娘做性动作,还有的逼迫新郎新娘脱光衣服,用绳索捆绑在一起,任大家笑闹……余大憨一想,头就嗡地爆炸了!他尚且可以对付得了这些粗俗的礼数,哑巴姑娘呢?况且她根本就不是他的媳妇,要是这样闹下去,肯定会出事。他要坚决挡住这道关,死也不能让哑巴姑娘受这样的罪!

那些喜欢起哄的小伙子们喧天吼地地推拥着余大憨和哑巴姑娘向新房走。余大憨知道关键时刻到了,于是当小伙子们刚把他和哑巴姑娘拥进门,他迅捷地转身双掌齐出,向跟进门的人群推去,小伙子们猝不及防被推出新房门。小伙子们还没弄清怎么回事,余大憨"啪"地关上门,插上门闩,又把肩膀抵在门板上。

小伙子们这才翻然醒悟:余大憨顶住门不让他们进去,不让他们闹新房。他们先是质问余大憨为啥顶门?过后就气得跳着脚,叫骂着余大憨玩不起,小气,最后骂余大憨不通事理,不是东西!但他们骂归骂,跺脚归跺脚,余大憨就是不开门。小伙子们推不开门,就想往窗户里进,但窗户小,根本进不去,没办法便请罗队长出面。罗队长就上前去叫门,余大憨还是不开。大憨爹妈出来苦苦劝说:"大憨,不让大家闹着玩可不行,这是咱村多年形成的老规矩,闹闹吉利呀!是好事呀!你顶着门不让大伙儿进去,爹妈可是丢不起这个面子!"爹妈苦口婆心,几乎哀求,也无济于事。

小伙子们急了,要纠合起来砸门,罗队长说:"这种事可不能干,我们这里缺木料,砸坏门拿什么东西修补?不行不行。"大家就彻底没辙了,在院子里连骂带嚷带埋怨,折腾了大半夜,最后把新房门往外一扣,骂骂咧咧败兴走了。大憨爹妈站在门口,抱拳躬腰向父老乡亲谢罪赔不是:"这个不孝的东西,对不住大伙,对不住大伙!对不住哪!对不住!"

大憨爹妈一直站在门前送走最后一个客人,沸腾喧闹了大半夜的小院才渐渐平静下来。老俩口站在院门口,呆呆的,心事重重的。今天本来是个大喜日子,乡亲们来了大满院,喜乐陶陶的,但最后让这个不懂事理的儿子给搅了,弄得全村的父老们都很扫兴,他俩心里不仅不好受,而且很难过。他们在村里都是老实本分、实打实的忠厚人啊!可今天……这叫他们在人前咋活人嘛!大憨是个老实憨厚的娃娃,他的秉性父母太清楚了,但老俩口怎么也想不通,儿子今晚咋就做出这样不通事理的事来?怕羞吗?好像不是,怕伤害媳妇吗?也好像不是,那到底为啥嘛?老两口苦苦思想着,半夜了,最终还是没想出个所以然。已经迟了,村里渐渐平静了下来。这个与世隔绝般的小村,一旦静下来,就像沉入

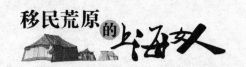

海底,陷落深渊。这时老汉说:"回屋吧,都半夜了。"

大憨妈说:"回,回吧。"两人都说回,却都不动身。半天,大憨爹哀哀地说:"看来大憨心里有难心事,把娃给难住了……"大憨妈说:"我也这么想,要不,他不会这样……"大憨爹说:"就是,咱的娃娃咱还不清楚。"大憨妈说:"可他有什么难心事也该说说,老人们给他拿拿主意呀。"大憨爹叹道:"是啊!是不是……"他说到这里猛然停住了,似乎害怕说出下面的话。大憨妈也不说话了,也好像害怕触及下面的话题。沉默,沉默,难耐的沉默。半天,大憨爹最终开口了:"大憨一直说那姑娘不是他的媳妇,到底咋回事嘛……"沉默打破了。大憨妈顿了半天说:"就是,娃一直这么说,可,咱们没有当一回事儿……"

大憨爹叹道:"唉!要是那样,可就把事情闹岔了,娃娃怎么不难心哩!"大憨妈强调说:"可,那姑娘不是咱们娃的媳妇,怎么就跟着咱娃来了?她是个姑娘,换了你,你敢随便跟着个男人跑吗?"大憨爹顿住了:"也是呀,一个姑娘家怎么可以随便跟着小伙子跑?这事怪!"大憨妈说:"咱昨日应该好好问询问询,把事弄清楚,你看现在弄得云里雾里的,叫人心里悬悬的,把村里人也弄得不高兴……"大憨爹说:"咱都只顾高兴,哪里还顾得上那些呀。"大憨妈说:"是呀,都只顾高兴,少了两句话,就把事办成了这样,这可怎么办?"她搓着手很着急的样子。大憨爹说:"着什么急,不着急,先回屋睡觉,睡觉,天亮后再说,不管她是不是咱家的媳妇,现在入洞房了,不是也是了。走走,回屋睡觉。"他拉着老伴进了院门,闩上了门,向他们的住房走去。路过新房,看到里面还亮着灯,大憨妈悄悄说:"我去听听'窗根',看看他们……"大憨爹说:"老没正经,那是年轻娃娃干的事,你人老几十了,凑什么热闹。"大憨妈说:"我去听听,看看他们到底是咋回事,你先去睡吧,去吧。"她推搡老伴回屋睡觉,自己去了新房窗下。大憨爹摇摇头回屋了。

新房里的灯烛并非小说上描写的灿烂着喜庆的花朵。

那是一盏普通的煤油灯,棉花灯芯默默燃烧着,跳闪着昏黄的光点,把淡淡的亮光铺洒在屋里,反衬出新房难耐的宁静。余大憨和哑巴姑娘都没有睡。哑巴姑娘低头坐在土炕中央,余大憨蹲在炕下的地上。哑巴姑娘头上没有戴早年间的那种红盖头,原来是啥样,现在还是啥样。经历了一场滑稽荒唐的婚礼后,他俩都好像受惊的野兔逃回窝里,惊魂久久不能平静,不想动,也不敢再抛头露面!

从神态上讲,此时的哑巴姑娘似乎显得比大憨还平静些,只是显得有点疲惫困顿。她一声不响坐着,不时悄悄抬头看看蹲在地上的余大憨,想说什么,嘴巴张开,又赶紧闭上。她是哑巴。而余大憨就显得很狼狈了,自从他把那帮闹房的小伙子推出门,就一直用肩膀顶着房门立在那儿,直到客人们都走了,外面没有半点声音才离开。一离开门板,他就背靠着墙壁软软地蹲在地上,垂下脑袋,再也没抬起来,一副倒霉鬼的样子!

一对乱点的鸳鸯,就这样一个在炕上,一个在炕下,谁也不说话,谁也不动,悄无声息地坐着,泥塑木雕一般。时间在默默流逝。已经半夜了,余大憨大概太疲困了,想出去找地方睡觉,可拉拉门,门从外面扣着。这也是村里长期形成的风俗习惯,目的是防止新来的媳妇逃跑。他想喊人开门,又怕打开门,那些胡闹的人又返回头冲进来。他没办法了,在地上转了几圈,又回到墙根下,无可奈何地蹲下去,脑袋垂在两膝间,抱着膀子打起盹来。

哑巴姑娘见他难受的样子,便下炕了,到他跟前轻轻拍了拍他的肩。余大憨惊跳了一下,抬起头望着她:"你,你要干什么?"如临大敌的样子。哑巴姑娘指了指土炕,又歪着脑袋比画着。那意思是让他上炕睡觉。余大憨明白了,慌忙说:"不不不!那怎么行?不行不行!我就在这里,就在这里蹲着,蹲着……"他直往后趔着身子,躲避着她。

哑巴姑娘见他那样,笑了笑,又比画着,意思是让他睡在空着的那半边炕上,余大憨说:"那也不行,不行,咱这样,这样算啥?"他反倒劝起她来:"你去睡吧,睡吧。"哑巴姑娘见劝不动他,不知怎么办,见炕台下有只小马扎,顺手拿过来给他,让他坐下,又从炕上拿件衣服披在他身上。余大憨把小马扎坐在屁股底下,抬头望着她,笑了笑说:"你,心眼真好!"她笑了笑,摇了摇头,脸上又恢复了原来的样子。

余大憨歉意地说:"昨晚,他们把你可折腾苦了,折腾苦了,你都看见了,我向他们都解释了,可他们硬是不相信,容不得我再说话,就把我们胡拉乱扯在一起胡闹起来!唉!这乡村里的人,实在叫人没办法,你就,你就多多担待,多多担待,千万不要记恨,不要记恨啊!"哑巴姑娘哇哇叫着,摇着头摆着手。

余大憨见她没记恨,心里一下畅快多了,见她眼睛熬得红红的,满脸堆着疲倦,就说:"姑娘,你去睡吧,这些天在路上挺累的,昨天刚来连饭都没有好好吃就被他们胡闹了大半夜。我知道你太困了,去睡吧,都半夜了!"她轻轻摇摇头,他以为她不放心,就说:"你放心睡,放心,我不是坏人,我不会对你动手动脚的……"她听他这样说,忙摇手,比画起来。

余大憨说:"你,你怎么不听话?再不听话,我可发脾气了!"佯装上火。她就上了炕,但不睡,坐着,望着余大憨。余大憨说:"你不躺下,望我干啥?我脸上开花啊?快躺下,快躺下睡!"她还是不动,还是望着他。余大憨就站起来,过去爬

239

上炕,拉过枕头,放好,又拉开被子,用命令的口气说:"躺下——睡!"她大概见扭不过面前这位大哥,便乖乖躺下了。

余大憨帮她拉过被子盖好,又轻轻拍严实,直起腰来说:"睡吧,我就守在你身旁,啥也伤害不了你的,就跟自己家里一样!"听到这话,哑巴姑娘眼睛里慢慢出现亮晶晶的泪花,最后溢出眼眶,滴落在枕头上。余大憨吃惊地问道:"咋了?想家了?那,那你今晚先好好睡一觉,明天就回家去,或者我送你回家,行吗?"听他这样说,她竟然呜呜呜地哭出了声,很伤心的样子,弄得余大憨不知所措,直挠头,问她怎么了,是不是他说错了啥话,哪里做得不合适,姑娘却直摇头。他又问:"那,那你到底咋啦?你说话啊!你想家,想回家,我能理解,可也得等到天亮呀!等天亮吃点东西,我再送你回去,我保证送你,把你送到家门口,我说话算话,如果哄骗你,我就是小狗,小狗!天打五雷……"

"哇——"哑巴姑娘忽地翻起来,一头扑在余大憨怀里"呜哇呜哇"哭起来。见她这个样子,他陡然愣在那儿,茫然不知所措,又见她扑到他怀里,紧张地跳起来:"你你你,不能这样,不能这样,你这是干啥,干啥?"他挣着,要挣脱她的手,她死死抱着他不放,他急得几乎哭出来……

哑巴姑娘泪眼汪汪望着他,想喊出什么,但嘴唇动了动,没有发出声。

细心的读者可能已经看出,这个哑巴姑娘并不是别人,她就是本书的主人公叶梅。她是那天大闹了沙县长和张小贵,痛痛快快出了口恶气后逃出的。她已两个月没来红,肚子里也渐渐有了变化。作为一个姑娘,又是右派,她挺着大肚子,能在那个县里活下去吗?她死,死不成,活,又不好活,想来想去,只有逃跑,去一个遥遥远远得没有人烟的地方,把孩子生下来。那晚,她收拾好该带的东西,把一双鞋扔在山沟里,制造出被野兽伤害的假象后逃了出来……

一个右派逃跑了,县里必定会通缉追捕。她害怕被人认出来再抓回去,便装作哑巴,去芨芨沟车站拦车。她准备去青藏高原,那里人烟稀少,只要她装作哑巴不说话,别人不会认出的。但她在车站上等了两天,没有拦到车,最后快饿晕了,遇到了余大憨……

她看这人牛高马大,样子像牛大壮,认定这是个好心人,又听说那辆车去青藏大柴滩,便偷偷爬上车。一路上,她发现余大憨真是个不错的人,又听说家在偏僻的地方,便决定跟这个人走。她想,到了他家以后,再做以后的打算,没想到一进村就发生了这样的闹剧……

太突然了,她思想上没有丝毫准备,真是猝不及防。起先她想阻止,甚至反抗,或者说明情况,但看到余大憨都被大伙儿弄得手足无措,她能阻止得了?再说,她是装作哑巴的,只要张口就会露馅,因此只好硬着头皮任村里人摆布。她想闯过这道难关,车到山前会有路的,没想到这场闹剧越演越烈,竟闹到这种荒唐地步,要不是余大憨急中生智把房门从里面闩上,把村人们堵在外面,不知会闹成什么样子。

闹房是躲过了,接下来怎么办?结婚是人生大事,哪能这么随便?再说她有孟尚海,但现在的问题是已经行过典礼了,入洞房了,按照村里不成文的规矩算是结婚了。既然结婚了,人家就会把她当做媳妇,理所当然地让她做作媳妇的"天职",上床睡觉,下床干活,生孩子、传宗接代……她清楚,今晚仅仅才拉开这场闹剧的序幕,重头戏还没有真正开始,高潮还在后面!她一想,脑子就嗡嗡作响,一片空白。不过,她发现余大憨厚道,他不会把她怎么样的。刚才,她又见他对她那么好,又听他明天要送她回家,而且还发出那样的死誓,心里无比感激,多好的人啊!她几次差点就要开口喊出"谢谢"二字,但都忍住了。她绝对不能暴露自己的真实身份,不能!否则她就完了,也会给这个老实憨厚的农民带来麻烦!

大憨妈一直在外面听"窗根",但因窗户高,什么也听不清,也看不到,这时听到屋里呜呜呜的哭泣,忍不住喊问:"大憨,媳妇她咋了?咋啦?你可千万不能欺负她呀,咱可是老实本分的庄稼人哪!"

余大憨听出妈妈在听"窗根",忙说:"妈,我没有欺负她,没有没有,是她心里不舒服,可能想家,想家。"大憨妈说:"那,那你就好好劝劝她,坚持三天,三天以后就回门,就去她娘家了,就看到她爹娘了,就三天。"还叮嘱大憨说:"好好睡觉吧,好好睡,对媳妇可要轻点,心疼着点,心疼着点,啊!听到没有?"大憨清楚妈妈话里的意思,心里苦笑着,摇了摇头,回答说:"妈,我知道了,你把门打开,我要出去。"大憨妈说:"那不行,这是规矩,到明早妈妈会开门的。天一亮妈就给你们端来长面,好好的,啊!妈这就给你们擀长面去了。"她离开了窗户,走了,脚步渐渐远去。

大憨听妈妈这样说,便不再说什么,知道说也白说。有时候乡村的陈规陋习比国家法律管用,谁也碰不得,谁碰了谁就是大家的敌人。妈妈的脚步消失在厨房里。他见姑娘还哭着,便劝说:"不哭了,看把人弄得兮兮惶惶的,睡觉吧,天快亮了。"

叶梅见余大憨心里难受,便抹掉腮上的泪水,感激地向他点点头,重新躺倒了。他见她躺下了,转回头,坐在那个小马扎上……这一整夜,一对"新人"一个在炕上躺着,一个在地上的马扎上坐着,直到天亮……

27

第二天,天还麻麻亮,大憨妈就端着两大碗长面过来了。余大憨本来饭量就大,又加上整夜的闹腾,昨天下午吃的那点饭早不知去了哪里,接过妈妈手里的饭碗,蹲在地上呼噜呼噜吃起来。叶梅还沉沉睡着,酣酣的,香香的,样子怜怜的。大憨妈想唤她起来却不忍心,就把饭碗轻轻放在桌上,眼睛在儿子和叶梅身上穿梭般观看,好像寻找什么。看到叶梅和衣躺着,又见儿子也没上炕睡觉的迹象,愣了,眨巴着迷惑不解的眼睛盯着儿子。

余大憨三下两下把那碗饭吃下去了,用袖口抹了一把嘴唇说:"妈,还有没有啊,再来一碗,饿死了,香死人了。"妈妈没回答,抓住他的胳膊把他拉出屋,悄声问:"你,你夜里睡觉没有?"

余大憨说:"眯了一会儿。"

妈妈见儿子不解她的话,就又说:"我是问你,问你睡,睡了没有?"

余大憨说:"妈,我不是给你说眯了一会儿,就一会儿天就亮了,妈就端着长面进来了……"

"哎呀!妈是说,妈是说,说……"

大憨妈不知怎么说,急得直咂嘴巴,心里埋怨着这个不懂事理的儿子,怎么就不明白妈妈的意思呢?余大憨见妈妈着急的样子,偏偏又说:"妈,我真是眯了一会儿,真是,不信你问问……"妈妈来气了,低声埋怨他说:"瓜子!妈不是问你这个。妈是问那个,那个了没有?"妈妈这次已经把话说得够明了了,但大憨却更糊涂了,眨着眼睛问:"妈,你今天咋啦?说话咋这样?啥那个了没有,这个了没有?有啥话就直说,绕来绕去的,真的老了啊!"大憨妈张了张嘴,无奈气恼地闭上了。

那种话当妈的可以直截了当说出口吗?她没好气地埋怨儿子一句:"真是个憨头!"夺过儿子手里的饭碗走进屋子,要唤叶梅吃饭。余大憨愣在那儿了,望着妈妈气呼呼的样子,忽然翻然醒悟,自语说:"妈原来问那个呀,真是真是真是……"他哭笑不得,直摇着头,怕妈妈又去询问叶梅,便追进屋里。

叶梅已被大憨妈妈唤醒了,正端着碗吃长面。她也饿极了,端着碗,低着头只顾吃。大憨妈坐在她身旁爱抚地将着她的头发,抚摩着她圆润的肩,一副亲昵的样子。

余大憨怕他妈问那些话,闹得不好意思,就说:"妈,你去吧,让她自己吃。"

他妈妈剜他一眼说:"妈要好好看看媳妇,昨天妈还没好好瞅一眼,就被他们推到了场面上,今天妈要瞅个仔细……"余大憨见妈说这样的话,赶紧说:"妈,你不要说了,我有事告诉你。"听儿子有事,大憨妈停住问:"啥事?"余大憨急中生智编了谎说:"妈想知道的事。"其实他不憨,他想他现在一定要把他跟叶梅的实情告诉爹和妈,不能让爹妈误会了,再要这样错下去,就把事弄大了。大憨妈听儿子说那事自然高兴,对叶梅说:"好女子,好好吃,妈去去就回来,去去就来,啊!"跟着儿子出了门,见大憨进了那面的屋子,也跟进去。

大憨爹刚吃过长面,正要出门干活。余大憨说:"爹,你也先不要出去,我有话给你们说。"大憨爹听儿子有事,把披在身上的外衣扔到炕上,坐在炕头,掏出烟锅,挖着,装着烟丝,喜滋滋地望着儿子。

余大憨见妈妈也进来了,就郑重其事地说:"爹,妈,你们都在,儿子现在把我跟哑巴姑娘的事告诉你们,让你们心里清楚,不要再错下去……"便从头到尾讲起他和哑巴姑娘相遇的事来……

大憨爹听着,挖弄烟锅的手慢慢停住了,震惊地望着儿子。大憨妈震惊地瞪大眼睛,傻了似的,手里的饭碗忽然滑落下去,掉在地上,啪啦,碎了。大憨爹呆愣半天问:"真的?"

大憨妈也问:"真的?"

余大憨说:"真的。千真万确。"

老两口一下都不说话了,好像没嘴的葫芦,先前脸上泛着的喜色,顷刻间荡然无存,脸颊皱成风干的牛粪团子。怎么这样啊?大憨爹埋怨说:"你怎么不早说清楚?"大憨妈也这样埋怨儿子。余大憨无奈地说:"我一来你们就……我哪有插嘴的份儿,再说,我说了你们听吗?"

其实,老两口并非真心埋怨儿子,是因事情来得太突然,让他们精神上接受不了,才顺嘴说出这样的话。屋里沉默了,小土院好像蒙上厚厚的雾霭。大憨妈突然叫喊:"这可咋办啊?人家姑娘要是走了,那,那咱就把人丢大了,咱这脸往哪里搁呀!"

大憨爹嘴角上高高翘起的烟锅杆,软面条般耷拉了下去,他沉默不语,只叭唧叭唧抽烟。大憨妈一把夺过叼在他嘴角的烟锅杆说:"还有心思抽烟,快想办法呀!"大憨爹在那儿神愣愣想了半天,从炕头上跳下来,披上衣服垂着脑袋往

243

外走去。大憨妈叫喊着："你去哪里？"

"找罗队长去。"他闷沉沉地说。

罗队长家不远。大憨爹刚出院门，看到罗队长扛着铁锹要上地干活儿。大憨爹忙喊："兄弟你等等，有事说。"罗队长站住了："啥事？大早起的。"大憨爹赶忙过去对罗队长叙说了大憨的事。罗队长似乎不觉得惊奇："昨晚上我就有点感觉，可没想到有这么复杂。你看，你看这事弄的，当时应该叫大憨说完话……"他挠起头来。大憨爹很着急："那咋办？兄弟你可得给我们想想办法呀，你经得多，见得广，知道这种事咋办！"罗队长把铁锹从肩上放下来，怔了半天说："走，到你家去，再跟大憨了解了解细致情况，情况不清楚谁也没办法。"大憨爹说："行。"拎起罗队长的铁锹，跟罗队长匆匆往家里跑。

罗队长到余家，跟余大憨详细询问情况后，严肃的脸上出现了释然的笑容，对大憨爹妈肯定地说："放心，这姑娘就是你们家的媳妇——相信我的话，没错。"大憨爹妈用将信将疑的目光望着罗队长。罗队长见老两口不相信，就说："一个姑娘能从那么远的地方跟着大憨来这里，昨天典礼又没哭没闹，典礼后又乖乖入了洞房，昨夜也没哭没闹，这不是秃头上的虱子——明摆着？她要是不乐意，想走，现在咱们都在这屋里说话，她一个人在那屋里，没人看没人管，不就偷偷逃跑吗？再说了，已经典礼了，入洞房了，一入洞房就成了你们家的人，她就是再不乐意，再跳弹，现在已经生米做成了熟饭——能跳弹到哪里去？"

罗队长这么一说，大憨爹妈心里霍然亮堂，异口同声道："对对对！是这个理，是这个理。"

罗队长又说："以后你们就多关照着她，像亲女儿那样，大憨也多疼着点她，女人嘛，要想把她拴住就得……啊，这个你应该清楚……"

罗队长这等那样给大憨爹妈传授办法，两个老人不住点头称是，但余大憨立在旁边，垂着脑袋，没有一点反应。因为他现在想的并不是罗队长和父母说的那些事，他在考虑怎么送哑巴姑娘回家。哑巴姑娘是跟他来的，既然跟来了，他无论咋样都得关照着人家，如果关照不周，出了什么事，可就是他的不是了，但这个姑娘偏偏又是个哑巴，问她家在哪里，她只摇头说不出，让她写，她不认识字，又不会写，而且一提送她回家，就直摇头，直流眼泪，搞得他很为难，很被动。因此他正思考着怎么才能打听到她家在哪儿。

罗队长见自己磨了半天嘴皮子，余大憨无动于衷，有点不高兴了："大憨呀，你真憨啊！你和她已经结婚了，入洞房了，你们就是天经地义的两口子。今晚你就放心跟她睡在一起，我已经说得很多了，办法也有了，能不能留住媳妇就看你的本事了……"他意味深长地拍拍大憨的肩走了。大憨爹也说:"娃娃,罗队长说得很对哩,你就按他说的办,去吧!"说完披上衣服,扛着铁锨要去上地干活,临出门对大憨妈说:"你今日个就留家里。"

大憨妈问:"咋啦?今日个不让我去地里干活,给我歇假了?"

大憨爹用下巴指指新房,压低声音说:"看着点……"转身出了院门。大憨妈明白了:"行。"放下手里的铲子,对大憨说:"去新房里,跟媳妇说说话。"见大憨慢腾腾的,就狠起来:"妈可把话给你说清楚,给我把媳妇看好了,如果跑了,妈可饶不了你娃娃,妈还等着抱孙子哩!"

余大憨苦笑笑,没有说什么。他正为打听不着哑巴姑娘家住哪里而发愁,如果她真能自己跑回家,免得他去送,他还巴不得哩!妈见他还是慢腾腾的,又准备数落他两句,大憨说:"妈,你们就别瞎操心了,是你的她就不会走,不是你的,你就是整天锁在房子里,人家迟早也会逃跑!"

"你懂个屁!"妈在他的额上戳了一指头。

余大憨怏怏不快地去了新房。叶梅吃过长面,正包扎着头巾,看样子准备出去。余大憨问:"去哪里?"叶梅拿起身旁的扫把比画着。余大憨明白了,她要打扫院落和房屋,他说:"算了吧,等我明天打扫。"她不言声,只管往外走。余大憨问:"不回家了?昨晚我说好送你回家的。"她摇了摇头,拿着扫把出了门,扫起院子来。

大憨望着,就陷入迷惘。

一个白天叶梅都没有闲着,打扫院子,清理垃圾,整理柴草棚子。大憨妈本来是看守她的,见她忙出忙进,忙里忙外,一下改变了对她的态度,劝她说:"孩子,不要干,不要干了!照规矩,新媳妇三天不出门,更不能干活儿,你看你……"叶梅笑了笑,仍干她的。大憨妈又要劝说,余大憨过来说:"现在是新社会,哪有那么多穷讲究?"大憨妈见劝不住,要帮着干。叶梅不让插手,大憨妈就立在旁边,疼爱地望着叶梅,脸上绽然着两朵花。

叶梅把院子打扫干净后,又开始收拾房屋,扫地擦桌,一阵就把两间房屋打扫得干干净净,桌凳锅台擦洗得明明亮亮,炕上的被褥叠得整整齐齐。一股清新温暖爽快的气息在土院里飘逸。大憨妈乐得嘴都合不住,呵呵笑着,一个劲夸着:"好媳妇好媳妇!"

余大憨见他妈妈这样说,心里又别扭起来了:"妈,你少说两句行不行?"因为这个捡来的姑娘不是他的媳妇,以后不知会是啥结果,这样媳妇长媳妇短的,

245

不是自找难堪吗？大憨妈不乐意了，剜他一眼，回了自己的房屋。

这天晚上，两个老人推推搡搡把大憨弄进新房。大憨妈不知从哪里弄来核桃、枣子、杏干等塞到被窝里，然后拉上门走了。老两口太清楚罗队长说的"能不能留住媳妇就看你的本事"是什么意思，所以把儿子弄进了新房。

叶梅还没睡，她忙乎了大半天，现在正坐在桌前对着小镜子梳头。已经好几天没有梳洗过头发了，感觉梳起来挺费劲，便慢慢梳理着，好像梳理着自己的思想，梳理着自己眼前的路，见余大憨来了，转回头朝他笑了笑，指指炕头让他坐。余大憨却站在那儿不敢动，好像这不是他的家，而是她的家。先前他跟她相处是自自然然、无拘无束的，自从昨天那场闹剧后，他一看见她，就窘迫，就拘束，就别扭，浑身上下不自然，像干了什么见不得人的事，在那儿迟疑了半天，过去坐在地上的小马扎上。

本来他想好今晚要睡在外面的柴草棚里的，已经春天了，天气不怎么冷，柴草也还绵软，凑合凑合等哑巴姑娘走了再回屋，但爹妈硬把他推搡到新房里，甚至用寻死觅活来威胁他，他就没办法了。爹妈的意思他很清楚，就是要他把哑巴姑娘生米做成熟饭，拴住她。他也清楚，他已经跟她结了婚，可以名正言顺、天经地义地跟她住在新房里，睡在一个被窝里，但他觉得这样强做不合适。因为她是他半道上碰到的，捡的，她结婚没有？他不知道。从哪里来？又去哪里？也不知道。还发现她面对他时面带笑容，一转脸，却满脸凄寒忧伤，心事重重，说明她的笑容后面埋藏着深深的忧伤或者什么秘密！如果他再强加她以婚姻，伤害了她，不就是雪上加霜，乘人之危作践她吗？他能做这样的事吗？

人得有同情心，得有良心，强扶弱，富帮穷，这才是好人。

又很迟了，余大憨和叶梅都没有睡。余大憨坐在小马扎上，垂着头两眼呆望着地面。叶梅坐在桌前的板凳上，也呆望着地面。油灯默默燃烧着，时间默默过着。大憨妈从屋里出来上茅房，见新房里还亮着灯光，就喊着说："大憨，怎么还没有睡，快睡觉呀！你怎么那样傻呀？都半夜了，半夜了，咱家的灯油不多了，再熬不起……"

余大憨听妈妈这样说，身子动了动，但没起来。他清楚点灯用的煤油非常非常紧缺，拿食用的清油都换不来，但妈妈话中的含意却不是节俭，而是提醒他有所行动。她早就想抱孙子，都想出毛病来了，但他能行动吗？能乘人之危吗？又过了大半天，妈又一次在外面叫喊催促，他无奈，向外面应了一声，对叶梅说："你，去睡吧。"

他已催促叶梅几次了，她却不动，坐在那里显得慌乱，但尽量面带微笑，表现出一种轻松。其实,她现在的处境并不比余大憨轻松,一点都不轻松,特别是大憨妈在催促大憨睡觉时,她心里更慌乱,简直像一团乱麻!那种感觉只有面对这样的处境才能体会到。对于大憨爹妈的良苦用心,她心里比谁都清楚,但她能跟余大憨睡在一个被窝里吗?她有孟尚海,而且肚子里还有孩子,且不说这样做对余大憨这个憨厚的农民公平不公平,首先道德观念的鞭挞就够她受了,她敢吗?

余大憨见她不动,又劝说:"姑娘,听话,去睡吧,去吧!"她还是没有动。余大憨见她不动,侧耳听听外面,见外面悄无人声,夜色深沉,就说:"我爹妈他们都睡了,你,你要是不放心,我就去外面的柴草棚里睡觉。"他起身往外走。

叶梅忙起来拉住了他。

余大憨说:"别拉着,半夜了,你也该躺一躺,白天忙里忙外的,不好好睡觉休息,拖下去,会把人拖垮的。"他硬挣脱她的手出了门。叶梅追了出去,余大憨回头低声哀求说:"你要听话,这样闹,叫我爹妈听见,又会生出麻烦的,现在麻烦已经够多了,你还嫌烦得不够吗?——回去!"

叶梅听他几乎哭了,放开了手。余大憨顿了顿,向柴草棚走去。叶梅站在那儿,眼睛里就旋出晶莹的泪水。

一连几天,每天晚上大憨爹妈都把余大憨撵到新房里,可到了半夜时分见爹妈睡了,大憨又悄悄溜出去睡在柴草棚里。大憨爹妈自然不知这些情况,见儿子很听话,每天都乖乖去跟媳妇睡觉,满脸的高兴,说这娃娃懂事了,懂事了。殊不知,他们的儿子每天晚上都睡在院子里的柴草棚下。

叶梅见余大憨为了她每天晚上蜷缩在柴草堆里,心里别提有多难受,她几次要把他拉回屋里睡,余大憨不肯。她简直没有一点办法,这天半夜时分余大憨又要去柴草棚,叶梅起身挡在门前不放,今晚她是豁出去了!余大憨见叶梅发狠了,忽然发火:"你让开我!"叶梅终于忍不住叫嚷起来:"你知道吗?你这样做是在撕我的心,撕我的心啊!"随之泪水泉涌般流下来。

当叶梅喊出这句话时,余大憨突然愣住了,他震惊的不是叶梅阻挡他,而是面前的哑巴姑娘怎么突然会说话了。他瞪着惊异的眼睛,好像撞见了活鬼!叶梅陡然间也为自己开口说话大为吃惊:"我怎么忍不住说话了?我怎么就,怎么就……"她突感大祸临头,愣在那儿不知所措。

他俩相视愣怔半天,余大憨才惊奇地问:"你,你刚才,刚才说,说话了?"

叶梅没有回答,只是傻了般望着他,不知自己怎么就失口说话了,才装聋作哑不到十天,就憋不住了。余大憨又说:"你,你不是哑,不,不是哑巴?"

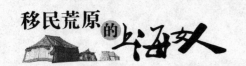

　　她见彻底露馅了,一把将余大憨拉进门,上了门闩,转身对余大憨说:"我,我不是哑巴……"她看出余大憨是个靠得住的憨厚人,便把自己这些年的遭遇从头到尾讲给大憨听,临了,扑通跪在余大憨面前哀求说:"大憨,求你给我保密,保密,要是让外人知道,我这辈子就彻底完了,完了,我求你了,求你了!"

　　余大憨听了叶梅的遭遇,顿然定在那儿。这些天他只是感觉她心里深藏着什么苦楚和秘密,可怎么也没有想到她竟然是右派,竟然是个逃犯,竟然……他不敢往下想了。他虽然不太懂政治上的事情,可却清楚右派是啥人,也同样清楚这种人逃跑意味着什么,保护和窝藏这种人,又是什么性质的问题,那是要治罪的呀!一颗颗炸雷连续在他头顶爆炸,震得他头晕眼花,喘不过气来。太突然了,太突然了,突然得让他感觉在做梦!他愣在那儿不知说什么,不知走还是站。叶梅跪在那儿连连哀求他。他见她可怜的样子,心肝猛烈撕扯着,慢慢蹲下去,扶着叶梅的胳膊,说:"起来吧,我,我看出你不是坏人,不是,我答应,我答应给你保密,一定保密!"

　　叶梅听他答应了,不知说什么感激话,憋了半天说:"我叶梅永远会记住你的大恩大德的!就是死了在天堂地狱也会记着。"她又要跪下,余大憨慌忙扶住她:"不要这样,不要这样,你要这样,我就生气了!"叶梅直起腰,牢牢抓着余大憨的手:"大憨,我已经看出你是个好人,大好人,你要是不嫌弃我跟肚子里的孩子,就收留了我们吧,收留了吧!我现在没有家,没有一个亲人,已经走投无路了!收留我吧,我什么活儿都能干,能干,也能吃苦……"

　　余大憨泥塑木雕般立在那儿,半天长叹一声:"苦命的人啊!"

28

　　一晃,二十天时间过去了。余大憨媳妇并没有逃走,巴丹图尔人关注的目光渐渐弱了下去。起先人们猜测,余大憨在半道上捡的这个漂亮媳妇,不可能在巴丹图尔村长久,三五天后就会逃跑。因为她虽然是个哑巴,但人样儿太俊了,嘴巴不会说话,眼睛里却有话,心里有话,明亮得像一盏灯;田里地里,家里家外,什么活儿都拿得起放得下,还特能吃苦;见人不管认识不认识,首先点头笑笑,比起正常人不但不差,而且还精明哩!这样的姑娘会在巴丹图尔待下去

248

吗？但三五天过去了，又三五天过去了，她仍出入在余家小院里，而且不间断地参加生产队的集体劳动。村人大为惊讶。大憨爹妈一直悬着的心，也渐渐放在了平处。

六月了，地里播种的小麦已出土，绿油油，齐刷刷的。叶梅和大憨妈每天跟队里的妇女们在麦地里薅草。这个活儿叶梅在马蹄湾就干过，一点不陌生。她埋头认真干着，很踏实的样子，村里的年轻寡妇秋香望着，对大憨妈夸赞说："婶子，大憨找了个好媳妇，真能干呀！"

大憨妈心里就喜滋滋的，接着秋香的话头说："这娃就是能干哩，在家做饭洗锅擦灶，里里外外一把好活儿！"秋香又夸赞说："大婶可真有福啊！"大憨妈说："哪里有福呀，哪里有啊……"嘴上虽然这样说，掩饰不住的欣喜和幸福荡漾在脸上。秋香话头一转："媳妇娘家在哪里？这么长时间也没见她回过娘家，也不见她娘家人来……"

"这，这个……"一提这个话头，大憨妈那喜悦的心情就黯淡下去。说实话，这哑巴姑娘何方人氏？家住哪里？直到今天，一无所知，成了她的心病，现在听秋香问，真不知道怎么回答。秋香见大憨妈面呈难色忙说："大婶不要见怪，我是随便问问，随便说说的。"大憨妈苦笑着说："没啥，没啥。"其实这个问题不仅秋香想知道，整个巴丹图尔人都想知道，因为他们发现这个哑巴媳妇有点神秘——很不简单！

而叶梅呢，平日在地里劳动时只低着头干活，很少跟别人进行无语言的交流，闲下来便悄悄去没人的地方，拿根树枝或者木棍儿，在地上写写画画，别人根本不知她写什么，画什么，只当是胡乱画哩！其实她在温习"课文"。有时候又攀上西北面的山梁向远处呆望。总之，村人们觉得她是个谜！

太阳当头了，该午歇了。罗队长喊了声歇歇，大家都过去坐在地埂旁的大榆树下休息。叶梅又悄悄走开了，坐在旁边，拿根树枝在地上写画起来。罗队长看到了，悄悄从后面凑上去，准备看看她写画什么。他已经注意她很长时间了，但他刚到她的身后，她就感觉到了，紧张地站起来，慌忙用脚抹掉地上的"课文"，惊恐的眼睛望着罗队长。罗队长有点不好意思了，摆了摆手："没啥，没啥，路过看看，你画吧画吧，放心画，放心！"但她却像受惊的小鸟似的转身跑了。罗队长望着她的背影，摇了摇头，苦叹一声："唉！这娃心里苦着哩！"

这天晌午，社员们又坐在那棵大榆树下休息了，叶梅又悄悄去了没人的地方，坐在那儿画写起来。忽然不见人影了，没人知道她去了哪里。过了半天，说说笑笑的人们忽然不说笑了，目光"刷"地转向西面的山梁上。大憨妈不知发生

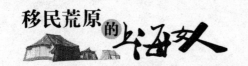

了啥事,顺着大家的目光望去,发现西面的山梁上立着个人,细看,是大憨媳妇,正呆呆地望着远处,她心里忽然慌乱了。余大憨在不远的地头浇水,她赶紧跑过去拉拉大憨的衣袖,神秘地指指山梁:"大憨你看,快看山梁上……"

余大憨不知发生了啥事,抬头朝西山梁上望了望,见是叶梅,不解地问:"妈,咋啦?出啥事了?看你神神道道的?"大憨妈说:"你可看清楚,那是你媳妇呀。"余大憨说:"我看清楚了,那是我媳妇,咋了?"大憨妈说:"咋了咋了,难道你看不出她要干啥吗?你这个憨头啊!"余大憨被说糊涂了,大声问:"妈,到底咋了?你说清楚,一惊一乍的。"大憨妈见儿子憨头憨脑半天点不透,突然来气了:"她在那儿望了半天,望啥?她不就是看路,要逃跑吗?"

"逃跑?"

"对啊!"大憨妈终于提醒了这个憨娃,推他一把说:"赶紧把她拉回来,看紧她,要不她可就飞了……"余大憨听是这样,哭笑不得,叹息一声:"唉,我以为是啥事,原来是这样……我说妈,你闲着没事干就把枕头垫高了去睡觉,管那些闲事干啥?——我再说一遍,她不会逃跑!"转身就要走。

大憨妈拉住他神秘地说:"她可是好几次站在那儿望了,望啥?你心里就没有个谱?"余大憨说:"望啥?她可能想,想……"他本来说她可能想家,忽然想起叶梅没有家,妈妈死了,埋葬在遥远的马蹄湾,因此话头一转,说:"她可能想望望远处,散散心。这地方一年里连一个外面的人影儿也难见到,谁心里还不憋闷呀?没事,去干活吧!"转身走了。

大憨妈就愣在那儿了,一阵,没趣地去干活了。大憨妈不知哑巴媳妇在山梁上望什么,余大憨心里却清楚:她在眺望遥远的马蹄湾,思念她的妈妈和老妈妈,思念远在野牛沟放牧的未婚夫孟尚海……

是的,叶梅在想念她妈妈和老妈妈了,想念她的孟尚海。她不知马蹄湾和野牛沟在哪座山里,也不知道她的孟尚海在哪片云彩底下,她只是望着,让思绪漂洋过海,跟她思念的人相会!那天,她在决定逃离东台县城时,本来想给孟尚海和老妈妈捎句话的,但没有来得及,也没有机会,就是有机会,马蹄湾远在天边,一没电话,二没快速传递消息的工具,也没有办法捎带。关键问题是:一旦走漏了消息,她就彻底完了!来到巴丹图尔的这些日子,她又想给孟尚海和老妈妈捎封信,她清楚孟尚海和老妈妈发现她不见了,不知会焦虑成啥样子,但这里更偏僻,传递信件更难,关键的问题还是怕走漏消息。她知道孟尚海和老妈妈知道了她的下落,绝对会为她保密的,但问题是信件万一在投递过程中丢失,或者让别人私自拆开,不就全暴露了?特别是老妈妈不识字,还需要别人替她老人家念……这是要命的事情啊！于是她彻底断绝了给孟尚海和老妈妈捎信的想法。

田野里生长着大片大片的马莲草，现在马莲花已经开放了，满山遍野飘动着紫蓝色的云雾，叶梅看到马莲花，眼前倏忽出现那晚跟孟尚海在山洞里相见的情景。他俩当时跪在地上以古老的婚约仪式，誓言旦旦在马莲花开放的时候结婚，现在马莲花和金菊花开放了，而她呢？却远在天涯，过着逃亡的日子！唉！她想着，不知不觉流下了悲酸的眼泪。

"叶梅……"这时有人轻轻呼唤她。这地方怎么会有人知道她的名字？惊慌转身，是余大憨，慌忙抹掉脸颊上的泪水："你，怎么来了？"

余大憨说："没看见太阳都快落山了，社员们都收工了。"

叶梅这才发现太阳确实已经衔山了，低头看看山梁下的田野，社员们已经收工了，踏着夕烟向村庄悠悠走去。呀！她不知不觉已在这山梁上站了半下午，误了劳动，要是在农场，会受到重罚，甚至上批判会的，她不好意思起来："我，我小半天没有参加劳动，这可怎么办？"余大憨说："不要紧，巴丹图尔人会谅解你的，因为你是新来的媳妇，他们知道你会想家的……"

叶梅眼睛潮湿了："这里的人太好了。"

余大憨顿了顿问："想孟尚海了？"

叶梅的脸噗地红了，像西天的晚霞。余大憨说："想吧，想吧！你们真不容易。孟尚海可能也非常想你，如果有机会我去趟那个叫野牛沟的地方，把你在这里的情况告诉他，让他别急，放心，你在这里好好的……"叶梅的眼泪哗地流了下来。余大憨忙问："咋？不行吗？我想他不会把你的情况告诉别人的，我也不会向外人说你的事……"

"不不不！"叶梅忙说，"我不是那个意思，不是，我是说，说……"余大憨看她着急而又难以启齿的样子，就说："不告诉他，他肯定会发疯的，小伙子的心情都一样，这个我懂。"叶梅在那里憋了半天，终于说出自己的心事："你把我的情况告诉他，如果他来找我，把我带走了，你，你怎么办？"余大憨不解地眨巴着眼睛："啥我咋办？我，我这不是好好的？还在巴丹图尔，每天还是干活儿，又不会跑到哪里去……"叶梅见他不明白，心里说："真是个大憨啊！"她正要给他点明，这时听到大憨妈在村头呼喊着："大憨，回家吃饭了，你俩快回家吃饭！"

余大憨转身应道："妈，我知道了，马上就回去，回去……"

这个晚上余家小院虽然表面上很平静，但两间房屋里都进行着激烈的矛盾冲突，但不是刀枪剑戟，而是相互的感情撞击。

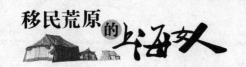

晚饭后,叶梅洗刷完锅灶,陪大憨爹妈坐了一阵,便回到自己的住房。一进门,首先映入眼帘的是炕上的两床被褥:一床在炕这头,一床在炕那头,这种现象让人容易捕捉到另一种信息:主人有隔阂,晚上没有睡在一个被窝里。是的,自从那晚后,余大憨再没去柴草棚,就睡在新房里。他虽然睡在新房里,却躺在闲着的那半边炕上。直到今天他的爹妈也不知道他们晚上没睡在一个被窝里,更没有他们希望的"那样"过。

已快一个月了。他俩就这样"僵持"着,晚上除了偶尔小声说几句话外,谁也没有越过那不到两尺宽的"壕沟"。特别是余大憨,刚开始时连朝她那面看一眼的勇气都没有,怯怯的,像封建社会的农村姑娘。余大憨是个正正常常的大男人啊!他结了婚,入了洞房,却不能过结了婚的日子,那是啥滋味?太残酷了!叶梅曾多次试图把他拉过来,让他睡在自己的被窝里,但每次伸出手,又都颤颤地缩回来,自己打败了自己!因为她心里只有孟尚海,她的这块天地是留给孟尚海的,不容许第二个人进入。

她清楚这样做对余大憨太不公平,太对不起这位老实憨厚的男人,也对不起两位憨厚老实的老人,但她却没有办法逾越那道障碍,每到夜晚,内心的痛苦和愧疚狠狠咬噬着她的心,她便头裹被子暗自流泪哭泣!此刻她望着那两床被褥,心里乱纷纷的,不知这个夜晚又将怎么过去?

余大憨还在那屋里跟爹妈说话。这个憨厚的青年农民每晚在睡觉前总要跟爹妈说说话,等爹妈要睡了,才出门回自己的屋里。但今晚那屋里似乎有什么事,已经迟了,煤油灯还亮着,屋里不时飘出咕咕囔囔的说话声。他们说什么呢?叶梅侧耳听听,却听不清楚。其实,这老两口正在询问儿子和她的事。因为大憨妈感觉叶梅不像哑巴,更重要的是这些天大憨妈已从那两床"隔阂"的被褥上发现了问题。所以今晚老两口跟儿子郑重其事了。大憨妈问儿子:"她真是哑巴?真是哑巴?"这话尽管已经连问了无数次,她还是喋喋不休地问。余大憨有点烦了:"妈,你咋这样缠?缠三道四的,烦不烦呀!才五十岁,就这样了。"

大憨妈直逼他:"你别打岔。妈问你话哩!——她是不是哑巴?如果是哑巴,那收工后你俩在山梁上咋说个没完?哑巴还有那么多话?你给我说说。"余大憨问:"说啥了?她说啥了?你听见了,听见了?"大憨妈说:"我是没有听见,可那样子摆在那里,争争讲讲的,能骗了我?"余大憨说:"那是我在说话,她只是听,她没说一句!"余大憨是个不会说谎的人,此时却给妈妈说了谎话,罢了,脸上忽然烧了一下。大憨妈从儿子的脸上看出他说谎了,又要追问,大憨抢先开口:"妈,我就想不明白,你没完没了问这些干啥?她不会说话妨碍啥事了?她虽然不说话,可她不是跟正常人一样劳动，一样挣工分吗？甚至还比正常人能干哩！"

　　大憨爹一直在旁边叭唧叭唧抽着旱烟锅，见大憨妈追问个没完，插言说："不要问了，看把娃娃难心的，咱那媳妇虽然不说话，心里却亮堂着哩！是村里要头稍的好媳妇！"大憨妈剜了他一眼："你给我踏实坐着，哪来那么多话。"大憨爹就不说话了，默默抽他的旱烟锅。大憨妈想想又说："好，这事就先搁那儿。妈再问问你，你跟媳妇到底那个，那个，在一起睡了没有？妈怎么发现被褥都是分开的……"余大憨忽然憨不住了，嚷起来："妈，你，你简直缠死人了！你说你闲不闲？没事干不会去睡觉，管这些干啥？我去睡觉了！"他翻起身往外走，刚抬腿出门，忽然身后传来妈妈呜呜的哭声，他刹住脚步，返身跑进屋："妈——你怎么了，你不要这样，不要这样……"

　　很迟了，余大憨还没有回屋睡觉。叶梅准备去那屋里看看，刚出门恰好听到大憨妈的哭声，又看到余大憨冲出门又返身进去，便走了过去，准备到那屋里看看发生了什么事，这时她听到大憨妈边哭边嚷着："不孝的东西，你哪知道妈的心哪！妈为你的婚事整夜整夜睡不着觉，头发都熬白了，心血都快熬干了，你怎么就不明白妈的心，怎么就不明白呀！你快三十岁了，还小吗？我一看你们那样子，就知道你们闹别扭，没有在一起，呜呜呜……"

　　叶梅听是这样，便定在当院了，心里撕裂般难受，泪水不住涌流。她回头跑进自己屋里，爬上炕，把那两床被褥拉开，合铺在了一起，而后坐在炕头等待大憨回来。半夜时分，余大憨低垂着脑袋回屋来了，看到那两床被子合铺到一起，两只绣着鸳鸯图案的枕头并排摆着，散发着洋洋喜气，愣了一下，抬起头望着她："你，你咋放在一起了？"叶梅起身扑到他怀里了："大憨，从今晚开始我们就睡在一起，我为你生个孩子，生好多的孩子……"他忙推开她："不不不，这不行！你有孟尚海，有孟尚海，他等着你！"叶梅说："大憨，我哪儿都不去了，我已经死心塌地跟定了你，真的！"

　　"不！我余大憨不能做乘人之危的事。"余大憨爬上炕要搬开被褥，叶梅拉住他，泪眼巴巴地说："大憨，这不是乘人之危，这是我求你，求你的。咱们现在已经结婚了，你一个人裹着被子睡在那里，我心里难受，难受哇！你不能这样苦自己，这不是一天两天的事，这是一辈子的事！懂吗？我不能为了自己误了你一辈子！"她声泪俱下，大声叫嚷起来。

　　余大憨忙阻止："不要嚷了，让别人听见有麻烦……"

　　叶梅突然意识到自己是哑巴，马上低下声音："我知道你为我和孟尚海好，可孟尚海现在在哪里？他在野牛沟，他有他的难处，他救不了我，我反而会毁了

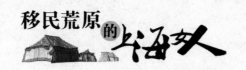

他,再说,你不为自己想想,也得为两个老人想想啊!老人为你熬白了头发,熬尽了心血啊!刚才……"

　　余大憨听叶梅这样说,怔住了:"你,你都听到了?"

　　叶梅点点头,余大憨忽然低吼了一声:"这可让我怎么办啊?"抱头蹲在地上,手抓着头发,嗌嗌啦啦低声吼起来……

　　自从那晚,叶梅就把两床被褥合起来跟余大憨住在一起了。

　　叶梅的肚皮渐渐大了起来,行动已有点不便了。她算了算,下月底就该生产了,但她仍坚持在地上干活儿,谁劝也没有用。她是要用辛勤的劳动来报答余大憨和这家憨厚的人。看到儿媳妇的肚子大起来,大憨爹妈高兴得合不拢嘴。他们虽然觉得儿媳的肚皮高得有点快了,但看到儿子高高兴兴,没啥反应,也就不往别处想了。婚姻幸福不幸福,只有两口子自己知道,肚子里的孩子是谁的,自然父母比谁都清楚。儿子高兴,做父母的有啥不高兴?再说不管三七二十一,只要媳妇把娃生到余家,就是余家的人!

　　天气已经很冷了,地里的庄稼和场院里的粮食都收拾干净了,田野里光秃秃的,该是巴丹图尔冬闲的日子了。叶梅却每天胳膊上挽着个草筐,在野地里割草拾柴,扫树叶,准备冬天烧炕。坐月子正好是最冷的季节,需要很多柴草烧炕。这天她挎着草筐,又在荒野里割荒草捡柴火。忽然感觉胎儿动了动,她忙停住了手。这个孽种,这些日子总是不安稳,不是跳弹就是拿脚踹她,看来这小东西也是个不安分的角色!她脸上涌出大片的苦楚,又掺杂着即将做母亲的幸福。胎儿又动了,比刚才来得更猛烈,似乎在提醒什么,是什么呢?她说不上。她现在也有点信宿命了,总感到这段平静的日子酝酿着什么灾祸,令她心里忐忑不安,脑子里时常出现这样那样的幻影:邱生辉他们突然来这里抓她,她被押走判刑,有人追杀她……特别是十多天前的晚上,罗队长悄悄来到大憨家,告诉大憨爹妈公社正在追查一个从东台县跑过来的女逃犯……她一听,就知道那个女逃犯是自己。一连几个晚上,她处在恐慌惊怵中,没有睡觉;白天躲在家里,不敢出门。转眼过了十几天,见没人来村里,也没有发生什么事,心里才稍稍平静。今天这个孽种接二连三踢她,是不是要发生啥事?

　　她不由得浑身哆嗦,提起草筐匆匆朝家走去。刚到村口远远看见两个陌生人,正在打问罗队长家怎么走。她先前没在意,快到跟前了,才发现那两个人是邱生辉和张小贵。她几乎叫出声来,胳膊上的草筐滑落下去,"咚"地砸在地上。她在那儿怔了几秒钟,准备调头逃跑,但意识深处突然闪过一个警告:"不能逃跑,逃跑意味着自我暴露!"于是站住了,下意识地向下拉拉头上的围巾,把脸面遮挡起来,接着提起地上的草筐,从邱生辉和张小贵身后匆匆走了过去。

还好,邱生辉和张小贵正在问话,没有发现叶梅,也没有注意她这个挺着大肚子的农村妇女。在他们的印象中,叶梅是细弱修美的,跟粗壮而又腆着大肚皮的村妇是两码事。叶梅走过邱生辉和张小贵身后,受惊的野兔般跑回家,推开院门,返身关上门板,用脊背顶住,闭上惊恐的眼睛。余大憨正在整理柴草棚,见她失魂落魄的样子问:"咋了?发生了啥事?"她没有回答,只是浑身颤抖。

"到底出了啥事?出了啥事?"余大憨吼着。

"完啦!我完啦——"叶梅大叫一声:"他们找到这里来了,要抓我……"身子软软地倾倒在大憨怀里,闭上了眼睛。

"啥?"余大憨惊跳一下,慌忙抱起她,回到屋里,放到炕上,安慰说:"不怕,有我哩!只要有我,谁也不敢把你咋样!"

叶梅昏昏沉沉躺在炕上,身子阵阵惊怵抽动。余大憨守在她身旁安慰着,同时将一把锋利的铁锹放在身旁,谁要夺走他的媳妇,他就跟谁拼命!大憨爹妈已清楚叶梅就是那个女逃犯。老两口把儿子拉到屋外问:"大憨,这事咋办?"余大憨说:"咋办?她是我的媳妇,谁动一动,我就跟谁拼了!"爹妈也齐声说:"好!我们也是这样想的。谁敢动一动,叫他们试试看!"摩拳擦掌,去准备家伙。他们要跟儿子一起保护媳妇,即使不是儿媳妇,看在一个落难的可怜女人和肚子里的娃娃身上,也应该同情她,保护她。

叶梅见两位老人为了她要拼命,一股热浪涌上心头,从炕上翻起来,扑通跪倒在他们面前:"爹,妈,你们都是好人,天下最好的好人!儿媳妇向两位老人磕头了,请两位老人原谅我——我不是哑巴,我就是他们说的那个……但我不是犯人,我没有干过坏事……"

大憨妈忙扶起她说:"孩子,不要说了,你不是哑巴,我跟大憨爹已经看出来了,都知道了,好孩子,这不怨你,不怨你,这是他们逼的,逼的!你也不是坏人,我们看出来了!"

叶梅听两位老人早就知道了她的"底细",扑到大憨妈怀里"哇"地哭起来:"妈妈,你真是我的好妈妈!"大憨妈说:"孩子,不要哭了,有我们全家人在,你就啥也不要怕,他们咋样不了你。他们要硬来,我们全家人都上!"

余大憨和爹妈都准备好铁锹、锄头和棍棒,准备迎击侵犯他们家小院的敌人,用自己朴实的生命战胜邪恶。这个夜晚在叶梅的意识中显得非常悲壮而漫长,但天终归会亮的,随着家里那只芦花大公鸡高声鸣叫,黑夜在他们的严阵以

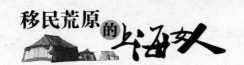

待中退去了。第二天的太阳从东山巅上冒出来,把金黄的光束洒满小院。这一夜没有发生什么事,余大憨和爹妈准备松口气,这时有人"啪啪啪"地敲院门,还伴随着急促的叫喊声:"开门开门!"全家人的心刷地提悬了。

余大憨跳起来了:"我去开门,看他们干啥!"

叶梅忙阻拦:"大憨,你可千万不能胡来呀!"但大憨已提着铁锹跨出了门。叶梅准备追出去,大憨爹拉住她说:"不要出去,出了啥事有我们挡着。"大憨妈说:"我们是农民,祖宗三代都是贫贫的贫农,我们收拾收拾他们,看把我们咋样?"门板被敲得啪啪啪震山响。余大憨怒冲冲问:"谁?"

外面的人说:"我,快开门!"余大憨上去拉开门闩。外面的人扑了进来,余大憨正要举锹,原来是罗队长,他嚷嚷着:"敲了半天门,咋就不开?太阳都照着屁股了,还睡觉啊!"见大憨提着个铁锹,黑着脸,一副要打架的样子:"咋?准备打仗啊?"大憨见是罗队长,放下手里的铁锹。罗队长问:"你爹妈呢?"大憨说:"在屋,屋里……"

大憨爹妈以为邱生辉和张小贵来了,骂骂咧咧着:"看哪个崽娃子敢动我们家的人?看哪个崽娃子敢动她一指头……"提着锄头棍棒冲出屋,见是罗队长也愣了。罗队长见状哈哈大笑起来:"你们这是啥?拿刀动杖的去抢人啊?"大憨爹说:"狗日的们想抢走我们家的媳妇没有门……"罗队长点着大憨爹的鼻子说:"我说老哥啊,你怎么糊涂了?就凭你们这样拿刀动杖的就能保住媳妇啊?干啥都得用脑子,你们这样冒冒失失的,不但保不住人,还会弄出大麻烦,弄出大事!"大憨爹妈紧张了:"那,那兄弟你说咋办?"

罗队长说:"不要紧张,那两个人已经被我支走了。"

"支走了?!支走了?"

"对。"罗队长边往大憨爹妈屋里走边说,"让我支走了!"

"我的妈呀!"大憨爹妈软软地坐在炕上,大憨扑通跌坐在小凳上。

叶梅冲进门来,二话不说扑通跪在罗队长面前:"罗队长,谢谢你救了我!谢谢你救了我啊!"接下去就叩头,罗队长慌忙跳下炕扶起叶梅:"这,这闺女,这不是折我的寿吗?快起来快起来!"叶梅站起来,愧疚地说:"罗队长你们都是好人,可我装哑巴骗你们,我不该这样,不该……"

罗队长哈哈笑着说:"其实,你来村里没多久我就看出你不是哑巴,是装出来的,你还会写字画画,对吧!我知道你肯定有啥难处,才装作哑巴的,我们能理解,能理解……好了好了,不说了不说了,以后你是哑巴就还是哑巴,该干啥还干啥,这样免得有人找麻烦!上次我就给你老公公叮嘱过,该藏着就藏着,该掖着还要掖着,不该说的咱就不要说,只要不走漏风声,我看谁把咱能咋样?——放心!"

大憨爹妈连连感谢。大憨的眼睛湿了,叶梅已泪流满面!

第二年元月二日,叶梅在惊慌不安的日子里生产了,是个男孩子。那个夜晚天色很黑,她感觉自己压在沉重的铁锅底下,除了难耐的憋闷,肚皮的阵痛折磨得她死去活来,她头上冷汗淋淋,如瓢泼大雨,紧紧抓着大憨的手,撕心裂肺般地叫喊着。大憨妈在旁边揉着她的肚皮,鼓励安慰着她:"撑住,撑住啊孩子!疼你就大声叫喊叫喊,骂也行,骂也行啊……"

接生婆却像没事似的,在旁边慢条斯理地准备着沙土和几卷纸,只是偶尔回头对不住叫喊的叶梅淡淡地说:"不要叫了,女人养娃娃就这样,不疼,那门怎么开,娃娃怎么出来?做女人嘛,都得过这一关,没事的,跟母鸡下蛋一样,鼓鼓劲,到时候扑腾就下来了。"

大憨爹在门外焦急地转圈圈。

天快亮的时候,叶梅终于生产了,随着"哇——"一声婴儿啼哭,太阳从东山巅上跳了出来,院子里铺满黄亮亮的阳光。叶梅生下个儿子,没有跟余大憨商量,就为这个母亲在惊慌不安的日子里出生的孩子起名叫"余天亮"。罢了,才问大憨:"这名字行吗?"余大憨说:"你有文化,你取的名字还有啥可说的。"她又问大憨爹妈。大憨爹妈乐得嘴都合不拢,连连点头说:"好好好,这个名字好,是天亮生的,就叫天亮好,好好好!"

叶梅望着憨态可掬、圆脸圆眼睛的小东西,脸上涌出幸福甜蜜而又忧伤的微笑,不由得叹声自语道:"这个孽种啊,差点要了妈妈的命,不知他以后会是什么样子,他的命运怎样……"想到这里,眼睛里流出两行清泪,说不清是喜?是悲?

29

1979 年的春天似乎比往年来得早。刚进入四月,暖融融的春风就徐徐吹来,大山深处的东台县城沐浴在春风里,大街两旁的几棵白杨树梢出现淡淡的嫩黄,有的枝头抽出拇指般大的叶片,在微风里欢快地摆动着;向阳的坡地上已出现嫩嫩的草苗,荡漾着浓浓的春天的气息。

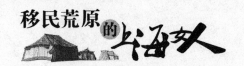

几天前，县里又召开了一次"平反冤假错案动员大会"，组织部门和县落实政策、办公室忙忙碌碌，夜以继日，内查外调，平反历年来制造的冤假错案，为那些错批错斗的干部落实政策，恢复名誉。负责全县落实政策工作的是当年马蹄湾公社的黑脸社长、现在的县委书记贺远程。那年沙县长退休告老还乡后，黑脸社长从马蹄湾调到县里，当了副县长，第二年又被地委任命为县委副书记，后来又被任命为书记。但他的县委书记刚被任命，"文化大革命"就开始了，以邱生辉和张小贵等为首的造反派们造了他的反，夺了他的权，把他跟县里的几个领导押送到马蹄湾劳动改造。这一改造就是八九年，去年他才恢复工作，又重新走上县委书记的工作岗位，亲自忙着全县的落实政策工作。

对于叶梅的右派问题，他一接受落实政策工作，就指定专人进行调查处理。他知道她是冤枉的，所以问题很快平反，并下发了平反摘帽处理决定，但遗憾的是直到今天，还不知道这个蒙冤近二十年的姑娘身处何方？关系到她后半生命运的平反《决定》，也不知往哪里送？

他知道她还活着，那年他听说有人在芨芨沟兵站见过她，后来他派人暗暗察访打问过，却没有找到。不久前，他又派人四处打听，决心要找到她，把这个平反《决定》送到她手里！但二十多天过去了，派出去的人没有打听到她的消息。此时，他拿起那份平反《决定》看着，眼前又浮现出叶梅姑娘那可怜的身影，那时她还不到二十岁，多么年轻，还是个天真烂漫的小女孩啊！现在过了二十年，二十年哪！人生有几个二十年？而且那是人生最好的年华啊！

他感叹着，眼睛渐渐湿了！

这时，有人笃笃笃地敲他的办公室门。因为他沉浸在对往事的回忆和感慨中，一点也没有觉察。门外的人大概有急事，便推门闯了进来。她是当年的小林姑娘。当年她在县文化站工作，后来去了县文教局，因工作努力，积极上进，提升为副局长。"文革"开始后，她也曾靠边站，"文革"结束后，县里恢复了她的工作，调任她为县落实政策办公室主任。她进门就说："贺书记，报告您个好消息，好消息……"显得很激动。

贺书记见她激动的样子，说："看来叶梅有消息了？"

她点点头："是，有她消息了。"

"快说说，她现在在哪里？"

林主任说："在青藏高原北部一个叫巴丹图尔的小村庄。"

"巴丹图尔？"黑脸书记念叨着这个村名，几步走到墙上挂的地方地图前，寻找这个不怎么顺口的地方。他在青藏高原北部的一个地方，看到了比米粒还

258

小的巴丹图尔,激动地叫着:"ta 原来在这儿呀!"这个"ta"字不知指叶梅还是指村名?也许太激动,一语双关,兼而有之吧。他问林主任:"你们是怎么找到的?"林主任说:"说来也巧,那个村的罗队长是我舅妈的一个远房亲戚,多少年来没有走动过,前几天去了我舅妈家,无意中说起了叶梅……"

"好!明天你亲自去巴丹图尔,把这份平反《决定》送到叶梅手里,我想她盼望这个《决定》,把眼睛都盼瞎了,心血都望干了!"

林主任说:"好,我明天早晨就出发!"

正是巴丹图尔播种的日子。

田野里送肥的,犁地的,播种的,耙糖的,人来车往,耧铃声声,清新而又湿漉漉的泥土芳香,随着微风在田野里飘流。一群妇女在刚犁过的地里挥着榔头打土块,还有几个拉着架子车,顺着田野小路运送农家肥料。车轮飞转,说笑声不断。最后那辆架子车因装得太满太沉,拉的妇女很费劲地往前拉。前面是坡路,她躬着腰身,艰难地挣着,套绳深深吃进肩膀,下巴几乎接近地面,车轮却不向前转动。一辆北京牌吉普车顺小路驶来,坐在副驾驶员座位上的林主任看到那妇女的架子车滞在半坡上,便叫司机停车,打开车门跳下去上前推车,司机也下车帮着推。架子车终于爬上了坡顶,那妇女回头准备感谢推车的人,见他们都是外面来的,又见坐着小汽车,惊恐地愣在那儿:"你们,你们是……"

她是叶梅。自从罗队长那次把邱生辉和张小贵轰出村后,外面再没人来找过她的麻烦。转眼几年时间过去了。"文化大革命"开始后,大概邱生辉和张小贵他们都忙着造反夺权,所以那段时间她和儿子天亮相对平安。这一晃,十几年过去了,现在眼前突然又出现陌生人,难道又是来抓她的?她忽然浑身颤抖起来。

林主任自然不知道面前这位普普通通的农村妇女就是她要找的,听人说叶梅姑娘长得很漂亮,又很美丽。刚准备问罗队长家住哪里?叶梅仿佛被毒蛇咬了,"啊——"惊叫一声,扔下架子车转身抱头就往家跑去。林主任见她失魂落魄的样子,不知怎么了?司机笑着说:"偏僻地方的人没见过什么世面,可能见我们坐着小车,以为是什么大人物,就害怕了。"林主任困惑地摇了摇头。

他们正说着话,罗队长来了,林主任寒暄两句,便说明来意。罗队长听是这样,"哎呀"一声:"刚才那个妇女就是叶梅呀!"

"她就是叶梅?原来她就是……"林主任吃惊道。

罗队长说:"她就是叶梅,来这个村整整十五年了,现在终于熬出头啦!"他见叶梅受惊的野兔般往村里跑,就喊着说:"大憨家的,不要跑了,不要跑了,他

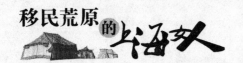

们是来找你的,是来找你的……"但罗队长越是这样喊,叶梅跑得越快。罗队长清楚她误会了,以为林主任是抓她的,鼻子发酸了!唉,这些年把她折腾成啥样了,见陌生人就以为是抓她的,就像老鼠见了猫似的。他的眼睛发潮了,苦叹一声,对林主任说:"走,到她家去吧!"

罗队长带着林主任来到余家院门前,看到院门已从里面闩上。罗队长就啪啪啪地敲:"开门,开门,大憨家的,我是罗队长,开门哪!大憨家的!"里面没人应。罗队长怕叶梅出啥事,狠劲拍打门,见还是没人应,着急了,准备找东西撬门。这时社员们收工了。余大憨看到罗队长和林主任在他家门口,又看到吉普车,迈开大步就往回跑:"罗大叔出啥事了?出啥事了?"

"先别问,你媳妇在里面,快把院门弄开,要不就出大事了。"罗队长说。

余大憨就上前敲门,见里面还是没人应,罗队长就对余大憨说:"快翻墙进去,翻墙进去!"余大憨自然很信赖罗队长,他说翻墙进去,就从院门旁低矮的地方翻墙进去,打开院门。罗队长和林主任进了院子。余大憨上前推推他们的房门,里面闩着。他感觉媳妇要出啥事,紧张地叫喊:"天亮妈,天亮妈!开开门,开开门!有啥事开门说,有我呢,有我呢,还有罗队长给咱们撑腰!"里面静悄悄的,余大憨的头"嗡"地涨大了。

大憨爹妈回来了,见余大憨急得在地上乱转,罗队长和林主任又拥在儿子的房门前,以为不是来抓媳妇的,就是来找麻烦的。大憨爹顺手抓起铁锨,对林主任和司机吼着说:"谁要敢动我儿子媳妇,我跟谁拼了!"大憨妈抓起扫把,也跟着大憨爹吼。罗队长见老两口误会了,忙说:"不是不是,你们误会了,先赶快让大憨媳妇把门开开,我再给你们解释,你们还信不过我吗?快——大憨媳妇在屋里……"他怕叶梅出问题,来不及给他们解释事情的缘由。经罗队长提醒,大憨爹妈放下了手里的"武器"叫门,见里面不应,嚷叫着"快从窗子里看看,快看看,媳妇不会有事吧!快!"

大憨找来凳子,罗队长放在窗户下,上去从窗里窥视,看到叶梅缩在炕角,脸色惨白,眼睛发直,浑身突突抖着,像寒风里的小鸟,但没出事,便跳下凳子安慰大憨和他爹妈说:"人好着,只是吓坏了,别着急,我来劝劝她……"

村里的社员们见余家门前停着小汽车,猜想余家出了什么事,全都跑来询问观看,顿时小院里挤满了大大小小的人,吵吵嚷嚷的。罗队长呵斥一声:"别叫嚷了,有啥叫嚷的?"指着林主任介绍说:"这是东台县的领导,她来看望大憨媳妇……"他这样一说,大家都瞪起迷惑不解的眼睛。大憨和他爹妈也不明白罗队长的话,正待询问,见罗队长又去敲门:"大憨媳妇,你不要怕,把门开开,林主任他们是东台县派来看望你的,你的问题平反了,他们专门来给你送平反《决定》,是红头文件,你不相信别人,难道还不相信我罗队长吗?"

他的嗓子嘶哑哽咽了。

林主任也大声说:"叶梅同志,我叫林春晓,是东台县落实政策办公室主任。中专毕业分配到东台县文化工作站,原先就住在你住过的那间小房屋里,我听说过你的事,知道你蒙受了莫大的冤屈,现在你的问题平反了,彻底平反了,东台县委专门派我来看望你,给你送来平反《决定》,快开门吧!"屋里仍悄无声息,没有反应。林主任接着说:"叶梅同志,你知道马蹄湾公社的黑脸社长贺远程吧?他现在是东台县县委书记,是他亲自派我来看望你送平反《决定》的……"

良久,门慢慢打开了,叶梅出现在门口。她今天当真吓坏了,以为末日来临了,她不知自己刚才是怎么跑回家的,怎么插上门闩缩在炕角的,只是眼前轮换闪现着两个人捆绑她、押送她、关她进监狱的画面,直到听见罗队长和林主任提起黑脸社长的名字,心才渐渐有点松动。她是相信罗队长的,他是位朴直、善良、厚道的农民,像自己的父亲,多年来要不是这位善良慈爱的老人保护她,她早就被邱生辉抓去关进高墙里了,她也相信黑脸社长,他同样是一位心地善良的好领导,又听林主任说他现在是县委书记,又是他派人来看望她,心里忽然掀起一股热浪,有他们在,还有大憨和爹妈,她还怕什么?于是她慢慢站了起来,下了炕……

叶梅一出现,院子里所有的人都鸦雀无声了,都惊愕地望着她。大憨妈迎上去抱住她:"大憨媳妇!"她的叫声首先打破院子里的寂静。叶梅扑进大憨妈的怀抱。余大憨上去抓住叶梅的胳膊:"好着吧?好着吧?"叶梅抬起泪汪汪的眼睛,点了点头。

林主任望着面前这个身子清瘦羸弱、肤色黝黑、满脸皱褶、头发枯焦凌乱的农村妇女,心里不住发问:"这就是当年孤傲清高、美若天仙的叶梅姑娘吗?这就是当年天真烂漫、如同美丽的小白鸽的姑娘吗?"她心里酸痛,泪水涌流,拿出平反《决定》说:"叶梅同志,你过去是冤枉的,这是东台县委的平反《决定》,请收下,县里还解决了你的工作问题,贺书记推荐你去县文化馆上班……"她把文件送到叶梅面前,叶梅却直瞪着眼睛不敢伸手。

罗队长说:"大憨媳妇,你就接着吧!从此以后你就不用躲躲藏藏,啥也不用怕了,好好活着。"他从林主任手里接过文件,往她手里塞。叶梅却紧张地缩着手,好像那是炸弹即将爆炸。罗队长说:"看看吧!这是大喜事啊!"硬把文件塞到她手里。

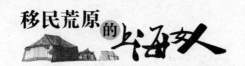

　　叶梅颤颤地接住了文件,但整个人像傻了似的,眼睛木然而呆滞,不敢看文件一眼,也一动不动。林主任眼眶里又涌出清泪。罗队长的眼睛也发潮了,他扭转头去,不愿看到眼前的情景。

　　院子里宁静极了,大家都噤声屏息,把目光集中在叶梅身上。这阵的叶梅脑子里一片空白,感觉自己在眼花缭乱的梦幻中。这消息毕竟来得太突然,太突然了,从大悲突然转为大喜,大脑根本无法转过来。对于平反,对于她头上的这顶帽子,她早已丢到脑后了,不是不想平反昭雪,而是在屡次的碰壁中绝望了,只想就这么装哑巴,做个普普通通的农村女人,与儿子天亮和丈夫大憨度过一生。然而,她怎么也没想到老天爷突然会降下这样的喜事……她在那里呆傻了良久,才慢慢低下头,木然地望着文件,但那红色的文头、黑色的字迹,却幽梦般不住在她眼前变幻跳跃,致使她已经粗糙的手不住颤抖,颤抖,最后那文件从手里滑落下去,好像受伤的蝴蝶歪歪斜斜落在地上,接着仰天大叫一声:"天哪,这春雨怎么不早点来? 怎么不早点来? 让我盼得好苦哇——"转身抱着头冲进屋里。

　　"啊? 啊? 她不是哑巴,不是哑巴,她原来会说话啊!"村人们见叶梅说话了,惊诧地瞪大了眼睛。

　　整个晚上,叶梅都深陷在悲伤的情绪和哭泣中。大憨爹妈劝,劝不了,村里的好姐妹们劝,也劝不了。罗队长说:"不要劝了,受了足足二十年的冤屈,现在平反昭雪了,搁谁身上,谁心里不是又酸又喜? 就让她哭吧,哭出来就轻松些了。"

　　已经半夜了,余家小院仍沉浸在大喜而又大悲的气氛中。罗队长见天色迟了,对大憨和他爹妈说:"已经迟了,林主任和司机忙碌了一整天,就去我们家休息吧。"大憨妈拉住林主任的手不放:"我们全家不知怎么感谢你才好?"大憨和他爹也这么说。林主任说:"不要感谢我,要感谢就感谢党。"

　　临出门,林主任去看望叶梅,见她还在哭泣,抚着她的肩说:"叶大姐,不要再哭了,这样对身体不好,以后就好了,好日子还在后头! 临来时,贺书记叮嘱我,让你随我们的车去县里,今晚你就准备准备,向大憨和爹妈还有村里人告个别,明天我们一起走……"说完,轻轻抚了抚叶梅的肩,转身离开了。

　　余大憨见叶梅还在哭泣,不知怎么劝说才好。先前他劝了几次,罗队长说不要劝,他也就没再劝,现在都半夜了,再要哭下去,还不把人哭垮了,就劝道:"天亮妈,听话,再不要哭了,你这样哭着,会伤身子的,我心里也兮惶,也兮惶啊……"叶梅好像没听见,仍在哭。余大憨忍不住说:"给你说话,你听见没有? 我们知道你心里难受,可你想过没有,你这样哭哭哭,我心里就好受啊? 我心里也难受,也难受啊!"说着眼泪在眼圈里打起了转。

叶梅忽然嚷起来："你以为我仅仅是心里难受吗？仅仅是心里难受吗？"

"那你？那你，那你为啥？为啥？"他也叫嚷起来。他第一次用这样的态度跟叶梅说话，说过了，后悔了，放缓语气说："天亮妈，我，我刚才心里有点毛，你不要见怪……"叶梅也觉得自己刚才有点过分，抬起头说："大憨，你不知道，我现在心里很乱很乱呀！简直像塞着茅草，别的啥都没有，就是想哭，想大声哭！"就又哭泣起来。余大憨摸不着她的心事，怔在那里，半天才说："天亮妈，现在你平反了，解放了，以后就自由了，我知道你想，你想，如果，你想，想……"

"我，我想啥？"叶梅抬头望着大憨。

大憨想说，如果想走，就走吧，但嘴唇动了动，把那话咽了回去，他是不愿提及那个"走"字，更不愿让她离开啊！下午，当听到她平反的消息后，先是觉得突然，恍若梦境，听罗队长肯定地说，他相信了，欣喜得几乎跳起来——媳妇终于盼来这一天，终于可以开口说话了，可以唱歌了，可以跟大家交流了，终于可以享受一个正常的生活了！但在高兴欣喜之余，他心里有点空落失意和无依无靠了。因为他清楚接下来这个家里将会发生什么事。说实话，他不愿让她离开这个家，特别是不愿让儿子天亮离开他，虽然天亮不是他的亲骨肉，但他比亲骨肉还要疼天亮，爷爷奶奶更疼天亮，把他当做心肝宝贝！儿子要被叶梅带走，岂不是生生撕裂他的心，撕裂爷爷奶奶的心吗？但叶梅蒙受了二十年的不白之冤，盼望自己能够像其他人那样生活，在人前开口说话，这一天把她的心都盼焦了，他能不让她走吗？

他脑子里乱极了，起身出了门，走到老榆树下，抬头望着天空银盘般的月亮，"唉唉"地长叹着。院子中间的老榆树把月光筛在地上，斑斑驳驳的，好像他杂乱的心情。爹妈房里还亮着灯，爹妈也没睡觉，两个老人也听到了林主任的话，也清楚媳妇要走了，天亮也要走了，也正处在痛苦和矛盾的漩涡里。

这时他听到爹妈屋里有嚷嚷声，他忙走过去，刚到门前就听到爹说："……你想留就能留得住她吗？她本来就是那个县里的人，她这么多年东躲西藏，受苦受难，现在好不容易盼出了头，你不让她走行吗？你不让她走，你心里过意得去吗？人心都是肉长的，你也得为她想想……"妈嚷开了："她走了，我可咋办？她对我这个婆婆比亲闺女还好，她走了，还不撕了我的心？这个家还不散了？再说，孙子天亮是我的心肝宝贝，她要走，肯定要带走天亮，这不是活活要我的老命，要我的老命吗？啊？"爹说："孙子是你的心肝宝贝，难道就不是我的心肝宝贝？你以为他走了就不扯我的心？扯啊！我这老命也跟孙子连在一起啊！"妈嚷起来了："那你为啥还说让媳妇走？"爹辩解着："我啥时候说让她走了？啥时候

说让她走了？我是说她要走，咱们想留也留不住，听说她还上过大学，是不简单
的人哩，咱们能留得住吗？"他爹这样一说，妈就呜呜哭起来："这么说，没法子
留住她了？这可咋办哪！这可咋办啊？呜呜呜……"爹见她哭了，发起火来："哭
啥哭啥？哭就能解决问题了？"

"那你说咋办咋办咋办啊？"妈已显得很无奈很无助了。爹嚷着说："我，我
要知道咋办，还能这么难帐？难帐死了！"妈就哭得更伤心了。

余大憨听到爹妈的吵嚷和妈妈无助的哭声，心里刀搅般酸痛。他慢慢转回
身，走到老榆树底下，一屁股坐在树下的石头上，两手抱着脑袋，大滴的眼泪断
线的珠子般噗噗地砸在地上。他盼着媳妇平反，盼着媳妇能在人前开口说话，
这一切都来了，却又带来新的烦恼。唉！人活在世上怎么就这样艰难？人生的
道路咋就这么坎坎坷坷？

月亮斜过去了，后半夜了，明天媳妇就要走了，他要为她准备准备，他正要
转身回屋，有人来到他的身旁，是叶梅。他问："怎么还没有睡？"叶梅眼睛红肿：
"我睡不着……"余大憨叹了口气，想说什么，没有说出口。叶梅见他欲言又止，
清楚他想说什么，便说："什么都不要说了，回屋里吧，已经迟了。"扶着余大憨
的胳膊往屋里走去。

被褥堆在炕角，叶梅上炕铺好褥子，拉开被子，摆好枕头，对呆立在地上的
余大憨说："上炕，睡吧，天都快亮了。"余大憨没动。叶梅又说："睡吧，明天还要
早起。"余大憨还是没动。叶梅见他不动，自己脱了鞋子，上炕钻进被窝。她感到
身心疲惫了。余大憨也很乏困，可他没有上炕，过去打开靠炕墙放的箱子，翻着
找叶梅的衣服，还有日用的东西。叶梅问："你捣腾什么呢？"余大憨默不吭声，
仍在翻腾着。叶梅爬起来看了一眼，忽然明白了："你这是干什么？要干什么？"
余大憨嗫嚅着："你，你睡吧，我给你准备准备……"

"准备？准备什么？"叶梅问。

"你，你不是要走吗，我给你，给收拾收拾东西……"

她忽地翻起来："谁说我要走？谁说我要走？"过去把大憨翻出来的东西重
新填到箱子里，啪地盖上箱盖，嚷着说："你找啥麻烦？还嫌烦得不够——睡觉！"
她噗地吹灭炕台上的灯，重又钻进被窝，用被子把头包裹起来。余大憨在黑地
里怔了半天，上炕默默躺了下去……

第二天早晨，笃笃的敲门声把余大憨从睡梦中惊醒，睁开眼睛，发现太阳已
经老高了，几束阳光从门窗缝隙里透进来，像剑直刺到炕墙上。他急忙翻起来，
揉着眼睛问："谁呀？"

264

"是我。"外面的人应道。

他听出是林主任,赶紧说:"就起来了。"林主任问:"叶梅大姐起来没有?"他这时才看身旁,叶梅不在,不知啥时候起来走了,赶忙应答:"她不在,不在……"慌忙穿上衣服,跳下炕,拉开门。林主任见叶梅不在,问:"叶大姐去了哪儿?"大憨说:"我也不知道,是不是去村里向姐妹们告别,说说话……"

林主任和余大憨出了院门,一抬头,看到叶梅正拉着架子车往田野里送肥料,愣了。林主任撵上去:"叶大姐,你等等,等等!"余大憨也跟上去。叶梅听到喊声,停住,回头等着林主任。林主任到了跟前:"叶大姐,你,你没有准备呀?"叶梅说:"没有。"林主任不解地问:"那,那你不走啦? 这可是县里的决定,贺书记专门给我安排了,让你一定随车回去,县里的文化馆正缺少像你这样的人……"叶梅说:"林主任,你让我考虑考虑,行吗?"林主任想了想:"那好,你考虑考虑,我们再留一天,等着你……"叶梅忙说:"不不不,林主任,你们不必等我,你们先回去,等我考虑好,我会自己去县里找你报到的。"

余大憨说:"还考虑什么,快去收拾收拾,跟林主任一起走,让天亮念完中学,等上高中再转过去……"

叶梅打断说:"大憨你啥都不要说了。我的事由我自己决定!"又对林主任说:"林主任,请代我向大家、向贺社长问好,谢谢他,也谢谢林主任打老远来看我,我非常感谢你们,非常感谢组织给了我第二次生命!"说着眼睛里涌出晶莹的泪花。

"叶大姐!"林主任抱住了叶梅,眼泪哗地流了下来……

30

野牛沟那座毡房里同样发生了跟余家小院一样的风波。

罗曼兰在半月前就收到了县里为盼盼爸爸平反昭雪的《决定》。因她丈夫蒙冤受株连贬罚到这里,现在他平反昭雪了,她自然也跟着平反,而且文件明确写道:"恢复工作,补发工资"。对于罗曼兰来说,这是她万万没有想到的,也是多少年日夜盼望的,要不女儿为什么取名叫盼盼呢? 然而,叫人挠头的难题也跟着出现:她要不要去县里? 去县里孟尚海怎么办? 那年秋天,孟尚海从深山游

动放牧回来，他们就结了婚，现在已十四年，足足十四年啊！现在要她去县城上班，把他撇在野牛沟，自然不行。她与他的感情很深，那是十几年艰辛生活磨出来的感情，无论从哪方面讲都不行。再说，女儿盼盼与孟尚海的父女之情，深似海洋，胜似亲生，就是她离开了孟尚海，女儿也绝对不会离开孟尚海的。因此接到那纸平反《决定》，她只看了看便悄悄收藏起来，不想让孟尚海知道。

然而，事与愿违，几天前孟尚海去马蹄湾领取牲畜饲料时，偏偏听到了这件事。他清楚她为什么要把《决定》藏起来，她是不愿把他丢在野牛沟啊！这个四十刚出头的汉子，当时眼睛就湿了，大声呼喊着："曼兰啊，你不该这样做啊！你蒙冤二十年，当初带着不满周岁的盼盼，在大山深处受了那么多磨难，现在终于熬出头了，怎么可以这样呢？不应该啊！"他回到野牛沟，就劝她马上去县城上班，但罗曼兰只是摇头，除此之外，一句也不说。孟尚海终于忍不住跟她争吵起来："我就想不通，你为什么不去县里？为什么？"

罗曼兰说："你不清楚这是为什么？要不清楚，我再给你重复一次：为了我们的感情，为了我们这个家，为了我们能在一起，永远在一起！——听清没有？"孟尚海简直拿她没有办法，最后抛出杀手锏："你要不去，我就跟你离婚，离婚！"他拿离婚来威胁她。

罗曼兰平静地说："就是离了婚，我也不离开这里。"

还有争吵下去的必要吗？孟尚海清楚罗曼兰已经死心塌地了，含泪走出毡房。这天孟尚海听说黑脸社长来了马蹄湾，决定去找他，让他从中帮忙。没想到，当年的黑脸社长，现在的县委贺书记已让公社安排他回马蹄湾做教师，让罗曼兰在公社做妇女工作。这样，他俩的矛盾都解决了。而且给他带来一个振奋人心的好消息——叶梅还活着，她平反摘帽了！

他当时震愣在那儿，过后"腾"地跳起来，仰天呼喊："叶梅——叶梅——"向野地里跑去，发疯了似的。

那天，他本来要动身前去巴丹图尔看望叶梅的，后来他的头脑渐渐冷静了。现在他们各自都有了家，有了自己的归宿，他怎能再去给别人增添麻烦？扰乱他人的家庭和自己家庭的平静生活呢？他要为叶梅的家庭考虑，也要为自己的家庭和罗曼兰考虑。于是他在马蹄湾待了两天，骑着骆驼往野牛沟赶。

然而，他根本不会想到，这一切仅仅是暴风骤雨来临前的序幕。一场更大的、更猛烈的风雨正向他涌来，要把他冲得七零八落！因为就在几个小时前，一个陌生人来到野牛沟。他近五十岁，身体单瘦文弱，但目光敏锐，举止敏捷，特别是骑马的姿势，是个标准的牧马人。他策马匆匆向野牛沟赶，好像游子还乡。

距离他们家毡房百来步远时,勒马停住了,举目凝视着。良久揉揉潮湿的眼睛,下马向毡房走去。到毡房门前,迟疑着掀开门帘。毡房里没人,他站在门前凝视半天,转身朝沟谷的草滩走去。

罗曼兰赶着羊群悠悠向回走来,远远看见家里来了客人,扔下羊群快步向毡房走来。距离那人大概十来步远时,她突然惊叫一声"啊?!"猛地刹住脚步,接着惊恐地向后退着,梦呓般地叫喊着:"你你,你什么,你是什么人,什么……"

那人也呆了,定在地上,大张着嘴,望着罗曼兰,半天才叫了声:"曼兰!曼兰,是我,我是……"向前冲去。罗曼兰见他冲上来,惊叫着:"啊!鬼——鬼魂鬼魂!"转身落荒而逃。

那人见她恐惧的样子,边追边叫喊:"曼兰,我不是鬼魂,不是鬼,我是盼盼爸盼盼爸,我回来了,回来了……"她哪里相信?盼盼爸早死了,死在青海的监狱里,公安部门曾派人来野牛沟通知她。二十年了,怎么可能活着?现在他突然出现了,不是鬼魂是什么?她边惊恐地逃跑着边大喊大叫"鬼魂,鬼鬼鬼"!忽然脚下什么东西一绊,栽倒在地上。那人冲上去抱住了她:"曼兰曼兰,我真是盼盼爸爸,我没有死,活着,这不就在你眼前吗?你摸摸我,摸摸……"他拉过她的手,放在他脸上,放在他胸前,但她浑身瘫软,哪来力气摸,半天才抬起手摸了他一下,又掐了掐自己的大腿,接着瘫软在他的怀里……

"曼兰——曼兰——"他紧张地抱起她跑回毡房放在床上。他知道这是惊吓的,倒碗开水给她灌下去,守在床头等待她镇静清醒过来。是啊,人们都认定他死了,现在突然又出现了,给谁,不觉得他是鬼魂?给谁,不惊恐、不害怕呀?两个小时后,罗曼兰渐渐清醒了,她抓住盼盼爸爸的手反复问:"你到底是人还是鬼?到底是人还是鬼?到底……你老实说,我害怕啊!"

盼盼爸爸说:"我是盼盼爸爸,真的,不是鬼,不是,我不是好好的吗,不是好好坐在你身边吗?你好好看看,好好看看就清楚了……"他又拿起她的手放在他的脸上,放在他的胸口。罗曼兰摸摸他的胸脯,摸摸他的脸庞,又掐掐自己的大腿,疼!不是在做梦,不是在梦幻里!"到底怎么回事?怎么回事呀?"她大喊大叫着。

盼盼爸爸平静一下自己的情绪,开始讲述自己死而复生的故事……

那年他判刑后被押往青海西部的劳改农场劳动改造,当时他想不通,又加上思念罗曼兰和盼盼,真就生病了,所以看管人员放松了对他的监视。那是春天,他们在沙漠边缘的荒滩上干活,这天下午高原上突然刮起沙尘暴,刮得天昏地暗,日月无光,犯人和看管人员都被风沙刮得四零五散,东倒西歪,有经验的赶紧趴卧在地上,躲在沟洼里,他没经历过这样的沙尘暴,周围又没地方躲

避,便被狂风刮倒,像皮球那样在戈壁滩上滚动……

　　他随着沙暴翻滚、奔跑,跌倒,爬起来,爬起来,又刮倒,不知过了多长时间,不知过了几天……后来就什么也不知道了。他清醒过来时是夜晚,映入眼帘的是深蓝的天空和明亮的星星,周围是连绵不绝的沙丘和丛丛红柳,再什么也没有。他叫喊几声"管教,管教"!没人应,又叫喊跟他一起劳教的人,也没人应。他不知道这是什么地方,也不知道过了几天几夜,只觉得浑身酸痛,极度饥饿,极度口渴,便想起来,准备找点水喝,可浑身酸软,爬不起来。身旁有棵红柳树,他爬过去扶着红柳树,才颤颤巍巍站起来,又折了根红柳棍拄在手里。他虽然站起来了,可辨不清东南西北,也不知哪里有人烟,哪里有水?他望着北斗星,回忆着来路,确定着自己的方位,最后向来路挪动。他从太阳出来,到太阳落山,一直走,也没有走出眼前的沙漠,第二天又接着往前走,第三天继续走……肚子饿了,再挖锁阳吃。这天太阳西斜的时候,终于走出了那片乱丘滚动的沙漠。

　　前面出现连绵不绝的大山,有条山沟里飘摇着一丝炊烟,隐隐约约,袅袅娜娜,融入夕照里。有人烟啦!他发疯般向那炊烟升起的地方奔跑,但没跑多远,便因干渴饥饿,栽倒在地上,再次醒来,发现自己躺在一座黑色牛毛帐篷里,一位五十多岁的老阿妈守在他身旁……

　　这座帐篷坐落在山沟里。四周都是山,远处是连绵的雪峰。他醒来后问老阿妈这是什么地方,老阿妈说:"嘎斯。"他大吃一惊,嘎斯是青藏高原呀。这些天他是一直向东走的呀,怎么跑到这里来了?殊不知他恰好走反了方向。算算距离,大概二百公里远了。这家藏民在山里放牧牦牛,家里只有老阿妈和一个二十出头的姑娘,名字叫卓玛。他昏倒后,是卓玛发现的。那时太阳已落山了,她正赶着牦牛回帐篷。在夕阳的余晖里,她忽然发现远远的山沟里有秃鹫盘旋,准备扑食地上的什么东西。有秃鹫的地方不是有死人,就是有死伤的动物。她便骑着牦牛赶到山沟口,果然发现有人躺在那儿,身上的衣服全都破烂了,看不出衣服的样子,也看不出是什么人。她把手搭在他鼻子上试试,还有鼻息便赶紧把他拉起来,驮到牦牛背上往回赶……

　　她母女俩在这里放牦牛几十年了,除了秋天母女赶着牦牛出山,去附近有集镇的地方用牛肉干、酥油和山里的药材换点粮食和盐巴回来,还有生产队在年底来人点点牦牛数,便很少有人来他们的帐篷,基本过着与世隔绝的日子。对于他的到来,母女俩很惊喜,她们认为这是菩萨给她们的女人天地送来了男人。她们两个女人的世界里太需要个男人了。老阿妈整天守在他的身边,嘴里念念叨叨着"菩萨保佑,保佑他平平安安,保佑他快快恢复起来,缠身的妖魔鬼怪快快走开走开……"卓玛从外面放牧回来,也寸步不离地守在他身旁,给他喂吃的,喂草药熬的汤。卓玛长得很漂亮,两只湖泊般深邃明亮的眼睛充满着高原女人的善良和野性,有时灼烈的目光像烧红的刀子逼得人抬不起头……

他一连躺了六七天,身体慢慢恢复了。

他想离开了。因为他是劳改犯,不论他承认不承认自己有罪,残酷的现实都摆在眼前。不过,他是被沙尘暴卷到这里来的,不是越狱逃跑,他相信回去后政府会宽大处理的,如果不回去,让管教人员抓回去,那就是另一回事了。那会罪加一等,甚至置他于死地。这天他起身走出帐篷,向劳改农场方向呆望。卓玛放牧回来,听说他要回去,坚决不允。他的命是她捡回来的,就该属于她,这是天经地义的。他给她说好话,她不但不听,而且动硬,拿出一根牦牛绳说:"你要是敢走,我现在就把你捆起来,扔到山沟里喂老鹰!"

他没有办法,便求助于老阿妈:"老阿妈,你和卓玛都是好人,你们救了我的命,我从心底里感谢你们,我会永远永远记着你们,现在我无论如何都要回去,你们知道我是什么人吗?说出来会吓你们一大跳的……"老阿妈闭着眼睛,手里摇着经轮,嘴里念叨着什么,听到他说的话,睁开眼睛,脸色平静地说:"不要说了,是不是好马走三步就知道,是啥猎物从气味上就能闻出来。阿妈已经看出你是个好人,从你眼睛里就可以看出来……"她很平静,好像这里根本没有发生什么事。他又说:"可,阿妈您不知道我现在的处境,我,我是劳改……"老阿妈又平静地说:"不要说了,你现在的处境,阿妈清楚,你身上那套衣服虽然破烂了,还是可以从衣服上看出是什么人的……"一句话把他震愕在那里。

几天来老阿妈从没问过他什么,好像不想知道他的来路,但他没想到她把什么都看出来了,而且处惊不乱,坦然自若,一副见过大世面的样子。她是个不简单的女人,他对她刮目相看了。老阿妈见他愣在那儿,就说:"既然女儿卓玛要留你,你就留下吧!飞出笼子的鸟儿再愚笨,也不会再乖乖钻进笼子的,再被关进去,还会有好吗?知道吗,卓玛是想办法保护你。"她的神情郑重其事。他说:"可,可如果他们找到这里来,我就没有命了。"老阿妈说:"这条山沟方圆百里没有牧户人家,他们不会找到这里来的,很安全,再说,他们就是找到这里,有老阿妈顶着,保你没有一点事儿。不过,你要改改名字,就叫,叫……"她闭着眼睛想了想说:"就叫桑丘,藏民家的男人有叫巴桑的,有叫桑巴的,你就叫桑丘,可不是堂吉诃德那个桑丘……"

"啊!"他听老阿妈说堂吉诃德,陡然惊异,"老阿妈您,您不是藏族牧民啊?"老阿妈淡淡地说:"不要问这个,知道了也没用。你就留下,我们母女在这里生

269

活了二十几年,这是块平静的世外桃源,没有人会打扰的。"说着起身,佝偻着腰,摇着经轮走出帐篷,向沟畔的草滩走去,身影渐渐消失在山脚下。

后来,他才知道阿妈是四川汉民,是成都一家茶商的女儿,人长得很漂亮,又上过学堂,读过诗书。十八岁那年被藏北一个土司看上,用半褡裢银圆把她买去做小姨太。因为阿妈在家有相好的,所以死活不愿做土司的姨太。临解放那年从藏地逃回家乡,但那相好的因她而生病身亡。她悲痛欲绝,走投无路,又回藏地,与土司家的牧马人私奔到这里,放牧牦牛为生,后来有了卓玛,再后来卓玛的阿爸病死了,她们母女俩相依为命,度过了几十年……

盼盼爸说到这里停住了,罗曼兰像听神话般听着,思绪像丝线从遥远的天边慢慢往回飘绕。时间凝固在漫长的岁月里。半天,罗曼兰问:"……就这样,你留下了?一直就留在她们的帐篷上?"他点了点头。罗曼兰说:"他们通知说你病死了……这是怎么回事?"他顿了顿说:"一个犯人逃跑了,对于管教队来说,那是天大的失职,那是要受处分的。他们几个头头脑脑怕吃罪,编造了病亡的假情况,呈报上级,蒙混过关,又通知了你……这是我后来才听说的。"

罗曼兰叹道:"原来是这样。"良久,又问:"……卓玛对你很好?"他又点点头。罗曼兰张了张嘴想说什么,却闭上了嘴。毡房里沉默了,时间和空气好像凝固粘结在一起。过一阵,罗曼兰问:"后来你俩就走到了一起?"

"不,没有。"他说,"卓玛一直爱着我,那爱好像烈火,能把冰山点着,可我没有答应她,没有,真的……"他竭力表明。

她盯着他:"为什么?不爱她?"

"不。"他说:"我非常非常爱,她是个纯洁美丽善良的姑娘,是天底下最好的姑娘……"

"那你为啥不接受她?"

他说:"我能接受她吗?我是劳改犯,她跟着我会有什么好结果?我不忍心连累她,不忍心让那样纯洁美丽的姑娘跟着我吃苦受罪,好人应该有好报的。"

她说:"你叫桑丘,你改了名,在那儿就是她家的人,不是很安全吗?"

他缄口不语了,半天忽然叫喊着:"因为我有家,有孩子,我爱着你,爱着咱们的孩子,难道你不明白?不懂我的心吗?"泪水哗地涌出眼眶。

"盼盼爸——"罗曼兰见他泪流满面,还有什么可说的呢?男人的眼泪有时候比什么力量都更能打动女人的心。她扑到他怀里"哇"地号啕大哭。"曼兰——"盼盼爸爸紧紧抱着她也大哭起来。他俩搂抱在一起哭着,哭够了,又搂抱在一起笑,大声笑。就这样,他俩相抱相搂着,哭一阵,笑一阵,那床在哭笑声中不住跳动，吱吱呀呀直叫。然而，这时罗曼兰忽然想起什么，猛地把盼盼爸推过去。盼盼爸惊诧问："曼兰，你你怎么啦？"

"我，我……"罗曼兰"我"了两声，慢慢低下头去。盼盼爸的目光在她身上停留片刻，便移到毡房床铺和周围，床铺上放着男人衣服，床旁放着男人的鞋，房杆上挂着男人的帽子……他什么都明白了，愤怒地叫喊："你，你这是为什么？为什么？"

罗曼兰泪水也哗地涌出来了，从床上坐起来扑到盼盼爸怀里，泪水涟涟地述说这些年这座毡房里发生的故事。盼盼爸听着，呆愣在那儿。这一切都怨谁呢？泪水顺着粗糙黝黑的脸颊无声地流下来……

孟尚海骑着骆驼赶回了家，老远就喊："曼兰，我回来了！"

毡房里的罗曼兰和盼盼爸听到喊声，猛然分开了。她显得惊慌不安，手慌脚乱，没有应声。外面的孟尚海见没人应，吆喝骆驼停下，又喊了一声。罗曼兰慌忙答应道："哎哎，我来了，来了……"慌慌张张跑出毡房门。

孟尚海已经下了骆驼，边往毡房里走边向罗曼兰传达公社决定："公社决定我们两个都回去，你当干部我干教师。"他表现出高兴的样子，好像刚喝了酒，推开毡房门，见地毡上坐着个男人，一惊："哦，来客人了？"伸出手握了握。

孟尚海以主人的身份让盼盼爸坐，自己也坐下，见曼兰没有招呼客人，便对她说："倒茶呀。"罗曼兰忙放下手里的东西，把茶壶搭在火塘上。自从盼盼爸出现在这座毡房里，这座毡房便像陷进湍急的漩涡和滔天巨浪，两人各自述说着往事，不知不觉过了两个小时，到现在她还没让盼盼爸喝口茶，吃点东西。

茶壶里是半壶茶水，罗曼兰把茶壶搭上去热了热，倒一碗送到盼盼爸面前。盼盼爸伸手接茶碗，一抬头，目光触到罗曼兰那红红的眼睛上，心里又突然涌出伤痛和酸楚，一股液体直冲眼帘，他赶忙接过茶碗低下头去。罗曼兰也忙把脸转向旁边，害怕自己抑制不住又流泪，让孟尚海发现。在那儿镇定镇定情绪，才给孟尚海倒碗茶，送到他面前。

她给两个男人让了茶，便低头蹲在火塘旁，用勺子默默搅动着壶里的茶，表面上看似平静，心里却波澜起伏，翻腾着惊涛骇浪。盼盼爸突然回来了，真真切切回来了，无异于天外来客！她正陷在情感的漩涡中，孟尚海又回来了，两件突如其来的事，让她根本无法应付。她清楚，眼下孟尚海还不知道面前这个男人是谁？如果知道他就是盼盼的亲爸，不知会出现什么难以料想的后果？她简直不敢往下想，只好低着头，默默搅着茶水，机械地往火塘里添柴，以此来填补内

271

心的空虚,掩饰内心的慌乱和无措。

孟尚海真没感觉到什么,只觉得眼前这个人有点怪,老是低着头,显得很拘束又不自在,好像做错了什么。他是哪里来的? 是县里的干部,还是草原上的牧人? 他想问问,但这样的询问对客人不礼貌。忽然孟尚海发现他眼睛里闪着泪光,惊愕了:"大哥你怎么了?"盼盼爸默不吱声,目光定格在前方。孟尚海倏然发觉眼前这个人有心事。转脸,又发现罗曼兰眼睛里也蒙着泪水。

他愣怔了,抓住罗曼兰的手:"曼兰,你们这是,这是……"她忙摇头:"没,没没什么……"这时盼盼爸冲出了毡房。罗曼兰挣脱他的手,也准备往外走。孟尚海大声说:"别走。"她停住了。孟尚海又抓住她的手:"他,他是谁?"她望着盼盼爸,默默摇摇头。孟尚海盯着她:"曼兰,你在骗我,我发现你俩早就认识——他,到底是谁?"她无言以对,半天才说:"他,他是我表哥,从青海来……"她编了个连自己都骗不过的谎。"不,全是假话!"孟尚海突然嚷起来:"你的眼睛告诉我,你说的全是假话。——告诉我,他到底是什么人? ——说实话!"

"哇——"罗曼兰忽然哭出声来,扑在孟尚海的胸前。孟尚海猛地惊愕在那儿,整个人滑进荒诞不堪而又不可思议的困惑! 当罗曼兰哭诉了盼盼爸这些年的悲惨遭遇后,他彻底傻了,好像枯树桩!

再说盼盼爸跑出毡房,站在门前的河边母狼般仰天嚎叫几声,便双手抱头蹲在地上,扯开嗓子吼叫起来。那吼叫如狂风骤起,在山谷里如雷轰鸣,毡房飘摇不定,牧草凄凄摇动,如泣似诉!

很迟了,毡房里黑洞洞的。谁也没有去点亮挂在毡房杆上的马灯,罗曼兰仍哭着,是那种痛苦和无奈的哭泣;盼盼爸抱头蹲在门前的河边嚎叫,好像困兽;孟尚海愣怔在那儿,好像泥人。他们都深深陷入难堪和无奈中。圈里的羊群好像知道毡房里发生了什么事,噤声屏息,眨动着眼睛。

天快亮了,一丝晨曦从天窗透进来,毡房里渐渐清晰起来。山谷里早起的沙雀子啾啾地鸣叫,声音清脆悠远。罗曼兰斜靠在床栏上,还在抱头抽泣。这时孟尚海站起来了,望着她悲伤的样子,想过去安慰安慰,但脚步向前挪动了一下,又收回来了。此时他自己都深陷在痛苦的矛盾漩涡中不能自拔,他还能去安慰谁? 劝说谁? 他忍了忍心,向外走去。一晚上的反复思考,一晚上的痛苦折磨,他最终选择了离开。离开这座毡房,离开他心爱的女人和孩子,让他们一家人团圆!

他走到门口,不由得停住,慢慢回头,望着抱头抽泣的罗曼兰,心里说:"曼兰,我走了,多保重,祝你们全家幸福! 幸福……"他的眼睛潮湿了,泪水就要冲出来,但他抑制住了,狠了狠心,决然转身,义无反顾走出了毡房!

31

叶梅说考虑考虑就给林主任答复去不去东台县上班,但她这一考虑便过了大半年。东台县那面的林主任最近很着急,几次捎信带话,让她赶快来县里报到,可她还是没动静,在小院里早出晚归,日出而作,日落而息。大憨爹妈见她没有走的意思,脸上的忧愁和失落感渐渐退去,心又落到了实处。嗯,这媳妇确实是个好女人,好女人!

但余大憨心里却很过意不去,他清楚,叶梅深爱着孟尚海,当初她跟他结婚并非发自内心,完全是报恩之举,生活处境所迫。所以这段时间他一直想着办法,劝她离开巴丹图尔村,重新开始美好的生活,甚至还想到了离婚。但他又舍不得儿子天亮,因此心里痛苦,又很矛盾!这天下午收工后,余大憨当着爹妈的面对叶梅说:"天亮妈,今天爹妈都在跟前,我再劝你一次,去东台县报到吧,人家已经催了好几次,再这样拖下去,就是咱们的不是了。"

叶梅正洗手准备和面做饭,听到余大憨的话说:"你就不要再说了,我不走,多少年了,在村里不是很好吗,干吗要跑到城里去?我厌烦那样的地方。平安才是福,才是真。"大憨爹妈听她这样说,就直点头:"对对,跑到城里干啥?城里有啥好的,他斗你,你斗他,乱糟糟的,弄得人心惶惶的,哪比得上咱们一家人在这里平平安安、热热乎乎的?天亮妈,你不去对着哩!"余大憨忽然火了,吼着说:"你们知道个啥?你们瞎掺和啥?——这是组织决定!再说叶梅苦苦熬了二十年,盼的不就是这一天吗?这是天亮妈一辈子的大事,懂吗?现在终于来了,不让她走,不让她去干她该干的工作,你们心里好受吗?人心都是肉长的,咱们不能因为自己,拖住别人,耽误她的前途大事!"

爹妈听儿子说得有道理,又见儿子发火了,不再说话了。

叶梅见余大憨今天把话摊开了,认真地说:"大憨,爹妈说得对,我在这个村,在这个家已经习惯了,多少年来一家人平平安安,热热乎乎的,过得多好?我不愿离开这里,也不愿离开这个家,再说我都是四十岁的人了,就情愿我们分居两地,过单身生活,吃那样的苦啊?"

余大憨说:"你不要说了,我知道你说的不是心里话,这些年你做梦说梦话,

都想着平反平反,过一种正常人的日子,现在这种日子来了,你却不愿去……我知道你是为了咱爹妈,为了我才这样做,可这样做对你公平吗?——不公平!我们心里好受吗?——不好受,不好受!这下你该清楚了吧?马上走,明日个早上就走!我去给你收拾东西。"说着就去那屋里收拾东西。

"大憨——"叶梅追出去,拉住大憨,"你听我说……"

大憨吼着说:"啥都不要说,我余大憨的脾气你知道,认准的事谁也挡不住,天王老子的话也不管用。"他甩开叶梅,去屋里收拾东西,把叶梅撇在院子里。叶梅哭了。

大憨爹妈也追出来,见儿子去收拾东西,也没办法,儿子的脾气他们知道,犟起来三头牛也拉不转,只好劝叶梅不要哭。叶梅说:"我去找罗队长评评理。"她正要往外走,恰好罗队长来了。他不知道余家正为叶梅的事发生争执,又因天黑没看清大憨爹妈和叶梅的表情,所以拿出一封信,直戳戳地对叶梅说:"大憨家的,又是催你的,都好几次了,你到底想好没有?去不去给人家回个信儿,让人家这样催……"一下把矛盾推向高潮。

屋里收拾东西的余大憨听到罗队长的话,抢出来接着话茬说:"明天就去。"

罗队长说:"那我就给东台县捎个信儿过去……"

叶梅说:"罗大叔,就不麻烦你了,我不去。"口气毋庸置疑。

大憨说:"去不去由不得你。"

叶梅说:"我的事由不得我,由谁呀?"

大憨提高声音说:"由我!我是这屋里的男人。"他开始吼了。

叶梅也提高声音:"既然是我男人,就该听听女人的意见,怎么就武断,就自作主张?"这是她第一次用这样的口气跟余大憨说话。余大憨火气更大了,忽然嚷叫起来:"你你,你现在平反了,现在长劲头了,敢跟男人较劲了,你你当初怎么不这样,当初……"他豹子般跳起来,开始揭叶梅的老底。

这时罗队长才知道余家正为叶梅的事发生争吵,自己火上浇油了,忙阻止大憨:"不要嚷,不要嚷,都怪我不知你们正在火头上,给你们添乱了,添乱了,咱们先平静平静,争吵解决不了问题。走,到屋里去,好好商量商量……"他边检讨自己,边把大憨和大憨爹妈往屋里推搡。

余大憨和他爹妈被罗队长劝进屋里。余大憨还要继续争执,罗队长举手阻止:"不要嚷,从现在起谁也不要提叶梅的事,谁要提说,我可要发脾气。"大憨就不说话了,坐在小板凳上低下了头。

大憨爹妈更不敢说什么。因为罗队长是好人,但脾气来了,真了不得。但余大憨却忍不住说:"罗队长,你说这事咋办?那面县里催了好多次,天亮妈又迟迟不动,要是再这么撂下去,误了人家东台县不说,还会耽误了天亮妈一辈子的前途大事。"他的话刚落,叶梅就说:"罗大叔,我哪里都不去,我就想待在这个村里,十多年里罗大叔和村里人把我当亲人,对我有恩,爹妈和大憨对我更有恩!我离不开,离不开呀!俗话说点滴恩要当涌泉相报,我以后要在这里好好劳动,孝敬两个老人。罗大叔,你就劝劝大憨,不要催我走。"大憨爹妈见她这样说,眼睛就红了。大憨妈拉着她的手说:"媳妇跟我的亲闺女一样,我舍不得她走,舍不得她离开哇!"说着哭起来。大憨爹对罗队长说:"兄弟,我跟大憨妈不愿让咱媳妇走,你劝劝大憨,这娃子现在犟得很,一点不听我们的话……"余大憨见爹妈这样说话,又气又恼:"你们哪,糊涂,糊涂啊!"

罗队长见余大憨又嚷叫起来,板起脸说:"不是说不提叶梅的事吗?怎么又提?你真想惹我发火?"余大憨见罗队长变了脸,赶紧闭上嘴,低下头。

其实,罗队长嘴上虽然这么说,心里也觉得这事不能放着,那面县里催促倒是小事,主要是这段时间看到这家两口子闹得别别扭扭,老两口也无着无落、七上八下的,怕闹出什么事来。他大小是个村官,生产劳动他要管,社员家庭出现矛盾纠纷也要管,这是他的工作。这些日子他本来想出面说说,可这事却让他很挠头,你想想,他们一家四五口人,就有三种想法,让叶梅走,大憨爹妈不高兴,让叶梅留下,大憨不乐意。他们各有各的道理,让他替谁说话?怎么处理?公事好办,家事难缠,所以他左右为难。此时见大憨和他爹妈争吵到他面前了,觉得不出面解决是不行了,想了想,说:"既然你们让我说话,那我今晚就帮你们了断这件事。不过,我先把丑话说到前头,不论我怎么决定,你们都要听我的,要不听我的,继续争吵,那我可就翻脸不认人了!"他准备快刀斩乱麻,一刀了断。

大憨爹妈听罗队长这样说,拍着膝头说:"行,听你的。"他们知道罗队长会向着他们说话的。叶梅也点头同意。余大憨却不敢点头,他怕罗队长向着叶梅和爹妈。罗队长把目光转向他:"怎么?不同意我处理?"

余大憨想了想,苦着脸说:"我,同意……"

罗队长说:"好,既然你们都同意,我就说话了——我赞同大憨的意见,让天亮妈去东台县报到,以后的事,以后再说,就这样决定了——执行吧。"罗队长干脆利落,一点没有拖泥带水。

"啥?"大憨爹妈和叶梅同时愣住了,他们原想罗队长会向着他们说话的,没想到会出现这样的结果。余大憨也愣了,他也认为罗队长会向着他爹妈和叶梅说话的,没料到罗队长倾向了自己。其实,让叶梅走是罗队长早就想好的,她

蒙冤近二十年,盼哪盼哪,盼望着解放,盼望着平反,现在终于盼来了,不让她走,于情于理都不通,只是他碍着大憨爹妈的面子不好表明态度,今天正好借助这个茬儿,把这事断了。余大憨以为自己听错了,又问罗队长:"真这样啊?"

罗队长板着脸说:"不是这样是哪样?快去给媳妇准备准备,让她明天上路。"大憨就高兴地跳起来,但冷静下来,又觉得要失去什么,心里突然生出一种空落感。罗队长见他转瞬情绪低落,问:"不同意我的处理?"他赶忙说:"同意同意。"就起身去做准备。叶梅望着大憨的背影,心里难受极了,对罗队长说:"大叔,这不行,不能这样,我不同意这样处理。"罗队长说:"天亮妈,这可是老太婆吃挂面——油(有)盐(言)在先的。你不同意现在已经迟了。"叶梅还要争辩,罗队长以长辈的口吻说:"不要说了,去报到吧,多少年了,你不就盼着这一天吗?你是个好媳妇,我们全村人都知道,你不想离开这个家,不想离开这个村,我懂你的心思,村里人也懂,你有这片心就够了。你公婆也是通情达理的人,他们不愿让你离开,是因为他们疼你喜欢你,你去了,过上了好日子,他们会更高兴。再说,你又不是一去不回头,你还要回来,这个家还是你的家,以后把工作安顿好,弄安稳了,再把大憨和爹妈都接过去,这不就好了吗?"

"爹——妈——"叶梅叫声爹妈就泪如雨下了。

天亮了,太阳爬出东面的山巅,清爽的晨风拂面而来,不冷不热,很爽。

余大憨拉起骆驼,踏上那条通往村外的简易小路。驼背上是叶梅,她穿着件蓝色对襟上衣,腿上是一条灰色单裤,头上包着蓝围巾,胳膊上挎着个小提包。尽管她收拾打扮了一下,但看上去仍是地地道道的山村妇女,好像要回娘家。当年她来这个村时,还不到二十二岁,虽然饱受磨难,却是一个鲜活的姑娘,现在已近四十岁了,岁月在她青春的脸上刻下纵横的皱纹,有的很深很长,满盈着历史的沧桑。

十七年前,她是从这条小路走进这个村的,今天她又从这条小路走出这个村;当初是余大憨拉着骆驼驮着她,今天还是余大憨拉着骆驼驮着她。十七年,在叶梅的想象中好像很长又似乎很短,弹指间就过去了。当年她来村里时整个村庄爆炸了似的,男男女女都围上来看她,夹道把她送进余家小院,今天整个村庄又爆炸了,老老少少都来送她,随着她的骆驼,送了一程又一程,出村很远了,乡亲们还跟随着她的骆驼。她频频回首,热泪流淌:"大爷,大婶,兄妹们回去吧,回去吧!"她向乡亲们摇着手,告着别。

罗队长随着骆驼,边往前走边叮嘱这嘱咐那。大憨爹妈只是大张着嘴,跟随骆驼往前走着,清清的泪水在多皱的脸上纵横着。叶梅心似刀剜,劝说着:

"爹,妈,回去吧……"就泣不成声了。

已经很远了,众乡亲和爹妈仍跟随着骆驼,余大憨停下来,对爹妈和众乡亲说:"已经送了这么远,都回去吧,天亮妈过几天还回来,还会回来的。"又对爹妈说:"回去吧,走这么远了,腿脚又该疼了,我把天亮妈送到大柴滩就回来……"叶梅在驼背上说:"爹,妈,我到大柴滩中学看看天亮,到县里报个到,去马蹄湾看看就回来,就回来,放心回去吧,啊!"

爹妈大张着嘴"啊啊"着,老泪哗哗流着。余大憨眼睛发酸了,赶忙转身拉起驼缰就往前走。大憨妈就呜呜地哭泣起来。罗队长对老泪纵横的大憨爹妈说:"已经远了,回去吧。"大憨爹妈不动,仍望着。罗队长又说:"已经远了,我们都回去吧。"两个老人还是不动,罗队长就意味深长地说:"是自家的鸟放出笼子还会飞回来,不是自己家的,就是关在笼子里,迟早也会飞走——大憨媳妇会回来的,放心吧!"

大憨爹妈就慢慢收回目光,抓住了罗队长的手……

叶梅去大柴滩镇中学看了看儿子天亮,又把秋香给她女儿秀秀带的东西送过去,便搭车去了东台县。第二天中午,她来到东台县。十几年时间过了,这座县城仍变化不大。街道上没有多少行人,偶尔有人,也匆匆而过。一群学生从她身旁经过,又说又笑又唱又跳,好像小鸟飞走了,街道又冷清下来。她不知该去哪里,就定在街头,定了半天,走进县政府院子,向她当年住过的小房间走去。她想看看它,毕竟在那房间住过,毕竟那里留下过她的笑声、哭声、痛苦和泪水。

她来到那间房屋门前,门上挂着铁锁。她停住了,失意滑过脸庞。她感到有点空落,有点冷清,还有点被这个城镇遗弃的感觉。在那儿站了半天,毅然决定去车站。因为她在这一刻,做出了历史性的抉择:去马蹄湾看看,而后回巴丹图尔村。她刚往前走了两步,忽然旁边有人说话:"喂,你找谁?"

她转脸看,是个五十多岁的老头,怀里抱着几个破影片盒和几个破纸箱,看样子要往小房里放。那摞起的纸箱几乎遮住他的脸,她看不清他是谁,就"哦哦"两声说:"随便看看,随便看看。"那人要掏钥匙开门锁,可怀里抱着东西腾不出手。她准备给他帮帮忙,但那人看她一眼,忽然像碰到可怕的怪物,"啊"地惊叫一声,接着怀里的东西"哗啦"滑落到地上,调头撒腿就逃跑了。她愣了,苦笑着摇摇头:"莫名其妙。"她想把那些东西捡起来,就在弯腰的瞬间,忽然张小贵的形象浮现在她面前:"啊!他是张小贵!"哦,难怪他像受惊的野兔!他变得很苍老了,胡子拉碴的,像六十多岁的老汉,所以她刚才没认出来。

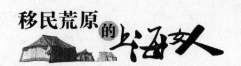

她苦笑着,准备去车站。这时有人叫她:"叶大姐,你可来啦!"是林主任。她过来抓住她的手:"你怎么才来,怎么才来?早晨贺书记还提说你呢!快走吧,去县委见贺书记!"拉着她就朝县委院子走去。

林主任把叶梅推到贺书记面前,兴奋地喊着:"贺书记快看谁来了?谁来了?!"但贺书记望着眼前的叶梅,竟半天认不出来。当初的叶梅是个漂亮秀美的小姑娘,而眼前的女人脸色黝黑,身体瘦小羸弱,满脸皱褶……林主任见贺书记半天不敢认,鼻子忽然发酸了,联想到她那天见到叶梅的情景,很理解他此时此刻的感受。她便说:"贺书记,她就是叶梅呀!您认不出来了?"

"叶梅?!"贺书记似乎不相信,愣了半天才上去握住她的手:"小叶,你,你怎么,怎么……"他想说"你怎么成了这样"?但嗓眼发堵,说不出口来,良久才说:"这么多年,怎么就一点音信都没有,你吃苦了,吃苦了啊!"

林主任原想,叶梅见到贺书记定会失声痛哭,诉说这近二十年的遭遇,诉说平反后的喜悦,可她想错了,叶梅既没有痛哭,也没有诉说什么,只是两眼呆呆地望着贺书记,整个人好像麻木了。贺书记的眼睛红了。林主任忙把话岔到别处:"叶大姐,一路上辛苦了,先坐下休息休息。"搬把椅子让叶梅坐。叶梅机械地坐下去。贺书记倒了杯水送到叶梅手里。叶梅怯怯地接着,望着贺书记,嘴唇翕动半天才说:"贺社长,我,我不知怎么感谢……"随之泪水涌流。

贺书记也泪水盈眶了:"不用感谢,是春天来了。"他说出这句富有诗意的话后,把脸转向旁边。看样子叶梅还想说什么,但只见嘴唇动着,却发不出声音。是啊,十几年的哑巴生活,她几乎失去语言功能,心里装着很多话,却说不出口,特别是激动的时候,更是说不出话来。

贺书记清楚她此刻的心情,对林主任说:"先安排小叶去县招待所休息,晚上我请客,一起吃饭,好好聊聊。"林主任点点头。叶梅却慢慢放下手里的水杯,站起来说:"贺社长,谢谢你们对我的关照,可,可我想,想……"

"想什么?"

叶梅努力了半天说:"我,我是不想来东台……"

"不想来东台?"贺书记不解地望着她:"不想来东台县上班?"

叶梅微微点了点头。贺书记怔了一下,这是他所没有想到的。因为好多平反解放的干部,当天宣布决定,当天就要求工作,一个个心情都非常迫切,而她却不愿来。他顿了顿,猜想叶梅可能有什么想法,便说:"说说看,到底怎么回事?是县里给你安排的工作你不满意?还是有别的什么原因?"

"不不不。"叶梅忙说:"不是县里安排的工作不好,也不是其他啥原因,是,

278

是我不想离开巴丹图尔村。那里的人太憨厚，太善良，太好了！罗队长、老爷爷、老奶奶、兄弟姐妹们，还有我的公公婆婆，我的男人余大憨都是些好人，当年要不是这些善良的人们搭救我，帮助我，就没有我的今天，他们给了我第二次生命，第二次生命啊！我要留在那个村里好好劳动，报答他们的恩情，当牛做马也行！再说，我当了十几年哑巴，几乎连话都不会说了，我还能干什么？三年荒废个秀才哩！我还是在巴丹图尔，在那里我或许还能干点啥哩！"

贺书记长听了叶梅的话，叹了一声，脸渐渐绷紧了，办公室的气氛忽然沉默了。突然他狠狠将拳头砸在桌子上："这都是怎么回事呀？一个好好的人！"

叶梅见黑脸社长愤怒了，忙说："贺社长，对不起，我让您生气了，让您失望了，我真不争气，不争气！"她忙责怪自己。贺书记说："这不怨你，不是你让我生气愤怒。我是，我是心里难受啊！一个好端端的人，一个很有前途的书画人才，就成了这样……"他咚咚敲着桌子。

这天下午，一辆汽车给马蹄湾供销社送货物，车到供销社门前，下来一个中年妇女。她下车后向司机道声谢，便向东山坡走去，跪倒在一座长满杂草的坟冢前，从提包里掏出"纸钱"，划根火柴点着……下午的斜阳，把她的身影长长地印在旁边的荒滩上。

马蹄湾的人们都停住手里的活儿，举目望着东山坡下的女人。孟尚海那天回到马蹄湾，便去学校任教。他顺着大家的目光向东山坡下看去，忽然惊喜地跳起来："啊！叶梅！——那是叶梅，叶梅！叶梅——"扔下手里的教本，叫喊着向东山坡跑去，发疯了似的。

福娃子和伙伴们也叫喊着向东山坡跑去。他们都曾在这里战过天斗过地，有过痛苦和欢乐，十几年了，他们不曾见面，他们也想念这个曾经给他们带来"眼福"的女人呀！

孟尚海好像比赛越野赛似的冲过马蹄湾河滩，穿过绿色的草田，向前奔跑。

叶梅也看到孟尚海了，直起腰，叫喊着："尚海——尚海——"迎着跑上去，三十米，二十米，十米……快到跟前了，距离三四步了，他俩都停住了。叶梅两眼满含泪水望着孟尚海，孟尚海眼含泪水望着叶梅，两人都大张着嘴，两人的嘴唇都颤动着，却都说不出话，只任泪水流淌着。良久，两人冲上去，搂抱在一起。叶梅喃喃着："尚海，终于见到你了，终于见到你了，你好吗，你好吗？"

孟尚海也喃喃着："叶梅，终于见到你了，见到你了，你好吗，你好吗？"

福娃子和伙伴们赶上来，拥住叶梅和孟尚海，流下激动的泪水……太阳被

大家的激动情绪惊落了。大家拥着叶梅向老妈妈家走去,还没到小院跟前,大家就叫喊着:"妈妈,来客啦!老妈妈来客啦——快来看看谁回来了!"老妈妈正在厨房里和面做饭,听到外面嚷嚷声,手里的面盆滑落在案板上,转身颠着小跑冲出门,见是叶梅顾不得两手沾着的面粉,叫喊一声:"我的女子呀,你可回来了——"抱住了叶梅……

这个晚上,老妈妈家沸腾了。老妈妈和叶梅抱头嚎啕大哭,又呵呵欢笑。大伙儿也一会儿抹泪,一会儿笑闹,直闹到半夜才恋恋不舍离去。伙伴们都走了,老妈妈准备让叶梅去休息,见叶梅和孟尚海都没有走的意思,便悄悄回了自己的屋子。他俩离别十几年了,让他们好好说说吧!

是的,他们这对生死相恋的人,有很多很多离别情和思念苦要倾吐的。然而当老妈妈走出门,屋里只剩他俩时,他们却都低下了头,不说话了,气氛显得别扭、沉寂、难耐。是啊,他俩虽然是生离死别的恋人,但毕竟过去十几年,现在各自又都有了家庭,让他们说什么呢?从哪里开头?窘迫的沉默,使他们都感觉对方陌生了,不是当年要死要活相恋的恋人了。良久,孟尚海抬起头,问叶梅:"这十几年你过得还好吗?"

叶梅点了点头,而后问他:"这十几年,你也过得好吗?"

孟尚海点了点头:"还好。"又问:"你,你家里都好吗?"

叶梅回答说:"好。"又问:"你家里好吗?"

孟尚海点点头:"好。"又试探着问:"他,他好吗?"

叶梅说:"好,他是个很憨厚的人,对我太好了,像牛大壮,也像……"她本来说也像"你",但说到这里不知怎么的,就把后面的"你"字咽了下去。

孟尚海听她这样说,赶忙说:"好就太好了,太好了……"脸上却出现不易觉察的失落和空茫。叶梅心里一沉,觉得刚才不该说那些话,便赶紧拐个弯儿说:"尚海,听人说曼兰出身书香门第,是个很有文化的女人,她现在好吗?孩子都大了吧?"她的本意是补救她刚才的缺憾,殊不知这句话恰好撞疼孟尚海这些天最痛苦、最敏感的伤口。他脸色顿然变得难看痛楚了。

叶梅见此情景心里说:"糟透了!"有点慌乱。

孟尚海见她慌乱歉意的样子,说:"叶梅,没错,曼兰是出身书香门第,很有文化,是个很好的女人,对我也很好,真的……"他有点语无伦次。

叶梅已看出孟尚海跟罗曼兰之间发生了什么事,因此小心翼翼,不敢再说什么。又是冷场了。孟尚海见叶梅忽然不吱声了,心里有点歉疚,想再次拉起话头,但努力了几次都失败了。看来,他们不好再继续说下去,笑笑说:"叶梅,已经迟了,你休息吧,明天再见。"他站了起来。

叶梅也站起来:"好,休息吧,明天见。"

孟尚海在那儿怔了怔,默默起身走出门。叶梅把他送出门后,立在门前,目送他走进他住的北屋,随着那门板"吱扭"慢慢关上,眼睛里汪出泪光。那泥屋里半天没有出现灯光,黑洞洞的,她清楚他为什么不点亮油灯,他是苦闷啊!她没有回屋,一直站在那儿,望着那黑洞洞的泥屋,心里呼喊着:"尚海啊,我对不起你,原谅我吧,原谅我吧……"

已经迟了,天空深邃悠远,星星在蓝缎般的夜空里眨动着乏困的眼睛。叶梅还站在那儿,望着那黑洞洞的泥屋,等待出现灯光,只要亮起灯光,就说明他的心情畅快了,但灯光始终没有出现,她的心慢慢沉向一个无底深渊……

第二天,叶梅在老妈妈陪同下,挨家挨户看望了当年的同伴,只是没有见到三娃。叶梅听老妈妈说,她离开马蹄湾后,三娃一直守着她住过的地窝子,把里面打扫得干干净净,一尘不染。夏天野地里的花开了,就采来花放在地窝里,他说她会回来的。几年前队里要拆地窝用木料,他握着铁锨守在门口,谁要动手,就跟谁拼命,最后没有拆,就一直留着……她听到这些泪流满面,泣不成声。这就是马蹄湾人啊,他们像大山像厚土,纯朴憨厚,太好了!她不知怎么感谢报答这片土地,不知怎么感谢那个被人们视为傻子的三娃!

叶梅到处寻找三娃,孟尚海、福娃子也帮她寻找。因为他经常去东山坡采野花,大伙便去了东山坡下。那是片平缓的荒草滩,苍绿的野草一直铺到山根下,空旷而寂静,好像处女,但却不见三娃那粗壮的、头发蓬乱的身影。老妈妈说:"大前天我在这里拾柴火,还看见他怀里抱着几大把花草,还朝我笑哩!"

福娃子却说:"可,这两天还真没看见过他影子!是不是病倒在哪里?"

孟尚海突然想起什么,紧张地对福娃子说:"快,我们去叶梅家的地窝里看看……"话没说完,人已经冲了出去。福娃子紧跟着跑上去。

近两公里路,孟尚海和福娃子几乎一口气跑到了。冲进地窝门,果然看到三娃躺在地窝子中间的地上。他怀里抱着花束,四周的墙壁下摆着花束,整个地窝子摆满花束,好像花草店。他俩齐声喊问:"三娃,三娃,你怎么啦?"三娃没有回应。孟尚海扑上去,抓住三娃的胳膊狠劲摇,又在他屁股上打了几巴掌,但三娃纹丝不动,没有一点反应。这时他俩才发现他的身子早已冰凉僵硬:

"三娃——三娃——"

叶梅搀扶着老妈妈跑到地窝门口,听到孟尚海和福娃子的嚎叫,刹住脚步。

281

她眼前发黑，身子摇晃着，要倒下去，急忙扶住地窝门旁的墙壁。老妈妈也扶住地窝门墙壁，喘着大气。叶梅靠着墙壁停了半天，呼叫："三娃，三娃，我来了，我看你来了，三娃，三娃……"跌跌撞撞向三娃走过去。

三娃死了，两眼闭着，神态安详，也很平静，略带遗憾的脸面上，堆着微微的笑意。叶梅慢慢跪倒下去，凄悲地叫喊："三娃——我回来了，我来看你了，睁开眼睛，睁开眼睛看看我，看看我，你喜欢看，今天就看个够，看个够哇——"她抱住三娃的头，将自己的脸颊抵在他的额头上，砸着碰撞着。孟尚海和福娃子也跪了下去，呼叫着："三娃睁开眼睛看看，叶梅看你来了！"但三娃的眼睛永远不会睁开了。

老妈妈两眼呆望着地上的三娃，嘴里喃喃着："三娃三娃三娃……"她想向前挪动脚步，但腿脚颤巍巍的，挪不出半步。

三娃就这样走了。三娃的哥嫂和马蹄湾的众乡亲都很悲伤。他哥哥说："三娃时常念叨着叶梅叶梅……就在前几天晚上还念叨着，可，可他咋突然就去了呢？咋突然就，就去了，他可怜呀，他到现在还没个媳妇哩，没有，哇哇哇……"

根据三娃生前的心愿，他哥嫂要将三娃埋葬在叶梅家的那座地窝里，他们前去征求叶梅的意见，叶梅悲怆哽咽着说："我也是这么想的，就让三娃睡在那里吧……"

出殡那天叶梅去了，她扶着三娃的灵柩，一直哭喊着："三娃，我接你来了，我接你到我家的地窝子，接你到我家的地窝子……"当灵柩下葬后，她哭得更厉害，跪在地上半天不起来，"三娃，你是好人，三娃啊！你就在我家地窝子里躺着，好好休息，三娃，躺着，三娃三娃三娃……"三天后，叶梅家那座地窝变成了一座新坟冢，插在坟头上的纸幡，在马蹄湾的山风中飘动，寂寞飘动！

32

藏北高原的巴丹图尔村，天空依然深邃高远，云朵依然洁白纯净，清风依然沙沙刮过，时间依然单调流逝。不知不觉叶梅去东台县半个月了。人们感觉没有几天，余大憨却感觉有两三年了。

自从叶梅离开巴丹图尔，余大憨就像丢了魂儿，没精打采、蔫头耷脑，跟别人说话,人家指东他说西。近些日子又经常呆望着村口的小路,一望就是半天。人们知道他在望什么,是在望媳妇。

媳妇叶梅还会回来吗?他知道她会回来的,甚至全村人都清楚,她不会扔下两个老人和男人,也不会忘了这个村。但问题是,她这么一走,总叫余大憨心里空落落的,无依无靠的,像丢了什么宝物。同时心里矛盾重重,一方面盼着媳妇快快回来,平平静静过他们的小日子,一面又想让她离开巴丹图尔村,去东台县上班,圆了她多年的梦想。这些烦心的矛盾,把他折磨得苦不堪言!

他吃不下饭,睡不好觉,脸懒得洗,衣服脏了也懒得洗懒得换。人看起来瘦多了,精神也大不如以前。他爹妈看他那样,心里就扯得慌,劝他:"大憨,啥事都要想开些,想长远些,该吃就吃,该喝就喝,该睡就睡,不要把人亏了!"余大憨见爹妈都六七十岁的人了,还为他劳累操心,心里很过意不去,便尽量装出乐呵呵的样子:"爹,妈,不要为我操心,我啥事都没有,你们放心,放心!你们该吃就吃,该喝就喝,该干啥还干啥。"

他爹妈见儿子明明心里难受,却还硬扛着,又不让爹妈为他分担忧愁,摇头苦叹:"唉!唉!这娃娃苦,这娃娃苦哇!"

就在这种痛苦的熬煎和折磨中,有个女人突然闯入他的生活,最后改变了他生活的轨迹。这个女人就是本村的年轻寡妇秋香,秀秀的妈妈。她为人直爽,心眼好,长得也周正,在村里算是最漂亮的女人,就是性格有点"辣",因此村里人都叫她"秋辣子"。秋天的红辣椒,那是个啥滋味,不言而喻。其实余大憨相遇这个女人,并不突然,因为秋香就是本村人,住在隔壁,每天低头不见抬头见。再呢,这个女人在当姑娘时,就暗暗喜欢过余大憨,而且心里海誓山盟,非他不嫁,只因秋香的爹妈嫌余家穷,怕日后日子不好过,就把她嫁给本村那个经常在外倒腾小生意的人家了。当时秋香哭得泪人似的,可那是"媒妁之言,父母之命",她不能不遵从。起先,秋香跟男人同床异梦,后头见男人待她不错,渐渐收回了"野心",嫁鸡随鸡,嫁狗随狗了。但几年前男人在倒腾生意时,遭遇车祸,扔下她和十几岁的女儿秀秀去了……

这是过去的故事,有的余大憨自然不知道。

现在的新故事是从那天下午开始的。那天太阳快落了,在地里除草的社员们都收工往村里走,唯有余大憨还拄着锄把,呆呆地望着村头的小路,竟忘了收工,忘了太阳落山,忘了回家吃饭。他正望眼欲穿,忽然身后有人碰了碰他的胳膊,他转身,是秋香。她笑着说:"太阳落了,社员们都收工走了,还不回家呀?"他看看周围,地上只剩他一个人,这才像从睡梦中醒来,不好意思地说:"我,我

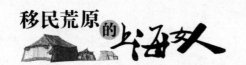

咋忘了回家……"就扛起锄头往回走。秋香随着他边走边说："我看你一直望村口，都半天了。老婆刚离开十来天就挨不住了？"余大憨脸烧了一下："哪里呀？看你说得悬的。"抬手摸摸脖子。这是他在尴尬时的习惯动作。秋香望他一眼："嘴犟啥？谁又不是看不出来。这些日子看你心事重重的样子，人都瘦了，你可不能把身子弄垮了。"余大憨说："没啥，垮不了的。"秋香站住了，提高声音嚷着说："什么没啥？看你都瘦成啥样了，还说没啥！等躺倒了才算有啥——那会儿就迟了！"他见秋香"辣"起来，就悄无声息了。他太了解她了，如果他再跟她拧着，她就会跟他没完没了地"辣"起来。秋香见他低下头不吭声了，放缓口气说："看你整天蔫头耷脑的，跟丢了魂似的，为个女人就成那样了？没出息！"余大憨听她这样说急了："我不是，我不是……"秋香打断说："你不是，那是为啥？"他说："我是，我是想让她回来，又不想让她回来，让她走，可又舍不得，你说我该咋办？咋办？"他面对秋香，倾吐出这些日子憋在心里的烦恼。秋香说："这些事，你不说我也看得出来，可你丢了魂似的，就把问题解决了？你得想办法怎么把事情弄顺溜了，不能拿自己的身体当儿戏耍呀，这是人的本钱呐，一旦失去了，就再也找不回来了，懂吗？不要再糟践自己了，啊！"余大憨听话地点了点头。

秋香见他点头了，就柔声说："大憨，今天我找你想求你帮帮忙。"

余大憨听她有事帮忙，认真了："啥事？"

秋香说："家里那火炕都六七年了，前些日子忽然塌了半面，死鬼男人走了，也没人修补修补……"说着，眼圈就红了，声音也幽幽的。

余大憨最看不得女人的眼泪，见她那样心里就酸了，忙说："走，我去给你修修，去修修。"说着就往她家走。秋香揉了揉眼睛跟上去。

进了秋香家的住房。余大憨看到她家的火炕真塌了，炕坯子陷在里面，黑糊糊的，一股腐烂的柴草灰味儿弥漫房间，只有靠墙的地方没有塌，大概有两尺宽。秋香把草席和毡片移过去，晚上就在没有塌的半边炕上凑合。余大憨见那情形鼻子发酸了，扔下手里的锄头，跳上炕就动手干起来。

农家的火炕一般两年就要拆了重新砌，要不炕里积满柴草灰，填不进柴草不说，出烟也不利索，会呛坏人。要是时间再长，夏天里就会受潮塌陷。这活儿还非得男人干，女人一没那技术，二没那力气。秋香的男人去了，这几年也就没人干这些粗重活儿。余大憨干这些活儿自然是行家里手，很快就把塌陷的炕坯挖了出来，搬了出去，换上新炕坯，把塌陷的地方补上，用草泥抹平。修补好了，他直起腰对秋香说："先凑合着吧，等夏天太阳光硬了，我帮你打炕坯子，把这旧炕拆了，盘新的。"

284

秋香说:"行。"

余大憨准备离开,见她家的锅台也裂开缝儿,就拿泥巴修补起来。这一忙活,天就全黑了。就在余大憨忙活儿的当儿,秋香已做好了拉条面,还炒了两个小菜,准备留他在家吃饭。他见已迟了,洗了两手的泥巴要回家,秋香说:"怎么?忙了半天连我家的一碗饭也不吃?"他说:"我回家去吃吧,家里有吃的。"

秋香快嘴快语说:"我说你家没吃的了吗?——就在这里吃!"带着命令口气,同时把他按在小饭桌旁的马扎上。他见秋香辣起来,就坐在那儿了。他倒不是害怕在秋香家吃顿饭,他是怕爹妈做好饭等着,更怕在秋香家吃饭,让村里人看见说三道四的,俗话说:寡妇门前是非多。人言可畏哩!刚才因为他在干活,倒没有多想,现在一坐下,心里就打起鼓来,感觉不合适,马上就站起来说:"秋香,你就不要忙活了,我,我还是回家吧,在你家吃饭,这,这多不,不好……"

"咋不好啦?"秋香回头问。

余大憨说:"别人看见,会说……"他的话还没说完,秋香突然火了,把手里的面"啪"地扔下,火爆爆地说:"不敢在我这里吃顿饭?我这拉条子面里下毒药了?不就是个寡妇吗?寡妇咋啦?寡妇就不是人?寡妇就不能叫别人在家里吃顿饭?吃顿饭就犯了王法?——不就是男人死了,有啥呀?就叫人这样气短。"她说着眼睛红了,泪水在眼圈里旋转。余大憨见他的话把秋香的心戳痛了,后悔了,心里直骂自己:你这人的嘴咋就这么笨?好好的话就让你说得七股八岔,惹得她凄凄惶惶的。他想劝劝她,怕再把话说岔了,把事情闹得更僵,就慢慢坐在马扎上。他刚把屁股落下去,就听秋香说:"走吧,你走吧。"把案板上的面,揉成了一团。他急了:"秋香,你这叫干啥?我不过就是说说,你就认真了?我留下来吃不就行了!"秋香:"别说了,走吧,已经迟了,早点回去,回去。"她扬着手,让他走。余大憨在那儿僵了片刻,起身出了门。

晚饭后的村庄十分宁静。吃过晚饭的村人们都或躺或坐在炕上歇息聊天。农村人,每天只有在晚饭后才可松口气,或拉点家常话或计划明天的农活。煤油灯在各家的院落里默默闪烁,给村庄涂抹上更浓的寂静。谁家的小孩在哭,是那种叫瞌睡的哭,母亲嗷嗷哄着,那哭声就渐渐低了下去。余大憨踏着夜色朝家走,心里却想刚才发生的事,想着,心里很不是滋味,觉得刚才自己有点过头了,不就是在她家吃顿饭嘛,天就能塌下来?别人看见爱说啥就说去,只要他走得端行得正怕啥?再说,他是啥样人,村里人又不是不知道。他这样想着,脚步就慢下来,准备返回头去给秋香解释,但又觉得这样做更不合适,这样会伤害她的自尊!她是个性格很强的女人,现在她的日子虽然过成了这样,但从不求

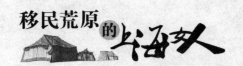

人,从不在别人面前表现出半点苦楚,而获得怜悯和关照。她今天求他帮着补炕,是下了很大决心的。因此他现在再转回去,岂不是戳她的伤口?于是又往前走。

回到家,他看到爹妈还没有吃饭,擀好的面条堆在案板上等他,心里就酸了,准备动手烧火下面。妈妈问他:"大憨,去哪里了?才回来?"他说:"我,我去了趟秋香家。"妈妈听他去了秋香家,即刻重视起来,眼睛在他身上打量着,好像不认识他了:"去秋香家干啥?"他边烧火边回答说:"她家的火炕塌了,我帮她补了补。"妈妈说:"她家的火炕塌了,咋是你去修补?你,你不知道她的情况,不怕别人说闲话?"妈妈忽然提高声音,口吻里带着浓浓的警告。他哭笑不得了:"妈,不就帮人家干了干活儿,人帮人,人之常情,有啥大不了的?"

妈妈提说:"这可不是简单事,要是帮别人家,妈妈没啥可说的,给她家干活儿,可是不行。当年她要死要活跟你,是她爹妈撬着嫁给了别人,现在她男人死了刚三年,就挨不住了,是不是……"他忙打断说:"妈!看你把话说到哪里去了?我就是帮人家干了干活儿,再啥事都没有。秋香要留我吃饭,我都没留,惹得人家很不高兴!"妈妈听他这么说,更加重视起来:"啥?她还要留你吃饭?"他说:"这又咋了?"妈妈点着他的鼻子警告道:"敲锣听声,听话听音。妈可是从这事儿上听出门道了,妈提醒你,秋香对你有那意思了,你可防着点,再不要跟她丝丝缠缠的,寡妇门前是非多,如果闹出啥闲话,让咱的媳妇听见,跟你闹别扭,妈可跟你没完!咱那媳妇可是百里挑一的,你能舍她,妈可舍不了她!再说,天亮都那么大了,她要中间插杠子,那可不行不行……"他急了:"妈,你看你把话拉扯到哪里去了,这是哪里跟哪里嘛!"大憨爹也插过来数落说:"就是,你没事去睡觉,尽把事情往别处想。"大憨妈狠了他两句:"你知道个屁!我是为咱的媳妇着想。现在是紧要关头,要是弄出那样的麻烦,就是推人家走!"大憨爹说:"咱那媳妇不是你想的那种人。"他扔下这句话,把旱烟锅收起来,下炕出去了。余大憨忙追出去:"爹,要吃饭了,你哪里去?"爹说:"转转,透透气就回来。"出了院门。余大憨站住了,他看出爹这些日子心里烦乱,今晚又平添了这桩事,让爹更烦恼。

是的,他是知道秋香过去对他有过暗恋,这是他结婚以后才听别人说的,他当时听了,一笑了之。因为他们都结婚了,都有了自己的家,再提那些往事,没有啥意义。刚才妈妈这么一说,他才脑子里重视起来,难道秋香现在还对他有那个意思?他想了想,觉得可笑,怎么可能呢?他有家,有老婆,有娃娃哩!

他正这么想着,妈妈出门了,看看他的脸色说:"大憨,妈妈刚才是不是话说重了,惹你不高兴了?"他赶紧说:"妈,看你又把话说哪里去了,妈的那些话是提醒我,为我好,为家里好,我咋能不高兴?"妈妈一听,脸上就舒展了:"对对,这样想就好,这样想妈就放心了。妈的脑筋是老了,跟不上新社会的思想了,可妈在这些事上,心里却明白着哩!咱不能胡来,咱们是老实本分的人家,一辈子没有让别人在后面指指戳戳过什么,如果你不灵醒点,闹出啥丑话来,咱们这脸往哪里搁?最要紧的是,咱不能对不起天亮妈,如果让她听到啥,跟你掰了,走了,可就把妈的心揪疼了!要说,秋香这娃娃也没啥说的,是个勤苦本分、持家过日子的好女人,如果她当初撬着爹妈的劲儿,嫁到咱们家,现在的日子也好好的,可现在成了这样。这是天命啊,是福错不过,是祸躲不过。她那男人经常跑出去倒腾买卖,还不出事……现在她一个人带着个秀秀,也可怜啊!"她的目光越过低矮的院墙,望着秋香家叹着,絮叨着。

余大憨见妈说起来没完,就说:"妈,不说了,妈的话我都记住了。锅开了,咱们下面吃饭吧,我的肚子都饿得咕咕叫了。"妈妈就转身回了屋里。

第二天上工了。秋香跟妇女们在地里除草,见余大憨扛着锄头过来,狠狠剜他一眼,将身子扭向旁边。余大憨怔了一下,见她眼睛红红的,到她身旁低声问:"秋香,咋了?"秋香不吭声,也不理不睬,像不认识似的。他又问话,她鼻子里"哼"一声,扛起锄头,到旁边的地里。余大憨明白她在为昨晚的事生气哩,心里很难受,想过去解释解释,但周围都是人,再说这时候去解释,岂不是拿墨水洗脸,给别人留下猜测和说笑的话把儿?

下午收工了,社员们都扛着锄头,挎着草筐往村里走。他磨磨蹭蹭最后一个离开地头。来到秋香家门前,向左右看看,见没有人,一闪身钻进她家院子。

秋香正在院里的水缸旁洗脸,见他悄悄来了,给他个背影。余大憨见她那样,不知该站还是走,也不知该说啥。秋香洗完脸,绞干毛巾,把脸盆里的水泼了,进屋和面做饭,对他视而不见。他有点忍不住了,愤愤说:"秋香,你这叫干啥?我哪点对不住你了?哪点?"他的声音高起来,不无责备。秋香被激起来了,转身冷冷地盯着他,所答非所问:"你来干啥?干啥?不知道我是寡妇?知道不知道寡妇门前是非多?"最后这句话,她几乎是吼出来的。余大憨被这种近乎歇斯底里的吼叫震得身上直发颤,忙说:"秋香,你,你何苦这样?昨晚都是我不对,都是我错了,我向你赔不是还不行吗?"秋香说:"谁让你赔不是了?你的不是就这么值钱?你把你自己看成啥了?西天不出的白蘑菇?屙金尿银?"余大憨说:"那你叫我咋样?叫我给你磕头呀……"秋香说:"我啥都不要你做,就让你现在

287

走人,我不需要你可怜!你走,不要让我这寡妇给你沾染上是非……"

余大憨见她火爆爆的,情绪很激动,就想等她平静下来,再慢慢解释,她却抬手指着院门吼着说:"余大憨,你听见没有?你给我走,走——"他见她火起来了,知道再待下去,她会把整个院子吼翻了天,便转身走出她家院子。他吃了一鼻子灰,懊丧极了!

余大憨出门后,秋香扑到那两尺宽的炕头呜呜地哭起来。昨晚余大憨出门后,她就抱头呜呜地哭,今天又呜呜地哭,但不知为啥哭,为谁哭。细细想想,余大憨也没有得罪她,也没惹她不高兴,昨晚他不吃饭就走,她是理解的,一个大男人,在年轻寡妇家吃喝,让别人看见,真会嚷出风言风语的。她也是个正经本分的农家女子,也害怕她门前出现是是非非,让别人在后头指指戳戳的。但她不知怎么的,就是觉得心里憋闷,扯得慌,很委屈,就想哭。她抱着枕头大哭一阵,觉得心里好受了一些,渐渐停住哭泣,但仍趴在那里没起身,看着自己的房屋,空空的,冷冰冰的,心里又发酸,眼圈又发胀。这个小院以前是热闹的,男人在外面倒腾小买卖,村里人经常来她家取包烟,拿条毛巾、肥皂什么的,还经常有人串门说说话,拉拉家常。自从男人死后,这院里就寂寞冷清了。女儿秀秀在家时,还偶尔有同学串门,自从女儿去大柴滩镇上学后,这个小院就没有人来了,空落冷清得让她心里发寒,有时她盼着有只小鸟飞来,唧唧喳喳叫闹上一阵子。

她望着想着,思绪就扯到了余大憨身上。这个人确实好,但自从她男人死后,几年里几乎没有来过她家,只有一次,那是前年他儿子天亮在她家跟秀秀复习功课,他来接儿子回家。他儿子天亮跟她的女儿秀秀都在大柴滩镇上学,放假回来常在一起学习。但那次他没有进屋,就坐在院子里抽烟,天亮把功课做完了,他就接儿子回家了,仅此而已。昨天她把他请来帮忙,本来是件高兴事,想忙完了,坐下来拉上几句家常,但让她狠心撵走了,今天更狠心,干脆把人家赶出了门,弄得人家好没脸面!不论怎么说,他帮了你那么大忙,你连句感谢的话都没说,却把人家赶走。他哪点得罪你了?哪点对你不好了?就那样狠心?她想着,就觉得自己对余大憨太过火,没点人情味!她觉得自己很对不起他,便爬起来,去院里的水缸舀盆水,洗擦洗擦泪痕斑斑的脸,拢拢散乱的头发,准备去余大憨家,给他认个错,赔个不是。

这阵,余家小院正硝烟弥漫,矛盾的焦点是:大憨妈发现儿子今天又去寡妇秋香家了。这事也太巧了,下午收工了,老太太做好饭,见大憨迟迟没回,便出门去看看,没想到刚出门,恰好就看到儿子从秋香家出来,还偷偷摸摸的。如果儿子昨天仅仅是帮帮秋香，那么今天呢？这不能不引起她的高度重视。此时大憨妈正在审问儿子，气氛很是严肃紧张，做好的饭摆在桌上，谁也没有动。

余大憨不知该咋解释，最后苦苦说："妈，如果您不相信，就去问秋香好了。"

他妈说："问她，她说实话吗？连自己的亲儿子都不给妈说实话。"这不是逼他上吊吗？他几乎哭了，又苦苦说："妈，您知道吗，我刚进了她家的门还没有张口说话，就被她赶出来了，我现在心里还在难受，难受哇！"他妈狠瞪他一眼："你又给妈说谎，说谎！她既然叫你去她家，因为没留住你吃饭才生气，还能把你赶出来？——骗鬼！现在你有媳妇有儿子了，长本事了，把当妈的不当一回事了！"说着竟呜呜呜呜哭出声来。余大憨见妈这样固执，拉着哭腔哀求道："妈，儿子说的全是真话啊——"也抽咽起来。

这时候，秋香推门进来了。本来他们正为她的事吵吵嚷嚷闹别扭，现在见她突然出现，争吵声戛然而止。气氛显得别扭、尴尬。因为都是本村人，低头不见抬头见，平日里都和和气气的，他们就是对秋香有多深的恩怨，在家说说可以，就是骂上两句也没有啥，但要撕破脸皮，还没有发展到那个程度。

秋香进门后，看到大憨妈在流眼泪，余大憨眼睛红红的，大憨爹苦着个脸，知道他家在闹仗，便尴尬在那儿。她不知道余家闹啥矛盾，因此怔了怔，笑笑说："大叔大婶，你们还没有吃饭呀？"她想打破尴尬的气氛，大憨爹妈却都没应声，这使得她尴尬至极，走站不是。余大憨见此情景，忙揉揉眼睛，起身说："还没吃，就吃就吃。"他的本意是应付一下秋香，但他妈却口气冲冲地说："吃啥饭，气都把人吃饱了！"

秋香说："婶子，咋了，看把你气的？"

大憨妈说："你问大憨！"把脸转向旁边。秋香听是这样，把目光转向大憨。余大憨吭哧着说："也没啥，就是跟妈正争讲一些闲事。你没啥事吧？没有就回家去。"他害怕他妈在气头上，对秋香说出啥过外的话，把本没有的事闹出事来，让秋香伤心，便想把她打发走。秋香是个明白人，听出他的意思，便说："我没啥事，就想串串门，说几句话，你家有事，就不打扰了。"转身准备走。

大憨妈却叫住了她："秋香，你不要走，大婶有事。"余大憨见此情景，知道妈要闹事，一下紧张起来，忙催促秋香说："走吧，走吧，我妈没啥事，快走吧！"推秋香往外走。大憨妈大声说："不！我有事，不要走。"大憨见此情景，提高声音说："妈，你这是干啥呀？有啥事，咱们不坐下来说，给秋香说啥？"

但他妈说："不，我今天偏就当着秋香的面说，让她听听。"他见妈要撕破脸

289

皮,几乎要哭,央求道:"妈,你这不是没事找事,给儿子难堪吗?"大憨爹也插嘴劝说:"你就听大憨的,不要扯闲淡了,这是啥好事,嚷得风风雨雨的,怕人不知道?"

"你闭嘴。"大憨妈狠大憨爹一句,转向秋香说,"秋香,你听着,以后你少跟我们家大憨……"她刚说出这话,秋香便啥都明白了,打断说:"婶子,你不要说了,你要说的话,我已经知道了,你放心,我不会跟你家大憨来往的!"一股冤屈和恼火涌上心头,转身跑出院门,随之悲伤的泪水夺眶而出。

"秋香,秋香——"余大憨追出门,拉住秋香的胳膊,"你不要生气,我妈就是那么个人,爱唠叨,其实心里没啥,你又不是不清楚。"秋香吼着:"放开!"甩开余大憨的手,捂着嘴巴,跟跟跄跄,向自己家跑去。

余大憨见秋香流着悲泪走了,回头进屋对妈嚷着说:"你这是干啥?干啥呀?你这不是撕人的脸吗?她咋招你了,你这样狠心伤害人家?"大憨妈冷冷地说:"我咋伤害了她?我就是要让她明白一些事理,不要到时候搅得咱们家鸡飞狗跳!你看看,她今天都跑到咱家来了,妈不给她个硬茬子,以后她还会赖在咱家不走,闹得满村人朝咱们家吐口水,那时候就迟了。"余大憨无奈极了:"妈,我求求你不要这样了,求求你,我们真没有啥事,没有!人家根本就没有那个意思,知道吗?"

大憨妈说:"没那意思,她来咱家干啥?"

余大憨说:"她就不能来串个门子?这些年她不是常常来咱们家吗?"

大憨妈说:"那是前几年,现在她是寡妇。她迟不来早不来,天亮妈不在家十几天,她就来串门,这门就串得怪了,你妈人老几十岁,吃过咸盐比你吃过的饭还多,啥事情看不透?娃娃,她是有意思哩!"他妈又拖长了声调警告说。

余大憨见妈这样固执,"嘿"了一声,抱头蹲在地上。

33

野牛沟的太阳出来了,柔软的光束透过毡房窗照射在地上,画出一个金黄色的圆圈,好像圆圆的梦境。梦是该圆了,该圆了,但那圆圈中间却有一道天窗横格印下的阴影,好像意味着什么。

罗曼兰正在毡房里忙忙碌碌收拾东西,捆绑行李。毡毯被褥都捆扎起来了,衣服鞋袜也包裹好了,锅碗瓢勺们都装在一个柳条筐里。现在开始收拾包装她的藏书。这是她的宝物,如罗曼·罗兰的长篇小说《约翰·克利斯朵夫》,巴尔扎克的《欧叶尼·葛朗台》、《高老头》,斯汤达的《红与黑》,托尔斯泰的《复活》等,还有《古文观止》之类。这些书,当年她从上海带到东台县,从东台带到野牛沟,不论在什么情况下,她人到哪里,就把这些书带到哪里,藏得很深,保护得很好。她把它们当做精神食粮,这些年在饥饿时,在苦难时,在受到打击挫折时,在精神受到深深创伤时,便拿出来读读看看,她曾从这些书本里得到过巨大的精神力量,曾看到星光般闪耀的希望,支撑着她在这人迹罕至的大山里走过了艰难的十几年。

这些书原来装在一只破木板箱里,当年为了不被人发现查抄没收,才让它们这样受委屈的。来到野牛沟,因没有更好的东西收藏,仍旧放在那破箱子里。不过,她把它放在干燥的地方,一点也没有受潮破损。现在她不再让它们受委屈了,她找来一只完好的木箱子,把书收藏进去。当她拿出那本罗曼·罗兰的《约翰·克利斯朵夫》时,怔在那儿了,这些日子那矛盾痛苦的心绪又被勾了起来……

那天晚上,她整夜都没有合眼,跌宕在两个男人难取难舍的痛苦和矛盾漩涡中。突然而至的大喜大悲,震得她昏头转向不能自已,只有哭。第二天当她从强烈的痛苦悲伤中挣出来,发现孟尚海不在了,她以为在外面,起身冲出毡房,外面也没有他的影子。这时她才清楚,孟尚海为了她和盼盼爸团圆,自己偷偷离开了。她又叫喊盼盼爸,发现他也不见了,忽然嚎啕大哭:"没良心的,你们都走了,扔下我不管了,不管了,呜呜呜……"

最后,她艰难地做出抉择:继续与孟尚海生活!

中午时分,接替她家放牧的人来了。交接程序结束了,她和孟尚海从此结束了牧人生涯。那牧人开始在她家旁搭自己的房子。她走进自己的毡房,开始收拾东西。第二天,骆驼驮着"家",向马蹄湾出发了……

这些日子,马蹄湾沉浸在浓浓的悲喜气氛中。喜的是叶梅来了,悲的是三娃去了。这种大喜大悲的情形,把马蹄湾的情感扬向天空,又推入低谷。叶梅也被折磨得不能自已,这两天她的情绪才渐渐平静。

这天有汽车要回县里。叶梅准备离开马蹄湾,回巴丹图尔。离别前,她去了三娃的坟上。三娃是她来马蹄湾几年里,深深铭刻在心里的人,他虽然面相丑陋,但心灵纯美,善良质朴,是这个世界上最好的人,可惜这样的好人去了,再也

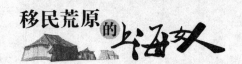

见不到他了,这是她心灵上的一大缺憾!

她来到三娃的坟冢前,心里默默告慰着:"三娃,我要走了,你好好躺着吧,我会想你的,每年我来马蹄湾给妈妈上坟,都会来看你,会的,会的……"她在三娃的坟冢前默立了很长时间才转身往回走。她已跟老妈妈、福娃子和众乡亲道别了,准备最后向孟尚海道过别就离开。一回头,发现孟尚海就在前面,站在草滩上发呆。她走了过去:"尚海,怎么在这里?"

"哦!"孟尚海样子窘迫慌乱,他说,"我,来这里随便转转,散散心。"

显然,他说了谎话。他是来跟叶梅说说话的。叶梅要走了,这次分别以后,恐怕以后很难再见面了。他很想把这十几年的思念和感情全都倾吐出来。这些天他是想诉说,但在老妈妈家不方便,中间又为三娃办丧事,再则他俩中间好像隔着一层什么,见面后都躲躲闪闪,因此几天时间过去了,除了那晚礼节性地互相问候几句外,到现在都没有说什么。十几年了,他想叶梅也应该有很多话要说的。因此见她来了三娃坟上,便过来了。这里曾经是叶梅住过的地方,总会触景生情勾起对往事的美好记忆,也相信在这座地窝前能找到共同的话题和共同的感受。然而他走到这里却停住了,因为一个严酷的现实又跳到他的脑海里:叶梅已经有家有室了,现在他们重提旧事,重叙旧情,合适吗?有意义吗?他觉得不合适,便准备看她两眼就悄悄返回,然而还没来得及转身,被叶梅发现了,因此装作没事的样子,掩盖内心的活动。

叶梅看出他在说谎,但没有说穿。虽然他俩彼此十几年不曾见面,可她对他还是了解的,他是个真实的人,不会说假话,说了假话,首先会反映在脸上。他现在红着脸,岂不是不打自招?她心里笑笑,嘴上直说:"找我有事吧?"

孟尚海的脸又红了一下,忙否认:"我随便转转,没找你,谁找你了?"

叶梅笑了:"谁找我了,谁心里清楚。看看你的眼睛,啥都清楚了。"他一听脸更红了,窘迫地笑笑,直搓着手。她说:"你这人啊,十几年不见,怎么也变得虚虚假假了,还像个小女人,羞羞答答的,那些年那种天不怕地不怕的勇气哪里去了?有啥事就直说,干吗这样?你我还有啥不好开口的?"听叶梅这么说,孟尚海心里忽然涌出热流:"其实也没事,就是想见见你,说说话。十几年没见面了,有好多好多话要说,但总是,总是没有机会,有了机会,又……"叶梅感慨地说:"是有很多话要说,可,可现在,现在……"她本想说"现在说什么呢"?但话到嘴边咽了回去,她怕说出去,伤害了孟尚海。她知道他自尊心很强。

孟尚海见她说半句留半句,忽然叫嚷起来:"叶梅,难道你,你连一句话都不想说?难道你把我俩当年的感情都忘得一干二净了?那年我盼星星盼月亮,盼望着马莲花开放,盼着金菊花开放,那些日子我每天起床第一件事就是跑出门看马莲花!那天见满山遍野的马莲花和金菊花开放了,我高兴得在马莲滩上直打滚,当天就打起行装,骑着骆驼直奔县城去找你,可到了县城,他们说你……你知道吗? 当时我差点栽倒过去……"

"尚海,不要说了——"叶梅听到这里,已经声泪俱下了。说实话,她向他倾诉的愿望,比他更强烈。苦苦相思,苦苦相恋了十几年,又相隔千山万水不曾见面,现在见面了,哪能不感慨万千?哪能不倾诉自己的思恋和感情呢?这十几年,她不知从梦里哭醒过多少次?只是不知从哪里说起,或许从哪里说都表达不了她对他的苦恋和相思。此时,她终于按捺不住自己的感情,叫了声:"尚海……"但刚张嘴便头晕眼花,身子飘飘晃晃,摇摇欲倒。

"叶梅,你怎么了? "孟尚海叫着,上去扶住她。

她哽咽着:"尚海,你说的那些,我都知道了,是林主任说的,我知道你为了我差点倒下去。但你知道我当时为啥要逃跑吗? 我是实在没办法才选择了逃跑,要不,就完了,哪还能活着见到你? 为了不被他们发现,我装作哑巴,装作啥也不懂的村妇,装作傻子……十几年,就这么过了十几年哪! 那是个啥情景,你心里会很清楚! 我每天都在想你,我每天都站在高高的山梁上,向野牛沟观望,望眼欲穿地观望,盼着你,想着你啊……"感情的闸门打开了,她向孟尚海倾诉着当年发生的事,倾诉着那桩桩件件遭遇,倾诉着巴丹图尔村人怎么关照她保护她,余大憨和他的父母怎么把她当做亲人看待……滔滔不绝的倾诉好像洪水,奔腾不息,铺头盖脑涌向孟尚海。

孟尚海听着,感觉心肺撕裂了。他原先还怨恨她当初逃离东台县不告诉他一声,多少年也不给他捎个信儿,而且与别人结了婚,现在他什么都明白了,清楚了,他紧紧搂住叶梅突突颤抖的肩,哽咽着说:"叶梅,不要说了,不要说了,我全明白了,全明白了,我的心碎了,已经碎了! "

叶梅从他怀里抬起头问:"尚海,你不怨恨我吧? "

孟尚海急摇着头:"不不不,不怨恨,不怨恨,那时你已经无路可走了,我也因为你失踪,就跟罗曼兰在一起了,你原谅我吧,原谅我吧! "

叶梅擦掉脸上的泪水:"尚海,不要说了,那些都过去了,过去了,现在好了,我们各自都有了家庭,有了孩子,生活平静美满,咱们要珍惜这安宁幸福的日子……"一触及这个话题,孟尚海慢慢垂下脑袋,脸上泛起苦楚。叶梅问:"尚海,怎么了? 发生什么事了? "他痛苦地摇摇头,长叹一声:"没什么……"

叶梅说:"不,我看你不高兴,情绪不对头。家里出啥事了? 是不是曼兰,她

病了？"

孟尚海苦着脸，摇摇头说："没，没有……"

叶梅着急了："那你咋了？说话呀？叫人担心的！"

孟尚海叹声道："盼盼她，她爸回来了……"

"啥?!盼盼她爸回来了？听老妈妈说，那年他就病死了，咋突然又回来了？"叶梅惊诧不已，怎么也不相信。孟尚海说："他并没有死……"便把盼盼爸那年借沙暴逃出的事告诉叶梅，过后说："他也平反回家了，是前几天回来的……"

叶梅听着，震愣了。他没有死，平反回家，这是她没有想到的，却在情理之中。孟尚海说："你说我现在该怎么办？人生的路为什么这样坎坷？老天好像有意捉弄人。现在我虽然离开了罗曼兰，但事情哪有那么简单？罗曼兰她，还有盼盼，我们毕竟在一起生活了十几年啊！唉！"他抱头蹲在了地上。

叶梅见他痛苦忧伤的样子，想劝劝，却不知说什么。

正当两个当年的恋人，在田野里互相倾诉十几年的苦恋，罗曼兰骑着骆驼驮着"家"从遥远的野牛沟回来了。走出南山沟口，跳下骆驼，牵着缰绳，向老妈妈家走去，要把家安在老妈妈家，这是老妈妈早就给她说好的。

驼铃在旷野里悠扬，正在家收拾房屋的老妈妈听到驼铃，猜想是罗曼兰，放下手里的活儿，颠着两条老腿跑出院子，见罗曼兰搬家来了，老远就跑着迎上去，拿着缀在胸前的手帕擦她额上的汗。这些天老妈妈估计罗曼兰要搬家回来，紧着收拾住房，把那间房屋扫了又扫，门窗擦了又擦，又在那土炕上铺了草席和毛毡。骆驼来到院子门前，老妈妈对罗曼兰说："曼兰，快去屋里喝茶，吃点东西，我帮你卸驮子，搬东西。"

罗曼兰说："哪能行？还是我卸骆驼驮子，您老歇着。"

老妈妈说："去吧，听话，你走了这么远的路，渴了，累了。"

罗曼兰说："妈妈我不渴，也不怎么累，一路上我都骑在骆驼上的。"她吆喝骆驼卧倒，开始卸驮子。其实东西并不多，就是两捆行李，一箱书，还有锅碗瓢勺什么的，三五次就搬进了房子。这间房不大，顶多十五六个平方米，墙壁都是石头垒的，外面抹着草泥，疙里疙瘩的。一盘火炕，一个石头砌的泥桌，但被老妈妈擦拭得油光明亮。炕上铺了褥子，两床被子叠放在靠墙的地方。终于有个四堵墙的家了，罗曼兰望着房屋，一种新家的温馨满心充溢。老妈妈说："该歇歇了吧，厨房里有吃的，吃点东西好好睡一觉。"

罗曼兰却说："尚海呢？我去看看他。"

老妈妈说:"刚才看见他去了田野上,大概去了三娃的坟上。"

"我去看看。"罗曼兰说。

老妈妈说:"着啥急,中午吃饭就回来了。"

罗曼兰说:"我有事。"老妈妈说:"那好,你去吧,我也去公社,看看县里来的汽车啥时候走,叶梅要回去,我送送她。"

罗曼兰听到"叶梅"二字,马上预感到什么,问:"叶梅回来了?"

老妈妈说:"回来了,都十来天了,今天有顺车,她准备回去,怎么也留不住。"罗曼兰哦了一声,紧接着出了门,一溜小跑向田野里走去。

这次她搬来马蹄湾,又急着拾掇布置房屋,除了反映出她做事有始有终的性格外,心里还有另外的想法:这就是形成既定事实,不能让孟尚海离开她。因此当她听说这些日子叶梅也在马蹄湾时,心里突然咯噔响了一下,一种危机临近的感觉劈头盖脑袭来!

她往前跑着,突然停住了脚步。因为她老远就看到孟尚海和叶梅正在那里相互搂抱泣诉着——果然这样!她突然妒火燃烧,摇摇欲倒,想冲扑上去,拆开这两个人,但向前冲出几步后,忽然头脑清醒了,她是有文化,很斯文的女人,不是山村泼妇,便狠了狠心转回头,哭着往基建队跑去。

回到老妈妈家,她做出决定——搬到公社去住。她现在是公社干部,住在公社名正言顺。这里不是她的久留之地,迟早会有人代替她的位置的。她开始收拾自己的东西了,但还没有动手,泪水已经涌了出来。她装着,捆扎着,大滴大滴的眼泪往外涌着。

她收拾好自己的东西,甩到背上向公社走去。

老妈妈送走叶梅回家后,见罗曼兰把东西搬走了,大为不解,她问孟尚海,孟尚海也不知为何。老妈妈便去公社,问罗曼兰为什么?罗曼兰红着眼睛说:"老妈妈您就不要问了!"老妈妈说:"不行,你不说清楚,就搬回去。"说着要帮罗曼兰提东西。罗曼兰不让,握住老妈妈的手说:"妈妈,您回去吧,我以后会让您知道的。"

老妈妈见罗曼兰不告诉她缘由,也不搬回来,无奈回家了。她清楚罗曼兰去公社住,是跟孟尚海拗劲儿,便让孟尚海前去劝说,孟尚海却不动,也不知怎么处理罗曼兰的到来……

34

叶梅回巴丹图尔村了。

那天离开巴丹图尔时穿着那件蓝布衣服，包着那块蓝头巾，挎着那只帆布提包，回来时仍穿着那件蓝布衣服，包着那块头巾，挎着那个提包，一点都没有变，这使得很多村人都想不通不理解。别人可着劲儿找门路，要奔出这个鬼都不来的巴丹图尔，而她有这样好的机会却不去，走了，却又回来了。

叶梅进门的当儿，余家三口人正在厨房门前的树荫下吃饭，当她出现在他们面前时都愣了，接下来便是大憨爹妈惊喜地叫喊："哎呀！天亮妈回来了！天亮妈回来了！"大憨妈放下手里的饭碗，站起身抱住了叶梅，颤抖着手，在她的脸上肩上头上摸索，好像自己的眼睛不够真实。大憨爹在旁边大张着嘴呵呵地笑。这个憨厚的农村老汉生气时只闷头闷脑抽烟，一句话不说，高兴时就傻呵呵地笑。对于叶梅的回来，余大憨却没有表现出过分惊喜，只是望她一眼，虽然只一眼，却内容很多，罢了，仍低头吃他的饭。大憨妈给叶梅盛了饭后，手又开始在叶梅身上脸上抚摩起来，边嘿嘿笑着："我娃终于回来了，回来了！妈想你呀，你都离家几个月了吧？"叶梅说："妈，我来来去去，刚十二天。"

大憨妈说："我怎么觉得几个月了，几年了！"

大憨爹插嘴说："老糊涂了，就十几天，怎么就几个月，几年了？"

大憨妈撅着嘴说："我就觉得几年了，几年了……"她这样撅着，大憨爹就不言语了，任她怎么去说。但她大概高兴糊涂了，忽然把话拐到余大憨跟秋香的那些闲事上："回来就好，回来就好！要不，家里可就闹翻天了……"余大憨听着不对劲，忙提醒说："妈，你说些啥哩？啥闹翻天了？"叶梅听出家里出了事，忙问："妈，家里出啥事了？"大憨妈经大憨提醒，知道自己刚才说岔了嘴，就忙说："没啥事，啥事都没有，能出啥事哩，家里好好的，妈是顺嘴胡说哩！唉唉，你看妈的这张嘴，有时候就胡咧咧开了！"余大憨又提醒说："妈，以后说啥都要想想，不要没事找事，搅得不安生。"大憨爹也这样说。大憨妈就说："好了好了，我不说不就行了。"又转向叶梅问这问那，直到天黑尽了，还絮絮叨叨收不住。大憨爹说："喂，我说，你不要说叨了，天已经迟了，天亮妈赶了几天的路，让早点去歇着。"这一提醒,大憨妈领悟了他的意思:"好好,快点吃,吃完去睡吧睡吧,好好睡一觉!"

月亮上来了,惊喜热闹的余家小院渐渐静下来。叶梅进屋里,见余大憨还没有睡,蹲在炕头上,卷着个"鸡大腿"烟默默地抽,就说:"睡吧!"他没有动。她便拿炕刷扫了炕,铺了褥子,拉开被子,把两只枕头紧挨着放好说:"怎么? 不想睡?"余大憨默然地吸着烟,一阵,扔掉手里的烟把子,默默脱了衣服,不声不响躺下。叶梅脱鞋上炕,又很快脱了衣服,掀开男人的被子钻进去,抱住了男人的脖子,有点猴急。余大憨却直僵僵地躺在那儿,没有动静。女人说:"大憨,咋了?"大憨半天才说:"没咋。"女人说:"没咋,咋就这样?"大憨就沉默不语。女人说:"都快半个月了,你就不想?"大憨说:"睡吧,劳累了一整天。"女人说:"不嘛不嘛! 我想,我想……"又搂住男人的脖子,摇着,撒着娇。都快四十岁了,第一次在男人面前撒娇。大憨说:"我困了,哪还有那心思!"把女人的手拿过去,翻过身去。女人就愣了。俗话说:小别胜新婚,他却不理不睬,她鼻子就发酸,默默流起眼泪来。大憨见女人没有了声响,以为她睡着了,转过脸发现女人眼窝里闪着泪光,心忽然软了:"你,你咋啦?"女人翻过身给他个脊背。

男人也愣了。想想,也觉得自己刚才不该冷女人,都半个月了,也该亲热亲热,尽尽男人的责任。想到这里,就把手伸过去,放在她肩上,想沟通一下。女人把他的手抛了过去,他不甘心,又伸过去,女人又抛开,但感觉这次很勉强,便把手又伸过去,开始抚摩起来,手指渐渐扩张着行动范围,最后向乳房和下面探去……女人在他强烈蛮横的抚摩下,渐渐放松了身子,喘息也渐渐粗壮急促起来。他自己也浑身燥热,那地方渐渐挺硬了,他退了女人的裤衩,分开她的腿,爬了上去……很快就结束了。他大汗淋漓,浑身水湿,软软地躺了下去。他感觉哪里不得劲,有点清汤寡水没味道的感觉,总是到不了过去的那种高潮。是哪里不得劲呢? 他仔细想想,好像说不清楚。应该说,他现在还属于如狼似虎的年龄,这些日子女人不在家,他晚上一个人睡觉,心里也慌,也很想畅快畅快,只是今天见她放弃去东台县工作的机会又回来了,心里有点不舒服。是否障碍就在这里呢?

女人小猫般偎在他身旁, 还紧紧抱着他的脖子, 看起来兴致很高。她说:"大憨,最近好吧? 我走了这么长时间,想我了吗?"他哼哼着,应付着。她见他应付着,大声说:"我让你说话,你哼哼啥?"他赶忙说:"想了想了。"她又说:"我看你瘦了,咋了? 该不会生病了? 要不要去镇上看看?"他说:"不去不去,好好的,好好的,睡吧。"她不乐意地扭了扭身子:"嗯——不! 我要跟你说说话,说说话!"

297

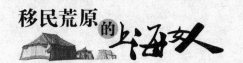

她又撒娇了,更紧地搂着他的脖子,弄得他有点喘不上气来。他一下没了瞌睡,大睁着眼睛望着屋顶。她说:"你说话呀,这么长时间没在一起了,就没话要说吗?"摇着他,拍着他的胸脯,见他半天没有反应,便慢慢爬起来,盯着他的眼睛轻声问:"你,怎么啦?好像有啥心事?"

他沉默半天,忽然问:"你咋就回来了?"

他这样一问,她惊讶地说:"哎,这就怪了,这是我的家,我咋就不能回来?你啥意思?"他也爬起来了:"你装啥糊涂?你不知道我为啥让你走?为啥让你去东台县上班吗……"她打断说:"大憨,你不要说了,咱爹妈都是七十多岁的人了,需要人照顾,这个时候我能走吗?我不会离开这个家,不会离开你,也不会离开巴丹图尔村的,我已经把我的想法给东台县委谈了,他们很理解我的心情……"

"你这叫干啥啊!"余大憨忽然叫嚷起来:"为了报答一点小恩,就把自己的前途搭上去,把自己的后半辈子搭上去,值吗?值吗?多少年了,我知道你心里一直装着孟尚海,一直盼着平反解放,现在这一切都可以实现了,可你又这样,我能想通吗……你难道不清楚,你这样做多伤我的心,多叫我的良心不安吗?你这是拿刀戳我的心啊!"他用拳头捶着自己的胸脯。叶梅着急了,抓住他的手:"大憨,你不要这样,不要这样,孟尚海他已经是有家有室的人了,我和你结婚都多少年了,你还说那些干啥?再说,我不去东台县,并不是要留下来报答你和爹妈的恩德,并不是报答巴丹图尔村对我的恩德,也不是……"

"骗人!"余大憨吼着,"全是假话假话!这些话你骗得了别人,骗不了我!"叶梅说:"真的,我说的全是真话,这些年我在家已习惯了,在村里也已经习惯了,离开这里我会不习惯,会很难受的。再说我把学校里学的那点知识,认的字都快忘完了,你让我到东台县干啥?找难受,找罪受?大憨,你要理解我,理解我。"

"不,你明天就给我走,走!"余大憨越发地激动起来。叶梅知道他的脾气和性格,一旦认准的事,非要坚持到底,劝也没用,因此不再劝说。余大憨独自吼着:"好不容易劝你走了,可你又突然跑回来,你让大家咋看我?大家会说我余大憨因为当年救了你一把,有了一点恩德,现在就拉住老婆的后腿不让她走,不给她自由,我余大憨能做这样的事吗?现在人们都想办法离开农村去城里,你却反起来做事,你这样干,知情的人说你不愿去城里,不知情况的人,会骂我余大憨拉你的后腿,自私,不是人!这不是活活要我余大憨难堪吗?"他拍打着胸膛,弄得屋里劈里啪啦响。

叶梅看他那个样子,害怕了,准备找妈来劝劝他,但现在已半夜了,怎么可以去打扰老人家？她正在为难，听到外面有人咚咚敲门："你们咋了？——不睡觉？大憨你叫嚷啥？"是妈，她赶紧跳下炕开门。妈进来问她咋了？她不好说。妈知道大憨又在起哄，赶媳妇走，狠狠在他额上戳了一指头："闹啥？吃饱了撑的？嫌日子过得太好了？嫌媳妇太贤惠，把你伺候得太舒服了？老实告诉你，只要老妈在，天亮妈就永远是我的儿媳妇，谁也别想从老妈的身旁弄走，你死了那份胡思八想的心！还警告你，再闹，小心老妈砸断你的腿，不要看你四十多岁了，儿子都墙头高了，在老妈跟前，你还是儿子，还得服老妈管教！"说完，对叶梅说："放心，有妈在，安心睡你的觉，吃你的饭，他再炝蹶子，给妈说一声，看妈咋收拾他！哼！"一跺脚转身走了。

叶梅送妈出了门，转回来上了炕，见男人让老妈一顿数落，像霜打的茄子耷拉着脑袋愣在那儿，心里涌出一股同情："大憨，睡吧，都半夜了。"把枕头整理一下，要拉他躺倒，他抛过她的手，把枕头和褥子搬到靠墙的地方，裹着被子气哼哼地躺下了。叶梅被晾在了那儿。

第二天，余大憨一整天无语，闷闷不乐。下午在收工回来的路上，叶梅问他话，他不理，吃晚饭时，她给他端来饭，他不接，自己又拿碗去盛，吃过饭扔下碗起身就走，弄得叶梅心里很不是滋味儿。大憨妈知道儿子咋回事，便对叶梅说："别理他，几十岁的人了，还娃娃似的抢头甩耳撒性子，都是你惯的。"

晚上，余大憨很迟了才闷头闷脑从外面回来，脱鞋上炕，见叶梅把两床被褥铺在一起，把他的被褥扯过去，仍铺到炕东头，独自裹着睡下了。叶梅见他又把被褥搬到旁边去睡，就说："大憨，看来你对我很有意见？"她想说说话，缓和一下关系，他却不说话。她又说："大憨，过这头睡吧，一个人睡那头孤单单的。"他还是不吭声。她见他不吭声，就怔在那儿，良久，说："俗话说天上下雨地上流，小两口吵架不结仇。你看你一个大男人还记仇，弄得人心里多难受！"他还是不吭声，甚至连动也不动。她移过去伸手摇摇他的肩膀："大憨，我说话哩，你听到没有？大憨……"抓住他的胳膊往自己身边拽，余大憨忽然火了："你要干啥？你不觉得烦人吗？——睡觉！"一扬胳膊，抛开她，转过身面对墙壁睡了。第三天，第四天……一连数天，他都裹着被子独自躺在那里，她望着，一股股酸楚翻涌不息……

这个夜晚，老天爷大概拿定了主意让人不得安宁。

余家小院在闹别扭，远在几百公里外的马蹄湾，也正发生着跟余家小院同样的故事。那天罗曼兰提着行李走后，老妈妈以为她是跟孟尚海赌气，过不了

几小时,就会云消雾散回家了。谁料当她做好饭,去公社叫罗曼兰吃饭时,发现事情并非她想象的那样简单:罗曼兰已经在公社收拾好住房,支起了床,铺好了被褥。看看墙角,那儿已支起铁皮炉子,旁边是小案板,就差锅碗瓢勺,便说:"女子,你这是干啥?妈妈把饭都做好了,专门来找你回家,多大的事总该吃饭吧?"罗曼兰听老妈妈做好饭专门来找她,便不好意思起来,忙说:"老妈妈看您,这多不好意思。好,我去。"跟老妈妈出了门。她跟孟尚海闹别扭,跟老妈妈是没有关系的。

那天饭桌上的气氛既融洽热烈,又冷淡别扭。因为罗曼兰跟老妈妈边吃饭边说笑,热热闹闹的,跟孟尚海却一句话没有。老妈妈见状,几次给孟尚海递眼色提醒他和罗曼兰说说话,缓和缓和气氛。但孟尚海刚张口,便都被罗曼兰堵了回来,弄得他很尴尬。吃过饭,罗曼兰洗刷了锅碗,拿了自己的锅碗准备走,老妈妈拉住了她:"你们这是干啥呀?还真分开过啊!到底咋啦?你给我说说。"老妈妈现在认真了。

罗曼兰准备说出孟尚海和叶梅的事,但张了张嘴没说出口,笑笑说:"老妈妈,没事儿。我在公社上班,在公社吃住方便,真没有事儿的。"说着就走。孟尚海从屋里追出来:"曼兰!"她头也没回。老妈妈问孟尚海:"曼兰到底咋了?早晨刚来还好好的,我去送叶梅回来,她就不对劲了,眼睛哭得红红的,你俩到底咋啦?"孟尚海叹声道:"我也不清楚。她平日不骄不躁,平心静气的,可不是这个样子。那天我不打招呼就离开了她,这些天我想,她回来会跟我吵闹一场的,但她回来既不吵也不闹,只说了两句就完了,就走了。"

"还没有闹啊?"老妈妈说,"她眼睛都哭得红红的,刚才吃饭跟你一句话不说,别别扭扭的,现在又走了。"孟尚海长叹一声,默默回屋。老妈妈跟进去,郑重其事地说:"尚海,我可告诉你,这回可不那么简单,曼兰已经在公社收拾了住房,支起了床铺,现在又把锅碗拿走了,我看要搬回来,难!"

孟尚海叹道:"她成心要走,谁拦也拦不住的。"老妈妈说:"可她刚搬进这个院就离开了,让别人怎么看老妈妈?我可是大半辈子没听见人在背后指戳脊梁骨的!"孟尚海想了想,觉得老妈妈说得也是,罗曼兰搬来不到半天就走人,别人肯定对老妈妈有看法,便说:"我去给她说说,让她先搬回来住,要去公社住,过些日子再去!"

孟尚海去了公社,不见罗曼兰。晚上他又去了,她还是不在,问问别人,才知道她跟着公社干部下牧区了,是硬跟着去的。他清楚她在赌气,心里涌出一股酸楚。曼兰,你这是何苦哩?几天路途奔波,回来还没有顾上喘口气,就又走了,你对我有多大意见,也不能这样折磨自己啊!他只好回去,等她回来。

这一等,就是遥遥十几天。这天他听说她从牧区回来了,当即去了公社。一进院子,看见她正拿着扫把打扫住房和门前的地,头上包着块蓝头巾,风尘仆仆的。她住的那房屋正好是当年乔育玲住过的,现在她又住着,他感到世上的事,有时很巧,像神鬼安排的。一种说不清的感觉涌上心头。已经到她身旁了,她好像没看见,仍旧扫她的地。忽然间,他又想起当初去野牛沟第一次看见她的情景,那天她不就是这样吗?他定定望着她,她扫完了地,直起腰问:"你来了?"她没有转脸。孟尚海见她这样问,知道她早就看到他了,只是不理,心里忽然涌出难受的滋味,僵了半晌说:"我请你回去。"

她问:"是老妈妈的意思?"

"是,你是怎么知道的?"孟尚海问。她转身对他笑了笑:"因为你不会叫我回去的,你巴不得让我走,是吧?"孟尚海用警告般的语气说:"曼兰,请不要用这种带刺的语言说话!"罗曼兰歪着脑袋盯着他:"难道不是吗?"孟尚海僵住了。他跟罗曼兰斗嘴从来都是一败涂地。罗曼兰见他无言以对,拍打着身上的尘土说:"请到屋里坐吧。"孟尚海进了屋,眼睛扫了一圈。果真如老妈妈说的,床铺、锅灶全都置办好了,一副安营扎寨过日子的样子,心里便沉重起来:"曼兰,你还来真格的?"罗曼兰说:"你不也来真格的吗?这也是你求之不得的嘛!"孟尚海又僵了,半晌说:"回去吧,不要闹了,别人看见会说闲话的……"罗曼兰说:"看见又怎么样?你不好意思了?罗曼兰的前夫回来了,孟尚海离开了罗曼兰,让罗曼兰回到前夫的身边,让他们夫妻团圆,多好听,多道德,多风尚,心灵多纯美!还怕别人看见,怕别人笑话?"孟尚海痛苦地叫起来:"曼兰,你不要这样说话!你,你这是拿刀戳我的心啊!你以为我就喜欢这样,你以为我就舍得放下你和盼盼,你以为……我也是有血有肉的人,难道我就没有一点人的感情?你怎么就不了解自己的男人?我,我真不知给你怎么解释,我真想把心刨开了让你看……"

"哎哎!"罗曼兰忙阻止,"打住打住,你刨开了心,我不心痛,有人心痛!"

孟尚海听此话愣了一下,盯住她:"什么意思?"罗曼兰说:"没什么意思。快走吧,我既然已经搬过来,就不会再跟你回去的。"孟尚海说:"搬回来还没过半天就这样了,你让老妈妈怎么想?让别人怎么看老妈妈?你不给我面子,该给老妈妈一点面子吧?你这样做已经把老妈妈弄得很难堪了。"罗曼兰说:"这事你不用担心,我会亲自给老妈妈解释的。再说,我过不了很长时间就去县城工作,搬来搬去,多麻烦。"

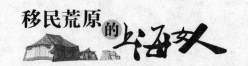

"去县城工作？"这是孟尚海没有想到的。罗曼兰说："这事你不知道？前些时候你不是让我去县城工作吗？怎么装起糊涂来了？"孟尚海彻底僵在那儿了。罗曼兰却笑眯眯，而又口吻揶揄地说："赶我走就直说，干吗还劳神费力，绞尽脑汁想那么多点子呢？你不觉得无聊、可笑，下作吗？"

"罗曼兰！"孟尚海的心彻底被戳疼了，受伤的母狼般叫喊起来："请你不要在我的伤口上撒盐，不要！我求你了！如果你认为我是那样的人，那我就收回我原先说的话，你现在就搬回去，我们还生活在一起，就是死，也死在一起！——这样总该行了吧？"他以为他发出这样的毒誓，罗曼兰就无话可说了，但罗曼兰冷笑两声说："现在已经晚了！告诉你，我已决定以后跟盼盼爸生活在一起，那天恰好邮局的邮马去县城，我已发信给了他。本地人有句话：掰开的馒头合不拢。一切都晚了！"她声泪俱下。

孟尚海听着，张大了眼睛，吼着说："这是赌气，这是你跟我赌气！曼兰，你到底怎么了？你给我说清楚！"罗曼兰说："这不是赌气，这是我根据你的想法做出的决定！——这样对我们两个都好。我把话已经说得很清楚了吧？"他听到这句话，两眼呆呆地望着眼前的人，好像不认识似的，半天，起身出门，摇摇晃晃向老妈妈家走去。

说实话，他跟罗曼兰的感情很深，他离不开她，也不愿离开她。虽然那天他不辞而别，但来到马蹄湾后，脑子里无时无刻都在念着她。试想，他跟她的爱情是在那种艰难困苦环境中建立起来的，又是在那种艰难困苦的环境中走到一起的，多少年来他们夫妻同生死共患难，熬着那坎坎坷坷的岁月，现在生活刚刚顺当了，盼盼也长大了，怎么可以说分开就分开呢？但现在却成了这样，他痛苦得要死！

过了几天，他又去罗曼兰那儿了。他想这么多天过去了，她应该消气了，但事与愿违，她仍那样。他又含泪忍痛离开了她的房间。老妈妈也去劝她，她也是那样。这天，他又去公社，准备再次劝说，但公社干部告诉他，她已经去县里。他撕心裂肺叫喊一声："曼兰——曼兰——"第二天县里来了辆运粮的车，他二话没说爬了上去……

其实，罗曼兰是不愿离开孟尚海的，接到县里的调动通知几天了，迟迟没有动身，一是没有方便车，二是她压根就不想离开孟尚海。十几年的夫妻感情，哪能说断就断了？昨晚当她决定离开时，她哭了，哭了整整一晚上。天亮了，班车要走了，她又磨蹭着，想见见孟尚海，甚至想过去给他道别，但最终没有去，也怕孟尚海过来。她就这样等着，磨蹭着，直到汽车司机催促，才起身收拾东西……

她本来要把离开的消息告诉孟尚海的,但临了,也没有告诉他,也许是赌气,也或许心里难受,还或许心里烦乱忘了。总之,她是没有告诉他,直到汽车开动了,忽然觉得应该给孟尚海说一声,这样一声不吭离开,他知道后会伤心死的!她想让司机停停,但车已驶出好远了。

孟尚海乘坐拉粮食的汽车来到县城,直接去文化馆找罗曼兰。

但文化馆的领导说她回上海探亲看父母了,是早晨走的。孟尚海扑空了,趴在罗曼兰办公室兼卧室的那间小平房窗户上,向里面窥望了半天,去看了看黑脸社长,便失意地回到了马蹄湾。他进门就闷头躺在了炕上。老妈妈问他见到罗曼兰没有,他无声地摇摇头。老妈妈看出他去县城没见到罗曼兰,就是见到了,也可能受到冷遇,或者谈崩了。

孟尚海的爸爸几年前去世了,她把孟尚海当亲儿子看待,让他住在她家里,吃在她家里。听说他跟罗曼兰要搬来马蹄湾,便把房子打扫干净,让他们在她家安家落户。她本想让他们以后过上幸福平安的日子,谁想他们闹起了别扭,心里既隐隐作痛,又觉得罗曼兰变化突然!

她正这么琢磨,孟尚海忽然坐了起来,自言自语说:"我就不明白她怎么突然变了?不明白,不明白啊!"老妈妈听他这么说,接上话茬:"我也在想这事,是不是那天晌午我们去送叶梅她见外了?"听老妈妈这样说,孟尚海慢慢抬起头,忽然喊道:"——我明白了!"他想起了那天他跟叶梅在田野里说话的事,当时他跟叶梅还搂抱了,这些要是让她看到,那还不……他把情况告诉老妈妈,老妈妈说:"我说她咋就变得那么快,她看到你俩亲亲热热……这事搁到谁头上,谁都受不了!还好,曼兰那天没吵没闹,平平静静走了,要是一般女人,早闹翻天啦!你赶快再去趟城里,给曼兰解释解释。话不说不透,灯不点不亮,不要让她闷在心里,闷出个事来。"说着就要让孟尚海准备东西出发。

孟尚海说:"她请假去上海探亲,二十天后才能回来。"

老妈妈说:"那你准备准备,觉得她回县里了,马上就去。"

孟尚海说好,跳下了炕,洗了把脸,出门去了田野上。他要透透气,散散心,这些天他太憋闷了。过了些日子,他听说罗曼兰探亲回来了,便带着老妈妈蒸的罗曼兰最爱吃的沙葱包子,还带着一颗惴惴不安的心去了县城。文化馆在一座小院里,罗曼兰的住房兼办公室在最里头。他走进小院,一眼看到罗曼兰的宿舍门上挂着铁锁,他问旁边办公室的女同志,她说:"罗曼兰昨天下牧区了。"

他就怔在那里。还用问吗?她不就明明在躲避他吗?他的头有点发晕,手里

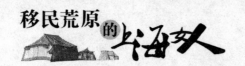

的提兜险些滑落下去。已经两天多了,兜里的包子都有点变味了,再要耽误就会腐坏。他在那儿怔了一阵,转身走出文化馆,向汽车站走去。她下牧区了,再待下去还有什么意义?他已经清楚,罗曼兰对他的误解已很深很深了,也许它将成为他们之间终身的隔阂和遗憾!

35

余大憨跟叶梅闹了二十多天的别扭,现在仍在继续闹。

叶梅心里憋得直喘,想叫喊,想吵闹,但想一想,觉得吵闹只会激化矛盾,解决不了问题,于是压抑着。她原本是个性格直爽,冷傲清高的女人,但经过这些年坎坷生活的磨难和几次生死经历,现在已经变得没有个性了,有的只是顺从。她知道,他跟她闹别扭的症结还是为她不肯离开巴丹图尔。有一阵她真想离开巴丹图尔,她要真离开了,别人也不会说什么,因为她压根就不愿走,是余大憨逼她走的,但当她一想起自己当年在饿得就要死去时,是大憨救了她,又是好心的妈妈,憨厚的父亲,善良的乡亲们保护了她,离开的思想便马上没有了。人得有良心,知恩不报,还算什么人?爹妈现在都老了,需要人伺候,她更不能走。羊羔还有跪乳习性,何况人?

是的,她是深爱孟尚海的,十几年里她虽然身在巴丹图尔,心里却眷恋着他,刚来巴丹图尔的那些日子里,她几乎每晚都泪水洗脸,白天一有空隙就爬上那座山梁,朝着野牛沟方向眺望,尽管什么也望不到,她还是眺望,后来她跟余大憨在一起了,看到大憨对她热心热肠,无微不至,大憨爹妈对她亲女儿般看待,她才渐渐收回了心,真心实意跟余大憨过起日子来。

这次,她去马蹄湾刚看见孟尚海时,是想竭力抑制自己的感情的,但临了,还是忍不住扑向他的怀抱。但渐渐冷静下来时,觉得不该那样放纵自己的感情,毕竟是快四十岁的人了,都到了该理智对待感情的年龄了,再说各自都有了家庭孩子。虽然那几天她跟孟尚海的接触中,并没有发生什么过分的事情,可她觉得仅此已很对不起余大憨了。因为她心里清楚,余大憨是很爱她的,那种爱虽然表面上显得平静,内心深处却像炽烈的岩浆翻腾滚动着。这十几年他在她的生活中,不仅仅是丈夫,更像时时处处呵护她的大哥哥!她能离开他吗?

她打算坐下来跟余大憨好好谈谈，这么别扭着，僵着不行。这天吃过晚饭，余大憨放下碗筷，又闷沉沉地往外走。她准备拉住他谈谈，妈妈却提前开口了："你不要走，妈有话说。"她是见他这些日子死快快的样子，很不乐意，准备教训他。余大憨听妈让他坐，无声坐下了。妈妈把饭碗往桌子上一顿，问："这些日子咋了？成天拉着个脸，死快讨气的，给谁看？是不是肚子吃得太饱了，日子过得太好了？让福烧住了？看看过去过的啥日子？现在多好，吃穿不愁，可日子好过了，你却每天皱着个脸，你是嫌爹妈不中用了，多余了，还是天亮妈不勤苦，偷懒了？"她噼里啪啦对大憨一顿训斥。余大憨见妈唠叨上了，争辩道："妈，你看你把话说到哪里去了？我哪里嫌爹妈多余了，不中用了？我哪里嫌天亮妈不好了，不勤苦了？"大憨妈盯着他："那你为啥？你给妈说清楚！"他见妈劈头盖脸，不容他还口，低下头不吭声。大憨妈说："你说话呀？今晚天亮妈和你爹也在这里，你就说个清楚——说啊！"余大憨把头垂得更低了，他虽然是四十多岁的汉子，但在爹妈面前总是显得温顺听话孝敬。大憨妈还要逼问，叶梅插进来说："妈，算了，让他去休息吧，迟了。"大憨妈说："不行。多少天了，他就这个样子，叫人心里不舒服，闹得慌！"叶梅打圆场说："这段时间生产队农活忙，他是累的，过些日子就好了。妈你也去歇着吧。"

　　余大憨垂着脑袋出了门。叶梅虽然今晚在妈面前替余大憨说了好话，打了圆场，但余大憨却不领情，回屋后仍像往常那样裹着被子，面对墙壁躺下了。叶梅倏然鼻子发酸，泪水哗地涌了出来："大憨，你这是干啥啊？"随之哭泣起来。余大憨装不住了，翻转过身说："我啥都不想干，就是为了让你以后过得好！既然你不想走，那我走好了。"说完又裹上被子，转向墙壁。

　　第二天，他早早起来了，叶梅以为他去干活儿，没想到他骑着骆驼出了村，去了大柴滩镇。余大憨这次较真了，来到大柴滩镇，白天在镇畜产品公司扛毛包，干装卸工，晚上就跟儿子天亮住在学校。他决心叶梅不去东台上班，他就不回家。但该他倒霉，这天他背着毛包，往车厢里扛，忽然脚下打滑，连人带包从高高的踏板上摔了下来。这一跤摔得不轻，额上摔伤，左臂骨折，疼得昏晕过去。伙伴们惊叫着把他送到镇医院……这天，叶梅正好乘坐村里拉化肥的马车来到镇里寻找余大憨，听到大憨摔伤了，转身就往医院跑。见余大憨额上裹着纱布，胳膊打着石膏，失声大哭："大憨，你这是为啥啊？呜呜呜……"

　　余大憨受伤的消息传到村里，大憨爹妈当即哭叫起来。大憨妈哭叫着要去看儿子，大憨爹嚷着要去镇里。罗队长见两个老人完全失去了理智，便百般劝说说："大憨他现在住在医院，有医生护士，还有天亮妈照看，你们就放心吧！你

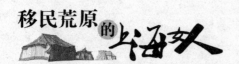

们又不是医生护士,你们去了能怎么样?不是添乱?"在他的苦苦劝说下,大憨爹冷静了下来,但大憨妈仍哭叫着。罗队长准备让队里的马车送他们去,但他们都是七十多岁的人了,要是见到大憨,受到刺激出个啥事。他不敢往下想了,也不敢送他们去镇上,就又苦苦安慰劝说……

转眼几天时间过去了。叶梅担心两位老人,又见大憨的伤逐渐好转,便回村了。临走,她给大憨留下两句话:出院后马上回家,要不她就来镇上,也不回家了。她想,他听了这句话会考虑后果,马上回家的,没想到他出院后,仍没有回家。天亮放暑假回村了,她想他没了住的地方,肯定会回来的,可她又想错了。大憨妈责骂猜测着:"是不是他的心让别人勾走了?"她这样猜测着,就联想到大憨不回家,跟秋香有关系,要不大憨怎么迟不走晚不走,跟她有了来往后就走了?还把胳膊摔断了,这些晦气不是秋香引起的还有谁?这样想着,脑子冲动了,起身去了秋香家,要大闹秋香。

正是晌午,秋香边做晌午饭边跟女儿秀秀说话,大憨妈拄着拐杖进了院门,二话不说跪在秋香面前。秋香惊叫道:"大妈,这是咋啦!咋啦?"要搀扶她起来。她却死活不起。秋香告求着:"有话起来说,你这不是要我的命吗?"大憨妈说:"你饶了我们大憨吧,再不要缠他啦,你闹得他们东一个西一个,家不像个家了!我求你了,求你了,你不应,我就给你跪着!"老泪从眼里涌了出来。秋香听是这样,突然牛吼般吼哭起来:"天啊!这哪里跟哪里呀?我把你们家大憨咋啦?咋啦?冤啊,冤枉啊——"哭叫声冲上了天空……

再说叶梅做好了晌午饭,却不见妈回来,刚出门准备看看,秋香家的哭叫声扑进她的耳朵,当隐隐约约听到"大憨"二字时,脑子里嗡的一声炸响,便朝秋香家跑去。秋香家距离她家不远。叶梅跑进她家院子,看见妈直竖竖跪在秋香家厨房地上,秋香捂着脸喊冤叫屈,大声哭泣。叶梅对妈嚷着说:"妈,你这是干啥呀,干啥呀?"这时邻居们已挤满院子,议论纷纷,闹闹哄哄,有的唧唧嘎嘎看笑话。大憨妈原想秋香不认错,她就不起来,见媳妇来了,左邻右舍又看热闹,心想这下把事情抖弄大了,家丑不可外扬,这是啥好事呀?闹得沸沸扬扬的,一下后悔了!本来她来秋香家,只是想劝说秋香不要再跟大憨来往了,但在来路上越想这事越气,越气火越大,进了秋香家院子,那火气已经烧上头了,当看见秋香,脑子一热,就跪倒了。她是想唬唬秋香,万万没料到事情会弄成这样。唉,老糊涂了!老糊涂了!更要命的是,这事如果让媳妇知道了根底,麻烦就更大!想到这里,她借助叶梅的搀扶,顺坡下驴站了起来,对秋香自我圆场说:"秋香,大妈我大人大量,不跟你计较了,以后再说。"边说着边往外走。

306

秋香见大憨妈羞辱了她，现在想拍拍屁股就溜走，几步冲上去堵在门口："你把我欺辱够了，现在想跑？没那事，把话说清楚再走！"大憨妈紧张了："以后再说，你让开，让开！"秋香说："你不把话说清楚，今天就别想从这门里走出去！"大憨妈见秋香横起来，也横起来："说啥？你让我说啥，你还要让我把话说多清楚？啥好听的曲儿唱出来要让大家听，还不嫌脸红？"大憨妈这样一说，秋香更不依不饶了："我怎么啦？我秋香做了啥见不得人的脸红事？你当着大伙儿的面说，说出来让大家听听，评评理！你要是不说，我就，我就死在你面前——"一头就往门旁的墙上撞去。

"秋香——"叶梅见此情景，抢上前去抱住她，"秋香，你咋能这样，咋能这样？"几个看热闹的妇女也上来抱住她。秋香还挣着要往墙上撞，叶梅就死死抱着劝说："秋香，不能这样，天亮奶奶有啥不对的地方，你们好好说，千万不能这样！再说天亮奶奶都是七十多岁的人了，脑子不怎么清楚，有时候说话前三后四的，哪里说得不合适，伤了你，你就原谅她一回，或者在我身上出出气，怎能这样呢？你是个聪明人，不要跟七十多岁的老人一般见识……"这句话明显是给大憨妈递话，让她赶快下台阶。

大憨妈见秋香大哭大叫，碰头撒赖，害怕了，又听媳妇这样说，忙说："大妈是一时糊涂跑到这里来的，大妈昏头了，说了啥，咋也记不起来了。秋香，你就全当大妈胡说八道哩，别往心里去！啊！"

她这样一说，秋香还没表示什么，立在旁边的秀秀倒先说话了："奶奶，没有啥，奶奶年纪大了，爱说，人老了都这样，并没有啥坏心眼。奶奶，回去吧。妈妈好了！"这时天亮也来了，见满院的人，又见奶奶在那儿，劝道："奶奶，你怎么在这里？干啥呢？弄得沸沸扬扬的？快回家去，爷爷等着吃饭，我都吃过了！"就上前搀扶她走，秀秀也搀扶她往回走。

大憨妈就此下了台阶。秋香见大憨妈走了，悲伤地哭叫着："冤哪！你们欺负我一个寡妇啊！呜呜呜……"

余大憨还在镇上，仍在畜产品公司干活儿，不过不是扛毛包，是打小工。

学校放假关门了，他没地方住，便租了间小房住。说是房子，其实是居民搭的存放杂物的小窝棚，只有两张床那么大，顶棚上大洞小眼，四处透风，但现在是夏天，住着也还行。这天中午，他回来正抓着两手面做饭，秋香忽然出现在他眼前，他一愣："你，你咋来了？"

秋香冷冷地说："这镇子是你们家的？我就不能来？"

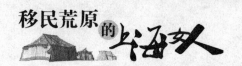

　　余大憨被呛得愣了几愣:"能来能来,咋不能来,屋里坐……"秋香却站在门口,盯望着他不动。余大憨说:"进来呀!站着干啥?"秋香说:"屁大个地方,我进去哪里立脚?"余大憨就尴尬窘迫起来。秋香见窝棚简陋,床上堆着简单的铺盖卷儿,又见他脸色黝黑,头发凌乱,身上衣服破破烂烂的,鼻子忽然酸了,把余大憨拉出门,命令式地说:"跟我走!"就独自往前走。

　　"跟你,跟你到哪里去?"余大憨不解地问。

　　秋香回头说:"问啥?跟我走就是了,又不是让你跳火坑!"余大憨见她口气很冲,不再问,三岁小孩似的乖乖跟她走。出了家属区,向大街走去。余大憨又问:"去哪里?我后晌还要去干活。"秋香头也不回地说:"要你走你就跟着走,哪来那么多废话?"余大憨就不敢吱声了,悄无声息跟她走。到一个饭馆前,秋香走了进去,对服务员说:"要盘拉条面,带两个肉菜,一斤猪头肉!"服务员说好,要去后堂报饭菜。余大憨见她来了饭店,又要买那么多饭菜,忙说:"秋香,你这是,这是干啥嘛?自己做不就行了,干吗花钱破费?"秋香冷冷地说:"你咋话这么多?又不让你掏钱。坐吧!"就把余大憨按在饭桌旁的凳子上。饭菜很快上来了。秋香对余大憨说:"吃吧!"余大憨说:"这么多,我能吃得了吗?"

　　"吃不了,带走。"秋香说。

　　余大憨就没话说了,望了望她,低头就吃。说是饭菜太多,但终了,还是吃完了,就剩半盘猪头肉。秋香便让服务员打包。出了饭店门,余大憨要去畜产品公司。秋香说:"今天不去上班了,跟我走。"余大憨说:"又跟你走,去哪里?"秋香说:"回村里。"余大憨:"回村里?"秋香沉沉地说:"对。回村里。"余大憨说:"我不回去,这里有事。"秋香怒吼:"你敢!"余大憨愣了愣说:"你,你咋管起我的事来了?"秋香说:"今天不是你的事,是我的事,走吧,村里的马车在供销社等着。"说着牵住他的衣袖,拽着就往前走。余大憨急了:"你要干啥?出了啥事?你总不能不明不白拽着我就走!"秋香说:"你真让我说吗……"话还没有说出来,泪光已经在眼眶里闪烁了,边哭边诉说大憨妈找她闹事的事……余大憨听着气得直跺脚:"真老糊涂了,老糊涂了,咋就干这种事,咋就干这事……这么说你是专门来找我回去的?"秋香说:"你在这里不回去,我便成了罪魁祸首,让你妈这么折腾我,我能受得了?我把你领回去交给你妈,让你给你妈解释,看我们中间到底有啥事?我冤屈死了!"

　　余大憨脸扭曲了,愤愤地说:"好,我回去。"就跟秋香回了村。

　　正是吃晚饭的时候,余大憨跟秋香进了村。秋香没回家,直接拉着余大憨来到余家小院。大憨爹妈和天亮正坐在树荫下吃饭。天亮见爸爸回来了,高兴地扑上去,抱住爸爸的胳膊。大憨爹妈见儿子回来了,脸上出现笑容:"回来了?"余大憨没应声,一脸的怒容。秋香把余大憨推到大憨妈面前,用挖苦的口吻说:"大妈,看好了,你儿子余大憨我给你请回来了,现在就交给你。从现在开始,余大憨如果再离家跑到啥地方,以前跟我一点关系没有,现在跟我一点关系更没有!"说完,转身抹着眼泪跑出院门。

"秋香——"余大憨叫了一声。大憨爹妈被突如其来的插曲弄得愣在那儿。叶梅端着两碟菜出来,见大憨回来了,又见大憨爹妈呆愣着,问:"怎么啦?怎么啦?"余大憨突然暴跳起来:"你看你们都干了些啥?干了些啥呀!我说跟她啥事都没有,啥事都没有,你们总是不相信,就闹闹闹,看看把事情闹成啥样了,你们让人家秋香咋活人?让我咋活人?好了,你们既然不要儿子的脸面,就让我走,让我走得远远的!"他转身就往外走去。

叶梅听着,忙放下手里的菜碟追出去,抱住余大憨的胳膊:"你刚回来,屁股还没有挨板凳怎么就走?咱爹妈每天都念叨你,爹妈想你……"余大憨吼着说:"他们眼里哪还有我这个儿子,让我走!"甩开叶梅,气呼呼走了。

"大憨——大憨——"

叶梅追了上去。天亮叫喊着:"爸爸爸爸——"跟着妈妈追去。大憨爹妈见儿子来真的,扔下饭碗叫喊着:"大憨——大憨——"追出门,但大憨已经消失在夜幕中。他们立在了门口。"大憨爹埋怨大憨妈说:"闹闹闹,早就给你说不要闹,不要闹!你就是不听,看看现在,把事情闹成了这样。这次大憨不会再回来了!"大憨妈便呜呜地哭开了。

月亮挂在当空,却不怎么圆,在几朵乌云中忽隐忽现,好像掉在污水里的小孩子在扑腾挣扎,小院里跟着忽明忽暗。叶梅望着天空,心里乱糟糟的。莫非生活就是这样?莫非命运又在捉弄她?她抑制不住又泪水涌流。

余大憨离开村,又去了镇上。叶梅前去劝说,他不回来,她便哭着回家了。

七月底了,地里的庄稼说黄就黄了。麦黄一时,龙口夺食。全村男女老少齐出动,早起晚归,不分昼夜连着收麦。叶梅每天早晨五六点钟就起来给公婆做早饭,招呼老人吃过早餐,便带上水壶,拿着镰刀上麦田。中午收工,又赶紧赶回家,做中午饭,吃过饭,收拾了锅灶碗筷,顾不得歇口气,就又带着水壶上地;晚上收工,天就全黑了。

十几天里,她两头不见太阳,周而复始,连轴转,人累瘦了,眼睛深陷了,走路摇摇摆摆的。大憨妈见她快累倒了,就劝说:"歇两天吧,身子要紧!"大憨爹

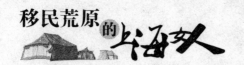

也这样劝说她。她喘着说："再坚持坚持吧，过几天麦收就结束了，队里说忙完麦收放两天假，让社员们都好好歇息哩！"大憨妈说："不能再硬撑着了，妈看你这些日子身子骨单瘦得厉害，风都能吹倒，缓两天吧，就两天，也少不了多少工分，不要把人撑坏了！"她知道媳妇这样坚持着，都为多挣几个工分。这几个月来，因大憨住院，她又跑来跑去，耽误了不少工。作为生产队的社员，就凭挣工分到年底分粮分钱，没有工分，哪来的钱粮？但大憨妈想，不能为了挣工分，把人累倒了！这天早上，她见媳妇又要去上工，狠狠夺下她手里的镰刀和水壶，强制她歇着！但她见公婆不注意，悄悄拿了镰刀，提了水壶，蹑手蹑脚出了门。

太阳已经冒出东面的山头，一股浓浓的麦香和早晨凉爽清新的空气扑面而来。社员们已经在麦田里干了起来，刷刷刷的割麦声，镰刀的磕碰声，说笑声，叫嚷声，此起彼伏，冲击着成熟的田野。她因为在家里耽误了一阵，人们已割出去好远，她便跳下地，上了趟，一声不吭地割起来。割麦是个力气活儿，也是个技术活，是男人们的事，但她却抢着干，因为割麦的工分要比其他活儿高，这样可以补补这几个月误的工分。此时她抓着割了一阵，见撵不上前面的男人们，就猫起腰来砍。这种砍镰式的割法，每砍三镰，便向前挪动一步。速度是快，但却很费力，腰肢、胳膊、手腕和小腿，全部都得用劲，稍不协调，不但砍不下麦子，镰刀还会砍到脚面上，但她技术娴熟，不会砍着脚面的，只是气力不如以前了。她就这么飞快地砍着，很快就赶近了前面的人。因为她砍得猛赶得急，上第二趟时觉得浑身没有劲了，腰肢、胳膊和手腕都有点发软，本来一镰砍倒的麦子，两镰都砍不倒了，眼前也飞闪着金花。她知道这是体能消耗殆尽的表现，便直起腰，要歇一歇，但刚直起腰，就觉得眼前金花飞闪，身子旋转，她赶紧蹲了下去。旁边的小伙子看见了，叫起来："嫂子咋啦？病了？哪里不舒服？"她摇摇头，说没事。那小伙子就往前割去。她在那儿歇了歇，感觉有了点精神，又割起来，但此时她明显感到身心交瘁，力不从心了。

快晌午了，太阳高悬当头，如火球燃烧，白炽炽的光束强烈地铺射下来，田野流动着烈火般的灼热。她感到脊背、脖颈和胳膊烤得发疼，身子好像失去支架，除了往下垮，眼前还眩晕旋转，仿佛风卷的纸片往起飘。她知道自己坚持不住了，打算歇一歇，就回家去，但还没坐下去，忽然眼前一黑，栽倒在麦丛里……人们发现她晕倒了，大呼惊叫："大憨家的晕倒了！大憨家的晕倒了！"手慌脚乱，不知咋办，罗队长来了，赶紧叫身旁的小伙子背着往村医疗室送。

赤脚医生小玉正给叶梅挂输液瓶，大憨妈大哭大叫来了，见媳妇僵躺在病床上，呼叫一声："我的媳妇——"便瘫软下去。大家手慌脚乱，刚把她扶坐在凳上，外面又是大喊小叫："不得了啦！大憨爹昏倒了，不得了啦！"大家冲出医疗室，就见一个小伙子背着大憨爹，向医疗室急奔。罗队长和赤脚医生小玉迎上去问："咋啦？咋啦？"那小伙子说："收工后，我要回家吃饭，路过大憨家，看到老人昏倒在门前的小路上，我就背着来了……"

小玉说："快背到治疗室。"

大憨妈因为耳朵不太好使，只听外面有人叫喊，却不知发生了啥事，正想着，见那小伙子背着大憨爹跑进门，便炸雷劈了般惊跳起来！这是咋啦？儿媳妇昏过去还生死未卜，老头子又进来了："天爷呀，天爷爷啊！"顺着治疗室墙壁，歪歪斜斜瘫软在地上。因为小玉和罗队长火急火燎抢救大憨爹，一时倒把大憨妈忘了。当小玉转身取药水棉球时，见大憨妈瘫软在地上，扔下手里的东西，抢过去掐住大憨妈的人中，半天大憨妈才"哇"地叫出声来。原来，大憨爹妈听到儿媳妇昏晕过去的消息后，便朝医疗室跑。大憨妈拄着拐杖跑在前面，大憨爹拄着拐杖跌跌撞撞跟在后面。因为大憨爹腿脚不如大憨妈灵活，又加上心急火燎，不防备脚下磕绊，便栽倒在地上，摔昏过去，被收工回家的小伙子发现……

余家三口突然发生意外，赤脚医生小玉从来没有经历过这样的场面，手慌脚乱，不知该抢救哪个？这时天亮又"爷爷奶奶妈妈"大喊大叫扑进来，简直乱成一锅开沸的粥了！

太阳渐渐滑向西面的山峦，暑气渐渐收散。这时余大憨紧紧张张跑进来，进门就问小玉姑娘："天亮妈怎么样？她好吗？没啥事吧？"他是上午听到消息，正好有车，就赶了回来。大憨妈见他回来了，腾地站起来，指着他的眼窝便骂："你个贼娃子，你个野兽，你还知道回来，你还知道回来，看你把媳妇累成啥样了，你爹也跟着摔伤了，你个贼娃子，你个无情无义的东西！我打死你，打死你！"举起拐杖就打，大憨进门还没问清情况，先挨了老妈的几拐杖，他忙向后退避。老妈不依不饶，仍撵着追着打他。

罗队长上前挡住说："老嫂子，别打了别打了，消消气，消消火，打坏了咋办？已经有两个躺在那儿，还不够？现在再打也不解决问题，快让大憨进去看看他爹和媳妇。"余大憨只知媳妇昏倒过去，不知爹的情况，听罗队长这样说，便问："我爹他咋回事？"罗队长简单给他说说情况，便扑进治疗室。他看看昏迷的爹，又看看昏迷的媳妇，眼睛里顿然汪出泪水，扑腾跪倒在妈的面前："妈，您老打吧！打吧！"抱头呜呜呜哭起来！

妈妈见儿子哭了，举起的拐杖打不下去了，最后用拐杖戳着他的脑门骂道："你这个无义种，无情无义的东西啊！"也呜呜呜哭泣起来……

311

三天后,叶梅渐渐恢复,她从医疗室搬回家里休养。小玉姑娘说好好歇息半个月就彻底恢复了。大憨爹是第二天清醒的,但因年纪大,这一跤摔得他几天爬不起来,过后半身不遂,偏瘫了。这段时间余家真是多灾多难,祸不单行啊!余大憨两个月前跌断了胳膊,还没有好利索,媳妇累晕了过去,媳妇刚进治疗室,老爹又跟着进去了。唉!唉!余家小院顿失往日的说笑声。大憨妈每天挂着拐杖,从早到晚在老伴身旁坐坐,再陪儿媳妇坐坐,整天长吁短叹。因家里出了几件大事,对老太太刺激太大,身体明显不行了。过了几天她去了,半个月后,大憨爹又去了……

叶梅悲伤痛苦极了,对余大憨吼道:"逼逼逼逼,千方百计逼我走,这下好了,把两个老人都逼走了,这下你该高兴了吧?"这是她第一次对余大憨发脾气。余大憨自知这一切都是他造成的,愧疚地流下眼泪,抱头蹲在了地上。叶梅准备再吼他两句,见他几天时间鬓角的头发全白了,忽然鼻子发酸,闭上嘴。

转眼秋天就来了。这天晚上,余大憨去了罗队长家,要郑重其事给村领导谈谈叶梅的事,再不能耽误了,她要再不去东台县上班,可能就没有机会了。过去她不愿离开,是因为她牵挂着爹妈,现在爹妈没有了,还有啥话可说?他见到罗队长谈了自己的想法。

罗队长说:"我的想法跟你一样,不能再耽误天亮妈了,这确实是个机会啊,这个机会如果错过,天亮妈可能就一辈子成巴丹图尔人了,天亮如果考不上学,也跟着在这里当农民——这是关系到一个人,一辈子的前途命运大事,是不能三心二意了!这事都过去快半年了,要是别的地方早不过问了,还好,东台县那面还给她留着机会,林主任前些日子还来信问起这事,现在是需要来硬办法。明天我跟她谈谈,不,现在就去,走!"

他是个急性子,说走披上衣服就往外走。

36

十月间,叶梅来到了东台县。她是被罗队长"逼"来的,因为她不来,余大憨不回队参加劳动就不记工分不分粮食。她不得不就范了。

这年十月,是金黄色的十月,不平常的十月。全国平反冤假错案工作渐渐接近尾声,一场拨乱反正,正本清源运动正在全国轰轰烈烈展开。东台这个藏北高原上的牧业县,虽然比外面的鼓点稍稍慢了点,但也紧随全国形势,紧跟时代潮流。她来县里后,组织分配她去牧业局工作。县里原本让她去文化馆干老本行,但因前段时间她没有报到,这样就被罗曼兰顶了缺。

当天,她就赴牧业局报了到。局里因岗位满员,又分配她去干收发。老局长带她去了收发室,收发室坐着两个人,一男一女。老局长给他俩介绍说:"她叫叶梅,刚调来我们局工作。"那男的站起来说:"欢迎欢迎!"又自我介绍:"我姓马,以后叫我小马就是了。"老局长又指那女的说:"她叫李小妹……"

她三十左右,人长得还漂亮,但浑身却透着一股粗俗和没教养的气味。她正坐在桌前嗑瓜子,抬头瞭叶梅一眼,懒懒地说:"欢迎。"又嗑她的瓜子,面前的桌面和地上满是瓜子皮。局长皱了皱眉,转向小马说:"小马,叶梅同志就接替你的收发工作,从今天开始,你去牧业管理岗位工作。"老局长话音刚落,李小妹插过来问:"让她接小马的收发工作?"老局长说:"是,怎么啦?"李小妹脸色刷地拉了下来:"没啥,一个打扫卫生的能有啥,随便问问。"一挥胳膊,将桌面上的瓜子皮横扫在地上,起身从门后拿把笤帚扫地。老局长又皱了皱眉,想说什么,张了张嘴,没说出口,只是轻叹一声,摇了摇头。

小马见状忙打破难堪问:"局长,现在就办交接手续吗?"老局长回头征求叶梅的意见:"你刚来,要不要歇两天,把住宿和生活方面的事办办,再接手续?"

叶梅说:"就不用歇了,干活要紧。"老局长就对小马说:"那,你们就办交接吧。"又安排小马说:"交接完了,你去帮小叶收拾收拾住房,还有什么该帮的,帮着干干。"小马痛快地说:"行。"

老局长走了,小马和叶梅便开始办交接手续。那个李小妹却刷刷地胡乱扫着地,弄得尘土飞扬。小马看她一眼,无声地摇摇头。李小妹扫完地,一屁股坐在自己的办公桌前,"哗啦哗啦"乱翻桌上的书报,忽然把一本书很响地摔在桌上,站起来拧着身子,气哼哼地走了,好像给谁撒气。

叶梅怔了一下,不知这女人怎么了,后来才知道,她是农牧局的勤杂工。几年前跟随丈夫从河西县迁来东台的。她不是正式职工,但通过关系安排在农牧局做勤杂活儿。她早就谋着小马的收发位置,因为收收发发,送送文件,比勤杂工轻闲体面,现在见叶梅把她谋的位子占了,心里自然不舒服,便在那儿撒气发火。小马见叶梅直发愣,就说:"不管她,我们干我们的活。"又悄悄说:"叶大姐,这个人可不怎么地道,爱说闲话,拨弄是非,还给领导打小报告,这些年搞得我

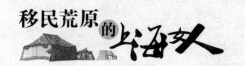

头痛,现在你来了,做了收发,她能高兴吗?以后可要防着她。"叶梅"噢"了一声,便不再说什么,默默填写移交表,心里想着自己不该顶她谋求的位子,人家在那儿都等了几年了。她想着,就要去给老局长建议,给她重新换个事情做,但又觉得不合适,刚来就挑三拣四的,叫局长怎么看她?如果李小妹不愿干那些粗杂活儿,她以后可以帮她干,矛盾不就化解了?

手续接了,她正式上班了。局里来来往往的文件材料不多,需要上传下达的文字材料有秘书。她的主要工作就收收发发,再就是守着局里的电话。工作不多,但对面的李小妹成天拉着个脸,让她心里总不舒服。这天小马过来借阅文件,李小妹说:"小马来得正好,帮我搬搬办公桌。"小马问:"搬到哪里?"李小妹指着旁边:"搬到这里。"她的办公桌原本跟叶梅的面对面,这样既不占空间,两人交流也方便。小马说:"这不好好的,搬啥?"李小妹说:"你们都是干部,我是工人,掺和在一起不方便。"她话里有话,小马听出来了,叶梅也听出来了。叶梅就说:"看看大妹子,啥干部工人的,我俩这样坐着就很合适,就不要搬了,咱们姐妹面对面坐着,说个话啥的也方便。"

"我们有什么可说的?"李小妹带着讥刺的口吻说,"我是勤杂工,不能影响大干部的事。"说着自己先动手搬,小马望望叶梅,无奈地帮她搬。叶梅见李小妹这样,呆立在那儿了,不知该帮着搬,还是该劝阻。她感到自己上班没几天,就已经陷入是非矛盾的泥塘里了,不知以后怎么办?

她原想以后多帮李小妹做点活儿,尽量化解矛盾,把关系搞好,因此就落实到了行动上。每天早早来单位,帮李小妹打扫卫生,清扫院子,收拾办公室,擦窗户玻璃,还给各办公室打开水。她帮李小妹干着,后来也就习惯了,每天早晨李小妹还没到单位,她就提前来了,等李小妹上班,她替李小妹把活儿都干完了。

然而,这个李小妹却不领情,心里狠狠地说:"爱干就干去,谁叫你占了我的位子?"后来反而习惯了,早晨干脆不来单位打扫卫生,就让叶梅去干。她呢,跟其他职工一块儿上班,来单位后坐在那儿打毛衣,有时还指挥叶梅干这干那,"哎,该给领导打开水了","哎哎,垃圾箱满了","哎哎哎,那窗玻璃没有擦干净,你再擦擦!怎么搞的嘛"!好像自己是领导,叶梅倒成了勤杂工。

别人看着不过眼,说李小妹不像话,自己的工作自己不干让别人干,还蛮理所当然似的。老局长看见了,也批评她。她很冤枉的样子说:"我不让她干,她非要争着干,我有啥办法?这人真是的,怎么就这样,大家还以为我让她干哩!我冤枉死了。"说着竟然揉起眼睛来,背地里却说:"你们都不知道呀,她这样表现,是做样子给领导看的,她野心大着哩,想升官,想把局长搞下去自己当局长!"又上蹿下跳给领导打小报告,编派她,挤对她。有些领导知道李小妹的毛病,不相信,不理她,有些领导却相信了,说这个女人官瘾还挺大的,难怪当年打成了右派。

李小妹到处打叶梅的小报告,后来竟然把局里两个争当副局长的干部煽惑起来,要赶走叶梅,说:"不赶走她,副局长的位子就是人家的,你们就干等着喝西北风吧!"那两个干部便一起上阵,大造舆论说"叶梅想当副局长,要夺农牧局的权,还诬骂县里的领导"云云。这一来,问题就严重了。"干部队伍里怎能允许这样的野心家、阴谋家存在呢?必须克服!"县长这样说。

县长姓刘,是从地区行署派来的,人年轻,大学文化。他平时不怎么说话,说也是几句,城府很深的样子。他去找贺书记,建议调她到乡里工作。说这样的人在政府机关不合适,弄得风言风语,沸沸扬扬,影响干部队伍的思想。贺书记听了就哈哈大笑,因为那些谣言他也听到了,自然不相信,他了解这个叶梅,给她个局长,她都不会去做,更不用说争权夺利。他便把叶梅的情况介绍给刘县长听,刘县长说:"原来是这样……"这样,那些谣言便在领导层失去了作用。然而,这些谣言仍在社会上流传着,渐渐传到了叶梅的耳朵里。她先是不相信李小妹会造她的谣言,世上不可能有这样以怨报恩的人。后来证实了,她除了气愤,后悔自己不该帮李小妹,招来这些出力不讨好的事。但过不了一夜,她就把那事忘到了脑后。每天仍早早起来,到单位仍替李小妹干那些勤杂活儿,干完了,才去忙自己的事。儿子天亮知道了,就埋怨妈妈:"她的工作她不干,为啥让妈妈干,她凭啥?妈妈为啥要替她干?"妈妈说:"孩子,多干点活吃不了亏,助人为乐嘛!"儿子就说:"助人为乐自然好,可她到处编派你,说你想当官,说你野心大,还说你诬骂县里的领导,压根就是个老右派!都传到了学校,几个领导家的娃娃还围攻我,有人动手打我!妈妈你能忍受了,我可忍受不了!"

儿子的这些话把她打愣了,接着就流起泪来。这世上竟然真有这样恩将仇报的人。儿子说:"我早就说妈妈不要干那种出力不讨好的事,妈妈就是不听,看看把冻伤的蛇焐在怀里,这不狠狠咬了你几口?"叶梅心里痛,就躺倒了!

一连两天,她都没去上班。老局长来看望她,安慰说:"不要在乎那些了,李小妹就是那样的是非女人,一般人不敢惹她,我们也让着她,你就忍着吧,过一段时间我给你想办法调调工作。"听老局长要给她调工作,叶梅忙说:"不不不,不能给政府增加麻烦,不能,我还干我的,还干我的。"就起来去上班了。

时间就这么向前走着,转眼几年过去了。老局长几次提出给她调工作,她

还是那句话。这年,老局长到年龄了,要退休了,在办手续前,认真地说:"我就要退休了,现在还在位,就把你的工作调调,以后不在位了,想调也没有权力了。"她仍然还是那句话。老局长心里说:"共产党的干部如果都像她,任劳任怨,放在哪里就在哪里脚踏实地干,国家的事情就好办了!"

1983 年,从中央到地方实行干部年轻化、知识化、专业化。贺书记在这场干部制度改革中退了下来,刘县长接了他的班,提拔为县委书记。县农牧局老局长退休后,局长的位子一直空缺着。局里有两个副局长,一个姓张,一个姓杨。张副局长是个炮筒子,性格直爽,但工作踏实,很有闯劲;杨副局长却与张副局长恰好相反,平时话不多,看起来蔫头耷脑的,但工作细致,看事情深刻,心里很有路数。那些日子,两个副局长明争暗斗,抢着这个位子。全局干部职工纷纷议论,暗中猜测哪个最有可能争到局长位子,但谁也没想到,这年八月从乡里调来一个牧业干事当了局长。

这天,县委组织部来电话说新局长要到任,让局里准备准备。那两个副局长都傻眼了,但傻眼归傻眼,必须根据组织部通知,做好欢迎准备。因为按惯例,新局长到任要由组织部门领导陪同前来宣布任命,因此不能马虎。两个副局长刚刚准备就绪,组织部副部长就带着新局长到了,两位副局长站起来鼓掌欢迎,大家也跟着站起来鼓掌欢迎。叶梅站在后面,看见新局长后,陡然惊叹:"啊!是他!?"便傻在那儿了,接下来发生的事,一点都不知道!渐渐清醒后,发现偌大的会议室空荡荡的,只有她自己还定在那儿……

——新局长是她的老冤家邱生辉。

她挪着沉重而有点踉跄的脚步走出会议室,向家里走去。红红的太阳挂在当空,但她却浑身阵阵发冷,心里叫喊着:"真是冤家路窄啊!二十多年了,转来转去,还是没有转出他的手心,老天爷怎么就不睁眼?怎么就跟我过不去啊?"她回家后,向单位请了三天病假,就躺倒了。在巴丹图尔的余大憨听说她病了,乘车赶来。现在有了交通车,倒也方便。他带着她喜欢吃的青苞米棒子,新下来的洋芋,还有毛豆什么的,又说今年夏秋两季庄稼都很好,丰收在望。叶梅脸上就出现了笑容, 跟大憨寒暄几句后, 问:"你咋知道我病了,是天亮告诉你的吧?"

余大憨说:"是。"就问她的病情。

叶梅说:"我没有病,放心!"

大憨不相信:"没病咋躺下了?"他知道她这个人只要累不倒,是不会躺下

316

的。叶梅就玩笑说："想老头子了,就躺下了,等你过来。"大憨脸一绷:"你说话正经点——到底病咋样了?"叶梅就说了实话。大憨就愣在那儿,半天说:"这狗日的当年把你差点整死,躲了二十多年,现在又碰到他的手底下了,这狗日的,我去收拾他!"

叶梅问:"怎么收拾?打他?骂他?敲断他的腿?"

余大憨说:"对,敲断他的狗腿!"

叶梅说:"这不就犯了法?孟尚海那年给了他一拳,关了八九天禁闭。还把他的前途全打没有了,后来被贬罚到深山老林放羊,你想学他?——咱们可不能干那样的傻事,那是犯法的。"余大憨说:"那你说咋办?"叶梅就抱住他的胳膊,撒娇说:"我想回巴丹图尔,想回家!家里多好,现在土地承包到户了,就那么几亩地,想种啥就种啥,啥能来钱就种啥,消消停停就务农好了,晚上全家人守在一起,平平安安,欢欢乐乐,奔咱们的小康日子多好?"余大憨听她想回去,不乐意了:"你胡来哩!好不容易进了城,又想回去,犯啥毛病?——你就干着,看他当了局长能咋样?把人的屎咬了不成?现在不是过去,他想干啥就干啥,有党有政府——不要怕他!他要是再敢欺负你,老子把他的狗腿砸断,再不,就告他,让他狗日的坐几年牢!走,现在就去单位,警告警告他……"

他正愤愤嚷着,门外有人接上他的话头:"警告什么?警告谁?"余大憨转眼看,只见三个男人提着包包蛋蛋的礼品来到家门前。他不认识他们,转脸对躺在床上的叶梅说:"来,来人了。"叶梅一见来人,怔住了:"你,局长们,你们来了……"为首的人是邱生辉,两个副局长陪着。他说:"听说你病了,我和两个局长来看看你!"把手里提着的包包蛋蛋放在桌上。张副局长和杨副局长也把东西放在桌上。

叶梅听他这样说,目瞪口呆,瞠目结舌了。她怎么也没想到邱生辉这个冤家会突然而至,一时间不知该赶他出去,还是给他个冷脸不理睬?好半天,才结结巴巴,礼貌性地说:"坐,坐,局长们来看我,坐坐……"

按照她以前的性格,她会把邱生辉赶出去的,但这一瞬间,却没有了这样的想法。她想,不论邱生辉是虚情假意,还是半假半真,毕竟带着礼品来了,既然人家来了,就是客人,她把客人拒之门外,就显得没有涵养了,重要的是还有两个副局长。于是她边让着邱生辉和那两个副局长坐,自己也慌忙要坐起来。邱生辉见叶梅要起来,忙劝:"不起来,不起来,躺着躺着,你有病。"张杨副局长也劝说她躺着,好好休息。

叶梅只住着单间屋,二十来个平方,屋里只有一张床,一张桌子,一把椅子,

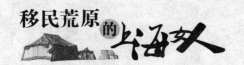

没有可坐的东西，邱生辉和两个局长便站在床旁。余大憨听他们都是局里的领导，就赶紧从隔壁家找来两个马扎让领导们坐。邱生辉坐定后，指着余大憨问叶梅："他就是你爱人吧？"

叶梅点点头："哦，是……"

邱生辉说："一个憨厚老实的人嘛！"伸手要跟余大憨握手，余大憨因刚才弄洋芋、苞米棒子，手上还沾着泥土，就说："你看我这手，刚捡过洋芋，就不握了……"邱生辉说："没事。"就抓住握了握，两个副局长也跟他握了握。余大憨就有点感动了："坐坐坐，我给领导们倒水。"邱生辉和两个副局长说："不忙活了，刚出办公室，不渴。"

余大憨就不忙活了，立在旁边咧着嘴憨笑着。他并不知为首的就是叶梅的死对头邱生辉，现在的邱局长。叶梅本来要给大憨介绍邱生辉和两位副局长的，但怕大憨知道了，莽撞行事，闯出什么麻烦来，面子上不好看。而余大憨虽然听叶梅说他们是局长，但搞不清是哪里的局长，更没朝邱生辉身上想，因为他跟叶梅是冤家，不可能来。他搞不清，便立在旁边，目光在几个人之间穿梭。

至此，叶梅仍不知该怎么应付这个不速之客，只呆坐在床上，想着邱生辉为啥突然而至？他不会无缘无故来看她，可能别有用心。这样想着，屋里的气氛就有点冷了。叶梅觉得她可以冷邱生辉，不能冷了张杨两个副局长，便对他俩说："领导们都忙，还来看我，真过意不去！"

张杨局长说："这有啥，再忙，也应该看看，都是一起工作的同志嘛！"邱生辉接过去说："对！不管多忙，职工生病都要来看看，这是领导的责任。我们来迟了，我是今天才知道的。"又对两个副局长说："以后要形成一个制度，职工生病，领导都要去看望，有婚嫁丧事，都去帮帮忙，领导和职工要打成一片，才能心往一处想，力往一处使，开创牧区经济建设好局面，搞好四化建设！"张杨两个副局长点头称是。

局长们安慰寒暄着，过后，握握余大憨的手出了门。叶梅目送他们出门后，望着门口发愣，好像做了一场梦。余大憨问她咋啦？叶梅却反问："知道那领头的是谁吗？"余大憨说："你又没介绍，我哪能知道。"

叶梅思考良久说："他是邱生辉。"

"啥啥啥？邱生辉？"余大憨手里拿着的麦乳精盒子哐啷掉在地上，"他是邱生辉啊？"叶梅点点头。余大憨就嚷开了："你咋不早说，我收拾他狗日的！你看看，让他狗日的就这么走了，我还以为他是啥地方的领导哩！"叶梅说："我就害怕你闹，没敢告诉你……俗话说骂人不揭短，打人不打脸。人家来了，笑嘻嘻的，还有两个副局长,你就能骂出口,打出手?"

余大憨就不说话了。

三天后,叶梅上班了。其实她身体没病,病在心里,心里郁结的疙瘩散了,就起来了。一上班,她屁股还没有落座,邱生辉就打发人叫她到他的办公室去。她不知领导有什么事,就去了。进门邱生辉就关切地问:"小叶,怎么上班来了?病好了没有?不舒服,就再休息两天,着急啥?"他很客气,很热情,让她坐在沙发里,亲自泡茶。她忙起身说:"不忙了,我不渴,刚上班喝了茶。"邱生辉:"那是你的茶。我现在给你沏的可是龙井,最好的茶。来我办公室不喝杯茶,是不欢迎我这个局长啊?再说咱们都是老熟人了。"叶梅见他这么说,就不好推辞了:"那,我自己来。"就要茶叶盒。邱生辉说:"哪能让你动手呢?你算是客人。"说着就沏好了茶,端到她面前的茶几上,"喝吧!慢慢品才有味!"过去关上门说,"今天我不谈工作,也不接待客人,专门跟你聊聊天。你也不要把我当局长,就当咱们是熟人,好吗?"坐在旁边的沙发里。

叶梅听他不谈工作,专门聊天,心里嘀咕起来:他要干什么?邱生辉说:"叶梅你不要怕,我没有别的意思,就是想和你聊聊,真的。说实话,我邱生辉那些年做了好多亏心事,特别是做了对不起你的好多事,现在想起来,心里很愧疚啊!这些年里,我每每想起那些事来,心里就愧得慌!那时候我怎么就,就……对不起你,对不起你呀!"眼睛里出现泪光。叶梅忽然慌了:"你,你不要,不要……"邱生辉说:"叶梅,你让我把话说完,这些话一直在我心里压了二十多年,不说出来,我这心里不安,我的良心不安哪!这些年我也到处寻找你,打听你的下落,想找到你,给你道歉,向你赔罪,争取你的原谅,可,没有找到你,也不知道你去了哪里?那年我去了巴丹图尔村,可他们都说没有你这样的人,所以我这一肚子话没有地方去说,折磨得我死去活来哇!"他说着欷歔起来,叶梅更加慌了:"邱,邱局长你,你不要这样……"她开始称他邱局长了。邱生辉说:"不不,是我邱生辉坏了良心,坏了良心!叶梅你现在打我吧,你打我,狠狠打我,这样我的良心会好受点!"说着抓起叶梅的手,向自己的脸上扇。叶梅见他这样,手足无措,直往后缩着身子。邱生辉说:"叶梅,你不知道我心里多难受啊!好像刀绞!人哪有不犯错误的?人哪有没有过失的?可我做的这些事,让我二十多年心里不安!"叶梅见他流着泪,就说:"邱局长,不要这样了,我原谅你,那时候你我都年轻无知,那些事情都过去了,就让它过去吧!我是四十多岁的人了,你也五十多岁了,我们都人过中年,以后好好做人,好好做事,为党为人民的事业多作些贡献!"

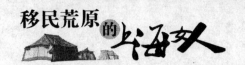

邱生辉听叶梅这样说,站起来抓住了她的手:"叶梅,你原谅我了?你原谅我了吗?"叶梅点点头。邱生辉高兴了:"好好好,我知道你会原谅我的,会原谅我的,以后你有什么事,就来找我,需要帮什么忙,尽管说,咱们毕竟在马蹄湾熬过苦难日子,我邱生辉在这里当局长不会亏待你的。"

叶梅听他这样说话,忽然感觉什么地方不对味儿了,抬眼望着他。邱生辉也觉察到自己刚才的话不合适,忙改口说:"同志之间要互相帮助,互相关心嘛!"

"那,我走了。"叶梅顿了顿,走出他的办公室。

她回到自己的办公室,坐在桌前就呆住了。俗话说:任何语言说过头,就不真实了。她感觉邱生辉好像在演戏,而自己又好像跟邱生辉做了一笔不怎么光明的交易——她原谅了他,他以后用权力给她方便。想着,一种被人出卖的感觉涌上心头,气愤和后悔随之交织出现。

这个可恨的邱生辉,他们之间是不共戴天的,她多少次想杀了他。然而,她想不通的是,今天她怎么跟他坐到了一条板凳上?而且轻而易举原谅了他?她想着,就恨起自己来。但又想,也许邱生辉对她的道歉是真诚的,也许他现在痛改前非变好了,是她自己多心了,把人尽往坏处想。世上总是好人多。她这样想着,心里就渐渐顺畅了。

这时小马进来了,把一本资料交给她:"这是《全县草原基本建设规划资料》,在张副局长那里,刚才他翻出来让我拿来,让你存起来。张局长说,这份资料是在讨论稿基础上修改好的稿子,因为没有最后定稿,只打印了四份,是很重要的资料,以后全县的草原建设全靠它,局里的另一份丢了,只剩这一份,一定要保管好,不能弄丢了!"他再三叮嘱。她重重地点了点头,拿出登记簿登记。

背对叶梅坐的李小妹,转过身,乜斜一眼小马:"啥破东西,说得跟天一样重要,听着叫人害怕。"小马说:"哎,你可别小看这份资料,有时候用得着,可真比天重要哩!"李小妹就讥刺说:"说得悬的,好像天掉在地上了。"

在小马跟李小妹说话的当儿,叶梅把那份资料登记好,打开文件柜放进去,锁上了锁。小马问叶梅:"最近还好吧?有什么事吭声。"叶梅说好好好,有事一定吭声。小马准备走,望望叶梅的脸说:"叶大姐,这些天看你的脸色不对劲?生病了?"叶梅说:"没什么。"小马笑着说:"看你好像心里有事!"叶梅笑了一下:"没有呀!"李小妹又扭转身子,半是嫉妒半是讥弄地对小马说:"人家现在有啥不高兴哩!过去马蹄湾的老相识当了局长,往后好事就来了,说不定还当个副局长哩!"叶梅忽然被激怒了:"你,你怎么这样说话?你啥意思?你要干什么?"

这些年李小妹背地里戳弄她，时时处处说她的闲话，弄得她简直焦头烂额了，她一直忍让忍让，不愿跟这些小人泼妇一般见识，没想到她竟然明目张胆了，她气愤极了。小马也听着不顺耳，对李小妹说："你怎么这样说话？连讽带刺的？叶大姐多年来对你不错，你怎么不记人家一点好处，还尽说人家的不是。人可得讲点良心呀！"李小妹大概觉得自己刚才的话有点过分，一改时常连讽带刺的口吻："开句玩笑，当什么真呀！"

叶梅说："我不喜欢这样的玩笑！"一拍桌子出了门。

李小妹见叶梅走了，嘟囔着说："有啥了不起？还拍桌子……"

小马责怪她："你也太过分了！我说李小妹，以后你要改改这闲话唠叨的毛病，豁鼻骡子卖了个驴价钱，都因你这张嘴！你想干收发，就去局长跟前争取，给人家叶大姐使什么心眼子？再说，那收发工作也不是人家硬要着干的，是领导决定的，干吗这样戳弄人家？现在新局长来了，你有能耐就写申请，找领导谈，去争取，说不定领导见你是人才，埋没了可惜，就把收发的位子给你了，还说不定以后提拔你当个副局长什么的。"这些话带着明显的挖苦，但李小妹却没有听出来，兴趣大增地说："真的吗？真要这样，我就在新局长跟前争取争取！"小马心里讥笑道："连东台县几个字都写得歪歪扭扭，还想着干收发，当局长？你要能当局长，除非这个世界颠倒了！"嘴上却说："真的，快去争取吧，不要欺负人家叶大姐了。"

李小妹这个不知天高地厚的女人，果真就站起来，拍打拍打身上的尘土，拿出镜子照了照脸，又捋捋头发去了。小马望着她的背影讥笑道："这个半吊子，二百五，真是个半吊子，二百五！头上顶鹅毛，不知道自己几钱重！"

37

这些日子邱生辉心里特别得意。因为他的几场"戏"演得很成功，特别在叶梅面前的表演，技艺高超，淋漓尽致。前一段时间他东奔西走，上蹿下跳，一份份悔过书，一把鼻涕一把泪，先打动了县委刘书记，又打动了县里的几个领导，使他们对他产生了同情感，破格提拔为农牧局局长，现在又把叶梅稳住了，二十多年他最担心、最害怕的事情解决了——因为叶梅手里掌握着他过去的劣

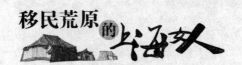

迹,如果她把那些劣迹抖搂出去,不要说当局长,恐怕连一般干部都当不安稳。现在好了,他可以不必担惊受怕了,可以放心地当他的局长了。

二十多年来,他是走过了坎坎坷坷,风风雨雨的人生历程。那年他正在甄别办公室干着,沙县长退休告老还乡了,他的靠山走后,黑脸社长走马上任当上了副县长。他失去沙县长这个靠山后,便被免职罢官,成为一般干部。正当他心灰意冷时,"文化大革命"开始了,他当上了造反派副司令,后头当上了县革委会副主任,一夜之间从底层,跨上县里的权力层。

然而,正当他大权在握,呼风唤雨,得意洋洋时,"文革"结束了。在清理"文革"中的"三种人"时,他又从县革委会副主任的位子上栽了下来,弄到马蹄湾边劳动改造边说清问题。他心灰意冷了,彻底心灰意冷了。五十多岁了,眼看就要退出政治舞台,他还在深山做苦力。他曾几次站在山崖上,准备结束自己的生命,却没有勇气向前跨出去。他是个聪明人,准备在结束生命之前,再拼上一把,把自己的政治生涯死马当做活马医。于是开始了他的"跑官"之路。他首先跑到刘县长那儿,鼻子一把,眼泪一把"悔过",接着又在其他领导跟前如法炮制。一些领导被他的"悔过"触动了,说"人哪有不犯错误的?只要认识错误,改了就好,他的态度已经诚恳到下跪赔罪程度,还要怎么"。后来,贺远程退休了,刘县长当了书记,他大感出头的日子到了,又到县里"鼻涕一把,眼泪一把"表演!

这天晚上,刘书记派人把他从旅馆传去了。他听是刘书记传他去,知道自己的命运将从今晚开始出现新的转机,激动得有点不能自已。他浑身战栗,到刘书记办公室就要跪下去,刘书记对他沉沉地说:"不要这样,有事说事,这点雕虫小技在我面前没用……"他忽然哭叫:"刘书记啊!我,我这也是没有办法啊!真没有办法,我已经在深山老林当了整整五年社员,像民工那样背石头,抢镐头,我今年五十三岁了,应该给我个稍稍好的归宿哇!"不由得扑腾跪在地上。

刘书记又沉沉地说:"起来吧!不要这样。贺远程书记曾说过共产党的干部不是封建社会的官老爷!我再加一句,不是菩萨,也不是佛陀,磕头没有用!"但他膝盖软得没法爬起来,连连哀求道:"书记大人,给我个机会,给我个机会,让我为您服务,让我为您当牛做马,上刀山下火海……"书记脸色变了,严厉地说:"错了!邱生辉同志,不是为我服务,是为党,是为牧区经济建设服务,为四个现代化建设服务!起来,回去,回马蹄湾好好劳动,做出几件像样的事,让我们看看你认错改错的决心。"罢了,缓和语气说:"已有人在我这里推举过你,回去后等候消息吧。"

听此话,他好像做梦,眼前出现东山再起的彩球!他两眼直直地望着刘书记,等待书记说什么。但书记什么也没有说,无声地向外挥了挥手。他爬了起来,问:"刘书记,推举我的人是谁?"刘书记说:"不该你知道的就别问。去吧!"他又向外挥挥手。邱生辉赶紧闭上嘴,退了出来。

第二天,他回马蹄湾了,一头扎在野牛沟附近的羊群引水工程上。他要"做几件像样的事"给刘书记送一份见面厚礼,等候皇榜佳音。这项工程是他看中的,是他建议公社动工的。他跟基建队社员苦干了三个月,一条石头镶砌的水渠修成了,解决了山下几群羊的饮水问题。县里对工程评价不错,表扬了公社,也表扬了他。工程结束后,他刚从野牛沟回到公社,便接到县委组织部的通知,让他来县里一趟。他知道,他盼望等待的好消息终于来了,心里乐开了花!"我邱生辉要东山再起了,要生辉啦!"

到县里,他便直奔组织部。林部长不在单位,副部长给他谈了县委的决定,让他担任县农牧局局长。他一听惊呆了,他原想刘书记能让他干个副科级领导就已经老天开眼了,没想到让他去农牧局当局长。一个牧业县的农牧局,在全县十几个局里占什么位置不言而喻,这是大局啊!他大喜过望,猛然间有点头晕目眩,几乎出现"范进中举"现象。那副部长给他已谈完话,他仍坐在那儿,仍晕晕乎乎,像置身梦境!那位副部长说:"你可以回去准备准备,马上到任。"

他才起身,迈着颠三倒四的腿脚,晃晃悠悠走出组织部,回了旅馆。

一整天他都眩晕在梦幻般的情景中。他不吃不喝也不动,坐在旅馆的床头上,反复想着这件事的真实性。真实性是没问题的,因为组织已经谈了话,他也看到了县委的红头文件了。这乌纱帽是谁给他的?根本不用想,是刘书记。刘书记是好人,好人啊!你是我的大恩人!你把我从那样的处境中提拔上来,我邱生辉三生不忘,以后当牛变马也为你卖命,为你当马前卒,为你肝脑涂地!他感激得直流热泪!同时他也感激那个刘书记不愿告诉他姓名的推荐他的好人,他是谁呢?是不是县里的其他领导?两个副书记?县长?贺远程?林部长?他想了想,摇摇头。他到底是谁?忽然,他脑海中出现当年沙县长力排众议,推举提拔他为马蹄湾公社副社长的情景。当时那情景与现在何等相似啊!难道是沙县长?但怎么可能呢?他退休快二十年了,听说退休后就回了老家,多少年来一点消息没有,哪会记得他邱生辉?但看看刘书记的性格,处事做派,很像沙县长。

他上任了,他欣喜若狂,飘飘然然,然而那天当他跟随组织部领导前去农牧局赴任时,一进会议室,看到了站在最后一排的叶梅,仿佛看到鬼魂,他即刻心惊肉跳!她是他眼睛里的一粒沙子,钉在肉中的刺啊!多少年来搞得他安稳不下来,现在又出现了。这二十多年来,他吹牛建农场,饿死冻死人的事,他没有

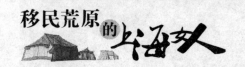

害怕过,"文革"中揪斗批判贺远程这些老干部,他也没有害怕过,因为当时全国的形势需要他们这样做,但叶梅的事就不同了,当年他逼奸了她,这是犯法的,她真要跟他计较,不要说他的局长做不安稳,还有可能进"高庄子"。

当年叶梅失踪后,他曾心里轻松了。几年前,他正在野牛沟劳动改造,当听说她还活着,而且平反摘了右派帽子,知道他的末日来临了,于是躲在山里不敢露面,生怕叶梅找上门来跟他算账,但几年过去了,见叶梅没来找他的麻烦,心里才渐渐轻松了。然而那天当看到她的身影时,灾难的阴云又陡然笼罩他的心头,使他心惊肉跳!

下午回家后,他坐卧不宁,思谋着怎么对付这个冤家对头,思来想去,觉得必须主动出击,争取主动。他现在是她的顶头上司,他可以用手中的权力,实施自己的手段,要么软化她,让她原谅他,从今往后和平共处,要么彻底铲除她,让她离开东台县,像当年一样销声匿迹。这同样是一场没有硝烟的搏斗,胜者,享受荣华富贵,败了,就此下地狱,苦熬日月。他邱生辉不是等闲之辈,不能自甘失败!于是他故伎重演,在叶梅面前演出了"亲切慰问"、"道歉认罪"的文戏。他计划,如果文戏不凑效,就唱"武戏",来硬办法,把她赶出东台县。然而,没料到他的"文戏"没费吹灰之力,便获得了事先想象不到的好效果。——叶梅原谅了他,容易得叫他都不敢相信自己。但他清楚,叶梅不是轻而易举放弃仇恨的人,她嘴上说原谅他,心里呢?所以他不能万事大吉,还得提防着点。

他正想着计谋,有人笃笃地敲门,真不是时候。他冷冷地说:"进来。"外面的人就进来了,是李小妹。他见是搞卫生的勤杂工,以为要打扫他办公室,便说:"我这会儿忙,等有空闲再过来打扫。"李小妹本来就是个会察言观色的人儿,见局长今天脸上不爽,便说:"哟,大局长,您早晨还没来办公室,我就给您打扫了卫生。我现在是过来看看壶里有没有开水,没了,我去打。"他听是这样,便说:"还有水。你就忙你的去吧。"李小妹却没有动,望着他甜甜地说:"看你不高兴?是哪个惹局长不高兴了?真不知好歹!这么好的局长哪儿找?还不满意?"他忽然心里涌出一股暖意。谁不喜欢恭维呢?他心里说:"这个女人还挺善解人意的。"抬头看看,见她模样也不错,忽然产生了想留她说说话的想法,但不知怎么开口。李小妹好像看透了他的心事,甜甜地笑笑说:"局长整天为工作忙,忙得,也不知道歇歇,想不想让您的下属陪您说说话,解解烦闷?"

"这个女人真善解人意啊!"他心里这么说,嘴上却说:"这,这上班时间……"李小妹见他半推半就的,就说:"上班时间,也不能不让人喘口气呀!经常这样,还不把您累坏了,要注意身体哟!"这声"哟"字拖得很长,甜腻腻的,一下挠痒了他的心,他说:"那好吧,歇歇。"就从桌后过来,搓着脸坐到沙发里。李小妹就赶忙给他沏杯茶,端到他面前的茶几上。罢了,站在那儿,好像不敢落座。他就说:"哎,怎么不坐?站着咋说话嘛?"李小妹说:"我敢跟大局长坐一起吗?咱是勤杂工,局长是高贵人哩!"她哪里是不敢坐,她是试探邱生辉对她的态度哩!她啥场面没有经历过?前些年在河西县剧团跑龙套时,曾"俘虏"过好几个领导,有一个还是主管文化的副县长。她是作风不好,在河西县待不下去,才跟着丈夫跑到这个深山僻地的。这些年她试图"俘虏"局里的几个领导,改变她的工作环境,但几个局长都隐隐约约听说过她的恶迹,因此都不敢沾她,怕招惹是非。此时见邱生辉让她坐,她巴不得哩,就势坐在他身旁,东拉西扯说笑起来。她是个聪明人,自然不会第一次见面,就把话往实际问题上拉,也不会提工作的事。欲速则不达,这个道理她清楚。她想,只要把这条鱼钓住了,收发的位子算什么?副局长也会弄到手的。

邱生辉倒是认真的,问她家里的情况,爱人在哪里工作等等。她就回答说:全家三口人,丈夫,四岁的孩子。丈夫在乡里的贸易公司工作。邱生辉听了就若有所思地"哦"了一声,说:"一个人带着孩子挺辛苦,不容易啊!"她叹着:"可不是,死鬼男人三月两月都不回来一次,把我跟孩子扔在家里,别的不说,晚上一个人听着山风呜呜的,很害怕呀!"她把邱生辉想知道的,不显山不露水,顺溜溜地就递了过去。罢了,问邱生辉:"局长呢?爱人在哪里高就?"

邱生辉长叹一声说:"一言难尽啊!"见邱生辉长叹,故作惊讶问:"局长怎么啦?局长还有什么忧愁事?"其实,在邱生辉上任的第一天,她就把他的根根底底都弄得清清楚楚了,现在她这样问,自然有她的用意。邱生辉顿了良久说:"跟你家一样,也三口人,老婆、女儿,不过我家的情况跟你家不一样,老婆跟女儿原先在老家农村,前些年迁到了马蹄湾……"

"呀!这么说你也是一个人在县里呀?孤独一人,生活多不方便,多不容易?"李小妹体贴地惊叹着,"局长怎么不早说这些情况,单身日子我可是体会最深哪,吃大食堂的饭,住单身宿舍,晚上也没个说话的人。以后您如果不想吃大食堂的饭,就过我家里来,想吃啥,我给你做啥,虽然我做饭手艺不高,家常便饭还是蛮可以的。"邱生辉心里忽地掠过电流般的东西,注视着她说:"好,我以后就去麻烦你了。"心里却想着马上就去。

李小妹说:"不要说以后,今天中午就去。"

邱生辉说:"可以。"想了想又说:"不行。中午的饭已经在职工食堂订了,不去吃管理员有意见,要说话的。"

325

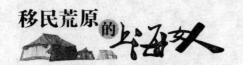

李小妹说:"那就下午。"

邱生辉就干脆回答说:"行。"

至此,李小妹觉得再没有坐下去的必要了,站起来说:"那我走了,不影响局长的工作了。"邱生辉说:"去吧。"伸出手,李小妹也伸出手,他们互相握了握。邱生辉轻轻挠了挠她的手心,她感觉到了,会意而又深情地向他媚笑笑,转身出了办公室。邱生辉把她送出门,目送她窈窕的身影飘进她的办公室,才恋恋难舍地转回身。他心里简直乐开了花,这好运说不来,老死也不来,说来就铺头盖脸地涌来了。刚刚当了官,连一点思想准备都没有,这桃花运就先扑面而来。他妈的,当官就是好,难怪人们斗得你死我活要当官。

叶梅从办公室冲出来,眼睛里已经噙满了泪水。这个姓李的女人已经把她欺负了几年。她躲也不行,让也不行,忍也不行,今天竟然公开欺负她。她真不知怎么办?她不就是来局里搞了个收发,况且这是局里分配给她的工作,她怎么李小妹了?你李小妹想干,去给领导谈,要求局里调整,干吗这样对她?她委屈死了!再则,邱生辉早晨又阴阴阳阳的,不知搞什么名堂,叫她云山雾罩,迷惑不解,而她当时又脑子忽然发热,竟原谅了他的过去。这两件事交相出现,弄得她非常悲伤烦恼。大憨已经走了,儿子又外出了,她不知向谁诉说自己的苦衷,向谁诉说心里话?

她顺着大街漫无目标地往前跑,一口气跑出城,登上南山坡,坐在当年她常坐着画画的那块石头上放声大哭,倾泄心中的委屈、苦闷和怨愤!这时她想起了去世的妈妈,要是妈妈活着,该多好,她会扑到妈妈的怀抱里哭泣、倾诉女儿心里的委屈和苦闷,但妈妈在哪里?她又想起了老妈妈,还有已经去世的公公婆婆,她的大憨……但公婆死了,老妈妈在遥远的马蹄湾,大憨在遥远的巴丹图尔。他们都不在她身旁,只有孤独独的她。

直到太阳渐渐斜向西面,她还孤身在那儿凄凉地哭泣着,像一个被父母遗弃的无家可归的孩子。这时有人来到她的身旁,轻抚着她的肩说:"叶梅,不要悲伤了,回家吧!"她转身看,是孟尚海,又是做梦吧?但他真真切切站在她面前。她的哭声戛然而止。她已经两年没见他了,这两年她两次去马蹄湾给妈妈上坟扫墓,他都不在马蹄湾,就是在马蹄湾,也不见她的面。她知道他有意躲避她,现在忽然见了,备感惊喜亲切,边擦着脸上的泪水边说:"尚海,是你!你怎么忽然出现了?我都两年没看见你了……"她惊喜得有点语无伦次。

孟尚海说:"是啊,两年没有见面了。"他看起来比几年前年轻精神多了。留着寸头,穿着蓝色工作服,标准的工程技术人员模样。她问:"你,你啥时来县城的?"他说:"快一个月了。福娃子在马蹄湾成立了一个建筑队,他拉我给他帮忙,做技术顾问。他在县城承包了几项房建工程,已经开始施工了,我自然就来了。"叶梅说:"那,怎么这么长时间不来我这里?"孟尚海说:"最近工程刚开工,太忙,再说……"他想说什么,但没说出来,改口问:"叶梅,怎么了? 我在工地的楼顶上远远看到有人站在这里,一直站着,我猜就是你,就过来了,果然是你,到底怎么了?"

一提这个话头,叶梅的泪水又哗地溢出眼眶。孟尚海从兜里掏出手绢递过去,叶梅拿着,擦着泪水说:"邱生辉当农牧局局长了,还有那个姓李的女人太欺负人,我想,想回家,不干了……"她把邱生辉当局长的事说给了孟尚海。

"什么? 邱生辉当局长了?"孟尚海不相信,"他怎么可能当局长? 这样的人还能当局长。真是冤家路窄啊! 那以后你的日子又难过了。"叶梅说老天爷真跟她过不去,又把邱生辉早晨那番表演说给他听。孟尚海听着就骂起来:"这个流氓无赖真会表演! 假的假的,全是假的。你想想,狗嘴里能吐出象牙吗? 你怎么就能原谅他? 几滴鳄鱼泪就把你的眼睛迷糊了? 你呀你呀!"

叶梅听孟尚海这么说,也感到自己上大当了。是啊,狗嘴里怎能吐出象牙? 这种人怎能叫人相信? 但她已经说出原谅的话了,不知该怎么办? 孟尚海说:"怎么办? 申诉,申诉,不能让他那些年就那么凌辱了你,咱们要让邪恶得到有力的惩罚,还善良的人一个清白! 你早就应该这样做! 看看现在,人家羽毛又渐渐丰满起来,再扳倒他就不容易了!"叶梅半天不说话,过一阵说:"可,那些事都过去二十多年了,再追究,有多大意思? 都是四十多岁的人了,我是实在不想折腾来折腾去的,再要卷进过去那些不堪回首的事,我不知怎么活,我想过两天安稳日子!"说着又流起泪来。

孟尚海说:"你以为这样退缩忍让,他就能放过你,让你过安稳日子? 告诉你,妄想! 他的罪恶掌握在你的手里,还有长期霸占乔育玲和几个妇女的罪恶,你想想,他会轻而易举放过你吗?表面上他给你认罪,悔过自新,骨子里想什么? 难道你看不出来? 他是先稳住你,再慢慢收拾你! 现在最好的办法,就是出击,这就好像打仗,只有打击敌人,才能保存自己! 当年那批上海移民,现在留在这个县里的,就剩咱们两个了,说不定他对我也下手段。"

叶梅忽然乱了方寸。她知道,这个邱生辉是啥事都能干出来的,以后他真要像孟尚海说的那么干,她又要陷入水深火热之中了! 她一时慌乱,在地上团团转起来。孟尚海说:"回去吧,回去后马上行动。只要一纸诉状,他邱生辉的局

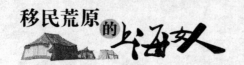

长就难当了,说不定还会受到纪律处罚,就是不受处罚,对他也是一个警告,他不会不收敛自己的。"他先往山下走去,叶梅跟在后面。

他俩很快下了山。到县委大门口,孟尚海忽然提议:"要不,先给县委反映反映,争取主动。"叶梅犹豫着:"这,行吗?"孟尚海见她犹豫着,就说:"不要怕,那都是实事。我还要反映邱生辉欺辱乔育玲的事。乔育玲当年付出的代价也不小,到现在她是死是活,没有一点消息,我打听了好长时间,没有一个人知道她的下落。我们在这里的人,应该替她们说说话。"

"可,可我怕怕……"叶梅双肩抖着,迟疑胆怯地说。孟尚海嚷道:"你,你怕什么?那是事实!"他见她优柔寡断,胆小怕事的样子,忽然好像不认识她了。当年那个孤傲清高,疾恶如仇,眼睛里容不得半点沙子的叶梅哪里去了?难道这二十多年的风风雨雨,把她心里的刻骨仇恨全磨掉了?把坚毅的性格和爱憎全都磨蚀了?变成一个庸俗儒弱,胆小怕事的女人了?叶梅见他用陌生、惊异的目光看着她,便避开低下头去,半天慢慢抬起头来:"让,让我想想,想想再说……咱们走吧!"就往前走。

孟尚海怔了怔,跟了上去。

世上有些事很巧。当孟尚海与叶梅在县委大门前商议怎么反映邱生辉的事时,邱生辉从农牧局院子里出来了。他今下午下班迟了,因为他要去李小妹家吃饭,跟大家同时出门去李小妹家,让人看见,岂不是没事找事?所以他等局里职工全都走了,才走出办公室。刚出大院门远远看见叶梅和孟尚海,准备躲在身旁的院墙后,却被孟尚海看见了。孟尚海喊道:"喂,邱生辉,邱场长,怎么看见我们就躲呀?你过来!"

邱生辉见来不及躲了,很尴尬,支吾着:"没,没有躲,我是想在这墙角撒,撒泡……"那个"尿"字没说出口,孟尚海说:"不要撒谎,你心里有什么曲曲弯弯,我很清楚。"邱生辉咧了咧嘴,想笑没笑出来。孟尚海又说:"心里没鬼,不怕半夜鬼敲门,看你鬼鬼祟祟的样子,不会是去干啥坏事吧!"听似玩笑,却像勾拳直捣邱生辉的心窝,他的脸刷地白了,吭哧吭哧地说:"看你,看你把话说到哪里去了。我们都是老熟人了,有什么不光明正大,有什么鬼嘛?"他知道这个工人的后代不好惹,本不想过来,但听他那样说话,便硬着头皮走了过来。

叶梅先前没看到邱生辉,听孟尚海的喊声,才转身看见了他。如果在几个小时前,她会向他打声招呼的,但经孟尚海刚才提醒,她对他又恢复了原先的憎恶之情,转过脸去,不理也不吭声。

孟尚海接着刚才的话头说:"……你心里有没有鬼,自己清楚,我心里也明白，还需要表白吗？以后光明正大点嘛！听说你当了局长，老天爷怎么总是这么青睐你，这太阳怎么就照不到我们的头上？"邱生辉忙说："是组织照顾，是组织照顾，人老了……"孟尚海严肃了："好了，不说这些了，组织照顾不照顾，我孟尚海管不着。今天既然把话说到这里了，我是想给你提个醒，以后请你老实点，不要再做恶事，你做的恶事够多了，我们还没有清算，以后如果对叶梅有半点坏心，咱们新账老账一起算，高庄子等着你进！"

邱生辉脸煞白了，强压着心里的火气，说："看你说的，我们都是马蹄湾人，怎么会那样，怎么会那样？"孟尚海说："我孟尚海太了解了——狗改不了吃屎！当年你掌着大权，说整谁就整谁，我们都怕你，现在我们可不怕你，有政府撑腰，有法律壮胆！"邱生辉浑身开始发抖了："尚海呀，怎么这样说话？多少年了，脾气怎么还是这样呀？过去的事，都过去多少年了，总不能老抓住不放？总得允许我犯错误，让我改正错误重新做人吧？再说，我已经向叶梅低头悔过了，你还要我怎么样？总不能把我一棍子打死吧？"

"哼哼！"孟尚海冷笑两声，"对于你这种人，打死也不解恨！那些年你欺辱叶梅，欺辱乔育玲，还有好多女人，现在你想几句话就抹掉过去的罪孽，没那么简单！等着瞧吧！"拉起叶梅，转身就走。

邱生辉脸色发白，嘴唇发青，低声骂着："这个混蛋混蛋混蛋……"从兜里掏出烟，但手指颤抖着，几次掉在地上，最后索性不捡了，用脚狠狠踩了踩："等着瞧就等着瞧！看谁治服谁？"抬步向李小妹家走去。

38

李小妹已经把饭做好了，就等邱生辉到来。几个小菜，红是红，绿是绿，荤是荤，素是素，摆在饭桌上。三岁的女儿已提前吃过了，她把女儿打发到旁边的亲戚家去睡觉。局长要来吃晚饭，女儿在身旁碍手碍脚的自然不行。女儿刚出门，邱生辉就来了。她叫着："啊呀，请大局长吃顿饭真不容易，天都黑了才来。"邱生辉说："碰到点麻烦事，耽误了一阵。"他扯了个谎，实际呢，他是慢悠悠地等着天黑，因为有些事，白天是不好干的，必须在黑暗中。

李小妹听出他在撒谎，心里说：你把老娘看浅了，老娘啥事没见过？你再晚

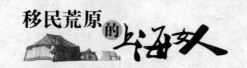

点来更好哩。嘴上却说："局长是大忙人,晚了就晚了,没事,请坐请坐。"邱生辉就坐在饭桌前,两人说说笑笑吃起来。其实,吃饭是他俩演这场戏的前奏曲,正戏在后面。因此这个前奏曲,三下两下就演奏结束了,下面该渐渐进入正戏。李小妹满满斟了一杯高粱烧酒举起来:"局长,我在单位里是个没人看得起的勤杂工,局长能看得起我,来我家寒舍,我给你恭恭敬敬敬一杯酒!"邱生辉接住酒杯说:"什么勤杂工不勤杂工的,在我眼里你和大家都一样,都是局里的职工,我同等看待!"一扬杯子,把酒喝了下去。

李小妹说:"爽快爽快!局长是个爽快人,我就喜欢这样的爽快人!——好事成双,再来第二杯!"她又满满斟了一杯举到他面前。邱生辉没有推辞,一扬头又灌了下去。那酒杯说是杯,却跟喝茶杯差不多大小,两杯酒足有三四两。邱生辉本来是有点酒量的,但这两杯喝下去,却有点晕乎了。其实他距离醉还差大半截,但就是晕乎了。人这东西就是怪,有时候要醉,不喝酒也醉。他这一晕乎,话也多了,胆也大了,眼珠子大胆地在李小妹的脖子里、胸脯上刮起来,手脚也不安生起来,摸摸她的手,拍拍她的肩。人说酒壮色胆,那是一点都不假呀。

李小妹敬了他两杯,他不还两杯说不过去。便歪歪斜斜站起来,斟满酒杯,举在李小妹面前说:"小妹连敬了我两杯,老哥也礼尚往来给你敬两杯!"说着将酒杯往李小妹嘴唇上送,要往她嘴里灌。李小妹叫起来:"老哥哩,我哪能喝那么多酒啊?这一杯下去,还不把小妹放倒了?不行不行!"邱生辉的目的就是要放倒她,因此他圆脸一绷说:"小妹必须喝,不喝老哥就不高兴了!"李小妹见他认真了,推辞着张开了嘴,邱生辉就把酒灌了下去。其实李小妹的酒量不比邱生辉差,当年她在剧团唱戏时,常陪领导喝酒,把酒量练得连那些老酒家们都让她三分。这杯酒其实就是润润嗓子罢了,但她却夸张地捂着嘴,又咳又喘又叫的:"哎哟,好辣好烧啊,哎哟,快烧死我了,快辣死我了。你这个坏家伙,你这个坏家伙!"拿拳头在邱生辉的肩上咚咚地敲。

她今晚穿了件桃红色无袖圆领衫,看来衣服小了点,把胸脯勾勒得高高的,大大的,两只乳房仿佛两座秃山,高高耸起,又好像两只野兔在衣衫里面作祟,颤颤跳跳,咄咄逼人。邱生辉身上忽然闪过一道雷电般的东西,盯着她,又斟满酒杯,对到她的嘴唇上。李小妹故作多态地呻吟着说:"哥,小妹不行了,真喝不成了,再喝可就出丑了,出丑了!"邱生辉说:"不,一定要喝!小妹刚才说好事成双,出丑就出丑,老哥要看看小妹出丑是啥样子!"李小妹故作多情推辞着,邱生辉就有点按捺不住心火了,一把搂过李小妹的脖子,硬把酒灌到她嘴里。喝下这杯酒,李小妹脸上泛起淡淡酡红,跟身上的桃红色衣衫交相辉映,秀色艳丽,诱人流涎。她闭上眼睛,嘴里呻吟呢喃着:"哥哥,我不行了……"就软软倒在邱生辉的怀里。邱生辉喉咙蠕动一下,咽下一口涎水,抱起她走进里屋……

一阵风吼雨泄后,两个男女瘫在了床上,好半天才喘过气来。李小妹头枕邱生辉的胳膊,抚摩着他赤裸的胸脯,不由嘤嘤低声哭泣起来。邱生辉忙问:"小妹,怎么了?"她刚才还好好的,又喊又叫地迎合他,怎么突然多云转阴?她忽然翻起来嚷着:"哥,有件事一直窝在小妹心里,小妹心里憋屈、难受啊!"

邱生辉问:"啥大不了的事?你说,只要大哥能替你做主的,大哥义不容辞!"李小妹觉得现在该说话了:"大哥没看见小妹在做勤杂工吗?人前人后没面子不说,还又脏又臭又忙,每天一身的臭汗,小妹已经憋屈了多年,向谁诉这苦啊!"

"唔,是这事呀?"邱生辉说:"这不就是大哥一句话的事嘛,怎么就哭鼻子?说,想干啥工作?只要是局内的,除了局长副局长我没办法给你安排,其他的位子,任你挑,任你选!"李小妹听邱生辉这样说,心下大喜,没想到这个邱生辉没过三招两手,就跪倒在她的石榴裙下了——贱啊!就说:"小妹也不敢挑啥好事干,就想搞收发,轻松、悠闲,又体面。"

"哎哟!"邱生辉叫着:"我以为你想干啥,原来想干收发啊!"李小妹说:"你以为小妹想干啥?"邱生辉说:"我以为你想要个副局长当当。"李小妹说:"我哪有那样的福气?"邱生辉拍着胸脯说:"好,就干收发,不就是大哥我一句话——简单事!"李小妹抢上一句:"那我明天就上任?"邱生辉随口说:"行。"但说出这个字后,忽然想起叶梅在那个位子上,怎么可以胡乱答应?李小妹去干,叶梅怎么办,往哪里摆?涉及到叶梅的事,他可得小心谨慎,否则会坏大事!想到这里,马上改口说:"不行,这个位子不行!"李小妹见他刚才还斩钉截铁,话还没有说完就变,不乐意了:"刚才还气壮如牛,眨眼就变了?还拍胸膛哩,原来全是空话假话,吹牛放炮,哄骗我李小妹!"说完把身子拧向旁边。邱生辉赶忙把她扳转过来,搂在怀里抚着她说:"我是忘了叶梅在干收发……"

"她是什么了不起的人?不会把她撤换了?"李小妹说。

"撤换了?"

"对,撤换了,让她去干别的。"李小妹狠狠地说。这个女人的一句话,提醒了邱生辉,他顿了顿,慢慢坐起来,沉思不语了。他并非考虑李小妹的事,而是忽然间想起了他的眼中钉,肉中刺——叶梅和孟尚海。他俩已经开始向他示威了,以后他的日子肯定不好过,他现在何不趁李小妹争收发位子,在她屁股底下烧把火,让她去搞叶梅?把她赶出农牧局,赶回巴丹图尔。只要叶梅倒了,孟尚

海单枪匹马，也成不了什么大气候。即使李小妹搞不倒叶梅，但能搞臭她，搞得她声名狼藉也行。他这样想着，转向李小妹："撤换她倒可以，但也得有个啥理由呀，没理由，咋撤换人家？"他刚说到这里，李小妹截断他的话说："你是不敢吧？是不是跟她还有一腿？我早就听说你跟那个女人说不清，早知道你是这样软弱的男人，我李小妹根本不跟你来往，喜欢我的男人有的是！"邱生辉见她嚷起来，心里说：看来这个女人是个没脑子的蠢货，这种蠢货正好可以利用，便耐着性子说："看你看你，嚷啥？我不是不敢撤换她，一个小收发有啥了不起，不就是我一句话说换就换了吗？"

"那你为啥不敢撤换？"李小妹问。

邱生辉说："我是想把这事办得稳妥些，让她无话可说。平白无故把人家撤换了让你干，人家没有意见吗？假如撤换了她，她也像你这样闹，或者告状，向县里反映，你说你在那个位子上能干得安然吗？三天半月还不叫人家把你告下来，吃不上羊肉，反惹一身臊。——我这样稳妥办事都是为你好，懂吗？"

李小妹一听，慢慢停住嚷声，觉得邱生辉说得有道理，便说："那，你说咋办？"邱生辉见她不嚷了，说："咱们得找个啥理由，比如她啥事情没干好，再比如丢失了文件啥的，耽误影响了工作，造成了损失，只要有一点把柄，事情就好办了……"他边说边观察着李小妹的表情。

李小妹听着，挠着鬓角想着，忽然说："这事好办！——看我的，我有办法找她个事儿！"邱生辉见她被煽惑起来了，心里暗自窃喜："好好好，看你的，看你的，看得出小妹是个有本事的女人！只要你干得漂亮，我这里一点问题没有！"便把李小妹搂住，又骑到她身上，李小妹疯狂迎合着……

进入秋季了，每年秋季全县都要开展草原基本建设。具体工作由县农牧局安排部署。这天早晨小马来到叶梅那儿，要借阅《全县草原基本建设规划资料》，叶梅在文件柜里翻了半天，资料却不见了。她又在抽屉里找，还是没找到。这个规划资料的重要性，她是非常清楚的，全县的草原建设规划、实施步骤、工程造价、进展部署等都在里面，没有了它，建设工程自然无从做起。因此不论谁借阅，她都做好登记借阅手续，完毕后入柜存放，一点都不马虎。可现在怎么突然不见了？

她拿着登记簿翻阅查对，最后一个借阅人是小马，可小马用完还回了呀，上面有记录、签名。她也清楚记得，在还资料时小马还玩笑说，我们经常会借用这个资料，看把你麻烦的。她当时说："不麻烦，这是我的工作。"小马也帮她寻找，但翻箱倒柜半天,还是没有找到。她的心渐渐坠入一个无底深涧!小马见状安慰说:"不着急,再找找看,要么慢慢回忆一下,看看谁用完没有还回来?"她肯定地摇摇头。因为这份资料平时只有小马借阅,他是负责草原建设工作的干事,别人根本没有动过。见叶梅肯定地摇头,小马便把目光转向坐在那儿一声不响打毛衣的李小妹:"你见过那份资料吗?"

李小妹转过身子,望着小马,揶揄道:"你这就问得奇怪了,我是个打扫卫生的,又不是收发,又没掌管文件柜的钥匙,我咋会看见啥资料文件的,你问这话啥意思?是不是怀疑我偷了,是不是……"小马见李小妹这样说话,赶忙摆手:"没啥意思,没,没怀疑你……"然而李小妹却不依不饶了,啪地把手里的毛衣往桌上一拍,站起来嚷着说:"没那么便宜,你得把话说清楚,说不清楚,我不饶你!"小马见这个女人彻底把他缠上了,赶紧双手合十,连连作揖道歉:"哎呀!对不起对不起,我的姑奶奶,算我没说,行了吧?算我没说行了吧?"李小妹见小马连声道歉,姑奶奶都叫了一大摊,软了下来,指桑骂槐地说:"哪个烂货如果想在老娘头上找事儿,老娘撕烂她的嘴!哼!"拧着身子出去了。

叶梅忽然眼前金花飞闪,歪歪斜斜要栽倒。那份资料,她是真真切切锁在文件柜里了,钥匙就她拿着,怎么就不翼而飞了?简直出鬼了!是不是文件柜破了?或者锁子出了毛病?她摇摇晃晃站起来,仔细检查柜子,才发现文件柜门板闭合不怎么严实,使劲一拉就开了!"啊——"她愣在那儿。小马过来仔细看了看:"这柜子的门板早就松了,锁着锁,跟没有锁一模一样……"

一切都明白了。叶梅瘫坐在凳子上。小马也像雷打了,半天才说:"资料肯定叫别人捞走了。局长那里紧着催要草原建设安排意见,没有资料,我就没有办法做安排,这可咋办?"此刻他还没想到有人会在这份资料上做文章,只是焦急地搓手。叶梅忽然叫喊:"天不容我啊!"眼泪就涌了出来。小马忙劝说:"叶大姐,不要着急,我们再找找,再找找。真要找不到,就给局长谈谈情况,让局长们想想办法。县档案馆肯定有存档的,我们借出来先用,再不就让局长给李小妹做做工作,让她帮着回忆回忆,帮着找找,看谁乱捞了资料,这个办公室就你们两个人……"

叶梅肯定地摇摇头说:"那份资料不会找到了。"

小马望着她低声说:"你的意思……"

叶梅眼睛里噙满泪水:"该我倒霉呀!"

小马似乎猜到了三分,悄声说:"不行,你去给局长汇报汇报这件事,看领导们怎么处理。"叶梅没动,泪水在眼眶里旋转,良久,起身去了张副局长办公室。

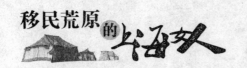

他是主管草原建设的副局长,听了汇报吃惊地问:"真找不到了?真丢了?"叶梅难受地点点头。张副局长是个直性子,炮筒子,听此情况,一拍桌子跳了起来:"胡闹!你知道吗?这份资料是初稿,当时只打印了四份,四份啊!一份报送地区农牧处,一份报县政府,两份存在局里,其中一份让老局长给弄丢了,全局就靠存档的这一份,现在全县开始搞草原基本建设,你把它弄丢了,怎么搞?这就跟修楼房一样,没有图纸,咋修?这不是要人的命吗?你,你是干啥吃的?干啥吃的?"

叶梅知道问题严重,哭泣着说:"张局长,处分我吧,处分我吧!"

张副局长说:"处分你有啥用?现在重要的是规划资料,全县的秋季草原建设马上就要开始了,开始了!知道吗?"他边吼边啪啪拍着桌子。罢了,对小马说:"快去县政府,把那份资料借回来,先把基建项目安排意见搞出来,下发各公社,不能耽误工作!"

小马去了,过一阵回来说:"那份资料在县长们手里传阅,现在传到牛副县长那儿,可他外出考察,不在县里,一个月后才回来。"张副局长就软在椅子里。

叶梅心里彻底乱了,嘤嘤嘤地哭。这时邱生辉进来了,见她嘤嘤地哭,又见张副局长坐在那儿直叹气,问:"怎么了?"张副局长把叶梅丢失资料的情况告诉他。邱生辉听了,知道这事肯定是李小妹干的,心里暗喜,脸上却表现得很平静:"再找找,资料是你保管的,柜子钥匙是你拿着的,不会丢,可能放在啥地方忘了,再回忆回忆,再找找,或许能找到。"说完转身走了。张副局长也说:"快去找找,找不到看你怎么交待?我这主管全县草原建设的副局长,又怎么向局里向县里交代?尽是倒霉事!"

叶梅踉踉跄跄走出张副局长办公室。再找找,去哪里找?这不明摆着有人坑害她?可她没有亲眼看见,又没拿到李小妹的什么证据,能把李小妹怎样?她是哑巴吃黄连——有苦难言!她没再去寻找,跌跌撞撞回了家,进门就躺倒了,一整天连饭都没有吃。儿子天亮下午回来,见妈妈脸色苍白,病歪歪的,问她怎么了?她摇摇头,再问,还是摇头。天亮不知妈妈怎么了,问又不回答,便赶紧做好饭,端到妈妈跟前。妈妈不吃,他就喂,妈妈只吃了两口,又躺下了。

她虽然躺倒了,但事情并没有结束,局里几次派小马来催问寻找情况。她说什么,只能说没有找到。这天局里通知她去单位,张副局长听她说还没找到,急得又拍桌子又跺脚。她见他直跳脚,发脾气,只是流泪。张副局长见事至如此,发火着急无用,便说:"你去给邱局长详细谈谈情况,看还有啥补救办法,如果没有补救办法,我,我就给局里县里作检讨,要求处分!"她愧疚地说:"张局长我对不起你,对不起啊!"张副局长说:"不要说了,事到如今,说这些有啥用,快去邱局长那儿,好好谈谈,说不定还能缓和一下。"这话的意思她听懂了。她跑到邱生辉办公室,把资料丢失的情况,详细向邱生辉述说了一遍,又特意把文件柜门板松动、暗锁失去作用,一拉就开的情况重复了几次。

邱生辉问:"你是怀疑有人偷拿了那份资料?"她肯定地点点头。邱生辉忽然为李小妹暗暗担忧起来,又问:"你怀疑是谁干的?"她想说是李小妹,但没说出口。她清楚,这种事抓不住手腕,人家不但不会承认,还会反咬你一口。

邱生辉见她不说,想了想说:"不说也好。这种事不能胡乱怀疑,也不能乱猜测,否则会影响同志之间的团结和工作。对吧?"她僵直地点点头。邱生辉又说:"不着急,慢慢找嘛!不要把人急出毛病,看你才两天时间就瘦了一大圈,脸色也不好看,怪叫人心痛的!如果真找不到,我会帮你想办法的。"

叶梅听着,心里有点宽慰了,擦擦脸上的泪水出门了。

她回家了。第二天小马又来了,漏风漏雨地说:"局里已经召开了会议,如果资料真丢了,可能要处分你。"她忙问:"邱局长什么意思?"小马说:"是他提议的,领导集体决定的。"她听着便头晕眼花,天旋地转了,忽然想走,逃离这个是非之地。这几年里,她一直感觉东台县不是她的家,她的家在巴丹图尔,果然这种感觉现在应验了,这次可能要彻底回去了。

她脸色青白,瘦得不成样子了。儿子天亮要送她去医院,她死活不去。天亮眼看妈妈病恹恹的,心里很着急。他才二十出头,毕竟还年轻,没有多少社会阅历,不知怎么办。忽然想起孟尚海叔叔,便去队里找他……

孟尚海刚从建筑工程队回来。

他临时在县城租了间房屋,把整个家从马蹄湾搬了过来。说是家,其实就是一间房屋。他的爸爸早去世了,罗曼兰离开后,他就孤身一人,不存在家不家的问题。这间房屋二十平方米左右,是五十年代修的,破旧不堪,又年久失修,房顶上大洞小眼,门窗破破烂烂。里面有盘土炕,占据了小半间屋,他搬来看看那炕还好着,就没有拆除,把毡毯行李往上一铺,把锅往原来灶上一搭,就算把"窝"安顿好了。这些年他经常在外面风风雨雨习惯了,住这样的房子感觉很不错。

房屋顶棚上有几个破洞,墙壁上有道裂缝,需要补修补修,他忙没顾上。这些天工程走顺了,昨天他提前半小时回来,把屋里的垃圾清理了出去,今天又早早回来,打算把房顶和墙上的裂缝泥好。他正干着,天亮急喘着跑来,叫喊着:"孟叔叔,我妈妈生病了,她不吃不喝,也不去医院,我咋劝她也不听,请孟叔叔去劝劝。"

"啊?你妈病了?"

　　孟尚海听天亮说他妈妈病了,扔下手里的泥抹子,跟着天亮就往外跑。

　　天已经黑尽了。天亮老远看见家里黑黑的,又悄无声息,紧张地叫喊:"妈妈,妈妈!"他跑进屋,拉亮电灯,见妈妈病恹恹躺着,脸上闪着青白的光。

　　孟尚海不由分说,扶她起来,背在自己背上,就往医院跑。他直接把她背到住院部,医生检查一下,吃惊道心脏病复发,马上住院治疗。同时埋怨孟尚海:"怎么现在才送来,再要耽误,问题就严重了!"

　　孟尚海头上便冒出冷汗, 问天亮:"你妈这些天好好的, 怎么突然就犯病了?"天亮说:"我也不知道,她从单位回来,就躺倒了,我问咋了,妈妈不告诉我。"孟尚海知道她肯定在单位上受了啥刺激,准备等她病好点了再问问。

39

　　已经晚上十二点多了,罗曼兰的住房还亮着灯。她坐在书桌前,手里捻着钢笔,呆望着眼前的长篇小说稿《坎坷人生》,一个字也写不出来。这部小说她已经写了好几年,但总是收不了尾。

　　两个小时前,女儿盼盼突然回来了。她已经大学毕业,在地区行署牧业处工作。她一见女儿,便搂在胸前哭起来。她想女儿,非常非常想女儿,但女儿的表情却是淡淡的,没有母女相见时的热烈和亲密。她知道女儿为啥对她这样冷淡,因为她离开了女儿的爸爸孟尚海。她多少次想告诉女儿妈妈为什么离开了孟尚海,但女儿不给她这样的机会。这样,女儿对她的误解就越来越深,距离越来越远。

　　今晚她是很想抓住这个机会跟女儿谈谈的。然而她刚张嘴,便被女儿打断了:"妈妈,请你不要解释,一切我都明白。女儿有自己的判断能力。今晚女儿来妈妈这里只想说:女儿很怀念在野牛沟爸爸和妈妈在一起的那种幸福和美的日子。"她当时听女儿这样说,就说:"可,你爸爸他……"她又要解释,女儿又打断说:"妈妈,你不要说了,如果你再不搬到爸爸那儿去,可能永远也不会见到女儿了。爸爸现在孤身一人,过得很可怜,妈妈你孤单单的,也不会幸福到哪里去。你们都渐渐老了,这样长期下去不行!"她像例行公事,说完站起来走了。罗曼兰就怔愣在那儿了,直到现在一动没动。

女儿虽然只说了几句话,但确实对她震动很大。这些年里,她也很孤单,生活也不方便。她吃着大食堂,住着单身宿舍,白天在单位跟大家说说笑笑,倒不怎么寂寞,一下班,一种无家可归的感觉漫无边际向她涌来,特别是夜晚,整夜整夜辗转反侧不能入睡,熬着一个个难眠的夜晚。

这部小说,虽然是小说,其实就是她全部生活的记录和这些年的感情经历。她同办公室的女友读了正在写的稿子,感动得流了泪,说男女主人公的爱情纯洁高尚,凄美感人,可惜他们最后分开了,叫人遗憾!她哪里知道这就是罗曼兰和孟尚海的真实感情经历呀!

这段情节是她用泪水写出来的,只要细心观察,可以看到稿纸上那斑斑泪迹。她也知道男女主人公最后分手,破坏了男女主人公高尚纯洁的感情美,可生活中的她和他就是这样的结局呀!她试图想把它改过来,把主人公纯美的感情进行到底,描绘出大喜大欢的结局,但写出来后总感到别别扭扭,干干巴巴的。女友读了,摇头说不美,是硬编造的,人工的痕迹太重。于是她把稿子放下,想为主人公设计一个更臻完美的感情归宿!今天,她灵感一动,一个感人的结尾跳进她的大脑:她要让男女主人公通过一段生活的波折和考验,重新回归原先的感情轨迹,走到一起!晚饭后她摊开了稿纸,然而就在这时女儿盼盼来了。这一中断,她的构思又乱了,怎么也连接不起来……

她坐在那儿,忽然觉得她是该认认真真思考女儿的话了,他们都是近五十岁的人了,这样下去怎么行,总得有个归宿,即使不跟孟尚海重新和好,也该跟盼盼的亲爸或者重新找个合意的人,走完人生的最后路程,为自己画上一个完整和美的结尾!

那年,她离开孟尚海到县城后,曾去了趟青海盼盼亲爸爸那儿,她当时想坐下来,认真跟他谈谈他们以后的生活之路,但她却发现这个前夫避而不谈这个话题,而且最后只给她说了一句话:"你跟孟尚海在那种环境中能走到现在很不容易啊,你们要珍惜这份感情!"她问他:"那,你呢?"他说:"我很好,不用担心。"她便回东台县了。

以后的日子里,孟尚海曾来过几次,她真想答应他,回到他的身边,但一想起他跟叶梅那种要死要活的感情,以及在马蹄湾看到的拥抱画面,便坚决地否决了自己的想法。然而,近年来她却发现孟尚海并没有跟叶梅走到一起,他还是孤身一人,而叶梅也没见跟男人离婚,他们的家庭圆满如初。

难道他们那种要死要活的苦恋,随着时间的流逝消失了?或者叶梅考虑着自己的家庭,维护着自己的家庭,渐渐放弃了过去的感情?但她在马蹄湾看到

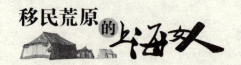

的那一幕又怎么解释?是不是她误会了他们?她仔细想想,感到有这个可能。那年她跟盼盼的亲爸相见,不也相互搂在一起亲吻……孟尚海多次向她解释什么,她应该听听,但她却没给他机会,"冷战"到现在。几天前,她看到他来县城了,见他穿着破旧,孤零零的,落魄的样子,心里酸了,想去跟他谈谈,如果他真没有跟叶梅结合的意思,她还是可以考虑回去,重新开始他们的生活,可她只是想,却没有去。今晚女儿对她的狠狠敲击,使她不能不重视这件事了,她觉得她应该主动去见见孟尚海了。

第二天,她吃过午饭简单收拾一下,去了孟尚海的住房。但房门锁着,问邻居,邻居说他好像去了医院。她忙问他病了吗?邻居说:"好像有人病了,他去照看。"她便去了医院。

——又是阴差阳错!她来到医院,挨病房寻找孟尚海,到叶梅的病房门前,一眼从玻璃窗看到孟尚海正给叶梅喂饭的画面,那亲亲密密、体贴入微的样子……还有进去的必要吗?她含泪跑出医院,面对旷野悲伤地大哭起来。结束了,一切都结束了!野牛沟那种幸福和美的日子不会再复返了。

叶梅犯病住院的事,当天就传到了邱生辉的耳朵里。消息是李小妹悄悄告诉他的。邱生辉皱着眉头,心里却幸灾乐祸,问李小妹:"她是啥病?"李小妹说:"是心脏病。那份资料丢失了,又听局里要处分她,她就犯病了!要不是那个孟尚海及时背她到医院抢救,她就,就那个了……"话语里无不溢出幸灾乐祸。邱生辉却说:"这下可糟糕了,她病了,那份资料让谁去找?找不到资料,今年的秋季草原建设可就没法搞了……"

李小妹说:"这不更好吗?"

"啥更好?"邱生辉歪着脑袋,明知故问,要证实这事是否真是她干的。李小妹说:"资料丢了,耽误了县里的草原建设,叫她吃不了兜着走!赶快滚蛋!"一句话把啥都证明了。

邱生辉听到叶梅住院了,知道现在该他动手了。他知道张副局长是个炮筒子,便派他前去医院"看望",实际上是让他去催要那份资料,给叶梅心里加把火。张副局长去了医院,见面就说资料的事。叶梅本来歉疚,犯了心脏病,见他又来催要资料,突然双肩颤抖,脸色发白,眼睛直瞪,歪倒在床上。孟尚海急了,冲出病房,叫喊着:"医生,快,叶梅又犯病了!快啊!"随着他的喊声,两个医生跑进来,马上输氧、挂液体、抢救……

张副局长见叶梅又犯病了,很内疚,觉得刚才不该提那资料,也不该来医院。孟尚海听他为那份资料而来,忽然嚷起来:"你们这些领导怎么就不懂事?明明知道她是心脏病,不能受刺激的,还偏偏过来,偏偏提那事,不能等她病好了再说吗?叶梅要有个一差二错,我饶不了你们!"他点着张副局长的鼻子跳起来。但他并不知他身后有只黑手。

张副局长说:"你不要激动,我不知道叶梅是心脏病,要是知道,我不会说这些事,也不会来医院,真对不起,对不起……"

孟尚海跺着脚嚷道:"对不起就完了?这是关乎到一个人的生命!"

医生见他们嚷起来,阻止道:"不要嚷了,这是医院,病人需要安静,需要安静!"孟尚海对张副局长"哼"了一声,闭上了嘴巴。

天亮来了,见孟尚海和张副局长站在病房门外,医生护士紧张地出出进进,忙往病房里冲,护士不让进。他问孟尚海:"孟叔叔,我妈又咋了,咋了?"

孟尚海见不告诉他不行,就说:"病又犯了。不过,医生已经把病情稳住了,不要紧的……"天亮隔着门窗焦急地望着病床上的妈妈嘀咕着:"妈妈早晨精神还好好的,咋突然又犯病了?一定受了啥刺激,一定的……"

孟尚海把他拉过去,坐到走廊里的凳子上安慰说:"不要着急,你妈妈会好转过来的。"又对张副局长说:"你回去吧,以后不要再提那些事了。"

张副局长自觉今天给病人带来了麻烦,抱歉了几句起身离去了。孟尚海坐在走廊的凳子上,脑子里反复想着:叶梅是个细心敬业的人,怎么会把档案资料丢失呢?是不是有人做了手脚?又联想到张副局长早不来晚不来,偏偏又在这时候来医院,叶梅能不受刺激?能不犯病?能不趴下?这不就是有人希望的吗?这样一想,就觉得里面有文章,他问天亮:"你妈前些时候好着吧?"

天亮说:"好着,没有一点病。就是这段时间突然精神不太好了,常说要回巴丹图尔,不想在这里干了。"

孟尚海又问:"犯病前是不是跟什么人怄气了,或者吵架闹矛盾受刺激了?"天亮说:"只听那个小马叔叔跟妈妈说过什么资料的事。妈妈有病后,小马叔叔还来家里问过资料的事,后头妈妈就病了……"

孟尚海听着,自言自语说:"看来两次犯病都与那份资料有关……"

天亮问:"一份档案资料就那么重要吗?"这个年轻人直到现在还不知道他妈妈丢失了一份重要资料。孟尚海便把资料丢失的事告诉天亮。天亮顿悟:"难怪妈妈突然犯病!"又不相信地说:"妈妈是个细心人,怎会把资料丢失呢?绝对不会的。"孟尚海说:"我也是这么想的。可那资料偏偏不见了……"

他正说着,小马来了,见天亮和孟尚海在,便说:"正好天亮和孟大哥在,有

339

件事我专门来告诉你们。"孟尚海和天亮异口同声问："啥事？"小马向左右看看，见没有别人，悄悄说："那份资料有可能被人偷走了，刚才我又试了试，那个文件柜一使劲就可以拉开，锁着锁跟没有锁一模一样，所以我跑来告诉你们，叫叶大姐不要着急，好好养病，这事不是她的责任，是有人做了手脚，只要局里追查，一定能追查出来。"

孟尚海追问："谁做的手脚？"小马又向左右看看说："叶大姐办公室就她跟李小妹，还能有谁？那个李小妹早就谋着叶大姐收发的位子。"

"李小妹?！"孟尚海震惊了，他原认为邱生辉在里面做手脚，没有想到是这个女人。不过，他那天在南山坡上就听叶梅说这个女人欺负她，没想到这样猖狂！

天亮本来就是个愣头儿青小伙子，听是这样，眼睛里忽然冒出怒火，骂了一句："这个坏女人，这么歹毒！我早就看她不是好东西，看我怎么收拾她！"说着就往外冲。孟尚海追上去拉住他："你这孩子咋这么冲动？事情还没弄清楚，就蹦起来了？"小马也说："天亮，你可不能胡来，我也仅仅是猜测，又没有抓住人家，你冒冒失失去收拾人家，如果不是人家咋办？不就把事闹大了？"

孟尚海说："等把事情弄清楚再说，莽莽撞撞的，把事弄大了不好收场！"

天亮被制止住了，但气得呼哧呼哧直喘，心里说："欺人太甚！这些年你经常欺负我妈，现在又来这么一手，等着瞧！老子不放平你不姓余！"

这天下午吃过饭，他搀扶着妈妈在医院的院子里散步，见妈妈情绪不错，就探问资料丢失的事。他妈妈不知他问这些干啥，再加上心情较好，便给儿子述说了前后经过。妈妈说话无意，但余天亮心里却有意。他听妈妈说，她也怀疑这事是李小妹干的，因此暗自决定收拾李小妹！他清楚，那份资料是妈妈的心病，不把它找回来，不把事情弄个水落石出，妈妈就脱不了干系，迟早还会出事，出大事。再则这个李小妹经常欺负妈妈，早就该教训教训她了！他搀扶妈妈回到病房后，说有点事就出去了。

他先去秀秀和他合开的菜铺子，把早就准备好的菜刀揣在怀里，去了李小妹家。一切都是有预谋的，又像忽然冒出的随意行为。总之，他就这么神不知鬼不觉去了。

李小妹家住居民区，正是吃晚饭时，居民区温馨安详。没人注意这个莽汉怀揣菜刀，要去教训她。天亮很容易就找到李小妹家了，见左右没有人，踹开她家的门。李小妹刚吃过晚饭，正收拾锅灶，三岁的女儿在旁边玩着。他上去二话不说，把菜刀指在了她的鼻子上，沉沉地说："把那份资料交出来！"李小妹正在洗碗，突然见雪亮的菜刀对着她的鼻子，"啊——"地惊叫一声，手里的碗滑落下去，摔在锅台上，"你，你要干，干啥？"

"干啥，你心里清楚，快把那份资料交出来！"天亮狠着声说。李小妹已经骇得浑身筛糠般颤抖，一时不知什么资料，只是叫着："啥，啥资，资料……"天亮吼道："就是你偷走的那份草原规划资料！不交出来老子宰了你！"菜刀在她脸上点了点。李小妹彻底软了："不要杀我，不要，我，我交交，不要哇——"她抬手颤颤地指着床铺，身子顺锅台瘫软下去，锅台上正在洗的碗筷铁勺锅铲，碰得噼里啪啦掉在地上。不知锅铲还是铁勺，不偏不倚划过她漂亮的脸颊，脸蛋上即刻出现一道鲜红的线条。

她女儿见他拿刀要杀妈妈，又见脸上流血，吓得"哇哇"直哭叫，撒腿跑出门，哭喊着坏蛋要杀妈妈，妈妈流血了，抓坏蛋，抓坏蛋！邻居家有人听见尖叫和哭声，知道出事了，都跑过来，见天亮拿着菜刀，李小妹软在地上满脸是血，惊呼道："啊！杀人啦，杀人啦——"这一叫喊，一下惊动了左邻右舍，大家都拥到李小妹家，有的还拿着棍棒铁器，叫喊着抓杀人犯！抓杀人犯！

天亮见外面围过来好多人，吼吼喊喊着抓杀人犯，怔住了。他这是杀人吗？是杀人犯吗？又见李小妹满脸是血，突然害怕了，松手放开李小妹，手里的菜刀也慢慢掉了下去。他本来想拿刀吓唬吓唬李小妹，让把那份资料交出来，再美美给她两巴掌，教训教训她，出口气就完了，没想到把事情闹成了这样。这可是要命的事啊！

他想逃跑，但门前围着很多人，哪能逃出去啊？想给大家解释说明，但人们都嚷嚷叫叫，吼吼喊喊，哪还能插上嘴？就是解释说明，又能解释得清吗？他开始发抖了，慢慢坐在地上，几个年轻小伙子围上去，把他押了起来……

天亮跟妈妈来到东台县后，秀秀跟着天亮到东台县，与天亮合伙做蔬菜生意。这天秀秀卖完菜，天就黑了，她把空菜筐搬回店铺，挽起袖子准备做饭，这时发现菜刀不见了。是不是天亮拿走了？因为她昨晚看见他闷不吭声地磨那把菜刀，问他磨刀干啥？他不说话，只是嚓嚓地磨。她脑子里轰地响了一下，他俩从小在一起，大了又恋爱。她深知他的脾气和性格。他虽然读完了高中，也算有文化的人，但骨子里却有那么一股鲁莽和粗野，动不动就上拳头。在学校是那样，走上社会了，还是那样。同时眼睛里时常含着一种可怕的仇恨之光。对于这种仇恨，她是理解的，因为他妈妈曾蒙受过二十年不白之冤，没有一点怨气是不可能的。这些年那仇恨的光焰渐渐弱了，但最近又慢慢燃烧起来，她不知道他怎

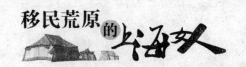

么了,问他,他沉默不语。她怕他出什么事,就好言劝说:现在的政策多好,人们都一门心思挣钱致富,咱们也好好挣钱,等挣够钱就结婚,奔好日子。她是最怕他出事,而现在那把菜刀偏偏不见了,一股不祥之感霹雳雷电般直袭她的心!她连围裙都没有解,就朝医院跑去,见病房里没有他,转回头就朝孟尚海的住房跑去……

孟尚海刚吃了点东西,准备去医院替换天亮,见秀秀急急火火来了,忙问:"出啥事了?"秀秀说菜刀不见了,天亮不见了,可能要出事。他问:"医院有吗?"秀秀说没有。他的头发刷就直立起来,穿上外套冲出门,直接去了李小妹家。如果天亮真闹事,肯定就在李小妹家。他和秀秀还没到李小妹家,就看见好多人站在夜幕下的巷口议论什么,上前听听,他们议论的正是天亮……

天亮已被扭送到派出所了。他一听就朝城关派出所跑去,秀秀也跟着跑去。

他俩冲进值班室,询问天亮的情况。值班人员说天亮持刀行凶,问题严重。孟尚海赶紧解释说:"他不是行凶,他可能只是拿刀吓唬吓唬人,他还年轻,绝对不是行凶,你们放了他吧!"值班员说:"怎么不是行凶?你们看看,凶器都在这里。"值班人员举起桌上用纸包着的菜刀,在他们面前晃了晃。

孟尚海无话说了,秀秀也傻在了那儿。

关押天亮的房间铁门铁窗,门朝外锁着。孟尚海和秀秀过去趴在窗上,透过铁栏杆向里窥望,只见天亮两手抱着膝头,蔫头耷脑,蹲在墙角里。孟尚海喊了声:"天亮!"眼睛就湿了。秀秀哭叫着:"天亮天亮,你咋就这么糊涂啊?你咋就这么糊涂!"天亮见孟尚海和秀秀来看他,把头低垂到膝头上,不再抬起来。看那样子,他也很后悔。孟尚海面对天亮,不知该责备怒骂,还是好言安慰。值班人员催促他们离开,他和秀秀不得不离开。

天亮见孟叔叔和秀秀要走,忽然扑到窗前说:"孟叔叔,这事千万千万不能告诉妈妈,千万!妈妈她……"他眼睛红了,把头扭转过去。孟尚海眼角也潮了:"知道了,叔叔知道了,放心吧!"这事的利害关系他清清楚楚,能告诉叶梅吗?能让她知道吗?

孟尚海和秀秀走出派出所,便抬不起腿脚了。现在关键的问题是不能让叶梅知道,她要知道了,再受刺激,那后果不堪设想!但这事怎么可能包得住呢?现在还不到两个小时,小县城已刮起余天亮"行凶杀人"的旋风,他跟秀秀能堵上别人的嘴吗?他觉得现在必须先把叶梅安顿好,再说弄天亮出来的话。可怎么安顿她呢?他束手无策了!他问秀秀,秀秀只哭,没办法。他焦急地在那里直打转,忽然想出个办法,对秀秀说:"你姨不是一直想回巴丹图尔吗?我们就随她,送她回去养病,等她把病养好回来,天亮的事我们也就办妥了。"秀秀觉得这办法行,便与孟尚海往医院里跑。

进了医院大门,孟尚海在病房门前镇定镇定后推门进去了,秀秀也镇定了镇定跟着进去。叶梅还没有睡,大瞪着眼睛望着房顶,等着天亮回来,叫他去问医院,看她能不能出院,她自我感觉病好了,可以出院上班了。她正想着,见孟尚海和秀秀来了,对孟尚海说:"尚海,我准备明天出院,我感觉好了。"她的话刚落,孟尚海果决道:"不行!医生说了,你还得好好休养两三个月。"借机把跟秀秀商量好的事说出来:"我们打算把你转到巴丹图尔休养一段时间,那里安静,没有啥干扰,把病彻底养好后再回来。"叶梅说:"我真想回家住些日子,可局里的活儿忙,再说那份资料让我给弄丢了,我得想办法找一份……"孟尚海说:"你都病成这样了,还什么资料资料的,听说人家正向地区行署农牧处借。现在你的任务是养病,明早正好有班车,让秀秀陪你去。"

叶梅说:"这,这不行,这不行!怎能说走就走?"

"不行也得行!"孟尚海急了,抢着说,"——我已经去局里替你请好了假!"他编了句谎。叶梅不吭声了,感到孟尚海今晚有点霸道,但想想,他是为了她好,也不再争辩。既然他已经向局里请了假,既然局里已经同意,资料的问题也有了着落,她只好听孟尚海的安排,再执拗就不近人情了。再说,她已经大半年没回去了,也该回去看看大伙儿!

第二天早晨,孟尚海早早找来一辆车,把叶梅直接从医院送到汽车站,又送上了车,使叶梅连半点接触外界的机会都没有。叶梅走了,孟尚海提悬的心落地了,开始跑天亮的事……

40

县农牧局办公室的门窗都紧闭着,听不到人声,也见不到人影,显得寂静而冷清,但这种寂静似乎有点压抑。门前的石台上爬满野草杂蔓、刺蓬,有几墩芨芨草蓬蓬勃勃疯长,显得生命力很强。几棵白杨树站在秋天的微风中,孤独独的,已经有点微黄的叶片沙沙作响,与秋天的天空窃窃私语,把个小院衬得更加寂静清冷。他们人呢?——在邱局长带领下去了医院,看望昨晚的受害人李

小妹。

　　这是一起惊心动魄的"行凶杀人"未遂事件,又出在农牧局系统,邱生辉作为局长自然很重视,便带着全体人员去了医院外科住院部。这事件,他是昨晚听到的,那时他正在办公室跟局里的会计闲聊,有两个小伙子慌慌张张跑来,给他报告了这个消息。他听后,那种幸灾乐祸差点反映在脸上,心里暗自说:好好,这个愣头儿青干得好,尽管没有出现恶性后果,这已足以把他送上法庭、送进大牢,把他妈送进不堪设想的地狱了!

　　昨晚,李小妹确实吓坏了,软在地上后,眼睛直瞪,口吐白沫,是邻居们把她送到医院外科住院部的。医生给她包扎了脸上的划伤,注射了镇静剂,才镇静下来,倒头就睡,直睡到今天早晨九点钟。邱生辉带的大队人马到来时,她刚睁开眼睛,见自己在医院的病床上,又摸摸脸上包扎的伤口,便撒疯嚷骂余天亮"土匪、强盗、流氓、恶棍、无赖、杀人犯",强烈要求公安局把他抓起来判刑枪毙。看到邱生辉来了,更泼起来。邱生辉问她:"伤得怎么样?还疼吗?"她抓住邱生辉的手哭叫着:"伤得很重啊!疼得我快死了——邱局长,你可得给我做主哇!"牛吼天地,号啕大哭,鼻涕眼泪全下来了。

　　邱生辉说:"我一定替你做主,张局长杨局长也会给你做主的!不过,你不要这样闹了,判他的刑也好,枪毙他也好,得把事情调查清楚,有证据吗?要重证据嘛!"他不是劝说,本意是欲擒故纵,让李小妹闹个天翻地覆,让全局的人听到,让县里领导听到。他这样一纵,李小妹果然顺杆子往上爬,大叫大喊道:"他拿刀行凶,要杀我,要杀我,左邻右舍都看到了,看到了,还有我脸上的伤口,大家看看,看看,这就是证据,证据!昨晚要不是邻居们赶来,我就被他杀了,杀了呀!哇哇哇,呜呜呜……"她边说边哭叫,两只拳头乱舞着。那怪异的样子,逗得大家差点笑出来。小马心里说:"这个女人真是戏子,不知人家伤没伤着,她先叫唤得放不下了!"

　　医生见她发疯了,弄得医院跟地震似的,几次劝说:"不要喊叫了,医院需要安静。"她哪里听,还是叫嚷着,手脚抽筋般乱舞乱打,脚后跟跺得床板咚咚响。医生见她不听劝,有点厌恶,气哼哼地扭头走了。

　　杨副局长站在旁边,一句话不说,这时他开口了:"不要闹!司法部门会把这件事调查得清清楚楚。法律是公正的,绝不会放走一个坏人,也不会冤枉一个好人。"李小妹一怔,他啥意思?难道看出啥了?心有点慌,不再嚷闹了。杨副局长见李小妹不闹了,对邱生辉说:"邱局长,我手头还有点事,能不能先走一步?"邱生辉说:"好,我们都走吧,已经在这里耗了半天。"带着大家出了病房。

出了医院大门,邱生辉似乎想起什么,对张杨副局长说:"先带大伙回单位吧,我还有点事。"张杨副局长说行,就带着大伙儿回去了。他站在那里,直到局里的人全消失在大街尽头,才转身回了医院,去了李小妹病房。有些事他要郑重给她办交代。这女人傻,弄不好会出事!

李小妹坐在床上发呆,见邱生辉又来了,忙笑着打招呼:"我知道你还会来的,快过来坐,坐!"便往旁边挪挪身子,伸手要拉他坐在她身旁。邱生辉低声说:"大白天的,不怕让医生看见?"过去坐在病床旁的凳子上。李小妹见他避得远远的,就说:"怎么?害怕我?这次这事你可得给我出力,让那小子好好坐几年牢,把他那妈整趴下,赶走……"

邱生辉见她太露骨,不由得上气了:"胡咧咧啥?你做的事你心里不明白?不怕别人揭穿你?以后说话要动动脑子,不能嘴上没盖,不注意就会把你自己套进去,懂吗?"李小妹吓得赶紧闭上嘴巴。邱生辉低声说:"你把昨晚的情况再给我一老一实说说。"李小妹就如实地向他述说事情发生的前后经过。邱生辉问:"这么说,你把你拿资料的事告诉了余天亮?"李小妹说:"没有。那小子逼问我资料在哪里,我害怕,说不出话来,只向床铺那里指了指……"邱生辉腾地跳了起来:"这不就等于告诉他资料是你偷的吗?你呀!"他在地上急踱起来。李小妹见他担忧的样子,突然紧张起来:"那那,怎么办?"

邱生辉问:"余天亮拿资料了吗?"

李小妹说:"他还没有来得及去拿,我女儿就哭叫着跑了出去,接着邻居们就来了,堵在了门口……"邱生辉又问:"你敢肯定他没有拿资料?"李小妹肯定地点了点头。邱生辉舒了一口气:"只要他没有拿到,事情就好办了。你把东西藏好,一定藏好。"李小妹见他舒了一口气,自己也稍微轻松了些,问:"下面的事咋办?"

邱生辉突然火了:"咋办咋办?你的事你都不知道咋办,我就知道咋办了?——自己得动脑子!"李小妹见邱生辉发火了,愣怔在那里,半天怯怯地说:"你得给我出出点子,我现在可是一点主意没有……"

邱生辉见这个女人愚蠢到家了,心里的火呼呼直往外冒,这事已经说得够明白了:一口咬定没有拿不就完事了,怎么就悟不出来?非得让他把话说得清清楚楚,这不是硬把他往里扯?把他这个幕后导演往前台上拉?他见他不把话说明白这个女人领悟不到意图,便说:"法律是重证据的,只要你坚持说没见那份资料,谁也把你怎么不了,余天亮的命运也就抓在你手里了。"

李小妹发着愣问:"那,我该怎么说?"

345

邱生辉见这个女人怎么都点不透,哭笑不得,又无可奈何,低声狠狠地说:"只要你一口咬定没见过那份资料,抓紧向法院起诉余天亮,余天亮的刑就判定了,牢也坐定了,他妈也就走定了,如果你把那份资料拿出来,你就是小偷,犯了陷害他人罪,就得负法律责任,说不定还会判刑坐牢!——现在懂了吗?懂了吗?——傻货!"他拍着床,句句话好像锥子,直刺李小妹的耳膜。

李小妹彻底震愣了,惊慌失措地说:"这么说,我,我弄不好还会吃官司坐牢?"

邱生辉说:"——现在该明白这事的利害关系了吧?你的命运现在就抓在你自己的手里。赶快回去,把那份资料收拾起来,藏好!"李小妹说:"那我把资料拿来给你吧,我那里不保险……"

"愚蠢!"邱生辉又火了,对着她的耳朵从牙缝里狠狠地说:"我早就给你说过,我从来没见过那份资料,从来没有!——懂了吗?懂了吗?"李小妹懵懵懂懂点了点头,二话不说下了床,拢了拢散乱的头发,出了病房门,向自己家跑去。邱生辉望着她的背影,心里骂着:"这个傻逼!真是他妈的大傻逼!"

愚蠢的人有他的好处和坏处,好处是好点火,好唤使,坏处是点不透。这个女人有时精明过头,有时愚蠢透顶,真叫他哭笑不得。

叶梅回到了巴丹图尔。

她是太阳刚落时进村回到家的。西天是很美丽的晚霞,嫩红的云朵镶着七彩霞光,大片大片的好像五彩缤纷的织锦;几只云雀欢叫着从霞光里滑向地面的树林草丛,翅羽上闪着淡淡的金辉;炊烟笼罩着村庄,一切变得蒙胧而缥缈;秋野里的庄稼和草木浓浓的清香,使她备感亲切、温馨、舒畅和陶醉!

她和秀秀顺着村道边观看着田野边往回走。到家门口,她停下来,喘了口气,向四处看了看,一切都是熟悉的,一切都是亲切的,一股温馨气息扑面而来。她浑身感到从没有过的激动、轻松、惬意,像禁锢在笼子里的小鸟冲向蓝蓝的天空!她喊了声:"大憨!"后面的秀秀也跟着喊了声:"叔,姨回来了!"

没人应,小院静悄悄的,看来大憨还在田里。叶梅进了屋子,秀秀手里提着包包蛋蛋的东西跟着进去。叶梅对秀秀说:"快放下东西,歇歇!赶了一天的路。"秀秀神情低落,像没有听到。叶梅又说:"秀秀,把东西放下歇会儿。"秀秀这才如梦初醒,慌忙把东西放在桌子上。叶梅见她那样,就问:"秀秀,今天怎么了?有心事?一直发呆,脸色也不好。"

秀秀忙说:"没有没有,是有点累,有点累了。"

叶梅说:"是累了,这些日子我在医院,你们都没有消停过,快坐下歇歇!"秀秀就坐在炕头,一坐下,又发起愣来。叶梅又要问,一想,也许她真累了,都好些天没有好好睡觉了,就不再问,她哪里知道秀秀从昨晚到现在一直为天亮担忧痛苦,几次几乎把天亮的事说出口。叶梅见秀秀那样,便起身去做饭。她虽然坐了一天车,但回家后,觉得身体轻爽了,病也没有了,劲头也来了。人这东西全凭精神支撑哩!但她刚出门,听到院门前有脚步声,以为是大憨回来了,不料,一个女人轻风似的飘进院子。

"哦,是他秋香婶子呀。"

叶梅见是秋香就迎上去。秋香见是叶梅回来了,怔了一下:"哟,是她叶姨?!啥时候回来的?院门开着,我还以为是大憨哩!这些天他在地里忙,顾不上做饭,我捎带着也给他做了,让他去吃。"她围着围裙,脸色红扑扑的。叶梅感激地说:"麻烦他婶子,谢谢你,谢谢你了!"屋里的秀秀听见妈妈来了,心里的苦楚再也忍不住了,叫着"妈——"扑到妈妈怀里哭起来。

秋香自然不知道女儿的心事,抚着女儿的头说:"看看,都二十几岁的人了,见了妈还哭!是跟叶姨一起回来的吧?"秀秀点了点头。秋香说:"不哭了,不哭了,不然妈妈也跟着掉眼泪。家里人都回来了,大家都高兴,正好妈今天做的饭多,就让你叶姨也到咱们家吃饭,吃个团圆饭!"对叶梅说:"她姨走吧。"

叶梅忙说:"就不麻烦了,我这就去做。"

秋香说:"麻烦个啥,不就多加两双筷子。你就不动火了,刚回来,一路上颠颠簸簸的,够累的!"秀秀也说:"叶姨,就听我妈的,去我们家吃饭。"拉着叶梅的手往外走。

刚出院门,大憨背着一大捆苞米秆回来,见叶梅回来了,既高兴又觉奇怪:"你咋回来了?工作消闲了?"叶梅怕大憨听她又犯病,便说:"是消闲了,局里准假让我回来看看,休息两天再回去。"大憨就相信了:"好好,你们的领导还真是些好人,知道这些日子我在地里忙,去不了你那儿,就准假让你来了,好好!以后要好好感谢组织,感谢领导,回去时,把咱们家那羯羊宰了,给领导们送去。人家给咱一点恩,咱就得涌泉相报。这是你常说的。"秋香说:"看你把嘴都快笑豁了,快去放苞米秆,到我那儿吃饭。"大憨就颠颠颠把苞米秸秆送到院棚下,回头出了门。

饭菜还丰盛,秋香又赶炒了几个小菜,又拿出一瓶高原大曲酒,这顿便饭就有了档次。两家人围着小炕桌吃喝起来。他们两家在巴丹图尔村都算是好人家,经常你来我往的,自从大憨和秋香闹了矛盾,就互不来往了。近些年知道天

347

亮跟秀秀恋着爱，大人们的矛盾便渐渐消散了，就又和好了。虽然天亮跟秀秀还没有正式举行订婚仪式，但两家都知道订不订就那样了，只要年轻人好，互相喜欢，他们没啥说的。

吃了饭，两家人坐在那儿说笑着，就拉扯到天亮身上。秋香意味深长地说："今天天亮不在家，要在，我们两家就算团圆了！现在都东一个西一个的，吃顿团圆饭不容易！"余大憨就说："是哩是哩，不要说吃顿团圆饭，我这个当爸的现在见他一面都不容易。天亮最近好吗？"他问叶梅。叶梅说："他好，过些日子让他回来看看。"

一听这话，正在收拾碗筷的秀秀心里刀绞般难受，她真想哭，真想把天亮的事告诉几个老人，但嗓眼里像塞着棉花，泪水也不听话地涌出眼眶，她怕叶姨他们看到，赶忙把脸扭向旁边，但还是让叶梅看到了："秀秀，你，你又怎么了？"秀秀慌忙把眼泪逼了回去，强笑笑说："没咋，我去洗锅碗吧！"就收起桌上的碗筷，低着头去了厨房。屋里出现了沉静，大憨说："这女子咋了？我咋看着有心事？"叶梅说："是呀，一路上她就这样，我问她咋了，她总说没啥，好像有啥事瞒着我们。"这话也提醒了秋香，她说："是啊，她先头一见我就扑上来哭，我还说这女子是想妈了，见了妈就哭哩。我去问问。"下炕去了厨房。

秀秀正坐在灶前的小板凳上流泪。秋香进门后见此情景，拉过一把马扎坐在她身旁，抚摸着她的头低声问："女儿，咋了？给妈妈说说？"秀秀摇了摇头。妈妈又问："到底咋了？是不是天亮变心了？把你给蹬了？"她的话刚出口，女儿就摇头说："不不，不是，天亮他对我好着哩，他没有变心！"妈妈说："那，是不是天亮惹你生气了？要不就是出啥事了……"她猜测着。秀秀说："都不是，妈你就不要乱猜了，我们好好的。"

"那，到底，到底咋了嘛？你这么不明不白哭哭咔咔，把妈的心都撕裂了，妈这心里也难受……"妈妈的眼睛红了。秀秀见妈妈的眼睛里闪出泪光，忙抱住妈妈的胳膊说："妈，真的没啥事，女儿好好的，妈你就放心好了！"这是没事的样子吗？没有事咋就哭，咋就流泪？妈妈还是不相信女儿的话。秀秀见瞒是瞒不过去了，就对妈妈说了实话，又再三叮咛妈妈说："这事可千万不能告诉叶姨，我们害怕叶姨受刺激犯病，才把她送回来的。"秋香便泥塑般愣在那儿了！

那面屋里的余大憨和叶梅也猜测嘀咕着秀秀怎么了。叶梅自言自语说："这女子今天情绪一直不好，不知出了啥事……"她说着想着猜着。这时秋香进来了，大憨忙问："女子咋了？问清楚没有？"秋香强装没事的样子，笑笑说："没啥，没啥，女子说她刚回来，心里心里那个那个难受……"她的手抚着心口比画

348

着,想表达什么,却表达不出,自己的眼睛先红了。

余大憨和叶梅同时一怔:她又咋了?叶梅问:"他婶子,你又咋了?"秋香摇头说没啥呀,好好的。余大憨见此情景,二话不说跳下炕亲自去了厨房,他要亲自问秀秀,到底发生了啥事。不一会儿,余大憨从厨房回来了。叶梅拿眼睛问他,他也像秋香那样笑笑说:"没事,就是累了,累了,又见了她妈,就淌眼泪了,没啥。"他也强装着没事的样子。秋香知道秀秀把天亮的情况告诉了他,便配合着他,附和说:"我说没啥,没啥嘛!"

叶梅见他们都躲躲闪闪,更加疑惑了,忽然就想起今早和昨晚孟尚海跟秀秀几次躲着她嘀嘀咕咕说话的事,觉得这事与她有关,是不是我的病情发生了变化?——转为不治之症?因此他们怕她知道,都躲躲闪闪的?难怪她没有申请,局领导就给她准假让她休息,孟尚海又把她送回家,原来是这样!她心里猛然揪痛。但转瞬渐渐坦然了,不治之症就不治之症怕什么?人总有一死。她在内心接受了这个残酷事实。还想,你们既然都瞒着我,我就索性装作啥也不知道,也不再问,就让你们瞒下去,这样你们心里轻松些,我自己也会好受些。岂不知,她把事情想岔了,他们瞒她的是天亮的事。

天已经黑尽了,外面秋虫在野地里吱吱地鸣叫,奏着夜的幽静小调;树叶跟夜空沙沙交流,清晰而动听。大憨对叶梅说:"回家吧!早点休息,让秋香也早点歇着,明天还要上地收苞米哩!"其实他是心里着急。秀秀刚才已按孟尚海的意思,把天亮的事和叶梅的病情全都告诉了他,他听后如火上头,当时就准备去东台县,但怕叶梅知道了,受刺激犯病,就强制着情绪,装作什么事也没有,只想着明天马上赶到东台县跑天亮的事。

叶梅原本想再坐坐,跟秋香聊聊村里的新鲜事,听大憨这样说,就下了炕。她也有点疲乏了,想早点躺着,也让秀秀早点休息,这姑娘这些日子可累坏了。

秀秀听叶梅阿姨要回家,甩着两只水手跑出厨房来送。叶梅就把她拦在胸前安慰着说:"女子呀,再不要难过了,叶姨没有事的,放心,都放心吧!啊!"本来秀秀、秋香和大憨想着怎么瞒着她,安慰她,现在她却反过来安慰他们了。秀秀以为叶姨知道天亮的事了,望着妈妈和大憨叔。大憨懂了秀秀的意思,忙摇头说:"没,没有,没有的。"

叶梅笑笑,接过去说:"是的,啥事没有,啥事没有。"就端直地往外走,还有意拿出精神给大憨和秋香看。秀秀和她妈妈见叶梅那样子,清楚她并不知道天亮的事,舒展了口气。秀秀上前搀扶她。叶梅对她笑着说:"秀秀,叶姨还没有到走不了路的程度吧?"

秀秀听着,恍然大悟,原来叶姨把事情想到自己的病上去了,就说:"没有没有,看叶姨把话说到哪里去了,叶姨的身体不是渐渐好起来了吗?医生连其他药都没有开……"叶梅打断她的话:"不说了,叶姨好着哩!"她是怕大憨知道她又犯病的事!

余大憨把叶梅送回家,安顿她睡好后,编谎说村里有事,便溜出门到秋香家。因为他前面着急,没问清天亮的详细情况,现在想详细问问秀秀,同时想跟秋香商量商量明天编个啥由头去东台县,没有个由头,咋离开家?他一进秋香家门,就看见秀秀坐在炕头低声哭泣,秋香在旁边直抹着眼泪,见大憨来了说:"这可咋办呀?咋办呀?"秀秀的哭声就更大了,呜呜呜的。大憨安慰秀秀说:"不要哭了,叔会想办法把天亮救出来的,叔明天就去东台县,找那个黑脸书记,林主任,他们都是好人好人。不要哭了,让你叶姨听到就麻烦了……"

秀秀就不哭了。大憨又问问情况,便蹲在炕头,拈着旱烟锅默默抽起来,抽完两锅烟,腾地跳下来:"不能等到明天,我现在就去镇上,明天赶早坐车去东台县,这事赶早不赶迟!"秋香说:"天都这么黑了,又没有车,你咋走呀?"

余大憨说:"我跑着去,不就二十公里路。"

余大憨回到家见叶梅还没有睡,问:"咋还不睡?"叶梅柔柔地说:"等你哩!"就伸手拉他,"快来睡吧,睡吧!"他准备说他现在要去镇里,看到她眼睛里流露着浓浓的渴望和深情,嘴巴怎么也张不开,便坐在她身旁,抓住她的手,轻轻摩挲着,心想怎么把"走"字说出口。叶梅见他不动,又说:"睡吧,长时间不见面了,不好意思了?"又轻轻拉拉他。他狠了狠心说:"叶梅,我,我要去趟镇里……"

"现在?"叶梅问。

"现在。"余大憨说。

叶梅翻起身来,惊异地问:"出啥事了?这么着急?"

"没出啥事。"他吭哧吭哧编谎说:"罗队长派我去办一件急事,说是内地一个大公司的老板来镇里收购苞米,让我去看看,为村里的种植户拉拉线,他怕那个老板走了,就让我连夜赶去……"就这么几句话,他费了好大劲才说出口,说出口后,他望着叶梅,等待她的态度。叶梅听是这样,说:"那,你就去吧,这是全村的大事,耽误不得。不过,这黑天黑地的,你可要小心!"

余大憨手心里捏着的那把汗终于落地了,他说:"这路我又不是没有走过,闭着眼睛都可以摸着去的,放心!我很快就回来了!"慢慢直起了身子,但他心里难受得想哭,老婆刚回来他却要走,这叫啥啊?就低下头,在她的额上重重亲了亲,以这种方式表达了自己的负疚,而后恋恋难舍地起身含泪出了门……

41

几天时间,孟尚海的头发忽然白了,平展的额头上拉出几道深深的沟痕,黝黑粗砺的脸上堆积着疲倦和劳累。他感到很累,要垮的感觉不时袭击着他。昨天他把叶梅送上车后,又去了派出所,跟所长磨了半天嘴皮子,见没什么结果,看了看天亮,回来了,进门就昏昏沉沉躺倒了。一眨眼,到了第二天中午。多年来他是第一次这样奢侈放纵自己的睡意。阳光从窗户里透进来直晃他的眼睛,他想再躺一会儿,怎么也躺不住,他要想办法,尽快把这孩子弄出来,他清楚,现在是拘留调查落实问题,如果这几天里把人弄不出来,一旦正式逮捕,再想挽回局势,就很难很难了。他翻身起来,穿上鞋,就往外跑,刚出门就跟一个人撞了个满怀,他大高个儿,憨憨实实的,不用猜就是余大憨:"你可来了!"

余大憨满头大汗问:"你就是尚海兄弟吧?"

孟尚海说:"是,我是孟尚海。"余大憨欲寒暄,孟尚海赶忙抓住余大憨的手说:"你来得正好,走,我们先去派出所,看怎么把人弄出来。"余大憨屁股没落地,便被他拉着往外跑。路上,两个男人才正式寒暄问好。他俩连颠带跑到派出所看望了天亮,就蹲在派出所大门口,商量怎么把人捞出来。孟尚海问余大憨有没啥好办法。余大憨搓着手叹惋道:"我,我在这里满眼一把黑,哪有啥好办法呀!"孟尚海从前天晚上到现在,为捞天亮把脑子都想痛了,也没想出个办法来,他指望着余大憨来助一臂之力,听余大憨这样说,心里凉了半截。余大憨忽然想起林主任:"要不,我们去找林主任,她是个好人哩,让她给咱们想想办法。"没等孟尚海应声,自己先起身往县委院子里跑。

经过余大憨这么提醒,孟尚海也想起叶梅常说的林主任。她是组织部部长,说不定还真行哩,就紧跟着余大憨去了。但到了组织部,有人说林部长外出开会,十天后才回来。希望的彩球破灭了,他俩定在了那儿。有人建议去找李小妹单位领导,让他们出面开脱开脱,说不定可以放出天亮。两个大男人便去找李小妹单位的领导。到了农牧局门口,孟尚海恍然想起李小妹的领导不就是邱生辉吗?当年他爸爸为他去祈求邱生辉宽恕的情景,突然出现在眼前,觉得去找邱生辉绝对是羊羔舔狼鼻子,不但没用,反而会坏事。再则他早就感觉这些突

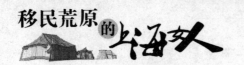

然而至的祸端与邱生辉有关,说不定他就是幕后黑手。孟尚海停下了。

余大憨问:"咋不走了?"

他说:"有问题,不能去。"便把自己的感觉说给余大憨听。余大憨不知救儿心切,还是因为心地善良,总把别人想得跟他一样善良厚道:"人不可能这样坏吧?上次天亮妈病了,他带着两个副局长来看望,很热心的,这是我亲眼看到的,工作上也给天亮妈方便,听说这次天亮妈回家是他们准的假,让她好好养病,我还说改日宰羊来看望他们哩!再说,人都有这样那样的瞎毛病,只要改了,朝正路上走就行,就是好人!"

"不要说了!"孟尚海见他这样信任邱生辉,忽然火了,"邱生辉如果能变成好人,狗都不吃屎了!知道吗?他干那些事都是做戏,都是黄鼠狼给鸡拜年没有安好心,都是表演给你们看的,背地里他干什么?你清楚吗?你不清楚。他是表面上笑眯眯,背后使坏!这次叶梅去巴丹图尔是我先斩后奏请的假,于他一点关系没有。"余大憨又说:"不会吧?他为啥背后使坏呢?我们又没有惹他,再说天亮妈一个女人家,又不跟他争权夺利,他干吗这样……"

孟尚海说:"因为叶梅掌握着他在马蹄湾的罪恶事实!他不整倒她,害怕她整他,这就是政治斗争,懂吗?"余大憨听着,又要说什么。孟尚海哭笑不得地摇摇手说:"好了好了,不说了,不说了,有些事你以后会明白的。你要去,你一个人去吧,我不去给狗熊下跪。"他见这个余大憨善良得有点愚蠢,傻得有点过头,心里忽然涌出一股悲哀。

余大憨见孟尚海不愿去,就说:"你不去,我去。"孟尚海随口说去吧,余大憨就进了院门。孟尚海自语说:"糊涂!"一屁股坐到院门旁的石头上。

农牧局办公室都有人,翻书报的哗哗声和喝水的咝咝声,从办公室里飘出来,搅动着小院里的宁静。余大憨到邱生辉办公室门前,深吸一口气,而后抬手敲门,听到里面回应说进来,他推门进去了,怯生生的,像小偷似的。邱生辉认出是余大憨,知道这个傻大汉是找自己说他儿子的事的,便明知故问:"是余大憨吧?"余大憨原本想邱生辉不会认出他的,没想到邱生辉认出了他,受宠若惊,忙说:"是是是余大憨。"邱生辉就站起来,招呼他坐。余大憨又受宠若惊,战战兢兢坐在沙发里。邱生辉给他倒了杯茶水,放在他面前的茶几上说:"请喝茶。"余大憨忙端起茶杯,学着城里人说:"谢谢,不客气,太客气!"见邱生辉很热情,心里说:"这个邱生辉不坏呀,孟尚海怎么那样说他呢?"便放下茶杯央求说:"邱局长,我有事求你帮忙,我儿子余天亮他,他让派出所……求你帮帮忙,让派出所把他放了,娃娃不懂事,瓜着哩,求你帮帮忙……"邱生辉见余大憨急切焦灼无奈的样子,眼前倏然出现二十多年前孟尚海的爸爸求他放过孟尚海的情景!当年他把那个孟尚海发配到野牛沟,就是近二十年,不但搬掉了他前进路上的绊脚石,还让孟尚海这小子尝了他的厉害,同时还让孟尚海他爹欠了他一笔人情债。那出戏唱得实在高妙,既拔掉了眼中钉,又落了人情。现在叶梅这个肉中刺的儿子又撞到他手里了,他爹也像当年的孟师傅来求他,历史怎么总是这样相像?怎么演绎都离不开自己的轨迹。他心里大发着感慨!

余大憨连声央求,他心里却笑了:"放了他?说得好听!我能放了他?放了他不就等于放过了叶梅和孟尚海?我傻了?"但脸上却表现出"解救人民于水深火热之中"的真诚样子,说:"放心,放心!你儿子的事,我会尽力的,不论怎么说,我跟叶梅曾在马蹄湾吃过苦受过累,不看僧面还看佛面。我会去派出所帮你说情的,会活动的,让他们不要纠缠这件事,年轻人一时头脑发热,就出了这么件事嘛!有什么计较的?谁没有年轻过?谁没有头脑发热过?我也头脑发热过,也闯出过麻烦,为了建农场跟人闹矛盾,闹得有些人还跟我动拳头动刀子……"

"说得是!说得是啊!"余大憨连连说,"邱局长是好人,好人哇!我拜托邱局长了!"他热泪盈眶了。

第三天,余大憨拉着孟尚海去了派出所。余大憨认为邱生辉答应帮忙说情,派出所定会放过天亮,但到派出所才知道,邱生辉根本没来过派出所,他忽然愣住了,这时才渐渐醒悟,他上邱生辉的当了!几天时间就这么耽误过去了。司法部门决定逮捕余天亮。余大憨听到这个消息,一股怒火和绝望交织迸发,怒吼一声:"驴日的邱生辉,老子掐死你!"便像受伤的母狮子,冲到农牧局,冲进邱生辉的办公室,一把揪住他的衣领,把他从沙发椅上提起来:"你,你这个骗子、无赖、流氓!"邱生辉没想到这个老实憨厚的汉子忽然而至,骇得脸色发白,浑身哆嗦,嘶哑着嗓门:"你你要干啥?你,你要打人,我叫公安局,叫你也尝尝押在高庄子里是个啥滋味……"他威胁着余大憨。

余大憨本来要给他上几拳头,让他脸上开出灿烂的花朵,一听"公安局"三个字,忽然害怕了。天亮一时冲动进了高庄子,他不能再这样冒失,便吼骂道:"你个驴日的,老子今天饶了你!"一扬手将他扔回沙发椅上。

邱生辉重重地跌在沙发椅里,屁股下发出嘎吱吱的惨叫。

余大憨直起腰来,两手拍了拍,转身出了门。突然,什么东西触击着他的神经?那张圆脸,笑眯眯的眼睛,好像哪儿见过,很熟悉,是谁呢?谁?谁……"啊,啊!?天,天亮……"他脑子里突然嗡地发出闷雷般的轰响,顿然傻了!

当年叶梅逃到巴丹图尔村就已身孕两月,她那晚把一切都告诉了他,只是

没有告诉肚子里的孩子是谁的,难道就是这个王八蛋的?难道……他不敢往下想了!蓝天白云在他头顶旋转,房屋树木在眼前晃动飘摇,越来越快,越来越猛烈,好像要把他旋到天空,半天才从天空落到地上。他心里叫喊着怎么可能?怎么可能呢?这个流氓加无赖怎么可能是天亮的亲生父亲?不不不,是他多心了!他跟跟跄跄跑出农牧局院门!

一连数天余大憨没回巴丹图尔。叶梅心里开始打鼓了,说是去镇里很快就回来,怎么这么多天?她去问秀秀,秀秀说:"叶姨不要急,大憨叔可能明天就回来了。"去问秋香,也是这话。等到第二天太阳落,还是不见人影,她又去问秀秀,秀秀还是那话,去问秋香,也同样,娘俩好像商量好的。

这时候她隐隐感到她娘俩好像有什么事瞒着她。她原以为秀秀他们瞒着她的病情,便不去管,有空闲还拿出画板,坐在院门前的树荫下,描画巴丹图尔的田野树木和村庄,悠然而轻松,不思南山的样子。然而,渐渐地她发现秀秀他们瞒着的并不是她的病情,而是别的什么事。这天,她便去了罗队长那里,因秋香事先给罗队长打了"预防针",所以她在罗队长那里得到的消息,跟余大憨说的同样:帮村里联系出售苞米粒的事。

"怎么这样长时间?收购季节都快过了。"叶梅探询的目光定格在罗队长脸上。罗队长见用联系收购的话已无法蒙哄叶梅,想了半天说:"大憨去镇里办了购销的事,又去东台县办事了,等几天吧,可能马上就回来,没有事的。"

叶梅回家了。又过了几天,见余大憨还是没回来,她感到问题严重了。因为他离家已经十天了。那些联系销售和去东台县办事的善意谎言,再也蒙哄不过她了。她猜测儿子天亮可能出了什么事。她在住院期间,就发现儿子满眼含恨。她身上掠过寒流般的袭击,把秀秀唤来严厉地问:"天亮是不是出事了?"

秀秀还是说:"没有,没有……"

"说实话!"她脸色铁青,吼叫一声。她第一次在秀秀面前发火,也第一次这样严厉。秀秀双肩陡然颤抖,准备把天亮的事告诉她,但最终还是没有开口,因为天亮的事跟叶姨的生命相关,说出天亮的事,叶姨倒下去咋办?叶梅见她死活不开口,好像刘胡兰,便决定回东台县。说走就走,起身收拾东西。秀秀急了:"叶姨,你,你不能走,不能!"

"为什么?"叶梅盯着她。

秀秀说:"您的病还没有彻底好,还得好好养着,你要走了,大憨叔回来会埋怨我的,会埋怨我的!"叶梅见她这样说话,心里软了:"那,你告诉我,到底发生了啥事？是不是天亮出事了？你们都对我封锁消息。"秀秀自然还是不能说真情，还是编谎："啥事也没发生。真的，叶姨您就安心休养，安心画画，过些日子病好了，大憨叔回来了，我陪你去东台县。"说完揉着眼睛走了。

还有问下去的必要吗？一提天亮秀秀就流泪，这不明摆着天亮出事了？她必须回东台看看，可她走了，秀秀怎么办？一说走，看把她难为的。这个姑娘最近心情很不好，不能再伤她的心，无奈地说："好，听你的，再等几天，如果你大憨叔还不回来，我马上就去东台。"

转眼就过了三天，余大憨还是踪影不见。这天早晨，叶梅起来后就收拾东西，准备赶早去东台。这次决心已定，谁劝也没用。秋香见她执意要走，毫无办法。秀秀也无法阻拦，她已哄骗过叶梅无数次，现在已没托词了。她原想孟叔叔和大憨叔会尽快处理好天亮的事，没想到拖了这么长时间。大憨叔没回来，说明天亮还关押着，她比谁都焦急，也想回东台看看，见叶姨执意要走，无法阻止，只好陪着她前往。

第二天下午，叶梅在秀秀陪护下回到了东台县。家门锁着，她开锁进屋，看到所有的东西都铺着厚厚的尘土；饭碗筷子胡乱扔在案板上；炉子锅灶，冷冰冰的；被子没有叠，堆在床上，好像很久没有人住过。但从床头和地上磕下的大堆烟灰看，大憨这些日子就住在这里。大憨不是那种懒惰人，她从那些来不及清扫的大堆烟灰上，感觉到他这些日子非常忙乱！

天亮出事了，她已确信无疑。她准备先去局里问问情况，秀秀急了，挡在门口不让出去。一路上秀秀就想，她没把叶姨拦在巴丹图尔村，一定要把叶姨拦在家里，不能让她出门。然而，她把问题想简单了，她这样一拦挡，反而增加了叶梅的疑心，她非要去局里。秀秀极力劝阻，叶梅生气了，拨开秀秀冲出了门，秀秀跟在后面叫喊追赶。

叶梅和秀秀刚出门，孟尚海和余大憨迎面来了。孟尚海和余大憨见叶梅忽然出现，头脑轰地发炸。她怎么突然回来了？这不是乱上加乱吗？但他俩已经来不及躲避，只好停住脚步。叶梅也停住冷冷地问："你们还打算把我蒙多久？"孟尚海抢着说："什么蒙多久？你，你说啥？我，我怎么不清楚？"叶梅忽然脸色大变："说！天亮出了啥事？"孟尚海以为她知道了天亮的事，听她这样问，知道她并不知底细，便说："天亮，天亮没有出啥事呀？好好的……"

"骗人！"叶梅吼叫道，"你们这样瞒我，那样瞒我，到底要干什么？走，带我去天亮的宿舍！"天亮的宿舍就在前面的居民院子里，说着气呼呼就走。余大憨见叶梅要去天亮的宿舍，忙伸手拦住："你刚回来，去天亮那里干啥？他去河西

355

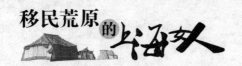

县出差了,回来时还要提点蔬菜,蔬菜……"这粗人在关键时候竟然说了句细话。然而,此时的叶梅却谁的话也不听,非要亲眼去看看。余大憨见这事难以掩盖,求救般望着孟尚海,孟尚海也觉得纸里包不住火了,长痛不如短痛,干脆快刀斩乱麻告诉她,但不能在这里,要在医院,犯了病也好应急。于是脑子机灵一动说:"大憨刚才突然头晕,可能血压增高,我们先去医院看看,回来再去天亮那儿。"

余大憨心领神会,赶紧附和说:"是血压高了,头痛发晕,刚准备去医院,走到这里就碰到了你……"叶梅听大憨的血压突然增高,又见孟尚海搀扶着他,信以为真,紧张了:"那,那我们先去医院,看过病再去天亮那儿。"便扶着余大憨往医院走。

这时秀秀追上来,孟尚海怕她说岔话,忙给她使眼色说:"你大憨叔生病了,我们上医院。"秀秀领悟到孟尚海的意思说:"上医院……"

三个人陪着余大憨匆匆往医院走去。到医院,医生量了量余大憨的血压,确实有点高,余大憨知道那是刚才因为太激动引起的,不要紧,他最担忧的是叶梅。医生要给他开药,余大憨又求救地看着孟尚海。孟尚海又脑子机灵一动:"别开药,住院治疗。"医院床位空空的。孟尚海说住院,医生就把余大憨介绍到住院部。还是叶梅先前住过的病房,还是叶梅住过的病床。这都是孟尚海要求医生这样安排的。

而叶梅怕余大憨血压再高上去,让他服了药,上床躺着休息。余大憨怎么也不上床,却要叶梅上床休息,说你是病人,我不要紧。孟尚海也劝叶梅上床休息休息,坐了一天的车。秀秀也这么劝说。这时叶梅隐隐觉察到自己又一次落入他们编织的谎言陷阱,一手抓住孟尚海的胳膊,一手抓住余大憨的胳膊,把他俩拉到跟前,狠狠地说:"你们的戏该结束了,说!到底怎么回事?天亮到底怎么啦?告诉我!"她母狼护崽般地吼叫着!

"天亮他,他被……"孟尚海不得已,将天亮出事的经过和邱生辉的所作所为告诉叶梅。叶梅的手指深深掐进孟尚海的胳膊,嘴里喃喃着:"天哪,天哪!老天爷怎么总跟我过不去?邱生辉这个王八蛋多少年也跟我过不去,难道他,他看不出天亮是他的他的他的……"她仰天呼喊,摇摇晃晃倒了下去。

"医生——医生——"

"救人,快救人哪——"

他们最担忧的事,最终还是没有躲过。孟尚海和余大憨抱住她呼喊着。秀秀冲出病房门去请医生,瞬间病房走廊出现医生急促杂沓的脚步声和叫喊声。

叶梅被抬上救护推车,推进急救室……

天亮被正式逮捕了,是在叶梅病倒后的第四天,恰好又是星期四,这个"四"是个很不吉利的数字,在叶梅脑海里刻下永不磨灭的痕迹。那天孟尚海、余大憨都到公判会场去了,秀秀留在病房里照看叶梅。叶梅这次犯病比上两次要重,因为身在医院,医生抢救及时,万幸躲过致命一劫,但因刺激太重,一直精神恍惚,目光呆滞迟钝,醒来后两眼发着直,一句话没有,只呆盯着房顶,整个人好像植物人。

那天的公判会声势浩大。因为正逢"严打"风头,还公判逮捕了三个抢劫犯,因此县城的居民差不多都到了,拥拥挤挤看热闹。孟尚海和余大憨站在会场旁边,他们看到天亮始终梗着脖子,没有一点服"罪"的样子。其实,孟尚海和余大憨知道这莫须有的罪名是怎么回事,天亮也心里清楚。他们的心头拧着揪着撕着绞着痛,但没有办法。他们这些日子跑了很多路,活动了很多的人,费了好多口舌,最后还是没有救出他。

他们的目光始终寻找着那个可恨的女人,但那个身影始终没有出现,大概自己的良知受到了谴责,不愿看到自己亲手酿造的这种场面。邱生辉却到了,人模狗样坐在主席台旁边的凳子上,脸上眯眯笑着,眼睛滴溜溜转动。当孟尚海的目光跟他碰在一起时,他脸上漾出大块的得意和冷笑,似乎在说:"你又败在我的手下了,等着,下一个就是你!"孟尚海怒发冲冠,捏紧拳头,欲冲过去狠狠揍他个满脸开花。这个狗娘养的,这样歹毒,陷害别人方可说得过去,却连自己的亲骨肉都不能放过,这等人,还算人?自那天他从叶梅嘴里知道邱生辉是天亮的亲生父亲时,几天时间愤懑痛苦,怒火燃烧,不吃不喝,要找邱生辉算账!

余大憨更是痛苦愤怒,连着几天连饭都咽不下去,他想杀了那狗日的,但为了叶梅不再受刺激,痛苦地控制住自己的感情,见孟尚海很冲动,按住他,低声告诫:"这么多的人望着,你送死啊!——等机会!"他的提醒,使孟尚海头脑顿然清醒,他咬着牙根,慢慢放下了拳头,心里骂道:"狗日的,你等着瞧,不揍扁你这个人面兽心的东西,老子誓不罢休!"

公判会结束了。囚车鸣着警笛,押着罪犯穿过大街。余大憨和孟尚海红着眼睛,叫喊着天亮天亮,跟着囚车往前跑,直到囚车驶进县城南部石头砌起的高墙大院。他俩的心被撕裂了,血肉模糊,疼痛难忍!在监狱大门前石头般立着,直到天黑夜深,才拖着跟跟跄跄的脚步往回走。

夜色沉重,压迫着他俩的身影。他俩谁都不说话,只有沉重的脚步踩着地

357

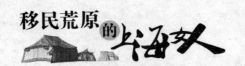

面。路过邱生辉家的小巷口,孟尚海忽然停住脚步,望着黑沉沉的巷子,好像母狼发现了夺走它崽子的人踪迹。

"你,你要干啥?"余大憨问。

孟尚海半天不吱声,只是望着黑巷子。秋风呼呼作响,黑巷里阒无人影。余大憨说:"走吧。"

"不。"孟尚海忽然发出低沉的叫声,好像疯狂的母狼,声音穿透浓浓夜色。余大憨不由一个寒噤:"你要干啥?"孟尚海拳头捏得嘎嘎响,牙根里挤出几个字:"不能轻饶他!"余大憨一惊:"你可不能胡来,他正等着咱们,只要一动,他就知道是咱们干的!"孟尚海说:"我清楚。——出了事我顶着!"一闪身钻进黑巷子。余大憨低声喊道:"尚海,你不能胡来!"追上去拉住他。孟尚海抛开他的手:"我不胡来!"向前摸去。余大憨知道他要干啥,焦急而又担忧,却没办法阻止,只好跟上去。

邱生辉住的小院独门独户。孟尚海要在这里干件惊天地泣鬼神的事。夜已经深了,小巷里黑魃魃的,不见人影,悄无声息,只有一股风在小巷里乱窜,疯猴似的,狂卷着沙尘和纸屑。他顺着墙根,向邱生辉家靠近。跟在后面的余大憨几次拽他的衣服后襟,阻止他的冒险,但孟尚海置之不理。到院门前,看看周围,见没有人,准备推门进去。这时余大憨上去抓住他的手,死死抓住,做最后的努力,制止他。孟尚海甩开他,要推门闯进去,但门上挂着铁锁,锁着。余大憨心里松了半截,额上滚下一串冰豆般的冷汗,低声说:"尚海,听我一句话。回去吧,这事干不得,要坐牢的。"孟尚海说:"害怕你就走,这事与你无关。"余大憨被碰愣在那儿,一时间男子汉的血性激起,心里说你不怕,我余大憨也不是孬种,咱也豁出去,大不了死!孟尚海在责斥余大憨时,心想,邱生辉这狗日的去了哪里?到现在还没回来。他估计邱生辉不会走远,因为下午还在,可能去了李小妹家,听别人说这两天他跟李小妹走动很频繁,且都是晚上。如果是这样,正好找这对狗男女,一并收拾!

他朝李小妹家走去,余大憨紧跟上去。刚走了几步,忽然发现前面有个人影晃动,他赶紧隐藏到墙脚下的黑暗处,余大憨也跟着隐藏起来。那人看来喝多了酒,摇摇摆摆,哼哼唧唧的。近了,是邱生辉。孟尚海心里暗自叫好:"天助我也!"邱生辉自然不知有人隐藏在他身旁准备收拾他,摇摇摆摆向家走,到门口,摸摸索索掏出钥匙开了门锁,走进去要关院门。孟尚海突然冲上去,破门而入,余大憨也跟着冲进院子。事到临头,他只好配合孟尚海了。

邱生辉见突然闯进两条大汉,正要叫喊,孟尚海冲他的脸颊就是一拳,他没来得及叫喊便跟跄后退几步，一个四脚朝天扑通倒在地上。邱生辉感觉脸颊被狼啃掉了半边，疼痛钻心，眼前金花飞闪。孟尚海还不解气，又冲上去向他屁股狠狠踢了几脚。邱生辉死狗般躺在那里不动了，半天才"哇"地惨叫一声。低沉而惨痛。孟尚海从衣领上提起他，愤怒的眼睛盯住他，低声问："知道我孟尚海的厉害了吧？"邱生辉几乎被揍出眼珠子，见是孟尚海，嘴唇动了动："姓，姓孟的，你，你敢打我？二十年前的苦头忘了？我，我要告你，告你，让公安局抓起来，抓起来坐牢，牢……"黑血从嘴角流出，伴着他的语言。

孟尚海低声说："哼哼，你告我啥？告我打伤了你？哈哈哈哈，你邱生辉也太小瞧我了，现在是啥时候了？已经半夜了，谁看见我打了你？谁听见了？法律是重证据的，谁做证我打了你？——我倒要问问你，三更半夜，你去了哪里？说啊！你去李小妹家鬼混，喝醉了酒，在回家的路上一头栽到沟里摔成了这样，告谁？自己告自己吗？"邱生辉听此话，看看周围，的确除了孟尚海，只有余大憨，又刮着秋风，沙尘飞扬，眼前忽然发黑了，倒霉，倒霉啊！这黑天黑地的，既没人看见他挨揍，地上又没有痕迹，他们真要说他去李小妹家这样那样的，他就是浑身长着嘴也说不清呀！这次他可让孟尚海逮了便宜收拾狠了，一股苦水合着咸腥的血水流进肚子，脑袋渐渐歪向旁边，身子软瘫了下去……

余大憨毕竟是山窝窝里的农民，见邱生辉被打成这样，害怕了，低声叫着："尚海，这可咋办咋办？他伤得厉害，要是死了，就麻烦大了！"孟尚海说："不要紧，他死不了。我们把他送到医院，还能落个舍己救人，做好人好事的美名！"说着便把邱生辉拉起来，搀扶他出了院门。让余大憨锁上门锁，晃颠晃颠向医院走去。他俩在路上定好攻守同盟，说他们在李小妹家旁边的水沟里看到的邱生辉……那些天正好居民们安装自来水管，大街小巷到处都是管道沟，又没有路灯，掉进个人不足为奇，最近常有的事。

到了医院，医生见邱生辉半边脸青紫红肿，整个眼睛成了一条缝，好像青灰的南瓜，嘴唇鼻子还有胸前血迹斑斑，问怎么成了这样？孟尚海和余大憨就按路上商量好的话说："他可能喝醉了酒，不小心摔进李小妹家旁的管道沟里，我们路过时听到有人叫喊救命，就跑过去，原来是邱局长，赶紧拉上来送医院……"那医生闻到一股浓烈的酒腥味，忙用手扇扇扑鼻的酒气，脸上掠过一丝厌恶，边戴口罩边说："喝这么多酒干啥？看看摔成什么样了，幸亏有人发现，要不，问题可就大了。"边敷药包扎伤口，又嘟哝着："现在这些人都怎么了？见酒就不要命，往死里喝，把自己的命不当回事！"

邱生辉昏昏沉沉躺在治疗床上听着，气得牙酸，想发作又不敢。说实话，他

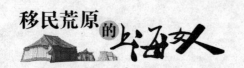

今晚真是去了李小妹家。余天亮被逮捕判了刑,听说叶梅又倒在医院,说不定过两天就会滚蛋,他的目的达到了,一高兴激动,就忘乎所以去了李小妹家。

两个狗男女,沆瀣一气,对酌庆贺,狠喝狠吃一通,又上床疯狂交媾,见天色已晚了,邱生辉怕李小妹的男人突然回家,从李小妹身上下来,穿上裤子,跌跌撞撞往回走,没料到刚进家门……他伤得不轻,医生包扎过后,让他住院治疗。他被安顿在李小妹曾住过的那间病房里。医生对孟尚海说:"做好事做到底,帮我把他搀扶到病房里去。"孟尚海说:"没问题。"便给旁边的余大憨使个眼色说:"来吧,帮帮手。"

余大憨就过去帮他。邱生辉的身子歪歪斜斜,倾靠在孟尚海肩上,软面条似的,这时候大概才感到疼痛了,凄惨惨地呻吟着。孟尚海听着满心爽快,活该!到了病房,孟尚海和余大憨要把他放在床上,邱生辉屁股刚挨床,狠嚎鬼叫般直喊:"哎哟!哎哟!疼死我了,疼死我了!嗷嗷嗷……"青紫厚肿的嘴唇咧着,半天合不住,屁股不敢挨床。医生说:"叫什么?怎么了?"邱生辉说:"我的屁股屁股,疼死我了,哎哟哎哟,嗷嗷嗷!"医生说:"不是伤在脸上吗?怎么屁股疼?"

邱生辉嗷嗷着:"屁股上也有伤伤,疼死我疼死我了,嗷嗷嗷……"

孟尚海忍不住心里笑着:"没事,忍一忍吧!"就把他重重搁在床上。邱生辉几声狼嚎般的叫喊过后,大概疼晕了,安静了。已经半夜了,医生帮他盖好被子,说:"好了,有什么情况,叫一声。"端着医药盘去了。

孟尚海望着余大憨乐了乐,转向皱着眉头直呻吟的邱生辉,幽默地说:"邱大局长,我们也要走了,失陪了。说实话,我孟尚海和余大憨也不想这么干,是你邱生辉欺人太甚,做事太缺德!从二十几年前到现在,你就跟我和叶梅过不去,现在又把天亮送进监狱,你知道你送进去的是谁……"

"尚海!"余大憨见他要说出天亮的身世,忙打断,"不要说了,这种猪狗不如的东西,咱们不跟他废话!走,回去!"拉孟尚海走。他是不让孟尚海提说天亮的身世,只要一提这事,他就想把邱生辉生吞活剥了!

孟尚海知道自己差点说漏了嘴,忙打住话头:"好,不说了,我们走,跟这种猪狗不如的东西实在没话可说。"转身要走,但怒火却还在燃烧,回头对邱生辉狠狠地说:"明天屁股不疼了,嘴巴和脸上的伤好了,就去派出所报案吧,就说我孟尚海揍了你!不过,你可要掂量好,你是半夜从李小妹家鬼混出来掉在沟里的,不要聪明反被聪明误,把自己卖了,让我孟尚海再次收拾你狗日的!"这句压抑着无边仇恨的警告如雷贯耳,把两眼紧闭,不住呻吟的邱生辉震得抖了三抖。这次孟尚海把他收拾得够狠了,起码要在医院躺上十天半月。

第二天,农牧局的人听说邱生辉住了院,全都来看望,问他怎么伤成这样?他说晚上不小心摔进了管道沟里,再问详细情况,他便闭上眼睛,哼哼着不说话,大家见他不说,便也不好再问了。他是不敢提这事啊,再要惹恼了孟尚海,还不要了他的老命?更要命的是拔出萝卜会带出泥,他只有哑巴吃黄连,打碎的牙往肚子里咽了!

　　余大憨一直担心邱生辉会报案,会报复他们,过了两个礼拜见无声无息,提悬的心渐渐放下了。这天中午余大憨去了孟尚海那儿,孟尚海正在和面做饭,他劈口就说:"看来没事儿了!"孟尚海知道他指什么,说:"是啊,谅他老小子也不会去报案!——这种人属核桃,要砸!当年在马蹄湾牛大壮说过,有些事讲道理讲不通,只有用拳头!现在想想很有道理。该出手时就要出手,不能老不吭气,让他们觉得柔软可欺。"余大憨在他肩上擂了一拳,"你真行啊!"

　　"嘿嘿嘿嘿!"孟尚海笑了。

　　余大憨也嘿嘿嘿笑了起来。这段时间他们愤懑得慌,今天总算笑了。余大憨接着话头说:"邱生辉被我们收拾了,出了一口恶气,叶梅的病也渐渐好转了,心里总算平顺了一些,走,咱哥俩去饭馆喝两口去!"孟尚海这些日子心里也憋得慌,余大憨说喝两口,就说:"喝两口就喝两口去。"但嘴里这么说着,却不挪脚步。说实话,那晚虽然狠狠教训了邱生辉,出了口恶气,但心里总是高兴不起来,因为天亮还在监狱里,好像一块沉重的石头压在他心上。

　　余大憨见他不抬脚,也知原因何在。他也跟孟尚海同样,心里像压着一块石板,今天之所以去喝两口,主要还是为了孟尚海。孟尚海是天亮的什么人?非亲非故,可他这些日子放下自己手头的事,全力以赴为他余大憨,为儿子天亮,跟着受累生气不说,还进了一趟派出所,被关押了三天。他把事情做到这个份儿上,余大憨不知该怎么酬谢?因此就想跟他喝两口,一是表示对他的感激,二是给他宽宽心,让他的眉头也舒展起来,不要为他余大憨一家把自己的身体弄出毛病,弄垮了。余大憨发现他的头发最近白多了,额上的皱纹也越发地深长,这都是为了他余大憨呀!好人,真是个好人,天底下难见的好人啊!难怪叶梅心里一直装着这个男人。这样的男人,女人跟着是福气!

　　半个小时后,他俩坐在了酒馆里。

　　叶梅的病渐渐好了,但因这些日子吃不下饭,睡不好觉,人很虚弱。余大憨清楚她一直想回巴丹图尔,离开这个是非之地。他也想把她接回去,一则让叶梅清清静静养病,再则家里那摊子事没人干,家已经不像个家了。

　　孟尚海也想让叶梅回巴丹图尔休息养病,但问题是她回家养病,这里的工

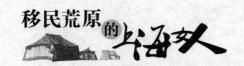

作怎么办？不论怎么说，她是国家职工，她几次犯病休养，离开工作岗位已经时间不短了，在家里养着，别人会怎么看？最要紧的是邱生辉会抓住这个把柄大做文章，赶她离开东台县，所以建议余大憨："还是让叶梅在县里休养吧，身体好点，就抽时间去单位转转，能处理的工作处理处理。有些事，本人在单位与不在单位，完全是两码事……"他的话还没说完，叶梅抢着说："不不不，我要回家，回巴丹图尔村，这里我一天也待不下去，待不下去了！"她悲愤而愁眉不展。

孟尚海见她那样，叹道："那，就回巴丹图尔吧。"

第四天，余大憨陪叶梅回巴丹图尔了。儿子天亮也去青海服刑了。离开前，余大憨要去局里替叶梅请假，孟尚海说你走你的，我去替叶梅请假。他前去局里，在主管张副局长跟前请了假，还谈了叶梅的病情。他怕叶梅丢了工作，一切都为她想着。

然而，叶梅却早把这份工作丢在了脑后，当初她压根就不想来东台县，压根就没想过要这份工作，因此工作不工作，对于她来说已经没有多大意义。此时她坐在去大柴滩镇的长途交通车上，望着近处的山峦，远处的茫茫戈壁，嘴里反复念叨着：当初就不该来东台县，真不该，看看来的时候好好的，现在她成了这样，儿子又……

42

青藏高原的严冬和寒春过去了。

转眼到了第二年五月，东台县城南面的山坡上马莲花和金菊花在草滩上烂漫着紫蓝色和金黄色，绽放着诗意，蕴含宣示着蓬勃生机。这个夏天还继续着去年的故事。主题是李小妹要求邱生辉兑现承诺。去年叶梅离开后，她就要求他安排她上岗，但邱生辉不答应，李小妹当时撒泼说邱局长说话不算数，不兑现当初的许诺。邱生辉也火了，指着她的眼睛说："你怎么就不动一点脑子？本来资料的事别人就怀疑是你干的，现在人家刚离开，你就急着上任，这不是此地无银三百两，把火往自己身上引吗？"李小妹觉得有道理，便不再要求。这一放就是几个月，最近她是实在耐不住了，白天晚上缠着邱生辉，让他兑现诺言。今天她又气冲冲来了,冷冷地问邱生辉:"该有个说法了吧?"看样子今天他不给她个说法,她要彻底翻脸了!

邱生辉心里说:"这女人他妈的蠢得跟猪一样,就知道闹,撒泼!真不知道怎么说她!"从抽屉里取出关于除名叶梅的《批复》,推到她面前,而后过去坐在沙发里。李小妹一看面前的《批复》,"呀"地叫了一声:"局里要开除叶梅要开除啊?!这是真的?真的吗?如果开除了她,我的事就⋯⋯我该上岗啦!"她欣喜地在他脸上亲了一口,说声晚上见,就像刚下蛋的母鸡叫着跑了。

这份开除叶梅的报告是上个星期呈报的。叶梅自那次回巴丹图尔,已半年没回单位上班了。邱生辉虽然嘴上不说,心里却说,叶梅你傻呀,这么长时间脱离工作岗位,在家养病,不是给我留下把柄吗?虽然你口头上请了假,但仅仅是口头上,既没有正式申请报告,又无二指宽的请假条,除你的名,开除你的公职,不是理由很充分吗?于是指使秘书起草了除名叶梅的报告上报县人事局,同时亲自前去催促审批。人事局见报告陈述叶梅无组织无纪律,脱离工作岗位五个多月,因此报告很快批准了。

自叶梅离开后,小马一直兼着收发。他一看那《批复》震愕了。一个职工被除名,等于砸了饭碗,这是了不得的大事啊!他决定把这个消息告诉叶梅,让她赶紧想办法,看能否让人事局收回《批复》,重做复议。因为叶梅不在县里,他揣着《批复》找到了孟尚海,让他赶快想办法通知叶梅,时间决定她的命运!

孟尚海一看《批复》,大脑嗡地鸣响,这个邱生辉狠毒啊!他顾不上脱下工服,便要去找邱生辉论理。小马阻止道:"老孟,先冷静冷静,这个文件还没有传阅,我想先拖着,看有没有办法让人事局复议复议,或者撤销,吵闹解决不了问题,只会耽误事!"孟尚海想想,觉得不能头脑发热,便去找林部长。到了县委门口,忽然又想他是叶梅的什么人,这样横冲直撞,太唐突,弄不好还会让邱生辉之类抓了把柄,于是折回头去了汽车站,要给叶梅捎封信,让她赶紧来东台,但到车站一问,却没有去大柴滩镇的车,便去邮局发了封加急电报。

那些日子叶梅跟好人似的,在地里生产劳动,伺弄那几亩承包地的庄稼,有空闲就拿出画板画笔,坐在院门前的树荫下画几笔画,是休闲养性,也是品味过去的理想和憧憬。对于农牧局要除名的事,她早就预料到了,因此视而不见,将电报无所谓地扔在一旁⋯⋯

然而,世界真是千变万化太复杂,什么意想不到的事情随时都可能发生。正当邱生辉大使龌龊手段要整倒叶梅时,县委刘书记、县长却正跟林部长讨论怎么提拔重用叶梅的问题。

叶梅突然被县里这样重视，全都因为叶梅解放前夕逃往香港的爸爸……

原来，地区侨联昨晚打电话给刘书记通知说：叶梅的父亲、那个解放前夕逃往香港的商人，准备在六月间来东台县寻找探望他的爱妻和女儿叶梅。老人是位爱国商人，多年身居香港，怀念祖国，向往回大陆与自己的妻女团圆。地委书记还亲自打电话指示：一定要搞好老人的接待，一是香港回归只是个时间问题，做好叶梅父亲这样的爱国人士的接待，是为以后香港回归打好基础，做舆论准备，这是大局！二是现在有好多侨居国外以及港台的商人积极在大陆投资，特别是投资西部建设。这个老人在香港以种植加工牲畜饲草为业，资产数十亿元，是香港有名望、有影响的商人，他早就有西部投资搞建设、办教育的意向。东台县是贫困县，这是千载难逢的招商引资机会，一定不能放过！同时指示县委妥善安排安置好叶梅，不能让老人看到因为他，女儿在大陆遭批判、受歧视、受委屈，在心灵上留下一层阴影。这是政治问题，也是政治任务！

地委书记亲自给他打电话，做指示，这件事的分量有多重，他自然能掂量得出来。缓和大陆与香港的关系、香港回归，件件都是大事。但在他的心目中，招商引资是大事中的大事，他能不重视？他在东台县做了四五年领导，这个家的"底"，他心里非常清楚，除了不缺荒山秃岭，什么都缺，特别缺资金。因此，叶梅父亲前来寻亲探妻，真是招商引资的大好机会，而且老人有投资意向，这是天上掉馅饼的好事啊！

接待好这位老人一点没问题，而且他会做得让老人来东台县就像到了家一样，只是妥善安置安排他女儿叶梅的问题，稍稍有点难度。这个难度不是怎么安置安排，而是主管书记"安置安排"的内涵到底是什么？是生活上的？还是政治待遇？他拿捏不准。如果是指她的政治待遇，那太不成问题了，现在一个会议就可以把她提拔为科级干部，让老人看到女儿的进步心里高兴舒畅！如果是生活方面的，无非就是调整一套像样的住房，配几样像样的家具。虽然东台县的住房很紧张，但调整一套住宅房，还是没有多大问题的。

琢磨不透，就不去琢磨，索性两方面都安置安排好。于是他找来县长和组织部长，先决定了调换住宅房问题，而后决定任命叶梅为县侨联副主任，以后专事侨务工作，招商引资，接待归侨探亲访友等，特别是招商引资，很需要专人负责。叶梅的"安排"问题就这么三言两语定下来了。刘书记指示林部长："听说叶梅现在还在巴丹图尔养病，请你辛苦一趟，请她回来，一是通知她，她父亲从香港来东台看望她，让她做好接待准备；二是让她回来接受新的工作任务！"

林部长说："我马上就去安排。"

林部长乘着吉普车又来了巴丹图尔。八年前她是给叶梅送平反决定,这次她一是给叶梅报告她爸爸来东台探亲的好消息;二是通知她马上回县,接受新的工作安排。

　　林部长的小车进村的那会儿,叶梅正在自家院门前的承包地里拔草,白衬衫在绿油油的田野里像一片洁白的云。她的心脏病在东台县经常犯,一回到巴丹图尔就好转了。这可能是心理反应,心病还需心上治,在医学上讲得通。她看到小车,以为是公社的,要去罗队长家,然而它却三拐两拐,蹦蹦跳跳向自己家开来,心里就开始嘀咕,是东台县的? 是不是给她送除名通知的? 至于吗? 脸上泛起一丝嘲笑。这次,她没像八年前看到小车就受惊地野兔般逃跑,而是镇静自若,我行我素。

　　小车到了跟前,车门打开,是林部长。她平日把林部长看做姐妹,现在姐妹来了,她欣喜地叫声:"林部长来啦?"扔下手里的铁铲草筐,走出田地,迎了上去,握住林部长的手:"辛苦了,一个除名通知,还麻烦你专门跑一趟。"林部长愣了:"啥除名通知?"叶梅看她不知道,便把情况告诉她。林部长说:"他们胡闹! 回去后再处理! 我这次是专门来给你报喜的!"叶梅说:"我有啥喜? 倒霉事一个跟一个。"林部长说:"这次好消息好事可是一个接一个,你可得给我挺住啊!"叶梅听她这样说,笑了笑,想不出自己有啥喜事。林部长见叶梅心不在焉的样子,认真地说:"叶大姐,我先告诉你第一个喜事。"

　　"说吧。"叶梅随口说。

　　林部长说:"你在香港的爸爸近日要来东台县看望你……"

　　叶梅提着茶壶,拿着茶杯正倒水,好像没听清林部长说的话似的,又问:"你,你说啥?"林部长又重复一遍:"你爸爸近日从香港来东台县看望你,县里专门让我来通知你,请你马上回县里,做接待准备……"这时叶梅似乎听清了,停住手,望着林部长嘴唇,又问了一遍:"你说啥? 香港? 谁的爸爸? 谁的爸爸来东台县? 谁的?"

　　"你的。"林部长说:"就是临解放前逃往香港的叶时运老先生,你的爸爸,他老人家最近要来东台县看望你!"她一字一顿。叶梅听清林部长的话了,但却没有事似的笑了笑说:"怎么可能,都快四十年没有音信了……"继续倒她的茶水。林部长心里酸了一下,喊着说:"这是真的,我这不是专门来给你通知吗? 地委、县委都很重视你爸爸的来访,让我们做好接待他老人家的工作!"叶梅又停住手,目光慢慢移向林部长,朦胧模糊的记忆似乎从遥远遥远的时光隧道渐渐

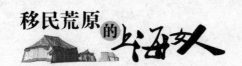

向她的脑海漫过来，半天，肩抖动一下，嘴唇颤着："爸爸，他还活着？真，真来来来看我们……"林部长向她重重地点点头。她手里端着的半杯茶水洒在了地上，接着身子倾靠在旁边的桌子上……

叶梅跟林部长回东台县了。小车来到原来住的那间房屋，余大憨正在锁房门。他昨天来东台县取叶梅的夏装和用具，正好县里让调换住宅房，他就同县里的人忙起来。见叶梅回来了，高兴地说："我们搬家了，已经搬到了新房子里！"

"新房子？"叶梅吃惊又困惑。

林部长说："县里考虑到接待老人的问题，特意给你家调换了一套新房子，走吧！"叶梅木偶般坐上车，到了新居。

那是一座独门独院，青砖围墙，琉璃瓦砌的院门，几间砖瓦房，宽敞明亮。原本是给一位新上任的县委副书记修的，因那位副书记家属迟迟没有过来，因此空着，现在调换给了叶梅。县里还送来家具，客厅里摆上了沙发、茶几、书柜等。叶梅进了院子，在房门前停住，望着客厅里的摆设，不敢进门。"这是我的家吗？"她感到陌生，恍若梦中。

她正在那里怔着，刘书记和县长以及办公室的领导来了，几个民工还抬着一台大彩电，进门就安装调试。刘书记和县长在房内室外转着看看，笑吟吟地问叶梅："还满意吧？"面对新宅新房和新家具，叶梅已经大为惊讶，困惑不已了，现在又见平时难以见到的刘书记亲自带着县长们来了，还带来大彩电，更是惊讶困惑，不知自己在天上地下，呆若木鸡。刘书记知道她感到突然，脑子里还转不过弯，就说："好了，你刚刚回来，先休息，如果还缺什么，说一声，让办公室给你们解决。工作上的事，明天我们再谈。我还有事要处理。"他握着叶梅的手摇了摇走了。

叶梅送走刘书记和县长们，仍木桩般立在门前。余大憨见她站在门前发呆，低声问："你，咋啦？"叶梅顿了半天说："好像做梦。"余大憨听着笑了："这可是真的，你爸要来看你，听县里的头头们说，他老人家是大富商，亿万大富商，所以县里才可着劲准备接待的事。起先他们给咱们调整这么好的房子，又搬来新家具啥的，我也觉得不合适，好像做梦，后头领导们都说这是大事，关系到香港回归，关系到东台县的声誉啥的，就是咱们常说的面子，我听是这样，也就想通了。再说，让老人家来咱家住得舒服点，心里高兴点，也没有啥坏处，你说呢？你看咱们原先住的那房，就一间，住宿和做饭都在一起，烟熏火燎的，多来一个人，就挤挤巴巴的，让老人咋住？咋吃？县里怕咱们住那样的房子，家里破破烂烂的让老人家看见笑话，因此就……我想县里的意思就是咱们是社会主义，不能显得

366

破破烂烂,让人家资本主义笑话,是吧?"

"胡说!"叶梅瞪他一眼。余大憨慌忙说:"我是这么猜的,猜的,不要生气,啊!回屋吧,回来都半天了,屁股还没挨地,回屋吃点喝点再说。"伸胳膊揽着叶梅的腰,往回走。

晚饭后,余大憨拿着遥控板,从头到尾,又从尾到头捣鼓电视,嘴里像小孩似的边捣鼓边说好东西好东西,巴丹图尔哪有这样的东西?叶梅却坐在沙发里神色不宁,如坐针毡。晚上躺在床上,辗转反侧。半夜了,余大憨爬起来问:"咋就睡不着?这沙发床不舒服?我刚躺上去也觉得不舒服,太软,腰痛,想着我们这些农村人享不了这样的福,可睡着睡着,就感觉还行!"叶梅说:"不是床的事,不是……"她语气烦躁。余大憨:"那,为啥?"

叶梅说:"这些事叫人突然,又陌生。感觉这里不是咱们家,除了你和我是真的,其他都像是虚的,心里有点空虚,不踏实……明天我去找刘书记谈谈,我们还搬回原来住的房子,还摆咱们的一张桌子,两把凳子,一张床……"

天亮了,她梳洗后,去了刘书记的办公室。刘书记正好跟县长、林部长商量接待她父亲和她的任职问题。她进门就说:"刘书记,我们不想住新房子,想搬回去,还住原来的房子。"

"什么?你说什么?"刘书记和县长异口同声问。

叶梅又重复说:"我想搬回原来的房子……"

刘书记脸色马上变得严肃了:"为什么?"

叶梅说:"有点不太习惯,心里也不踏实。"

"就这理由?"刘书记以为什么地方不满意,听是这个缘由说:"不习惯住几天就习惯了,任何事都有个习惯的过程嘛。"叶梅说:"刘书记,这事我可能永远也习惯不了,也踏实不了,真的,我还是想搬回原来的房子,我们原先住得好好的,没想换住房的,再说,我爸爸不是那样的人,要是他见我们住得简陋,嫌弃我们,我这个当女儿的决不会认他。"她一口气说完昨晚想好的话。

"不行!"刘书记断然回绝,"知道吗?接待好叶老先生,这是地委的指示,是全东台县,甚至是全地区的事,不仅是你个人的事,其重要意义我已经跟你讲了多次,就不再说了,你个人要服从组织,这是对待东台县的态度和责任问题。"书记的口气不容置疑。叶梅无话可说了,特别是"责任和态度"几个字,震得她愣了三愣,慢慢低下了头。

刘书记大概觉得刚才态度有点生硬,放缓了口气,语重心长地说:"叶梅同志,这是一件政治任务啊,从地委到县委、县政府以及人大政协都非常重视,这

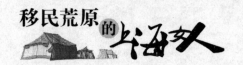

其中的分量你应该掂量得出来,怎么就糊涂了? 千万可不能马虎啊! 而且县里要求你一定要积极配合做好接待,不能出半点差错! 你是个知书达理的女同志,你的情况,最近我们通过和贺书记还有几个老同志座谈,都了解了,反映都不错嘛! 过去你受了那么多委屈,平反以后能够识大体、顾大局,事事从大局利益和工作上考虑问题,这点思想境界难能可贵! 县里昨天刚刚召开了会议,组织决定给你加担子,让你担任县侨联专职副主任……"

"要我担任副主任?!"叶梅吃惊地抬眼盯着刘书记。

"是,我们先提前给你打个招呼,待后下文宣布。"刘书记说。

"也是为了接待我爸爸?"叶梅好像不懂刘书记的意思,惊愕的眼睛望着书记的嘴巴。刘书记说:"不全是。这些年你工作也不错,应该委以重任,又有侨属这层关系。县里从工作方面考虑,把你放在那里合适,工作起来方便。这是改革开放的潮流把你推上了领导岗位,你应该勇敢接受,挑起重担。"

叶梅渐渐张大了嘴,好像努力要唱出高八度的音调,但怎么也努不上去,慢慢走出书记办公室。

叶梅的爸爸要来东台县了。这天县委、人大、政府和政协有关领导,早早候在叶梅家新居门前的街口准备夹道欢迎。县城的人们听到消息也都赶来了,一条小街人山人海,水泄不通,迎接外国总统似的。中午时分,几辆黑色小轿车驶进叶梅家新宅的街道。小孩们摇着小手,学着电视里的样子,呼喊着"欢迎欢迎",小县城沸腾了,气氛热烈祥和! 一位两鬓斑白,清瘦细高,但精神矍铄的老人,出现在叶梅激动的目光里。——是爸爸,是她爱戴崇敬的、多少年只在梦里出现过的爸爸!

她一时呆了,不知该扑上去,还是就这么呆着,立着。

老人在叶梅的庶妹叶蓉陪护下,慢慢走来,跟县委刘书记和县长等领导握过手后,目光便在周围年轻姑娘和年轻妇女中穿梭。人们知道他在寻找他的女儿叶梅。然而老人搜寻的目光几次从叶梅脸上掠过,却都没有停留。叶梅知道爸爸脑海中的女儿,还是八九岁时的女儿。殊不知时过境迁,她都快五十岁了啊,怎么可能还是以前的小姑娘呢?

四十年了,太遥远了,一切都模糊了。她终于忍不住"哇"地哭了,冲扑上去,一头扎进爸爸的怀里:"爸爸——爸爸——"

老人愣了两愣,似乎不认识扑在自己怀里的妇女,疑虑而呆滞的目光,盯望着她的眼睛和脸庞,寻找着女儿小时候的记忆,半天嘶哑着声音叫声:"啊,阿,阿梅,我的女儿——"把叶梅搂在胸前,老泪涌出眼眶,顺脸颊流下来。

午餐的气氛很热烈,很融洽,是县里接待的,刘书记和县长亲自出席。但因老人惦着马蹄湾的老伴,宴会很快就结束了。老人在叶梅、叶蓉、刘书记和县长以及有关领导陪同下前去马蹄湾,扫墓、献花圈、凭吊妻子……

过后,在马蹄湾观光。

马蹄湾在别人眼里除了四周的雪山和荒滩,没有什么奇观异景,但老人似乎对这里很有兴趣,在四周转了几圈,决定在这里投资,建立一个草业公司,进行牧草种植、加工、储存综合经营,解决冬春牲畜缺草问题。他对刘书记说:"如果你们有这样的意向,请搞出个详细规划和可行性报告,我带回去,跟董事们商量决定!"

东台县每到冬春牲畜缺少草料,牲畜吃不上草,干望着乏弱死亡,每年的冬春成了牲畜的鬼门关,有了草业公司,有了加工饲草,就解决了牲畜冬乏春死的难关,这岂不是天大的大好事?刘书记、县长和乡领导早就巴望老人说这句话!听老人决定在这里投资建立草业公司,异口同声赞叹:"太好了!太好了!我们马上就搞,马上搞!"当晚刘书记便召集前来的县长和副县长开会,安排主管牧业的副县长马上回县城,调动精兵强将搞出规划和可行性报告。这是招商引资、寻求发展的机遇,一定要抓住不放!

转眼,老人在东台县过了五天。他准备离开了,那天把叶梅叫到跟前,说:"女儿呀,爸爸有件事想跟你商量。"叶梅沏杯茉莉花茶,端到爸爸面前,坐在爸爸身旁:"爸,说吧。"

老人在那儿犹豫着,没有张口眼睛却先潮湿了,半天才说:"爸爸准备走了,爸爸想把你妈妈的坟迁走,你看……"叶梅知道爸爸最后会提出这件事的,便说:"爸,妈妈迁走了,女儿怎么办?"这是她早就想好的,妈妈就是她的精神依托,没有了"妈妈",她在这里怎么生活下去?老人说:"爸爸想把你带到香港去。"这是他这些天,甚至没见叶梅前就考虑好的。女儿因为他,来到青藏高原,受了多深重的苦难啊!虽然女儿不愿提起那苦难的岁月,但他在这里待了几天,那种苦难他是能感觉到的。他不能让女儿再苦下去,让她去爸爸身旁,让她享受那种荣华富贵的生活,爸爸有的是钱,够她几辈子花销!

然而,叶梅却不假思索地说:"不。爸爸,我在这里有家有室,有丈夫孩子,还有老妈妈,我不能扔下他们。"

老人说:"可以一起去。"

叶梅说:"爸,我在这里已经习惯了,出去怕是不习惯。"

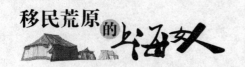

老人听女儿这样说，怔了怔，又问："真不愿去？"

女儿毫不犹豫地说："真不愿去。"

老人怔住了，脸上溜冰般滑过浓浓的失意和痛苦，怔了半天，说："你能不能给爸爸说说为什么？"叶梅想了想说："爸，要叫我说为什么，好像也说不出来，就是不想去。爸爸在香港那么有钱，可以想见，我要去了，不愁吃不愁穿，简直就跟掉到福窝里了！但我就是不想离开巴丹图尔，不想离开这地方，女儿刚才说了，在这里生活着习惯踏实！再说，我在这里很好，爸爸，您老就放心吧！"

老人眼睛里汪出了一层清泪。现在大陆上想去香港的人排着队，有千方百计找关系去的，有迁移的，还有偷渡的，都想在那个花花世界淘金，享受富足荣华的生活。他原以为女儿会同意跟他去香港的，没料到女儿拒绝了。他忽然发现女儿跟他之间，还是有很深的沟痕，长叹道："阿梅，爸爸这几十年对不起你和你妈妈，我知道我们的父女关系生分了，爸爸总想怎么补救补救心里的愧疚和缺憾，给爸爸个机会吧！——你好好考虑考虑！"叶梅的眼睛也湿了，说："爸，您不要这样说，过去的事就让它过去，爸，您还是我的好爸爸，女儿会一辈子记着爸爸的！但去香港的事，爸爸还是尊重女儿的意见！"老人抓住女儿的手说："女儿，你知道吗？爸爸都七十过了，人活七十古来稀。爸爸剩下的日子不会太多了，爸爸想让你陪着爸爸走完人生最后的路！"老人幽幽地说，伤感的样子。叶梅鼻子发酸，泪水哗地涌出来了，脸庞贴到爸爸的胸前："爸，您不要这样说了，爸还年轻，还很精神，爸能活一百岁！等以后香港回归了，女儿就去爸爸身旁，陪着爸爸，一步不离开陪着！"

老人张了张嘴不说话了。他知道他这女儿的性格，她要说不字，谁也别想改变，小时候是这样的执拗任性，现在看来还是这样。老人捧着女儿的脸，泪水汪汪地望着女儿说："香港回归了，你真到爸爸身旁？"

"真的。爸。"叶梅点点头。

老人脸上渐渐出现欣慰的笑容："那，爸爸就好好活着，等香港回归那天，等香港回归那天，我们全家团圆！"老人嘴里喃喃着，叶梅的脸庞紧紧贴在老人胸前。临走那天，老人说："阿梅，香港你不去就不去吧，但爸爸要留给你二十万块钱，你总不会不收吧？"说着就让取钱。

叶梅忙拦住说："爸，看您又来了，又来了……您老看我缺钱吗？我们的生活很好，我有工资，大憨在家种着地，每年收成都可以，不缺钱的。"老人说："不，这钱你一定得收下，以后给天亮说媳妇，买房子，听说天亮还没有正式工作，用得着……"

一提天亮,叶梅的心狠揪了一下,但转而马上恢复了常态,因为关于天亮,老人询问了几次,她都说出远差了,不在县里,老人并不知道他在青海服刑,她不让老人知道这件事,完全是害怕老人听了伤心。于是她说:"爸,儿女自有儿女福,儿女的日子要靠他们自己挣,自己奔,把他们护在翅膀底下,供他们衣食,他们会永远长不大的!爸,小时候老听您这样说,就不要考虑他的事了!"

老人脸上出现失意和悲苦神情。叶梅心里又猛地发酸了,害怕不收钱伤了老人的心,想了想,说:"爸,那,那女儿就收下吧。"她想先收下,然后原封不动替爸爸存在银行里。老人见女儿收下了钱,笑了,笑得很开心!

这天上午,县里给老人准备了送行宴。刘书记和县长双双来请老人赴宴,在桌上商谈在马蹄湾投资建立草业公司事宜。刘书记把这些天县里准备的规划和可行性报告呈给老人,老人看了看,说:"在马蹄湾投资办草业公司的事,我这里就算基本定了。我把资料带回去,与董事们研究商量,而后具体实施。"

刘书记和县长们听了,心里乐开了花,香港人办事就是讲效率。老人又说:"刘书记,还有件事想告诉大家,我们香港华夏公司在东台县的投资捐助诸事,就授权我女儿叶梅全权负责,以后县里有什么事就直接跟她联系。这样利于我们双方的联系和具体方案的实施。"

刘书记略怔,接着痛快地说:"好好!我们以后就跟叶梅联系,就跟叶梅联系。她负责联络工作,我们双方都方便!"旁边的叶梅却着急了:"爸,我行吗?我行吗?不行不行不行!"她直摇着头。老人说:"你行。就这样定了。"

刘书记不失时机地站起来,端起酒杯:"来,让我们共同为叶老先生支持我县经济建设干杯!"

"干,干!"

"干干干!"

老人离开了东台县。

东台县开始忙起来了。县里首先召开干部职工大会,刘书记和县长通报了跟叶老先生洽谈投资的情况。而后刘书记又召集县委和政府班子领导开会,研究叶梅的工作问题。他说:"叶老先生给投资建草业公司的事基本敲定,但合同能否尽快签订,资金能否尽快到账,工程能否尽快动土,现在的关键问题是怎么抓住叶梅这头,因为老先生把这事全权交给了她。说白了就是抓住了叶梅,就抓住了这笔投资,抓不住,就完蛋!因为叶老先生的投资计划,并非仅仅瞄准我们东台,还有青藏北部的巴丹图尔,好在叶梅在我们县,这是最有利的因素,但

也是最不利的因素,大家都知道,叶梅和她母亲曾经在咱们县受过很多委屈和磨难,这些年我们对叶梅关照也不够,要是她稍有倾向意见,投资就会从我们手里失掉! 鉴于这种情况,我建议任命叶梅为农牧局副局长,她做了农牧局领导,必然就会想农牧业方面的事,做农牧业方面的工作,这就叫做在其位谋其政,不在其位不谋其政。再说,这个同志也该提拔重用了,这些年一直在最基层,熟悉了解农牧业方面的情况,上次会议已决定让她担任乔联专职副主任,现在还没有宣布,正好发挥她的作用,宣布到农牧局。这样安排,有人可能会说我们拿官帽'钓'投资,或者说换投资。让我说,现在是改革开放的年代,只要有利于牧区建设,有利于经济发展,有利于增产增收,什么办法都可以想,什么招数都可以拿来试,摸着石头过河,黑猫白猫,抓住老鼠就是好猫! 深圳原来是个小渔村,现在变成了现代化城市、改革开放的前沿,靠的是什么? 靠的是改革创新! 不改革,不闯出一条新路,天上掉馅饼啊? ”

是啊,东台这个边远小县,财政底子薄,家徒四壁,一穷二白,现在有了引进外资的机遇,怎么能坐以放过? 仔细想想,如果能拿到这笔投资,不要说提拔个副科级,就是提拔几个副县级干部又怎样? 县委和政府领导当即表态,同意提拔叶梅为县农牧局副局长。

下午,农牧局召开全局职工大会。大家不知道会议内容,当林部长赴会宣布了叶梅的任命决定后,会场先是沉静,几秒钟后,突然哗地响起了掌声。对于叶梅的任命,农牧局多数职工没有感到突然,因为这些年叶梅在农牧局的工作,大家有目共睹。她有文化,工作任劳任怨,踏踏实实,就是性格有点懦弱,在单位上谨小慎微,缩手缩脚,但话说回来了,人哪有完人呢? 这样的干部应该提拔到领导岗位上,得到重用。大感突然的却是叶梅本人。宣布前,因时间紧林部长没有给她通气,当她听到任命决定后,从座位上蹦了起来。多少年了,她脑子里只刻着两句话:低头认罪,好好改造,别人怎么指挥,就怎么行动,说东就东,指西就西,像磨道里的毛驴子。她这样的人能当领导吗? 她能胜任吗? 原先县里让她去乔联做专职副主任,她已经感到好笑了,现在又让她……不行不行,不干不干! 她给林部长谈了自己的想法。林部长说:“这是县委的决定,是县里对你的信任,准备准备上任吧! ”她见林部长不松动,又去找刘书记。

刘书记听了很吃惊。给官不做,天下还有这样的人? 这几年里他碰到不少跑官的,要官的,不乏买官的,还从来没有碰到给官不要的。他像看外星人似的看了她半天,问:“理由就是干不了? ”叶梅点点头。刘书记再次问:“真没有其他想法? 就是干不了? ”叶梅又点点头。刘书记笑了:“好! 你是个好干部。你肯定行,肯定能做得很出色。——服从组织决定吧!"

一说服从组织决定,叶梅即刻低下头,不敢吱声了。——鸭子赶上架了!

对于叶梅的提拔,大感突然而又没想到的是李小妹。当她听到叶梅的任命决定时,同样以为听错了,当证实叶梅确实任命为农牧局副局长了,一时傻了:叶梅当了副局长,她的倒霉日子就跟着来了!这些年她在邱生辉的撺掇下,把人家叶梅整得好苦,还把人家的孩子送进了监狱,叶梅能饶过她吗?她还有安稳日子过吗?"怎么办?怎么办?怎么办?"三个"怎么办"好像三枚重型炸弹,在她脑子里轮番爆炸。

散会后,她便往邱生辉办公室跑,要让邱生辉想办法拿主意。邱生辉见她松稀样子,好像丧家犬,有心把她轰出去,害怕这女人狗急跳墙,把他唆使她诬陷叶梅的事抖搂出去,那就彻底栽了,所以说:"她上台就上台,有啥大惊小怪的?我不是还在台上吗?"他虽然这样说,心里却虚得跟吹起的肥皂沫儿似的,但为了给这个女人打气,稳住她,又说:"她来当局长,仅仅是个副的,我是正局长,她能把我们怎么样?不要怕。"李小妹嚷着说:"你说得轻巧!要是她明着不来暗着来,给我穿个小鞋,使坏,打击报复,我就惨了!你快快想办法啊!"她拉开了哭腔。邱生辉顿了半天说:"我想这样吧,你现在不要动声色,装作啥也不知道,啥也没有干,咱们走着观察一段时间,如果她不找你的麻烦,咱就犯不着跟她来真格的,如果她背地里使心眼,找麻烦,我们就想办法把她赶走。我也有我的靠山,到时候我请他们出马,帮着撵走她!"

李小妹听邱生辉这样说,停住了哭丧声,脸眉舒展了。邱生辉见几句话把她哄转了,拍了拍她高挺的胸脯说:"回去吧,好好吃你的饭,睡你的觉,把心放到肚子里!"李小妹拨开他的手走了出来。

李小妹回家后,反复思考邱生辉的话,同时自问:"他这个人到底靠得住吗?关键时候会不会帮她?"想着,忽然叫喊:"——不能相信他,他是个言而无信的小人!"当初他许诺,只要给叶梅找个岔子,就让她取代叶梅,她把人家的娃娃都送进了监狱,他也没有兑现他的许诺,后来他又许诺,只要把叶梅赶出东台,就让她马上做收发,或者升迁,也同样没有兑现,后来,再后来,桩桩件件的许诺,没有半件兑现,还把自己的身子也搭上,让他当毛驴骑,这种人能靠得住吗?

李小妹经过几天几晚的思想斗争,这天终于走进刘书记的办公室,把这段时间邱生辉怎么撺掇唆使她诬陷叶梅的事全抖搂了出来。刘书记听着,脸色渐

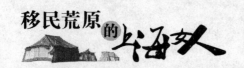

渐严肃起来,对她说:"回去写份申诉交给公检法,既然你们诬陷了人家余天亮,就应该把这个案子翻过来,放余天亮回来。另外详细写份材料上报组织部门。"

李小妹带着对叶梅愧疚的心情和上当受骗的懊悔,很快写了情况材料,上交公检法,又送一份到组织部。

一个月后,邱生辉被免职了。组织部门在宣布邱生辉免职的同时,也明确宣布由副局长叶梅主持农牧局工作。在短短的几个月里,叶梅又上了一个新台阶,但人们仍没有感到突然。这是人们想到的,也是必然的。叶梅这次也没有叫喊不行不行,因为在这几个月时间里,她已经熟悉了农牧局的工作,并且在孟尚海和大伙儿的支持帮助下,"小荷已露尖尖角",受到了县里领导和全局人的赞赏。她自我感觉还是能干好这份工作的,于是挑起了这副重担。

她比以前更勤奋,干劲更大了,工作上还有很多新点子。她觉得组织这样信任她,这样关心她,她应该勤奋工作,做出成绩。孟尚海说,就要这样展示你的才能,本来你就是个很能干、又泼辣的女人嘛!

43

余天亮的案子在县委和县政府敦促下,在公检法的努力下,很快进行了重新审理,最终无罪释放了。余天亮从青海劳改农场回家的那天,一进院门,叶梅便把他搂在胸前,半天不放开,泪水大股大股流着。罢了,捧住儿子的脸左看看右瞧瞧。不到一年时间,儿子又长了一截,肤色更黧黑了,岩石一般,下颏上有了黑黑的胡茬子,好像尖利的针尖。

然而,这个在监狱里度过了大半年的儿子却是冷冰冰的,不动,也不说话,那张圆脸毫无表情,简直就像一块冰冷的铁板,两只圆溜溜的眼睛,似乎比过去更深沉更冷漠,闪射着寒冷的仇恨和怨愤,让人视而发寒。她不由浑身惊颤:"儿子,你怎么了?"儿子不吭声。妈妈问:"你好吗?"

他动了动,冷冷地说:"那种地方能好吗?"他瓮声瓮气,语言好像从冰窟窿里飘出来的,叫人不寒而栗!秀秀来了,抱着他的胳膊摇着,哭着说着思念的话,还撒着女孩子羞涩的娇,他仍那样冷冷的,眼睛盯着前方,仿佛一头青面獠牙的恶狼。叶梅从儿子眼睛里看见了复仇的火焰,心里掠过三九天般的寒流。

是的,余天亮早已知道是谁诬陷了妈妈,是谁把他送进了监狱,谁是罪魁祸首。他余天亮也是一条血性汉子,他能就此罢休?忘了这笔深仇大恨?——他要让姓邱的加倍偿还!这是埋在他心底的仇恨种子,在监狱里已经酝酿发芽,出土开花了!他盼望着,等待哪天走出高墙,今天终于等到了。那天当他走出那堵高墙后,便恶狼似的面向蓝天,面向大地吼叫起誓:不为妈妈和自己报仇雪恨,誓不为人!而后,像一头被人掏了崽子的母狼,沿着凶手留下的踪迹,踏上复仇的山路!

叶梅战栗着,给儿子讲为人处世的道理,讲人的真善美,讲人与人的关系,讲县里怎么关照他们这个家,怎么提拔她做了主持工作的副局长,讲书记县长们怎么帮她重新审理他的案子,讲他的外公是亿万富翁,不忘故土,热爱祖国,投资西部边疆建设……她苦口婆心讲了很多很多,一句话,劝儿子忘记过去的仇恨,向前看,重新开始人生道路!

然而,这一切不可能扑灭余天亮强烈的复仇火焰,因为这是比钢铁更坚硬的意志,任何力量都不可能扑灭。只是怕妈妈受刺激,一连几天,他都窝在家里,没有抛头露面。这晚,夜深人静时,他见妈妈沉沉入睡,怀揣菜刀悄悄出门了……夜很黑,小县城好像扣在黑锅下,还刮着山风,一切似乎都为他这个复仇者提供便利。邱生辉家的那条小巷本来就僻静冷落,半夜时分,更加寂静冷落。他进入那条小巷,很快到邱生辉家院墙下。那院墙很低矮,刚过头顶高。他向左右看看,侧耳听听,见没有异常情况,从衣服兜里掏出黑色松紧丝袜做的面罩套在头上,抓住墙头,身子一提,便爬上了墙头。

但就在他准备跳进院内时,墙外有人忽然撕住他的裤角。他一惊,差点栽下墙头。"——下来!你这个害人的东西!"墙下的人低声叫道,气愤恼怒而又忧伤。他听出是妈妈,怔了怔,很不情愿地从墙头跳下来。妈妈二话不说,抬手先给他一个耳光,接着拽起他就往回拉。这些日子她一直监视着他的行动,不敢稍有松懈,今天因她忙了一整天,晚上躺倒就睡熟了,没有想到这孽种趁机溜了出来。妈妈把他拉到家,把他甩到沙发里,发狂似的哭叫起来:"你要干啥?你到底要干啥?还想进监狱吗?那牢狱滋味还没有尝够吗?你想把老妈往火葬场推吗?你知道吗?妈妈已经经不起事了,再要有什么事,就活不成了,活不成了哇!"她的哭叫即刻变成倒悬的河流。

天亮怕妈妈受刺激犯病,赶忙起来安慰妈妈,不料,揣在怀里的菜刀溜下来掉在地上,闪闪寒光直逼人。妈妈见那菜刀,眼睛突然发直,脸色发白,身子颤抖着,歪倒在沙发里……天亮害怕了,跪在妈妈面前发誓说:"再不干那些傻事

了,再不干了⋯⋯"

叶梅在家躺了三天,这天终于起来了。但她却不敢离开儿子半步,儿子虽然给她发了誓,但却仍不放心,因为她太了解自己的儿子了,这个孽种脾气倔犟,性格耿直,莽撞而冒失,他是不会善罢甘休的,他还会去⋯⋯她还得时刻盯紧他,绝不能有半点马虎。但他是一个大活人,怎么就能盯得住呢? 再说她有工作,哪来时间盯他? 她毫无办法,束手无策了。

那些日子,马蹄湾草业基地筹建工作正在紧锣密鼓进行。

叶梅没有半点空闲,有好多工作离不开她,成堆成堆等着她做。她跑省城,跑地区、跑马蹄湾;给父亲发信函,打电话,落实资金。第一笔资金到账后,两千亩的种草基地动工了,刘书记和县长高兴得好像抱上孙子当上了爷爷! 地委、行署也为东台县积极争取港商投资,建设草业基地大为赞扬,让东台县上广播上电视介绍经验。东台县突然间名扬全区,红火起来了!

当然,第一功劳自然是叶梅的。要不是她上下跑,要不是她积极争取和努力,有谁向这穷山恶水的东台县投资? 哪有这样的红火? 刘书记和县长为他们独具慧眼,启用这样的人才而感到自豪和骄傲,特别是地委书记拍着他们的肩膀夸他们有眼光,观念新,有开创精神时,他俩的那种自豪、激动和荣耀感,难以言表。

刘书记和县长多次表扬鼓励叶梅继续努力,争取第二批资金早日到账,争取草业加工厂早日破土动工。但发现叶梅最近好像有什么心事,有时患得患失,有些工作缓慢不进。她怎么了? 书记县长哪里知道,叶梅最近因为儿子天亮,已经搞得焦头烂额,神不守舍了,哪还能全身心投入工作?

这天书记和县长双双来了她家,问她生活上、工作上有啥困难,有啥问题,县里会全力以赴解决的! 叶梅见书记、县长亲自上门访问,解决困难,眼睛里涌出热泪。领导对她太关心了,她不好好工作,不干出一番成绩,怎么对得起组织和刘书记他们? 因此马上表示说:"请书记县长放心吧,我没有困难,我会把工作做好的。现在马蹄湾两千亩青草基地工程已经动工半个月了,我父亲那面的第二笔投资,也正在商议,商议好马上就会到账的!"书记和县长听她这样说,放心满意了。

但儿子在那里掣着她的肘,不能离开半步。她万般无奈了,一狠心决定将儿子送到马蹄湾。让他远离邱生辉,这样她便可以放心工作了。但天亮跳着蹦子抗着不去。他刚刚从劳改农场回来,又让他去马蹄湾那样的地方,这不是活要他的命？吃苦受累且不说，他跟邱生辉的账还没算，他离开了县城，岂不就黄了？"不去！就是不去！"可叶梅的态度很坚决："不去也得去！"便给他打好了行李。余天亮想继续抗着，怕妈妈受刺激犯病，不敢抗了。这天妈妈送他上了去马蹄湾的班车。临上车，他流泪了，他想不通妈妈为啥要把他送到那样的地方去？为啥对他这样狠心？他为妈妈报仇，为自己雪恨，难道错了？这大半年的牢狱就这么白坐了？

叶梅也流泪了，她心疼儿子，既舍不得让他离开，又必须让他离开。她心里左右撕扯着，最终还是狠狠心，毫不客气地把儿子推上车。有点优柔寡断的她，第一次心肠变得这么坚硬，但回家后扑到床铺上哭了。

余天亮来到马蹄湾，被安排在老妈妈家住宿。那间泥屋，恰好是当年他外婆和他妈妈住过的。泥屋虽然里外都抹了新泥皮，相比当年，焕然一新，还是脱不了低矮简陋的寒酸样子。他在那土炕上蒙着被子躺了两天后去了工地上。

那些日子他听着人们讲述外婆和妈妈的遭遇，望着这简陋寒酸的泥屋，心里除了对外婆和妈妈的可怜悲伤外，更加深了对邱生辉的痛恨，复仇的火焰在心底燃烧得更加旺盛！他暗暗发誓，不报此仇，誓不为人。他寻找着回城的机会。

草业基地建设指挥部，安排他做技术助理，这个工作比开荒抢镐头轻松得多。他却不干，他要抢镐头，出大力，发泄憋在心里的熊熊怒火！指挥长不清楚这些内情，便让他去了开荒组。那个组十来个人，全是马蹄湾的小伙和姑娘。他们不知道他是啥人，为啥要来他们组抢铁锹把子？干部与老百姓同劳动，现在已经很新鲜了，新鲜到奇怪的程度。一到工地，他就抓起镐头干起来，跟谁也不说话，也不吭气，只是狠狠地抢着镐头刨土，碰到石头，一咬牙就抱起来，扔到沟里，有的石头太大，就下死命地撬，下死命地扛，下死命地搬，好像跟这些顽石较劲。每天弄得浑身是水，满头是汗。这天他背石头，忽然脚下打滑，摔倒在地上，半天爬不起来。一起干活的人，见他摔在地上半天爬不起来，就想过去扶他，却不敢，因为这些天想给他帮忙的人，都被他那寒冬般的脸色无声拒绝，谁讨没趣？他们只好站着望着，爱莫能助。这时一个姑娘走了过去，要扶他起来。她是本开荒组的组长，人们叫她小华组长，跟余天亮年龄差不多。也许他真需要别人帮扶一把，因此他没有拒绝她。他被姑娘搀扶起来，坐在旁边的石头上。他的腰部受伤了，歪歪扭扭的，样子很狼狈。小华姑娘要送他去医疗所，他沉沉地说："不碍事，稍缓缓就好了。"这是他来这里几天时间说的第一句话。小华姑娘很

着急:"那我给你搓搓。"就蹲下去。他忙说:"不不,你忙你的去。"语言没有了过去的冰冷。

下午收工了,他想站起来,腰却撕裂般痛,根本站不起来。他感到很狼狈。大家都过来了,要换扶他回去,他强撑着精神说:"我能行,你们先回,不要管我!"大家见他执意不让帮助,就散去了。小华姑娘却没走,守在他身旁。他说:"你,你怎么不走?"她说:"我得照看着你回去。我是组长,不但领着大家干活,还要注意每个人的安全。这是我的责任。"她伸出手,拉起他的胳膊,要换他起来。看来这个姑娘比他还倔犟。他想发脾气,可人家是笑脸,伸手不打笑脸,再说人家是姑娘。他只好站起来。姑娘就换着他,确切地说从后面揽着他的腰,抱着他往前移动。因为他腰部稍用劲,便疼痛难忍,只好靠着她。他见姑娘很热心,寒冷的心渐渐变得柔和了。

姑娘见他的目光柔和些了,就想问问他怎么了?跟什么人结下了深仇大恨?冷眼横眉的?她想开导开导他,让他用平常心对待事物,人与人有什么样的冤仇不可以化解呢?国家与国家都可以化仇敌为朋友哩!比如苏联跟中国在珍宝岛上打得你死我活,现在不是友好了?还有我们天天喊打倒的美帝国主义,现在不是也成了朋友?相比这些,个人的恩怨又算什么?但她怕他忽然变脸。

然而,她有所不知,她换扶的这个小伙的仇人,恰恰就是她的父亲邱生辉,只是他俩互不清楚。她叫邱小华,她跟她妈妈就住在马蹄湾,是农村户口。那些年邱生辉在外面闯荡,没有顾上农转非,"文革"后期,邱生辉当上东台县革委会副主任,便把她跟妈妈从老家搬到东台县,本想解决城市户口,但时间不长,"文革"结束了,邱生辉从县革委会副主任位子上掉下来,被县里调到马蹄湾做牧业生产干事,她跟她妈妈也跟着搬到了马蹄湾,成了马蹄湾基建队的社员。

天完全黑了。她直接把他换扶到乡医院治疗室。乡医院就五六间平房,四五个医务人员。平时没几个来看病的人,自从县里草业工程上马后,马蹄湾突然增加了四五百人。工程上的人有磕磕碰碰的伤,或者头痛感冒什么的,都来这里治疗,这个小医院一下热闹了起来。医生检查了天亮的伤情,说确实伤得不轻,就让他住院。他先是不愿意,说刚来就招麻烦,但在邱小华劝说下,他住下了。下午饭是邱小华从食堂打来送到他病床前的,余天亮半躺在病床上,见她送来饭很感激,端着饭盒望着她,不知说什么好。这二十几年里,除了秀秀姑娘,还从来没有第二个姑娘这样待过他,他心里翻卷着别样的热浪。

邱小华见他望着她不吃饭,扑哧笑了:"吃呀,望我干啥?我脸上开花啦?"他不好意思地笑了,也玩笑说:"比开花还好看!"这句话虽然是玩笑,可褒奖和感激全有了。邱小华的脸刷地红了："不许胡说！"他说："真的，真的好看！"他真发现小华姑娘挺憨厚，也挺好看的。

　　邱小华脸更红了，拿拳头在他肩上轻轻敲了几下："还胡说还胡说，再胡说，我可就翻脸啦！"他歪着身子，躲闪着："真的，就是真的嘛！"邱小华故意绷着脸说："我可不喜欢在女人面前说好话献殷勤的男人。"把筷子递到他手里说："快吃饭吧。"余天亮就吃起来。一阵玩笑，把他俩相互间的生疏冲得没有了踪影，两人渐渐熟了，说笑起来。年轻人之间的沟通总是很快，特别是男女之间。余天亮边吃饭边说着马蹄湾这地方太遥远了，待在这里太封闭，简直就跟天外世界一样。邱小华谈着这些年在马蹄湾的感受，说这里可以锻炼考验一个人忍耐寂寞的意志，能在这里坚持下去的人，将是世界上最有忍耐力的人，什么困难都压不倒。他说太夸张了吧？她说不，现在环境条件好多了，有了商店、医院、学校，还有了宽敞的土房子，听说前些年不是这样。余天亮听她提起过去，就不吭声了，思绪飘向妈妈过去的岁月，对邱生辉的仇恨又滋长起来，眼睛里流露出冷森的光。

　　邱小华是个聪明姑娘，发现他那寒冷的目光，马上意识到她的话勾起了他的心酸往事，便赶紧打住，把话头转向别处，半是玩笑半是真地说："喂，勇敢倔犟的小伙子，到现在我还不知道怎么称呼您，也不自我介绍一下。"余天亮说："就叫我天亮。天亮时生的……"

　　"唔，天亮，好名字……"她嘴里反复念叨着，半天说："这个名字我好像听别人说过，挺熟悉的，是挺熟悉的。"努力在脑海中搜索这个名字，但没有想起来。聪明的姑娘这回可是愚笨了，没把眼前这个小伙子跟她爸诬陷坐牢的余天亮联系起来，自然更不知道他还是她同父异母的弟弟。她想不起来，就说："这两天你就安心养伤吧，别的事都不要想。收工后，我会抽空来看你，替你把饭打过来。"余天亮忙说："不不不！我自己能打饭，就不麻烦你了！一个大小伙子哪有那么娇气呀？"其实他是抹不开面子。邱小华说："我不怕麻烦。就这样说定了。"收拾了饭盒和筷子走了。

　　第二天早晨上工前，医生刚准备查床，她就来看他了。中午下班后，她早早给他打来饭，他很感动，又不好意思。在他吃饭的空子，她又收拾床头柜上乱七八糟的东西。他望着她热心勤快贤惠的样子，忽然对她生出几分喜欢，这个姑娘还真不错！转眼他在医院住了四天。这天他出了院，回到他住的泥屋。

　　傍晚，邱小华收工去了医院，主治医生说他出院了。邱小华说："伤没好怎么就出院，真是怪人。"那医生说："就是呀，你哥哥脾气很倔，说走就走。"

　　邱小华一怔，问那医生："我哥哥？谁是我哥哥？"那医生是新来马蹄湾的，听她这样说，惊讶道："他不是你哥哥，是你弟弟呀？"邱小华笑着摇摇头说："他不是我哥哥，也不是我弟弟，他是县上下来的。"那医生说："是这样啊？我看你俩长得挺像，还以为是亲兄妹哩！真对不起。"

　　"没关系的。"邱小华边朝外走边说，又问："我俩长得像？"

　　那医生说："像，长得真像。"

　　邱小华笑着说："我们一点关系没有。"便向老妈妈家走去，她听说天亮住在老妈妈家。走着，不由想起那医生刚才说的话，感到很有意思，她跟他怎么会长得很像呢？他们过去连认识都不认识，是不是看他俩这两天亲亲热热的，就感觉是兄妹？但想想，他俩可能什么地方真长得像，要不，医生怎么就这样说？医生在这方面比常人更有发言权。她想着，对照着，忽然发现他俩确实有相像的地方，比如眼睛，都是那种圆溜溜的老鼠眼，还有圆圆的脸庞，还有……她还有着，忽然扑哧笑起来，说胡思乱想什么呀？真无聊！但说不想，脑子偏偏不听她的话，又想，直到来到老妈妈家院门前还在想。

　　她进了院子，进了那泥屋，看见余天亮坐在炕下的小凳上捣鼓什么，便拿两眼直瞪瞪地盯望着他，试图从他脸上找到跟她相像的地方。余天亮见她不眨眼地盯望着他，全身不自在起来："你，你盯我干啥？盯我……"以为他身上的衣服怎么了，低头看看，没有什么不合适的，又以为她对他提前出院不满意，便说："我住在医院不习惯，又不方便，再说伤都好了，躺在医院不像话……"他这样解释着，倒把她提醒了，慌忙从他的脸上收回目光，说："你的伤还没有彻底好，不该出院，不该……饭盒在哪里？我去食堂给你打饭。"他说："我自己去食堂吃吧，我能走，去食堂没问题的。"说着站起来在地上走了两圈。邱小华说："你说什么昏话，伤还没有彻底好，惹犯了咋办？"看见饭盒在炕墙上，拿了饭盒就往外走，像小偷害怕被人抓住手似的。

　　天亮望着她的背影，心里嘀咕起来："她今天咋了？盯着我看……"他到底有啥好看的？他过去对着挂在墙上的小圆镜照了照，脸还是原来的脸，只是这些天在屋里待着稍白了一些，他就迷惑了。她是否有了那个意思？她是大姑娘，他是大小伙子，大男大女在频繁接触中，难免摩擦出那种火花，可这也未免有点太快了吧？才几天时间哪！他感觉突然，好像闪电，但又觉得她不像是对他产生了那种感情，因为她对他除了生活上的关心，没有过分的亲昵，一个农村姑娘也不会大方到这种程度。再说，那天他曾无意中说过自己有女朋友，但眼前出现的奇异现象却实在无法解释，心里盘绕着疑云！

这时,老妈妈在外面喊着:"天亮,准备吃饭!"天亮听奶奶给他做了饭,急了:"奶奶,不要做饭,不要!我在食堂订了饭,马上就打回来了……"奶奶眼睛和腿脚都不好使,咋能麻烦她呢?他起身要去厨房,奶奶就拄着拐杖来了:"快去吃吧,奶奶已经把饭做好了,要不奶奶给你端过来。"他听奶奶把饭做好了,嚷道:"奶奶,您咋不听话呀?我说不做不做,在食堂订了饭,咋就不听……"奶奶说:"谁让你去食堂订饭了?奶奶早就说今晚在家吃饭,奶奶给你做,你没听见呀?快去吃吧,要不就凉了!"她责怪起他来。天亮只好去了厨房。厨房地上支着小饭桌,摆着几碟小菜,一盘刚出锅的拉条面,冒着腾腾热气。奶奶说快吃吧,天亮就磨磨蹭蹭坐在小桌旁的马扎上。小华已经去打饭了,他要吃了奶奶做的饭,打来的饭又给谁吃?但不吃奶奶肯定生气,只好硬着头皮,拿起筷子。奶奶见他拿起筷子,脸上就出现了笑容,嘿嘿笑着说:"吃吧吃吧,你妈妈那时候常吃奶奶做的饭,你来这些天还没有端过奶奶的饭碗哩,奶奶心里过意不去……"忽然想起什么,叫着:"哎呀,看我咋就忘了,奶奶还有存下的酒!奶奶给你去拿!"起身拿来酒。他赶紧劝:"奶奶,我不会喝酒,不会不会。"奶奶说:"你哄奶奶哩!那天我还听见你跟别人划拳哩!"他就顿住了。他是会喝酒的,可不能喝奶奶的酒,奶奶孤苦伶仃的,放着酒招呼贵客,他喝了算啥?他决定不打开酒瓶,但奶奶非让他打开,又说:"从明天开始,你就在奶奶这里吃饭。这些天你不能下床,不知饭咋吃的?可能饿肚子了吧?"他说:"没有没有,有人给我送饭,早晨中午晚上都送。"

"谁送呀?"奶奶问。

他说:"小华,是马蹄湾开荒组的姑娘。"

"小华,就是那个脸圆圆的,眼睛也圆圆的姑娘?"奶奶问。

"是,她的脸和眼睛都圆圆的。"他回答说。奶奶顿了顿,长叹道:"小华可是个好女子哩!跟她老子邱生辉不一样,大家都喜欢她,奶奶也喜欢……"

"什么?"天亮忽然盯住奶奶,"奶奶您说谁跟谁不一样?"

奶奶说:"小华跟她爸爸邱生辉不一样。你不知道小华是邱生辉的女子?"

"轰——"余天亮突然大脑轰地响了一下,接着眼前一片空白!原来小华是邱生辉的女儿,原来她是他仇人的女儿!原来她是……一股黑血忽地蹿上头顶,拳头捏得嘎嘎响起来!他在那儿震颤了几秒钟,打开面前的酒瓶,扬起脑袋咕咚咕咚地灌了下去,把酒瓶顿在桌上,站起来,摇摇晃晃向外走去。"天亮,你咋啦?你要去哪里?"奶奶眼睛和耳朵都不好使,当意识到天亮可能要出事,便起身要阻拦他,但天亮已走出厨房门。等她追出去,天亮已冲出院子。她追出院

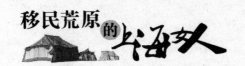

门，天亮已没有了踪影。她后悔刚才咋糊里糊涂说了那些话，要是出了啥事咋办？她焦急地向夜幕朦胧的野外叫喊一声："天亮——你回来！天亮回来——"回应她的却是野外的寂静和温柔的夜风。

此时邱小华正端着一饭盒饺子，向老妈妈家走来。下午，她从余天亮那儿拿了饭盒就去食堂，但迟了，食堂开过了饭，正在收拾锅灶。她没有打着饭，就回家准备自己做。正好她爸邱生辉从县城回来了，带有羊肉芹菜，妈妈说包饺子，她就积极响应，和面剁馅包起来。饺子煮熟后，满满装了一饭盒，就准备给天亮送去。她知道天亮肯定饿了。邱生辉见女儿带着那么多饺子，又急急匆匆的，问："小华，给谁送？看你急急慌慌的。"她说："一起干活的小伙子，腰伤了，没法动，食堂又收拾了锅灶。"

"谁啊？"邱生辉又问，因为他从女儿的举止行动上似乎看出了什么。她见爸爸误会了，有点哭笑不得说："爸，您就别问了，一起干活的就是一起干活的，反正不是坏人。我是组长，理应这么做。"用头巾包住饭盒，提着就往外走。妈妈喊着问："你不吃饭啦？"她应道："回来再吃！"邱生辉望着女儿去了，回头问小华妈："小华是不是在谈对象？"

小华妈说："这些事你就别管了，丫头大了，也该谈了。"

邱生辉说："不是我要管她，我这个当爸的也应该关心关心这些事。"

小华妈说："你现在才知道关心娃娃？多少年了，你操过家里的心吗？操过娃娃的心吗？我们娘俩这些年跟着你搬来搬去，到现在还是个农村人，住在这样的地方，没家没舍，没个安身的地方，好像流浪汉，要饭吃的……"说着竟眼睛里汪出了泪花。

邱生辉心里一下酸了，叹一声，放下手里的筷子，慢慢低下了头。是啊，几十年风风雨雨，坎坎坷坷，几上几下，竟然混到了这种地步，让老婆娃娃也跟着在这里受苦受累，他心里能不酸吗？别的不说，老婆娃娃现在还是农村户口，在老家农村时自己还有一座小院，三四间土坯房，现在却住着这样两间石头垒的窝棚，就这两间窝棚，还是基建队的公共住房。唉！真正的无家无舍，无家可归啊！这都怨谁呢？怨他自己不争气？还是怨这个难以把握的社会？

他老伴是个贤惠老实的女人，见男人心情郁闷，脸色不好，马上闭嘴不说那些不愉快的话了，又说起了女儿来。她说："她爸，你放心，咱们的丫头是个很有出息的娃娃，勤快、老实、干活能比小伙子，脾气好，不惹是生非，在基建队人缘特别好，大家都喜欢她，选她当组长！她也有主见，肯定会给咱们找个好女婿，你就放心吧！"她这样说着，安慰着，邱生辉的心情就渐渐好了，又拿起筷子吃起来,边吃边问:"你没见过咱们丫头谈的那个小伙子是个啥样人?"

小华妈摇摇头,说:"我也是这两天才发现丫头收工回来得迟,晚上吃点东西就匆匆忙忙出去了,是不是谈对象,我也说不上。听丫头说那小伙子叫天,天亮,是天亮时生的……"

"什么?天亮?!"邱生辉好像毒蛇咬了,惊跳起来,盯住了老伴。小华妈问他咋啦?他没说什么,放下手里的筷子就往外跑。小华妈追上去拉住他,紧张地问:"咋啦?咋回事?"他说:"你知道吗?他叫余天亮,是叶梅的娃子……"

"叶梅的娃子?是不是那个被你送进监狱的余天亮?"小华妈紧张地问。邱生辉点头说:"他正在寻找岔子报复我。这丫头怎么就跟他搅和在了一起?"小华妈着急了:"哎哟哟!——老天爷,这个世界咋就这么小?咋就跟他碰到了一起?你咋就干那号缺德事?把人家得罪了?现在偏偏又让咱们的女儿遇着了……"她语无伦次,慌了神。邱生辉说:"还说这些干啥?赶快把丫头找回来,要不会出事,那小子可能没安好心,要勾引咱们的丫头!"他边说边往外跑。小华妈听他这么一说,心里轰地烧起了火,也跟着跑去。

再说余天亮冲出老妈妈家院子,就向工地食堂冲去。他怒目圆睁,拳头紧捏,再加上烧酒的作用,浑身燃烧着愤怒,两眼冒着可怕的寒光,发疯的野牛似的。小路两旁的茅草被他愤怒的腿脚扫得凄凄乱叫,像承受不住践踏在哭泣!看样子,他今晚要把邱小华撕碎了!

一场灾难即将降临到邱小华头上,她却一点感觉都没有,手里提着饭盒,顺小路快步向老妈妈家走着,心里还念叨着:"天亮可能饿坏了,快点送去,让他趁热吃了。"同时心里涌动着说不出的热乎乎的暖流,这是什么?她说不清楚。

天已经黑了。她向前匆匆走着,半道上,影影绰绰看见前面有人迎面而来,虽然看不清面孔,但那鼻子里嘴里喷着的呼哧呼哧的声响,却震得夜空颤抖,叫人心里发悚。可能是醉汉,她平日里最害怕撒酒疯的人,她不由得站住,避让到小路旁边。但没想到那黑影是天亮,她喊了一声:"天亮,你要去哪里?"

余天亮可能没想到会在这里碰上她,听到喊声,怔了一下,接着嚎叫着:"老子正要找你!"恶狼般冲扑上去。邱小华见他酒气冲天,怒吼着扑上来,直往后退:"天亮!你要干啥?干啥?我是小华,给你送饺……"她的"子"还没有叫出来,余天亮掠着疾风的拳头,就重重地打在她脸庞上。她眼前一黑,天旋地转,向后倒退几步,一个仰面朝天倒在地上,手里的饭盒打飞了,冒着热气的饺子,天女散花般落在周围的草地上。

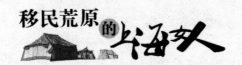

余天亮摇摇晃晃扑上去,骑在了她身上吼着:"你问我干啥,干啥? 老子要替妈妈报仇,叫你替你老子清还我的牢狱之债!"此刻他的腰伤和疼痛全被仇恨和酒精烧没了,发疯发狂了,一把抓住小华的衣领,"呲——"撕裂了,雪白的胸脯和乳房袒露在惨淡的星光下。他抓着她的乳房和胸脯,掐着拧着,疯狂地吼叫着,呼啸着:"你老子欺辱我妈,今天老子让你清还血债,报仇报仇……"如同恶狼吞食,又把手伸向她的裤腰带……

邱生辉冲出家门就朝老妈妈家方向跑,忽然听到小路旁的野地里有恶狼般的呼啸,便赶了过去,见余天亮骑在女儿的身上,扯着女儿的衣裤,眼睛陡然红了,吼叫着:"余天亮你要干啥?"冲上去飞起脚,向余天亮踢去。余天亮因不防备,从小华身上滚翻在地。他见是邱生辉,受伤的猎豹般翻起来,叫着:"狗日的,原来是你,来得正好,老子一并收拾你!"顺手抓起一块石头,向邱生辉砸过去!

那块石头碗口大,好像黑色的铅饼,向邱生辉飞去。因为邱生辉踢翻余天亮后,只顾救护女儿,不防备那石头不偏不倚砸在他额头上,他顿时眼前金花乱飞,身子摇了摇,一头栽到地上。从后面赶来的小华妈见此情景,"妈哟——"扑通软倒在女儿和男人身旁!眨眼间,余天亮把邱小华和她老子邱生辉放倒了,把她妈也吓昏了。整个过程像一闪即逝的雷电,又像梦境!过后的几秒钟里,这片洒着血水和饺子的草滩寂静了,死了般寂静,又像什么事也没有发生过。过一阵,草滩上突然旋起狂风般歇斯底里的狂笑:"哈哈哈,哈哈哈哈哈哈! 报仇啦! 报仇啦!"

这是余天亮的叫喊和喧嚣。他见邱生辉被打倒了,全家人都躺在草滩上,报仇雪恨后的快感使他忽然扬起头,面对黑沉沉的苍天狂笑起来。接着他那受伤的身子晃了晃,像一面墙似的轰然倒在地上!

44

儿子天亮离开县城后,叶梅身心马上轻松了。这些日子她全身心投入到工作中。殊不知,儿子在马蹄湾已经给她闯下了弥天大祸,但因马蹄湾信息闭塞,她一点都不知道。一如既往地干工作。

这天,她正忙着桌上的电话铃响了,她接起来,原来是庶妹叶蓉从上海打来的，叶蓉说父亲病危，让她从速赶往上海。原来，她爸爸那次从大陆回香港后就病了，一是因来东台县听到妻女当年遭受了那么多磨难，受刺激太大；二是因在大陆探亲访友有点劳累。几件事凑到一起，他本来还好的身体便渐渐垮了。在香港住了很长时间的医院，不见好转，他感到自己的大限到了，一股浓浓思乡之情，促使他又回到了大陆，在上海旧居不远处买了座别墅住了下来。

老人回香港后患病的情况，一直不让别人告诉叶梅。他怕远在边塞故地的女儿牵挂，甚至他又回大陆的消息也不让告诉她，仍怕女儿牵挂。他想，兴许他回上海后，思乡之情如愿以偿，病情会跟着好转。然而，回上海后心情是好转了，病情却仍不见好转，甚至每况愈下，后来才知道他其实是肠癌，已是晚期了，这才让小女儿叶蓉电话告诉了叶梅，让她火速赶回上海，他要见她一面。

叶梅从妹妹叶蓉语气里感觉父亲的病情很危急了，一时没了主张，刘书记和县长听此情况吃惊不小，这是关系到东台县引进资金的问题，催促她马上去上海，并派车把她送到火车站。她想把这事告诉大憨，或者跟他同去上海，都没有来得及，便匆匆登上了火车。

不幸的事全都凑到一起了。叶梅刚离开东台县不到两小时，余天亮出事的消息传到县城了。余天亮酒后致伤了邱生辉和邱小华，父女俩伤势都很严重，尤其是邱生辉，严重的脑震荡使他在三十多个小时里，一直处在昏迷状况中，且生命岌岌可危。一辆去马蹄湾送修建材料的卡车把邱生辉送到县医院，邱小华因受伤较轻，留在马蹄湾治疗。余天亮已经被乡派出所关押起来，随车押送县公安局。余天亮行凶事件又一次震动了东台县。上次行凶对象是李小妹，这次是邱生辉父女，一时间行凶杀人的余天亮成为县城街头巷尾议论的话题。

"这家伙时常目露凶光，看他就不是好东西！他妈妈倒是个很善良的人。"

"俗话说穷山恶水出刁民，那个巴丹图尔能出啥好人？当年那儿常闹土匪，说不定他的爷爷父亲当过土匪，土匪的种能成好人吗？"

"这次他打伤了两个，邱生辉还在昏迷中弄不好就完了，他得抵命！"

"上次应该让他在劳改农场好好劳动改造，怎么就放了回来？放虎归山，其害无穷，这是大害，是灾祸啊！要小心提防！小心提防啊！"人们有点谈"余"色变了。

议论诅咒、困惑不安和恐慌情绪如滔天大浪汹涌翻卷，整个县城在这种波浪中飘飘摇摇，沸沸扬扬，舆论的倾向自然很不利于余天亮。县委刘书记听到这个消息后拍案叹惋："唉！这个小伙子怎么搞的，真不争气！上次好不容易把他无罪弄回家，现在又重蹈覆辙。这次恐怕逃不了七八年徒刑，要是邱生辉死

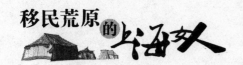

了,还得偿命啊!"上次县里出于让叶梅安心工作,争取投资才全力活动,重新审理了他的案子,把他捞了回来。这次行凶事件明显摆在那儿,铁板上钉钉,谁还能帮他的忙?谁也帮不了了。引进资金的事、厂房修建工程等,还都悬在空中,现在正需要叶梅全身心投入,可……刘书记一下陷入恼火和束手无策的困境。

此刻,他担心叶梅胜于余天亮,因为她听到这个消息会被击垮的。好在她刚走,不会得到这个消息。但现在不知道,以后呢?于是他当机立断,给县长打电话,决定对她封锁消息。县长立即安排人做"封锁"工作。

秀秀听到余天亮出事的消息差点晕过去。这个余天亮,咋就这样莽撞?咋就这么混蛋啊?你以为你出事就只是你自己的事?它祸害殃及的不是一两个人,而是两家人,尤其是他妈妈啊!她简直欲哭无泪,欲骂无词!所幸她的叶梅姨刚走,否则后果不堪设想!天亮爸妈不在跟前,她扔下手里的活儿,蹽开趟子去找孟尚海叔叔。有人告诉她,孟尚海去医院了,她又朝医院跑去,刚进医院就看见孟叔叔坐在过道的长椅上,耷拉着脑袋,像谁打了他一闷棍。她哭丧着声音喊着:"孟叔叔,天亮他,他他他……"

孟尚海没有抬头,只是抬手无力地摇着说:"不要说了,我全知道了。"便什么话也说不出来。她发现孟叔叔眼角水湿,痛心气恼又无可奈何到极点了。是的,他比秀秀早几分钟听到了天亮致伤邱生辉的消息,当听说邱生辉昏迷不醒躺在医院,心头陡然下沉,撒腿就往医院跑来,要看看邱生辉伤到什么程度,见邱生辉额头上整个裹着白纱布,躺在急救室的病床上昏迷着好像僵死了,医生来来去去忙忙乱乱跑着趟子竭力抢救,他跌坐在过道的椅子上。他从邱生辉的伤势上已经知道余天亮这次完了,彻底完了,这次谁也救不了他。这个浑小子,真他妈的,真他妈的不是东西,不是东西!

秀秀问他怎么办?他有气无力地说:"你叶姨不在,给你余大伯通知一声,让他快来东台,这浑小子把祸闯大了……"泪水溢出了眼眶。"天哪!"秀秀眼前忽然发黑,身子打摆子般摇晃几下,跌在孟尚海身旁的椅上歪斜了过去。

巴丹图尔的秋天满坡遍野苍绿里透着金黄,这是孕育成熟和收获的季节,整个村庄沉甸甸的,同时飘溢着粮食的清香和农人收获的洋洋喜气。村民们收割打碾了田里的麦子,又在秋田里下苦力,深翻爆晒麦茬地,为来年种出好庄稼打着基础。余大憨跟所有村民同样整天在那几亩地上劳作。叶梅没有回巴丹图尔,他因为秋收连轴转,也忙得没顾上去东台县,这样就"牛郎织女"了几个月。

一个人的余大憨,跟着日头出门下地干活,跟日头回家吃饭歇息,自己动手做饭,自己动手洗衣,独出独进在自家的小院里,过着农村人平平淡淡的日子。包产到户后,他们这些能下苦,会种地的农民,把那几亩地精耕细作得好像绣花绣朵儿,不论种小麦种苞米,每年都是大丰收,产量跳着上台阶。今年他种的苞米又成色非常好,那棒子一个个小胳膊粗细,歪坠在秸秆上,有的似乎耐不住寂寞,撑破身上的绿衣,顶着满头丝线般的穗子露出光身子,金黄金黄的,向主人展示笑颜,余大憨看着,忍不住就笑了!

这是农民对丰收在望的欢笑!

这天中午他没有回家吃饭,中午的饭他带着,就在地头的瓦罐里。他狼吞虎咽般地吃了饭,抽了一锅烟,又开始翻麦茬地。他的承包地全是带状种植,苞米里套小麦,小麦里套苞米,长势都是全村最好的,丰收自然是很有把握的。秋日的太阳暴,这些日子他就深翻麦茬地,新土经过暴晒等于上肥。就那几亩地,他想赶快翻完,去帮帮秋香。他正翻着,秋香收工回家路过地头:"不回家吃饭啊?"他指指地头的瓦罐:"早上来时就带着,刚吃了。"秋香停在他面前:"大憨,可不能这样了,经常冷汤凉水的,会吃出胃病,身体要紧。"余大憨笑着拍着自己结实的胸膛说:"没啥! 结实着哩! 再说大热天,冷汤凉水吃着凉快! "

秋香责怪道:"胡来,你以为你是二十出头的毛头小伙子呀?五十多的人了。早就给你说自己不要开火,到我家吃,就是不听,犟得跟蛮驴似的。"余大憨又嘿嘿笑着。秋香嗔他一眼:"傻笑啥?从今下午停火,就在我那儿吃!"她命令说。余大憨急了:"这,这可不行,不行。"他忙摇手。"咋不行? 嫌我做的饭不好吃? "秋香问。余大憨说不是。秋香说:"那咋就不行? 害怕别人说闲话? ——今天我实话告诉你,原来我是怕别人说闲话,现在老娘不怕了,我是个寡妇咋了? 就不兴我跟男人打交道?就不兴我跟个男人好?都啥年代了,怕啥?现在我就是想找个相好的,这是我的自由!就这样说定了!"她说完,扭头走了。余大憨望着她的背影,摇着头说:"真是个秋辣子,嘴辣得叫人害怕! "

下午收工后,余大憨提着空饭罐往家走,到家门前站住了,望着秋香家,心想去不去她家吃饭?去吧,怕人说闲话,不去吧,这个秋辣子肯定会犯病。他权衡半天,最后决定去。他进了家门,把铁锨和饭罐放下,随手洗了把脸,小偷般去了秋香家。

秋香已在炕上摆好小饭桌,几个小菜飘溢着喷喷香味。一进屋,那种温馨热乎的气息扑面而来。几个月来,他孤独独的,每天回到家冰锅冷灶,冷冷清清,心里有说不出的孤独凄凉。今晚他有了一种久违的家的温暖。秋香见他来了,

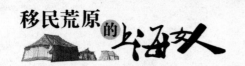

说:"过来。"他就走到她跟前。她说:"看看衣服都脏了也不换洗。"说着从炕柜里拿出件新外套和衬衫,"换上新的,脱下脏的,我明天给你洗洗补补。"他慌了:"不不不!这咋能行?"秋香说:"咋不行?衣服是老虎?吃你的肉啊?"他不动。秋香说:"哎,我跟你说话你听到没有?脱!"就解他的衣服扣子。他慌忙按住她的手:"这,这多不……"秋香说:"多不啥?看你那难受样子,好像我要吃了你。快脱!"她粗声大嗓吼着,他见她辣起来,忙说:"好好,我脱脱。"便慢慢解衣扣,把身上那件已经有点难辨颜色的外套脱了,下面是衬衫,他又犹豫起来。秋香说:"啥金身银体,怕人看见?快点脱,婆婆妈妈的。"他没办法了,又脱下衬衫。黑红的膀子赤露在煤油灯下。秋香拿起新衬衫说:"换上。"他就乖乖换上,秋香又帮他穿上外套,向后退出两步上下看看:"好好,正合适。好了,去洗手吃饭。"

余大憨穿上新衣服,看起来年轻多了,但感觉浑身不自在。秋香见他那样,哧哧笑着:"看你那乡巴佬样子!"他别别扭扭脱了鞋,上炕盘腿坐在小桌前。秋香转眼端上拉条面说:"趁热吃。"他就拘谨地端起盘子,夹了菜吃起来。他虽然是牛高马大的汉子,但在秋香面前很乖,像听话的孩子。秋香又下出一盘面端上来。他说:"再不忙活了,你吃吧。"就不敢说话了,低着头只顾吃饭。

秋香端起先前下的那盘面夹菜吃起来,见他怯生生的,忽然笑了:"你这人,我又不是老虎,就那么害怕啊?连句话也不敢说了?"他说不是,就慢慢抬起头。秋香无话找话说:"她婶子最近没回来,也没来个信儿?"

他摇摇头说:"没有。"

她玩笑说:"八成是鸟娃子飞迷路,把咱们都忘了?"他说:"她忙。"他虽然嘴上这样说,心里却忽然打起鼓来,叶梅四个月没有回家了,真好像把他忘了,把秋香也忘了。他知道她工作忙,但工作再忙,也该抽时间来家探上一头呀?他想着,心情就渐渐沉了下去。秋香见他脸色变了,忙说:"看看我这张嘴,胡说啥呢?本来是开玩笑,看把你闹得心里不舒坦了。算我没说,你不要上心,吃饭吃饭。"他说:"我没有上心,我也觉得她该回来看看,这么长的时间了,天亮也不回来看看。"秋香说:"听秀秀说,天亮去了马蹄湾,是他妈让去的,让他锻炼锻炼。"他半天说:"该去马蹄湾那地方磨磨,这孩子回来后心里窝着火,眼睛里冷冷的,我看见都害怕,放在县城会跟邱生辉和李小妹闹事,在马蹄湾磨上一段时间,兴许火气就渐渐磨没有了。唉!"说完叹了一声,语气里透着沉重和忧虑。秋香也叹了一声:"赶秋后把他跟秀秀的事办了,都年龄不小了。"余大憨说:"是得办了,本来去年秋天就办了,可偏偏发生了那样的事,这一耽误就是一年,一年哪!"秋香说:"娃娃们的事也叫人操心啊!"大憨说:"很操心,特别是天亮这娃娃总叫人不放心,我总感觉他还要出啥事!"

"呸呸呸,乌鸦嘴,胡说啥哩?"秋香说。他知道说错了,忙闭上嘴。

一顿饭就这样吃过了。先是欢愉,后是沉重。已经不早了,村子里渐渐宁静下来。余大憨要走,秋香目光恋恋地望着他:"不会再坐坐吗?"煤油灯光在她脸上写出很明显的孤独。余大憨说:"迟了。"但屁股抬了抬却没起身,语言里流露着犹豫不舍。他知道她很孤独,近十年的寡妇日子,那是不好熬的,他自己呢,也同样感到孤独。两个孤独的人,两颗孤独的心,都需要有人抚慰温暖。她想让他多坐坐说说话,他也同样,就把屁股放定在炕上了。然而,却没什么话可说。秋香说是再说说话,见他坐定后,也忽然没话说了,木木坐着,眼睛害羞似的低垂着。屋里静得可怕,掉下个针肯定都会惊吓他们一跳。

他感到今夜晚这里要发生什么,她也感到要发生什么,但他们似乎不愿让它发生,又很想让它发生。两个孤独的大男大女,就这么坐着,一动不动坐着,时间一分一秒轻轻走着。俩人的心脏越来越狂猛地跳动。

"秋香!"这时余大憨开口了。

"啊!"秋香双肩猛烈地震颤,像敌人突然侵犯,抬起火辣辣的眼睛望着他说:"咋啦?"一种渴望在她眼目里燃烧。但他却顿了顿说:"天,不早了……"

"哦……"一股失意从她脸颊滑过,也顿了顿说:"天,不早了……"低下头去。他在那儿怔了半晌,终于说:"我,该回家了。"她似乎被什么撞了一下,抬起头说:"你,要,要回家?"他说:"回家,明天还要下地干活。"他的语气有点坚决,同时抬起屁股。她燃烧在眼目里的渴望熄灭了:"那,你就走吧!"把脸转向旁边。

第二天早晨,余大憨在家随便吃了点就去翻地。

太阳光在他黑红结实的脊背上闪着。又到中午了,人们都回家吃饭歇晌,他又打算中午不回去,也不去秋香家吃饭,就剩眼前不多的地没翻,准备一鼓作气翻完。田野里静悄悄的,只有微风摇着苞米叶子,发出塞塞窣窣的声音。他翻着,不由得直起腰,掀起头上戴着的草帽,向秋香家的苞米地里望去。秋香家的苞米地距离他家不远,他看到秋香也没回家,继续在翻地,穿着白衬衫的身影,在翠绿的苞米林里晃动。只一眼,他心里忽然疼了一下,大晌午的,别人家的女人都回家了,去歇晌了,可她却没回家,好像跟谁赌气似的。他望着她的身影,不由得向她家的苞米地走去。到了地里,也不吭声,就挥锹翻起来。转眼面前就是大片新翻的湿漉漉的泥土。这时有人把擦汗毛巾递到他眼前,是秋香,他笑

389

了笑,接过毛巾擦把汗说:"天真热!"秋香嘟着嘴不说话,脸绷得紧紧的。他问:"谁又惹你生气了,嘴撅得高高的?"

"还有谁?"秋香狠狠瞪他一眼。

她这样一说,他心里忽然明白了,看来昨晚他真把她得罪了,就笑着说:"昨夜,我,我不该,不该冷了你……"秋香听他这么说,脸忽然红了,嚷起来:"胡说啥?昨夜你咋冷我了,咋冷我了?我咋不知道?不要胡乱想!"她脸庞发红了。

他见她脸上阴转多云,连连说:"好好,不胡说不胡说!"秋香问:"谁让你过来帮我翻地的?也不吭一声,我还以为谁偷我家的苞米棒子!"余大憨说:"现在谁还偷苞米棒子,又不是前些年没粮吃。要偷,可能,会偷你的……"他说到这里,自己先坏笑起来。秋香当时没有觉察,过一阵忽然明白他话里的意思,用拳头捶打他的肩:"大憨你真坏真坏真坏……"他趔着身子躲着,招架不住,扔下铁锹顺着苞米垄子躲逃,秋香在后面追赶。

一个大男人和一个大女人,像一对小恋人,在苞米地里追逐嬉闹起来。

余大憨窜到了苞米地深处,秋香也追到了深处。大憨跑不动停住了,秋香来不及刹住脚步,一头扎到他怀里。突然相触,双方瞬间都愣怔了,接下去像雷电相触,突然爆出火花,两人紧紧搂抱在了一起。

余大憨感觉浑身的血液在沸腾,在燃烧,头顶上的蓝天在旋转,白云在旋转,身旁的苞米林在旋转!秋香也感觉浑身在燃烧,天地在眼前旋转,心房狂跳得像受惊的野兔,两眼紧紧闭着,睫毛上跳动着亢奋的泪珠。余大憨把她抱起来,放在一片倒伏的麦草上,急速解开衣服,退下裤子,吼天嚷地覆盖了上去……

"啊!"秋香欢叫一声,接着一串滚雷般的粗喘和呻吟掠过苞米林。

闲置了很长时间的犁头,深深插进荒芜太久的肥沃的土地,犁头冲动着,肥沃的泥土翻卷着好看的波浪;春雨猛烈地刷啦啦地浇灌着土地,干渴已久的泥土欢快吮吸着甘露,发出淋漓酣畅的滋滋声!

余大憨那黑红的脊梁上闪着力的光芒,整个苞米林在激烈、酣畅、欢快的震撼冲击下,飘摇着,战栗着,歌唱着!那快速、坚硬、有力的犁头,在撼天撼地的冲撞中,终于渐渐缓慢下来,停息了。他从秋香的身上倒在旁边的麦草上,伸展开肢体,写出一个"大"字……

秋香还陶醉在酣畅的激情中,眼睛紧闭着,仰天躺着,一动不动,整个身体裸展在蓝天旷日下,似乎向封闭落后的远天老地挑战示威,又好像向蓝天白云宣告着什么。她在那儿躺着,陶醉着,忽然想起什么,神经质地坐起来,向左右看看,惊骇地叫着:"我,我们干了啥?干了啥?这这这……"慌乱地穿好上衣,又三两下穿上裤子,见余大憨死沉沉地躺在那儿,拉了拉他的胳膊:"快起来,快起来!"

余大憨坐起来了,似乎像刚卸套的乏牛软踏踏地问:"咋啦?咋啦?"

秋香说:"我,我们这是,这是,咋干了这事?咋干了这事?"

此时,余大憨也似乎清醒了,看看秋香,又看看赤身裸体的自己,惊怔:"我们这是,这是……"慌忙穿上衣裤,愣在那儿了。秋香坐在那儿,望着余大憨说:"我们咋就干了这事?这可咋办?咋办?"余大憨也叽咕着:"就是,这,这咋办?咋就干了这事?咋就……"是啊,两个老男女今天怎么就头脑发热,忘乎所以,糊里糊涂干了这事?秋香说:"这要是让叶梅知道咋办?我俩跟亲姐妹似的,我,我对不住她呀!"

余大憨也说:"是呀,咱对不住她,对不住!"他的心被愧疚拧得生痛。

秋香忽然抱住余大憨的胳膊嚷着说:"你说咋办咋办咋办?"她几乎急哭了。

余大憨说:"我也不知咋办?太对不住她了。可,可她四个月不回家,没有跟我在一起过,我是一个壮汉,我是个活生生的人啊!"他低下了头。

这段时间,他见叶梅不回来,是感到很孤单寂寞,让他一个大男人孤独独地守着家,晚上抱着枕头睡觉,那是个啥感觉?啥滋味?这样一想,他找到了一个越过道德规范偷吃禁果的理由,心里稍稍有点宽慰了。他安慰秋香说:"不要怕,已经干了,再咋怕,再咋愧疚,也没有办法补救,再说,你多少年独守空房,我快半年日子也孤独独的,我们都需要,需要……"

"大憨!"秋香扑到大憨怀里,低声哭泣着问:"我,我不是个坏女人吧?不是坏女人吧?知道吗?我是从懂事起就喜欢你啊!可是多少年来风风雨雨,坎坎坷坷,你总像一个美好的梦,让我咋也抓不到手里,今天终于抓到了,可,可又是这样抓到的,我心里苦啊,我盼得苦哇!"余大憨听她这样说,眼睛湿了,抚着她的背安慰说:"不要哭了,不要。你的心思我早就知道,早就看出来了,可,我也没办法,没有,咱们以后就在一起,在一起!"

"在一起?!"秋香的哭泣忽然停住,抬起泪汪汪的眼睛盯着他,"以后真在一起?"这一问,把余大憨问愣了,这句话他虽然刚才随口说了出来,但真正要往一起走,哪有那么容易啊?他是有妻儿的人,不是山里的野羊。他发现自己刚才说出的话,是那么苍白,那么脆弱,那么不堪一击,秋香开口一问,他就彻底垮了,半天才说:"秋香,我对不住你,对不住!"

"不,我以后就要跟你在一起!"她站起来忽然喊道:"过去,因为我有男人,

我不能跟你在一起,男人死了,你妈妈挡在那里不让我们走到一起,你妈已经去了好几年,再不会有人挡我了,那些闲言碎语,我秋香更不怕,让他们说去吧,让我们走自己的路!"她的声音在苞米林上空激荡,好像对天起誓。

余大憨穿好衣服,也站起来了:"那,叶梅咋办?叶梅咋办?"

秋香盯住他的眼睛问:"你还没有感觉出你们不是一条路上跑的车吗?"

余大憨说:"叶梅她不会离开我的,不会,要离开,早就离开了!"

秋香说:"是的,叶梅是不会离开你。她是个很善良,很贤惠,很识理懂事,又知恩图报的女人,她永远不会离开你,但,你呢?你就没有想想你能配上她吗?她有文化,你没有,她是大城市人,你呢?现在人家是局长,说不定哪天高升到州里省里,或者回上海,或者去香港,你呢?你呢?你是穷山沟沟里的老农民,一个连省城都没有去过的农民,你跟人家相比,一个在天上,一个在地下,般配吗?平衡吗?你怎么跟人家在一起生活?你这样拖着人家的后腿,道德吗?心里不愧吗?这些年,她不离开你,原因你应该清清楚楚,现在你还不放开人家,让人家远走高飞,想把人家拖多久?放开她吧,让人家走,让人家远走高飞,这样才真正救了人家,才是真正的好人!"她的情绪很激动,语言措词犀利,直刺他的心尖。

余大憨像挨了乱棍,黑红的脸色瞬间变得苍白,过后又涨得通红,慢慢站起来,歪歪斜斜向苞米林外走去,像被枪击伤翅膀的飞鸟。

一道冲击还没有过去,下午乡邮员骑着快马赶来告诉余大憨:"天亮出事了……"余大憨和秋香陡然软了下去……

45

余大憨和秋香连夜赶到了东台县。他俩先与孟尚海和秀秀探看了天亮。这次天亮不是关在平房里,而是关在带铁门铁窗的监房里,手腕上戴着铐子,还有人在门旁看守。因为他腰上有伤,身子斜靠在墙角里,额头和脸上有青紫的肿块疤痕和血迹,这是派出所民警在拘押他时,因他反抗所致。他见爸爸、孟叔叔、大妈和秀秀来看他,挣扎着站起来。这次,他不像上次那样神情沮丧而懊恼,而是昂扬着脑袋,微微笑着,脸上泛着复仇后的欢快和胜利者的自豪!这个浑小子啊!

秋香和秀秀失声大哭，余大憨和孟尚海也涌出悲酸的泪水。这类事怎么摆平，余大憨和孟尚海已经轻车熟路了。他们去找司法部门，但他们说这次没有松动的余地，就是邱生辉不向司法部门起诉，也要追究余天亮的刑事责任，况且邱生辉还在昏迷中。他们又去找刘书记和县长，刘书记和县长不但摇头叹惋，而且很恼火，说上次县里为余天亮的案子已力排众议，做了很多工作，可以说竭尽全力了，这次县里无能为力，爱莫能助了！

　　一连几天，邱生辉还在昏迷着，医生整天守在他的病床旁。余大憨和孟尚海几次前去打探情况，医生说还在危险期，能否醒过来全看他的造化，要是醒不过来，那就是一条人命，还有可能成为植物人，比醒过来更难缠。要是这样，天亮就不是几年牢狱的问题。余大憨、孟尚海和秋香母女心悬一线，手捏大汗，其担忧焦急程度不亚于自家人躺在那张病床上。

　　孟尚海忽然想出个办法，他对余大憨悄悄说："要不，咱们就，就……"

　　"就啥？"余大憨问。

　　孟尚海迟疑了半天说："等邱生辉清醒后，我们把那事告诉他，天亮毕竟是他的……他知道了内情，如果出面申诉，至少可以减缓天亮的责任……"余大憨突然大发雷霆："你真会出歪点子！我余大憨就是替天亮坐牢，也不会去求他，也不能让我儿子天亮知道他有那样的亲老子！那样的人为人父亲不配！你趁早收起这个馊点子！"他一扬手推开孟尚海。

　　余天亮虽然身在铁窗，戴着冰凉的手铐却没事一样，高扬着头颅，脸上涌现出那种战士打了胜仗的自豪和英雄气概，真能把老天爷都气出眼泪来！听说邱生辉被他那一石头砸得几乎一命呜呼，现在还昏迷不醒躺在医院病床上，他更是高兴，心里喊着，狗日的死了才解恨！鲁莽的愣头儿青小伙子，只图一时痛快，却没有想想邱生辉死了，他得偿命，更不知道邱生辉就是他的亲生父亲。

　　他在复仇后的兴奋和痛快中，也有愧疚难受的地方，这就是不该伤害邱小华，她是多好的姑娘啊！多贤惠，多美丽，对人多热心啊！那两天他都喜欢上她了，要不是有秀秀，保不住就跟她谈对象。那天，当他看到她的下颏整个错位，圆圆的好看的脸庞青紫红肿，像受伤的大南瓜，悔恨愧疚地叫喊着："小华，我对不住你，对不住啊！"膝盖一软跪在她的病床旁。但现在不论怎么悔恨愧疚，那一拳打出的惨重后果，却是再也没办法补救挽回了！唉！你这个混蛋，怎么把恩人打成了那样？她那两天守在他的病床前，端吃端喝的，好像无微不至的大姐姐，你怎么就如此残忍？你还算人吗？你不是人啊！你是畜生啊！

　　他悔恨不已，愧疚、痛悔，像两根野拐枣刺扎在心头，使他疼痛难忍，不得安

宁。他不时歇斯底里地叫喊着,用戴着手铐的手撕扯着自己的胸口,嘭嘭敲砸着自己的脑门……门外的干警看见他自残,用警棍敲着铁门警告道:"余天亮别闹了,老实点!再闹,把你铐在铁窗栏上,让你尝尝那铁窗滋味!"干警这一警告,他渐渐安静下来。

因为他已经饱尝了铐在铁窗栏上的滋味。几天前干警刚把他关进这座铁门窗里,他不服气,大喊大叫:"凭啥把我关在这样的地方?这是关押死刑犯的地方,你们对我太残酷,太不公平了!"用手铐摔砸着门窗闹着要出去,干警气极了,反剪起他的双手,铐在铁门窗栏杆上。他想蹲,蹲不下去,想站,站不起来,只能半弯着腰,半跷着脚尖,上不沾天下不着地悬着。那种疼痛和难受滋味,真比拿刀子剐皮肉还痛苦。没过半小时,别说叫喊,连句完整话也说不出来,便自动安静了下来。

他想,他要是能像上次那样走出监牢,首先向小华赔情道歉,甚至跪在她面前,让她斥责或者鞭笞他,但鲁莽幼稚的小伙子并没想到自己这次进来,已经不可能在四五年内走出监牢了,而且如果邱生辉醒不过来,他就算走完了自己短暂的生命路程。

他被痛苦和内疚折磨了半天,大概没有力气了,也或许由于腰伤和手铐下的刺疼,渐渐歪过去,倒在墙角的地铺上,闭上了眼睛。一连几天,他身上那种英雄气概在铁窗里渐渐冷却了,磨蚀了,开始幻想像青海劳改农场时那样,有人突然通知说"余天亮你无罪释放了,可以回家了"的情形,但他把脑子都想痛了,那种梦幻般的奇迹最终没有出现……

叶梅日夜兼程赶到了上海,赶到了爸爸的病床头。

老人已经不行了,几天不睁眼睛,说不出话,但老人在死神的门前盘桓着,等待女儿叶梅的到来。叶梅扑到了爸爸身旁,叫声:"爸爸——女儿来了!爸爸您怎么不早告诉女儿一声?"老人听到喊声,奇迹般睁开了眼睛,出现最后的慈祥和欣慰的笑,接着颤巍巍抬手。叶梅赶忙抓住爸爸的手。老人紧紧捏住她的手,想说什么,已发不出声来了,只是将目光转向站在床旁的律师。律师知道他想说什么,从床头柜的皮包里掏出一份文件,送到他手里,老人接过那文件,又想说什么,还是发不出声音,便把那文件按到叶梅手里。那是一份遗书。老人把遗书按在叶梅手里,便闭上了眼睛。

"爸爸——爸爸——"

"爸爸——爸爸——"

老人走了，走得很安详，浪迹天涯的飘飘游子，最终落叶归根了。叶梅和庶妹叶蓉按照爸爸生前的遗言，从简办了丧事葬礼，守过了"三七"。爸爸在香港有十多亿资产，在遗嘱中分留给叶梅50%，并遗嘱她在律师的监督下，前去香港接收，但叶梅没有马上去香港接收遗产，她准备回东台县，因为东台还有很多急需她亲自办理的事。在上海的这二十多天里，她眼前总是晃动着刘书记和县长焦急等待她的影子，她几次打电话给领导说办完事马上就回县，尽管刘书记和县长嘴上说不急不急，但她仍从领导的语言里感觉出那种期盼、焦虑和急迫的心情。领导对她的确关心，她不好好为县里做工作，对不起他们，同时她放心不下儿子天亮，她几次给秀秀打电话，问她家里好吗？天亮好吗？姑娘总是说一切都好，但她冥冥中感觉这个愣头儿青要出什么事，因此她心里焦急，准备马上动身赶回东台。

　　小时候的同学和朋友们都来送她。这些同学和朋友都几十年相互没有见过面了，她刚到上海，因为爸爸住在医院，忙得顾头顾不了尾，没顾上跟他们联系。在给爸爸办丧事过程中，一个小学同学得到了消息，一传十，十传百把她来上海的消息传了出去。他们都来看望这个当年忽然从世界上消失，现在又突然冒出来的同学。几十年杳无音信了，同学们相见不相识，庆幸、欢欣、高兴，抱在一起痛哭流泪！听说她急着要回东台县，大感不解，这叫干啥？都劝她多留几天，跟大家好好聚聚，或者留在上海，生活在上海。上海毕竟是大城市，中国有几个这样的大城市？有几个像这样繁华美丽发达的地方？

　　特别是当年马蹄湾农场解散后跑回上海的乔育玲，跟她聊了聊这些年自己的情况，又回味当年在马蹄湾那种不堪回首的艰难日月，抱住她的胳膊不松手了："叶梅，那是什么鬼地方？鬼都不能待的地方！那些年我成了那样，你差点也被人家整死……现在还不回来，有什么好留恋好舍不得的呀？你现在有现成的别墅住，又是亿万富翁的身价，那些钱财你坐在那儿，躺在那儿，睡在那儿，十辈人都享用不完，还回东台干什么？你呀，那种非人的磨难还没受够？真叫人想不通！"乔育玲泪水淋漓劝说着。

　　那年乔育玲从马蹄湾跑出来，就回上海了，尽管回来后没有工作，但那些年她靠打扫街道、捡垃圾度过了艰苦的日子，后来靠捡垃圾发家致富，现在成了上海滩上的垃圾大王。她穿着质地高级的三件套制服，对叶梅说："依现在就是在上海滩上捡垃圾，扫厕所，也不去东台那样的地方抱金娃娃，当县长。那年头脑发热去了马蹄湾，真傻透了，真可笑死了！要不是农场解散后逃回上海，不知现在成了什么样子，说不定把骨头都扔在了那里，不堪设想不堪设想！"她连连摇

395

头,连连哀叹,连连咋舌,似乎连想都不敢想那残酷可怕的地方!

对于乔育玲和同学们的好心好意,她自然理解,但她说:"我的家在东台,那里还有我的工作,我的事业。上级组织对我很信赖,很关心,也很照顾的,我得对得住组织,得马上回去投入工作,有些工作正等着我去做呢!"

乔育玲和几个同学听着就撇撇嘴,脸上浮出揶揄和讥笑,什么事业什么工作?这年月谁还说这些?傻透啦!那些年组织上怎么不关心你,不照顾你?不就是因为现在你有个亿万富翁的香港老爸吗?不就是吸引投资吗?傻冒儿,大傻冒儿!乔育玲见叶梅对她和同学的劝说并没有多少反应,便说:"叶梅,要么先去香港接收你爸爸的遗产,这是大事中的大事,亿万资产啊!这不是一个小数目。把这些事儿办妥后,你回东台把你儿子和那乡下老公接回来,去香港,仍然继续办你爸爸的公司,你如果忙不过来,我还可以去香港给你打打工!"后一句话虽然带点调侃,但劝说是真心诚意的,毕竟她俩在马蹄湾开过荒,种过地,有着难以忘怀的深刻记忆。

但叶梅回答大家的还是那几句话,态度还是那样的态度,温软里含着那种不易改变的愚顽和矢志不移,大家也就不再劝说了。因为他们发现这个同学已经变了,不仅仅外表变成了十足的农村妇女,更重要的是变得傻冒儿愚顽而可笑!哲人曾说过,从聪明到可笑,往往只有一步的界线,她已经迈过了这一步,跟当年孤傲清高,聪慧干练的叶梅判若两人。

这天她要走了。庶妹叶蓉拉着她的手说:"爸爸生前让我转告你,让你以后带着'妈妈'回上海,就住在这座别墅里,或者去香港,让他死后灵魂能得到安慰!"这座别墅实际上是爸爸给她买的。叶梅听了陡然泪水纷飞,她知道爸爸一直以来对妈妈和她有一种负疚感,其实她早已原谅了爸爸,从心底里接受了爸爸。她是爱戴爸爸的,父女总是父女,什么感情还能代替这种血肉亲情呢?她望着挂在墙上的爸爸的遗像说:"爸爸,您是女儿最亲爱的爸爸,女儿会永远想念您,想念您,也谢谢爸爸对女儿的关爱,谢谢!"

她在爸爸遗像前默哀了几分钟,最终提起她来时带着的那个帆布旅行包准备出门。妹妹叶蓉又拉住她的手:"姐,你还没有回答爸爸让我转告你的话——爸爸让你以后带着'妈妈'回上海,或者去香港,那个东台太苦了!"她又把爸爸的遗言重复了一次。叶梅想了想说:"我恐怕回不了上海,更去不了香港,至少现在。因为我的根在青藏高原的那片黄土地上!"

妹妹叶蓉关心地问:"那,爸爸的遗产姐姐不去接受了?"

叶梅淡淡地说:"等我忙完这阵子再说吧!"

庶妹叶蓉望着姐姐,好半天一字一顿说:"在香港,像我们姐妹这样的情况,有的还没办完老人的丧事,就已经闹起遗产纠纷,甚至官司,可我发现姐姐对待金钱好像很淡漠,并不那么看重……"叶梅笑了:"妹妹你不懂,从那种磨难中走过来的人,对金钱名利和地位已经看得很淡漠了,那种东西只能是一种拖累和负担,有了这种拖累和负担,还能活得轻松自然吗?"妹妹叶蓉似乎不懂,思考了半天,才点点头说:"有道理。"

叶梅拉拉庶妹的手说:"妹妹,我走了!"叶蓉说:"姐,如果哪天想回来,就回来,帮妹妹打理商贸公司。我已在上海注册了一家商贸公司。"叶梅说:"好,姐姐哪天如果回来,就帮妹妹经营公司!"叶蓉说再见,泪水下来了。叶梅笑了笑,用大姐姐的手,擦掉她腮上的泪水,抚了抚她的肩,转身出了门。叶蓉把她送到了火车站,还要往前送,她说:"小妹,送君千里,总有一别,回去吧!"就带着爸爸的骨灰和遗像,登上了西去的列车……

几天几夜的兼程,到了沙原火车站。这个戈壁小站她是太熟悉了,当年上海移民就在这里下的车,而后转换卡车去的马蹄湾。记得那天移民们刚从火车厢里吐出来,还不到五分钟便发生了一场逃跑事件。五百多移民听闻马蹄湾的可怕情景后,不知谁喊了声:"要活命快逃跑,现在还来得及啊!"这声喊像羊群里扔了颗炸弹,"轰"地就把移民惊动起来,向四处逃散了。一列由西向东去的列车进了站,移民们没头苍蝇般从车门往里挤,往里拥,往里冲,从车窗里往里爬,往里钻,有的连行李家具都扔了不要了,整个车站沸腾了,发疯了,飘摇了,仿佛沸腾的米粥锅。

她下车后望着这座没有多大变化的小站,边回忆着当年的情景边往出口走。这时听到有人叫她:"叶局长,过这里来!"她朝前面看去,是县政府的小车司机,忙应声说:"你好,怎么在这里?"司机说:"刘书记和县长来接你。"这时她才发现刘书记和县长等在出口旁。她加快几步出站,上前握住刘书记和县长的手。看到东台县党政最高长官亲自来接她,眼睛忽然湿了。刘书记说:"什么都不要说,先上车上车。"

小面包车就在停车场。司机帮她把旅行包拎上车,两位领导和叶梅上车了。叶梅对两位领导亲自来接她心里总是不能平静,坐定后又对刘书记和县长说:"刘书记你们工作那么忙,还来接我,这点路我自己可以回去的……"刘书记说:"不要说了,你为县里作了那么大的贡献,我们东台县的两个父母官来迎接你是应该的,我们是替全县老少来接你的,也是对你的感谢!"叶梅心里一热,泪水

哗地流下来了。她说什么呢?还能说什么?她只有好好工作,报答组织对她的关心照顾和信任。

刘书记说得不错,他的确是替东台的父老们来接叶梅的。叶梅对东台的贡献不小,理应得到这样的待遇。当然也因那件特殊而挠头的事,这就是余天亮事件。因为这次的事件与上次有很大区别,伤害人的事实就摆在那儿,邱生辉直到现在还处于昏迷状态,不依法处置凶手,邱生辉那里过不去,县民那里也过不去。但问题是凶手偏偏是叶梅的儿子,是腰缠亿万资产的大富豪的儿子,判了,可能会击倒叶梅,影响对东台的投资。谁的娃娃谁心痛,这是人之常情。因此两个父母官苦愁无奈,听到叶梅今天要回来,便亲自来火车站迎接,他们计划先接叶梅回县,而后再循序渐进,告诉她儿子的事,再商议解决办法。

从火车站到东台县三百多公里路,他们的车进入县城就天黑了。司机按照事先的安排,没有送叶梅回家,而是直接把车开到县招待所。叶梅下车后要回家,刘书记说:"县长早就给你安排了接风饭,怎么能走呢?"叶梅又受宠若惊。

夜宴是丰盛的,但叶梅却处在诚惶诚恐的状态中,因此满桌的菜肴她半天没吃出个味儿来,酒倒是被刘书记和县长劝下去几杯,心里火烧火燎的。刘书记不停给她夹菜,县长也不停地给她夹菜,还说着客气话,好像她是什么贵客。渐渐地,她从书记和县长的态度中感觉出异常。她猜不出领导的意思,便放下筷子直接问:"刘书记您和县长好像有啥事?有就说,我能尽力的,会竭尽全力。"

刘书记见事情已逼到边缘上了,不说不行,便跟县长交换一下目光,慢慢放下筷子说:"叶局长,这事,这事你可得扛住,不过,也不要放到心里去。"叶梅听刘书记这样说,脑袋嗡地涨大了,看来真出事了,心头突然猛烈战栗起来,但她极力控制着自己的情绪说:"刘书记您说吧,我能扛得住,能的……"刘书记便把天亮的事告诉了她,罢了安慰她说:"不过,请你相信县委和县政府会竭尽全力解决好这件事的。"虽然刘书记这样安慰她,她仍像当头挨了闷棍,傻在那儿,突然手里的筷子"啪啦"掉在地上,接着身子歪向旁边……

"叶局长——"

叶梅心脏病犯了。刘书记和县长紧张地把她送到医院,下令让医生们竭尽全力抢救。——她现在是全县的宝贝蛋啊,一旦出了问题,投资就会化为泡影!

叶梅昏昏迷迷躺在病床上。医生说:这次很危险,如果醒不来,就永远醒不来了。余大憨、孟尚海、秀秀守在她身旁。孟尚海望着她憔悴苍白的脸颊,心里酸楚极了。这个不幸的女人啊,老天爷怎么就把什么不幸都朝她身上摊呢?怎么就不睁睁眼睛呢?虽然她现在是腰缠亿万的富豪,但活得一点都不幸福,反而太可怜太艰难！他想着，心里说如果有可能的话，让他来顶替她承担不幸，但有这样的可能吗？他只能和余大憨、秀秀静静守在她的病床旁，盼望着她早点醒来，早点康复。

刘书记和县长每天都来探视，农牧局的领导和职工们也前来探视。她的病牵动着大家的心啊！刘书记和县长再三叮嘱医院用最好的药，用最好的医生，无论付出多大代价，都要治好她，让她彻底清醒过来，并从河西县请来一位心内科专家，为叶梅治疗。

转眼六天时间过去了，她仍处在昏迷状态中。然而，邱生辉却奇迹般睁开了眼睛——醒了。这两个冤家对头，一个突然昏迷，一个突然醒了，有点鬼使神差，还有点宿命的味道。是否他俩天生的命里相克？或许水与火冰炭不相容？没有人说得上来。邱生辉醒来后转动着脑袋看看周围，问："我这是在哪里？"一直守在他身旁的老伴儿说："县医院。"他又问："我怎么到了这里？"老伴儿便将事情的前后经过告诉他。他听后问："姓余的小子抓了没有判了没有？"都到这种地步了，一睁眼就惦着抓人家的娃娃，判人家的娃娃事。老伴儿听着只是哭不说话，他太让她伤心了。

邱生辉见老伴儿揉着眼睛流着泪，心里烦起来。他最见不得老伴儿软面糊似的，遇事只会缩脑袋，动不动流泪，便厌烦地把脸转向旁边。正好负责治疗他的医生来了，他便问医生余天亮的情况，医生告诉他余天亮抓了，但没有判，过后医生又叮咛道："你虽然醒了，但还处在危险阶段，不要说话，不能受刺激，也不得乱动，绝对静卧休养。"他嗯嗯着点头，但医生刚出病房门，便对老伴儿说："拿纸笔来。"

老伴儿问："你要纸笔干啥？医生让你好好歇着……"

他说："你不要管那么多闲事，快拿来。"老伴儿抹抹眼窝里的泪水，起身去找纸笔。他两眼盯着前方思谋着，过一会儿，脸上泛起幸灾乐祸和狞笑。老伴儿找来纸笔，他就坐起来脊背靠在床头上，将纸放在膝头写起诉状来……

老伴儿知道他写什么，战战兢兢哀求道："她爹，咱可不能再干那些缺德事了，你看看你遭的这罪，连咱的丫头都跟着遭罪，受牵连！"邱生辉抬起头狠狠地说："你懂个屁！咱这次虽然被他小子弄成了这样，但这事给我邱生辉创造了扳倒叶梅的好机会，我要让他余天亮坐牢，坐十年八年，灭灭他妈的威风，让她受受刺激，让她垮台！上次那小子行凶判刑，县里帮他摆平了，便宜了他娃娃，这次我看他们还有什么办法摆平？谁敢摆平？谁要徇私枉法，老子要把他们一并告到党中央去，把他们一锅端了，让他们怎么把我的局长拿掉的，还怎么乖乖

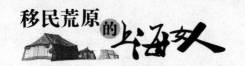

给我拿回来！哼！"

　　"呜呜呜……"他的高论还没有说完，老伴儿就放声哭起来。他气愤烦躁地嚷着说："哭哭哭，让狼抓住了？爹妈死了？"老伴儿说："已经闹到这种地步，还不回头，还要把事情往绝路上干，你再要这么干，我跟丫头出门都没脸见人了，知道不？人活脸树活皮，人得有点好品行，善良点，给别人使绊子使坏，天地良心不容啊！再不能糊涂了，再不能这么胡干了，不为自己想，也得为女儿想想，给她留条后路。再说你刚刚醒来，医生说……"

　　"闭上你的嘴！"他呼啸一声，拿着笔的巴掌从老伴儿面前扫过去，"啪"地打在自己的膝盖上，声响沉闷有力。老伴儿见他变脸了，慌忙退缩几步，哭叫声也戛然而止，转身溜了出去。她清楚，她再要多一句话，他那巴掌就会落在她脸上。多少年来她就是这么缩着头，低声下气忍让着的。她出去了，邱生辉摇了摇头自语道："头发长见识短。"继续写起来……

　　邱生辉的申诉状很快送到了公检司法部门，还复印两份送到刘书记和县长手里。他要求司法部门尽快惩办凶手余天亮。县长看到诉状就往刘书记办公室跑。这个案件在县里影响很大，也是一起很敏感的恶性案件，他自然不敢轻举妄动自作主张，便来找刘书记汇报。其实刘书记早已看到邱生辉的诉状了。本来他已经被叶梅的心脏病复发弄得束手无策，现在邱生辉偏偏又火上浇油，推波助澜，他简直焦头烂额了。他感到邱生辉此次来势不同凡响，大有一举把余天亮置于死地，把叶梅整垮而后快的势头。但作为受害人，邱生辉这样做是宪法赋予的权利，任何人也阻挡不了。本来，他这些日子再三考虑，准备采取拖一拖，等邱生辉清醒后，给邱生辉好好做做工作，让他放弃诉讼，再次顶着社会舆论，给予余天亮以倾向性的考虑，通过"温和"办法处理问题，没想到邱生辉眼睛一睁就来了个突然袭击，弄得他很被动。此时见县长来了，像见到救星："你说这事怎么处理？"

　　县长只叹声不说话，半天才说："唉！这事现在实在没有办法啊！有心让司法部门依法秉公处理，余天亮最少得判几年刑，那样就把叶梅彻底放倒了，不要说给县里争取投资，恐怕连性命也难保，有心拖着不处理，邱生辉那里不行，看样子不马上判了余天亮，邱生辉会发难，会把咱们告到上面，送咱们上法庭。唉！唉……有人说官好当，其实官很不好当，当官有当官的难处啊！"

　　正当两个父母官唉声叹气时，法院院长和检察院领导也找上门来，请示县委怎么处理这个案子？刘书记心里苦笑道："又是来催命的。"县长见此情景，放大胆子替刘书记解围说："这个案子再放几天吧，刘书记现在正忙，还没有顾上考虑,过两天处理完手头的工作,专门召开会议研究。"

法院院长说:"不能再拖了,这个案子拖的时间已经够长了,现在事实都已经很清楚,受害人邱生辉又递交了诉状,再拖下去说不过去,邱生辉已经扬言,如果不尽快处理,他要上北京向中央告状,他真要去北京告状,那可就把事情闹大了,我们就该上法庭了!"他的话刚落地,检察院领导紧接着也这么说,而且形势更严重。刘书记坐不住了,拍了拍桌子说:"他邱生辉多大的本事,能翻了天?办什么事都得一步一步按程序来,他说把余天亮办了,就办了?就按县长说的,再放两天,等我处理完手头的紧要事再开会研究。"

法院院长和检察院领导垂着脑袋走了。他们走了,问题还悬在那儿,刘书记又问县长:"怎么办?"县长挠一阵头说:"要不这样吧,我亲自出面给邱生辉谈谈,如果他有松动的可能,我们再做决定。"刘书记在那儿迟疑了半天说:"那,好吧。"他原本不想让县长和其他领导亲自出面的,这样太给他邱生辉面子,他会蹬着鼻子上头,但面对这种两难的情景,让县里领导亲自去谈谈也好。于是,他让县长去了。

这两天,邱生辉因想计谋写诉状,劳神费力,受伤的头部又隐隐作痛。然而,尽管他头部痛,却掩饰不住内心的欣喜和高兴:一是因为听说叶梅为儿子受刺激心脏病复发,几天来昏昏迷迷;二是因为他托别人把诉状送到了该递送的地方,这是整个事情的关键。那份诉状措词相当激烈,相信只要看到那份诉状的人,不会不为之震动紧张,特别是"如果有人袒护凶手,我将专程去北京上告中央"那句充满火药味的警告,谁看了都会心惊肉跳!那些当官的,哪个不怕丢了乌纱帽?此时他似乎已经看到司法部门的人坐不住了,在那儿紧张议论着怎么办案?书记和县长们在那儿挠着头皮研究怎么对付他的诉讼,或者刘书记亲自来找他谈话,求他放弃诉讼。因为他清楚书记、县长为了叶梅的投资,会千方百计袒护余天亮的,但这次他偏偏要让他们保不成,袒护不了!他们如果要让他邱生辉放弃诉讼也可以,那就把他的官帽还回来,官复原职——就这交换条件,不干,拜拜,走你的路!

他想着,那圆脸上涌出得意的笑容,心里说,几十年里你们把我邱生辉当猴耍,耍完了,随手就这么一扔,最后落到这种地步,现在该我邱生辉耍耍你们了!他正得意着,听到走道里有人说县长来了。哈哈哈,他们终于求上门了,他赶紧躺在床上,闭上眼睛装作睡觉。他刚闭上眼睛,县长就在医生的陪同下走进病房。他感觉到了,却没有睁眼睛,他为刘书记没有亲自来而感到遗憾,如果刘书

401

记亲自来,这戏就该大轰大烈了,唱起来才有意思,不过县长来了也好,他是书记的应声虫。

医生来到病床旁轻轻唤他:"老邱,县长来看你了。"他没有睁眼,医生又唤,他还是没有睁开。医生说这个老邱怎么睡得这样死,就摇摇他的肩膀,提高了声音:"老邱你醒醒,县长来了,来看你!"他还是不睁眼睛,他准备要端端架子,给县长一点下马威,现在主动权抓在他手里,急啥?

县长知道邱生辉给他下马威,脸色愠怒了。医生又要唤他,县长阻止说:"不喊了,让他继续睡!"转身就走。邱生辉听县长要走,着急了,赶紧睁开眼睛叫喊道:"县长,县长,您不要走,不要!刚才我睡得太死,没听到喊声,没有听到。"他生怕县长走了。县长站住了,回头冷冷地说:"看来你的觉还没有睡醒,你继续睡吧,我就不打搅了。"往外走。邱生辉忙说:"我醒了,现在醒了!县长……"但县长已经出了病房门,很响的脚步声渐渐消失在走廊尽头。

邱生辉怔在了床上,仿佛挨了闷棍,满脸的哭丧相。一个县的书记和县长,不是随随便便、轻而易举来看望一个普通职工的,特别是他这样的职工。县长今天能来这里,已经放下了十二分尊严,错过这村还有那个店吗?他清楚这样的机会可能就一次。忽然举起巴掌向自己脸上捆了一下:"该死!咋就把戏演过头了?咋就让县长走了……"他叹惋着,后悔不迭地向后躺了过去。

县长回去后把见邱生辉的情况向刘书记做了汇报。刘书记拍着他的肩说:"做得好!不能给这种人好脸看,否则他得寸进尺要上头!一个县长去求邱生辉这样的人,已经太失县长的尊严了,已经够孙子了,他还不识抬举,耍大辣子!给他台阶他不下,再给他台阶的可能没有了。"县长苦苦说:"可,问题还是没有解决,咱还得当孙子!"刘书记觉得也是,便默默点点头。县长说:"不行,就再派人过去探探他的口风,看他让不让步,不让步就想别的办法。"

刘书记想想说:"可以。"

县长说:"让法院院长去最合适,这既是他法院的分内工作,又可以听到情况。"刘书记说:"可以。不过今天不行,过两天再说,我们也把他邱生辉晾两天,治治他的毛病。否则他还会耍大辣子,还不识相。"县长笑了:"行。"

刘书记说:"现在我们去看看叶梅吧。"县长说好,便一起出门去了医院。

叶梅还昏昏迷迷着,不过听那位心内科专家说她现在基本上脱离了生命危险,如果病情不再复发,安安静静养一段时间就可以恢复,设若再受刺激,再次重犯,可就说不定了。专家说得很委婉,但也很清楚。刘书记松了一口气,县长也松了一口气。刘书记和县长派一女干部负责照看叶梅,又叮嘱余大憨、秀秀和孟尚海:"专家的话你们都听到了,要绝对让她静养,不能再受刺激。"

余大憨为难地说:"书记县长,我们也怕她受刺激,可,天亮的事就摆在那儿,只要她醒着咋能不想,咋能不受刺激啊!我们都难心死了,就让她这么昏睡着,可能还好点……"他几乎要哭。孟尚海也这样说。尽管他清楚刘书记和县长为余天亮的事竭尽全力了,但还是再三请求说:"请刘书记和县长再想想办法,把余天亮放回来,让他们母子俩团圆。"刘书记说:"我们正在做这方面的工作,不过要把这件事扳回来,不是件容易事,很难。"县长说:"刘书记已经想了很多办法,这些日子他为这事焦急得连觉都睡不着。"孟尚海说:"这些情况我们都知道了,可余天亮不放回来,叶梅就是醒了,还会受刺激,还会犯病,如果她有个差错,县里的损失可就大了,这个分量你们应该掂量掂量……"这句话带着提醒两个父母官的启示,同时隐含着要挟。

愁绪又陡然涌上刘书记的心头。儿女连着母亲的心,儿子关在监狱里,天下哪个做母亲的能无事一样?这是人之常情,但现在他实在没有办法把余天亮放回来,县长也没有办法,而且如果邱生辉坚持要起诉,等待余天亮的就是判刑坐牢。邱生辉还算醒过来了,否则后果更糟糕!然而,刘书记在那儿为难了半天,最后还是拍拍余大憨和孟尚海的肩说:"什么都不要说了,你们的心情我跟县长都理解,叶梅在我们心目中的位置和重要性,我和县长更清楚,我们会尽力的!"转身走出病房。

回到办公室,他便说:"不能等了,让法院院长现在就去邱生辉那儿,这事一定要在叶梅醒来前办妥。"县长便打电话让法院院长前去邱生辉那里。两个小时后,法院院长回来了,说邱生辉态度强硬,要是不判余天亮,就直接去北京上访告状。刘书记怔在那儿。县长问:"就没有一点松动?"院长说:"不过在我离开时,他流露出这样一句话:只要县里让他还在原来的位子上干,他是可以考虑撤诉的……"

"啪——"刘书记一拍桌子站了起来:"妄想!这是拿撤诉要挟县里,跟党作交易!什么东西!"他暴跳起来,在地上走来走去。他们已经给邱生辉做了很多工作,也给了台阶让他下,可这个邱生辉就是捣蛋,不认账。他作为县委书记,如果遇到别人或者其他什么事,他早就大刀阔斧把他办了,但现在偏偏遇到的是邱生辉,又偏偏是这样棘手的问题,他软硬不得,一筹莫展。他后悔当初怎么把这样的干部提拔到领导岗位上?还让邱生辉当了局长,应该让他在深山沟里背石头,修羊圈,开水渠,好好改造,现在悔之晚矣。

这时,他忽然想起曾经做过地委组织部副部长的父亲来。因为这个邱生辉

是他当年推荐的。几年前,他临来东台县上任前,已经退居二线的父亲,拍着他的肩膀语重心长地说:"当领导除了自身的能力外,身旁还需要有一批有能力有才干的人帮扶你,提携你,这就是毛主席说的'一个篱笆三个桩,一个汉子三个帮'。听说东台县有个叫邱生辉的干部,前些年在草原建设方面干得不错,要发现这样的人,提拔起用这样的人……"于是他来东台上任后,一直打问这个干部,后来看到邱生辉能认识错误,有悔过自新之态,又正值重视知识,重视文凭的当儿,因此他便力排众议,把邱生辉提拔了起来,没想到他是这样一个干部。唉! 失误,一个重大失误啊!

县长见书记有点失态,让法院院长回去,劝他说:"刘书记,现在要干成一件事不容易啊,不但困难重重,而且有些事你不得不妥协,不得不放弃原则,不放弃原则,不妥协,就寸步难行啊!"刘书记从县长的话里听出意味,用疑问的目光望着他:"你的意思是……让我们也妥协?"县长没有马上回答,拉他坐在沙发里说:"刘书记,有时候妥协和后退也是向前迈进的办法。如果有可能的话,我们不妨试试……"

"答应他的要求和条件?"刘书记盯着他问。

县长点了点头。他是土生土长的本地干部,他对这个县的情况太熟悉,太了解了,对每个干部也太熟悉,太了解了。这个深山里的小县,长此以往形成了很多很不好的风气,上级下发的文件,有的说不执行就不执行,有些该做的工作,说不做就不做;发生什么问题,该追究的不追究,不该追究的,有时却抓住不放,上级一旦追究下来,只用一句话"这是偏远小县",便把什么问题都顶挡过去了。处在这样的环境中,你就是有天大的能耐,再大的锐气,也会磨没了,磨得圆滑俗气了。这就是环境和自然对人的雕琢。他早被磨圆了,时常随着风向走,看班长的眼色行事。但今天他却大着胆子,第一次说出了跟书记不相同的想法。

刘书记却毫不含糊地说:"不行! 在有些事上我们可以妥协,但在这件事上坚决不行。如果我们妥协了邱生辉,明天来个王生辉,后天又来个马生辉,大后天又来个……我们步步后退穷于应付,县委、县政府还叫县委县政府吗? 先放着,看他邱生辉能上天?"他的情绪激动起来,县长忙闭上了嘴。

46

余天亮的案子就这样放下了。这一放又是十多天。

邱生辉的身体渐渐恢复了，但他没有办理出院手续，一直赖在医院不走。因为他放出那句话后，知道县里肯定会来给他谈谈，还会向他妥协投降，他不在医院躺着等着，出了院，谁还理他呀？于是他便躺在病床上边养着边热切等待好消息。十几天过去了，不见有人过来，又过了几天，仍无声无息，他恼羞成怒了："妈妈的，你们非要逼我邱生辉撕破脸皮才罢休？"下床让老伴儿搀扶着，去检察院和法院扔"炸弹"："老子要上北京去！"又到农牧局向张杨副局长请假，声明要去北京上访告状，不准假，他也要上北京！人们都知道，邱生辉这人把话说到哪里，就会把事做到哪里。再说这案子明摆在那儿，告到哪里都中，如果邱生辉真去北京告中了，刘书记和县长要承担什么责任，岂不明摆着？形势严重了！

张杨副局长自然不敢给他准假，便跑去请示县长。县长也不好答复，便打发张杨副局长先回局里，自己去向刘书记汇报。刘书记听此事，当即暴跳起来，但却没有办法。因为邱生辉占着理，掌握着主动权。邱生辉把刘书记和县长推到了危险的悬崖上，或者说，刘书记和县长自己把自己推到了危险的边缘。现在刘书记和县长面前只有两条路可走：要么痛快答应邱生辉提出的条件，要么让公检法依照法律秉公判处余天亮。刘书记恼怒焦急，犹如困兽。县长捏着烟卷拼命地吸，最后把半截烟往烟灰缸里一揉，狠狠心说："刘书记，我看就答应他提出的条件吧！否则，这事就闹大了，你我上法庭上审判台是小事，咱得为县里想想啊！"

"不……"刘书记举起手要拍桌子，但举起后却没有拍，立在办公桌前足有半个小时，罢了，像泄气的皮球说："让我想想吧！"慢慢坐了下去。县长发现他的眼眶里涌动着一层细碎的泪花，心里忽然发酸，走到他身旁安慰说："刘书记，不要想那么多了，为了引进资金，为了东台县的经济建设，我们当一次孙子吧！孙子也是人当的。"书记盈在眼眶里的泪水终于控制不住流了下来。

这天早晨，叶梅彻底清醒过来了。一直守在她身旁的余大憨、孟尚海、秀秀

和那个女干部庆幸得欢蹦起来。刘书记和县长听到消息马上赶到医院,刘书记抓着她的左手,县长抓着她的右手,欣喜高兴地摇着笑着:"太好啦!太好啦!"两个父母官紧紧抓着她的手,生怕她跑了似的!医生见此情景,对他俩下了逐客令。两个父母官这才松开手,离开病房,去了走廊里。

对于邱生辉提出的条件和要求,刘书记、县长和林部长已在小范围内碰头商量了几次,最后刘书记不得不上"梁山"。但刘书记没有告诉叶梅,只给余大憨和孟尚海透了风,他是怕叶梅接受不了,再受刺激。她毕竟刚清醒,再则这种如同投敌卖国般的耻辱事,实在无颜说出口,也不愿意想,一想心里就痛!他和县长准备过些日子,或者叶梅自己提起余天亮的事时,再把他们被"逼上梁山"的事告诉叶梅。这样好有个缓冲时段。

刘书记和县长走出医院。十月底的阳光泼在地上,泼在他们身上,高原的太阳总是那样的无私直率,小县城到处闪耀着刺目的光点,充满着暖暖的阳光的气息。因为叶梅醒了,刘书记感到身上轻松了半截,回到办公室把自己懒散随意地放在沙发里。县长也把自己懒散地放在沙发里,说:"她总算彻底醒过来了,这些日子真让人担心。这下好了,叶梅这面落到了地上,下一步,就是邱生辉那头了,只要我们答应他的条件,我想他不会再捣蛋了……"

正当两个父母官在泥塘般的境地中挣扎时,有人笃笃地敲门。真不是时候。刘书记似乎没听到,默不应声,县长见书记不应声,自然也不应声,可那笃笃的敲门声很执拗,还带着点顽固。刘书记没好气地说:"敲什么?进来!"门板轻轻推开了,是叶梅。书记和县长见是她,吃惊道:"你,叶局长?!"忙让坐。

叶梅坐在了沙发里。她脸色惨白,还是大病恹恹的样子。刘书记关切地问:"你怎么来了?医生知道吗?"县长也着急地问:"你怎么可以下床,有事吗?"

叶梅说:"当然有事。"神情严肃的样子。

刘书记和县长都以为投资款项出了差错,忙凑过去坐在她身旁的沙发上瞅着她,但叶梅只是冷冷望着地面不说话。刘书记问:"到底发生了什么事?"叶梅抬起头反问他:"听说县里拿官帽跟邱生辉做交易保释我的儿子,有这事没有?"

刘书记和县长听是这事,松了一口气。县长说:"有这事,是我跟刘书记商量决定的……"

"为什么?"她盯住刘书记。刘书记被盯得低下了头,面色惭愧而痛苦,半天说:"都是为了你,为了你的身体……"

她大声说:"为了我就放弃原则胡干?我虽然不是党员,但我知道这样做是党性原则所不允许的！我知道你们这样做是为我好，但你们知道吗，这样做让我心里更痛苦，更难受！"她情绪很激动，脸色发红。多少年来，这个在人们眼里唯唯诺诺，低声下气而又傻气可笑的女人，今天第一次对别人发火，第一次用这样的态度，这样的语气跟领导说话。刘书记和县长不禁惊异。刘书记不知对她说什么好，县长倒是冷静，他说："叶局长，你不要激动，听我把话说完。你也清楚，我们不这样做邱生辉就会让余天亮判刑坐牢，这次可不是三年两年的事，你能受得了吗？你有病啊！我们希望你早日康复，早日回到草业建设工程上。"

叶梅说："领导的好心好意我全领情了，但你们这样做我接受不了。作为母亲，儿子要判刑坐牢哪有不扯心、不悲伤的？我的心也不是冰冷的石头，可我反复想了，也想通了，余天亮犯了罪，咎由自取，应该受到法律的惩处，就让司法部门按法律程序判吧，十年八年我都能扛得住。那天我犯病倒下去，这么长时间都没有死，这不就扛过来了吗？还怕什么？用不着拿党性原则跟邱生辉做交易，那是犯罪！"刘书记和县长又要解释，她说："不要说了，我说过不能那样干，就不能干，如果干了，我心里会很难受。两位领导放心，我不会有什么事的。"说完便起身走了。

两位父母官愣怔在那儿，叶梅出门后，才忽然喊了声："叶局长——"追出办公室，但叶梅那瘦削的披着金黄色阳光的身影已出了县委大门，他俩望着不由得眼圈湿润了。

依据法律程序余天亮被判刑了，又要送青海劳改农场服刑。

邱生辉一直赖在医院，直到余天亮判刑后，才办理出院手续回了家，这是他的策略。其实，余天亮判刑不是他的最终目的，他的目的是用这个案件做筹码，要挟组织，换取他官复原职。然而这个目的他不但没有实现，反而给县里领导留下了很恶劣的印象，连老伴儿和女儿也骂他做事太缺德。几天前母女俩跟他狠狠吵了一架，一甩袖子离开他去马蹄湾了。真是没吃到羊肉，反惹一身骚，弄得他里外都不是人啊！他明白自己输了，输得很惨很惨！

这些日子他在家里待着，没人来看他，也没人来通知他上班，不知现在该怎么办，以后的路怎么走，心里实在无着无落，如同身困绝境的丧家之犬。他正坐卧不宁着，孟尚海突然破门而入。他大为震惊，从床上弹跳起来。看到孟尚海紧捏拳头，怒目圆睁，清楚这个冤家是来索命的。他知道自己不是他的对手，反抗没有作用，于是把孱弱的身子靠在床头上，闭上了眼睛，一副死驴躺在冰滩上的样子，等待这个老工人的儿子怎么收拾他。然而，等了半天却不见孟尚海动手，

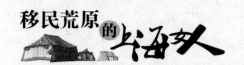

睁开眼睛,见他两只喷火的眼睛盯着他,叽叽作响的拳头直对着他的鼻子。他颤着问:"咋不动手?害怕了?"孟尚海半句话不说,只是狠狠地盯着他,牙根咯咯响,腮帮子大幅度跳动,突然抓住他的衣领,拎死狗般把他提下床,吼一声:"驴日的,老子打你还嫌脏了我的手,一拳送你上路还嫌便宜了你,老子要叫你以后自己折磨自己,慢慢熬到死!"他迷惑了,望着孟尚海。

孟尚海说:"你知道你千方百计加害的人是谁吗?送进监狱的又是谁吗?"

"谁?谁……"他迷茫地问。

"余天亮——他,他是你的亲生儿子。本来这事叶梅和余大憨都不让你知道,因为你不配作人之父!今天我告诉你,是让你知道你狗日的变着法子害的是谁,——你害的是你的亲生儿子,你害的是你自己,知道吗?知道吗?你个驴日的连自己的亲生儿子都不放过,你还像个人吗?呸——"孟尚海吐他一口,一扬手把他狠狠摔在地上。

邱生辉面袋子般倒在地上。余天亮是他的儿子?亲生儿子?他似乎不相信,呆傻地躺在那儿望着孟尚海,好像在听梦话,但那话又明明是从孟尚海嘴里说出的,这种事可以随便说吗?一瞬间,他脑子里忽然想起李小妹曾开玩笑说,余天亮有点像他;女儿也曾说,有人说余天亮跟她好像兄妹。他当时听了都一笑了之,没往心里去。说实话,他没有跟余天亮近距离接触过,只面对面说过一次话,当时他也觉得余天亮跟自己年轻时有点像,但仍没有往心里去,因为世界上人跟人相像的多了。现在忽然冒出这样的事,他感到突然,可当他仔细回忆那年叶梅失踪前,他曾多次去她那儿糟害她,又算算余天亮的年龄,他突然傻了,彻底呆傻了!

他在那儿傻了半天,忽然翻起身狼嚎般叫喊着:"你们为啥不早告诉我?不早告诉我?为啥为啥啊……"孟尚海狠狠地说:"早告诉你?难道余天亮有你这样的父亲光荣?他还要在这个世上活人!"邱生辉震愣了,继而叫喊起来:"我该死该死啊!"向孟尚海爬过去,抱住孟尚海的腿哀求道:"你打我,打死我打死我,打吧打吧!求求你,求求你打死我,我不是人不是人!"

孟尚海哼哼冷笑道:"猪狗都不如的东西,配我打吗?"一提腿把他甩过去,拍拍脚上的尘土,径直出了门。

邱生辉在地上滚了几圈停住,爬起来举起巴掌在自己脸上左右开弓打起来,边打边叫喊着:"我该死该死,我都干了些啥啊?我该死该死!尚海你等等,我有话说,有话说……"

向门口爬过去……

这天下午,叶梅下班后又很迟了才离开办公室向家里走去,半路上无意碰到了罗曼兰,看样子她去菜市买了菜,手里提的塑料袋装满各样蔬菜。

她俩彼此很熟悉,也经常碰面。也许因工作忙,也或许其他方面的缘由,两人从没有坐下来面对面说过话。叶梅知道她仍住在文化馆那间小屋里,仍自己做饭自己吃,仍跟孟尚海闹着"冷战"。她想,已经好多年了,这样"冷战"下去怎么行呀?对于他俩的冷战,她知道自己是有点连带责任的,也知道罗曼兰对她有误会,她曾多少次想跟罗曼兰好好叙谈叙谈,让罗曼兰解除误会,跟孟尚海重归于好,但总是好像有什么东西缠绕着她,下不了决心,再加上整天忙忙碌碌的,时间就这么过去了。现在她俩不期而遇,她脑子里忽然又跳出想跟罗曼兰好好谈谈的思想,于是就迎了上去。

罗曼兰也看到她了,似乎也想跟她说点什么,也直着走了过来。

她们两个相遇了。瞬间的几秒钟,她俩的目光都躲躲闪闪,有点不自在,过后马上就都平静了,都是受过良好教育的女人,她们都知道怎样面对这种境遇和场面的。叶梅说:"很长时间没见面了,好吗?"她先伸出了手。罗曼兰赶忙把右手里提着的东西换到左手里,伸出手说:"还好!你怎么样?"

"也还好。"两只手握在了一起,简单的寒暄过后,叶梅主动邀请说:"曼兰,到我家去坐坐,咱们说说话可以吗?"她是真诚的。

罗曼兰见她很诚恳,便说:"还是到我那儿去,就在跟前。"她也很诚恳。

叶梅想了想,说:"好。"

两人就一起往前走。到了罗曼兰的住处,罗曼兰请叶梅进屋,提把椅子让座。叶梅没有坐,先在屋里环顾一圈:单人床、三屉桌、小衣柜、椅子、锅灶,很简单,简单得跟眼前这个单身女人一模一样。她的鼻子有点发酸,又有点对罗曼兰的不可思议,干吗这样呢?

罗曼兰放下了菜,边整理桌子上堆着的书稿边说:"你看我这里乱的,见笑了!"

叶梅说:"一个人的生活,大概都这样吧?"这是敏感的话题,她说出后望着罗曼兰,她怕罗曼兰生气,然而罗曼兰没有,只是笑了笑,坐在了床头,叹道:"是啊,一个人的日子真不好过,就说吃饭吧,自己不做就饿肚子,做吧,一个人的饭做起来没劲头,做了又没心思吃,到大街的饭馆里吃,又怕不干净。"

先前两个女人都觉得这样的交谈会很困难。然而,没想到叶梅这句无意说的话,却打开了两位情敌的语言闸门。叶梅便大着胆儿说:"孟尚海也是这样,

也过得很难,你们应该……"说到这里她迟疑着停住了,望着罗曼兰,又怕她不高兴,见罗曼兰没有什么不悦的表情,便字斟句酌,小心翼翼地说:"年龄都渐渐大了,身旁需要个伴啊!你们还是搬到一起吧……"

"搬到一起?!"罗曼兰抬眼望着叶梅的眼睛:"那,我跟他到了一起,你,你怎么办?"她的话更直接,直逼上去,一下咬住了两人之间最为困难而又最为敏感的话题。叶梅略微怔了一下,又是字斟句酌,但却直截了当地说:"那都是过去的事。过去的事已经过去了,不可能再回来。是的,我当年真跟孟尚海有过很火热的感情,这个你可能很清楚,平反后我也曾想恢复那段感情,但那仅仅是想,因为现实告诉我,它已经不可能了。我也承认,在很长一段时间里,自己在这种感情中挣扎着,挣扎着,想爬上彼岸,但最后的结果,还是回到了我的现实生活中。我曾为扯断那段感情付出过很多眼泪。我的挣扎,也影响到你们的家庭,请原谅我吧!"她很诚恳,这种诚恳会让任何对立面都失去反驳力。

果然,罗曼兰流泪了,无声地抓住了叶梅的手,紧紧抓住。

叶梅接着说:"孟尚海是个好男人,但他也有他的弱点,他偏犟、冲动,有时还很固执,认死理。当然,这些并不影响他是一个好男人,可以信赖的男人。你们和好吧,搬到一起吧!这是我现在最大的希望。"

罗曼兰的眼泪终于滚下来了,说:"谢谢!我知道你会这样做的。其实,你可能不清楚,我曾在两个男人的河流里拼命挣扎,但挣扎的结果却跟你不一样,你最终回到了岸上,可我还在这条河里飘荡,上不了彼岸,也爬不上此岸,只好停留在这条河里。这些年我挣扎得很苦,但也是没有办法啊……"

叶梅听她心里苦,温软地说:"难道,今天我的态度还不够诚恳?"

罗曼兰忙摇头:"不不,你是诚恳的,你今天拉了我一把,但我仍不知该爬上彼岸,还是爬上此岸啊!我很难啊!"

"怎么?发生了什么事?"叶梅盯住了她的眼睛。

罗曼兰说:"那个卓玛两年前离开了盼盼的亲爸,盼盼的亲爸现在独居,也需要人照顾,也需要有个终身伴侣。你说说,我现在该上哪条船?我不驻留在河流中间,还能怎么样?也许这样是我最好的选择,也是命运所归。"

叶梅听是这样,怔住了。她想了想,这事给她,也同样无法处理啊!

她回家了,一个人躺在床上,脑子里仍萦回着罗曼兰说的话,罗曼兰挣扎在两个男人的河流里,而她自己呢?她想着,忽然觉得自己应该回巴丹图尔看看了。这几个月一直忙工作,都忘了回家,把大憨一个人扔在家里多不好?她细算了算,已经四个多月没回家了。原先她是两个月就要回家看看的,但这个规矩怎么一疏忽,就被她打破了。当然并不是她不想回去,而是太忙!她就觉得对不起大憨,还发现这段时间他似乎有点异常,她不回去,他应该捎话报个平安呀!但她更多的是埋怨自己,这些年只顾忙工作,把他丢凉了,他可能有了怨气,或者生气了。

第二天,她去刘书记和县长那儿请了探亲假,在秀秀的陪同下,登上了去大柴滩的班车。但回家后,看到家里冷冷清清,阒无一人,不知大憨去了哪里?又去找秀秀妈,她也不在。从两家院落里的迹象看,他们都离家很长时间了。她去问罗队长和邻居,他们都神秘暧昧地摇头。她忽然觉察到什么,怔住了,泥塑木雕似的。

这天有人送来一封信。她见信封上歪歪扭扭的字,不由喊出声:"大憨!"赶紧打开看,只有简单的几个字:

叶梅你好!我在格尔木,跟秀秀妈在一起,我们一切都好,以后不要挂念,你多包(保)重自己。老孟是个好人,你跟着他合实(适)……

她看着,眼前渐渐模糊了,身子向后倾了过去,手里的信飘飘地落在地上,好像一片洁白的鹅毛……

她和秀秀回东台县了。回家后躺倒在床上,每天愣愣地望着屋顶发呆。秀秀一直守在她的身旁,做饭熬药。孟尚海来看她,问她怎么了,她只是默默摇头。他见她不肯说,也就不再问,默默起身离去。这天她起来了,她说她想画画,秀秀就把她的画板和画笔拿过来,送到她面前。她穿好衣服,背起画板要出门。秀秀问她去哪里?她说去南山坡上。秀秀知道南山坡上现在已经绿了,到处开着马莲花和野菊花,风和日丽,气候宜人,便拿只塑料兜,装两瓶矿泉水和吃的东西,挽着她出了门。

冤家总是路窄。叶梅和秀秀刚穿过那条街巷要出城,不远处忽然蹿出个人,他衣服破烂,裤脚上泥水斑斑,头发很长了,凌乱如草。他低着头边往前走,嘴里边念叨着什么,看起有点傻呆,当发现叶梅后愣了一下,忽然快步冲上来。秀秀赶忙挽着叶梅拐进旁边的巷子。那人在后面追着赶着,叫喊着:"儿子,我的儿子,儿子……"见叶梅和秀秀不见了,站住了,呆呆地望着前方。

他是邱生辉。

他已经很长时间没去上班了。因为他疯傻了,有人说他要挟组织失败后受了刺激,也有人说他屡次诬陷叶梅和她儿子,现在良心受到谴责,才变成了这样,但很少有人说他诬陷迫害的余天亮,是他的亲生儿子。因为人们还不知道这些内情。总之,余天亮判刑后不久,他就傻呆了,每天在街巷里转来转去,嘴

411

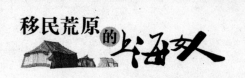

里像道徒念叨着听不清,也听不懂的咒语。

　　叶梅已经多次跟这个冤家窄路相遇了。但每次她都马上躲开,今天又躲开了。只有一次她没来得及躲开,让他突然闯进她的办公室,扑腾跪在她面前,流着泪,祈求她饶恕他,又要求看看天亮。叶梅自然没有同意他去看天亮。他算什么? 要去看天亮? 她扭头就跑出办公室,把他一个人甩在那儿。自那次后,她便很长时间没再跟他正面遭遇过。

　　叶梅在秀秀的搀扶下逃出那条小巷子,登上了南山坡。大片大片的马莲花和金菊花开放了,还有红彤彤的阳雀花夹杂其间。苍绿修长的马莲叶,紫蓝色的花朵,还有金黄的野菊花,红彤彤的阳雀花,在山野里绚烂成姹紫嫣红、色彩斑斓的海洋。叶梅脸上出现了花朵般的笑容。

　　一群白鸽从她头顶飞过,翅羽和蓝天摩擦的嚁嚁声,像美妙的歌,喜悦而动听,她抬头望着那白鸽,拍着手掌,欢跳起来!

　　"马莲花开放喽! 金菊花开放喽! "

　　"开放喽! 开放喽! 开放喽! 开放喽——"

　　那激动兴奋,喜悦奔放的呼唤声,在山野里此起彼伏,回荡飘扬着滚向远方,冲向蓝天白云!